Dear Korean readers,

It is with real pleasure that I welcome you to a double edition of my work. In this volume, you will find both my first book, a collection of short stories called *The Facts Behind the Helsinki Roccamatios*, and my best-known book, my novel *Life of Pi*. If you're worried about pronouncing the last word of the first title, don't. It's the invented name of a fictitious Italian family that lives in Helsinki, Finland. As for the last word of the second book, pi, that's a real word, more precisely a real Greek letter, symbolizing an important ratio in mathematics. But in this case, it's the nickname of my main character. To read about the Roccamatios and then about Pi is to travel some ways imaginatively with me, from Finland to India, from my beginnings as a writer to one book of my maturity. I hope you enjoy the trip.

Yours truly,

친애하는 한국 독자들에게

제 작품들이 특별 합본판으로 한국 독자들을 만나게 된 것을 기쁜 마음으로 환영합니다. 이 특별 합본판에서 여러분은 중단편 소설을 묶은 저의 첫 책인 『헬싱키 로카마티오 일가 이면의 사실들』과 제 소설 중 가장 잘 알려진 『파이 이야기』를 만나볼 수 있을 것입니다. 혹시라도 첫 책의 영문명 마지막 단어인 '로카마티오'를 어떻게 발음해야 할지 고민된다면, 그런 걱정은 하지 마시기를. '로카마티오'라는 단어는 핀란드 헬싱키에 사는 한 이탈리아 가족의 이름으로, 제가 만들어낸 가공의 이름입니다. 두 번째 책인 『파이 이야기』 속 '파이'에 관해 말하자면, 파이는 실재하는 단어로, 정확히는 그리스 문자입니다. 수학에서 중요한 원주율을 상징하고 있지만, 소설에서는 주인공의 닉네임으로 사용되고 있지요.

『헬싱키 로카마티오 일가 이면의 사실들』과 『파이 이야기』를 읽는 것은 상상을 통해 핀란드에서 인도로, 작가로서의 첫 시작인 책부터 성숙기의 책까지 저와 함께 여행하는 것과 같습니다. 즐거운 여행이 되기를 바랍니다.

진심을 담아,
얀 마텔

Yann
Martel

THE FACTS BEHIND THE HELSINKI ROCCAMATIOS by Yann Martel
Copyright ⓒ 1993 by Yann Martel
Korean Translation Copyright ⓒ 2006 by JakkaJungsin Publishing Co.

LIFE OF PI by Yann Martel
Copyright ⓒ 2001 by Yann Martel
Korean Translation Copyright ⓒ 2004 by JakkaJungsin Publishing Co.

All rights reserved.

Korean language edition arranged with Yann Martel c/o Westwood Creative Artists Ltd.
through Shinwon Agency Co., Seoul.

이 책의 한국어판 저작권은 신원에이전시를 통해
Westwood Creative Artists Ltd.와 독점계약한 작가정신에 있습니다.
저작권법에 의해 한국 내에서 보호를 받는 저작물이므로 무단 전재 및 복제를 금합니다.

Yann Martel

헬싱키
로카마티오 일가
이면의 사실들

파이 이야기

The Facts Behind
the Helsinki
Roccamatios

Life
of
Pi

얀 마텔 소설 공경희 옮김

작가
정신

contents

헬싱키 로카마티오 일가 이면의 사실들

작가 노트 009

헬싱키 로카마티오 일가
이면의 사실들
013

미국 작곡가 존 모턴의
〈도널드 J. 랭킨 일병 불협화음 바이올린 협주곡〉을
들었을 때
095

죽는 방식
145

비타 애터나 거울 회사:
왕국이 올 때까지 견고할 거울들
177

옮긴이의 말 222

contents

파이 이야기

작가 노트 229

1부
토론토와 폰디체리
239

2부
태평양
371

3부
멕시코 토마틀란의
베니토 후아레스 병원
637

옮긴이의 말 684

헬싱키 로카마티오 일가
이면의 사실들

The Facts Behind
the Helsinki
Roccamatios

작가 노트

 열아홉 살이던 대학 이 학년 때, 공부가 중단되어버렸다. 어른이 된 나의 삶에 장막이 걷히고 자유가 보장되는 것 같았다. 그 자유로 어떻게 할 것인지가 나를 괴롭히기 시작했다. 예전부터 학위를 — 학사, 석사, 박사 — 받아 성공가도를 꾸준히 달리고 싶었다. 하지만 그해에 나는 뭐가 뭔지 모르는 상태에서 칸트의 구절에 매달렸고, 두 과목에서 낙제하면서 성공가도가 끊겨버렸다. 앞을 보니 현기증이 일었다.
 이런 젊음의 존재론적인 위기를 맞아 첫 번째 창의적인 노력의 결과물로 1막짜리 희곡이 탄생했다. 꼬박 사흘에 걸쳐 쓴 작품이었다. 문짝과 사랑에 빠지는 청년의 이야기였다. 친구가 그 사실을 알고는 문을 부숴버린다. 우리의 주인공은 자살을 한다. 끔찍한 작품임은 두말하면 잔소리. 미숙함 때문에 시들어버린 작품이었다. 하지만 바이올린을 만난 기분이었다. 바이올린을 들고 활로 현을 그었다. 소리는 형편없었지만, 얼마나 멋진 악기인지! 배경을 정하고, 등장인물들을 만들어내고, 대화를 주고, 플롯을 구성하고, 이런 것들을 통해 내 인생관을 드러내는 일에 깊이 끌렸다. 모든 에너지를 쏟을 일을 발견한 셈이었다.

그래서 썼다. 다른 희곡을 써서― 지독한 모방 작품이었다― 산문으로 바꾸었다. 단편을 쓰고― 하나같이 형편없었다― 소설을 쓰고― 똑같이 형편없었다― 그다음에 단편을 더 많이 썼다― 괜찮은 작품이 없었다. 바이올린을 얻었다고 친다면, 나는 형편없는 연주로 이웃들을 미치게 만들었다. 하지만 뭔가 나를 끌어당겼다. 거기서 미래를 봐서가 아니었다. 내가 휘갈겨 쓴 글들과 서가에 꽂힌 장서 사이에는 아무 연관도 없는 것 같았다. 나는 글을 쓰는 것을 시간 낭비로 여기지 않았지만― 정말 짜릿한 일이었다― 그렇다고 인생을 설계하고 있다는 생각도 하지 않았다. 사실 아무 생각도 안 했다. 그냥 써댔다. 파가니니처럼(소질 없는 파가니니겠지만) 미친 듯이 적어나갔다.

하지만 꾸준한 연습 덕분에 더디게 글이 나아졌다. 여기저기 아름다운 대목이 나타났다. 이야기의 토대는 감정적인 토대라는 생각이 들었다. 이야기가 감정적으로 흐르지 않으면, 이야기는 제대로 풀리지 않는다. 감정이 포인트는 아니다. 사랑이든, 질투나 공감이든 설득력 있게 전개된다면, 이야기는 생생해진다. 하지만 이야기가 기억에서 희미해지지 않으려면, 마음을 자극해야만 한다. 지성은 감성에 뿌리를 내리며, 감성은 지성으로 구성된다—다르게 말하자면, 감동을 주는 좋은 아이디어—그게 내 높은 목표였다. 그런 감성적인 아이디어가 떠오르자, 영감의 불꽃이 정신에 불을 댕긴 것 같았다. 처음 느껴 보는 힘이 솟았다.

아무 데서나, 어느 곳에서나 영감을 얻었다. 책들, 신문, 영화, 음악, 일상생활, 만난 사람들, 추억과 경험, 또 내 안에 숨겨져 있다가 불쑥 떠오르는 신비스러운 창의력에서 영감을 얻었다. 나를 이야기를 받아들이는 상황으로 밀어 넣었다. 눈과 귀로 이야기를 찾아다녔다. 안이 아닌 바깥을 보았다. 즐겁게 탐구했다. 탐구는 내가 배우는 방식이었고, 나만의 대학이었다. 이야기를 만들려고 세상을 조사하는 것보다 즐거운 일은 없었다.

한편 나는 부모님과 함께 살았다. 아니 정확히 말하면 부모님에게 기대 살았다. 집세도 생활비도 안 냈다. 나는 단기적으로 일하면서도—나무를 심고, 설거지를 하고, 경비원으로 일했다—글쓰기를 계속했다. 장래가 보장되는 일을 하지 않는다는 것이 걱정스럽지 않았다(다행히 부모님도 염려하시지 않았다. 예술가라면 후견인이 필요하니 얼마나 다행인지). 왜냐하면 긴 이야기가—중편소설이라고 할 수 있을까—머릿속에 있었으니까. 그게 「헬싱키 로카마티오 일가 이면의 사실들」이었다. 에이즈를 앓다 죽은 친구에게서 영감을 받은 이야기다. 하지만 그 가운데는 삶이 있었다. 갓난아기나 고귀한 바이올린 독주곡에서 볼 수 있는 삶이 거기 있었다. 싱그럽고 소망에 차, 모든 일을 가치 있게 만드는 그런 삶이 거기 있었다. 그런 삶이 내 손안에서 꿈틀거리는 마당에, 어떻게 잠자리와 노인 연금 따위를 걱정할 수 있을까?

소설들을 여기저기 보냈다. 열여섯 작품을 열여섯 군데에 보냈다. 열여섯 번 딱지를 맞았다. 다시 열아홉 가지 이야기를 열아홉 군데 출판사에 보냈다. 두 작품이 받아들여졌다. 성공확률 5.7퍼센트. 상관없었다. 나는 뭔가 이루어질 때까지 글쓰기를 밀고 나갈 터였다. 아무 일도 이루지 못했고 지금도 그렇지만, 그래도 행복하다.

이 책에 수록된 네 작품은 작가 초년병 시절에 거둔 최고의 수확이다. 다 잘됐다. 덕분에 몇 번 상도 탔다. '헬싱키'는 연극과 영화로 제작되었고, 「죽는 방식」 역시 영화화되고 두 번 무대에 올려졌다. 이 책은 1993년 캐나다에서 처음 소개되었고, 다른 여섯 나라에서도 출판되었다. 소설이 발표되자, 벽을 쾅쾅 치던 이웃들은 내게 와서 "브라보!"를 외쳤다. 나로서는 경이였고, 감사했다 ― 지금도 고맙다.

십 년이 지나 이 네 편의 소설을 약간 수정해서 독자들에게 다시 선보이게 되어 행복하다. 격하게 떠들고 싶던 젊은 날의 충동을 가라앉히고, 군데군데 엉성했던 문장도 손질했다. 물론 또 들려줄 이야기들이 있지만, 내게는 늘 세계 초연의 기쁨과 흥분을 간직한 네 작품이 될 것이다.

헬싱키 로카마티오 일가
이면의 사실들

The Facts Behind
the Helsinki
Roccamatios

폴과 아주 오래 안 것은 아니었다. 우리는 1986년 가을, 토론토 동쪽에 있는 로타운 소재 엘리스 대학교에서 만났다. 나는 시간을 내서 일하고 인도에 여행을 다녀온 참이었다. 난 스물세 살이었고 졸업반이었다. 폴은 막 열아홉 살이 되었고, 일 학년 신입생이었다. 그해 초 엘리스 대학교에서는 사 학년생 몇 명이 신입생들에게 대학을 소개했다. 짓궂은 장난으로 그러는 것은 아니고 그냥 상급생들이 도움을 주는 프로그램이었다. 졸업반 선배는 '아미고'(스페인어로 '친구'라는 뜻—옮긴이), 일 학년 후배는 '아미지'로 불린다. 이것만 봐도 로타운에서 스페인어를 얼마나 많이 쓰는지 드러난다. 난 아미고였고, 아미지들은 대부분 활달하고 열정적이고 어렸다—아주 어렸다. 그러나 나는 냉담하면서도 지성적인 호기심을 가진 폴이 마음에 들었다. 회의적인 태도가 좋았다. 우린 마음이 통해서 붙어 다니기 시작했다. 난 연상이고 경험도 더 많은 터라, 스승이라도 되는 듯 말했고, 폴은 제자처럼 귀담아들었다—눈썹을 치뜨고, 내 면전에 대고 잘난 체 말라고 말할 때도 있었지만. 그러면 우리는 웃으면서 스승, 제자 관계를 접고, 본래의 모습으로 돌아가곤 했다. 진심을 나누는 친구 관계로.

그러다가 이 학기에 접어들자마자 폴이 병에 걸렸다. 크리스마스 무렵에는 열이 났고 그 후 마른기침이 멎지 않았다. 처음에 그는—우리는—별다르게 생각하지 않았다. 추위와 건조한 공기 때문으로 여겼다.

서서히 상태가 악화되었다. 당시에는 중요하게 여기지 않았지만, 돌이켜보면 징후가 있었다. 식사 때면 다 먹지 못하고 남겼다. 설사를 한다고 불평한 적도 있었다. 나른한 정도를 넘어설 만큼 기운이 없었다. 어느 날은 도서관 계단을 올라갈 때, 꼭대기에서 멈춰 서야 했다. 고작 스물다섯 계단이었는데도. 숨이 찬 폴이 쉬고 싶어해서였다. 또 폴은 몸무게가 빠지는 것 같았다. 말하기 어려웠지만 커다란 겨울 스웨터와 다른 옷들을 생각해보면 연초에는 분명히 몸집이 더 컸다. 분명히 문제가 있다 싶자 우리는 이야기를 했고—그냥 아무렇지 않게—나는 의사인 체하면서 "어디 봅시다…… 숨이 차고 기침이 나고 살이 빠지고 피곤하군요. 폴, 폐렴에 걸렸네요"라고 말했다. 물론 농담이었다. 내가 어떻게 알겠는가? 그런데 정말 폐렴이었다. 정확히 말하면 '주폐포자충 폐렴'이라는 PCP(Pneumo Cystis Carinii Pheumonia— 옮긴이). 2월 중순 폴은 가족의 주치의에게 진찰을 받으러 토론토로 갔다.

구 개월 후 그는 죽었다.

에이즈였다. 폴은 내게 전화해서 무심한 말투로 알렸다. 토론토로 간 지 이 주가 지났을 때였다. 그는 방금 병원에서 돌아오는 길이라고 했다. 나는 비틀거렸다. 처음 떠오른 생각은 나에 대한 것이었다. 폴이 내가 있는 데서 베인 적이 있던가? 그렇다면 어떻게 됐지? 그가 마시던 잔으로 내가 술을 마신 적이 있나? 음식을 나눠 먹은 적이 있나? 나는 그의 병과 접촉했을 가능성을 생각해보려고 애썼다. 그런 다음에야 폴에 대해 생각해봤다. 동성애와 마약 흡입 가능성도 따져봤다. 하지만 폴은 게이가 아니었다. 아니라고 확실히 말한 적은 없었지만, 난 폴을 잘 알았고 그런 기미조차 느낀 적이 없었다. 또 헤로인 중독자라는 상상도 할 수가 없었다. 아무튼 그건 아니었다. 삼 년 전, 열여섯 살이었을 때 폴은 부모님과 자메이카로 크리스마스 휴가를 갔다. 거기서 교통사고를 당했다. 폴은 오른 다리가 부러졌고 출혈이 있어 현지 병원에서 수혈을 받았다. 사고 목격자 여섯 명이 수혈해주겠다고 자청했다. 그 가운데 세 사람의 혈액형이 맞았다. 몇 통의 전화가 오가고 조사 끝에, 그중 한 명이 이 년 후에 폐렴 치료를 받다가 갑자기 죽었다는 사실이 밝혀졌다. 부검 결과 그 남자는 심각한 톡소포자충 뇌병변(톡소포자충은 기생충으로 뇌기형을 일으키기도 한다. 에이즈 환자에게 많이 나타난다 — 옮긴이)이었다. 그렇게 감염된 듯했다.

그 주말에 폴을 만나러 갔다. 그의 집은 부유한 로즈데일에 있었다. 솔직히 가고 싶지 않았다. 머릿속에서 그 일 전부를 막고 싶었다. 폴에게 부모님이 손님을 반기겠냐고 물었다 — 안 가려는 구실이었다. 폴은 오라고 고집했다. 그래서 갔다. 겪어낼밖에. 차를 몰고 토론토로 갔다. 부모님에 대한 내 염려는 맞아떨어졌다. 첫 주말에 가장 상처를 받은 것은 폴이 아니라 가족이었다.

바이러스의 감염 경로가 파악되자 폴의 아버지 잭은 종일 한마디도 하지 않았다. 다음 날 아침 일찍 그는 겨울 파카를 걸치고, 지하실에서 연장통을 챙겨 대로변에 세워둔 차를 부수기 시작했다. 자메이카에서 사고가 났을 때 운전한 사람이 바로 그였다. 그가 사고를 낸 것도 아니었고, 차도 렌터카였지만. 잭은 망치를 들고 전조등과 창문을 박살 냈다. 차체를 몽땅 부숴버렸다. 그는 타이어에 못을 박았다. 연료통에서 가솔린을 빼내서 차체에 붓고 불을 당겼다. 이웃들이 소방서에 신고했다. 소방차가 달려와서 불을 껐다. 경찰도 왔다. 잭이 불을 지른 이유를 불쑥 말하자 모두 상황을 이해했고, 경찰은 죄를 묻지 않고 떠났다. 다만 경관들은 병원에 가겠냐고 물었고, 잭은 가지 않겠다고 대답했다. 내가 길 안쪽에 있는 폴네 저택으로 걸어가면서 처음 본 것은 소화기 분말 가루를 뒤집어쓴 채 불타버린 벤츠였다.

잭은 열심히 일하는 기업전문 변호사였다. 폴이 나를 인사시키자, 잭은 씩 웃으면서 손을 내밀어 "만나서 반갑네!"라고 인사했다. 그러고는 달리 할 말이 없는 눈치였다. 그의 얼굴이 빨갰다. 폴의 어머니 메리는 안방에 있었다. 학기 초에 그녀를 만난 적이 있었다. 젊은 시절 맥길 대학교에서 인류학 석사 학위를 취득했고, 실력을 인정받은 아마추어 테니스 선수여서 원정 경기도 많이 한 부인이었다. 지금은 인권단체에서 시간제로 일하고 있다. 폴은 어머니를 자랑스러워했고, 모자관계가 남달리 돈독했다. 메리는 똑똑하고 에너지가 넘치는 여성이었다. 하지만 침대에 태아처럼 웅크리고 누운 모습은, 활기가 빠져나가 주름진 풍선 같았다. 폴은 침대 옆에 서서 "어머니야"라고만 말했다. 메리는 아무 반응이 없었다. 어째야 좋을지 난감했다. 토론토 대학원에서 사회학을 전공하는 폴의 누나 제니퍼는 혼란스러워하는 상태가 얼굴에 드러났다. 빨갛게 충혈된 눈이며 퉁퉁 부은 얼굴 하며, 끔찍해 보였다. 웃기게 말할 뜻은 없지만, 래브라도 종인 개 '조지 H'까지도 슬픔에 짓눌린 것 같았다. 조지 H는 거실 소파 밑에 들어가서 꼼짝하지 않았고, 종일토록 깨갱댔다.

수요일 아침, 진단이 나왔고, 그 후(이날은 금요일이었다) 조지 H를 포함해서 가족 모두 식음을 전폐했다. 폴의 부모님은 출근하지 않았고, 제니퍼는 등교하지 않았다. 그들은 아무 데서나 잠에 빠졌다. 어느 아침, 잭이 거실 바닥에서 자고 있었다. 그는 옷을 다 입은 채, 페르시아 카펫을 몸에 덮고 소파 밑에 있는 개에게 손을 뻗고 있었다. 쏟아지는 전화를 제외하면 집은 적막했다.

그 소용돌이 한가운데 폴이 있었다. 그는 아무 반응도 하지 않았다. 마치 가족들이 슬픔과 고통을 안고 참석한 장례식에서 전문가답게 침착하고 무덤덤하게 지휘하는 장례식 집행자 같았다. 내가 그곳에 간 지 사흘째 되던 날에야 폴은 반응을 보이기 시작했다. 하지만 그는 죽음을 인식하지 못했다. 폴은 무시무시한 일이 닥치고 있다는 것은 알았지만, 그것을 이해하지는 못했다. 죽음은 저편에 있었다. 죽음이란 이론적인 추상적 개념이었다. 그는 외국 소식 전하듯 몸 상태에 대해 이야기했다. "방글라데시에서 유람선 조난 사고가 있었대"라고 말하는 것처럼 "난 죽게 될 거야"라고 말했다.

주말에만 머무를 계획이었지만 — 수업이 있었다 — 결국 열흘간 지냈다. 그동안 청소와 요리를 많이 했다. 가족들이 알아주지 않았지만 상관없었다. 폴이 거들어주었는데, 그는 할 일이 있어서 좋아하는 눈치였다. 우리는 차를 견인했고, 폴의 아버지가 망가뜨린 전화기를 새것으로 바꾸었다. 먼지 하나 없이 청소를 했고, 조지 H를 목욕시켰다(조지 H는 폴이 비틀스를 좋아해서 지은 이름이다. 어렸을 때 폴은 개를 산책시킬 때면 혼잣말로 '지금 사람들은 몰라도 비틀 폴〔비틀스의 멤버 중에 이름이 같은 폴 매카트니가 있다 — 옮긴이〕과 비틀 조지〔역시 비틀스 멤버 중 조지 해리슨이 있다―옮긴이)가 토론토의 거리를 걷고 있어'라고 중얼대는 아이였다. 또 '시아 스타디움' 같은 곳에서 〈헬프!〉를 노래하는 기분이 어떨지 꿈꾸곤 했다). 우리는 장을 보러 갔고, 가족들을 먹게 했다. '우리'라고 하는 것은 '폴이 도와주었기' 때문이다―사실은 내가 모든 일을 하는 사이 그는 근처 의자에 앉아 있었다. '댑손(항균성 약품으로 나병과 피부병 치료제―옮긴이)'와 '트리메토프림(항 말라리아제―옮긴이)'이라는 약이 폐렴을 치료했지만, 폴은 여전히 힘이 없고 숨이 찼다. 그는 노인처럼 느릿느릿, 행동 하나하나를 의식하며 움직였다.

한참 지난 후에야 가족은 충격에서 벗어났다. 폴의 투병생활 중, 가족이 세 단계를 겪는다는 것을 알아차렸다. 먼저 집에서 고통이 바싹 다가오면 그들은 몸을 빼고 각자 자기 일을 하곤 했다. 폴의 아버지는 테이블이나 전기제품 같은 것을 부수고, 폴의 어머니는 멍한 상태로 침대에 누워서 지냈다. 제니퍼는 방에 틀어박혀 울었고, 조지 H는 소파 밑에 숨어서 깽깽댔다. 둘째 단계는 병원에서 자주 있는 일로, 다들 폴 주위에 모여서 대화하고 울고 서로 격려하고, 웃고 속삭였다. 마지막 단계는 다들 정상적인 행동을 보여주려 하는 것이었다. 마치 죽음이 존재하지 않는 것처럼, 차분하고 담담한 얼굴로 지내곤 했다. 하루하루를 살아야 했으므로 씩씩하고 평범하게 보내게 되었다. 가족은 몇 달에 걸쳐, 또는 한 시간 내에도 이런 단계들을 되풀이하며 살았다.

에이즈가 몸에 어떤 짓을 하는지는 얘기하고 싶지 않다. 아주 나쁜 상황을 상상해보도록—그런 다음 더 나쁜 상황을 그리면 된다(얼마나 몸이 나빠지는지 상상하기 힘들 것이다). 사전에서 '살'—아주 통통한 단어—을 찾은 다음 '흐물흐물해지다'를 찾아보도록.

 어쨌든 에이즈의 최악은 그게 아니다. 가장 나쁜 것은 반발이 생긴다는 것, '난 죽지 않을 거야' 바이러스가 생기는 것이다. 그것은 죽어가는 이 곁에서 살아가는 그를 사랑하는 사람들에게도 영향을 미친다. 초반부터 나도 그 바이러스의 영향을 받았다. 그날을 정확히 기억한다. 폴은 입원 중이었다. 그는 저녁 식사를 하고 있었다. 폴은 배가 고프지 않은데도 접시를 깨끗이 비웠다. 나는 마지막 남은 콩까지 포크로 집어먹는 그를 지켜보았다. 폴은 의식적으로 음식을 꼭꼭 씹어서 삼켰다. '이러면 몸이 견디는 데 도움이 될 거야. 아주 작은 것도 중요하다고'—그는 그런 생각을 했다. 얼굴에, 몸에, 벽에 그렇게 씌어 있었다. 난 '빌어먹을 놈의 콩 따윈 잊어버려, 폴. 넌 죽을 거라고! 죽는다니까!'라고 버럭 소리치고 싶었다. 우리 대화에서 '죽음', '죽는 것'과 관련된 말은 일절 금지되었다. 그래서 난 무표정한 얼굴로 앉아서 속만 끓였다. 폴이 면도하는 것을 볼 때마다 내 심사는 더욱 사나워졌다. 털이라곤 턱에 난 수염 몇 가닥이 전부였다. 폴은 원래 털이 많은 타입이 아니었다. 그런데도 매일 면도를 했다. 매일 얼굴에 면도용 크림을 잔뜩 바르고 일회용 면도기로 밀어냈다. 그 광경이 내 기억 속에 각인되었다. 건강이 안 좋은 폴이 환자복 차림으로 거울 앞에 서서, 머리를 이쪽저쪽으로 돌리고 살을 이쪽저쪽으로 밀면서, 완전 쓸데없는 짓을 하는 모습이.

나는 학교생활을 엉망으로 했다. 강의와 세미나에 계속 빠졌고, 과제물도 작성할 수가 없었다. 사실 이제 책을 읽을 수도 없었다. 칸트나 하이데거의 책을 읽을 때면 같은 문단을 몇 시간이고 노려보면서 무슨 뜻인지 이해하려 애썼다. 집중하려 노력해도 소용이 없었다. 동시에 내 나라에 염증이 났다. 캐나다는 무미건조하고 안락하고 편협한 나라였다. 캐나다인들은 물질주의가 목까지 차고, 그 위로는 미국 TV밖에 없었다. 어디서도 이상주의나 엄격함은 찾아볼 수 없었다. 그저 무감각한 진부함밖에 없었다. 중앙아메리카나 원주민, 환경 문제, 레이건의 미국, 모든 것에 대한 캐나다의 정책이 내 뱃속을 뒤틀리게 했다. 이 나라에는 맘에 드는 구석이 없었다. 하나도 없었다. 달아나고 싶어 안달이 났다.

어느 날 철학 세미나 중에—내 전공이었다—나는 헤겔의 역사 철학에 관해 발표를 했다. 지성적이고 사려 깊은 교수는 내 발표를 중지시키고, 그가 못 알아들은 부분을 설명해달라고 요구했다. 난 침묵에 빠졌다. 우리가 앉아 있는, 책이 꽉 찬 안락한 연구실을 둘러보았다. 침묵의 순간이 기억나는 것은, 그 순간 혼란 속에서 엄청난 힘으로 분노와 냉소가 폭발해버렸기 때문이다. 난 소리치며 벌떡 일어나, 두꺼운 헤겔의 책을 창으로 내던졌다. 성큼성큼 걸어 나와 문을 부서져라, 닫고, 근사하게 조각

된 벽의 패널을 냅다 걷어찼다.

휴학을 하려 했지만 신청 마감일을 넘겨버렸다. '학부생 청원위원회'에 출석해서 호소했다. 휴학하는 이유는 폴 때문이었지만, 위원회 의장은 가식적인 말투로 '감정적인 절망감'이 정확히 뭐냐고 물었다. 난 그를 바라보면서, 폴의 고난은 껍질을 까서 사등분해 그 앞에 내놓을 오렌지가 아니라고 결론지었다. 하지만 이번에는 소란을 떨지 않았다. 그냥 "마음이 바뀌었습니다. 청원을 거두고 싶습니다. 관심 가져주셔서 감사합니다"라고 말하고 방에서 나왔다.

그 결과 낙제했다. 그때나 지금이나 상관없다. 난 로타운을 배회했다. 그곳은 어슬렁대기 좋은 곳이거든.

하지만 진짜로 말하고 싶은 것, 즉 이 이야기를 하는 목적은 헬싱키의 로카마티오 집안이다. 폴의 집안은 아니다. 폴의 성은 앳시다. 또 내 집안도 아니다.

폴은 몇 달간을 병원에서 지냈다. 상태가 안정되면서 퇴원했지만, 난 병원에 있는 그를 주로 기억한다. 투병하면서 검사와 치료가 일상이 되었다. 내 뜻과는 달리, 항바이러스제, 알파인터페론, 돔페라민, 니트라제팜 같은 용어에 익숙해졌다(중병 환자와 같이 있으면, 과학이 미망이 될 수 있음을 알게 된다). 난 문병을 갔다. 주중에 한두 번씩, 가끔은 주말에도 토론토에 가서 폴을 만났고, 전화는 매일 했다. 내가 토론토에 갔을 때 그가 외출할 힘이 있으면, 둘이 산책을 하거나 영화나 연극을 보러 갔다. 하지만 주로 앉아 있었다. 방에 갇혀서 TV 시청하는 것도 지겹고, 더 읽을 신문도 없고, 카드나 체스, 단어 맞추기 게임도 싫증 나고, 병을 '이것', '이것의 진전' 운운하는 데도 한계가 생기면 시간을 보낼 방법이 없어진다. 뭐 그것도 괜찮았다. 폴이나 나나 앉아서 음악을 듣고 생각에 빠져드는 게 싫지 않았으니까.

다만 그 시간에 뭔가 해야 될 것 같은 기분이 들기 시작했다. 옛 그리스 의상을 걸치고 삶과 죽음, 신, 우주, 모든 것의 의미에 대해 철학적으로 논해야 된다는 뜻은 아니고. 첫 학기, 폴이 병든 것을 알기 전에는 그랬다. 학부 때야 그러지 않던가. 동틀 때까지 밤을 꼴딱 세면서 달리 뭐 할 일이 있다고? 또는 데카르트나 버클리나 T. S. 엘리엇을 처음으로 읽고 나면 그러지 않겠나. 어쨌거나 폴은 열아홉 살이었다. 열아홉 살인 사람은 어떤가? 백지다. 모든 소망과 꿈과 불확실성이다. 모든 미래며 작은 철학이다. 우리 둘이 건설적인 일을 하고 싶다는 뜻이었다. 무에서 유를, 헛소리에서 그럴 법한 것을, 삶과 죽음, 신, 우주, 그 모든 의미에 대한 이야기를 초월해서 실제로 그것들이고 싶었다.

생각을 많이 했다. 생각할 시간이 많았다. 봄에는 로타운 시에서 정원사 일자리를 얻었다. 꽃밭을 가꾸고 잡목을 정돈하고, 잔디를 깎으며 지냈다. 바쁘게 손을 놀렸지만 정신은 자유로웠다.

어느 날, 귀에 공업용 귀 보호대를 끼고 넓은 시의 잔디밭에서 잔디 깎는 기계를 밀다가 아이디어가 떠올랐다. 두 마디에 우뚝 멈춰 섰다. 보카치오의 『데카메론』. 인도에서 지낼 때 이 너덜너덜해진 이탈리아 고전을 읽은 적이 있었다. 아이디어는 간단하다. 피렌체 외곽에 있는 외딴집. 흑사병으로 죽어가는 세상. 열 명이 전염병을 피하기 위해 거기 모인 다음 시간을 보내려고 서로 이야기를 들려준다.

바로 그거였다. 상상력을 변형시키는 재주를 부리는 것. 보카치오가 14세기에 했던 일을 우리가 20세기에 해보는 거야. 하지만 이번에는 세상이 아니라 우리가 아픈 거였고, 우린 여기서 도망치지도 못할 터였다. 반대로 우리는 이야기를 하면서 세상을 기억하고, 세상을 재창조하고, 세상을 껴안을 거였고. 그랬다. 세상을 끌어안는 이야기꾼이 되는 것……. 폴과 내가 그렇게 공허를 부수어야지.

생각하면 할수록 아이디어가 마음에 들었다. 어떤 가족, 대가족의 이야기를 만드는 거야. 다양하지만 연관이 있는 이야기들로 연속성을 유지하며 확장시키는 거야. 캐나다인 집안이고 현대를 배경으로 해야. 역사적이고 문화적인 면이 쉽게 그려지겠지. 내가 확실한 길잡이가 되어서 이야기들이 자전적으로 흐르지 않게 해야 되겠지. 또 폴이 너무 기운이 없거나 우울할 때 나 혼자서도 이야기를 끌어갈 수 있도록 준비를 단단히 해야 될 거야. 그에게 선택의 여지가 없다는 것을 분명히 인식시켜야 되겠지. 이 이야기 만들기가 게임이나 영화 감상이나 정치 이야기 수준의 일이 아니라는 점을 알게 해야 될 거야. 이야기 외에는 모든 것이 쓸모없다는 것을 폴이 알아야 해. 필사적으로 존재에 대해 생각해도 공포감만 안겨줄 뿐임을 알게 해야 해. 오로지 상상만이 헤아릴 가치가 있다는 것도.

하지만 상상이란 아무것도 없는 데서 튀어나오지 않는다. 우리 이야기가 폭과 깊이 면에서 동력을 얻고, 문학적인 사실성과 부적절한 환상을 피하려면 골격이나 가이드라인 같은 게 필요할 터였다. 맹인이 흰 지팡이를 짚고 나갈 수 있는 인도가 필요했다. 그런 골격을 찾아내려고 머리를 쥐어짰다. 확고하면서도 느슨해서, 우리를 얽어매면서도 영감을 주는 뭔가가 필요했다.

잡초를 뽑다가 20세기 역사를 이용해야겠다는 생각을 했다. 이야기가 1901년에 시작해서 1986년까지 전개된다는 뜻은 아니고. 그건 청사진이 되지 못한다. 오히려 20세기를 우리의 틀로 삼고, 매해 하나의 사건을 은유적인 가이드라인으로 삼아야지. 이야기에 여든여섯 개의 에피소드가 담기고, 에피소드마다 한 해에 일어난 사건이 메아리치게 될 터였다.

폴과 시간을 보낼 방법을 모색하니 전율이 일었다. 아이디어가 넘쳐났다. 폴과 이야기를 만들려고 로타운에서 토론토를 오가는 일―통근을 상상해보길. 그 지루하고 일과 관련된 번거로운 일―이 가장 가치 있는 일이란 생각이 들었다.

폴에게 조심스럽게 설명했다. 병원에서였다. 폴은 여러 가지 검사를 받는 중이었다.

그가 말했다.

"못 알아듣겠어. '은유적인 가이드라인'이라니 무슨 말이야? 또 이야기는 언제 벌어진다는 거야?"

"요즘. 가족은 바로 지금 존재해. 우리가 선택한 역사적인 사건들은 일종의 유사물이 되어서 우리가 가족의 사연을 만드는 데 길잡이가 돼줄 거야. 조이스가 『율리시스』를 쓸 때 호머의 『오디세이』를 유사물로 삼은 것처럼."

"『율리시스』는 못 읽어봤는데."

"그건 중요하지 않아. 요점은 이거야. 소설은 1904년 어느 날 더블린에서 일어나지만, 고대 그리스의 서사시에서 제목을 딴 거지. 조이스는 트로이 전쟁이 끝난 후 율리시스가 십 년간 헤맨 일을 더블린에서 벌어지는 이야기의 유사물로 이용했어. 그의 소설은 『오디세이』의 은유적인 변형이지."

"그 책을 안 읽어봤으니, 선배가 읽어주지 그래?"

"우린 구경꾼이 되고 싶은 게 아니니까 그럴 필요 없어, 폴."

"아."

"먼저 주인공 가족이 어디 살지 결정해야 해."

폴은 나를 멍하니 쳐다봤다. 그는 회의적이고 고단했다. 나는 고집을 부렸다. 짜증까지 냈다. 난 '죽음'이란 말은 하지 않았지만, 그런 분위기가 흘렀다. 폴은 얼굴을 일그러뜨리며 울기 시작했다. 난 당장 사과했다. 그래, 『율리시스』를 낭독하자. 좋은 아이디어네. 그런 다음 『전쟁과 평화』를 읽지 뭐— 그러면 안 될 이유라도 있나?

내가 병실에서 나와 엘리베이터에 오른 순간, 복도에서 큰 소리가 터져 나왔다.

"헬싱키―이―이―이―이―이!"

난 빙그레 웃었다. 이제 아시겠지. 폴과 나는 통하는 데가 있었다. 우린 젊었고, 젊음은 급진적이 될 수 있다. 우린 습관과 구습에 눌리지 않는다. 우린 시간을 잡을 수 있다면 완전히 다시 시작할 수 있다. 그러니 핀란드의 수도 헬싱키에서 이야기가 풀릴 터였다. 탁월한 선택. 둘 다 가본 적 없는 머나먼 도시니, 눈앞에 있는 곳보다야 공상을 펼치기가 한결 수월할 것이다. 나는 다시 폴의 병실로 갔다. 고함을 질러서 그의 얼굴이 아직 빨갰다.

폴에게 가족의 이름을 물었다. 그는 입술을 오므리고 눈을 가늘게 뜨고 생각에 잠겼다. 그러더니 '로카마티오'라고 말했다. 뭐야?

"로카마티오. 로―카―마―티―오."

별로 당기지 않는다. 현실적이지 않아서. 북구 분위기가 풍기면 더 낫지 않을까? 하지만 폴이 고집을 부린다. 로카마티오―로. 카. 마. 티. 오. 라고 반복한다―는 이탈리아 혈통의 핀란드인 집안이라고. 그러지 뭐. '헬싱키 로카마티오'로 장소와 이름이 정해졌다. 집안 내력은 좀 기다려야 했다. 우리는 규칙을 정했다. 소설적인 적합성은 내가 판단하기로 했다. 노골적인 자전 소설은 금지였다. 이야기의 시대는 1980년대 중반인 요즘으로 정했다. 에피소드는 하나의 일과 연관이 있고, 그 일은 20세기의 각 해에 일어난 사건과 비슷할 터였다. 우린 번갈아 이야기를 쓰기로 했다. 난 홀수 해, 폴은 짝수 해를 맡을 터였다. 헬싱키에 대해 아는 바를 의논해서 다음의 내용에 합의했다. 하나, 헬싱키에는 백만 명의 주민이 살았다. 둘, 모든 면에서―정치, 상업, 산업, 문화 등―핀란드의 수도였다. 셋, 헬싱키는 주요 항구였다. 넷, 까다로운 스웨덴어를 쓰는 소수 집단이 있었다. 다섯, 나라의 분위기에 러시아가 중요한 영향을 미쳤다. 마지막으로, 로카마티오 일가는 우리 만의 비밀로 하기로 했다.

숙고하고 조사한 끝에 내가 첫 번째 에피소드를 쓰기 시작하기로 했다. 나는 폴에게 펜과 종이, 『20세기 역사』라는 세 권짜리 책을 가져다주었다. 그의 아버지는 침대가에 있던 『브리태니커 백과사전 15판』 서른두 권이 꽂힌 바퀴 달린 작은 책꽂이를 가져왔다.

이제부터 '헬싱키 로카마티오'의 이야기를 듣는 게 아니라는 점을 이해하시길. 어떤 친밀한 부분은 공개해서는 안 되는 법이다. 그런 것들은 존재하면 그뿐이다. 로카마티오 집안의 이야기를 하는 것은 어려웠다. 특히 해가 가면서 그랬다. 우리는 용기 있고 강인하게 시작했다. 늘 토론했고 지속적으로 서로 참견하면서, 우리의 명석함과 창의성에 놀라기도 했다. 또 많이 웃었다―하지만 건강이 좋지 않을 때 세상을 재창조하는 일은 무척 고단하다. 폴은 능력이 없기보다는 의지가 없을 때가 있었다―그래도 한마디 말이나 찌푸린 표정으로 내게 반대하거나 다시 해보게 하곤 했다. 듣는 것조차 힘들어했다.

헬싱키 로카마티오의 이야기는 종종 속삭여졌다. 여러분에게 속삭이는 건 아니다. 에이즈를 겪은 와중에서 내게 남은 것은―내 머리 밖에―이 기록이 전부다.

헬싱키 로카마티오 일가 이면의 사실들

1901―육십사 년간의 통치 끝에 빅토리아 여왕이 사망한다. 통치 기간 중 믿기 힘들 정도의 산업 발전이 있었고, 물질적인 풍요는 증대되었다. 근시안적이고 환상을 품은 시각으로 보면, 빅토리아 시대는 가장 행복한 시기다―안정, 질서, 부, 계몽, 희망의 시대였다. 과학과 기술이 새로이 승리를 거두고, 유토피아가 목전에 있는 듯하다.

나는 끝부터 시작한다. 집안의 가장인 산드로 로카마티오의 죽음으로 이야기를 연다. 그러는 것이 드라마틱하고, 장례식에 참석한 가족 구성원을 소개할 계기가 된다.

1902―윌프리드 로리에 수상 내각의 내무장관인 클리포드 시프톤의 강력한 지도하에, 캐나다 서부의 정착이 활발하다. 시

프톤 장관은 북부와 중부 유럽의 대행사를 통해 수십 개 국어로 된 팸플릿 수백만 장을 보낸다. 구대륙에 캐나다 밀을 내려놓은 배들은 사람들을 싣고 온다. 십 년도 안 되어 대평원 지역은 인구 백만 명을 넘었고, 밀 생산량은 다섯 배가 증가한다. 로리에 수상은 이 발전하는 지역을 두고 '20세기는 캐나다의 것'으로 선포한다.

1903— 오빌과 윌버 라이트 형제가 노스캐롤라이나의 '킬 데빌 힐스'에서 비행한다. 비행기 '플라이어 1(지금은 주로 '키티호크'로 불린다)'은 첫 비행에서 상공에 십이 초간 머물고, 네 번째이자 마지막 비행 때는 오십구 초간 머무른다.

1904— 드레퓌스 사건(프랑스에서 유대인 사관인 드레퓌스의 간첩행위 여부를 둘러싸고 벌어진 사건으로 정치에 큰 영향을 미침—옮긴이)의 직격탄으로 프랑스 수상 에밀 콩브는 교회와 국가를 완전히 분리하는 법안을 도입한다. 법안은 양심의 자유를 보장하고, 성직자 임명이나 성직자 급여에 있어 정부를 배제시킨다. 또 교회와 국가 사이의 모든 연계를 차단한다.

어느새 이야기를 풀어 나가는 습관이 생긴다. 거의 예식처럼 치러진다. 맨 먼저 유럽인들처럼 만날 때마다 늘 악수를 한다. 폴이 그러면서 즐거워한다는 걸 알 수 있다. 필요할 경우 건강과 치료에 관한 대화를 나눈다. 그런 다음 사소한 얘기가 오간다. 둘 다 신문을 열심히 읽는 편이라 보통 정치와 관련한 화제다. 잠시 마음을 가다듬은 후 드디어 로카마티오 일가의 이야기로 접어든다.

1905—독일의 월간지 《아날렌 데어 피지크》는 스물여섯 살의 알베르트 아인슈타인의 논문을 게재한다. 그는 독일계 유대인으로 스위스 베른 소재 특허 사무소의 검사원으로 일했다. '특수상대성 이론'이 탄생한다. 에너지는 어디에나 있다. 아인슈타인에 따르면 $E=mc^2$이다.

1906—토미 번스가 마빈 하트를 누르고 캐나다인 최초로(또 유일하게) 헤비급 복싱 챔피언이 된다. 번스는 삼 년 사이에 열한 번의 방어전을 치렀고, 일 분 이십팔 초 만에 아일랜드 챔피언인 젬 로시를 눕힌 것으로 유명하다. 헤비급 방어전 사상 최단 시간 경기였다.

폴은 몸이 괜찮다. 가벼운 증세—밤에 식은땀을 흘리거나 설사—가 있고 힘이 없지만, 그럭저럭 다스릴 만하다. 그는 퇴원해서 집에 있었는데, 지금까지 평생 하루도 아파 본 적이 없었기에 요즘처럼 아픈 것이 낯선 일면이다. 폴은 항바이러스제와 종합비타민을 복용하기 시작했고, 매주 병원에 가서 어떤 때는 하룻밤 입원하기도 한다. 폴은 병원— 흰 가운을 입고 과학 용어를 줄줄 읊고 끝없이 검사를 해대는 전능한 남녀 의료진이 있고, 먼지 하나 없이 깨끗한 곳—을 좋아한다. 의료진은 그를 지치게도 하고 위로해주기도 한다. 폴의 기분은 좋은 상태다.

우리는 계획을 세운다. 여행에 대해 말한다. 나는 여행을 좀 해봤지만, 폴은 가족 여행 외에는 이렇다 할 경험이 없는 편이다. 우리는 여행을 성장에 필요한 요소로, 존재의 상태로, 내적인 여행에 대한 은유로 여긴다. 누구나 가는 길을 경멸하기에 유럽 여행 얘기는 거의 안 한다. 우리는 관광객이 아니라 '동방박사'라 할 수 있다. 별을 따라서 아이슬란드, 포르투갈, 불가리아, 폴란드를 거쳐서, 터키와 예멘, 멕시코, 페루, 볼리비아, 남아프리카, 필리핀을 지나 인도와 네팔로 간다.

1907—신품종 밀 '마키스'가 서스캐처원의 '인디언 헤드'로 보내져 테스트를 받는다. 어려운 채택 과정에 있어 '오타와 실험 농장'의 곡물학자인 찰스 에드워즈 선더스의 공이 크다. 신품종이 서스캐처원의 풍토에 보인 반응은 획기적이다. 바람과 질병에 잘 견디고, 좋은 밀가루를 만드는 수확을 가능케 한다. 가장 중요한 것은 조생종이어서, 서리 피해를 피할 수 있고, 앨버타와 서스캐처원의 밀 경작 가능 지역을 어마어마하게 늘릴 수 있다. 1920년까지 마키스는 대평원의 봄밀 수확의 90퍼센트를 점유해서, 캐나다가 세계의 밀 수확지로 손꼽히는 데

일조하게 된다.

  나는 일이나 음식, 교통수단 같은 것을 생각하지 않을 때면 로카마티오 집안에 대해 궁리한다. 신경이 그쪽으로 쏠린다. 역사적인 사건들을 찾아야 한다. 그런 다음 플롯과 유사한 이야기를 생각해내야 한다. 소설 내용이 상징적인 순간이나(시작이나 끝부분?) 내용 전체에서, 적나라하게든 은근하게든 역사적인 사건과 비슷해야 한다. 이런 생각에 마음이 매여 있고, 도전하게 되고 나아가게 된다. 일상생활은 거의 의식하지 않고 산다.

  1908— 작가이자 자연주의자 겸 예술가인 어니스트 톰슨 세턴이 캐나다 '보이 스카우트'를 결성한다. 조직의 목표는, 이 년 후 생기는 '걸 가이드'와 마찬가지로 훌륭한 시민정신과 바른 행동, 자연 사랑, 다양한 야외 활동 기술을 키우는 것이다. 보이 스카우트들은 도덕 정신을 따르고, 매일 선행을 베풀어야 한다. 그들은 캠핑을 하고 수영과 조정, 하이킹을 한다. 또 공동체의 봉사 활동에 참여한다. 그들의 표어는 '준비를 갖추자'다. 스카우트들은 왼손으로 악수한다.

  난 로카마티오 일가를 그렇게 야심 차게 그려본 적이 없었다. 결혼, 도망친 딸, 씁쓸하지만 자유를 주는 이혼, 출산, 사업 성공, 로맨스, 지역에서의 리더십—역동적인 집안이다. 우리는 잽싸게 이야기를 꾸려간다. 둘이 격년으로 쓸 의도였지만, 지금까지는 협동해서 이야기를 꾸며왔다.

하지만 수평선에 구름이 낀다. 1909년은 내가 맡은 해다. 나는 이야기 구성에서 시행착오를 겪는다. 폴은 '시행과 기만'을 겪고. 이야기가 억지스러워지는 건 처음이다. 난 폴의 1910년 이야기가 마뜩지 않다.

1909— 로버트 E. 피어리는 세 번째 시도에서 북극에 도달했다고 주장한다. 일반적으로는 이 주장이 인정되지만, 부족한 관찰 내용과 믿기 힘든 일정 때문에 많은 의심을 산다.

1910 — 군국주의에 젖어, 힘과 영향력을 팽창시키기 위해 한국을 속국으로 만들겠다고 작정한 일본은 자국의 이익을 목적으로 한국인과 자원을 수탈하기 시작한다. 한국인들은 언론과 집회, 결사의 자유를 빼앗기고, 심지어 학교에서 모국어 사용이 금지된다.

나는 로카마티오 일가가 헬싱키의 정치 소용돌이에 빠져드는 내용을 만든다!

1911— 캐나다는 연방 선거를 치른다. 캐나다와 미국 간의 호혜주의, 즉 관세 인하를 동의하는 데 대한 찬반 선거다. 자유

당의 월프리드 로리에 수상은 호혜주의에 찬성한다. 야당인 보수당 당수 로버트 보든은 반대하고, 동부의 제조업체들은 그런 경제 합의가 정치적인 점령의 첫걸음이 될 거라고 주장한다. 영향력 있는 미국인들의 주장—이를테면 하원의장 챔프 클라크의 '성조기가 북미의 영국령부터 북극까지 구석구석에 휘날리는 날을 보고 싶다'—이 이런 두려움을 확인시켜주는 듯하다. 수상과 자유당은 완전히 패배하고, 보든이 수상이 된다.

폴의 감정 변화가 심하다. 어떤 상황인지 깨닫기 시작하는 눈치다. 처음에는 약과 주사가 기분을 좋게 하는 기폭제였다. 약은 폴에게 '이렇게 건강이 오거든. 넌 이겨낼 거야'라는 신호를 보냈다. 하지만 건강은 그를 외면하고 폴은 그게 화난다. 아직도 신앙처럼 약을 먹지만, 약은 달콤하지 않고 쓰기만 하다. 1912년 영국에서 최저임금법이 통과된다. 로알드 아문센이 남극에 도달한다. 이집트에서는 독일인 고고학자가 네페르티티 여왕의 아름다운 흉상을 발굴한다. 에드거 라이스 버로스는 첫 타잔 소설을 발간한다. 마르셀 뒤샹은 〈계단을 내려오는 누드 2번〉을 공개한다. 하지만 폴은 이런 것을 누리지 못할 것이다. 강도행위에 대한 그의 이야기는 단순하고, 단선적이고 거칠다.

1912—파리 교외인 슈와시 르 후와에서 다섯 시간에 걸친 대

치 끝에, 아나키스트인 쥘 조제프 보노가 죽는다. 보노와 '보노파'로 알려진 일당은 맨얼굴로 은행 강도와 침입, 차량 도난을 저지르며 태연하게 은행 직원과 경비원, 행인, 경찰관, 주민에게 총을 쏘고 프랑스 사회를 공포로 몰아넣는다. 마지막 대치에서 당국은 포병대 세 개 연대와 다섯 개 경찰 부대를 배치한다. 군경은 총과 기관총, 다이너마이트를 사용한다. 보노는 매트리스에 싸여 산 채로 발견된다. 그는 최후를 맞이한다. 현장에 삼만 명 이상의 구경꾼이 있다.

지속적인 낙관에는 '이성'이라는 핵심적인 우군이 있다. 비이성적인 낙관은 현실에 공격당해 더 큰 불행으로 이어진다. 그러므로 낙관은 언제나 이성의 조명을 받고, 정신 차린 마음에 확고하게 자리 잡아야 한다. 그래야 비관이 아둔하고 근시안적인 태도가 된다. 이것은—이성적인 것이 미지근하고 수치스러운 일이라는 것—작지만 부인 못할 성과에서만 낙관이 생길 수 있다는 의미이기도 하다. 1913년 나는 최상의 발을 내디딘다.

1913—지퍼가 특허를 받다.

폴은 입원 중이다. 주폐포자충 폐렴이 재발했다. 다시 댑손과 트리메토프림을 복용하지만, 이번에는 부작용이 심하다. 열이 나고 목과 가슴 전체에 발진이 생긴다. 폴은 무지막지하게 말랐다. 거의 먹지 못하는데 설사가 멎지 않는다. 코에 튜브를 끼고 있다. 그가 맡은 이야기에서는 마르코 로카마티오가 형 올랜도에게 악영향을 끼친다.

1914— 사라예보에서는 세르비아 민족주의의 꿈을 가진 열아홉 살 청년 가브릴로 프린치프가 방아쇠를 당겼고(그의 총탄에 오스트리아 황태자 부부가 세상을 떠났다. 당시 오스트리아는 여러 민족의 이해가 복잡하게 얽혀 있었다 — 옮긴이) 1차 대전이 발발한다.

> 오스트리아는 세르비아에 선전포고한다.
> 독일은 러시아에 선전포고한다.
> 독일은 프랑스에 선전포고한다.
> 독일은 벨기에에 선전포고한다.
> 영국은 (캐나다, 인도, 오스트레일리아, 뉴질랜드, 남아프리카, 뉴펀들랜드와 함께) 독일에 선전포고한다.
> 몬테네그로는 오스트리아에 선전포고한다.
> 오스트리아는 러시아에 선전포고한다.
> 세르비아는 독일에 선전포고한다.
> 몬테네그로는 독일에 선전포고한다.
> 프랑스는 오스트리아에 선전포고한다.
> 영국은 오스트리아에 선전포고한다.

일본은 독일에 선전포고한다.
일본은 오스트리아에 선전포고한다.
오스트리아는 벨기에에 선전포고한다.
러시아는 터키에 선전포고한다.
세르비아는 터키에 선전포고한다.
영국은 터키에 선전포고한다.
프랑스는 터키에 선전포고한다.
이집트는 터키에 선전포고한다.

나는 폴에게 1914년은 파나마 운하가 개통된 해인데 그보다 유쾌한 얘기가 있겠느냐고 말한다.
"선배의 역사관은 편견이 있어."
그가 대답한다.
"너도 마찬가지야."
내가 받아친다.
"하지만 난 옳은 편견이야."
"어떻게 알아?"
"내 역사관은 미래를 설명하니까."
이해할 수가 없다. 오래 사는 에이즈 환자도 있다고 읽었다. 하지만 한 주, 한 주 폴은 점점 마르고 기운이 떨어진다. 치료를 받고 있긴 해도, 폐렴을 제외하면 약효가 별로 없는 것 같다. 아무튼 특별한 질환이 있는 것 같지 않은데 그저 허약해진다. 의사한테 그 이유를 따지듯 묻는다. 의사는 문간에 서 있다. 서서 내 불평을 말없이 듣다가―체구가 큰 그는 수염이 덥수룩하고 눈이 벌겋다―아무 말 하지 않는다. 그러다 낮고 침착한 소리로 대꾸한다.

"우리는…… 최선을…… 다하고…… 있습니다."

내가 소설을 이어 나갈 차례다. 신중해야 한다. 전쟁을 연상시키는 대목은 싫다. 덴마크에서 여성에게 참정권이 생긴 일이 마음에 든다. 하지만 폴은 화해의 이야기를 반기지 않을 것이다. 카프카의 『변신』이 출판된 일을 고려해본다. 폴에게 지지 않으면서도 무시하면 안 된다. 완전한 추상과 우울한 현실 사이에서 줄타기를 잘해야 한다. 어쩌면 좋을지 모르겠다. 애매한 쪽으로 가기로 한다.

1915― 독일인 기상학자이자 지구물리학자인 알프레트 베게너가 『대륙과 바다의 기원』을 출판하다. 이 책에서 그는 논쟁이 많은 고전적인 지각변동 이론을 내놓는다. 베게너는 '판게아'라는 모 대륙이 이억오천만 년 전에 분열되어, 그 조각들이 일 년에 약 이점 오 센티미터씩 떠내려가며 그래서 오늘날의 대륙이 생겼다고 밝힌다.

"일 년에 이점 오 센티미터씩?"

폴이 씩 웃는다. 그도 내 이야기를 맘에 들어한다. 하지만 그를 말리지는 못할 것이다.

1916—독일이 포르투갈에 선전포고한다.
오스트리아가 포르투갈에 선전포고한다.
루마니아가 오스트리아에 선전포고한다.
이탈리아가 독일에 선전포고한다.
독일이 루마니아에 선전포고한다.
터키가 루마니아에 선전포고한다.
불가리아가 루마니아에 선전포고한다.

이어지는 검사. 폴은 '사이토메갈로 바이러스'(헤르페스 바이러스의 일종으로 조직의 변화를 초래함—옮긴이)에 걸려서, 설사를 하고 기운이 없다고 한다. 감염이 잘 되는 종류라서 눈, 폐, 간, 위장기관, 척추나 뇌에도 감염될 수 있다. 손쓸 방법은 없다. 효과적인 치료법도 없다. 폴은 말할 수 없이 우울하다. 내가 져준다.

1917—미국이 독일에 선전포고한다.
파나마가 독일에 선전포고한다.
쿠바가 독일에 선전포고한다.
그리스가 오스트리아, 불가리아, 독일, 터키에 선전포고한다.
시암(오늘날의 태국—옮긴이)이 독일과 오스트리아에 선전포고한다.

라이베리아가 독일에 선전포고한다.

중국이 독일과 오스트리아에 선전포고한다.

브라질이 독일에 선전포고한다.

미국이 오스트리아에 선전포고한다.

파나마가 오스트리아에 선전포고한다.

쿠바가 오스트리아에 선전포고한다.

1918년 분량에서 폴은 선전포고를 더 다루고 싶어하지만 — 아이티와 온두라스가 독일에 선전포고했다고 내게 알려준다 — 처음으로 나는 거부권을 행사하면서, 소설적으로 수용할 수 없다고 선언한다. 오스발트 슈펭글러의 『서구의 몰락』이 출판된 것도 못 받아들인다고. 이 책에서 슈펭글러는 문명은 탄생하고 꽃피우고 소멸하는 자연의 유기체 같으며, 서구 문명은 피할 수 없는 마지막 소멸기에 접어들었다고 주장한다. 나는 폴에게 "그만 좀 하라"고 말한다. 소망이 있다. 태양은 아직도 빛난다. 폴은 화를 내지만, 지쳐서 풀이 죽는다. 그가 내 검열을 예상했다는 생각이 든다. 호기심 생기는 사건과 온전히 준비된 이야기로 날 놀라게 하는 걸 보면.

1918 — 구상 성단 — 거대하게 밀집된 별 무리 — 에 대한 포괄적인 연구 후, 할로우 샤플리는 우리가 사는 은하계의 중심이 궁수자리에 있으며, 태양계는 이 중심에서 삼 분의 이인 삼만

광년만큼 떨어져 있다고 파악한다.

"대단하지 않아?"
내가 말한다.
"우린 외롭지 않아."
폴이 받아친다.
그의 이야기—『올란도』와 알코올 중독에 대한—는 흥하게 돌아간다.

1919— 발터 그로피우스가 독일 바이마르에 있는 디자인과 건축 학교 '바우하우스'의 교장이 된다. 그의 역량하에 바우하우스의 교수들은 과거와 단절한다. 그들은 기하학적인 형태, 매끄러운 표면, 규칙적인 윤곽선, 원색, 현대적인 재료를 강조한다. 못지않게 중요한 것은 그들이 대량생산 기법을 취해, 기능적이면서 심미적으로 만족스러운 물건들을 누구나 구입할 수 있게 한다는 점이다. 전에는 많은 사람들이 이렇게 멋진 물건을 일상생활에서 쓰지 못했다.

"주폐포자충 폐렴이 사람을 잡아."
폴이 말한다. 그 때문에 빈혈 증세가 있어서 정기적으로 수혈을 받는다.
나는 1920년 프로이트의 『쾌락 원칙을 넘어서』가 출간된 일을 소설에 쓰지 못하게 한다. 이 저서에서 프로이트는 '타나토스'라는 파괴적인 욕망, 즉 스스로 생명을 끊는 것으로 삶의 긴장에 종지부를 찍으려는 죽음의 욕망을 언급한다. 폴은 로카마티오 일가의 이야기를 쭉 쓰면서 역사적인 사건을 바꾼다.

1920 — 다다이즘(문학, 미술상의 허무주의 — 옮긴이)의 개가. 1차 대전이 한창일 때 취리히에서 생긴 이 사조는 유쾌하고 무모한 작가와 화가들이 퍼트렸다. 후고 발, 트리스탄 차라(루마니아 태생의 프랑스 수필가, 시인. 다다이즘의 창시자 — 옮긴이), 마르셀 뒤샹, 장 아르프, 리하르트 휠젠베크, 라울 하우스만, 쿠르트 슈비터스, 프란시스 피카비아, 게오르게 그로츠 외 여러 예술가가 참여한 다다이즘은 예술과 사회와 문명의 모든 가치를 파괴하는 것을 추구한다.

폴이 전화해서 카포지 종양(에이즈 같은 면역결핍 환자에게 나타나는 피부 악성 종양 — 옮긴이)이 커진다고 전한다. 발과 발목에 울긋불긋한 자국이 생긴다. 많지는 않아도 분명히 있다. 의사들은 그런 증세를 없애려고 애써 왔다. 폴은 알파인터페론을 투약 받고 방사선 치료를 받게 된다. 그의 목소리가 떨린다. 하지만 우리는 동의한다. 의사들 말처럼 국부적인 카포지 종양에는 방사선 치료가 효과적임이 확인되었다는 데 동의한다. 사실 폴은 발에만 일부 종양이 있고 통증도 없으며, 최소한 폐는 멀쩡하다.

나는 병원에 가보겠다고 약속한다.

폴은 조용하다. 등에 고집스레 베개를 세 개나 피라미드 모양으로 겹쳐서 대고 누워 있다. 그가 좋아하는 자세다.

1921 ― 프레더릭 밴팅과 찰스 베스트가 췌장에서 포도당 대사 호르몬인 인슐린을 발견한다. 이것은 곧 당뇨병 치료에 획기적인 효과를 나타낸다. 수백만 명이 생명을 구한다.

내가 맡은 분량의 이야기를 시작하는데 폴이 가로막는다.

"1921년에 알베르 카뮈가 차 사고로 죽었어."

그는 더 말하지 않는다. 이야기를 계속 풀어나가는데 그가 다시 방해한다.

"1921년에 알베르 카뮈가 차 사고로 죽었다구."

"폴, 아니야. 카뮈는 1960년에 죽었어."

"아냐, 알베르 카뮈는 1921년 차 사고로 죽었어 파셀 베가(프랑스인 파셀 베가가 만든 고급 승용차 ― 옮긴이)를 타고 가다 그랬다구. 못 들어봤어? 크라이슬러를 본떠 만든 프랑스 차로 도로 주행 테스트를 많이 안 했지. 카뮈와 친구 몇 명이 돌아오는 길에……"

"폴, 뭐 하는 거야?"

"루베롱에서 파리로 돌아오는 길이었어. 카뮈가 노벨상 상금으로 루베롱에 아름다운 하얀 집을 샀거든. 길은……"

"알았어, 그만해."

"길은 직선이었고 한적했지. 길에 가로수가 있었어. 축이 부러졌을까? 운전대가 잠겼을까? 갑자기 알 수 없는 이유로 차가……."

"넌 규칙을 지키지 않고 있어, 폴. 지금……."

"차가 미끄러져서 나무를 들이받았어. 카뮈는 즉사했고……."

"1921년에는 밴팅과 베스트가 인슐린을 분리해냈고……."

"1921년에는 카뮈가 차가 나무에 들이받는 사고로……."

"포도당 대사 호르몬이고……."

"나무에……."

"호르몬이야……."

"1921년에는 히로시마에 원자폭탄이 투하되어, 사상자가……."

"하. 1921년에는 밴팅과 베스트가……."

"1921년에는 폭탄이 떨어졌고, 사상자가……."

"획기적인 효과를……."

"사상자가……."

"효과를……."

"사상자가……."

"획기적인 효과를 나타낸다."

폴이 지친다. 곧 그가 포기할 거라는 감이 잡힌다.

"차가 떨어져서 카뮈가 죽었다구!"

폴이 쇳소리로 고함치자, 나는 등골이 오싹해져 금방 입을 다문다. 폴은 눈을 부릅뜨고 날 노려본다. 난 속으로 중얼댄다. '무슨 짓을 하는 거야, 멍청하게스리!' 그 순간 폴이 내게 달려든다. 난 놀라서 몸을 빼지만, 그가 바닥에 쓰러질까 봐 얼른 붙잡는다. 몸이 얼마나 가볍던지. 폴은 내 얼굴을 두 번 치지만, 힘이 없어서 아프지 않다. 그가 흐느끼기 시작한다.

난 상냥하게 말한다.

"괜찮아, 폴. 괜찮다구. 내가 미안해. 괜찮다니까. 미안해. 마음을 편안히 해. 잘 들어봐, 더 좋은 게 있어. 1921년에 인슐린을 발견하지 않았어. 1921년에는 사코와 반제티가 사형 선고를 받았어(이탈리아 이민자로 무정부주의자였던 두 사람은 미국의 공산주의 마녀사냥의 덫에 걸려 사형선고를 받는다―옮긴이). 사코와 반제티가 있어, 폴. 사코와 반제티가 있다구. 사코와 반제티."

눈물이 그의 뺨을 타고 흘러 내 팔에 떨어진다. 난 그를 들어서 침대에 눕힌다.

"사코와 반제티가 있어, 폴. 사코와 반제티. 괜찮아. 내가 미안해. 사코와 반제티로 해. 사코와 반제티."

물수건을 갖다가 내 팔을 닦고, 폴의 얼굴을 닦아준다. 손으로 그의 머리칼을 넘겨준다.

"괜찮아, 폴. 사코와 반제티로 해. 사코와 반제티. 사코와 반제티가 있어. 사코와 반제티."

나는 우울한 이야기를 만든다. 가끔 우리가 짓는 이야기는 플롯이 약하다. 하지만 세부 사항이 설명되지 않고 애매한 대목이 많은데도, 그림처럼 정적이지만 풍부한 울림이 있다. 그러나 여기서는 그렇지가 않다. 플롯도 없고, 의미도 없다. 이야기가 비틀대고, 믿을 수 없고 설명할 수 없이 흐른다. 로레타 로카마티오가 물에 빠져 죽는다.

1921 — 이탈리아 이민자로 무정부주의자인 니콜라 사코와 바르톨로메오 반제티는 유죄 판결을 받는다. 매사추세츠주 사우스 브레인트리에서 일어난 강도 사건에서 두 명을 살해한 죄로 사형선고가 내려진다. 증거 불충분, 공판에서의 부정행위, 판사와 배심원들이 피고들의 정치적 견해와 사회적 위상에 편견을 가진 점, 알려진 범죄 집단의 행위임을 말해주는 증거가 있고, 세계적인 저항과 호소가 뒤따르는 데도 1927년 사코와 반제티는 처형당하게 된다.

폴은 우울증 치료제를 복용한다 — 처음에는 아미트리프틸린, 나중에는 돔페라민. 약이 효과를 발휘하는 데 이 주나 걸린다. 그사이 폴은 엄밀한 감시를 받는다. 특히 힘든 밤에는. 거의 매일 오후에 정신과 의사가 찾아온다. 나는 폴에게 하루 여섯 번씩 전화한다.

1922 — 베니토 무솔리니가 삼십구 세의 나이에 이탈리아 역사

상 최연소 수상이자 유럽의 20세기 첫 독재자가 된다.

"핏속에 바이러스가 있는 걸 느낄 수 있어. 바이러스 하나하나가 팔을 타고 올라와 가슴을 지나고, 심장에 들어갔다 다리로 내려가는 게 느껴진다구. 그런데 난 아무것도 할 수가 없어. 악화되리란 걸 뻔히 알면서도 이렇게 누워 기다릴 수밖에 없다구."
폴이 말한다.
그는 너무 약하다. 나는 또 져준다.

1923—독일은 베르사유 조약에서 부과된 전쟁 배상금(삼백삼십 억 달러에 달하는 액수)을 지불하지 못한다. 프랑스와 벨기에는 지불 이행을 촉구하기 위해 루르 지방을 점령한다. 독일 정부는 모든 배상금 지급을 차단하고 소극적인 저항으로 맞선다. 프랑스와 벨기에는 수많은 사람을 체포하고 경제 제재를 가한다. 독일 경제가 몰락하고 정부는 침몰하기 시작한다. 이런 배경에서 과격론자들이 양산된다.

폴은 나를 기다리고 있다. 그는 심심하다. 시간을 빼앗는 게 목적이면서도 당장에는 시간을 많이 안겨주는 게 이 병의 이상한 점이다.

1924—십팔 개월 전부터 건강이 악화되었던 블라디미르 레닌

이 쉰네 살에 뇌내출혈로 사망한다. 레닌이 제거하는 데 실패한, 공산당 중앙위원회의 스탈린 서기장은 죽은 지도자를 과하게 신격화시켜서 자신을 레닌의 옹호자로 각인시킨다.

병원에서 나오다가 폴의 부모님과 마주친다. 이제 그들과 잘 아는 사이가 되었다. 나와 그들은 서로에게 의지한다. 전에는 집으로 폴을 만나러 갈 때 미리 전화했지만, 곧 열쇠를 받았다. 그들은 밤이든 낮이든 아무 때나 오가도 좋다고, 문을 두드릴 필요도 없다고 말했다. 부모가 한 사람이 아니라(아버지는 내가 열 살 때 세상을 떠났다) 세 사람이 된 것 같다. 잭은 내 등을 두드려주고, 메리는 웃으면서 내 팔을 가볍게 잡으며 냉장고에 모카 요거트가 있다고 말한다. 내가 좋아하는 음식이다.

1925—아돌프 히틀러는 정치 선언의 첫 권인 『나의 투쟁』을 발간한다. 그는 "훌륭한 인종이 아닌 것은 모두 쓰레기"라고 쓴다. 독일인들은 "혈통 좋은 개, 말, 고양이뿐 아니라, 순수한 혈통의 인간들과 살아야 한다." 거드름 피우는 문체에, 반복적이고 산만하며, 비논리적이고 문법적 오류가 넘치는 책이다. 제대로 교육 받지 못한 인간의 폭언이다.

내가 더 괜찮은 이야기를 만들 것을. 폴이 나아지는 것 같다. 카포지 종양은 불안정하지만 설사는 거의 멎었다.

1926— 뉴욕에서 루돌프 발렌티노가 서른한 살 나이에 궤양으로 갑자기 영면에 든다. 발렌티노는 1913년 이탈리아에서 미국에 와서, 정원사와 접시 닦기, 짧은 희극에서 무용수, 단역 배우를 전전하다가 〈묵시록의 네 기사〉(1921)에서 주연을 맡는다. 그는 무성영화 시기의 스타로 급부상한다. 그의 사망은 세계적인 동요를 일으킨다. 자살과 소요가 일어났으며, 그의 시신을 보려는 줄이 열한 블록이나 이어진다.

폴은 몸이 나아지는 중이다. 입맛도 돌아오고 설사도 거의 하지 않는다. 카포지 종양이 환상적으로 낫고 있다. 폴이 내게 왼발을 보여준다. 적었던 부위는 말짱해지고, 큰 부위는 작아지고 색도 옅어졌다. 가장 중요한 것은 폴의 기분이 좋다는 점이다. 방금 수혈을 받아서 기운이 있다. 토요일 아침, 나는 그의 가족과 병원에 있다. 다들 행복하고 들떠 있다. 폴이 퇴원한다. 그는 몇 주 만에 평상복을 입는다. 옷이 크다. 바지는 겉돌고, 셔츠는 헐렁하다. 나는 그것을 알아차리고—다들 그렇지만—모른 체한다. 폴이 불안정하게 걷는다. 그를 부축하는 손길과 미소가 많다.

1927— 파산 지경에 이른 '워너브라더스' 영화사가 알 졸슨 주연의 〈재즈 싱어〉를 개봉한다. 무성영화에 노래 네 곡과 부수적인 음악, 다양한 효과음이 더해지고, 자막 대신 말소리가 입

혀진다. 그 결과 이야기가 유연하게 흐르고 플롯도 매력을 얻는다. 영화는 대히트한다. 유성영화 시대가 시작된 셈이다.

뭔가 하기 위해, 시간을 보내고 제어권을 갖기 위해 폴과 나는 방을 재배치한다. 그가 지시를 내리면 내가 움직인다. 우리는 장난스럽게 움직인다. 나는 거드름을 부리다가 헐떡대며 책을 옮기고, 침대가 아무것도 아닌 양 옮긴다. 폴이 웃음을 터뜨린다.

1928년은 폴이 맡은 해고— 또 오늘은 그의 생일이다 — 아주 멋진 해였다. 영국에서 남녀 동일하게 참정권이 확대된다. 파리에서는 육십삼 개국이 전쟁을 국가 정책수단으로 삼지 말자는 '켈로그— 브라이언드 조약'에 서명한다. 아멜리아 이어하트가 최초로 대서양을 횡단하는 여성 조종사가 된다. 알렉산더 플레밍이 페니실린을 발견해서, 감염성 박테리아 질환의 항생제 치료에 획기적인 효과를 얻게 만든다. 라벨의 〈볼레로〉가 세계적으로 히트한다. 캐나다의 퍼시 윌리엄스는 암스테르담 올림픽에서 백 미터와 이백 미터 단거리 경주에서 금메달을 따서 센세이션을 일으킨다. 그렇다. 로카마티오 일가의 이야기도 좋을 수밖에 없다. 생일 축하해, 폴!

1928— 월트 디즈니는 최초의 유성만화 〈증기선 윌리〉를 세상에 선보인다. 만화의 주인공은 쾌활하고 짓궂은 인간 모습의 쥐 '미키 마우스'다.

폴이 사진 몇 장을 보여준다. 두 소년의 사진이다. 열다섯 살 쯤인 한 아이가 청바지와 두툼한 스웨터 차림으로 오렌지색과 갈색 낙엽 더미에 앉아 있다. 둘 다 씩 웃고 있다.

"왼쪽은 고등학교 때 단짝 친구 제임스야."

그는 오른쪽 소년은 누군지 말하지 않는다. 누군지 뻔하다. 바로 폴이다. 나는 짐짓 놀란 내색을 하지 않는다. 하지만 빤히 쳐다본다. 비슷한 구석을 찾으려 애쓰지만—머리칼이든 턱, 코, 눈빛이든—아무것도 없다. '사진 속' 폴과 '내 곁의' 폴은 완전히 다른 사람이다. '내 곁의' 폴은 내 반응을 눈치채지 못한다. 가족사진처럼 과거를 회상하게 하고, 환자에게 기운을 주고, 죽어가는 이를 끌어올리는 것은 없다. 건강한 과거, 무궁한 에너지와 깨끗한 피부를 가졌던 시기를 회상하며 폴은 즐거워한다. 나는 공포에 짓눌려 유령 같은 사진들을 뒤적인다.

우리는 산책을 한다. 아주 천천히 거닌다. 폴은 발을 가볍게 끌면서, 땅바닥을 잘 짚으면서 걷는다. 그래야 경련이 일지 않는다. 여름 날씨라 덥고, 상쾌한 바람이 분다. 너른 푸른 잔디와 나무에서 바삭대는 이파리들을 보고 폴은 마음 설레한다. 우리는 공원 벤치에 앉는다. 그는 경이로운 자연에 감탄하며 쉴 새 없이 두리번거린다. 강렬하고 빛나는 감정이다. 나는 우리 소설 중 손꼽히는 1929년의 이야기를 풀어낸다.

1929—만화책 『소비에트에 간 땡땡』이 출판된다. '에르제'로

더 잘 알려진 벨기에 작가 조르주 레미의 작품이다. 이후 전율 넘치는 용감한 모험담이 담긴 스물세 권이 더 발간된다. 그림은 정확하고 색이 밝고, 내용이 재미있다. 또 그림자 없이 길게 연속되는 선은 에르제가 시초가 된다. 여백이 있으면서도 생생한 스타일로 처리한 선은 문자 그대로 '깔끔한 선'으로 알려진다. 땡땡의 세계가 여러 세대에 걸친 독자들을 사로잡게 된다.

폴은 이 주 넘게 집에서 지낸다. 집은 태양계와 비슷해서, 폴이 태양이고 그를 중심으로 돌아간다. 중요한 방마다 인터컴이 설치되어, 서로 연결되어 있다. 언제나 인터컴이 작동 중이다. '태양왕'의 모든 움직임, 기침, 말이 집 전체에 퍼진다. 그가 음식에 변덕을 부려서 부엌은 어지럽다. 의학 저널들—그는 《네이처》《사이언티픽 아메리칸》《뉴잉글랜드 저널 오브 메디슨》을 구입한다—이 서가와 테이블, 바닥에 흩어져 있다. 그의 부모는 내심 이런 잡지를 혐오한다. 사람을 무기력하게 만드니까. 하지만 폴은 열심히 읽어댄다. 그의 물건—스웨터, 반쯤 마신 오렌지주스 잔, 펼쳐놓은 책, 슬리퍼, 중간에 그만둔 단어 퍼즐, 소형 게임기—이 사방에서 뒹군다. 그가 제멋대로여서가 아니라, 지치고 건망증이 심하기 때문이다.

부모와 누나 입장에서 가족은 거의 군대처럼 생활한다. 중요한 일은 모두 제시간에 조직적으로 처리된다. '구호반'은 교대로 자정에 사령관인 폴을 깨워 약을 먹게 한다. 이것은 짐을 나눠서 지는 게 아니다. 다들 서로 그 일을 맡으려 하니까.

폴은 공부를 재개하겠다고 말한다. 통신 수업이나 토론토 대학에서 파트타임으로 수강할 수 있으면 더 좋겠다고. 우린 열심이다. 그는 철학과 영화학을 전공하려고 생각한다.

1930―미국인 천문학자 클라이드 톰보가 우리 태양계의 아홉 번째 행성인 명왕성을 발견한다.

로카마티오 일가는 한 주 동안 미뤄놓게 된다. 폴은 부모님과 조지안 만에 있는 별장에 갈 예정이다.

폴이 내게 말한다.

"내 백혈구 때문에 가는 거야. 수치가 통 오르지 않아서. 넓은 곳에서 신선한 공기를 쐬면 백혈구에 도움이 될 거래."

그의 낙관이 깃발을 펄럭이는 것 같다.

1931년은 내가 쓸 해지만 폴이 하겠다고 나선다. 내 이야기가 별 게 아닌 데다―미국 건축가 알프레드 버츠가 발명한 '스크래블'로 더 알려진 가로세로 단어놀이에 기초한 내용이다―그날 서글픈 기분이어서 그에게 맡긴다. 폴은 떠나기 전에 간단하고 묘한 이야기를 한다. 그 후 난 더 슬퍼진다.

1931―오스트리아 태생의 미국인 수학자 쿠르트 괴델은 불완

전성 정리를 발표한다. '괴델의 증명'이라고 더 잘 알려진 이 정리는 어떤 수학 체계 내에도 그 체계 내의 공리에 기초해서 증명될 수 없는 명제들이 있으며, 그러므로 산술의 기본 공리들이 모순이 될 수 있다는 점을 증명한다.

잭과 메리는 급히 폴을 토론토로 데려온다. 배에 통증이 있어서 폴은 배를 부여잡는다. 가족은 병원으로 직행한다.
 백혈구 수치가 500이다. 맙소사. 면역 보호가 거의 바닥이다. 무방비 상태인 셈이다.

1932─소련에서 사회주의 리얼리즘이 예술 작품의 공식적인 이론이자 방법으로 발표된다. 계층 없는 사회를 건설하는 것만이 예술의 주제로 허용되며, 가치를 평가하는 유일한 척도가 된다. 그 결과 순전히 정치적이며 끝없이 진부한 소설과 그림이 양산된다.

상황의 균형을 맞춘다는 게 이상하긴 해도, 균형 면에서 볼 때 아들보다는 형제를 잃는 게 한결 낫겠지. 부모보다 앞서 세상을 뜬 자식. 과거보다 미래가 먼저 사라지는 것…… 그보다 영혼을 죽이는 일이 더 있을까? 소멸은 궁극적인 무기력이며, 죽음보다 나쁘다. 병을 잘 받아들이는 사람은 없지만, 폴의 누나인 제니퍼는 잘 해낸다. 내게도 그렇지만, 폴의 투병이 그녀의 젊음을 짓누른다. 제니퍼는 더 침착하고, 진지하며 조용해진다. 그녀는 밤에 삶의 작은 위험 요소들이 걱정되어 잠을 이룰 수가 없다고 자주 말한다. 자신의 안위 때문인 줄 알겠지만, 그게 아니라 부모 때문이다. 폴이 중병을 앓은 후로 제니퍼는 부모에게 말 없는 압력을 느낀다. 사랑이라는. 그녀는 무슨 일이 있어도 부모를 실망시키고 죽어선 안 된다고 생각한다. 그래서 감전될까 봐 욕실에서 헤어드라이어도 쓰지 않는다. 이제는 맨홀 뚜껑이 열려 있거나, 옆을 지날 때 차 문이 확 열릴까 봐 자전거도 타지 않는다.

나는 1933년을 다루고 싶지 않다. 솔직히 로카마티오 일가를 완전히 버리고 싶다. 최근 친구에게 바둑을 배워, 바둑판을 가져간다. 규칙이 간단하지만 — 가로와 세로 줄이 있는 판에 흰 돌과 검은 돌로 게임을 벌이는데, 상대편보다 땅을 많이 확보하면 이긴다 — 체스만큼이나 복잡하다. 하지만 체스보다는 초보자가 수월하게 접근할 수 있는 게임이기도 하다. 폴이 빠져들 것 같다. 그가 내 말을 막는다.

"잊은 게 있는 것 같은데?"

"오늘은 그럴 마음이 없어."

"중요한 일은 그것뿐이라고 했으면서."

"글쎄……"

"1933년에 무슨 일이 일어났는지 알아?"

"미국에서 뉴딜 정책이 시작되었지."

"그것 말고."

"룸바가 대유행한 일?"

"그것도 말고."

"킹콩이 가짜 속눈썹을 달고 나타난 일?"

폴은 내가 맡은 해를 차지한다. 마르코 로카마티오는 올랜도의 소액주주 집단을 제어할 권리를 확보해서, 번창하는 회사의 이사회에서 올랜도가 빠지게 만든다.

1933— 아돌프 히틀러가 독일 총통이 된다. 포츠담에서 제3제국이 선언된다. 바바리아의 다카우에 있는 탄약 공장에 첫 수용소가 마련된다.

폴이 1933년을 맡았으므로, 원래 그의 해인 1934년과 1935년을 내가 맡는다. 나는 당당하게 나선다. 신생아와 그 아기에게 느끼는 사랑보다 위대하고 아름다운 것은 없다. 나는 라스 로카마티오의 출생을 발표한다.

1934— 온타리오 북부 칼란더 인근의 가난한 프랑스계 캐나다 농가에서 다섯 쌍둥이—에밀리, 이본느, 세실, 마리, 아네트—가 태어난다. 역사상 처음으로 생후 몇 시간 이상 생존한 일란성 다섯 쌍둥이다. 이 좋은 소식이 퍼져서, 희소식을 갈망하는 세상 사람들을 기쁘게 한다. 곳곳에서 돈, 옷, 음식, 모유, 도구, 조언이 쏟아진다. 적십자는 이들의 시골집 맞은편

에 특별한 초현대식 병원을 세운다. 하지만 사람들은 선물만 보내는 게 아니다. 다들 호기심을 가진다. 이 기적의 아이들을 직접 눈으로 확인하고 싶어한다. 곧 세상이 이 디온느 가족에게 밀려들기 시작한다. 이곳이 캐나다 최고의 관광지가 된다. 병원이 커져서 '퀸트랜드('quintland' quint는 다섯이라는 뜻 ― 옮긴이)'라는 단지의 중심지가 된다. 관광객들이 밀려들어 하루에 육천 명이 찾아와, 밖에서만 보이는 유리창으로 다섯 아이가 특별 놀이방에서 뛰어노는 모습을 구경한다. 관광객들은 총 오억 달러를 쓴다. 세계적으로 칼란더는 캐나다에서 가장 유명한 도시가 되고, 부동산 가격이 치솟는다. 호텔, 모텔, 레스토랑, 기념품점 할 것 없이 성황을 누린다. 직접 와서 보지 못하는 이들도 세 편의 할리우드 영화, '폭스 ― 무비톤'의 뉴스 필름, 수많은 잡지의 표지, 여러 제품의 광고에서 다섯 쌍둥이를 볼 수 있다. 세상은 매일 쌍둥이들이 어떻게 지내는지 알고 싶어한다.

이틀 후 나는 헬싱키 시청에서 일어난 짜릿한 사건을 다룬다.

1935 ― 보수당의 R. B. 베넷 수상이 총선을 발표한다. 그의 통치는 일인 독재와 아주 비슷해졌다. 그는 대공황 문제를 해결하겠노라고 장담하며 "모든 난관을 쓸어내버리겠다"고 말했다. 1935년 더이상 가솔린을 살 수 없는 형편이 된 사람들은

차에서 엔진을 떼고 차체를 말에 연결한다. 그들은 이것을 '베넷 마차'라고 부른다. 1935년 캐나다인들이 베넷을 쓸어내버린다. 보수당은 최악의 패배를 기록해서, 이백사십오 석 중 고작 사십 석을 얻었다. 윌리엄 L. M. 킹이 다시 수상에 오른다.

폴은 내 말을 잘 듣지 않는다. 침 넘기는 소리가 들린다. 나는 이야기 때문에 적어온 메모지를 보다가 고개를 든다. 폴의 눈에 눈물이 그렁그렁하고 입술이 떨린다. 나는 말을 멈춘다.

그가 신음을 내뱉는다.

"아…… 살고 싶어. 다른 야망은 모두 포기할 수 있어."

폴이 울기 시작한다. 그가 더듬더듬 말한다.

"인생이 하잘것없어져도 사—상관없어. 후—진 일이라도 뭐든 하겠어."

처음 겪는 일이 아니다. 자주 있는 일이지만, 지금 이 순간 나는 마음의 준비가 안 된 상태다. 겁이 난다. 침대 옆의 의자에서 일어선다. 난 문으로 향한다(누굴 데리러 가나?). 그러다 다시 앉는다. 일어난다. 침대에 걸터앉는다.

"시—시간이 있으면 좋겠어."

난 말을 하고 싶지만 말이 (무슨 말을?) 나오지 않는다. 울고 싶지만 그러면 안 되는 걸 알기에 참는다. 나는 일어선다. 침대 옆 테이블에 놓인 물잔을 잡는다.

"이건 너무 불공평해."

활짝 젖힌 커튼을 본다(닫아야 하나?). 나는 의자에 앉는다.

"여— 여자 친구가 있으면 조— 좋겠어."

난 일어난다. 물잔을 테이블에 놓는다. 침대에 걸터앉는다. 폴의 손을 가만히 잡는다.

"더 못 참겠어. 더는 못 차— 참겠다구."

나는 문을 쳐다본다. 침대 시트를 쳐다본다(시트를 반듯하게 해야 할까?). 나는 폴을 응시한다.

"폴."

마침내 말이 나온다. 내가 말을 잇는다.

"폴, 포기하면 안 돼. 치료법이 나올 때까지 버텨야 한다고. 미국, 프랑스, 독일, 네덜란드, 여기 캐나다 할 것 없이 전 세계에서 그 연구에 수억 달러를 쏟아붓고 있어. 과학자들은 다른 어떤 일보다 이 일에 매진하고 있다고. 이건 대규모 의료 '맨해튼 프로젝트(2차 세계대전 중 미국의 원자폭탄 제조 계획. 수많은 과학자들이 참여했다—옮긴이)' 같은 거야. 매일 새로운 성과가 나오고 있어. 너도 알잖아. 과학잡지를 모두 읽는 사람이 너잖아. 시간은 네 편이야, 폴. 너는 버티기만 하면 돼."

그는 진정하기 시작한다. 우리는 더 대화를 나눈다. 폴이 잠든다. 나는 소설의 내용을 바꿔서 속삭인다. 폴이 깨지 않도록.

1935—대공황이 여전하다. 심하다.

나는 집으로 가다가 401도로에서 교통 체증에 걸린다. 내가 "시간은 네 편이야"라고 말했다니 믿을 수가 없다. 젠장.

1936— 스페인 내전이 시작되어 극렬한 유혈 사태를 빚는다.

잭은 이 일을 감당하지 못한다. 그는 바르고 근면한 전쟁 세대로, 철도같이 쭉 뻗은 커리어를 쌓았고, 기관차만큼 엄청난 연봉을 받고, 일등칸같이 차분한 감정으로 살아왔다. 반듯하게 쌓인 구조 안에서 행복을 맛보는 사람이다. 폭탄이 그 구조물을 조각내니 그는 무너졌다. 폴의 투병에 가장 적응 못 하는 사람이 아버지 잭이다. 그의 감정은 탈선한 기차다. 적응하려고, 제어력을 발휘하려고, 아들에게 도움이 되려고 안간힘을 쓴다. 그는 눈이 휑하고 흰머리가 늘어난 허약한 사내다. 또 아들처럼 우울증 치료제를 복용 중이다.

1937— 중국을 침공한 일본군이 국민당 정부의 수도에 입성한다. 난징 학살이 이어진다. 육 주에 걸쳐 도시의 삼 분의 일 이상이 파괴되고, 삼백만 명이 넘는 시민과 항복한 병사들이 살해되고, 여성 만 명이 강간당한다.

폴은 다시 수혈을 받는다. 일시적으로 기운을 차리고— 직접적으로 연관되어— 들뜬 기분이 된다. 나는 1938년은 '크리스탈

나흐트'('수정의 밤'이라는 뜻으로 나치군이 유대인과 유대인의 재산에 폭력을 가한 사건—옮긴이) 이야기로 풀어가리라 예상한다. 나치 독일에서 유대인이 생존하리라는 환상이 여지없이 깨진 무서운 학살 사건이었다. 그런데 폴의 반응에 난 놀란다.

"내 이야기가 마음에 들 텐데."

그가 내게 말한다. 정말 그렇다.

1938— 헝가리 태생의 아르헨티나인 라즐로 비로는 볼펜을 발명한다.

검사, 검사, 검사. 결과가 나쁘다. 피에 산소가 부족하다. 주폐포자충 폐렴이 재발할 가능성이 있다. 폐가 약하다. 폴은 두려워한다. 호흡이 빠르고 얕다. 그는 그런 이야기를 하기 꺼리지만, 둘 다 마음은 뻔하다. 글을 잘 끌어나가야겠다.

1939— 리투아니아의 안타나스 스메토나 대통령이 마지막 라디오 연설을 통해, 조국의 소련 합병에 반대한다. 그것은 무서운 결과를 낳게 된다—1940년대 말까지 강제 수용소의 사 분의 일을 리투아니아인이 채운다. 스메토나는 리투아니아어로 연설하기를 꺼린다. 그러면 작은 조국에서만 알아들을 테니까. 하지만 압제국인 러시아나 독일어로도 연설하기를 거부한다. 그는 마지막 연설을 라틴어로 한다.

나는 병원을 돌아다닌다. 마음의 준비를 하려고. 무슨 일이 다 가올 것이다. 심호흡을 깊이 한다. 대단한 치료 성과가 보고되고 있다. 예컨대 절망적인 암의 경우가 그렇다. 그런데 왜 여기는 다를까? 침상에 누운 사람들이 보인다. 내가 지나갈 때 고개를 돌리고 눈을 크게 뜨고 쳐다보는 사람도 많다. 그들은 왜 여기 있을까? 다 '그것'을 앓을까? 알고 싶지 않다. 계단을 내려가 폴의 구역에 다가간다. 의학적인 기적들이 있다. 폴의 신체 기관은 젊다. 복도 끝에서 육십 대 남자가 보인다. 그는 창문 아래, 의자에 앉아서 몸을 가만히 앞뒤로 흔든다. 작은 종이봉투를 양손에 쥐고 있다. 간식 같은 거겠지. 소박한 차림새의 그는 참을성 있게 기다린다. 특권을 못 누리는 사람들의 굴종적인 참을성 같은 것……. 당신 자식은 어디 있나요, 아저씨? 진찰을 받나요? 검사 받으러 갔나요? 아니면 혼수상태 같은 잠에 빠졌나요? 왜 그랬대요? 섹스였나요? 마약 주사 바늘을 같이 썼나요? 그를 보면서, 나는 그가 중요한 인물이 아니라는 느낌에 압도 당한다. 실패자. 그가 죽거나, 그의 자식이 죽어도 누구도 개의치 않겠지. 조문객도 없는 장례식. 방 한구석에는 옷 봉지 몇 개와 빈 침대만 달랑 놓여 있고……. 그렇겠지. 마무리 짓지 못한 일도 없이, 족적도 없이, 그럴듯한 추억도 남기지 못하겠지. 허접한 인간의 고뇌를 봐. 외로운 아픔을 보라고. 아직 폴을 마주 대할 수가 없다. 좀 더 걷는다.

1940― 의사인 카를 브란트는 당국으로부터 달랑 한 문단짜리 편지를 받는다. "지정된 의사들은 철저한 검진을 통해 치료 불가능하다고 사료되는 환자들을 안락사할 수 있는 자격을 갖게 된다." T4 작전― (폴이 말을 막는다. "믿을 수 있어? T4는 베를린에서 유대인 학살이 일어난 주소인 티어가르텐가 4번지의 약자면서, 동시에 HIV〔Human Immunodeficiency Virus: 인체 면역결핍 바이러스. 에이즈의 원인이 된다 ― 옮긴이〕의 공격을 받는 면역 체계의 세포 이름도 된다고. 대단한 우연이지?")이 시행된다. 나치는 사마리아회가 운영하는 신체장애인 시설인 '그라페네크'를 점령해서 안락사 센터로 바꾼다. 안락사 센터는 총 여섯 군데다. 일만육백오십사 명의 '치료 불가능한' 환자들이 그곳에서 죽게 된다. 주로 지적장애인들이지만, 신체장애인들과 나치가 '무위도식자'로 점찍은 이들도 안락사를 당한다. 희생자들을 수송한 사람들은 수술 분위기를 내려고 흰 가운을 입는다. 처음에는 치사 주사를 놓거나 굶기지만, 나중에는 샤워실로 위장한 방에서 독가스로 죽인다. 유가족은 조문 편지와 의사들이 서명한 가짜 사망 진단서와 유골이 담긴 단지를 받는다. T4 작전으로 칠만 명 이상이 생명을 잃게 된다. 교회 집단이 반발하자 1941년 8월에 공식적으로 작전을 마감하지만, 실상은 계속되어 전쟁이 끝나기 전까지 십삼만 명이 더 목숨을 '빼앗긴다.' 이 기술과 경험, 인력 일부가 다른 나라로 이전된다. 예를 들면 폴란드 같은 나라에서 나치는 다른 계획을 실행한다.

폴의 어머니 메리는 한정적이긴 해도 유연성을 발휘한다. 그녀는 소망을 가진다. 생각도 못 할 힘이 밀려와서 소망이 흔들리면, 그녀는 내면에서 뭔가 찾아내는 듯하다. 쪼그라들고 영원히 슬프겠지만 그녀는 그럭저럭 버틴다. 아무튼 잭보다는 한결 낫다. 메리가 신앙심이 있어서인지는 모른다. 난 신앙에 대해 이야기하지 않으려고 조심한다. 내가 뭔데 남의 버팀목을 걷어차냐고?

1941─프랑스에서 페텡 원수가 어머니날을 제정한다.

요추 주사는 아프지 않지만─시간이 걸리지도 않았다─폴이 비명을 지른다. 두 번이나 찌른 끝에 바늘이 제대로 들어간다. 난 담담하다고 생각한다─잭과 메리의 눈을 똑바로 보면서 실은 아프지 않다고, 폴이 과민 반응을 하는 것뿐이라고, 진단을 내리는 데 도움이 되는 시술이라고, 오래 걸리지도 않고 다 괜찮아질 거라고 말한다. 난 담담하다고 생각하지만, 물을 마시러 가서는 손이 떨려서 종이컵에 물을 받지 못한다. 허리를 굽히고 수도꼭지에 입을 대고 물을 먹는다.

병실로 돌아온 폴은 지쳐서 모로 누워 있다. 해골 같은 파리한 얼굴에 억센 털이 나 있다. 털이 뻣뻣하게 서 있다. 털의 개수를 헤아릴 수 있을 정도다. 관자놀이 바로 밑에, 턱에. 윗입술 바로 위에도 몇 가닥.

가벼운 대화를 끌어내려고 내가 말한다.

"면도해야겠다."

폴은 몇 번 눈을 끔뻑이다가 대꾸한다.

"이제는 면도 안 할 거야."

그는 기운이 없다. 하지만 다른 이유가 있는 듯하다. 머리털이 빠져서 자라지 않아서겠지. 군데군데 털이 빠진다. 이제 몸에 난 털이 모두 소중하다.

눈물을 쏟고 싶은 심정이다. 폴이 면도를 접은 것이 속상하다. 그는 앙상한 손으로 조사한 메모지 뭉치를 쥐고 있다. 침대에 놓인 종이에는 '반제 회의'라는 제목이 단정하게 적혀 있다. 나치군 장교와 관계 부처 관료 열다섯 명이 베를린 교외에 모여서 '유대인 문제의 마지막 해결책'을 논의한 회의다(모든 유대인을 모아 동부로 이송해서 노동자를 만들어, 열악한 조건에서 저절로 죽게 하는 방침을 정했다 — 옮긴이). 친위대 소속 특공 경찰 부대는 지역민에게 너무 과격하다는 것 외에도 업무를 다 해낼 수가 없다. 그래서 학살 부대가 이동하는 대신 희생자들을 이동시키게 된다. 정책에서 패러다임이 변한다. 반제 회의의 직접적인 결과로 베우제츠, 소비부르, 트레블링카에 수용소가 세워진다. 아우슈비츠, 헤움노, 마이다네크 같은 수용소는 박차를 가한다. 모두 철로로 연결된 학살 수용소들이다. T4 작전의 베테랑들이 새 수용소들을 지휘해서 효율적으로 운영한다. 예를 들어 베우제츠는 작전 기간 열 달 동안 겨우 서른 명의 친위대원이 우크라이나 전쟁 포로 백 명의 도움을 받아 육천 명의 유대인 남녀노소를 처형한다.

폴은 너무 고단하다. 그는 한숨을 쉬며 말한다.

"못 하겠어. 에피소드 42는 못 하겠다. 1942년은 공란으로 놔둬야 되겠어."

이런 상황에서 어떻게 이야기를 만들겠는가?

"그러자."

멍한 느낌이다. 멍하다. 멍해.

1942— 공란으로 놔둔 해.

결과가 나온다. 척수액에 '크립토코쿠스 네오포르만스'라는 곰팡이가 있다. 수막뇌염의 가능성이 있다. 균이 뇌에 올라갈 수도 있다. 의료진은 면밀한 관찰을 할 것이다. 아주 작은 증상만 나타나도 암포테리신 B와 플루시토신(두 가지 모두 항진균제— 옮긴이)을 투약하게 된다. 폴은 이상하리만치 차분하다. 난 모든 걸 잊고 싶다. 이 모든 것에서 백육십만 킬로미터쯤 떨어져 있고 싶다.

1943— 에밀 가냥과 자크 쿠스토가 처음으로 물속에서 숨 쉬는 장비를 발명한다. 스쿠버 다이빙이 탄생한다.

폴이 힘없이 이야기를 뱉어낸다. 그가 호흡할 때마다 내 뺨에 숨결이 느껴진다. 그에 비하면 난 힘이 넘친다. 너무 건강하다. 오만한 느낌이다. 균형을 맞추려고, 껄다리들 같은 짓을 한다. '구부정한' 건강 상태로 돌아다닌다.

1944—『어린 왕자』의 저자인 앙투안 생텍쥐페리가 지중해에서 정찰 임무 중 격추당한다.

부작용이 너무 심하다. 폴은 아지도티미딘(항HIV치료제—옮긴이) 복용을 중단할 것이다. 기분이 나아질 거라며 그도 좋아한다. 선고에 난 옴짝달싹 못한다. 더 이상의 치료법은 헛것조차도 없다고 한다. 나는 침대 옆에 앉아서 마음을 진정하려 애쓴다. 목구멍이 조여들고 눈이 후끈거린다. 늘 그렇듯 신중하게 준비한 줄거리가 있다. 모니카 로카마티오가 기차의 칸막이 객실에 혼자 있는데, 기품 있는 노인이 들어선다. 일그러진 얼굴의 지팡이를 짚은 그가 좌석에 앉자, 두 사람은 대화를 시작한다. 하지만 나는 불쑥 역사적인 사건을 바꾸고 이야기 내용도 다르게 한다. 로카마티오 이야기 중 가장 짧은 에피소드다. 살인. 사내가 모니카의 목을 조른다. 살인자가 들판을 달려 도망치는 장면으로 이야기를 맺는다. 심리적으로도, 현실적으로도 납득이 안 되는 대목이다. 달리는 기차에서 어떻게 뛰어내리지? 그 점을 설명하지 않는다. 하지만 폴이 마음에 들어한다.

1945—8월 6일, 오전 8시 15분. 세계 최초로 히로시마에 원자폭탄이 투하된다. 미 공군의 B-29 폭격기 '에놀라 게이'가 별명이 '리틀 보이'인 폭탄을 떨어뜨린다. 폭탄은 하늘에서 앞이 안 보이는 섬광을 발하며 터지고, 이어서 엄청난 공기의 흐름과 귀가 멍멍한 소음이 터져 나온다. 그 후 건물 무너지는 소리와 불꽃이 타오르는 소리가 요란하다. 그 자리에서 팔만 명이 죽는다. 그 후 부상과 방사능 오염으로 더 많은 사람이 목숨을 잃는다.

나는 병원에서 나와 토론토 거리를 헤매고 다닌다. 가판대에 꽂힌 신문들의 머리기사가 눈에 들어온다—스리랑카, 웨스트뱅크, 아이티, 이란, 이라크에서 유혈 사태, KKK(미국의 백인 우월주의 세력—옮긴이)가 루이지애나의 선거에서 승리하다. 과학 잡지가 해양의 건강에 대해 경보를 울리다. 기분이 좋다. 정신을 차리게 된다. 세상이 변하고 있다! 우린 뻔한 종이 아니다! 환경이 최악의 적! 온실효과와 산성비가 오래 지속되길! 동물이 줄어들길! 모두 줄어드는 열대림과 넓어지는 사하라 사막과 텅 비어가는 바다를 지키는 데 맞섭시다! 모든 저장품은 기근에 공급되겠지. 오염과 인간의 피로 모든 게 더 나아질 테고. 우리의 임무는 깨끗이 하는 것. 이 지구에서 살아 있는 것을 쓸어내버리는 일. 죽음은 우리의 운명이고, 파괴는 우리의 가장 위대한 재능이다. 그러니 전쟁 만세! 빈곤 만만세! 우우 국제 인권위원회!

우우 흰코뿔소! 우우 마더 테레사! 우린 폴 포트(캄보디아의 급진 공산정권의 우두머리로 대량학살을 저지른 인물―옮긴이)와 '빛나는 길'(페루의 공산주의자들이 만든 게릴라 집단―옮긴이)을 신뢰한다! 죽음이여, 길이길이 빛나길! 지성에 죽음을!

내가 있는 곳을 본다. 나는 브런즈윅에서 멀지 않은 블루어가에 있다. 레바논 음식점 앞이다. 햇살 좋은 오후다. 배가 고프다. 음식점에 들어가서 팔라펠(중동식 야채 샌드위치―옮긴이)을 주문한다. 직원이 팔라펠을 만드는 모습을 지켜본다. 내 안에서 뭔가가 풀리기 시작하는 기분이다. 돈을 치르고 거리로 나온다. 입구에는 게시판이 있는 작은 슈퍼마켓이 있다. 광고문을 들여다본다. 잃어버린 고양이 찾는 광고, 요가 광고, 가구 세일 광고, 룸메이트와 드럼 연주자 구인 광고, '아기를 봐드립니다' 광고, 지역 게시판답게 도움을 구하는 광고. 걸음을 옮긴다. 카페가 있다. 보기 좋은 사람들. 금발의 웨이트리스는 검은 옷을 입고 검은 뿔테 안경을 쓰고 있다. 섹시하다. 부랑자가 다가와서 잔돈을 구걸한다. 나는 어디 쓸지 묻는다. 그는 "아프리카를 먹일 것"이라고 대답한다. 그에게 일 달러를 준다. 그는 비틀비틀 걸어간다. 나는 계속 걷는다. 나는 헌책방의 진열장 앞에서 멈춘다. 흥미로운 책들이 많다. 들어가서 손턴 와일더의 『산 루이스 레이의 다리』와 이탈리아 작가 디노 부차티의 단편집을 산다. 계속 걸음을 옮기며 상점들과 사람들을 구경한다. 얻어맞은 충격이 가신다. 어쩔하다. 우리의 우습고 기묘하고 난해한 방식이 모두 그렇다. 오후 나절을 블루어가에서 얼쩡댄다. 산호초 주변을 맴도는 물고기마냥.

하지만 오해는 마시길. 난 큰 재앙도 즐기는 능력을 키운 것뿐이니까.

1946— 인도차이나에서 식민지를 두고 프랑스와 호치민 군대 사이에 전쟁이 벌어진다. 결국 미군이 프랑스군 대신 들어오게 될 테고, 1975년까지 베트남에서 전쟁이 계속될 것이다.

"이걸 봐."

폴이 말한다. 그의 해골 같은 손이 느릿느릿 머리통에 닿는다. 그는 머리칼을 움켜쥔다. 머리카락을 당긴다. 머리카락은 잠시 버티다가 뽑힌다.

"진짜 웃긴 소리가 난다니까. 선배는 못 들어도, 내 머릿속에서는 무진장 우스운 소리가 나거든."

1947— 영국 통치가 종식되기 전, 인도는 힌두교도와 이슬람교도의 두려움과 열망을 수용하기 위해 분할된다. 곧 인도는 독립을 성취하고 파키스탄이 탄생한다. 하지만 파키스탄은 지리적으로 애매한 위치에 있다. 동파키스탄(지금의 방글라데시)은 서파키스탄에서 일천육백 킬로미터 이상 떨어져 있다. 이미 화해할 수 없는 벵골과 펀자브 지방을 지나 새 국경이 만들

어진 것이 힌두교도와 이슬람교도 사이의 갈등을 증폭시키는 요인이다. 대규모의 난민들이 유입된다. 칠팔백만 명의 이슬람교도가 인도를 떠나 파키스탄으로 향한다. 같은 수의 힌두교도들이 거꾸로 피난한다. 무서운 폭력행위가 자행된다. 이십만 명 이상이 목숨을 잃는다.

폴의 세계는 위축되고 있다. 이제 외국 여행은 물을 것도 없다. 집에 가는 것도 여행이다. 병실을 벗어나는 것도 여행이다. 걸을 힘도 없다. 겨우 화장실에 가서 용변을 보고, 그나마 가끔은 너무 힘겨워한다. 침대 가장자리가 수평선이 되어간다.

1948— 간디가 힌두교 광신자에게 암살당한다.

잭은 전부터 향토사광이었지만, 폴이 발병한 후로 더욱 열광적이었다. 패밀리 컴팩트(19세기 캐나다의 정치를 좌지우지한 부유하고 건설적인 엘리트 집단 — 옮긴이), 더햄 보고서(영국의 더햄 경이 캐나다에 대해 작성한 보고서 — 옮긴이), 강직한 프랜시스 본드 헤드 경(영국 출신의 캐나다 행정관 — 옮긴이), 아이삭 브록 소장(캐나다를 지휘한 장군 — 옮긴이)에 대해 말한다. (그는 내게 묻는다. "브록 경이 채널 제도 출신이라는 걸 알아?") 잭은 끝없이 향토사에 매료되고, 아는 것을 나와 나누려 한다. 나는 주의 깊게 듣고, 사려 깊은 질문을 하지만 사실 패밀리 컴팩트니, 더햄 보고

서니, 프랜시스 본드 헤드 경이니 아이삭 브록 소장한테 관심이 없다. ("저지 출신이던가요?" "아니, 채널 제도의 건지 섬.") 나는 아픔 때문에 그를 좋아한다. 잭과 퀸스턴 고원 전투나 비극적인 테쿰세(캐나다의 인디언 추장—옮긴이), 지칠 줄 몰랐던 심코(캐나다의 초대 부총독—옮긴이)에 대해 대화할 때면, 폴에 대해 얘기 중이라는 인상을 받게 된다.

1949—중국 인민공화국은 마오쩌둥을 서기장으로 세운다. 마침내 중국이 독립을 되찾는다.

고통이여, 물렀거라.

1950—세계의 무관심 속에 중국은 티베트를 침공한다.

폴은 딸꾹질에 시달린다. 발작적인 딸꾹질 때문에 기운이 빠진다. 그는 깨어 있을 힘도 없고, 잠들 만한 평화도 누리지 못한다. 무시무시한 비몽사몽 속에서 헤맨다. 의사들이 마약을 쓰다가 최면 요법을 동원한다. 그들은 걱정이 많다.
로카마티오 일가의 이야기는 엿새 동안 미뤄진다.
상황이 최악에 도달하다가 갑자기 나아진다. 폴은 기운이 없지만 안정기에 들어선 것 같다. 기적적으로 딸꾹질도 멈추었다. 설사도 거의 멎었고. 폐도—늘 걱정이다. 어느 입원 환자는 주폐포자충 폐렴이 일곱 차례나 재발했다 — 괜찮다. 폴은 오래전에 알파인터페론 치료를 끝냈고, 카포지 종양이 퍼졌지만 거울이 아주 멀리 있고 기운이 없어서 신경 쓰지도 못한다. 그것은 그나마 나은 증세다. 폴은 지속적으로 비타민과 미네랄 용액을 관류시키고, 잠을 많이 자고, 침대에서 거의 벗어나지 않는다. 임산부처럼 갑자기 어떤 음식이 당긴다고 하지만, 넘기지 못하고 토하기 일쑤다.

1950년 — 에피소드 50 — 은 폴이 전적으로 책임진 마지막 대목이다. 이제는 집중력을 유지하지 못한다. 독서도, 글쓰기도 못 한다. 대신 내 상상력을 비평적으로 감상하는 입장이 된다. 나로서는 폴이 너무 쉽게 피로해하는 게 유일한 휴식 시간이다. 그는 어느 때든 잠든다. 문장 중간에서 잠에 빠지기도 한다. 그는 자기 싫어한다. 잠에 빠져드는 것은 지친 몸이다. 나는 그가 쉬게 내버려두고, 나중에 깨면 다시 소설을 풀어간다. 하지만 시간이 흐르면서, 나는 그가 잠든 걸 알고 줄거리를 소곤댄다.

1951 — 아랍 연맹은 회원국에게 이스라엘의 경제 제재를 강화하도록, 특히 석유 공급을 차단하도록 지시한다.

폴은 소변을 보면서 통증을 느낀다. 의사들이 도뇨관을 점검한다. 아무 문제도 없다. 요로가 감염된 듯하다. 그런 소박한 쾌감도 그를 외면한다.

1952― 남아프리카 공화국의 대법원은 다니엘 F. 말란 수상이 제기한 흑백 분리 정책의 원칙들을 무효화한다. 인종 분리제도는 1910년 남아프리카 연맹이 생기기 훨씬 전부터 존재했지만, 그 전에는 이렇게 체계적으로 시행되지 않았다. 법원의 조처 직후, 국회는 정부가 발의한 대법원의 권력을 제한하는 법률안을 승인한다. 말란과 후계자들인 요하네스 스트리즈돔과 헨드릭 페르부르트는 흑백 분리 정책의 재설립을 추구한다.

이제 폴은 먹지 못한다. 가끔 얼음을 빤다. 나는 그런 생각을 못 하고 초콜릿을 먹으면서 병실에 들어간다. 폴이 나를, 내 손가락을, 내 입을 노려본다. 그는 배고프지 않다. 초콜릿을 먹었던 기억 때문에 먹고 싶어한다. 그가 초콜릿을 먹으면 토하리란 것을 난 안다. 하지만 그 눈빛이라니! 캐러멜이 붙은 부분을 조금 잘라서, 폴의 혀끝에 놓아준다. 그가 혀를 당긴다. 몇 초가 흐른다. 나는 초콜릿이 녹고 입에 침이 고인 것을 상상한다. 갑자기 그가 거칠게 숨을 쉬더니 입을 벌린다―구토증! 난 그의 혀 위로 손가락을 넣어 초콜릿 조각을 꺼낸다. 침대 옆에 있는 물잔에 손가락을 넣어서, 레몬 맛이 나는 물 몇 방울을 폴의 혀에 떨어뜨린다. 그는 눈을 감고 있다. 그는 한편으로는 구토와 통증을, 다른 쪽으로는 기진함을 느낀다. 나는 기다린다. 폴이 눈을 뜬다. 그는 괜찮다. 내가 씩 웃는다.

"어쨌든 너한테는 안 좋아. 충치 생겨."

내가 말한다.

"여드름에도."

그가 대답한다. 폴은 어렵사리 웃는다.

그는 기분이 좋다. 나는 두 가지 줄거리를 준비해왔다. 내가 더 나은 것을 고른다. 투르쿠에서 열린 '전국 고교 토론대회'에서 조르지오 로카마티오가 우승한다. 'TV는 민주주의에 도움이 되나?'라는 주제로 토론해서, 그는 코이비스토 대통령에게 직접 '케코넨 상'을 받는다.

1953─다그 함마르셸드가 유엔 사무총장으로 선출된다.

수혈은 천천히 진행되어 시간이 걸리지만, 폴의 몸은 그 충격을 받아들인다. 그는 기분이 좋아진다.

그러다 피를 토한다.

"내출혈입니다."

간호사가 말한다.

나는 눈길을 거둘 수가 없다. 눈을 감지도, 돌리지도 않을 것이다. 시트와 폴의 손에 피와 투명한 액체가 묻는다. 간호사는 비닐장갑을 낀다. 무서우리만치 투명한 흰색이다. 문득 겁이 난다—폴의 피가, 폴 자신이. 나는 다시 온다고 말하고 병실에서 나간다. 화장실로 향한다. 안에 들어가 문을 잠근다. 소매를 걷다가 마음이 변해서 셔츠를 벗는다. 누군가 노크를 한다. 당황스러워서 고개를 돌려 문을 본다.

"안에 있어요."

뜨거운 물과 비누를 듬뿍 써서 손, 팔, 얼굴을 씻기 시작한다. 손으로 얼굴을 샅샅이 만지며, 작게라도 베인 자국이나 상처가 있는지 빈틈없이 조사한다.

병실로 돌아가니 폴이 속삭인다.

"여기…… 속에서 타는 것 같아."

나는 시트 위로 그의 가슴팍에 손을 대고 가만히 두드린다. 속에서 타는 것 같다는 폴이 안쓰럽다. 솔직히 폴을 만지고 싶지 않다. 그 후 집에서, 가벼운 접촉을 통해 전염된다는 증거는 없다는 대목을 백 번, 천 번도 넘게 읽는다.

1954—윌리엄 골딩의 소설 『파리대왕』이 출간된다. 남학생들이 태평양의 섬에서 표류하는 이야기다. 처음에는 다들 잘 지내면서 공동선을 향해 노력한다. 하지만 곧 그들의 관계는 살인적인 야만성으로 변질된다. 잭이 패권을 차지한다.

난 누워서 지낼 타입은 아니다. 그런 생각을 하고 있다. 칭얼대는 것보다는 한 방 맞는 게 낫다. 천천히 투병하느니, 쇳소리가 나고 유리가 터지는 차 사고가 낫다. 느릿느릿 생명줄이 끊기느니 작별인사도 없이 떠나는 게 낫다. 느릿느릿 진행되느니 총알 한 방이 낫다. 누워서 앓는 건 아니다. 정말 아니다.

1955—제임스 딘이 자동차 사고로 죽다.

폴이 심한 통증으로 힘들어 한다. 어디가 그런지도 모른다. 괜찮다가 한순간, 몸부림치며 괴로워한다. 나로선 기다리며 지켜볼 수밖에 없다.
"아…… 아파."
그가 신음하며 (뭐야? 어디가?) 날 쳐다본다. 그는 낭떠러지에 매달려 있다. 마주 잡은 손처럼 둘의 눈길이 얽힌다. 내가 눈을 떼면, 그가 죽음으로 떨어질 것 같다. 난 눈을 떼지 못한다.

1956—소련은 공산 전제주의에 맞춰 행군하기 꺼리는 나라를 벌주려고 헝가리를 침략한다. 물질적인 피해가 크고, 피난민 이십만 명이 나라를 떠나 서구로 도망친다.

폴은 쉬고 있다. 적어도 눈은 감고 있으니까. 숨소리가 약간 거친 걸 빼면 조용하다. 난 다리를 포개고 팔짱을 끼고, 가만히 앉아 있다. 비명을 지르고 싶다.
그가 깬다. 내가 희미하게 웃어준다.

"깼구나."

내가 말한다.

그는 이날, 신에 대해 이야기하기로 한다.

폴이 속삭인다.

"신이 있다고 믿어?"

나는 그 뉘앙스에 유의한다.

"그래, 믿어."

침묵이 흐른다.

"나도 그런 것 같아."

그가 대꾸한다. 폴은 안심한 눈치다. 이마에 땀방울이 맺힌다. 침을 삼킬 때마다 눈을 감는다. 그는 대학에서 우리가 나눈 무신론적인 토론은 까맣게 잊고 있다.

"난 신이 어디에나, 모든 삶과 문제에 있다고 믿어."

내가 말한다.

"나도 그래."

"우리가 신과 같이 있지 않은 때는 한순간도 없었어. 앞으로도 신과 같이 있지 않은 때는 한순간도 없을 거야."

"그래."

"신이 우리 모두를 돌보시지."

그는 침을 삼키고 잠든다.

1957— 이집트 주재 캐나다 대사이자 저명한 일본학 학자인

허버트 노먼은, 미 의회에서 공산주의자라는 중상모략이 다시 나오자, 카이로의 아파트 옥상에서 뛰어내려 자살한다. 매카시즘(미 공화당 상원의원 매카시가 주도한 극단적인 반공 운동 ─ 옮긴이) 때문에 캐나다인 한 명이 또 희생자 명단에 오른다.

나는 병원 예배당 사목실에 들린다. 비서에게 모 병동 몇 호실의 환자 폴이 목사님의 심방을 고마워할 거라고 전한다. '《파수대》(여호와의 증인 교단의 간행물 ─ 옮긴이)를 읽으시는 건 곤란하겠죠?'라고 덧붙이고 싶다. 대신 병실에서 마주치지 않으려고 목사의 심방 시간대를 묻는다.

폴이 묻는다.

"난 왜 음식을 안 먹지? 배가 고파지는 약을 먹으면 될 텐데, 안 그래? 먹게 해줘야 할 것 아닌가?"

내가 대꾸하기도 전에 그는 잠에 빠진다. 침대 옆에는 건드리지도 않은 식사가 있다.

1958 ─ 보리스 파스테르나크는 소련 정부의 방해로 노벨문학상을 거부한다.

이 에이즈라는 병. 폴에게 남은 건 하나도 없다. 상어 떼가 달려들어도 건질 게 없을 것이다. 태워도 모양이 더 변할 게 없다. 하지만 빨리 진행되는 게 없다. 불현듯 영원으로 밀려가는 게 없다. 잔혹한 마모가 일어날 뿐이다. 그는 침대 밑바닥에 붙어 있다. 삼십오 킬로그램인 체중이 줄고 있다. 이제는 걷지도 못한다. 방광도 괄약근도 제어하지 못한다. 숨을 쉬려면 안간힘을 쓴다. 당구공처럼 머리통이 반들반들하다. 병에 지친 모습이 쓰레기를 연상시키지만—상한 고기, 곰팡이 핀 치즈, 썩어가는 빵, 너무 익은 과일—내 이름을 부르는 떨리는 희미한 목소리에 인간임이 드러난다. 이 에이즈라는 병. 이만하면 충분하니 하느님에게 넘기고 싶다.

폴의 눈 주변에 유난히 큰 반점들이 있다. 살에는 온갖 색깔의 점과 딱지, 상처가 있다. 각종 검사와 주사, 수혈, 관류, 병으로 생긴 것들이다. 밀랍같이 투명한 피부에 파란색, 검은색, 갈색, 빨간색, 보라색, 노란색, 초록색이 번져 있다. 폴은 죽어가는 무지개 같다. 이렇게 따지고 싶다. "말해보세요, 의사 선생님. 저 아이는 열과 설사와 폐렴과 카포지 종양, 그밖에 발음하기도 힘든 증세에 시달리는데, 당신들은 별로 할 수 있는 게 없군요. 하지만 어떻게 피부가 초록색이 되는지 정도는 말해줄 수 있겠죠?"

1959—첫 탈리도마이드 수면제를 먹은 산모들이 출산한다. 사십 개국 이상에서 임산부에게 구토증 치료제로 탈리도마이드를 처방한다. 이 약이 태아에게 해표지증(팔다리의 긴뼈가 없고 손과 발이 몸통에 붙어서 자라는 증세—옮긴이), 귀 모양 이상,

눈 이상, 위장 계통에 정상적인 구멍들이 없는 기형을 유발한다는 게 밝혀진다.

새로운 십 년을 더 밝은 이야기로 시작하고 싶었지만, 폴의 눈에 이상이 생긴다. 거대세포 바이러스가 원인인 듯싶다. 손쓸 방도가 없다. 그는 공포에 질린다. 폴은 간호사에게 베개로 질식시켜달라고 부탁한다. 니트라제팜(불면증 치료제―옮긴이)이 투약된다. '심한 불안증'에 도움이 되기 위해서.

"여기서 나가고 싶어. 여기가 끔찍이 싫어. 실험용 쥐가 된 기분이야. 나가고 싶어, 나가고 싶다구. 나가고 싶어, 나가고 싶다니까."

그는 스무 번이고, 서른 번이고 같은 말을 한다.

난 손에 종이를 들고 있다. '1960―섹스턴이 첫 시집 『정신병원에 갔다 도중에 돌아옴』을 출간. 대단히 개인적이고 솔직. 본인이 신경증을 앓고 회복한 과정을 때로 놀랍고 냉소적이지만 허약한 이미지로 표현. 곧 지명도가 높아짐'이라고 적혀 있다. 나는 종이를 구긴다. 로카마티오 일가의 이야기를 그만둘 것이다. 그만하고 싶다.

폴의 병실에서 나오다가 목사를 만난다. 흰 머리를 단정히 빗은 오십 대 남성이다.

"아, 폴의 친구로군요. 안녕하세요?"

그가 인사한다. 따뜻한 목소리. 손도 따뜻하다. 종교색을 풍기는 차림새가 아니다. 십자가 목걸이도 없고, 목에 흰 칼라를 대지도 않고. 작고 검은 책만 들고 있다.

"안녕하세요."

"힘들 거예요, 그렇지요?"

그가 묻는다.

"그렇네요."

"붙잡고 싶지는 않아요. 저쪽에 대해 얘기 좀 할까요?"

목사가 폴의 병실 쪽으로 몸을 살짝 돌리며 말한다.

"그만 가봐야겠네요, 목사님."

병원에서 나오니, 너무 긴장되어 몸이 벌벌 떨린다. 자갈이 깔린 길로 간다. 발에 닿는 자갈 소리가 짜증스럽다. 나는 발길질을 하면서 소리 지른다. 다리가 아프기 시작한다. 그 길에서 빠져나오려고 달린다. 옆에 붉은 벽돌담이 있다. 멈추어 선다. 벽에 등을 댄다. 손가락이 갈고리처럼 느껴진다. 무릎을 꿇고 앉아서 흙을 판다. 검은 흙이 손톱 밑을 파고든다. 이마를 땅에 대고 눈을 감는다. 땅의 거친 서늘함이 이마에 닿는다. 난 꼼짝 않고 누워 있는다. 숨을 쉰다. 가만히 누워 있다. 숨을 쉰다. 가만히 누워…… 쉰다.

차를 몰고 집으로 간다. 남부 온타리오주를 삼키는 토론토 교외의 악몽 속을 지난다. 폴의 곁을 벗어나자 안도감이 드는 것은 사실이지만—밀실공포증에서의 탈출이고, 절대적으로 필요한 기지개이고, 눈부신 긴장 이완이다—낙심되기도 한다. 폴과 같이 있으면 너무도 살아 있는 느낌, 환하게 살아 있는 느낌이 든다. 그와 떨어지면, 사물이 꽉 찬 공간에 들어간다. 하찮은 일들, 상업적인 것, 천박함이 내게 달려들어, 둔한 나태 속에 빠지게 한다. 차를 몰고, 끝없는 악몽같이 펼쳐진 교외 지역을 지난다. 폴만, 로카마티오 일가만 생각한다.

폴의 병실 문 옆에 '방문객들께 앳시 씨가 앞이 안 보인다는 점을 알립니다. 들어가면 누군지 밝혀주십시오'라는 안내문이 붙어 있다. 도저히 내 눈을 믿을 수가 없다. 난 욕실로 가서 이십 분간 나오지 않는다.

병실에 들어가니 폴은 누워서 날 기다리고 있다. 그는 눈을 뜨고 있다. 내게 눈길이 쏠린다. 난 초조하다. 아무 말도 못 한다. 마침내 입을 열지만, 나도 어쩔 수가 없다.

"비, 비, 빌어먹을. 폴, 눈이 안 보인다며."

처음으로 나도 어쩌지 못하고, 내 슬픔을 드러낸다. 난 폴 앞에서 무너진다. 참을 길 없는 흐느낌이 터진다.

위로받을 사람이 누군데 그가 날 위로한다.

"쉬, 쉿. 다…… 괜찮아."

그의 목소리가 잘 들리지 않는다. 그가 말을 잇는다.

"누구 차례……였더라? 몇 년도지? ……내 차례인가?"

망할 놈의 세상. 그 순간 난 절망적인 줄거리를 만든다.

1961—다그 함마르셸드 사무총장이 유엔 평화 활동을 펼치다

콩고 상공에서 비행기 사고로 죽는다.

폴은 '그래'라는 말만 한다. 그는 열두 시간마다 모르핀을 맞는다.

폴은 휠체어에 앉아 있다. 이날은 메리의 생일이어서, 아들이 집에 가는 것이 그녀에게는 생일 선물인 셈이다. 폴은 털모자, 목도리, 스웨터, 장갑, 담요로 중무장을 하고, 선글라스를 끼고 있다. 코와 윗입술만 겨우 보인다. 10월의 인디언서머 중이다. 난 재킷도 입지 않았다. 하지만 그는 뼈와 가죽만 남았다. 휠체어가 흔들릴 때마다 마리오네트(줄에 매달아 움직이는 인형— 옮긴이)처럼 팔다리가 젖혀진다.

병원에서 마지막으로 기억나는 것은 내가 복도를 걸어갈 때다. 어느 병실의 침대 옆 테이블에 장식품이 있다. 선홍색 심장을 쥔 분홍색 사기로 된 손 모양이다. 왜 죽음에 대한 취향이 저리 흉할까?

폴은 의식이 또렷하다. 침대에 반듯하게 누워 있다. 집에 돌아와서 행복해한다. 다시는 병원으로 돌아가기 싫다고 한다. 옆방은 하루 스물네 시간 근무할 간호사의 방으로 꾸며져 있다.

"내가······."

그가 잠시 말을 끊었다가 잇는다.

"이야기를 하나 더 만들게."

"우린 1962년에 와 있어."

"아니."

또 말이 끊긴다. 폴이 계속 말한다.

"그건 선배가 해. 나는……."

다시 끊기고.

"다른 해를 할게."

"그래. 어느 해를 할래? 내가 조사하는 걸 도와줄까?"

"아니."

말이 끊겼다 이어진다.

"내가 할 해는……."

끊겼다가 다시 이어진다.

"2001년."

말이 다시 끊긴다. 폴이 말을 잇는다.

"그해는……."

말이 끊겼다 이어진다.

"로카마티오 일가가……."

다시 말이 끊긴다. 폴이 덧붙인다.

"백 년 되는 해야."

"좋은 아이디어구나, 폴."

"응."

그는 잠든다. 아니 의식을 잃은 걸까. 난 모르겠다. 이제 폴은 의식이 돌아왔다 나갔다 한다. 나는 폴 대신 1962년을 준비해두었다. 레이첼 카슨(미국의 생물학자 ― 옮긴이)의 『침묵의 봄』에 기초한 이야기이다. 화학 살충제의 위험성과 환경에 미치는 무서운 영향을 고발한 책이다.

나는 〈친구들의 작은 도움으로(비틀스의 노래― 옮긴이)〉를 변형해서 부르며 방으로 들어간다. 비틀 폴은 다리에 베개를 낀 채 웅크리고 모로 누워 있다. 언제나 충성스러운 비틀 조지는 침대 옆 바닥에 누워 있다.

"2001년?"

내가 묻는다.

"아직 아냐."

내가 무슨 말을 할 수 있을까? 기다릴 수밖에. 폴은 〈다이아몬드를 지닌 하늘의 루시(비틀스의 노래― 옮긴이)〉를 들으며 잠에 빠져든다.

나는 펜과 종이를 침대 옆, 그의 손 옆에 놓아둔다.

오늘은 〈일생의 어느 하루(비틀스의 노래 제목이기도 하다 ― 옮긴이)〉다. 폴은 잔다.

죽음에는 냄새가 있다. 집에서 그 냄새가 풍긴다.

"폴?"

"아직……."

말이 끊겼다 이어진다.

"생각 중이야."

잭은 내게 마로 된 셔츠를 사주었다. 며칠 전, 나는 미시마(일본 소설가 미시마 유키오― 옮긴이)의 『풍요의 바다』를 잭에게 주었다. 중고 서적이었다. 그러자 잭은 친절에 보답할 기회를 얼른 잡았다. 그는 폴이 병든 후 많이 변했다. 회사에 장기 휴가를 냈지만, 요즘 그가 말하는 것으로 보면 복직할 것 같지가 않다. 그의 정신과 마음은 다른 것들에 쏠렸다. 하지만 여태도 몹시 떤다. 불안감이 여전한 것이다. 잭은 내게 장래에 어떻게 할 셈이냐고 묻는다. 나는 여행을 한 후 학교로 돌아갈 거라고 애매하게 대답한다. 내가 걱정하는 것은 나의 장래가 아니라 그의 장래인 것을.

"폴?"

"아직……."

말이 끊겼다 이어진다.

"안 됐어."

나는 조지 H를 산책시킨다. 개를 산책시키는 일이 좋다. 아무 목적 없이 시간을 보낼 수 있으니까. 사람들이 애완동물을 사람 취급 하는 꼴을 보면 참을 수가 없지만, 나도 모르게 이 레몬만 한 뇌를 가진 동물에게 말을 건네게 된다. 조지는 평소처럼 뛰지를 않는 것 같다. 꼬리를 늘어뜨리고, 킁킁대는 데도 열의가 없다. 녀석의 체중이 주는 것 같다. 나뭇가지를 주워서 조지의 얼굴에 대고 흔들다 멀리 던진다. 조지는 가지가 공중으로 날아가는 것을 꿈쩍도 않고 쳐다본다. 집에 돌아와서, 나는 메리에게 조지 H가 활기가 없는 것 같다고 말한다. 그녀는 개를 바라본다.

"별로 먹지를 않네."

메리는 개의 간식을 준비한다. 그녀가 개의 빛나는 검은 눈을 응시하면서 말한다.

"조지 H. 이 집에 아픈 가족은 하나로 충분하단다."

그녀는 간식을 던진다.

"먹어!"

조지는 심드렁하게 먹는다. 나는 싱긋 웃는다. 나는 지하실에 내려가서 운다.

"폴?"

"난……."

말이 끊겼다가 이어진다.

"……준비 됐어."

다시 끊겼다 이어짐.

"하지만 나중에."

〈카이트 씨를 위하여(비틀스의 노래―옮긴이)〉가 흐른다. 나는 노래에 귀를 기울인다. 앨범이 다시 시작된다. 심장박동: 160. 혈압: 60에 30. 폴은 죽어가고 있다. 폴은 자고 있다.

조지 H는 침대 위로 올라가 폴 옆에 눕지만, 그를 방해하지는 않는다. 조지 H가 조용히 낑낑댄다. 폴의 입술과 콧구멍에 퍼런 기운이 돈다. 간호사에게 그 증상에 대해 묻는다.

"청색증이에요. 혈액에 산소가 부족할 때 나타나는 증상이죠."

간호사가 말해준다.

"폐렴이군요."

간호사가 고개를 끄덕인다.

이런. 마지막으로 치닫기 시작했다. 질질 끄는 고통만 남은 순환주기.

종이에 뭔가 쓰여 있지만, 알아볼 수가 없다.

폴은 힘이 없어서 움직이거나 말을 못 한다. 그저 그렇게 누워서 이따금 눈만 끔뻑거린다. 세 시간 전에 모르핀 주사를 맞았다.

"폴? 폴, 나야."

그가 눈을 깜빡거린다.

나는 눈높이를 맞추고 그의 귀를 만진다. 엄지와 검지로 귓불을 문지른다. 폴이 좋아하는 눈치다. 솜을 집어서 폴의 귀를 닦아준다. 먼저 바깥쪽을 닦고 아주 부드럽게 안쪽을 닦아내니, 누런 진물이 나온다. 폴의 입술이 떨리며 웃는 표정으로 변한다.

"걱정하지 마. 오래 걸리지 않을 거야."

내가 속삭인다.

그가 입술을 달싹이며 말을 하려 한다. 말을 뱉어낼 기운이 없다. 그가 버둥댄다.

"2."

말이 시작되다가 만다.

2. 2001년이라는 말이겠지.

나는 엿새 동안 매일 폴에게 간다. 그는 이따금 정신을 차리고— 메리는 그가 일어나 앉아 있는 것을 봤다고 했다 — 말을 해보려 하지만, 내가 있을 때는 그런 적이 없다. 가족에게 폴이 내게 전한 말이 있는지 묻는다. 없다고 한다.

새벽 3시 직전, 조지 H가 정적을 깬다. 침대 옆 소파에서 자던 메리가 곧 깬다. 한 시간 전에 폴을 살펴봤던 간호사도 금방 일어나고, 잭과 제니퍼도 마찬가지다. 조지 H는 폴의 몸에 올라타 있다. 꼬리를 세우고 등의 털이 빳빳하다. 조지 H는 이빨을 드러내고, 처음 짖는 것처럼 사납게 짖는다.

로카마티오 일가의 예순세 번째 에피소드가 됐을 텐데. 그해에 케네디 대통령이 암살되고, 거리에서 사람들이 울었다. 또 그해에 내가 태어났다.

전화선을 타고 소식을 듣는다. 한 마디 한 마디는 평범하지만, 그 말을 이어놓으니 충격적이어서 난 숨을 못 쉰다. 나는 폴의 집으로 향한다.

나는 폴의 방 바깥 복도에 앉아 있다. 사방이 고요하다. 누군가 내 어깨를 만진다. 간호사다. 다정하고 일솜씨 좋은 오십 대 부인이다. 그녀가 내 곁에 앉는다.

"친구가 이렇게 되어 안 됐어요."

나는 대꾸하지 않는다.

"지난 밤 10시쯤, 폴이 의식을 찾았어요. 우린 일 분쯤 이야기를 나눴지요. 폴이 내게 받아 적어 친구에게 전해달라더군요. 말소리가 확실하지 않았지만, 제대로 적었을 거예요."

그녀가 내게 말끔하게 접힌 종이를 내민다.

나는 그녀의 필체에 감탄한다. 확실하고 둥근 필체다. i의 점도 분명하게 찍혀 있고, t의 가로줄도 확실하게 그어져 있다. 놀랄 정도로 알아보기 쉽다. 맙소사, 들쭉날쭉하고 뒤엉킨 내 필체와 비교하면…….

내가 묻는다.

"이 일은 비밀로 해주실래요?"

"그러죠."

그녀가 일어난다. 간호사는 나를 내려다본다. 잠시 침묵이 흐른다.

그때, 그녀는 내 머리를 쓰다듬는다.

"가여워서 어째."

그녀가 중얼댄다.

2001— 사십구 년간의 통치 끝에 엘리자베스 2세가 사망한다. 통치 기간 중 믿기 힘들 정도의 산업 발전이 있었고 물질적인 풍요는 증대되었다. 근시안적이고 환상을 품은 시각으로 보면, 엘리자베스 2세 시대는 가장 행복한 시기다.

미안해, 이게 내 최선이야. 소설은 선배의 몫이야.

폴

미국 작곡가 존 모턴의
〈도널드 J. 랭킨 일병 불협화음
바이올린 협주곡〉을 들었을 때

The Time I Heard the Private
Donald J. Rankin String Concerto
with One Discordant Violin,
by the American Composer
John Morton

그때 나는 젊었고(지금도 젊다. 스물다섯 살이니까. 당시는 지난 10월, 그러니까 1988년 10월이었다), 워싱턴 D. C.로 고교 동창생을 만나러 갔다. 첫 미국행이었다. 친구는 '프라이스 워터하우스'라는 회계 법인에서 항공 산업 부문의 경영 컨설턴트로 일한다. 아주 똑똑해서— 하버드 대학교의 J. F. 케네디 스쿨 출신이었다—돈을 잘 번다. 하지만 그가 바빴고, 날씨는 화창하고 따뜻한 게 문제였다. 그래서 혼자 워싱턴을 구경하러 다녔다. 도시의 공공 구역을 돌아다녔다. 건물 하나가 한 블록을 차지하고, 독자적인 우편번호가 있다. 당당한 입구를 찾으려면 걷고 또 걸어야 하는 곳들을 구경했다. 그런 구역은 푸른 잔디밭마저도 자신감을 드러냈다. 그 가치에 자신 있는 국가나 중심부에 그렇게 넓게 트인 잔디밭을 두겠지. 구경하면서 감탄할 게 많은 지역들이다.

그다음에는 더 파고들었다. 누군가 '목숨을 담보로'라고 말하겠지. 며칠간 뛰어다니니, 도시의 사적인 구역들에 들어가게 되었다. 구경거리로 내세우지 않는 곳들이 있었다. 유적인 기념물이 없는 거리들을 걷다가 뒷골목으로 빠졌다. 구멍가게들과 싸구려 식당들에 들어갔다. 상점 진열장과 버스정류소, 신문 박스, 전봇대에 붙은 광고문들, 널빤지를 댄 건물들, 잡초가 자란 마당들, 벽에 그린 낙서들, 잔뜩 쌓인 쓰레기 더미, 갈라진 인도, 창가에 내건 빨래들을 봤다. 전 재산을 쇼핑용 손수레에 담고 다니는 노숙자와 공원 벤치에서 정치에 대해 이야기했다. 의사당의 둥근 지붕이 보이는 곳에서—열기구처럼 공중에 붕 떠 있는 것 같았다—죽은 쥐를 봤다. 모든 게 흥미로웠다. 모든 게 워싱턴의 일부였고, 워싱턴은 내게는 새로운 외국이었으니까. 부와 권력이 넘치는 도시, 어떤 면에서 세계의 수도인 그곳에는 황폐한 부분도 많다. 사람들이 운동과 건강에 좋은 음식을 미루는 것처럼, 페인트칠과 수리는 내일로 미룬달까.

어느 오후 집으로 걸어가다가, 어떤 표지판에 눈이 끌렸다. 가게 창문에 '매리듀 극장'이라고 둥그스름하게 쓰여 있었다. 글자 몇 개의 칠이 벗겨진 상태였다. 마치 '매리ㅜ 그장'처럼 보였다. 창문의 왼쪽 구석에는 빨간색과 흰색으로 된 작은 종이 간판이 놓여 있었다. '멜 이발소'. 창을 들여다보니 예전에는 극장 일부였던 곳에 이발소용 의자 두 개가 있었다. 의자 하나에 흑인 남자가 앉아 있고, 다른 흑인이—멜일까?—머리칼을 자르고 있었다. 이제 극장은 없는 것 같았다. 하지만 문의 오른쪽에는 종이가 붙은 작은 진열장이 있었다. 뭐지? 가까이 다가갔다.

매리듀 극장에서 열리는 특별 음악회
메릴랜드 월남 참전 용사들의 바로크 실내악 앙상블

알비노니

바흐

텔레만

그 외에 존 모턴의 〈도널드 J. 랭킨 일병 불협화음 바이올린 협주곡〉이 세계 초연됩니다.

1988년 10월 15일 목요일 오후 8시

오세요, 모두 와보세요!

입장권: 정문에서 10달러

내일 밤이었다.

좋았어. 워싱턴의 또 다른 면을 볼 기회였다. 뇌 속의 또 다른 뇌회(대뇌 표면의 주름—옮긴이)와 심장 속의 또 다른 심실을 탐험할 기회. 특별히 월남전에 관심이 있는 것은 아니었다. 그것은 외국의 전쟁이었고 미국의 상처였다. 월남전을 다룬 영상과 다큐멘터리를 봤고, 긴 기사도 읽은 적이 있었다. 그 일로 린든 존슨 대통령이 침몰했다는 것도 알지만, 내게는 2차 대전 같은 민속학 정도로 다가왔다. 오래전의 일이라서 지금은 화려한 영상과 영웅영화의 주제가 되어버린 일 정도로. 또 티켓 값이 마음에 드는 것도 아니었다. 바흐의 음악이라면 언제든 내 오디오로 들을 수 있었으니까. 매리듀 극장에서 열리는 음악회에 마음이 끌리는 것은, 고전음악을 듣는 것 때문이 아닌 해프닝을 본다는 아이디어 때문이었다. 이 〈랭킨 협주곡〉— 음이 안 맞는 바이올린과의 협주가 뭔지 몰라도— 에 관심이 생겼다. 친구에게 같이 가겠냐고 묻고 싶었다. 여기 온 후로 통 얼굴을 못 봤으니.

하지만 프라이스 워터하우스는 '텍사스 항공사' 노조와의 일을 거의 종결지었고, 뉴욕시는 프라이스 워터하우스가 기안한 JFK 공항과 라과디아 공항 제안서에 예상보다 일찍 답했다. 친구는 바빴다.

다음 날 저녁 8시 5분 전, 혼자 매리듀 극장에 갔다. 문을 열어보았다. 열렸다. 왼편으로 멜 이발소의 문이 있었다. 바로 앞쪽에 복도가 있고, 그 끝쪽 벽에 종이가 붙어 있었다. 문 몇 개를 지나 복도를 걸어갔다. 종이에는 '이쪽으로'라는 글과 왼쪽 문을 가리키는 화살표가 그려져 있었다. 나는 문으로 들어갔다.

매리듀 극장의 로비에 들어섰다. 오른쪽에 이중 유리문들이 쭉 있었다―여기가 극장의 중앙 입구였다. 길에 면한 문들은 내가 들어온 문과 직각을 이룬 듯했지만, 확실하지는 않았다. 이중문이 모두 판자로 폐쇄되어 있었다. 일부 창틀은 무너졌다. 문에는 긴 카펫 뭉치가 세워져 있었다. 로비 맞은편에 매표소가 있었다. 유리창에 먼지가 덕지덕지 끼어 있었다. 사실 로비가 거의 먼지 구덩이였다. 극장이 문을 닫은 후 방치되었으며, 내가 들어온 뒷문은 예전에 사무실이었다는 것은 분명했다. 하지만 불은 밝혀져 있고, 내가 들어온 문은 활짝 열려 있었다. 그러니 음악회가 열리는 장소에 제때 온 것 같았다. 앞으로 나갔다. 큰 기둥 옆에 놓인 테이블이 보였다. 흑인 한 명과 휠체어 탄 백인 한 명이 테이블 뒤에 앉아 있었다. 그들이 나를 쳐다봤다. '무단 침입'이란 단어가 머리를 스쳤다.

"안녕하세요. 오늘 밤에 여기서 음악회가 열리지 않나요?"

"열리지요."

흑인이 대답했다.

나는 테이블로 다가갔다.

"아, 잘됐네요. 티켓 한 장 주세요."

"십 달러입니다."

나는 휠체어에 앉은 백인에게 십 달러를 주었다. 그는 앞에 있는 담배 상자를 열고, 차곡차곡 쌓인 지폐 다발 위에 지폐를 놓앉았다. 그가 내게 프로그램을 주었다.

"제가 너무 일찍 왔나요?"

"아닙니다. 정각에 오셨소. 저기서 의자를 가져가서 마음대로 앉으세요."

흑인이 대답했다.

그가 손짓한 곳을 보니, 오렌지색 플라스틱 접의자가 쌓여 있었다. 그쪽으로 가서 의자를 꺼냈다. 하지만 그걸 들고 어디로 가야 할지 난감했다. 음악회가 옥외에서 열리나? 주차장 같은 데서? 날씨가 따뜻하긴 한데.

"저쪽이요."

이번에는 흑인이 로비 뒤쪽의 문을 가리켰다.

"감사합니다."

그쪽 문으로 가다가, 나는 몸을 돌려 주변을 보았다.

"수리 중입니까?"

내가 물었다.

"뭐라고 했지요?"

"극장을 재단장하는 중입니까?"

"아니요, 철거 중이라오."

"아, 네."

'이 향군 앙상블이 잠복 작전을 펴는군'이라고 속으로 중얼대며, 문을 밀고 극장으로 들어갔다. 계단 몇 개를 올라갔다.

등 뒤에서 문이 닫히자, 나는 놀라서 우뚝 섰다. 표 파는 사람의 말 그대로였다. 실제로 철거 중이었다. 구경할 요소가 많았다. 발코니가 있고 건축적인 야심으로 꾸민 장치가 많은 커다란 극장이었다. 하지만 처음 눈에 띈 것은 고정된 의자가 하나도 없다는 점이었다. 관객석이 함부로 줄줄이 뜯겨 있었다. 그 결과 1차 대전의 풍경 같았다. 먼지 낀 초록색 카펫 사이로—프랑스의 격전지—갈라진 회색 시멘트 수로들이 흘렀다. 군데군데 구멍과 시멘트 덩어리가 있고, 녹슨 나사못들이 굴러다녔다—병사들의 참호. 매캐한 냄새는 벽을 뒤덮은 누르께하고 거무스름한 곰팡이 냄새일 터였다. 벽면은 흑사병의 전염 경로를 표시한 중세 지도처럼 보였다. 맞은편 벽 비미 리지(1차 대전 당시 캐나다군이 대승을 거둔 곳—옮긴이)의 참호들 너머, 중세의 흑사병이 퍼진 마을들 밑의 벽은 고대 그리스의 유적지였다. 엄청나게 많은 가짜 골동품 석고상이 부서졌으니. 팔, 다리, 머리, 몸통, 방패가 박살 났다—신들의 살육 광경이었다.

나는 비틀대는 문명 속을 헤치고 나갔다. 백오십 명쯤 되는 관객이 있었다. 대부분 남자였다. 몇 명은 휠체어에 앉아 있었다. 셰퍼드를 데리고 온 사람도 있었다. 다들 조용히 대화했다. 혼자 온 사람은 나뿐인 듯했다. 발로 시멘트 덩어리를 치우고 의자를 놓고 앉았다. 무대가 눈에 들어왔다. 말끔히 청소하고 조명을 켜 놓은 상태였다. 빛 가운데 오렌지색 의자 열두 개와 악보대 열두 개가 초승달 모양으로 놓여 있었다. 가운데 보면대 하나가 더 놓여 있고. 적어도 예술은 말끔하고 정돈된 곳에서 펼쳐질 터였다.

프로그램을 살폈다.

왼쪽에는

토마소 알비노니: 협주곡 1번 B 플랫, 작품번호 9번

협주곡 8번 G 단조, 작품번호 10번

요한 세바스찬 바흐: 협주곡 6번 B 플랫 장조

협주곡 A 단조

협주곡 D 단조

게오르그 필립 텔레만: 협주곡 G 장조

휴식

존 모턴: 도널드 J. 랭킨 일병 불협화음 바이올린 협주곡

(세계 초연)

오른쪽에는

메릴랜드

월남전 참전 용사

바로크 실내 앙상블

스태포드 윌리엄스: 지휘자

조 스튜어트; 제1바이올린

프레드 브라이든, 피터 데이비스, 랜디 덩컨

즈빅 케르코스키, 존 모턴, 캘빈 패터슨; 바이올린

스탠 '로렐' 맥키, 짐 스캇포드; 비올라

랜스 구스타프슨, 뤼기 모디첼리; 첼로

루크 스미스; 더블 베이스

파이프, 제프, 마빈, 프렌치;

돈 비치, 모로우 하이츠 중학교 음악반;

워싱턴 D. C.시의 시장실;

마블러스 마빈에게 감사드리며,

특히 우리가 발길질이 필요할 때

걷어차준 빌리에게

감사를 전합니다.

  프로그램 뒷면에는 '마블러스 마빈 피자점' 광고가 실려 있었다.

  그러니까 〈랭킨 협주곡〉의 작곡자는 악단의 연주자였다. '마블러스 마빈 피자점'에 가봐야 될 것 같았다. 프로그램을 접어서 주머니에 넣었다. 어리둥절하고 즐거운 마음으로 다시 극장 안을 두리번거렸다.

  8시 15분에 티켓 판매대에 있던 두 사람이 들어왔다. 휠체어에 앉은 백인은 돈 상자를 무릎에 놓은 채 앞쪽으로 왔고, 다른 흑인은 문 가까이 자리 잡았다. 무대 구석에서 누군가 살짝 고개를 내밀었다. 잠시 후 실내의 조명이 꺼졌다. 무대 조명만 환했다.

턱시도를 입은 열세 명이 무대로 나왔다. 열두 명은 악기를 들고 있었다. 스포츠 행사라도 되는 듯 갑자기 환호성과 박수가 터졌다. 연주자들은 빙그레 웃으면서 목례한 후, 의자에 앉았다. 지휘자 윌리엄스만 제외하고. 나는 존 모턴이 누군지 맞춰보려 했다. 바이올린 주자들은 왼쪽에 앉아 있었다. 제1바이올린인 조 스튜어트가 첫 번째 자리일 테고. 나머지 주자들은 알파벳 순서로 앉을까, 아니면 위계질서가 있을까? 알파벳 순서대로라면 존 모턴은 사십 대의 백인 남자였다. 통통한 얼굴, 끝이 곱슬곱슬하고 긴 검은 머리. 여섯 번째 바이올린 주자였다.

연주자들이 악보대를 조정하고 악기를 조율했다. 지휘자 윌리엄스가 청중들에게 몸을 돌렸다. 덩치 좋은 흑인이었다. 그가 울리는 목소리로 말했다.

"워싱턴 D. C. 소방 대장이 이 행사 동안 어떤 연기도 나서는 안 된다고 전해달라고 합니다. 허가 조건이……."

"숨도 쉬지 말라는 건가?"

누군가 소리쳤다.

다들 웃음을 터뜨렸다.

"맞습니다."

윌리엄스가 대답했다. 그가 손을 들어 올리자, 곧 청중석이 조용해졌다. 그가 발표했다.

"알비노니의 협주곡 B플랫입니다."

윌리엄스가 몸을 돌렸다. 그가 오른손을 들었다. 연주자들이 활을 현에 댔다.

잠시 고요했다.

그가 손을 내리자, 내 귀는 음악에 휩싸였다.

그 볼륨에 귀가 멍했다. 한순간 극장은 고요에 잠기더니, 다음 순간 거대한 음악의 물결이 밀려들었다. 꼭 빈 허파에 불현듯 맑은 공기가 채워지는 것 같았다. 실체 없는 뭔가가 ─ 굽이굽이 돌고 미끄러지고, 슬쩍슬쩍 비키는 것 ─ 우리를 에워싸며 공간을 차지해버렸다. 갈라진 틈 하나까지 메워버렸다. 극장에 있던 쥐와 바퀴벌레까지도 꼼짝 못 했으리라. 이게 전부 작은 갈색 물건들에서 나오다니.

나는 사물들의 조화에 반했다. 활들이 함께 움직이고, 거미 떼가 거미집을 만들 듯 손가락들이 현 위를 오르내리고, 지휘자의 몸짓이 음악적인 이야기로 해석되고, 제1바이올린 스튜어트가 이끌면 단원들이 따라가고. 이런 능력, 이런 민첩함…… 어떻게 저렇게 할까? 사람이 손으로 할 수 있는 것은 뭘까?

알비노니의 협주곡 B플랫은 3악장으로 구성된다. 난 음악을 몰라서 제대로 묘사할 수가 없지만, 첫 악장은 춤처럼 아주 활달했다. 남녀들이 멋진 드레스 자락을 날리면서 휘휘 원을 도는 광경이 그려졌다. 선율이 올라갔다 내려가고, 올라갔다 내려가더니 화려하게 나선형을 그리다가, 다시 오르락내리락하고 나서 끝이 났다. 곡은 아름답고 빠르게 달음질쳤다. 2악장은 단아한 직선과 비슷해서, 침착하고 느린 움직임이었다. 하지만 선율이 공기가 희박하고 알싸한 높은 산마루를 올라가듯 고조되는 웅장함이 있었다. 3악장은 더 느리긴 해도 1악장 같은 오르내림과 나선형의 움직임이 펼쳐졌다.

음악이란 얼마나 이상하고 경이로운지. 마침내 재잘대던 마음이 조용해진다. 후회할 과거도, 염려할 미래도, 미친 듯 엮어내는 말과 생각도 없어진다. 솟구치는, 아름다운 허튼소리만 있을 뿐. 소리—선율, 리듬, 화음, 대위법을 통해서 유쾌하고 지성적으로 만들어지는—는 우리의 생각이 된다. 툴툴대는 언어와 고역스러운 기호학 따윈 제쳐버린다. 음악은 시끄럽고 무거운 말에 대한 새의 대답이다. 음악은 마음을 말없이 둥둥 뜬 상태로 만든다.

협주곡 B플랫이 연주되는 동안, 음악은 내 생각이었다. 어떤 말도 기억나지 않는다. 그저 조명과 그 안에서 흐르는 음악만 떠오를 뿐.

연주가 끝나자 박수와 환호가 터졌다. '메릴랜드 향군 앙상블'이 일어나서 인사하고 다시 앉았다. 지휘자의 손이 올라갔다 내려가자, 다시 음악이 흘렀다. 이번에는 알비노니의 협주곡 G단조.

이 곡도 놀라웠지만, 명확한 기억은 없다. 사실 집중력이 흩어지기 시작했다. 마음에서 말이 튀어 오르기 시작했다. 텍사스 항공사가 생각났다. 친구는 내게 복잡한 부분까지 설명해주었다. 텍사스 항공사는 휴스턴에 있는 회사로, 프랭크 로렌조란 사람이 사장이었다. 텍사스 항공사 자체는 항공사가 아니었지만—친구는 '지주회사'라고 했다—'이스턴'과 '콘티넨탈', 두 항공사를 거느린 회사였다. 그중 마이애미에 기반을 둔 '이스턴 항공사'가 극심한 재정난을 겪고 있었다. 이 회사는 노조 세 곳과 임금과 근로 조건, 명예퇴직 특혜를 놓고 줄다리기를 벌이는 중이고, 고객 수는 꾸준히 감소했다. 손실을 줄이고 현금 유동성을 확보하기 위해 텍사스 항공사는 자산을 정리하고 직원과 항로를 팔아서 덩치를 줄이고 있었다. 예컨대 이익이 나는 뉴욕-보스턴과 뉴욕-워싱턴 구간을 도널드 트럼프에게 삼억육천오백만 달러에 넘겼다. 하지만 노조들은 이 전략을…… 박수와 환호가 터졌다. 협주곡 G단조가 끝났다.

'메릴랜드 앙상블'이 일어나서 인사를 하고 무대를 떠났다가, 다시 나와서 자리에 앉았다. 지휘자의 손짓이 청중들의 시선을 끌자, 다시 음악이 흘러나왔다. 나는 프로그램을 꺼내서, 무대 조명에 비추어 읽었다. 바흐의 협주곡 6번 B플랫 장조. 첫 부분은 비올라 주자인 맥키와 스캇포드가 이끌었다. 흔들리면서 상승하는 멜로디는 한 로프에 매달려 산을 오르는 두 산악인 같았다. 맥키가 앞서서 오르면, 스캇포드가 따라붙었다가 그를 지나치고. 그러면 맥키가 다시 힘을 내서 앞으로 나가는 것 같았다. 다른 악기들은 뒤에서 떠받치는 역할을 했다. 파티에서 두 사람을 엮어주려고 분위기를 유도하는 것처럼. 하지만 2악장은 답답하게 들려서, 정신이 딴 데 팔렸다.

  노조들은 이 전략을 속임수라고 주장했다. 셔틀 노선 양도와 임금 삭감 요구는 텍사스 항공사가 파산절차를 통해 이스턴 항공사를 해체하려는 계획의 일부일 뿐이라고 했다. 회사로서는 계약을 파기하고 임금을 대폭 삭감하고, 항공사를 무노조 기업으로 재설립할 수 있을 터였다. 로렌조 사장은 1983년에 '콘티넨탈 항공사'를 똑같이 처리했다. 논란이 심해지고 시간을 질질 끌면서 진짜 싸움이 벌어졌고, 여론은 이스턴 항공사에 좋지 않았다. 여행사들은 일부 고객이 이스턴 항공사가 가장 편리한데도 탑승을 꺼린다고 보고했다. 전문가들의 분석에 따르면, 논란이 몇 개월 더 길어질 경우 항공사는…… 또 박수가 터졌다. 6번 협주곡이 끝났다. 다음은 협주곡 A단조 차례였다. 스튜어트가 그 일로 바빴던 기억이 난다.

  다 엉망진창이었다. 프라이스 워터하우스는 노조들과 계약을 맺기를 원했고, 친구는 밤마다 서류를 한 아름 들고 집에 와서 새벽 두 시까지 일했다. 그는 아침을 먹으면서 상황을 들려주었고— 로렌조 사장의 최근 움직임, 판사의 판결, AFL-CIO(미국 노동총연맹 산업별회의—옮긴이)의 위협—나는 전날 어디 가서 뭘 봤는지 이야기했다.

매리듀. 매리듀가 누군지 궁금했다. 러시아에게 알래스카를 사들인 미 국무장관이었나? 아니, 그건 시워드였다. '시워드의 바보짓'이란 말이 있잖아. '매리듀의 바보짓'이 아니잖아.

극장을 둘러보았다. 닷새 전, 나는 대학이 있는 로타운에 있었다. 행복하지 않아도 특별히 불행하지도 않았고, 어떤 삶을 꾸려 갈지 궁리했다. 그런데 여기 워싱턴 D. C.에서 베이루트 같은 극장에 앉아 참전 용사들이 연주하는 바흐의 곡을 듣다니. 몇 차례 헤맨 끝에 1월이면 복학해서 철학학사 학위를 받을 계획이었다. 그 후에는 어쩐다? 뭘 해야 하나, 어디로 가야 할까? 여러 직업들을 모색했다. 어디다 뿌리를 내려야 할까?

A단조가 끝났다. 프로그램을 살폈다. D단조로 넘어갈 때였다. 섬세한 바이올린 연주가 흘렀지만, 난 생각에 빠질 수밖에 없었다. 다시 프로그램을 보니, '메릴랜드 앙상블'은 작곡가와 협주곡 사이에는 '콜론(:)'을 사용했지만, 연주자들의 역할이나 악기 사이에는 '세미콜론(;)'을 사용했다. 조셉 콘래드(폴란드 태생으로 영국에 귀화한 작가. 대표작은 『암흑의 핵심』 — 옮긴이)가 떠올랐다. 콘래드는 구두점 사용의 귀재였다. 잊지 못할 예문이 있다. 콘래드의 처녀작 『올메이어의 우행』의 한 대목이다. 올메이어는 말레이 제도의 외딴 구석에서 이십 년간 일한다. 전부터 그 일이 늘 싫었지만, 혼혈아인 예쁜 딸 니나를 위해 부자가 되어 유럽으로 돌아가고 싶기에 쉴 수가 없다. 그는 "백인들이 네 미모와 재력 앞에서 절하는 걸 보고 싶다"고 말한다. 하지만 그

곳에서 보낸 이십 년은 실망과 굴욕과 가난의 이십 년이다. 그러다 이 열대 지역밖에 모르고 여기서 행복한 니나가 아버지의 반대에도 말레이 연인 다인과의 결혼을 결정한다. 유럽에 가지 않겠다고 한다. 올메이어는 망연자실한다. 그는 모든 것을 잃는다. 부단한 노력 끝에 실패와 낭패만 남았다. 하지만 꼭 그런 식일 필요는 없었다. 올메이어는 자신이 죽을 때가 되었음을 깨닫는다. 그는 거의 성공할 뻔했다. 재산, 성공, 영광은 거의 성취할 뻔했지만, 약간의 불운, 작은 착오가 생긴 것이었다.

그는 딸의 상냥한 얼굴을 바라보다가 의자를 밀고 벌떡 일어났다.
"듣고 있니? 모든 게 말이다 ; 그래 ; 손 닿을 곳에 있었지."

얼마나 뛰어나게 세미콜론을 사용하는지. 문장의 구조가 감탄스럽다. 쭉 나열된 세 마디를 '그래'라는 한 단어가 떠받친다. 문장의 무게와 긴장감이 한마디에 실린다. 평범한 작가라면 문장 사이에 쉼표를 썼을 것이다. 맞줄을 쓰기도 했을 거고. 하지만 다른 삽입구 없이 '그래'를 세미콜론으로 분리시켜서 진정한 효과를 끌어냈다. 두 세미콜론(;;)의 밑부분은 낙심해서 올린 두 손의 손가락들처럼 굽었고, 윗부분의 점들은 필사적인 눈망울 마냥 노려본다. 그 사이에 놓은 말은 결국 빈손이 된 불행한 이십 년의 참담함을 외친다. 이 문장의 구두점은 정교하고 강력하고, 역동적이다. 진짜 거장의 솜씨다.

마침내 D단조가 끝났다. 이 음악회는 끝없이 이어졌다. 시간을 봤다. 밤 9시 33분. 휴식 시간이 되려면 아직 텔레만 곡이 남아 있었다. 이쯤에서 나갈까 싶은 마음이 생겼다. 하지만 그냥 있자고 자신을 다독였다. 다음 협주곡의 작곡자가 눈앞에 있는데 어딜 간다고 그래. '음이 맞지 않는' 바이올린이 뭘까? 아주 훌륭한 곡일 수도 있었다. 난 몬트리올에서 들은 네덜란드 바이올리니스트의 연주를 떠올렸다. 긴 단조로움 사이사이에 머리를 흔들며 끽끽 소리를 내고 정신없이 현을 뜯는 '소음' 그 자체인 곡이었다. 선율이나 리듬의 흔적은 없이 사람의 감각을 공격해서, 청중 여럿이 중간에 '보따리를 쌌다.' 난 그 연주가 좋았다. 생명력이 넘치는 곡이었다. 또 로타운에서 본, 우크라이나계 캐나다인 작곡가도 있었다. 그는 〈지속되는 음악〉이라는 곡을 연주했다. 그의 손은 피아노 건반 위를 파도처럼 오르내리며, 느릿느릿 선율을 끌어냈다. 매혹적이었다. 그래, 이 〈랭킨 협주곡〉도 아주 좋은 곡일 수 있어. 무슨 일이 있어도 놓칠 순 없지.

텔레만의 협주곡 2악장은 아주 힘이 넘쳐서, 나도 딴생각을 못 했다. 곡은 화려하게 끝났다. 박수와 휘파람, 환호성이 쏟아졌다. 앙상블 단원들은 몇 차례 인사를 하고, 악기를 들고 무대를 떠났다. 실내에 불이 들어왔다.

드디어 휴식 시간.

고함 소리에 난 화들짝 놀랐다.

"미켈롭 있어요. 올드 밀워키 있어요. 코로나 있어요. 론스타 있어요(모두 유명한 맥주의 이름이다 — 옮긴이)."

문간에 있던 흑인이었다. 그는 크고 파란 아이스박스 다섯 개를 꺼냈다. 돈 상자를 든 백인이 얼른 휠체어를 밀고 가서 아이스박스 뒤에 자리 잡았다. 그들은 맥주를 팔기 시작했다. 캐나다인인 나는 '이게 합법적인가?'란 의문이 생겼다. 나는 일어나서 다리를 폈다. 전투 참호들을 지나서, 벽에 난 유난히 선명한 곰팡이 자국을 살펴봤다. 진짜 중세의 마을과 흡사했다. 거리에 나타난 유령을 볼 것 같았다. 불쌍한 자는, 아침부터 겨드랑이 밑에 이상한 혹이 생기고 몸에 열이 나는 걸 걱정하겠지. 흑사병으로 중세 인구의 삼 분의 일이 줄었다지 않던가. 나는 손을 뻗어 벽을 만졌다. 벽지가 워낙 썩어서 뜯겨 나올 것 같았다.

벽의 아래쪽에 널브러진 조각상들을 내려다보니, 아테나 여신의 투구 쓴 두상이 눈에 띄었다. 알아볼 수 있는 얼굴은 그것뿐이었다. 다른 것들은 육체적으로 완벽한 익명의 남녀 그리스 조각상이었다. 머리, 팔다리, 몸통이 잘렸다는 사실이 — 가장자리가 날카롭고, 석고는 너무 거칠었다 — 원래의 아름다움에 비참한 요소를 주었다. 허리를 굽히고, 두상을 내 쪽으로 돌렸다. 초점이 없게 만든 눈이지만, 이제 그 눈길은 비극적으로 냉담했다. 조각들을 다시 붙여보고 싶은 유혹이 느껴졌다.

청중들은 삼삼오오 모여 서서 이야기를 나누었다. 파티의 불청객이 된 기분이었다. 내 자리로 돌아가 웅크리고 앉아서, 이런저런 생각에 잠겼다.

사십 분쯤 지나서야 정신을 차렸다. 긴장이 감도는 분위기였다. 모두 다시 앉았고 대화는 끊겼다. 다들 진지한 표정이었다. 그제야 깨달았다. 알비노니, 바흐, 텔레만은 시간 때우기용이었음을. 여기 모인 사람들은 〈랭킨 협주곡〉을 들으러 왔다는 것을.

조명이 꺼졌다.

지휘자 윌리엄스가 무대에 나왔고, 뒤이어 연주자들이 나왔다. 마룻바닥이 삐걱대는 소리가 들렸다. 열한 명이 앉고, 두 명은 그대로 서 있었다. 알파벳 순서가 맞았다. 존 모턴은 내가 짐작한 그 사람이었다. 그가 지휘자에게 다가가서 몇 마디 속삭였다. 윌리엄스가 고개를 끄덕였다. 모턴은 지휘자의 왼편에 자리 잡았다. 그가 바이올린을 어깨에 대고 고개를 기울여 바이올린에 기댄 다음, 손가락을 가볍게 지판에 올렸다. 그런 다음 오른손을 들어 활을 현 위에 올렸다. 어떤 이미지가 머리를 스쳤다. 시스티나 성당, 〈아담의 창조〉, 신이 아담에게 내민 손—둘의 손끝 사이의 강렬한 간격. 모턴은 윌리엄스를 바라보았다. 지휘자가 오른손을 들었다. 악단은 똑같이 활을 현 위로 올렸다. 모턴은 오른손에 시선을 두었다. 손이 내려올 때……그때 들은 소리를 어떻게 말로 표현할 수 있을까?

음악이 색깔이라면 극장은 색들이 펼쳐지는 만화경이 되었으리라. 더블 베이스에서 쏟아지는 침착한 파란색, 비올라와 첼로가 펼치는 청록색, 바이올린들이 흘리는 주황색. 특히 모턴의 바이올린에서 울어대는 색을 검붉은 색으로 묘사할 수 있으리라. 음악이 색깔이고 내가 카멜레온이라면, 난 영원토록 색을 바꿨으리라. 〈랭킨 협주곡〉의 색깔 속에서 지워지지 않을 색을 입었으리라.

내 둔한 눈으로 음악을 묘사할 수 있었다. 무대밖에 안 보였다. 썩어가는 극장은 사라졌다. 청중도 사라졌다. 무대만 존재했고, 그 무대에 존 모턴만 존재했다. 나는 추남이 미남이 되는 것을 보았다. 튀어나온 눈, 돼지 같은 얼굴, 빌려 입은 턱시도 밑으로 배가 불룩한 추남이었다. 미남은 몸을 굽히고, 얼굴을 일그러트리고, 몸을 떨었다. 아름다운 그는 사실 흉했다. 나는 추함이 고뇌로, 고뇌가 아름다움으로 변하는 것을 보았다.

〈랭킨 협주곡〉은 길지 않아서 십 분도 안 됐다. 악단은 제대로 연주하지 못했고, 원래대로 마무리하지도 못했다. 그러나 몇 분 동안 내 삶의 모든 것은 쓰레기였고, 고민과 어리석은 소리는 저만치 밀려났다— 구름이 갈라지듯이. 난 숭고함을 보았다.

음악은 정중하게, 궁전 무도회식으로 시작했다. 춤추는 사람들이 천천히 정확하게 움직이는 광경을 상상해보길. 각자 어떻게 해야 할지, 파트너가 어떻게 할지 안다. 하지만 곧 음악은 생기 있고 논리적인 선율로 바뀌었고, 어찌나 자연스러운지 안 들어도 짐작할 수 있을 듯했다. 나머지 부분을 내게 맡긴다 해도 마무리 지을 수 있을 것 같았다. 그러더니 곡은 작은 나선형을 그리며 아주 높은 곡조로 올라갔다. 그 높은 곡조에서 돌고 돌며 흔들렸다. 중국 서커스단의 접시 돌리기처럼 그렇게 돌았다. 그 높이에서 갑자기 내려앉으며 다시 생기 넘치는 선율이 되었다. 봄의 급류가 천둥소리와 충만함과 포기가 뒤섞여 쏟아져 내리는 것 같았다.

모턴이 곡의 대부분을 연주했다. 그는 혼자 나와서 굽이치는 곡조를 끌고 나갔다. 가차 없이 뜨겁게 쫓아가는 악단이 그 곡조를 반복해서 쏟아냈다. 선율이 섬세해서 모턴의 왼손은 지판 위에서 뛰어다니며 떨었고, 활은 정신없이 그어졌다. 처음부터 그는 실수를 했다. 이 점은 분명히 해야겠다. 중요한 대목이다. 〈랭킨 협주곡〉의 연주는 형편없었다. 문외한인 내가 듣기에도 뭉개지거나 틀린 소리를 내는 대목을 찾을 수 있었다. 모턴이 따라가지 못해서 느리게 연주되는 대목도 귀에 들어왔다. 하지만 곡의 가치는 훼손되지 않았다. 그 반대였다. 〈랭킨 협주곡〉의 강력한 힘은 모턴의 미숙한 연주를 통해 드러났다. 그가 틀릴 때마다 견고한 완벽성이 암시되었고, 그의 멈칫거림은 자유를 맛보게 했다. 이런 음악은 생전 처음 들어봤다. 여기에는 로봇 같은 정확함은 없었다. 펑크록처럼, 잭슨 폴록처럼, 잭 케루악(1950년대 미국 비트문학의 선두주자인 소설가, 시인―옮긴이)처럼 진정 인간적이고, 완벽한 미와 카타르시스적인 실수가 섞인 음악이었다.

음악이 느리게 연주되었다. 비올라와 첼로는 꾸준히 우울한 곡조를 끌어냈다. 협주곡이 한숨 돌리는 모양이었고, 모턴도 마찬가지였다. 그는 왼쪽을 재킷에 닦고 입술을 빨았다. 긴장한 표정이었다.

악단이 되살아나며, 깊고 낮은 곡조를 연주했다.

모턴도 다시 시작했다. 이 부분은 언어로 표현하지 못하겠다. 모턴이 해낸 일을 정확히 정의할 전문용어가 있겠지. 하지만 있다 해도 난 그런 용어를 모른다. 음악 때문에 내 영혼이 밖으로 나와 공중으로 솟았다가 내려오는 것을 어떻게 음악용어로 설명할까? 내가 그 곡조의 오르내림에 맞춰 호흡했다고, 존재했다고 어떻게 말할까. 어떤 곡조이기에, 소용돌이 모양으로 흔들리다, 존재가 잦아들기라도 할 듯이 한순간 속삭임 같지더니 곧 호랑이처럼 공중을 긁어댈까. 어떤 곡조이기에 흠결이 있든 완벽하든, 아린 섬세함이 담긴단 말인가. 어떤 곡조이기에 고양되었다 떨어지고, 드높여졌다 곤두박질친단 말인가.

이 축복 어린 고뇌의 와중에 음이 맞지 않는 바이올린이 나왔다. 그 시간은 삼십 초도 안 됐다. 앙상블이 파란색, 초록색, 오렌지색의 중간 높이의 큰 덩어리를 연주할 때, 모턴이 갑자기 높은 빨간 곡조와 낮은 검은 곡조로 그들 위로 올라갔다가 위에서 곤두박질쳐서 그들 밑으로 내려왔다. 소리에 감정이 실릴 수 있다면, 그랬다. 이것은 영기 서린 위대한 감정이었고, 듣는 이들에게 분명하게 느껴진 것에서 다시 분명하게 느껴지는 것으로 완벽하게 해석된 감정이었다. 내가 그 순간 느낀 것은, 내가 사로잡힌 감정은 무시무시한 슬픔이었다. 고동치고 압도하는 감정이었다. 몇 초 동안 나는 번민에 빠졌다.

 악단이 갑자기 일정하게 흔들리는 곡조를 연주하자 불협화음 바이올린 부분이 끝났다. 갑작스레 평정을 되찾으려는 시도처럼 불쑥 끊어졌다. 하지만 모턴은 평정을 되찾지 못했고—그는 연신 실수를 했다—그러다가 포기하고 연주를 중단했다. 그가 양손을 내렸다. 한 손에 활과 바이올린을 엑스 자 모양으로 들고, 고개를 떨어트렸다. 지휘자가 곡을 이끌어가려고 안간힘을 썼지만, 나머지 단원들도 곧 제어력을 잃었다. 음악이 거기 있다가 갑자기 흩어지기 시작하더니, 완전히 길을 잃었다. 청중석에서 낮게 웅얼대는 소리가 넘쳤다. 연주자들은 분투를 접었다. 제1바이올린 스튜어트가 마지막으로 포기했다. 갑자기 조용해졌다.

 나를 놓아버린 기분이었다. 다시 내 자리로 돌아간 것 같았다. 가슴이 뛰고 입으로 숨을 쉬었다. 모턴에게 양손을 내밀고 싶었다. 음악이 거기 있었다. 난 봤다. 난 느꼈다. 훌륭하고 강한 아름다움이 있었다.

 침묵이 길어졌다. 박수는 없었다. 모든 것의 표면에 감정이 실렸다. 벽이나 바닥을 건드리면 우르르 무너질 것 같았다.

 청중석에 불이 들어왔다. 난 움직이지 않았다. 내 존재를 막았던 벽들이 무너졌고, 난 놀라운 자유를 경험하고 있었다. 속이 텅 비고 열리고 변한 기분이었다.

 다양한 소리가 귀에 들어왔다. 갑자기 숨을 들이쉬는 소리. 의자에서 움직이는 소리. 셰퍼드가 낑낑대는 소리. 청중들이 떠나기 시작했다. 교회에서처럼 조용히 나갔다. 연주자들도 하나둘 무대를 떠났다. 모턴은 세 번째로 나갔다.

난 움직이지 않았다. 주위를 둘러보았다. 매리듀 극장이 변했다. 이제는 폐허가 아니었다. 이곳은 웅장한 사원이었다.

티켓을 팔던 흑인이 들어왔다. 청중석에는 나만 남아 있었다. 그는 부산스럽게 오렌지색 의자들을 쌓기 시작했다. 나는 거들기로 했다. 열다섯 개쯤 쌓자, 이만하면 말을 붙여도 되겠다 싶어 말을 걸었다.

"아름다웠어요."

그는 의자 네 개를 쌓고서야 대꾸했다.

"그래요."

나는 다섯 개를 더 쌓았다.

"그가 녹음한 적이 있나요?"

"아니요."

또 다섯 개.

"다른 곡도 작곡했나요?"

"아니요. 함께 연주할 시간만 겨우 냅니다."

다시 다섯 개.

"그는 결혼했나요?"

멍청한 질문하고는. 왜 그런 걸 물었는지 모르겠다. 음악과 무관한 첫 번째 질문이었다. 그가 세상과 맺은 관계에 대해 혼란스러웠겠지.

"그가 결혼했느냐고?"

사내는 처음으로 날 쳐다보며 반문하더니 대답했다.

"맞아요. 결혼했지. 부인 이름은 '조니 워커(위스키 상표— 옮긴이)'요."

그를 내버려두는 게 좋겠다 싶었다. 마지막으로 극장을 둘러봤다.

"감사합니다. 또 뵙죠."

내가 인사했다. 그는 대답하지 않았다. 조용히 빠져나왔다.

로비의 테이블에서 휠체어를 탄 백인이 돈을 세고 있었다. 그는 고개를 들더니 목례했다. 나는 그가 십 달러짜리 지폐를 다 셀 때까지 기다렸다.

내가 말했다.

"멋있었어요."

그는 싱긋 웃었다.

"그렇지요? 하지만 연주를 마쳤으면 좋았을 텐데."

그는 한결 친절했다. 남부 억양이 있고, 목 아픈 사람처럼 톤이 높고 부자유스러웠다.

"나름대로 연주가 근사했다는 생각이 들어요."

"그래요, 맞아. 나도 똑같은 생각이오. 나름대로 대단했지."

"그분이 다른 곡도 작곡했나요?"

"아, 그럼요. 하지만 이번 곡처럼 완성도 있는 것은 없을 거요."

그는 오 달러짜리를 세기 시작했다.

"수입이 괜찮나요?"

"턱시도와 의자 대여료는 충당해야 될 텐데."

"늘 여기서 연주하세요?"

"아니요. 보통은 고교 강당에서 하는데, 이번에는 존의 협주곡도 있고 하니 진짜 극장에서 하기로 했지요. 알다시피 세계 초연이니."

"읽어서 압니다. 그 곡을 녹음하려고 애써보시지요. 진심입니다, 진짜 좋았어요."

"그래요, 그래야겠지요. 하지만 힘든 일이에요, 힘든 일이지. 우린 전문 악단도 아니고, 클래식 음악은 팔리지도 않으니까. 하지만 빌리가 다시 시도해볼 거요."

그는 일 달러짜리 지폐를 세기 시작했다. 뒤에서 헛기침 소리가 났다. 나는 뒤돌아보았다.

존 모턴이었다. 그는 헐렁한 초록색 작업복 바지와 셔츠 차림이었다. 한 손에는 바이올린 케이스를, 다른 손에는 비닐봉지를 들고 있었다. 아까 무대에선 그를 봤지만, 바로 앞에서 보니 경이로웠다. 난 옆으로 비켜섰다.

"아, 파이프."

그가 말했다. 가벼운 미국식 발음이지만, 캐나다 억양과 크게 다르지 않았다. 파이프는 돈을 세던 손길을 멈추었다.

"여어, 멋쟁이. 멋진 연주회였네. 근사한 연주회였어."

"아닌 것 같은데."

모턴이 대답했다.

"무슨 말을 하는 건가? 우린 방금 대단한 연주회였다고 얘기하던 참인데, 안 그렇소?"

파이프가 날 쳐다보았다.

"네, 그랬지요. 이런 곡은 들어본 적이 없거든요. 믿기 힘들 정도였습니다."

"하지만 끝내지 못한 걸요. 나는……."

파이프가 말을 끊었다.

"그런 건 중요하지 않아. 나름대로 아름다운 곡이었네."

나는 열심히 고개를 끄덕였다. 그의 넓적한 얼굴에서 눈을 뗄 수가 없었다.

모턴은 믿지 못하겠다는 듯이 고개를 저었다.

"이걸 주고 가면 되나?"

그가 비닐봉지를 들어 보였다. 그러느라 바이올린 케이스는 테이블에 놓았다. 봉지에는 턱시도를 입은 여우 그림이 있고, 그 위에 '턱시도 타운 대여점'이라는 글자가 있었다. 나는 바이올린 케이스를 쳐다보았다. 안에 작은 갈색 동물이라도 있을 것 같았다. 조련사의 손에 있을 때를 제외하면 아주 위험하고 공격적인 동물이.

"그럼. 안에 다 들어 있지?"

파이프가 말했다. 그가 봉지를 받아 들여다보았다.

"응."

"됐네."

파이프는 봉지를 휠체어 옆에 내려놓았다. 옆에 '턱시도 타운 대여점' 봉지가 여러 개 놓여 있었다.

"고맙네. 그럼 난 부지런히 가봐야겠군."

모턴이 몸을 살짝 돌렸다. 그가 손으로 머리를 빗질했다.

"존, 좋은 연주였네."

파이프가 다시 말했다.

"빌리는 어디 있지?"

파이프는 극장 문을 가리키며 대답했다.

"뭘 하는데?"

"의자를 망가뜨리고 있겠지."

"빌리가 뭐라던가?"

"글쎄……."

파이프는 질질 끌다가 말을 이었다.

"어느 시점에서 내 휠체어 오른쪽 바퀴를 뽑을 기세였으니, 마음에 든 게지."

"정말?"

"존, 내 말을 믿으라구. 그럴 수밖에 없었던 거야……. 너무 아름다워서 마무리할 수 없는 거라구."

존 모턴은 고개를 끄덕였다.

"내일 만나는 거 맞지?"

"맞네."

"알았네. 잘 있게, 파이프. 고마워."

"내일 만나세, 존. 이제 자랑스러운 마음으로 오늘 밤은 편안히 지내게."

모턴은 파이프와 내게 목례를 하고 걸음을 옮겼다. 나는 떠나는 그를 지켜보았다. 파이프가 잔돈을 세기 시작했다. 따라가야 하나? 아닌가? 이미 늦었어. 아니, 안 늦었어. 늦었어. 아니야. 갑자기 결정을 내렸다. 안 늦었어.

"가봐야겠습니다. 근사했다고 생각해요……. 솔직히 지금까지 가본 음악회 중 최고였습니다. 안녕히 계세요."

"잘 됐군요. 고맙소이다. 잘 가요."

문을 밀고 복도로 나와 달렸다. 길에 나갔을 때 모턴이 차를 빼서 내 오른쪽으로 향하고 있었다. 대형 상자같이 생긴 차에서 예인선 같은 시끄러운 소리가 났다.

나는 주저하지 않고 차를 쫓아갔다. 무슨 생각으로 그랬는지 모르겠다. 평소 같으면 뛰어서 차를 쫓아가지 않는다(사실 차를 타고 다른 차를 쫓아가지도 않는다). 모턴은 얼른 모퉁이를 돌아 사라졌다. 하지만 빨간 미등과 그가 천천히 운전하고 내가 힘껏 뛴 덕분에, 그가 가는 곳까지 따라갈 수 있었다. 차를 무서워하는 개처럼 죽어라 뛰었다. 몇 킬로미터는 족히 될 터였다. 어느 무시무시한 동네를 지났는지도 모르겠다. 내가 뛰는 걸 본 사람들은 벽에 딱 붙어 섰다. 모턴의 차는 주차되어 있고 그는 보이지 않았다. 숨을 몰아쉬며 인도에 주저앉았다. 땀에 흠뻑 젖고, 심장은 쪼개질 것 같고, 다리는 욱신거렸다.

"빌어먹을. 이렇게 뛰었는데 소득이 없다니."

나는 헐떡대며 중얼거렸다.

몇 분이 흐르자 기운을 차리기 시작했다. 일어나서 차 주변을 맴돌았다. 그는 어디 살까? 그를 찾아낼 길이 있을까?

그때 모턴을 보았다. 길 건너에서. 그는 은행 안에 있었다. 물론 은행은 문을 닫았지만—밤 11시가 지났으니—안에 불이 켜져 있었다. 모턴은 카운터 앞을 지나고 있었다. 그가 미는 수레에는 쓰레기 봉지가 매달려 있고, 빗자루와 솔, 걸레, 세제가 담겨 있었다.

그는 청소부였다.

모턴은 수레를 가운데로 끌고 가더니 '미스터 클린(가정용 세제 제품명—옮긴이)' 병을 꺼냈다. 그는 병에 든 것을 꿀꺽꿀꺽 마셨다. 그후 납작한 오렌지색 빗자루를 꺼내서 대리석 바닥을 쓸기 시작했다. 그는 바닥을 다 쓸자, 수레를 카운터에 밀어놓고 오른쪽으로 사라졌다.

그가 육중한 바닥 닦는 기계를 밀고 나타났다. 앞쪽에 커다란 둥근 패드가 있고, 뒤쪽에 작은 바퀴 두 개가 달린 모양이었다. 그는 플러그를 꽂고 바닥을 윤내기 시작했다. 내 귀에는 기계음이 들리지 않았지만, 제법 큰 소리가 나리란 것은 알고 있었다.

모턴은 느릿느릿 앞뒤로 오가며 침착하게 기계를 작동했다. 하고 있는 일에 만족감을 느끼는 눈치였다.

그 사람에게 무슨 말을 해야 하나? 감사와 찬탄의 말밖에 없었다. 그가 내 뜻을 오해할까? 날 성가셔할까? 그는 일을 멈추고 '미스터 클린' 병에 든 것을 마셨다. 그는 행복한 술꾼일까……아니면 막무가내 주정뱅이일까?

곧 그는 바닥을 다 닦았다. 바닥 닦는 기계의 플러그를 빼서 전선을 감기 시작했다.

결정을 해야 했다. 늦은 시간이고 어두웠고, 여기까지 왔으니…… 더 나쁜 일이 벌어지기야 할라고.

길을 건너서 은행으로 가서, 창문을 두드렸다.

모턴이 고개를 돌렸다. 그는 의아한 얼굴로 날 보았다. 잠시 쳐다보더니, 하던 일을 계속했다.

다시 창을 두드렸다.

그가 잠깐 돌아보았다. 나는 오른쪽, 그러니까 은행의 출입구를 손짓했다.

모턴은 손바닥을 보이며 어깨를 으쓱했다.

나는 왼손을 어깨높이로 올리고, 오른손을 들어 바이올린을 켜는 시늉을 했다.

그가 창문으로 다가왔다. 나는 다시 오른쪽과 내 입과 그를 손짓하며, '얘기해요'라는 시늉을 했다.

그가 손목을 가리켰다. '지금이 몇 신줄 아쇼?'

나는 어깨를 으쓱했다. '그게 어때서요?' 다시 바이올린을 켜는 동작을 했다.

그가 고개를 끄덕였다. 하지만 꼼짝하지 않았다.

나는 바이올린을 암시하는 몸짓을 하고 손뼉을 치고, 한 손을 가슴에 댔다. '멋있었어요.'

그가 고개를 끄덕였다. 그리고 서서 날 빤히 바라보았다. 희망을 접는데, 그가 자기 오른편, 내 왼편을 손짓했다. 다른 쪽으로 가자는 말이었다.

우린 창을 사이에 두고 나란히 걸었다. 모퉁이를—내게는 인도의 모퉁이, 그에게는 카운터의 모퉁이—돌았다. 모턴이 문으로 향했다. 그는 창문 끝까지 쭉 걸으라고 손짓했다. 나는 아랫부분이 반짝반짝하는 바깥 유리문 앞에 도착했다. 모턴이 전등 스위치를 누르자 복도가 보였다. 그가 문 너머에 있었다.

모턴은 날 조심스레 훑어보았다.

나는 손가락에 침을 묻혀 '랭킨'을 거꾸로 썼다.

그는 고개를 끄덕였다. 모턴이 물음표를 그리고 날 손짓했다.

나는 느낌표를 그리고 그를 가리켰다.

모턴은 잠시 나를 쳐다보더니, 주머니에서 묵직한 열쇠고리를 꺼냈다. 그가 벽에 난 열쇠 구멍에 열쇠를 꽂고 사 분의 일쯤 돌렸다. 그런 다음 자물쇠를 벗겼다. 걸쇠도 세 개나 있었다. 문이 열렸다.

내가 말했다.

"저기요. 선생님의 협주곡이 환상적이었다는 말씀을 드리고 싶어서요. 혼을 쏙 빼더라구요. 그럴 줄은 몰랐거든요. 그 불협화음 바이올린은……."

"이렇게 문을 열고 있을 수는 없소. 들어와요."

나는 얼른 안으로 들어갔다.

"감사합니다. 하지만 방해하고 싶지는 않은데요."

"괜찮소."

그가 문을 잠그고, 벽에 난 구멍에 열쇠를 넣고 반대 방향으로 사 분의 일을 돌렸다.

"그런 불협화음 바이올린 같은 것은 태어나서 처음 들어봤어요. 지금껏 들은 음악 중 가장 아름다웠어요."

모턴이 싱긋 웃었다. 그는 날 보고 있지 않았다.

"잘 됐군요, 잘 됐어. 고맙소. 저기…… 난 일해야 하는데. 일하면서 얘기합시다."

"그러시죠."

우리는 닦아 놓은 바닥을 지나갔다.

"다른 곡도 많이 작곡하셨나요?"

"많이 했지. 자, 나 대신 전화기를 닦아주겠소? 얘기하는 동안에? 어떻게 할지 내가 가르쳐줄 테니."

"네, 닦을게요."

그는 수레에서 천과 흰 플라스틱 병을 꺼냈다. 나는 그를 따라 카운터 뒤로 갔다.

"이런 식으로 해요. 천에 이걸 묻혀서……."

알코올 냄새가 났다. 그가 전화기를 들었다.

"먼저 몸통이랑 수화기대를 닦은 다음─눌리는 부분은 누르고 그 주위는 닦지 말아요─버튼을 닦아요. 그다음에 수화기를 닦고. 송화구는 반드시 닦아야 해요. 그런 다음 수화기를 내려놓고, 지문이 하나도 없도록 말끔히 닦아줘요. 됐소?"

"알았습니다."

은행에는 전화기가 많게 마련이다. 모턴은 '윈덱스(유리창 닦는 세제의 제품명─옮긴이)'와 깨끗한 걸레를 꺼냈다. 그는 창구의 창유리를 닦기 시작했다. 이런 생각이 떠올랐다. '넌 워싱턴에 있어, 지금은 한밤중이야. 넌 은행에 있어. 모차르트와 같이 있는 거야. 그리고 전화기를 닦고 있지.'

"라디오 방송국에서 선생님의 협주곡을 방송하게 해봐야지요."

"우린 전문 오케스트라가 아니오. 누군가 '취미 오케스트라'라고 하더군."

"전문 오케스트라가 그 협주곡을 연주하게 할 수 있을 텐데요?"

"그것도 좋은 아이디어겠구만."

다 소용없는 짓이었음을 그의 말투로 알 수 있었다.

나는 전화기를 다 닦았다.

"그러니까 도널드 랭킨은 친구였나요?"

"그래, 그랬소."

더 자세한 이야기는 나오지 않았다. 내가 제대로 끌어가지 못하고 있었다. 다르게 시도해봐야 했다.

"제가 책상도 닦을까요?"

"그러면 도움이 되겠소."

모턴이 부드러운 섀미 걸레를 꺼내주며 덧붙였다.

"그냥 먼지만 털어내요. 물건을 옮기거나 들 경우에는 꼭 원래 있던 자리에 놓아야 해요. 특히 서류는."

"네."

은행에는 책상이 많다. 모턴은 다른 쪽 유리 칸막이로 갔다. 우리는 말없이 일했다.

드디어 그가 입을 열었다.

"연주를 끝냈으면 좋았을 텐데. 우리끼리 연습할 때는 문제 없이 연주할 수 있소. 한데 공개석상에서는…… 사람들 앞에 서면 이만저만 긴장되어야지. 그 실수하며. 완벽하게 하고 싶었는데."

"파이프의 말이 맞는 것 같아요. 그건 문제가 아니었어요."

모턴은 아무 대꾸도 하지 않았다. 나는 하던 일을 계속했다.

그는 유리 칸막이를 마저 닦고, 책상 닦는 것을 도와주러 왔다.

"적어도 바흐는 전체의 한 부분이지. 바흐가 빠진다면 뭔가 무너져버릴 거요. 독일에도 구멍이 날 거고, 우리에게도 구멍이 생길 테지. 나? 내가 뭔데? 나야 아마추어에 불과하오. 테니스공 같지. 여가에 하는 카드 게임이나 단어 퍼즐, 퀴즈 프로그램 같은 거지. 여가…… 제길, 그 정도도 못 되지. 난 여기서 십일 년째 일하고 있소. 직원 휴게실에 포스터를 붙였지. 내 이름 밑에 줄도 그어서. 자기 직장을 십일 년간 청소해주는 사람인데…… 세계 초연이라는데. 은행 사람들이 왔냐고? 한 사람도 안 왔소. 빌어먹게도 인생을 낭비하는 짓거리지. 진공청소기를 가져오겠소."

그는 바닥 닦는 기계로 가서, 손잡이를 눌러 밀고 갔다. 모턴은 진공청소기를 가지고 왔다. 통 모양의 업소용 대형 제품일 줄 알았는데, 바퀴 세 개가 달린 소형 청소기였다. 전선은 아주 길었다. 그가 플러그를 꽂았다. 그는 내가 청소기를 쳐다보는 것을 알아차렸다.

"진공청소기는 개와 비슷해요. 작을수록 소란스럽지."

그가 말했다.

그가 전원을 넣었다. 과연 그랬다. 치와와만한 진공청소기에서 비행기 엔진보다 시끄러운 소리가 났다.

"의자 좀……."

그가 소리쳤다. 그러더니 전원을 끄고 다시 말했다.

"의자와 쓰레기통을 들어주면 내가 먼지를 빨아들이지, 알겠소?"

나는 고개를 끄덕였고, 모턴이 다시 기계를 작동시켰다. 청소기는 무시무시하게 먼지를 빨아들였다. 카펫 가장자리의 보풀이 빨려들지 않는 게 신기했다. 나는 의자를 밀고 쓰레기통을 들어주었다.

은행에는 카펫이 깔린 면적이 넓다.

모턴이 다시 말문을 열었다. 소리를 질러야 하지만 개의치 않는 눈치였다. 사실 그로서는 시끄러워서 다행스러웠던 것 같다.

"전에 어느 잡지에 실린 안무가의 이야기를 읽은 적이 있소. 그는 춤을 단순한 오락으로 여기는 사람들을 비웃었다더군. 그는 춤은 인생철학이라고 말했소. 그 말이 마음에 들거든—인생철학. 어디서 내 음악 덕분에 가장 행복했는지 알아요? 내 얘기 해보리까?"

네네네. 나는 고개를 끄덕였다.

"베트남이었소. 난 열아홉 살에 거기 갔지. 모험을 하게 될 거라고 생각했소. 1967년 10월에 거기 도착했는데, 1월에 어디서 끝났는지 아시오? 케산이었소! 케산에 대해 들어봤소? 들어본 적이 없겠지? 포위 공격이었소. 현대적인 무기가 총동원되었지만 꼭 중세 같았지. 우린 월맹군한테 완전히 포위당했소. 망할 놈의 웨스트모어랜드(베트남 전쟁 당시 미군 사령관—옮긴이)는 우리더러 버텨야 된다고 말했지. 그렇게 칠십칠 일이 지났소. 매일 총질하고 로켓포를 쏘고, 박격포 공격을 해대는 자들한테 포위당해서 칠십칠 일간을 버텼다고. 거긴 지옥이었소. 우린 미로 같은 참호들을 파 놓고, 비에 젖은 쥐같이 그 안에서 살았소. 내가 도널드 랭킨을 만난 것도 거기였지. 그가 어디 출신인지 아시오? 미주리주의 모스코 밀스(Moscow는 모스크바의 영어 표기다—옮긴이). 믿을 수 있소? 우린 여기서 월맹군이랑 싸우는데 이 친구는 '모스코'라는 곳에서 왔다니. 그가 그 말을 했을 때 하마터면 쏴 죽일 뻔했다니까. 지금도 그 일을 떠올리면 웃음이 나지. 사실 난 모스코 밀스에 가봤소."

그는 허공을 응시하며 잠시 입을 다물었다. 그는 다시 깔끔하게 진공청소기를 밀었다.

"아무튼 집에 편지를 쓰고 싶었지. 하고 싶은 말이 많았거든. 그런데 그 말을 다 할 수가 없었소. 수렁에 빠진 것 같았지. 문장이 너무 엉겨서 정리를 해야 했지. 또 부모나 누이를 겁먹게 하고 싶지 않았소. 그래서 그 지옥에서 할 수 없이 라디오로 들은 노래의 악보를 적기 시작했지. 가사도 적었지만, 가사를 바꿔서 내 나름대로 쓰는 경우도 많았지. 엘비스 프레슬리를 바이올린으로 연주하면 어떤 소리가 나는지 아시오? 모타운은? 아니면 마마스 앤드 파파스는? 난 〈먼데이, 먼데이〉를 연주하길 좋아했지."

그는 활짝 웃었다.

"난 사이공에서 바이올린을 구할 수 있었소. 고교 시절에 음악을 배웠지. 덕분에 악보를 제대로 읽고 쓸 줄 알았소. 바이올린이 있었으니 다행이었지. 그래서 그런 노래의 악보에 내가 쓴 가사를 붙여서 부모에게 보내곤 했소. 내가 살아 있고 잘 있다는 것을 그렇게 알렸지. 부모님은 악보를 볼 줄 몰랐지만 가사는 읽을 수 있었지. 어리석은 짓이었겠지만 난 그렇게 했소. 그러다가 라디오를 들으며 악보를 받아 적느라 머리를 굴리는 데 싫증이 났지. 뭔가 하고 싶더군—그걸 어떻게 표현할까?"

    그는 공중에 대고 손을 저었다.

"이 베트남의 악몽에서 빠져나올 수 있는 것…… 내게 온전한 정신을 되찾게 해줄 만한 일. 내 곡을 쓰기 시작한 게 바로 그때였소. 전투가 나를 작곡가로 만든 셈이지. 그 푸른 언덕에 폭탄이 터지는 걸 보았고, 스카를라티, 바흐, 헨델, 코렐리를 들었지. 바로크 음악이 그럴듯하더군. 케산에서 조용한 상황이고 비가 내리지 않을 때면, 그늘진 마른 곳을 찾아서 작업에 매달렸소. 동료들이 좋아했지. 윌버가 내 바이올린의 현을 튕기다가—그도 친구였소—줄이 끊어진 일이 기억나는군. 그 친구 얼굴이 얼마나 볼만하던지. 여분의 줄이 있어서 아무 문제가 되지 않았소. 그런데 그 친구가 어찌나 미안해하던지 목숨이라도 끊을 것 같더군. 그가 어떻게 했는지 알아요? 윌버는 통신병이었소. 그가 어떻게 그렇게 했는지 몰라도, 다음번 공중지원 때 바이올린 줄이 많이 왔지. 네 현의 줄이 모두 왔더군. 윌버는 오선지도 얻어주었소. 그래요, 다들 내 곡을 좋아했소. 내가 연주를 시작할 때, 근처에 라디오가 켜져 있으면 얼른 껐지. 거기서 난 음악을 하며 가장 행복했소. 전쟁 통에 땅구멍에 처박혀 있으면서도 말이지."

우리는 청소를 마쳤다. 그는 진공청소기의 전원을 껐다. 조용해지자 안도감이 느껴졌다.

모턴이 말했다.

"그 후로 쭉 내 인생은 시간 낭비지."

그가 전선의 플러그를 뺐다.

"한잔하겠소?"

"괜찮습니다."

모턴은 수레로 가서 '미스터 클린' 병을 집었다.

"은행 측에서 음주를 허용하지 않거든."

그가 웃으며 말했다. 서글픈 웃음이었다. 그는 한 모금 들이켜더니, 허공을 응시했다. 몇 초가 흘렀다. 모턴은 병목을 잡고 가만히 흔들었다.

"젠장. 연주를 제대로 해야 했는데."

"다른 때 다시 하면 되잖아요. 그때는 제대로 하실 겁니다."

그가 고개를 끄덕였다. 하지만 확신하지 못했다.

나는 모턴의 근처에도 갈 수 없었다. 그렇게 아름다운 것을 빚어낼 수 있다면, 술을 마시고 고독에 빠지고 시간을 낭비하는 것도 얼마든지 감수할 텐데. 그렇게 사는 게 말처럼 쉽지 않겠지만 그래도. 그렇더라도.

그가 불쑥 숨을 깊이 들이쉬고 내쉬더니 말했다.

"그렇소, 도널드 랭킨은 친구였소. 청소기를 갖다 둬야겠구만."

그는 진공청소기를 들고 사라졌다.

그가 다시 나타나며 말했다.

"이거야말로 지겹고 신물 나는 일이지. 생활비를 조달하고 아무 방해도 안 받는다는 것밖에 더 있나. 하지만 한 가지 맘에 드는 게 있소. 여기서 나가면 하지 못할 일이지. 난 늘 점검하지. 봐요. 하나, 둘, 셋."

모턴은 책상 세 곳을 가리켰다.

"여기 직원은 대부분 여자라오."

그는 한 책상의 왼쪽 맨 위 서랍을 뺐다. 은행의 책상 서랍에 있을 만한 문구류가 있었다.

"거기."

그가 검지로 물건을 건드리자 난 그제야 알아차렸다. 은행 로고가 찍힌 봉투 옆에 끼어 있는 것…… 감춰진 물건.

탐폰이었다.

모턴은 다른 책상으로 갔다. 또 서랍을 열었다.

"거기도."

또 탐폰.

세 번째 책상. 서랍. 탐폰.

"여기서 일하는 여직원이 많지만, 다른 사람들은 책상에 이걸 두고 다니지 않아요. 아니, 두더라도 서랍에 넣고 열쇠를 잠그겠지. 핸드백에 넣어 갖고 다니거나. 난 모르지만."

그는 조심스럽게 세 번째 서랍의 탐폰을 꺼냈다. 포장지가 구겨져 있었다.

"여기서 생명을 나타내는 것은 이것들뿐이지. 난 이걸 보면서 '피…… 섹스…… 아이들…… 사랑'이라는 생각을 해요. 전에 필라델피아에서 벽에 '난 마법에 걸렸다. 닷새간 피를 흘리고도 죽지 않다니'라고 적힌 낙서를 봤소. 그 문구가 마음에 들어요. 여기서 다른 것들은 모두 죽었소. 죽어서 피 흘리지 않지. 난 여기가 싫소. 낮에 올 때마다 여기가 마음에 들어서 반할 뻔하는 게 싫소. 편안하고 따뜻하고, 사람들은 친절하고…… 어떤지 알 만하지. 나는 속으로 중얼대지. '여기서 주간 근무를 하라구. 급여도 좋잖아, 지금보다 많이 받을걸. 아무튼 사람들이랑 일하고 멀쩡한 시간을 보낼 수 있는데 왜 낮에 근무하지 않는 거야?' 그러다가 퍼뜩 깨닫지. 여긴 위험한 곳이라는 것을. 너무 교활한 곳이라는 것을. 그게 사람에게 스멀스멀 기어드는 거요. 쳇바퀴 도는 생활에 익숙해지는 거지. 그러면 그게 당연한 것으로 여겨지기 시작하지. 결국 다른 것은 생각하지 않게 돼. 그러다 눈 한 번 깜박하면 사십 년이 흘러가고 인생이 끝나는 거요. 가끔 낮에 여기 와서 밖에서 들여다보며 자신에게 물어보지. '왜 이 사람들은 더 요구하지 않을까?' 탐폰이 든 책상이 하나 더 있었소. 그런데 일 년 전쯤 탐폰이 사라졌더군. 잘된 일이다 싶었지. 그녀에게는 깜짝 선물이었을 거요. '생리할 때마다 성가셔. 짜증스럽고.' 그녀가 그렇게 생각했을 거라 짐작했소. 그런데 쓰레기통을 비우는데 탐폰이 있었소―사용하지 않은 것이. 종이에 싸서 버렸더군. 다음 날 일찍 일어나서 은행이 문을 닫기 전에 와봤소. 그 책상에 오십 대 초반의 여자가 앉아 있더군. 로라 브룩스라고."

그가 책상을 손짓했다. 회색 플라스틱 표지판에 그 이름이 검은색으로 적혀 있었다.

"난 말을 걸지 않았소. 그냥 팸플릿을 읽는 체하면서 그녀를 쳐다보기만 했지. 로라 브룩스는 이따금 사람들이 말을 걸면 웃었지만, 대개는 일할 때의 심각한 표정을 짓고 있더군. 안쓰러운 마음이 들었소. 생식기능이 끝나버렸으니. 공적인 장소에서 사적인 드라마가 펼쳐지는 거지. 난 로라 브룩스와 관계된 곡을 적고 있소. 〈로라 브룩스 협주곡〉이지. 난 곡에 항상 사람 이름을 붙이지. 집중하는 데 도움이 되거든. 플루트, 바이올린, 오케스트라로 구성된 2악장짜리 협주곡이오. 곧 마무리될 거요."

모턴은 탐폰을 원래 자리에 놓고, 마음에 들 때까지 이리저리 돌렸다.

"그래요. 그 곡에 매달려서 끝을 내야지."

모턴은 주위를 둘러보았다. 그의 시선이 벽시계로 향했다. 1시가 넘었다.

"저기…… 여긴 청소가 끝났소. 하지만 저 뒤와 위층에 청소해야 하는 사무실이 굉장히 많아요. 이제 그만 가봐도 되는데."

"괜찮습니다. 귀찮게 해드리고 싶지 않아요. 아무튼 집에는 가봐야 되겠죠."

우리는 내가 들어왔던 복도로 나갔다.

"내가 항상 작업하는 곳을 보여주겠소."

오른쪽으로 돌았다. 그는 왼쪽 세 번째 문을 열고 전등을 켰다. 단순하고 평범한 사무실이었다. 의자 하나, 책상 하나, 책상 앞에 의자 둘, 서류함 둘, 화분 하나, 벽에는 바다에 뜬 배가 그려진 파스텔 색조의 그림 프린트 한 점.

"청소하기 전이든 청소 중이거나 일이 끝난 후, 마음이 생기면 언제든 여기 와서 작곡을 해요. 내 사물함에 보면대를 두고 다니지. 왜 여기서 작업을 하는지 나도 모르겠소. 더 크고 화려한 사무실도 많은데. 그냥 습관이겠지."

"〈랭킨 협주곡〉도 여기서 쓰셨나요?"

"아니요, 그건 오래전에 썼소. 하지만 다른 작품들은 여기서 많이 쓰고 있소."

모턴은 말을 멈추었다가 덧붙였다.

"이 사무실이 마음에 들어요. 여기 있으면 행복하거든."

그가 불을 껐다. 우린 거리로 난 유리문으로 갔다.

"내 협주곡이 마음에 들었다니 다행이오. 고맙게 생각해요."

모턴이 말했다.

"독특했습니다. 잊지 못할 겁니다."

"고맙소. 고마워요."

그가 벽에 열쇠를 넣고 돌려 문을 열었다.

"만나 뵈어 영광이었습니다. 모턴 씨."

"그래요. 청소를 거들어주어 고마웠소."

우린 악수를 했다.

나는 밖으로 나갔다. 그가 문을 잡아주었다.

"다음에 워싱턴에 오면 선생님의 연주가 있는지 알아보겠습니다."

"그래요, 그렇게 해요. 우린 일 년에 두세 차례씩은 연주하려고 하니까."

"꼭 알아보죠."

"그래요, 고마워요. 잘 가시오."

"안녕히 계십시오."

모턴은 문을 닫고 열쇠로 잠근 후, 경보 시스템을 가동시켰다. 그는 몸을 돌리기 전에, 내게 웃으며 손을 흔들어주었다.

서둘러 길모퉁이를 돌아 길을 건너, 그의 차가 세워진 곳으로 갔다. 내가 어둠 속에 있어서 모턴이 쉽게 보지 못할 터였다. 나는 은행 안에서 수레를 끌고 오른쪽으로 사라지는 그를 지켜보았다.

집에 들어가니 새벽 2시 반, 늦은 시간이었다. 친구는 자지 않고 있었다. 그는 기분이 좋았다. 저녁에 일을 많이 했는지, 책상에는 읽고 메모한 서류가 쌓여 있었다. 그 순간 '평행선을 이루는 시간이 얼마나 많은가'라는 생각이 스쳤다. 내게도 시간이 있었고, 친구에게도 시간이 있었다. 그는 음악회가 어땠냐고 물었다. 뭐라고 말해야 될까. 왠지 그 순간, 존 모턴이나 그의 협주곡. 화음이 맞지 않는 바이올린에 대해 말하고 싶지 않았다. 불현듯 울고 싶어졌다. 숨을 깊이 들이마시고, 음악회는 '아주 좋았다'고 대답했다. 친구가 말했다.

"매리듀 극장은 처음 들어보는 이름인데."

그에게 하루가 어땠냐고 물었다. 친구는 이스턴 항공사의 최근 소식을 말해주었다.

다음 날 처음 한 일은 '베트남 참전 용사비'에 가보는 것이었다. 이상하게도 가슴이 뭉클했다. 땅바닥이 쐐기 모양으로 팬 곳에, 전몰자의 이름이 새겨진 검은 대리석 벽이 있다. 만져볼 수 있는 기념비다. 거기 새겨진 이름을 더듬어볼 수 있다. 사실 만져보지 않을 수가 없다. 거기 그가 있었다. 그 이름을 찾아냈다. 도널드 J. 랭킨. 가만히 이름을 쓸어내렸다. 기념비에서 물러 나와 흐느꼈다. 나랑은 아무 상관도 없고 잘 알지도 못하는 전쟁을 생각하며 울었다.

그게 몇 달 전의 일이었다. 지금은 1989년 여름이다. 지휘자 윌리엄스가 이끄는 앙상블은 연주회를 또 했을지도 모른다. 플루트와 바이올린과 오케스트라가 연주하는 〈로라 브룩스 협주곡〉을 연주했으려나.

한동안 사람들에게 매리듀 극장에서 열린 음악회를 이야기했다. 하지만 썰렁한 반응이 달갑지 않았다. 처음에는 '작곡가 존 모턴'이라고 말했다. 상대가 멍한 표정을 지으면 '미국 작곡가

존 모턴'이라고 다시 말했다. 그것으로도 통하지 않았다. '존 모턴이라는 미국 작곡가'로 말해야 한다는 것을 알 수 있었다. 하지만 그런 게 지겨웠다. '볼프강 모차르트라는 오스트리아 작곡가'라고 말해야 상대가 알아듣는다면 어떨까. 지금은 존 모턴은 나 혼자 마음속에 간직하고 있다.

친구는 워싱턴 D.C.를 떠났다. 여전히 프라이스 워터하우스에서 일하지만, 지금은 뉴욕에서 근무한다. 서로 계속 연락한다.

이스턴 항공사는 파산했다. 사건이 아직 진행 중이지만, 이제 난 관련 기사를 안 읽는다. 1984년 LA올림픽 조직위원장 피터 유베로스가 연관되었다는 것이 마지막으로 들은 소식이었다.

난 법대에 입학하게 됐다. 변호사가 되고 싶진 않지만 법학 학위가 훌륭한 도약대가 된다고들 말한다. 무엇을 향한 도약대일까? 난 똑똑하지만 — 사람들이 그렇게 말한다 — 뭘 하고 싶은지 모르겠다. 안정하지 못한다. 어느 날 어디선가 일을 하다가 — 넥타이를 매고 사무실에서 책상에 앉아 쳇바퀴 돌듯 — 고개를 들면 밖에서 날 보는 남자가 있을 것 같다. 난 그의 표정으로 알 것이다. 그가 '저 사람은 왜 더 요구하지 않을까?'라고 생각한다는 것을.

어느 늦은 저녁, 난 음악 하는 청소부를 만난 독특한 일화를 이야기한 후에, 의자를 밀치고 벌떡 일어나서 외칠 것 같다.

'듣고 있니? 모든 게 말이다 ; 그래 ; 손 닿을 곳에 있었지'라고.

죽는 방식

Manners of Dying

죽는 방식 18

발로우 부인께

캔토스 교도소 소장으로서 정보자유법에 따라, 아드님인 케빈 발로우가 유죄 판결을 받은 죄로 처형당한 경위를 편지로 알려드립니다.

케빈이 마지막 저녁 식사로 요청한 음식은, 크래커를 곁들인 야채수프와 그레이비 소스를 뿌린 칠면조 고기(흰 고기만 요구), 콩, 당근, 감자, 시저 샐러드, 레드와인, 치즈케이크였습니다. 그는 음식에 손을 대지 않았습니다.

케빈은 프레스턴 신부의 미사를 받지 않았습니다.

저녁과 밤에 이루어진 정기 점검에 의하면, 케빈은 흥분해서 잠을 못 잤습니다. 감방 안을 왔다 갔다 하고, 침대에 앉아 있다가, 몸을 일으켜 창밖을 내다보는 광경이 목격되었습니다.

오전 6시, 프레스턴 신부의 미사를 다시 제안하자, 케빈은 그를 만나게 해달라고 부탁했습니다. 둘 사이에 무슨 일이 있었는지는 비밀에 관한 윤리 규정의 보호를 받으므로, 프레스턴 신부와 하느님만 아실 겁니다.

오전 6시 50분 제가 주치의를 동반해서 감방에 들어가보니, 케빈은 방의 끝, 창문 아래에 프레스턴 신부와 함께 서 있었습니다. 아드님은 창백하고 겁에 질렸다고 하겠습니다. 제가 법정에서 법에 근거해서 송달한 처형을 명하는 판결문을 읽어주고, 판결을 시행하러 왔다고 알려주면서 이해하느냐고 물었습니다. 케빈은 반응을 보이지 않았지만, 이해했다고 믿습니다. 제가 같이 가자고 청했습니다. 케빈이 떨려서 걷지 못할 것 같아 경비 두 명이 부축했습니다. 폭력행위는 없었다는 것을 분명히 말씀드립니다.

복도를 걸을 때 케빈이 발을 옮기기 힘들어해서, 계속 경비들의 부축을 받아야 했습니다. 호흡도 힘들었습니다. 교수대를 보자, 호흡이 더욱 가빠졌습니다.

닥터 로위가 케빈에게 처형은 통증이 없을 거라고 확인해주었습니다. 케빈은 의사의 팔을 붙들고, 떨리는 소리로 그것을 어떻게 아냐고 물었습니다. 닥터 로위는 교수형은 목을 조르는 게 아니라 목을 낚아채는 방식으로 죽게 하는 것이고, 순식간에 이루어지기 때문에 곧바로 의식을 잃게 돼 통증을 느낄 시간이 없다고 설명했습니다. 닥터 로위는 신체의 고통을 느끼지 않을 거라며 케빈을 안심시켰습니다.

케빈의 의료 기록에 흡연자로 명시되었기에, 제가 마지막 담배를 권했습니다. 그는 담배를 받아 들었지만 입에 물지 않았습니다. 제가 일 분쯤 마음을 가라앉힐 여유가 있다고 말하고, 의자를 권했습니다. 케빈은 앉아서 바닥을 내려다보았습니다.

일 분이 지나자, 제가 케빈에게 마지막 말이나 전할 이야기가 있는지 물었습니다. 그는 숨을 몰아쉬면서 "어머니께 사랑한다고 전해주세요"라고 말했습니다. 저는 틀림없이 전하겠다고 답했습니다. 그가 다시 말하려 했지만, 워낙 말을 더듬어서 제가 최선의 노력을 했는데도 알아들을 수가 없었습니다.

저는 케빈과 악수하면서 작별인사를 했습니다.

로스웨이 씨와 경비들이 케빈을 처형대로 데려가서, 교수형대 위에 세웠습니다. 로스웨이 씨가 그의 손을 등 뒤로 묶고 머리에 두건을 씌우고, 목에 올가미를 맸습니다. 케빈은 바지에 소변을 봤습니다.

오전 7시 01분, 발판이 열리면서 아드님 케빈 발로우는 고통 없이 죽었습니다.

저도 부인과 슬픔을 함께한다는 점을 믿어주십시오.

캔토스 교도소장

해리 팔링턴 올림

죽는 방식 213

발로우 부인께

캔토스 교도소 소장으로서 정보자유법에 따라, 아드님인 케빈 발로우가 유죄 판결을 받은 죄로 처형당한 경위를 편지로 알려 드립니다.

케빈이 마지막 저녁 식사로 요청한 음식은 삶은 감자였습니다. 그는 감자 한 개만 먹었지만, 밤새 접시를 놔둬달라고 부탁했습니다.

프레스턴 신부가 이십일 분간 케빈과 같이 있었습니다. 둘 사이에 무슨 일이 있었는지는 비밀에 관한 윤리 규정의 보호를 받으므로, 프레스턴 신부와 하느님만 아실 겁니다.

저녁과 밤사이의 정기 점검에 의하면 케빈은 차분했습니다. 감방 안을 왔다 갔다 하고, 몸을 일으켜 창밖을 내다보는 것이 목격되었습니다. 1시 경 그는 침대에 누워 담요를 덮고 잠든 것 같았습니다.

오전 6시, 프레스턴 신부의 미사를 다시 제안하자, 케빈은 대답하지 않았습니다.

오전 6시 50분, 제가 주치의와 감방에 들어가보니 케빈은 무의식 상태로 담요를 덮고 침대에 누워 있었습니다. 곧 닥터 로위가 검진을 하고 사망했다고 판정했습니다.

 케빈은 스스로 목숨을 끊었습니다. 양말에 감자를 넣은 다음 목구멍에 쑤셔서 질식사했다는 부검 결과가 나왔습니다. 사망 추정 시간은 오전 1시에서 오전 3시 사이입니다.

 이런 말씀은 드리고 싶지 않지만(정말이지 그러고 싶지 않습니다만), 케빈이 스스로 정한 조건과 시간에 그 길을 선택했다는 사실이 부인께 위로가 되기 바랍니다.

 저도 부인과 슬픔을 함께한다는 점을 믿어주십시오.

캔토스 교도소장
해리 팔링턴 올림

죽는 방식 319

발로우 부인께

캔토스 교도소 소장으로서 정보자유법에 따라, 아드님인 케빈 발로우가 유죄 판결을 받은 죄로 처형당한 경위를 편지로 알려드립니다.

케빈이 마지막 저녁 식사로 요청한 음식은, 사우전드 아일랜드 드레싱을 뿌린 아보카도 반 개, 레몬버터 소스를 뿌린 연어, 당근과 감자, 호주산 화이트와인, 초콜릿 아이스크림이었습니다. 그는 몇 초간 아이스크림을 먹은 것을 제외하면 음식에 손을 대지 않았습니다.

프레스턴 신부가 케빈과 십육 분간 같이 있었습니다. 둘 사이에 무슨 일이 있었는지는 비밀에 관한 윤리 규정의 보호를 받으므로, 프레스턴 신부와 하느님만 아실 겁니다.

저녁과 밤사이의 정기 점검에 의하면 케빈은 매우 동요하며 잠을 못 잤습니다. 그가 정신없이 감방 안을 왔다 갔다 하고, 혼잣말을 중얼대고, 몸을 일으켜 창밖을 바라보는 모습이 목격되었습니다.

새벽 6시, 프레스턴 신부의 미사 제안이 다시 있었지만 케빈은 웃음을 터뜨리고 몇 마디 중얼거린 것 외에는 반응이 없었습니다.

　새벽 6시 50분, 제가 주치의와 감방에 들어가보니 케빈은 침대에 걸터앉아 있었습니다. 명랑한 상태로 키득대고 있더군요. 사실 그는 저를 보자 웃음보를 터뜨렸습니다. 아드님은 얼굴을 붉히며 흥분했다고 말씀드리겠습니다. 그가 계속 웃었지만, 저는 법정에서 법에 근거해서 송달한 처형을 명하는 판결문을 읽어주고, 판결을 시행하러 왔다고 알려주면서 이해하느냐고 물었습니다. 케빈은 웃기만 했습니다. 저는 그가 제정신인지 염려되었습니다. 닥터 로위에게 법률적으로 정상 상태로 볼 수 있는지, 형 집행의 적법성에 의문을 가질 수 있는지 물었습니다. 닥터 로위는 전문가적인 견해로 케빈이 웃는 것은 심리적인 스트레스 때문이지 미쳐서는 아니며, 케빈이 상황을 이해하고 있다고 말했습니다.

　저는 케빈에게 같이 가줄 것을 요구했습니다. 그는 계속 웃으면서 꼼짝하지 않았습니다. 그는 경비들에게 약간의 저항을 했지만—팔을 뿌리치고 몸을 돌리는 정도 이상은 아니었습니다—곧 순종했습니다. 폭력행위는 없었음을 분명히 말씀드립니다.

　복도를 걸을 때 케빈은 계속 웃었고, 발을 옮기기 힘들어해서 경비들의 부축을 받아야 했습니다. 그는 교수대를 보자 더 심하게 웃었습니다. 그의 얼굴이 지나치게 붉고 호흡이 가쁜 것을 보자 저는 걱정스러웠습니다. 닥터 로위는 이 단계에서는 취할 조치가 없다면서, 위험하지 않으며 최악의 상태가 벌어진다 해도 산소 부족으로 인한 기절일 거라고 말했습니다.

닥터 로위는 처형은 통증이 없을 거라고 케빈을 안심시켰고, 그것은 사실입니다. 하지만 케빈이 그 말을 들었는지는 잘 모릅니다.

케빈의 의료 기록에 흡연자로 명시되었기에, 제가 마지막 담배를 권했습니다. 그는 계속 웃으면서 저를 무시했습니다. 제가 일 분쯤 마음을 가라앉힐 여유가 있다고 말하고, 의자를 권했습니다. 그는 의자에 털썩 앉아서 계속 웃어댔습니다.

일 분이 지나자, 제가 케빈에게 마지막 말이나 전할 이야기가 있는지 물었습니다. 그는 제 말을 못 들은 듯했습니다. 저는 웃음소리보다 큰 소리로 알아듣게 하려고 애썼지만, 소용이 없었습니다.

제가 악수를 하려고 해봤지만, 케빈은 장난이라도 치는 듯 매번 "으이크!" 하면서 계속 손을 뺐습니다. 저는 작별인사를 했습니다.

로스웨이 씨와 경비들이 케빈을 처형대로 데려가서, 발판 위에 세웠습니다. 로스웨이 씨가 그의 손을 등 뒤로 묶고 머리에 두건을 씌우고, 목에 올가미를 맸습니다. 마지막 순간까지 케빈은 웃음을 멈추지 않았습니다.

오전 6시 58분, 발판이 떨어지면서 아드님 케빈 발로우는 고통 없이 죽었습니다.

저도 부인과 슬픔을 함께한다는 점을 믿어주십시오.

>캔토스 교도소장
>해리 팔링턴 올림

죽는 방식 534

발로우 부인께

캔토스 교도소 소장으로서 정보자유법에 따라, 아드님인 케빈 발로우가 유죄 판결을 받은 죄로 처형당한 경위를 편지로 알려드립니다.

케빈이 마지막 저녁 식사로 요청한 음식은 캐비아, 샴페인, 작은 엽궐련이었습니다. 평범한 요청이 아니었지만 저희는 그대로 해주었습니다. 그는 캐비아를 꿀꺽 삼키고, 샴페인을 단숨에 들이켰습니다. 그리고 샴페인을 더 요구했습니다. 저는 반병 더 승인해주었습니다. 케빈은 이것도 먼젓번처럼 단숨에 마시고 더 달라고 요구했지만, 저는 거절했습니다. 제한이 있습니다.

케빈은 프레스턴 신부의 미사를 무뚝뚝하게 거절했습니다.

저녁과 밤사이의 정기 점검에 의하면 케빈은 동요해서 잠을 못 잤습니다. 그가 침대에 앉아서 계속 엽궐련을 피우고, 감방을 왔다 갔다 하고, 몸을 일으켜 창밖을 바라보는 모습이 목격되었습니다.

오후 10시 11분, 저는 그가 만나고 싶어한다고 들었습니다. 백 미터쯤 밖에서도 그의 고함이 들렸습니다. 제가 감방에 도착하자, 케빈은 왜 시간 낭비를 하게 하느냐며 당장 처형해줄 수 있는지 물었습니다. 저는 준수해야 하는 법적 절차가 있다고 설명했습니다. 그가 허세를 부린 것은 긴장감 때문이라 판단되어, 엽궐련 한 갑을 더 주었습니다.

오전 6시, 프레스턴 신부의 미사 제안이 다시 있었지만, 케빈은 가슴을 드러낸 여급이 술 쟁반을 들고 오는 게 더 좋겠다면서 다시 저를 소리쳐 부르기 시작했습니다.

오전 6시 12분, 제가 주치의와 가보니 케빈은 문을 발로 차면서 물건들을 치우라고 소리치고 있었습니다. 문이 열리자 그가 튀어나와서 경비들이 만류해야 했지만, 최소의 완력만 썼음을 분명히 밝힙니다. 아드님은 얼굴이 붉었고 분노하며 조바심을 냈다고 하겠습니다. 제가 법정에서 법에 근거해서 송달한 처형을 명하는 판결문을 읽어주는데 그는 계속 방해했습니다. 제가 얼른 다 읽고, 판결을 시행하러 왔다고 알려주면서 이해하느냐고 물었습니다. 제가 말을 마치기도 전에 그는 "알아알아알아안다구!"라고 소리치면서, 저희를 밀치고 감방에서 나가려 했습니다. 같이 가자고 청하는 절차는 생략했습니다.

경비들의 노력에도 불구하고, 저희는 복도를 걷기보다는 뛰다시피 지났습니다. 케빈은 교수대를 보자 달려들었고, 닥터 로위가 처형은 통증이 없을 거라고 설명하기도 전에 계단을 반쯤 올라섰습니다. 사실 처형에는 통증이 따르지 않습니다. 케빈은 "한데 금방 되겠지?"라고 물었습니다. 경비들이 그를 내려오게 했습니다.

제가 케빈에게 마지막 엽궐련을 권했습니다. 그는 거부했습니다. 제가 일 분쯤 마음을 가라앉힐 여유가 있다고 말하고, 의자를 권했습니다. 그는 화를 내며 거부했습니다.

저는 강요하지 않고, 마지막 말이나 전할 이야기가 있는지 물었습니다. 그는 "내 시간을 그만 낭비하슈!"라고 말했습니다.

저는 케빈과 악수하면서 작별인사를 했습니다. 그는 조바심치며 저와 악수하고, 닥터 로위와 프레스턴 신부, 로스웨이 씨의 손을 잡으며 모두의 빠른 승진을 기원했습니다.

케빈이 밀쳐서 다시 소란이 벌어졌고, 그는 로스웨이 씨나 경비들보다 먼저 교수대에 올라갔습니다. 그는 올가미를 목에 쓰고 발판을 발길질하기 시작했습니다. 로스웨이 씨가 그의 손을 등 뒤로 묶고 머리에 두건을 씌웠습니다.

오전 6시 16분, 발판이 떨어지면서 아드님 케빈 발로우는 고통 없이 죽었습니다.

저도 부인과 슬픔을 함께한다는 점을 믿어주십시오.

캔토스 교도소장
해리 팔링턴 올림

죽는 방식 541

발로우 부인께

캔토스 교도소 소장으로서 정보자유법에 따라, 아드님인 케빈 발로우가 유죄 판결을 받은 죄로 처형당한 경위를 편지로 알려 드립니다.

케빈이 마지막 저녁 식사로 요청한 음식은 블루치즈 드레싱을 곁들인 샐러드, 소스를 뿌린 치즈버거 두 개(체다 치즈를 더 넣어서), 감자튀김, 광천수, 바닐라 아이스크림을 얹은 사과파이였습니다. 그는 햄버거 고기를 제외한 음식을 전부 먹고, 햄버거 고기는 냅킨에 싸서 접시에 두었습니다. 그리고 광천수를 더 요구했습니다.

프레스턴 신부가 케빈과 십육 분간 같이 있었습니다. 둘 사이에 무슨 일이 있었는지는 비밀에 관한 윤리 규정의 보호를 받으므로, 프레스턴 신부와 하느님만 아실 겁니다.

저녁과 밤사이의 정기 점검에 의하면 케빈은 매우 동요하며 잠을 못 잤습니다. 그가 감방 안을 정신없이 돌아다니고, 몸을 일으켜 창밖을 내다보는 모습이 목격되었습니다.

오전 6시, 프레스턴 신부의 미사 제안이 다시 있었고, 케빈은 신부를 만나게 해달라고 요구했습니다. 문이 열리자 케빈은 달아나려고 시도했습니다. 소동의 와중에 프레스턴 신부는 얼굴을 가격당했습니다. 경비들이 케빈을 감방에 밀어 넣고 문을 잠갔습니다. 그는 프레스턴 신부를 만나겠다고 고집했습니다. 프레스턴 신부도 그러겠다고 했습니다. 저는 상황을 보고받았습니다. 케빈을 신뢰할 수 없어서, 프레스턴 신부와 대화하고 싶으면 창살문을 통해서 하라고 지시했습니다. 제한이 있습니다.

 케빈과 프레스턴 신부는 삼 분간 대화했습니다. 둘 사이에 무슨 일이 있었는지는 비밀에 관한 윤리 규정의 보호를 받으므로, 프레스턴 신부와 하느님만 아실 겁니다.

 오전 6시 50분 제가 주치의를 동반해서 감방에 들어가보니, 케빈은 문과 바닥 사이에 담요를 쑤셔 넣어 문을 막으려고 시도했더군요. 그는 감방 끝 쪽, 창문 밑에 서서 내버려두라고 소리쳤습니다. 아드님은 창백하고 겁먹고 몹시 공격적이었다고 하겠습니다. 그가 계속 고함을 질러댔지만, 저는 법정에서 법에 근거해서 송달한 처형을 명하는 판결문을 읽어주고, 판결을 시행하러 왔다고 알려주면서 이해하느냐고 물었습니다. 케빈은 못 한다고 소리쳤습니다. 제가 반복했습니다. 케빈이 여전히 이해 못 한다고 주장하자, 저는 그가 믿지 못하게 행동한다고 판단하고 같이 가달라고 요청했습니다. 그는 거부했습니다. 유감스럽지만 폭력적인 거부가 뒤따랐다고 알려드려야겠습니다. 경비들이 케빈을 제지하기 위해 반드시 필요한 만큼의 완력만 행사했음을 분명히 말씀드립니다.

케빈은 몸이 묶이고 재갈을 물린 채 복도를 걸으면서도, 계속 저항했습니다. 그는 교수대를 보자 더 거칠게 발버둥을 쳤습니다.

닥터 로위가 케빈에게 처형은 통증이 없을 거라고 확인해주었고 사실이 그렇습니다만, 케빈이 그 말을 들은 것 같지는 않습니다.

케빈의 의료 기록에 흡연자로 명시되어 있었지만, 저는 마지막 담배를 권하지 않았습니다. 제가 일 분쯤 마음을 가라앉힐 여유가 있다고 말했지만, 의자를 권하는 절차는 생략했습니다. 그의 저항이 워낙 거세서 경비들이 바닥에 앉혀 제지해야 했습니다.

일 분 후 마지막 말이나 전할 이야기가 있는지 묻고, 재갈을 풀어주었습니다. 그는 욕설을 퍼부었습니다.

저는 케빈에게 작별인사를 했지만, 그의 손이 묶여 있어서 악수는 하지 못했습니다.

로스웨이 씨와 경비들이 케빈을 처형대로 데려가서, 발판 위에 세웠습니다. 로스웨이 씨가 억지로 두건을 씌우고, 목에 올가미를 맸습니다. 마지막까지 케빈은 고함과 발버둥을 그치지 않았습니다.

오전 7시 04분, 발판이 떨어지면서 아드님 케빈 발로우는 고통 없이 죽었습니다.

저도 부인과 슬픔을 함께한다는 점을 믿어주십시오.

> 캔토스 교도소장
> 해리 팔링턴 올림

죽는 방식 760

발로우 부인께

캔토스 교도소 소장으로서 정보자유법에 따라, 아드님인 케빈 발로우가 유죄 판결을 받은 죄로 처형당한 경위를 편지로 알려 드립니다.

케빈이 마지막 저녁 식사로 요청한 음식은 배였습니다. 그는 배를 먹지 않았습니다.

케빈은 프레스턴 신부의 미사를 보지 않았습니다. 대신 펜과 종이를 요구했습니다. 그에게 볼펜 한 자루와 줄이 그어진 종이 오십 장을 제공했습니다.

저녁과 밤사이의 정기 점검에 의하면 케빈은 침착했습니다. 감방 안을 왔다 갔다 하고, 몸을 일으켜 창밖을 내다보고, 바닥에 앉아서 침대를 책상 삼아 글을 쓰는 모습이 목격되었습니다. 오전 1시 14분, 그는 종이를 더 요구했습니다. 다시 종이 백 장이 제공되었습니다.

오전 6시, 프레스턴 신부의 미사 제안이 다시 있었고, 케빈은 또 거절했습니다.

오전 6시 50분 제가 주치의를 동반해서 감방에 들어가보니, 케빈은 바닥에 앉아서 침대를 책상 삼아 글을 쓰고 있었습니다.

아드님은 창백하고 분주했으며 얼굴이 붉었다고 하겠습니다. 제가 한마디도 하기 전에 그는 쓰던 글을 마무리할 시간을 더 달라고 간청했습니다. 그의 왼쪽에는 빽빽하게 적은 종이가 한 덩어리 쌓여 있었습니다. 제가 시간을 얼마나 더 원하는지 물었습니다. 그는 "오래는 아닙니다. 세 장만 더 쓰면 됩니다"라고 대답했습니다. 이런 문제에 있어서 제게 약간의 재량권이 있습니다. 저는 케빈에게 끝나면 소리치라고, 하지만 서두르라고 말했습니다. 제가 감방에서 나오자 문이 닫혔고 그는 혼자 남겨졌습니다.

오전 7시 18분 케빈이 소리쳤습니다. 제가 주치의를 동반해서 감방에 들어가보니, 그는 몸을 일으켜 창밖을 내다보고 있었습니다. 침대에는 종이 더미가 단정히 놓여 있었습니다. 아드님은 창백하고 차분했다고 하겠습니다. 그는 제게 시간을 더 줘서 고맙다고 인사하고, 큰 봉투 한 장을 달라고 요구했습니다. 제가 경비를 보내서 봉투를 가져오게 했습니다. 저는 법정에서 법에 근거해서 송달한 처형을 명하는 판결문을 읽어주고, 판결을 시행하러 왔다고 알려주면서 이해하느냐고 물었습니다. 그는 이해한다고 대답했습니다. 제가 같이 가달라고 요청했습니다. 그는 종이뭉치와 봉투를 들고, 저와 같이 걸었습니다.

복도를 내려갈 때, 저는 약간 앞에 서 있었고 다른 사람들은 몇 걸음 뒤에서 걸었습니다. 케빈은 큰 봉투에 종이 뭉치를 넣고 봉했습니다. 그는 교수대를 보자 신음하면서 겁을 먹었지만, 가슴에 봉투를 꼭 안으며 위안을 받는 듯했습니다.

닥터 로위가 케빈에게 처형은 통증이 없을 거라고 확인해주었고 사실이 그렇습니다. 케빈은 고개를 끄덕였습니다.

케빈의 의료 기록에 흡연자로 명시되었기에, 제가 마지막 담배를 권했습니다. 그는 고개를 저었습니다. 제가 일 분쯤 마음을 가라앉힐 여유가 있다고 말하고, 의자를 권했습니다. 그는 의자에 앉아서, 손에 든 봉투를 바라보았습니다.

일 분 후 마지막 말이나 전할 이야기가 있는지 물었습니다. 그는 숨을 몰아쉬면서 "어머니에게 사랑한다고, 슬퍼하면 안 된다고 전해주십시오. 제가 여기 있다고 전해주세요"라고 말했습니다. 그리고 그는 봉투를 제게 주었습니다. 그 봉투는 이 편지에 동봉했습니다. 저는 꼭 그 말과 봉투를 전하겠다고 안심시켰습니다.

저는 케빈과 악수하면서 작별인사를 했습니다.

케빈이 일어나, 로스웨이 씨와 경비들을 따라 처형대로 가서 발판 위에 섰습니다. 이때 그는 "아름다운 세상이지요, 안 그렇습니까?"라고 말했습니다. 저는 그렇다고 동의했습니다. 로스웨이 씨가 그의 손을 등 뒤로 묶고 머리에 두건을 씌우고, 목에 올가미를 맸습니다.

오전 7시 29분, 발판이 떨어지면서 아드님 케빈 발로우는 고통 없이 죽었습니다.

저도 부인과 슬픔을 함께한다는 점을 믿어주십시오.

캔토스 교도소장
해리 팔링턴 올림

죽는 방식 985

발로우 부인께

캔토스 교도소 소장으로서 정보자유법에 따라, 아드님인 케빈 발로우가 유죄 판결을 받은 죄로 처형당한 경위를 편지로 알려 드립니다.

케빈이 마지막 저녁 식사로 요청한 음식은, 고루 양념한 핫도그 두 개, 감자튀김, 루트비어(식물의 뿌리나 열매 과즙에서 추출한 향유를 탄산수, 설탕이나 액상과당 등과 섞어 마시는 형태의 음료— 옮긴이)를 요구했습니다. 그는 핫도그에 든 소시지를 빼고 다 먹었고, 소시지는 냅킨에 싸서 접시에 놓았습니다. 그리고 루트비어를 더 요구했습니다.

프레스턴 신부가 케빈과 오십오 분간 같이 있었습니다. 둘 사이에 무슨 일이 있었는지는 비밀에 관한 윤리 규정의 보호를 받으므로, 프레스턴 신부와 하느님만 아실 겁니다.

저녁과 밤 사이의 정기 점검에 의하면 케빈은 매우 동요하며 잠을 못 잤습니다. 그가 감방 안을 돌아다니고, 침대에 앉아 있다가, 몸을 일으켜 창밖을 내다보는 모습이 목격되었습니다. 새벽 2시 36분, 케빈이 저를 만나고 싶어한다는 보고를 받았습니다. 감방에 가보니, 그는 저에게 밖에 나가도 되는지 물었습니다. 이런 문제에 있어 제게 약간의 재량권이 있습니다. 캔토스 교도소에는 안전한 안쪽 뜰이 있습니다. 저는 경비들에게 케빈을 뜰로 안내해서 가능한 한 원하는 대로 하게 내버려두라고 지시했습니다. 케빈은 밤새도록 스트레칭과 팔굽혀펴기, 윗몸일으키기를 비롯한 체조를 했습니다. 제자리 뛰기와 머리 돌리기, 앞뒤로 조깅, 섀도복싱을 하고 바닥에 누워 하늘을 보았습니다. 맑은 밤이었습니다. 별이 무수히 많았지요.

오전 6시 프레스턴 신부의 미사 제안이 다시 있었고, 케빈은 신부를 만나게 해달라고 부탁했습니다. 둘 사이에 무슨 일이 있었는지는 비밀에 관한 윤리 규정의 보호를 받으므로, 프레스턴 신부와 하느님만 아실 겁니다.

오전 6시 50분 제가 주치의를 동반해서 뜰에 나가보니, 케빈과 프레스턴 신부는 나란히 걷고 있었습니다. 아드님은 창백하고 흥분했다고 하겠습니다. 저는 법정에서 법에 근거해서 송달한 처형을 명하는 판결문을 읽어주고, 판결을 시행하러 왔다고 알려주면서 이해하느냐고 물었습니다. 그는 고개를 끄덕였습니다. 제가 같이 가달라고 요청했습니다. 그는 저와 함께 뜰에서 나왔습니다.

복도를 걸을 때 제가 케빈보다 약간 앞서 걷고, 나머지 사람들은 몇 발자국 뒤에서 걷는데 그는 섀도복싱을 했습니다. 케빈은 교수대를 보자, 미친 듯이 잽과 훅과 어퍼컷을 날렸습니다.

닥터 로위가 케빈에게 처형은 통증이 없을 거라고 확인해주었고, 사실이 그렇습니다. 케빈은 고개를 끄덕였습니다.

케빈의 의료 기록에 흡연자로 명시되었기에, 제가 마지막 담배를 권했습니다. 그는 고개를 저었습니다. 제가 일 분쯤 마음을 가라앉힐 여유가 있다고 말하고, 의자를 권했습니다. 케빈은 고개를 끄덕였지만, 그대로 서서 섀도복싱을 계속했습니다.

일 분 후 마지막 말이나 전할 이야기가 있는지 물었습니다. 그는 숨을 몰아쉬며 "일 라운드, 녹아웃"이라고 말했습니다.

저는 케빈과 악수하면서 작별인사를 했습니다.

케빈이 로스웨이 씨와 경비들을 따라 천천히 처형대로 올라가서 발판 위에 섰습니다. 로스웨이 씨가 그의 손을 등 뒤로 묶고 머리에 두건을 씌우고, 목에 올가미를 맸습니다. 케빈은 제자리뛰기를 하다가 큰 소리를 내며 심호흡을 하기 시작했습니다.

오전 7시, 발판이 떨어지면서 아드님 케빈 발로우는 고통 없이 죽었습니다.

저도 부인과 슬픔을 함께한다는 점을 믿어주십시오.

캔토스 교도소장
해리 팔링턴 올림

죽는 방식 991

발로우 부인께

캔토스 교도소 소장으로서 정보자유법에 따라, 아드님인 케빈 발로우가 유죄 판결을 받은 죄로 처형당한 경위를 편지로 알려 드립니다.

케빈이 마지막 저녁 식사로 요청한 음식은, 티본 스테이크, 완두콩과 감자, 맥주, 피스타치오 아이스크림이었습니다. 그는 아이스크림을 제외한 음식에는 손을 대지 않았습니다.

케빈은 프레스턴 신부의 미사를 보지 않았습니다. 저녁과 밤 사이의 정기 점검에 의하면 케빈은 매우 동요하며 잠을 못 잤습니다. 그가 감방 안을 돌아다니고, 침대에 앉아 있다가, 몸을 일으켜 창밖을 내다보는 모습이 목격되었습니다. 오후 10시 24분, 그는 잡지를 요구했습니다. 스포츠, 자연, 정치 관련 잡지들이 제공되었습니다. 오후 11시 03분, 저는 그가 저를 만나고 싶어한다는 보고를 받았습니다. 감방에 가니 그는 제게 주사위 게임을 하겠냐고 물었습니다. 저는 게임을 좋아하지 않지만 그러자고 했습니다. 경비원을 시켜 게임 도구를 가져오게 했습니다. 케빈과 저는 밤새도록 주사위 게임을 했습니다. 우리는 대화를 했고, 주로 그가 제게 말했습니다. 저는 케빈에게, 어머니께 드리는 마지막 선물로 우리의 대화를 녹음하겠냐고 물었습니다. 그는 그러겠다고 했습니다. 녹음기를 감방으로 가져왔습니다. 이 편지에 테이프 네 개를 동봉합니다. 케빈은 주사위 게임에서 저를 크게 이겼습니다.

오전 6시, 프레스턴 신부의 미사 제안이 다시 있었고, 케빈은 다시 거절했습니다. 저는 케빈에게 게임을 그만하고 싶은지 물었습니다. 그는 계속하고 싶어했습니다.

오전 6시 52분 게임이 끝나자, 저는 케빈에게 시간이 됐다고 말했습니다. 그는 고개를 끄덕였습니다. 감방 문이 열리고 주치의가 들어왔습니다. 저는 법정에서 법에 근거해서 송달한 처형을 명하는 판결문을 읽어주고, 판결을 시행하러 왔다고 알려주면서 이해하느냐고 물었습니다. 그는 고개를 끄덕였습니다. 제가 같이 가달라고 요청했습니다. 그는 주사위 게임판을 들고 저와 걸었습니다. 경비 한 명이 게임판을 받으려 했지만 케빈은 거부했고, 저는 경비에게 그냥 놔두라고 지시했습니다. 폭력행위는 없었다는 점을 분명히 말씀드립니다.

복도를 걸을 때 케빈이 발을 옮기기 힘들어해서, 계속 경비들의 부축을 받아야 했습니다. 호흡도 힘들었습니다. 그는 교수대를 보자 신음하면서 겁에 질렸습니다. 닥터 로위가 케빈에게 처형은 통증이 없을 거라고 확인해주었고 사실이 그렇습니다. 케빈은 고개를 끄덕였습니다.

케빈의 의료 기록에 흡연자로 명시되었기에, 제가 마지막 담배를 권했습니다. 그는 고개를 저었습니다. 제가 일 분쯤 마음을 가라앉힐 여유가 있다고 말하고, 의자를 권했습니다. 그는 의자에 앉아서 바닥만 내려다보았습니다. 이즈음 그가 힘겹게 숨을 몰아쉬면서 말했습니다. "이 모든 일이 정말 유감스럽습니다." 저도 그렇다고 대답해주었습니다.

일 분 후 마지막 말이나 전할 이야기가 있는지 물었습니다. 그는 "이 모든 일이 정말 유감스럽습니다"라고 되풀이했습니다. 저도 그렇다고 똑같이 대답했습니다. 그가 다시 말하려 했지만, 워낙 말을 더듬어서 저는 최선의 노력을 했는데도 알아들을 수가 없었습니다. 저는 케빈과 악수하려 했지만, 그가 게임판을 놓으려 하지 않았습니다. 저는 작별인사를 했습니다. 로스웨이 씨와 경비들이 케빈을 처형대로 데려가서 발판 위에 세웠습니다. 로스웨이 씨가 그의 손을 등 뒤로 묶고 머리에 두건을 씌우고, 목에 올가미를 맸습니다. 케빈은 바지에 소변을 보았습니다.

오전 7시 3분, 발판이 떨어지면서 아드님 케빈 발로우는 고통 없이 죽었습니다.

저도 부인과 슬픔을 함께한다는 점을 믿어주십시오.

캔토스 교도소장
해리 팔링턴 올림

죽는 방식 1096

발로우 부인께

캔토스 교도소 소장으로서 정보자유법에 따라, 아드님인 케빈 발로우가 유죄 판결을 받은 죄로 처형당한 경위를 편지로 알려드립니다.

케빈이 마지막 저녁 식사로 요청한 음식은 없습니다. 제가 가서 어떤 음식이든 먹을 수 있다고 말해주었지만, 그는 배고프지 않다고 했습니다. 저는 마음이 변하면 경비들에게 알리라고 말했습니다.

프레스턴 신부가 케빈과 밤새도록 같이 있었습니다. 둘 사이에 무슨 일이 있었는지는 비밀에 관한 윤리 규정의 보호를 받으므로, 프레스턴 신부와 하느님만 아실 겁니다.

저녁과 밤사이의 정기 점검에 의하면 케빈은 매우 동요하며 잠을 못 잤습니다. 그가 감방 안을 정신없이 돌아다니고, 몸을 일으켜 창밖을 내다보고, 바닥에 누워 프레스턴 신부의 무릎을 베고 있는 모습이 목격되었습니다. 그가 흐느끼는 소리도 들렸습니다.

오전 6시 50분 제가 주치의를 동반해서 감방에 들어가보니, 케빈은 감방 구석의 창 아래 앉아 있고 프레스턴 신부는 침대에 앉아 있었습니다. 케빈은 저를 보자 흐느끼기 시작했습니다. 아드님은 창백하고 몹시 겁에 질렸다고 하겠습니다.

저는 법정에서 법에 근거해서 송달한 처형을 명하는 판결문을 읽어주고, 판결을 시행하러 왔다고 알려주면서 이해하느냐고 물었습니다. 케빈은 흐느끼기만 했지만 저는 그가 이해했다고 믿습니다. 제가 같이 가달라고 요청했습니다. 경비들이 다가서자마자 그는 큰 소리로 울면서 자비를 베풀어달라고 했습니다. 그가 거듭 간청했습니다. 저는 슬프게도 그것은 제가 할 수 있는 일이 아니라고 설명했습니다.

케빈이 경비들에게 약간 저항했지만 — 팔을 뿌리치고 몸을 돌린 정도입니다 — 폭력행위는 없었다는 점을 말씀드립니다. 몸이 떨려서 걷지 못하는 것 같아서, 경비 두 명이 부축했습니다.

케빈은 복도를 걸으면서도 계속 흐느끼며 간청했습니다. 그는 처형대를 보자 바지에 소변을 보았고, 몸부림치기 시작했습니다. 갑자기 왼쪽 어깨를 잡으면서 "몸이 안 좋아요"라며 훌쩍대더니 쓰러졌습니다. 곧 닥터 로위가 진찰한 후 심정지라는 진단을 내렸습니다. 닥터 로위가 몇 분간 심폐소생술을 실시했지만 심장 박동을 살릴 수가 없었고, 오전 7시 06분 사망 판정을 내렸습니다. 의사와 경비들이 분주히 움직이는 동안, 케빈은 꼼짝 않고 누워 저를 응시했던 기억이 납니다.

이런 말씀은 드리고 싶지 않습니다. 정말이지 드리고 싶지 않은 말씀입니다.

저도 부인과 슬픔을 함께한다는 점을 믿어주십시오.

캔토스 교도소장
해리 팔링턴 올림

비타 애터나 거울 회사:
왕국이 올 때까지 견고할 거울들

The Vita Aeterna
Mirror Company:
Mirrors to Last till
Kingdom Come

"그이를 만나던 일이 기억나는구나. 다정한 그이. 1928년 여름이었지. 난 열여섯 살이었고, 흰옷을 입고 있었지. 또 밀짚모자를 썼는데, 모자가 너무 작아서 계속 바람에 날아갔어. 바로 그랑드—리비에르에서였지. 난 여름 몇 주 동안 부이용 신부님과 같이 지내고 있었단다. 베란다에 서서, 산책을 나갈 때 이 모자를 써야 될지 고민했지. 모자가 너무 작아서 계속 손으로 누르고 있어야 했거든. 아니면 잘 맞지만 흰 드레스랑 어울리지 않는 모자를 써야 될까. 내가 베란다에 서서 한참 고민을 하는데, 두 남자가 탄 자동차가 집에서 십오 미터쯤 떨어진 곳에 멈추더구나. 운전석에서 의사가 내렸지. 그 시절에는 의사들은 차에 특별한 번호판을 달고 있어서, 그가 의사인 줄 알았지. 그는 보닛을 열더니 몸을 숙였고. 뭘 했는지는 나도 모르지. 그는 급한 눈치였어. 다른 사람은 거들지 않았지. 그냥 축 늘어져서 차에 앉아 있더구나. 나중에 알았지만, 내 미래의 남편은 그 사람을 태우고 병원으로 가는 중이었지.

그이가 일이 분쯤 엔진을 만지더니 크랭크를 꺼냈어. 그가 크랭크를 돌리자 엔진이 걸렸지. 그는 급히 운전석으로 돌아갔지. 나는 아무 말 없이 가만히 서서 이 광경을 지켜보았단다. 그 사람, 의사는 날 보지 않았어. 다른 남자가 봤지. 차는 길 아래로 사라졌고, 바람이 불어서 내 모자가 날아갔지. 나는

어쩌고저쩌고 어쩌고저쩌고	이런, 또 시작이군.
어쩌고저쩌고 어쩌고저쩌고	
어쩌고저쩌고 어쩌고저쩌고	
어쩌고저쩌고 어쩌고저쩌고	
어쩌고저쩌고 어쩌고저쩌고	
어쩌고저쩌고 어쩌고저쩌고	
어쩌고저쩌고 어쩌고저쩌고	
어쩌고저쩌고 어쩌고저쩌고	
어쩌고저쩌고 어쩌고저쩌고	
어쩌고저쩌고 어쩌고저쩌고	허구한 날 똑같은 얘기.
어쩌고저쩌고 어쩌고저쩌고	

어쩌고저쩌고 어쩌고저쩌고
어쩌고저쩌고 어쩌고저쩌고
어쩌고저쩌고 어쩌고저쩌고
어쩌고저쩌고 어쩌고저쩌고
어쩌고저쩌고 어쩌고저쩌고   머리 터지기 일보직전.
어쩌고저쩌고 어쩌고저쩌고
어쩌고저쩌고 어쩌고저쩌고
어쩌고저쩌고 어쩌고저쩌고
어쩌고저쩌고 어쩌고저쩌고
어쩌고저쩌고 어쩌고저쩌고
어쩌고저쩌고 어쩌고저쩌고
어쩌고저쩌고 어쩌고저쩌고

(그사이 기계는 부지런히 소리를 내며 돌아갔다. 나는 기계에 손을 댔다. 진동이 느껴졌다.)

어쩌고저쩌고 어쩌고저쩌고
다음 날은 화창했고, 우체국
에 갔다가 집으로 걸어오는데
바로 그 차가 내 쪽으로 다가
오는 거야. 해가 내 뒤에 있어
서 그 의사의 눈이 빛났지. 차

에 선바이저가 없어서, 그는 챙이 긴 모자를 쓰고 있었어. 차가 더 가까이 다가오자 거기 적힌 글귀가 보이더구나. '신부를 찾습니다'라는 빨간 글씨가 적혀 있었지. 당연히 그는 총각이었어. 그이가 나중에 그 모자는 친구가 준 선물이라고 말했지. 그이는 그 순간 정말 신부라도 찾는 사람처럼 눈을 가늘게 뜨고 길 앞쪽을 응시하면서 지나갔지. 이번에도 날 못 봤어. 가끔 그렇게 멋있게 정신을 딴 데 파는 사람이었지. 한번은 그이가

어쩌고저쩌고 어쩌고저쩌고
어쩌고저쩌고 어쩌고저쩌고
어쩌고저쩌고 어쩌고저쩌고
어쩌고저쩌고 어쩌고저쩌고
어쩌고저쩌고 어쩌고저쩌고

(나는 할머니 댁에 갔다가, 지하실에서 이 기계를 발견했다.

처음에는 그냥 나무 상자처럼 보였다.)

어쩌고저쩌고 어쩌고저쩌고
어쩌고저쩌고 어쩌고저쩌고
어쩌고저쩌고 어쩌고저쩌고

(또 쓰레기구만! 하고 생각했다.)

어쩌고저쩌고 어쩌고저쩌고
어쩌고저쩌고 어쩌고저쩌고
어쩌고저쩌고 어쩌고저쩌고
어쩌고저쩌고 어쩌고저쩌고
어쩌고저쩌고 어쩌고저쩌고
어쩌고저쩌고 어쩌고저쩌고
어쩌고저쩌고 어쩌고저쩌고

(할머니는 물건에 집착한다. 뭘 버리는 법이 없다. 가치 없는 물건이 없지. 새댁 시절 대공황을 겪었고, 전쟁이 끝난 직후에 남편이 죽어서 홀몸으로 네 아이를 키워야 했다. 할머니는 상실, 고독, 궁핍, 힘든 시절을 이기며 산전수전 다 겪었다. 열심히 일하고, 이런저런 직업을 전전하고, 신중한 투자와 절약의 결과로 자식들을 키울 수 있었다―사실 자식 농사에 성공했다. 언론인,

의사, 시인이자 외교관, 베네딕트 수녀회 소속 수녀로 키웠으니. 하지만 할머니는 힘든 길에 따른 성공의 대가를 잊지 못한다. '결핍'이란 단어를 너무 오래 알아서, 그 반의어인 '충족'을 이해하지 못한다. 잭 런던 소설에 나오는 금광 시굴자랑 비슷하다. 굶주림에서 구제된 지 몇 달 후에도 주머니와 집 안 구석구석에 견과류며 비스킷, 통조림, 어포를 감춘 그 사람이랑.)

어쩌고저쩌고 어쩌고저쩌고
어쩌고저쩌고 어쩌고저쩌고
컵과 쿠키가 담긴 쟁반을 들고
갔지. 그런데 거실에 들어가니
내 앞에 떡 누가 있겠니! 아직도
그 모습이 눈에 선하구나! 꼿
꼿하게 서 있던 그 모습이. 그
친절한 얼굴과 예쁜 눈으로
바라보던 모습...... '신부를
찾습니다' 의사였어. 그는 내
게 미소 지었고 나도 생긋 웃
었지. 부이용 신부님이 마을
에 의사를 초빙하면서, 당신
집에 예쁜 아가씨가 많다고
말했다더구나. 우린...... 의

사와 나는 그날 잠시 이야기를 나누었고, 다음 이 주 동안 그가 올 때마다 더 이야기했지. 그이는 진지하고 세심한 사람이었어. 나중에 내게 그러더구나. 처음 나를 만난 날 집을 떠나면서 부이용 신부님에게 "제 아내감이 있네요"라고 속삭였다고. 나는 그이가 어쩌고저쩌고 어쩌고저쩌고 어쩌고저쩌고 어쩌고저쩌고

(나는 상자를 옆으로 밀어보았다. 찾던 물건이 아니었다. 나는 할머니의 눈신을 찾던 참이었다. 지하실을 기어다니며 코트를 보관하는 옷장을 뒤졌다 할머니는 눈신을 신고 나가고 싶어 했다. 하지만 예상외로 상자가 묵직했다. 칠 킬로그램은 족히 될 것 같았다. 또 반들반들한 호두나무로 만든 상자였다.)

어쩌고저쩌고 어쩌고저쩌고
어쩌고저쩌고 어쩌고저쩌고
어쩌고저쩌고 어쩌고저쩌고

(호기심이 동해서, 상자를 당겼다. 너비는 약 사십 센티미터, 길이는 약 삼십 센티미터, 높이는 약 이십 센티미터쯤이었다. 사실 상자가 아니었다. 열리지 않았으니까. 무슨 기계 같았다. 길쭉한 면의 아랫부분에 일 센티미터쯤 되는 긴 구멍이 뚫려 있었다. 빨간 벨벳 입구가 드러났고, 당기니 열 개쯤 되는 롤러가 있었다. 뭔가가 여기로 들어가거나 나오는 게 분명했다. 이 구멍 위로 왼쪽 부분에 온도계와 비슷한 튜브가 나무에 박혀 있었다. 튜브의 꼭대기 부근에는 '최대', 바닥 부근에 '최소'라는 빨간 글씨가 표시되어 있었다. 구멍과 튜브의 맞은편 면에는 작은 황동 손잡이가 달린 문이 보였다. 미닫이문이었다. '양질의 흰 모래만'이라는 문구가 새겨진 문은 딸깍 소리를 내며 열렸다. 양쪽에 둥근 패널이 있었다. 한쪽에는 '이 선을 넘지 마시오'라고 적혀 있었다. 문 안을 들여다봤지만 보이는 게 없었다. 난 문을 닫았다. 기계의 윗부분에는 구멍 세 개와 명판 하나가 있었는데, 가장자리 근처에 있는 작은 구멍은 온도계 모양의 튜브와 수평을 이루고 '순도 높은 은물만'이라고 새겨져 있었다. 맞은편 구석에 있는 구멍 옆에는 '순도 높은 기름만'이라고 적혀 있었고, 더 큰 세 번째 구멍은 코르크 마개로 막혀 있었다. 가운데 금색 못이 박힌 길쭉한 명판이 있었다. 거기에 '비타 애터나 거울 회사, 포트 호프, 온타리오주. 왕국이 올 때까지 견고할 거울들'이라고 적혀 있었다.)

어쩌고저쩌고 어쩌고저쩌고
어쩌고저쩌고 어쩌고저쩌고
어쩌고저쩌고 어쩌고저쩌고
어쩌고저쩌고 어쩌고저쩌고

("눈신을 찾았니? 내가 내려가야겠니?" 위에서 궁금해하는 목소리가 들렸다.

"아직 못 찾았어요. 금방이면 돼요." 내가 대답했다. 다시 옷장으로 들어갔다. 어마어마한 구두, 장화, 슬리퍼, 운동화 더미 속에서 눈신을 발견했다. 또 기계가 있던 자리 근처에 '비타 애터나 거울 회사'의 로고가 찍힌 회색 주머니가 보였다. 나는 그걸 꺼냈다. 고고학자처럼 조심스럽게 헝클어진 신발과 코트들을 원래대로 해놓고, 옷장 문을 닫았다. 옷장에서 찾아낸 물건들을 챙겨서 위층으로 올라갔다.)

어쩌고저쩌고 어쩌고저쩌고
어쩌고저쩌고 어쩌고저쩌고
어쩌고저쩌고 어쩌고저쩌고
어쩌고저쩌고 어쩌고저쩌고
어쩌고저쩌고 어쩌고저쩌고

(할머니가 지하실 계단 끝에서 날 기다리고 있었다. 할머니는

팔십 대 초반이다. 품위를 지키느라 옷을 잘 입어서, 늘 좋아하는 색깔인 보라색 한두 가지로 맞춘다. 노년의 흔한 문제 몇 가지— 백내장(수술 받음), 관절염, 몸이 나른한 것— 를 제외하면 완벽한 건강 상태다. 할머니는 혼자 외로이 지낼 때 못 한 대화를 다 모았다가, 속사포처럼 말한다. 듣기도 하지만, 때로는 남의 말을 안 듣는다. 가끔은 상대의 말이 메뉴라도 되는 양 한 단어나 한 구절에서 따와서 줄줄이 말을 늘어놓기도 한다. 할머니의 믿음은 굳건하고 탄탄해서 난공불락의 지경이고, 태도는 편협하지는 않지만 확고하다. 중요한 질문으로 고민하지 않는다. 이제는 인생살이에서 위로를 가져다준 대답의 한계 내에서만 질문한다. 할머니는 물론 나를 사랑하지만, 노인이라 편견이 있다. 내가 신앙심이 부족하다며 아쉬워한다. 또 내 존재에 대한 머뭇거림(예를 들면 이십 대가 아니라 삼십 대에 가까우면서도 확실한 직업이 없고, 대학 공부를 내던져버렸고, 살면서 소중한 일을 해내지 못했다는 것)을 이해 못 하는 할머니는 조바심을 낸다. 내가 헤맨다고 생각한다. 할머니는 내게 말한다. 우린 집처럼 단단히 서야 한다고, 배처럼 마냥 출렁대면 안 된다고. 할머니에게 세상은 하느님이 운영하는 곳으로, 선하고 열심히 일하면 결국에는 상을 받고 악하고 게으르면 결국에는 벌을 받는 곳이다. 할머니는 카드 게임을 잘 못 하고— 나보다도 형편없다 — 속임수를 쓴다. 할머니는 나를 사랑하고, 나도 할머니를 사랑한다 — 그렇다고 둘이 늘 잘 지낸다는 뜻은 아니다.)

어쩌고저쩌고 어쩌고저쩌고
어쩌고저쩌고 어쩌고저쩌고
어쩌고저쩌고 어쩌고저쩌고
어쩌고저쩌고 어쩌고저쩌고
어쩌고저쩌고 어쩌고저쩌고
어쩌고저쩌고 어쩌고저쩌고
어쩌고저쩌고 어쩌고저쩌고

("이게 뭐냐?" 할머니가 묻는다.
"제가 여쭤보려던 건데요." 내가 대답한다.
"세상에." 할머니는 자세히 보더니 탄성을 지른다. 할머니의 목소리가 변한다. "오래된 물건이지. 아직 갖고 있다는 사실도 잊고 있었네." 할머니가 기계를 쓰다듬었다.)

어쩌고저쩌고 어쩌고저쩌고
어쩌고저쩌고 어쩌고저쩌고
어쩌고저쩌고 어쩌고저쩌고
어쩌고저쩌고 어쩌고저쩌고

(난 할머니 집을 둘러보았다. 어울리지 않는 가구들이 죽 늘어서 있다고 말해야겠다. 짝이 맞는 접시나 조리도구, 침구, 수건이 없다. 그저 육십 년 살림 동안 남아난 것만 있을 뿐이다. 또 성

물이 넘쳐난다(현관문 위에는 십자가가, 벽에는 성모 마리아와 예수의 석판화가, 벽난로 위에는 관광지에서 산 성상들이 있고, 문 뒤쪽에는 큼직한 나무 묵주가 늘어뜨려져 있다. 교황의 사진도 많다). 자식들이 독립한 후 할머니는 단체 관광을 다니기 시작했고, 전 세계의 잡동사니들을 집에 가져왔다(우조〔그리스 술의 일종 — 옮긴이〕술병으로 만든 램프, 가짜 그리스 화병 골동품, 이스터섬의 석상과 비슷한 조각상, 아프리카 가면, 스위스산 뻐꾸기시계, 태평양의 큰 조개, 튀니지산 새장, 보랏빛 러시아 인형들, 중국산 그릇 등등). 할머니는 낚시와 정원 가꾸기를 좋아해서, 그런 활동에 필요한 도구가 많다. 그 외에도 별별 물건이 다 있다. 부피 재는 도구, 잡동사니, 가재도구, 자질구레한 장신구. 할머니는 미다스의 손을 가졌다. 손대는 물건마다 영원토록 보존되니까. 집은 작은데 피아노까지 있단 말을 했던가?)

어쩌고저쩌고 어쩌고저쩌고
어쩌고저쩌고 어쩌고저쩌고
어쩌고저쩌고 어쩌고저쩌고

(나는 기계를 부엌으로 가져가서 식탁에 놓고, 눈신은 바닥에 내려놓았다.
"이게 뭐에요?" 내가 물었다.
"오래된 장비지. 거울 기계야."

할머니는 그 말을 하면서, 거실의 벽난로 위에 붙은 대형 거울을 고개로 가리켰다. 난 그것을 바라보았다.)

어쩌고저쩌고 어쩌고저쩌고
어쩌고저쩌고 어쩌고저쩌고

(거울에 어깨가 둥글고 머리가 하얗게 센 노부인과 진지한 표정의 젊은 남자 사진이 붙어 있었다.)

어쩌고저쩌고 어쩌고저쩌고
어쩌고저쩌고 어쩌고저쩌고

("거울 기계가 뭔데요?"
"거울을 만드는 기계지. 내가 젊었을 때는 이걸 갖고 거울을 만들었단다."
그런 기계가 있다는 말은 처음 들었다. "아직도 작동이 돼요?"
"안 될 이유가 있나. 어디 보자……."
할머니는 앉아서, 굽은 손가락으로 천 주머니를 열었다. 내가 옆에 앉았다. 할머니는 회색 플라스틱 병을 꺼냈다. 은색 글씨로 '은물'이라고 적혀 있었다. 할머니가 뚜껑을 돌려서 열고, 병을 거꾸로 들어서 노즐을 기계의 은물 넣는 구멍에 넣었다. 하지만 병을 누르자, 노즐이 구멍을 벗어나며 나무에 커다란 방울이 생겼다.)

어쩌고저쩌고 어쩌고저쩌고
어쩌고저쩌고 어쩌고저쩌고

("제가 해볼게요." 내가 말했다.
병은 크기에 비해 꽤 묵직했다. 나는 은물 방울을 찬찬히 살폈다. 노즐을 방울의 표면에 대고 병을 살짝 누르니, 은방울의 크기가 커졌다. 병을 누르던 손을 떼니 은물이 다시 병으로 들어갔다.)

어쩌고저쩌고 어쩌고저쩌고
어쩌고저쩌고 어쩌고저쩌고

("잘했다. 은은 비싸거든." 할머니가 말했다.)

어쩌고저쩌고 어쩌고저쩌고
어쩌고저쩌고 어쩌고저쩌고

(나는 노즐을 기계의 구멍에 대고 병을 눌렀다. 은 기둥이 튜브의 바닥에 나타났다. 은물을 계속 채웠다. 은물이 '최대'와 '최

소'의 중간까지 채워지자, 할머니는 "그만하면 됐다"고 말했다. 나는 병을 잠깐 더 누르다가 멈추었다.)

어쩌고저쩌고 어쩌고저쩌고
어쩌고저쩌고 어쩌고저쩌고

(할머니는 주머니에서 작은 기름병과 모래를 꺼냈다. 모래는 검은색과 노란색과 흰색이 섞인 종이 통에 들어 있었다. 종이 통에는 바닷가에 흑인이 서 있는 그림이 그려져 있었다. 행복하고 환한 웃음의 흑인은 밀짚모자를 쓰고 다 떨어진 옷을 입었다. 흑인 위쪽의 하늘에 '노박 자메이카산 고운 모래'라고 적혀 있었다. 잘 안 보이는 팔 부분에 작은 꾸밈체 글씨로 '왕실 고운 흰 모래 납품업자'라고 쓰여 있었다.)

어쩌고저쩌고 어쩌고저쩌고
어쩌고저쩌고 어쩌고저쩌고
어쩌고저쩌고 어쩌고저쩌고
어쩌고저쩌고 어쩌고저쩌고
어쩌고저쩌고 어쩌고저쩌고

(할머니가 말했다. "이 부근에서 나는 싸구려 모래를 쓰는 사람들도 있었지. 하지만 그러면 거울이 뿌옇게 되거든. 카리브해

에서 난 모래가 최고급이지.")

어쩌고저쩌고 어쩌고저쩌고
어쩌고저쩌고 어쩌고저쩌고
어쩌고저쩌고 어쩌고저쩌고
어쩌고저쩌고 어쩌고저쩌고
어쩌고저쩌고 어쩌고저쩌고

(할머니가 모래를 작은 문에 넣을 때, 나는 기계 속에 기름을 뿌렸다.)

어쩌고저쩌고 어쩌고저쩌고
어쩌고저쩌고 어쩌고저쩌고
어쩌고저쩌고 어쩌고저쩌고
어쩌고저쩌고 어쩌고저쩌고

(할머니는 한숨을 쉬었다. "마지막으로 이 기계를 사용한 게 오십 년은 됐을 게야. 내가 젊었던 시절에도 기계가 낡고 유행이 지났지. 지금이야 훨씬 수월하게 살지. 철물점에 가서 공장에서 만든 거울을 사면 되니까. 투명하고, 크기와 모양도 원하는 대로 고르지."
할머니는 잠시 말을 멈추었다. 그리고 허공을 보았다. 할머니의 입술이 떨렸다.

"아아, 네 할아버지는 이 기계를 못마땅해하곤 했지. 평소에는 참을성 많은 양반이었는데. 거울을 만들 때는 벌떡 일어나서 달려 나가 당장 거울을 사려고 들었지. 나는 '거울 살 형편이 못 되잖아요. 돈이 없다구요. 또 기계를 얻었잖아요. 이걸로 만들어봐요'라고 말하곤 했지. 그 양반은 화를 냈어. 하지만 정말로 돈이 없었거든. 어쩌겠니? 돈을 못 버는 양반이었는데. 환자들을 공짜로 치료해주는 일이 잦았고, 환자가 약을 못 살 형편이면 약값까지 대주던 양반이지. 나는 '가세요, 가서 산책하고 쉬고 책이나 읽어요. 내가 마저 만들 테니. 저리 가요!'라고 말했지. 하지만 그이는 그 예쁜 눈으로 날 빤히 바라보기만 했어. 그러다가 다시 내 곁에 앉았고, 우린 함께 거울을 만들었지."

할머니의 한숨에 떨림이 묻어났다.

"우린 이 기계를 돌리며 긴 시간을 참았지. 그런 일이 수없이 많았어." 할머니가 침을 삼켰다. 눈가가 빨개졌다.)

어쩌고저쩌고 어쩌고저쩌고
어쩌고저쩌고 어쩌고저쩌고

(다른 날 같았으면 할머니의 말을 뚝 자르면서, 기계가 어떻게 작동되느냐고 물었을 것이다. 하지만 그 날은 특별한 이유 없이 할머니가 느릿느릿 이야기를 해도 가만히 있었다. 다시 벽난로

위에 달린 거울을 보았다. 제대로 된 거울이 아니라는 것은 전부터 알았다. 할머니가 가진 거울들 중 말짱한 건 없었다. 하나같이 울퉁불퉁하고, 여러 군데 얼룩이 있었다. 하지만 세월이 흘러서라고 짐작했지, 손으로 만들어서 그런 줄은 까맣게 몰랐다.)

 어쩌고저쩌고 어쩌고저쩌고
 어쩌고저쩌고 어쩌고저쩌고

(할머니는 양손으로 얼굴을 문질렀다. 그리고 기계를 쳐다보았다. "아직도 작동이 될지 궁금하구나." 할머니가 조용히 말했다.)

 어쩌고저쩌고 어쩌고저쩌고
 어쩌고저쩌고 어쩌고저쩌고
 어쩌고저쩌고 어쩌고저쩌고

(할머니가 주머니에서 놀라운 것을 꺼냈다. 뿔이었다. 축음기 모양인데 크기만 작았다. 폭이 좁은 쪽은 나사의 이가 달린 짧은 황동 튜브에 딱 맞았다. 다른 끝은 굴곡지고 꽃잎처럼 퍼진 모양이었다. 보통은 플라스틱으로 만들었겠지만, 이것은 진짜 상아였다. 동물 보호 차원에서는 옳지 않겠지만. 크림색이 도는 흰색 상아에는 차갑고 얇은, 검은 금이 나 있었다. 바깥쪽에는 섬세한

아라베스크 장식이 있고, 안쪽으로는 나선형이 밑으로 내려가는 줄무늬가 있었다. 할머니는 기계 윗면의 세 번째 구멍에서 코르크 마개를 빼고, 뿔을 끼웠다. 수월하게 삼백육십 도가 돌아갔다.)

 어쩌고저쩌고 어쩌고저쩌고
 어쩌고저쩌고 어쩌고저쩌고
 어쩌고저쩌고 어쩌고저쩌고

 (이제 기계는 완전히 조립되었다. 구식이고 독특하면서 아름다웠다.)

 어쩌고저쩌고 어쩌고저쩌고
 어쩌고저쩌고 어쩌고저쩌고
 어쩌고저쩌고 어쩌고저쩌고

 (내가 어떻게 작동하는지 묻기 직전에 할머니는 한숨을 쉬었다.)

 어쩌고저쩌고 어쩌고저쩌고
 어쩌고저쩌고 어쩌고저쩌고
 어쩌고저쩌고 어쩌고저쩌고

어쩌고저쩌고 어쩌고저쩌고

　("정말 착한 사람이었는데. 그런 사람을 내게 주신 하느님께 매일 감사드린단다. 이십이 년간의 행복을 누린 끝에 하느님은 그이를 빼앗아가셨지만, 그보다 열 배의 고통을 견뎌야 한다고 해도 그 이십이 년은 그럴 가치가 충분히 있었지.")

　어쩌고저쩌고 어쩌고저쩌고
　어쩌고저쩌고 어쩌고저쩌고
　어쩌고저쩌고 어쩌고저쩌고
　어쩌고저쩌고 어쩌고저쩌고
　어쩌고저쩌고 어쩌고저쩌고

　(할아버지 이야기를 들은 것은 처음이 아니었다. 할아버지는 내가 태어나기 오래전에 췌장암으로 돌아가셨고, 어릴 적부터 그는 '선함의 표본'으로 내 기억에 남아 있다. 친절하고 사려 깊은 사람이었고, 헌신적인 남편이자 좋은 아버지, 뛰어난 의사, 재치와 교양이 있는 사람, 자연을 사랑한 사람이었다. 현명하고 생각이 깊고, 너그럽고, 양식 있고, 점잖고 합리적이고, 분별력 있고, 지혜롭고 온건하고, 진지하고 겸손하고, 꾸준하고 미덕을 갖춘 사람이었다 질투와 나태, 거짓, 술, 육욕 근처에도 안 가는 사람이었고 사악한 마음이나 거드름, 변덕, 무례함이라는

말은 애초에 모르는 사람이었다. 또 마법 같은 푸른 눈의 소유자로—그 대목이 정점이었다—내 눈은 비교가 안 된다나.)

 어쩌고저쩌고 어쩌고저쩌고
 어쩌고저쩌고 어쩌고저쩌고

 (내게 그는 흑백 사진 속에서만 존재하기에, 직접 외모를 검증할 수 없고 파란 눈도 확인할 수 없다. 사진 속의 할아버지는 키가 작고 약간 통통한 사내로 대머리에 둥근 얼굴이었다. 작은 코밑수염을 기르고. 미남도 추남도 아니다. 다른 특성은 미스터리로 남아 있다. 난 가끔 사진들을 보면서 그의 인품을 추론해보려 할 뿐. 얼어붙은 자세 너머의 인간을 상상하려 노력한다. 친절해 보이기는 한다. 어쩌면 큰 야망 없이 가족과의 조용한 삶을 사는 데 만족하는 친절한 사람 같다. 수줍고. 나직한 목소리일 테고.)

 어쩌고저쩌고 어쩌고저쩌고
 어쩌고저쩌고 어쩌고저쩌고

 ("어떻게 하는 거예요?" 잠시 조용한 틈을 타서 내가 물었다.
 "추억들이 떠오르는구나."
 "네?"
 "이게 추억들을 떠올린다고 했다. 기억들, 기념품들, 사연들,

과거."

할머니는 갑자기 예쁜 체하면서 머리를 손질했다. 그리고 헛기침을 했다.)

어쩌고저쩌고 어쩌고저쩌고
어쩌고저쩌고 어쩌고저쩌고

(추억들이라고?)

어쩌고저쩌고 어쩌고저쩌고
어쩌고저쩌고 어쩌고저쩌고
어쩌고저쩌고 어쩌고저쩌고
어쩌고저쩌고 어쩌고저쩌고
어쩌고저쩌고 어쩌고저쩌고
어쩌고저쩌고 어쩌고저쩌고
어쩌고저쩌고 어쩌고저쩌고

(할머니가 입을 뿔에 댔다. 할머니가 분명히 말했다.
"나는…… 나는 기억하지…….")

어쩌고지찌고 이찌고저쩌고
어쩌고저쩌고 어쩌고저쩌고

어쩌고저쩌고 어쩌고저쩌고

(날카로운 딸깍 소리. 이어서 아주 이상한 소음이 났다. 작은 증기 기관차가 출발하기 시작하는 듯한 소리. 분명히 기계 안에서 나는 소리였다.)

어쩌고저쩌고 어쩌고저쩌고
어쩌고저쩌고 어쩌고저쩌고
어쩌고저쩌고 어쩌고저쩌고

("아직도 작동이 되는구나! 세상에, 세상에나." 할머니는 손을 입에 대며 말했다.)

어쩌고저쩌고 어쩌고저쩌고
어쩌고저쩌고 어쩌고저쩌고

(할머니가 그 이야기를 시작한 것은 그때였다.)

어쩌고저쩌고 어쩌고저쩌고
어쩌고저쩌고 어쩌고저쩌고
어쩌고저쩌고 어쩌고저쩌고
어쩌고저쩌고 어쩌고저쩌고

어쩌고저쩌고 어쩌고저쩌고
어쩌고저쩌고 어쩌고저쩌고
어쩌고저쩌고 어쩌고저쩌고
어쩌고저쩌고 어쩌고저쩌고
어쩌고저쩌고 어쩌고저쩌고
어쩌고저쩌고 어쩌고저쩌고

("그이를 만나던 일이 기억나는구나. 다정한 그이. 1928년 여름이었지. 난 열여섯 살이었고, 흰옷을 입고 있었지. 또 밀짚모자를 썼는데, 모자가 너무 작아서 계속 바람에 날아갔어. 바로…….")

어쩌고저쩌고 어쩌고저쩌고
어쩌고저쩌고 어쩌고저쩌고
어쩌고저쩌고 어쩌고저쩌고
어쩌고저쩌고 어쩌고저쩌고
집이 있는 레비스로 돌아가던
날, 그이는 편지를 보내면 답
장해줄 거냐고 내게 물었지.
나는 그이의 편지를 모두 간
직하고 있단다. 헌 달 남짓한
동안 서른일곱 통을 받았지.

서른일곱 번째 편지에서 그이는 청혼하러 오겠다고 알려줬지. 그이는 청혼하러 오려고 새 양복을 샀고, 차를 닦고 왁스칠을 했지. 용기도 얻을 겸, 내 부모님께 인품을 증명해주기도 할 겸 부이용 신부님도 모시고 왔지. 9월 초의 어느 토요일이었고 우리는 교회 옆에서 만나기로 했지. 나는 그의 차가 다가오는 것을 봤어. 부이용 신부님이 잠시 자리를 비켜준 동안, 내 남편은······ 서른 살이었지만 나만큼이나 수줍었던 그이가 내게 결혼해달라고 말했지. 그이는 키스를 하고 싶어했지만—그랬다면 난 거부하지 않았을 거야—사람들이 지나갔지. 나는 집까지 내달렸고, 시간이 지나기를 기다리느라 침대에 앉아 책을 읽었는데, 한 줄도 들어오지 않았지. 행복에 도취되어 '좋아요! 좋아요! 좋아요!'란 말이 가슴속에서 울려댔지. 그이는…… 내 잘생긴 기사님은 약속 시각에 정확히 왔지. 부이용 신부님은 내 부모님께 보낸 편지에서 이미 의사 친구에 대해 좋은 말을 여러 번 한 터였지. 사제치고는 지나치다 싶게 말을 많이 했고, 모든 게 술술 풀렸어. 이듬해 봄, 나는 열일곱 살이 되었고, 육 개월 후에는 여인이 되었지. 육 개월 동안 이 착한 남자는 내 몸에 손도 대지 않았어. 얼마나 잘 보살피고 존중하고 다정한 사람이었는지. 그런 사람을 만나는 복을 누리다니 난 정말 운이 좋았지. 더 나은 사람을 만날 수는 없있을 게다. 그런 선물을 주신 하느님께 매일 감사드리지. 그이가 세상을 떠난 후로 여러 남자한테 청혼을 받았지만, 그이를 대신할 사람은 아무도 없어. 아, 하느님. 저는 얼마나…… 얼마나 고통스러웠는지요!"

할머니가 울고 있다.

(이런 소란이 벌어져도 기계는 속도가 느려지거나 멈추지 않고 딸깍, 딸깍 더 세게 돌아갔다.)

그이는 죽어가면서 내게 말했어. '그래도 우리 아이들에게 좋은 엄마가 있다는 것을 알고 죽으니 다행이오.' 난 아버지가 대견해하는 아이들로 키우려고 뼈가 부서지도록 일했지. 하느님이 아시겠지만 쉽지 않은 일이었지. 그 시절 아이 넷을 거느린 과부라니. 하지만 난 견뎌냈단다. 해야

될 일을 했지. 애들 아버지는
우리 아이들을 자랑스러워하
겠지! 다들 착한 아이들이지.
걔들도 희생을 했어. 아버지
가 본보기가 되어…….
어쩌고저쩌고 어쩌고저쩌고
어쩌고저쩌고 어쩌고저쩌고
어쩌고저쩌고 어쩌고저쩌고
어쩌고저쩌고 어쩌고저쩌고
어쩌고저쩌고 어쩌고저쩌고
어쩌고저쩌고 어쩌고저쩌고
어쩌고저쩌고 어쩌고저쩌고
어쩌고저쩌고 어쩌고저쩌고
어쩌고저쩌고 어쩌고저쩌고
어쩌고저쩌고 어쩌고저쩌고
어쩌고저쩌고 어쩌고저쩌고
어쩌고저쩌고 어쩌고저쩌고
어쩌고저쩌고 어쩌고저쩌고   이 여인……
어쩌고저쩌고 어쩌고저쩌고
어쩌고저쩌고 어쩌고저쩌고
어쩌고저쩌고 어서고저쩌고
어쩌고저쩌고 어쩌고저쩌고

어쩌고저쩌고 어쩌고저쩌고	주름진 보드라운 하얀 얼굴.
어쩌고저쩌고 어쩌고저쩌고	초록색이지만 지금은 빨개진
어쩌고저쩌고 어쩌고저쩌고	눈. 어릴 때부터 아는 분통이
어쩌고저쩌고 어쩌고저쩌고	터질 만큼 익숙한 얼굴. 말로
어쩌고저쩌고 어쩌고저쩌고	표현 못해도,
어쩌고저쩌고 어쩌고저쩌고	가족들은 너무 잘 아는
어쩌고저쩌고 어쩌고저쩌고	뾰로통한 입매,
어쩌고저쩌고 어쩌고저쩌고	빤히 쳐다보는 저 눈길.
어쩌고저쩌고 어쩌고저쩌고	내가 태어나서
어쩌고저쩌고 어쩌고저쩌고	지금까지 아는 여인.
어쩌고저쩌고 어쩌고저쩌고	
어쩌고저쩌고 어쩌고저쩌고	하지만 아주 오래 더
어쩌고저쩌고 어쩌고저쩌고	알지는 못하겠지.
어쩌고저쩌고 어쩌고저쩌고	
어쩌고저쩌고 어쩌고저쩌고	
어쩌고저쩌고 어쩌고저쩌고	할머니의 무엇이 남게 될까?
어쩌고저쩌고 어쩌고저쩌고	물건들. 이 산더미 같은
어쩌고저쩌고 어쩌고저쩌고	쓰레기. 몽땅 내가 질색하는
어쩌고저쩌고 어쩌고저쩌고	것들이잖아?
어쩌고저쩌고 어쩌고저쩌고	
어쩌고저쩌고 어쩌고저쩌고	
어쩌고저쩌고 어쩌고저쩌고	
어쩌고저쩌고 어쩌고저쩌고	

어쩌고저쩌고 어쩌고저쩌고
어쩌고저쩌고 어쩌고저쩌고
어쩌고저쩌고 어쩌고저쩌고
어쩌고저쩌고 얘야?   "뭐라고 하셨어요?"
"귀가 먹었니? 사진첩을
갖다달라고 했다."

　　　　　　　　　　　　"네, 알았어요."

(사진첩은 피아노 근처의 책꽂이에 있었다. 여러 권이 꽂혀 있다. 가장 오래된 것은 표지를 나무판으로 대서 묵직한 검은 종이를 끈으로 묶은 모양이고, 나머지는 요즘 사진첩처럼 붙이거나 투명한 비닐에 넣는 식이다. 나는 다섯 권을 들고 갔다.)

고맙구나. 어디 보자……
여기 그이가 있네. 여기……
어쩌고저쩌고 어쩌고저쩌고
어쩌고저쩌고 어쩌고저쩌고
어쩌고저쩌고 어쩌고저쩌고

('신비로운 사나이'의 사진들. 의대 졸업식 사진.)

어쩌고저쩌고 어쩌고저쩌고

어쩌고저쩌고 어쩌고저쩌고   난 할머니의 잡동사니가
어쩌고저쩌고 어쩌고저쩌고   싫다. 밀실공포증을
어쩌고저쩌고 어쩌고저쩌고   안겨주거든.

(이 집의 식탁에 앉아서 카메라를 바라보는 사진.)

어쩌고저쩌고 어쩌고저쩌고
어쩌고저쩌고 어쩌고저쩌고   전선에 불꽃만 살짝 튀면
어쩌고저쩌고 어쩌고저쩌고   해결될 텐데.
어쩌고저쩌고 어쩌고저쩌고

(숲속 오솔길에서 오른손에 지팡이를 든 모습.)

어쩌고저쩌고 어쩌고저쩌고
어쩌고저쩌고 어쩌고저쩌고   할머니가 안 계실 때,
어쩌고저쩌고 어쩌고저쩌고   작은 불이 나면
어쩌고저쩌고 어쩌고저쩌고   잡동사니가 싹 정리될 텐데,
어쩌고저쩌고 어쩌고저쩌고

(바위가 많은 세인트로렌스 강변에서 바람에 앞머리가 흩날리는 사진.)

어쩌고저쩌고 어쩌고저쩌고
어쩌고저쩌고 어쩌고저쩌고   난 이런 식으로 인생을 살지
어쩌고저쩌고 어쩌고저쩌고   않을 거야. 그건 확실하다.
어쩌고저쩌고 어쩌고저쩌고

(나룻배 끝에 앉아 있는 사진. 젊은 여성, 즉 할머니는 뱃전에 앉아 있다.)

어쩌고저쩌고 어쩌고저쩌고
어쩌고저쩌고 어쩌고저쩌고   행복은 다양한 크기의 물건
어쩌고저쩌고 어쩌고저쩌고   속에 있는 게 아니다.
어쩌고저쩌고 어쩌고저쩌고   행복은 커다란 제품 속에
어쩌고저쩌고 어쩌고저쩌고   있는 게 아니라구.

(정원 의자에 앉아 두 소년을 안고 있는 사진. 그중 한 아이가 일곱 살인 내 아버지.)

어쩌고저쩌고 어쩌고저쩌고
어쩌고저쩌고 어쩌고저쩌고   난 물질을 통해서 존재하지
어쩌고저쩌고 어쩌고저쩌고   않을 거야. 물질은 날
어쩌고지찌고 어쩌고저쩌고   냉담하게 만든다.

(텐트 앞에서 자식 모두와.)

어쩌고저쩌고 어쩌고저쩌고
어쩌고저쩌고 어쩌고저쩌고　　아름다운 것들은 박물관에
어쩌고저쩌고 어쩌고저쩌고　　두자. 아님 자연 속에 있게
어쩌고저쩌고 어쩌고저쩌고　　하거나.

(햇살이 쏟아지는 눈밭에 앉은 할머니. 환한 미소를 짓고 있다.)

어쩌고저쩌고 어쩌고저쩌고
어쩌고저쩌고 어쩌고저쩌고
어쩌고저쩌고 어쩌고저쩌고　　내가 사는 집보다는 머릿속
어쩌고저쩌고 어쩌고저쩌고　　을 채우는 데 더 마음이
어쩌고저쩌고 어쩌고저쩌고　　쏠린다. 가본 방 중 가장
어쩌고저쩌고 어쩌고저쩌고　　아름다운 방은 빈방이었다.
어쩌고저쩌고 어쩌고저쩌고

(할아버지가 죽기 몇 주 전에 찍은 정면 사진.)

어쩌고저쩌고 어쩌고저쩌고
어쩌고저쩌고 어쩌고저쩌고

어쩌고저쩌고 어쩌고저쩌고
어쩌고저쩌고 어쩌고저쩌고　　빛과 먼지가 가득한 창고.
어쩌고저쩌고 어쩌고저쩌고　　전망 좋은 빈 다락방.
어쩌고저쩌고 어쩌고저쩌고　　해안선.
어쩌고저쩌고 어쩌고저쩌고　　대초원.
어쩌고저쩌고 어쩌고저쩌고
어쩌고저쩌고 어쩌고저쩌고
어쩌고저쩌고 어쩌고저쩌고

(안락의자에 등을 기대고 앉아, 무릎에 담요를 덮고 잠든 모습. 이때부터 아팠을까?)

어쩌고저쩌고 어쩌고저쩌고
어쩌고저쩌고 어쩌고저쩌고　　나의 황폐하고 풍부한
어쩌고저쩌고 어쩌고저쩌고　　인간미가 가장 뚜렷이
어쩌고저쩌고 어쩌고저쩌고　　드러난 모든 곳.
어쩌고저쩌고 어쩌고저쩌고

(해변에 앉아 멀리 바라보는 모습)

어써고저쩌고 이찌고지쩌고　　"신령이 가난한 자는
어쩌고저쩌고 어쩌고저쩌고　　복이 있나니."

어쩌고저쩌고 어쩌고저쩌고   사실이다. 심령이 복이 있는
어쩌고저쩌고 어쩌고저쩌고   자는 물질적으로
어쩌고저쩌고 어쩌고저쩌고   가난하다.

(단체 사진. 왼쪽에서 두 번째.)

어쩌고저쩌고 어쩌고저쩌고
어쩌고저쩌고 어쩌고저쩌고   난 소유의 포로가 되고 싶지
어쩌고저쩌고 어쩌고저쩌고   않다. 난 인간적인 것
어쩌고저쩌고 어쩌고저쩌고   외에는 바라지 않는다.
어쩌고저쩌고 어쩌고저쩌고   아무것도.
어쩌고저쩌고 어쩌고저쩌고
어쩌고저쩌고 어쩌고저쩌고
어쩌고저쩌고 어쩌고저쩌고

(서서 카메라를 쳐다보는 전신상. 배경은 불분명하고, 엄지를 제외한 손은 주머니에 찌른 모습.)

어쩌고저쩌고 어쩌고저쩌고
어쩌고저쩌고 어쩌고저쩌고
그리고 나서 눈을 감았지.
아, 가슴이 찢어지는구나!"

할머니가 다시 운다.

(기계음이 최고조가 된다. 마구 흔들리기도 한다.)

"왜입니까, 하느님? 허구한 사람 중에 하필 왜 제 사랑인가요? 전 당신의 지혜를 의심한 적이 한 번도 없어요. 그런데 왜 하필 그이입니까? 온몸과 마음으로 그이를 사랑했지. 이십이 년간 그이와 행복했어. 이십이 년간은 밤에 잠자리에 드는 것도 기쁨이었고 아침에 깨는 것도 기쁨이었고, 낮에 일을 보는 것도 기쁨이었지. 그런데, 그런데 이런 상상도 못 할 끝을 맞다니? 그 후 어떻게 살았냐고? 산 게 아니지. 다시는 되돌아올 수 없게 돼버린 그날, 내 일부는 죽었어. 죽는 날까시 나는……
어쩌고저쩌고 어쩌고저쩌고

어쩌고저쩌고 어쩌고저쩌고
어쩌고저쩌고 어쩌고저쩌고
어쩌고저쩌고 어쩌고저쩌고
어쩌고저쩌고 어쩌고저쩌고
어쩌고저쩌고 어쩌고저쩌고
어쩌고저쩌고 어쩌고저쩌고
어쩌고저쩌고 어쩌고저쩌고　　난 인간적인 것 외에는
어쩌고저쩌고 어쩌고저쩌고　　바라지 않는다.
어쩌고저쩌고 어쩌고저쩌고　　아무것도.
어쩌고저쩌고 어쩌고저쩌고
어쩌고저쩌고 어쩌고저쩌고
어쩌고저쩌고 어쩌고저쩌고
어쩌고저쩌고 어쩌고저쩌고
어쩌고저쩌고 어쩌고저쩌고
어쩌고저쩌고 끝났다!"　　　　에?

(끝은 불쑥 왔다. 할머니는 마지막 한마디를 외쳤다. 기계가 딸깍 소리와 함께 멎었다. 나직이 바람 부는 소리가 나기 시작했다.
"이게 다인가요?"
내가 물었다.
"충분히 됐지."

할머니가 대답했다.

뭔가 가는 끽끽 소리가 났다. 일 분쯤 지났을까, 소리가 멈추었다. 쇠가 구르는 소리가 났다. 빨간 벨벳 구멍으로 뭔가 나와 식탁에 떨어졌다.

내 눈이 작은 타원형 거울에 쏠렸다.

"됐구나."

할머니가 말했다. 할머니는 거울을 집더니, 얼굴을 비추며 만족스러워했다.

"좋구나. 흠이 없어. 큰 거울을 만들 때는 가끔 흠이 생기거든. 특히 구석 근처에 생기지. 아주 오래도록 말을 해도, 맞춤 거울이 만들어지지 않을 때도 있어. 하지만 주머니 거울의 경우는 꽤 잘 나오지."

나는 거울을 손에 들었다. 따끈했다. 뒷면은 회색의 납빛이었다. 내 얼굴을 비쳤다.

뭔가 눈에 들어왔다. 거울을 빛에 비쳐 자세히 살폈다.

"그건 없어질 게다. 거울이 완전히 마르면 없어지지."

할머니가 말하는 것은 인쇄된 글이었다. 각도를 제대로 맞춰서 보면 거울의 은색 표면에 인쇄된 글이 겹겹이 있었다.)

(이제 난 그 부문의 전문가처럼 되었다. 돋보기로 보면 오래된 거울에는 보통 두 군데에 인쇄된 글이 있을 가능성이 있다. 은이 가장 얇게 입혀진 맨 가장자리와 특히 산화 작용이 인쇄되게 만드는 착색된 부분이다. 인쇄된 글을 해독한 적도 두 번 있다. 처음은 뉴욕의 골동품 상점에서였다. 소박하지만 멋진 골동품 손거울이 독일인의 작품이었다고 주인에게 말해주었다. 착색된 곳 가운데 'ganz allein(홀로)'라는 단어가 있었다. 두 번째는 할머니 댁에 다시 갔을 때였다. 침실 거울의 가장자리에 'ortneuf'라는 글자가 있었다. 어떤 문구의 일부인지는 할머니께 여쭤보고야 알았다. 할머니는 "생―레이몬드―포르트뇌프"라고 말해주었다. 나는 할아버지가 어디서 태어났는지 이렇게 해서 알게 되었다.

요즘 거울은 흥미롭지 않다. 공장에서 제조되고, 아주 선명하다. 그 안에 읽어낼 문구 따윈 없다.)

(할머니는 20세기 후반의 애니미스트(만물에 영혼이 있다고 믿는 정령 신앙자―옮긴이)였다. 살림살이 전부에 영이 깃들어 있어서, 오랜 삶에서 함께한 사람이나 일을 말해준다고 했다. 할머니의 물건은 죽은 이들과의 매개체였다. 할머니는 세인트로렌스강 남쪽 마을에서 혼자 살았지만, 사실 작은 집에는 온갖 영혼들이 부산스럽게 기거했다.)

(할머니가 내게 그 거울을 주었다. 여전히 소유는 내게 버겁지만―내가 사는 아파트는 휑하고, 옷도 거의 없고, 가진 것도 별로 없다―이 거울은 내게 소중한 재산이다. 가끔 꺼내 들여다보면서, 내가 바보스럽게도 몰랐던 모든 말들을 상상하려고 애쓴다.)

옮긴이의 말

　캐나다 출신의 얀 마텔은 2002년 『파이 이야기』로 부커상을 수상한 세계적인 작가다. 이번에 소개하는 『헬싱키 로카마티오 일가 이면의 사실들』은 중편소설 한 편과 단편소설 세 편을 모은 작품집으로, 마텔의 데뷔작이다. 2년 전, 이 책보다 늦게 나온 『파이 이야기』를 우리말로 옮기면서 나는 그를, 정말 타고난 이야기꾼이라고 생각했고, 이번 작품집을 옮기면서는 장편, 중편 가릴 것 없이 삶의 이야기를 이렇게 다양하게 변주해낼 수 있는 작가의 창의력에 놀랐다. 다양한 이야기들을 중단편이라는 길이의 제약 속에서도 조급함 없이, 밀도 있게 풀어내는 글솜씨가 정말 감탄스러웠다.

　1991년 '저니 상'을 받은 중편 「헬싱키 로카마티오 일가 이면의 사실들」은 에이즈에 감염되어 죽어가는 대학 후배와 그의 곁을 지키는 '나'의 이야기다. 그들은 생의 마지막 시간들을 의미 있게 보내기 위해 20세기에 일어난 다양한 사건들과 가상의 가족 이야기들을 교차시키며 써 내려간다. 한 집안의 가족사와 20세기의 사건들 중 은유적으로 맥을 같이하는 사건을 열거한 소설 속의 소설인 액자소설의 형식인 셈이다. 여기에 짧은 생애를 마감하는 후배와 그의 가족을 지켜보는 청년 화자 '나'의 마음이 잘 녹아들어, 인생에 대한 깊은 울림을 느끼게 한다.

「미국 작곡가 존 모턴의 〈도널드 J. 랭킨 일병 불협화음 바이올린 협주곡〉을 들었을 때」는 캐나다인 대학생이 워싱턴 D.C.에서 우연히 재향군인회의 음악 발표회에 참석하게 되면서, 음악을 통해 베트남전쟁의 경험과 그 후의 현실들에 대해 공감하게 되는 이야기를 담은 작품이다.

「죽는 방식」은 사형수들이 사형 집행을 받기까지 목격한 내용을 그들의 어머니에게 전하는 편지글 형식의 글이다. 작가는 같은 상황에서 죽음을 맞이하는 사람들이 빚어내는 다채로운 풍경들을 단조로우나 섬세하게 그려낸다.

「비타 애터나 거울 회사: 왕국이 올 때까지 견고할 거울들」은 이십 대 청년인 손자가 할머니에게 거울 만드는 법과 거기에 담긴 기억의 가치를 배우는 과정을 그린다. 할머니가 손자에게 과거사를 이야기하면서 거울 만드는 기계로 거울을 만드는 법을 가르쳐주는 풍경은 낯설기도 하고 신비롭기도 하다. 울룩불룩한 거울에 비치는 현실과 그 저변에 깔린 과거의 기억들이 뒤엉키면서 또 다른 삶의 모습이 드러난다.

  네 편 모두 얀 마텔의 소설답게 형식의 파괴라고 할 만큼 독특하게 구성되어 있다. 이야기를 읽는다기보다 '따라간다'라는 표현이 옳을 만치, 그의 이야기는 풍경을 빚어낸다. 작가가 보여주는 삶의 풍경 속에 우리가 하나의 점으로 서 있는 것만 같다.

  마텔의 작품에서는 찬 공기를 호흡하는 느낌을 맛보게 된다. 삶이 주는 엄연함이랄까, 그런 깊은 감정의 경험을 하게 된다. 하지만 그것은 건조한 경험이 아니다. 다양한 삶과 인간의 이야기가 씨실과 날실처럼 얽혀서 풍요로운 정경을 자아낸다.

  너무나 다른 작품 네 편을 옮기면서 참으로 다채롭다는 생각이 들었다. 이 상상력 풍부한 작가가 다음에는 또 어떤 이야기로 우리를 찾아올지 궁금하다. 두 권의 소설을 옮기면서 얀 마텔이라는 작가를 진심으로 좋아하게 되었다.

2006년 11월, 공경희

파이 이야기

Life
of
Pi

작가 노트

 이 책은 내가 한참 허기에 시달릴 때 태어났다. 자세히 말하자면 이렇다. 1996년 봄, 내 두 번째 책인 장편소설이 캐나다에서 출간됐다. 성공하지 못했다. 비평가들은 당황하거나, 썰렁한 칭찬을 하는 정도였다. 또 독자들은 이 책을 무시했다. 어릿광대나 곡예사 노릇까지 불사하며 언론 홍보에 주력했지만 소용없었다. 책은 꿈쩍하지 않았다. 내 책은 동네 야구에 출장을 기다리는 후보 선수 아이처럼 서점 서가에 덩그러니 꽂혀 있었다. 내 책은 키만 껑충할 뿐 운동은 못하는 어린이 선수 같았다. 책은 곧 조용히 자취를 감췄다.

 난 큰 실패에 그다지 영향을 받지 않았다. 이미 다른 이야기를 진척시키는 중이었으므로 1939년의 포르투갈을 배경으로 한 소설이었다. 다만 마음이 불편했다. 돈도 별로 없었다.

그래서 봄베이로 날아갔다. 세 가지만 알면 그다지 말 안 되는 짓도 아니었다. 인도에서 얼마간 지내면 어떤 생물이든 불편한 마음이 싹 없어진다는 점. 인도에서는 돈 몇 푼 갖고도 오래 버틸 수 있다는 점. 소설의 배경인 1939년의 포르투갈은 실제 1939년의 포르투갈과는 아무 관계도 없다는 점.

전에도 인도 북부 지방에서 오 개월간 지낸 적이 있었다. 첫 여행 때는 아무 준비도 안 된 상태로 갔다. 사실 딱 한마디만 준비되어 있었다. 인도를 잘 아는 친구에게 여행 계획을 얘기했더니, 그는 아무렇지도 않게 "인도 사람들 영어는 좀 웃겨. '바가지' 같은 단어를 좋아한다니까." 비행기가 델리를 향해 내려가기 시작하자, 그 말이 기억났다. 해서 시끌벅적하게 돌아가는 광기 넘치는 인도에 대해 내가 준비한 것은 '바가지'란 단어뿐이었다. 가끔 그 말을 사용했더니, 솔직히 말하면 효과가 있었다. 기차역에서 역무원에게 "기찻삯이 이렇게 비쌀 줄 몰랐는데……. 바가지 씌우는 건 아니겠죠?"라고 하면 그 사람은 씩 웃으며 노래하듯 말한다. "아니지요! 여긴 바가지 따윈 없습니다. 정확한 액수를 말씀드린 겁니다."

두 번째 인도행에서는 뭘 기대해야 할지 잘 알았고, 내가 원하는 게 뭔지도 알았다. 어느 고원 지대의 휴양지에 자리 잡고 소설을 쓸 계획이었다. 널찍한 베란다에 놓인 테이블에 앉은 내 모습이 그려졌다. 노트 몇 권이 펼쳐져 있고, 옆에는 김이 나는 홍차가 놓여 있겠지. 안개가 자욱한 푸른 언덕이 발아래 펼쳐지고, 원숭이 떼의 날카로운 울음소리가 귀에 쟁쟁하리라. 기후는 딱 알맞아서, 아침저녁으로 가벼운 스웨터가 필요하고 한낮에는 짧은 소매 옷을 입으면 될 것이다. 그런 배경 속에서 나는 더 큰 진실을 위해 펜을 들고 포르투갈을 가상의 세계로 바꾸리라. 소설이란 그런 게 아니던가. 현실을 취해서 변화시키는 것. 비틀어 그 정수를 끄집어내는 것. 굳이 포르투갈까지 갈 필요가 있을까?

숙소를 운영하는 부인은 영국인들을 쫓아내려고 투쟁한 이야기를 들려주겠지. 그리고 다음 날 점심과 저녁때 무얼 먹을지 정하는 것이다. 하루의 글쓰기가 끝나면, 차밭이 펼쳐진 언덕으로 산책을 나설 테고.

불행히도 소설은 터덜대다가 쿨렁대더니 멈춰버렸다. 봄베이에서 멀지 않은 마테란에서였다. 고지대에 있는 그 소도시에는 원숭이는 있었지만 차밭은 없었다. 작가가 되려는 이들에게는 특히 비참한 일이다. 테마도 좋고, 문장도 좋다. 인물들은 어찌나 생생한지 실제 인물로 여겨질 정도. 플롯은 웅장하면서도 단순하고 매력이 넘친다. 조사도 다 해놓았고, 소설을 진짜처럼 보이게 할 자료—역사, 사회, 기후, 식문화—도 다 모아놓았다. 대화가 이어지면서 긴장을 깨준다. 지문에는 색과 대조와 세세한 묘사가 넘쳐난다. 정말이지 이 소설은 멋지지 않을 수가 없다. 한데 이 모두를 합하니 별 볼 일 없는 글이 되어버린다. 성공할 가능성이 분명 보였는데, 어느 순간 마음의 등줄기를 타고 들려오는 속삭임. 단호하고 무시무시한 진실…… 소설이 제대로 풀리지 않으리라는……. 뭔가 부족한 요소가 있다. 역사나 음식을 제대로 고증했든 아니든, 이야기에 생명을 불어넣는 불꽃이 부족하다. 이야기는 감정적으로 죽어버렸다. 그게 핵심이다. 그걸 알면 영혼이 와르르 무너진다. 작가에게는 아린 허기를 남긴다.

마테란에서 실패한 소설 노트들을 우편으로 부쳤다. 시베리아의 가짜 주소로. 반송 주소로는 역시 가짜 볼리비아 주소를 적었다. 우체국 직원이 봉투에 우표를 붙여서 분류함에 던지자, 나는 주저앉았다. 우울하고 심난했다. '이제 어쩔 셈이냐, 톨스토이? 인생을 영위할 멋진 아이디어라도 있는 거야?'라고 자문했다.

여전히 돈이 없었고 여전히 불안했다. 나는 일어나서 우체국을 나와, 남부 인도를 탐험하러 갔다.

무슨 일을 하냐고 묻는 사람들에게 "닥터입니다"라고 말하고 싶었으나 참았다. 마법과 기적을 일으키는 사람이 의사니까. 버스가 다음 모퉁이에서 사고가 나면, 승객들의 눈은 의사인 내게 꽂힐 테고 난 설명해야 하겠지. 다친 이들의 울음과 신음이 뒤범벅된 와중에서, 닥터는 의사가 아니라 법학박사라는 뜻이었다고. 그러면 사람들은 이번 사고에 대해 정부를 상대로 소송하는 일을 도와달라고 하겠지. 그 지경이 되면 학부 철학과를 졸업했을 뿐이라고 솔직히 고백할 수밖에. 그러면 사람들은 이런 참사에 어떤 의미가 있느냐고 물어댈 테고, 난 키에르케고르 근처에는 가보지도 않았음을 인정해야 될 테고……. 난 상처 입은 겸허한 진실을 고수하기로 했다.

여행 내내 여기저기서 "작가라구요? 그래요? 들려줄 이야기가 있는데"란 반응을 얻었다. 그 '이야기'란 일화에 불과했고, 생명력도 활기도 부족했다.

폰디체리에 도착했다. 폰디체리는 마드라스 남쪽의 작은 자치구역으로, 타밀나두 해안에 있다. 인구와 크기는 인도의 극히 일부에 불과하지만 역사적으로는 특별한 곳이다. 폰디체리는 식민제국들 중 가장 미미했던 프랑스령 인도의 수도였다. 프랑스는 영국의 맞수가 되고 싶었으나, 인도에서 식민지로 확보한 곳은 고작 작은 항구 몇 군데였다. 프랑스는 삼백 년 가까이 이 식민지에 매달렸다. 1954년, 마침내 프랑스는 멋진 흰 건물과 적당히 교차되는 '드 라 마렝' 가와 '생 루이' 가 같은 넓은 도로를 남기고 폰디체리에서 철수했다.

나는 네루 가에 있는 '인디언 커피하우스'에 있었다. 초록색 벽에 천장이 높은 넓은 찻집이다. 머리 위에서 도는 선풍기가 덥고 습한 공기를 순환시킨다. 사각 테이블마다 의자가 네 개씩 놓여 있다. 테이블에 이미 손님이 있어도 적당한 자리에 앉으면 된다. 커피는 맛이 좋고 프렌치토스트도 딸려 나온다. 낯선 이들 사이에 수월하게 대화가 오간다. 눈이 반짝이는 활기찬 백발의 노신사가 내게 말을 걸었다. 나는 캐나다는 추운 곳이며, 프랑스어를 쓰는 지역이 있고, 인도를 좋아한다는 등등의 말을 했다. 친질하고 호기심 많은 인도인과 외국 배낭여행자 사이에 오갈 만한 가벼운 대화였다. 그는 내가 하는 일 얘기에 몰두해서 눈을 크게 뜨고 고개를 끄덕였다. 일어날 시간이었다. 나는 웨이터에게 계산서를 가져오게 하려고 손을 들었다.

그때 노신사가 말했다.

"내 이야기를 들으면, 젊은이는 신을 믿게 될 거요."

나는 흔들던 손을 멈추었다. 의심스러웠다. 여호와의증인인가?

"이천 년 전 로마제국의 외진 곳에서 일어난 일인가요?"

"아니요."

그럼 이슬람교 선교사?

"7세기에 아라비아에서 일어난 일인가요?"

"아니, 그게 아니오. 몇 년 전 바로 이곳 폰디체리에서 시작되어 바로 당신네 나라에서 끝난 일이라오."

"그 이야기를 들으면 내가 신을 믿게 될 거라구요?"

"그렇소."

"무리한 요구네요."

"가당치 않을 정도로 무리한 건 아니오."

웨이터가 왔다. 난 잠시 머뭇거렸다. 커피 두 잔을 주문했다. 우린 자기소개를 했다. 그의 이름은 프랜시스 아디루바사미.

내가 말했다.

"이야기를 해주시지요."

"집중해서 들어야 하오."

그가 말했다.

"그러겠습니다."

나는 펜과 수첩을 꺼냈다.

노인이 물었다.

"대답해봐요. 식물원에 가봤소?"

"어제 다녀왔습니다."

"장난감 기차 트랙을 봤소?"

"네, 봤지요."

"일요일에는 어린이들을 위해 기차를 운행한다오. 하지만 전에는 매일 한 시간에 두 차례씩 운행되었지. 기차역들의 이름을 봤소?"

"한 곳은 '로즈빌'이더군요. 장미 정원 바로 옆."

"맞소. 또 다른 이름은?"

"기억이 안 나는데요."

"간판이 내려졌소. '동물원 마을'. 장난감 기차의 역은 로즈빌과 동물원 마을이었지. 오래전 폰디체리 식물원에는 동물원이 있었다오."

노인이 말을 이었다. 나는 요점을 메모했다.

"그와 직접 이야기를 해봐야 하오. 나는 그를 아주 잘 알지만. 이제 그는 어른이 되었소. 묻고 싶은 걸 당신이 직접 물어봐야 하오."

노인은 주인공에 대해 그렇게 말했다.

나중에 토론토에 돌아가서 전화번호부를 뒤져보니 '파텔'이란 성이 아홉 줄이나 있었다. 거기서 그를, 주인공을 찾아냈다. 가슴을 두근거리며 전화를 걸었다. 전화를 받은 사람의 말에는 캐나다 억양에 활기찬 인도 말투가 배어 있었다. 아주 희미했지만, 공기 중의 향냄새처럼 분명히 느껴졌다.

"아주 오래전 일인데요."

그는 그렇게 말하면서도 만나주겠다고 했다. 우리는 여러 번 만났다. 그는 사건이 일어나는 동안 썼던 일기를 보여주었다. 그를 잠시 유명하게 만들어준 누렇게 바랜 신문기사들도 보여주었다. 그는 사연을 들려주었다. 나는 들으면서 메모를 했다. 그로부터 일 년쯤 지나고 상당한 난관을 겪은 끝에, 일본 운수성으로부터 테이프와 보고서가 도착했다. 그 테이프를 들으면서, 이 이야기를 들으면 신을 믿게 될 거라는 아디루바사미 씨의 말에 동감하게 됐다.

파텔 씨의 이야기는 직접 듣는 게 자연스러운 듯했다. 그의 목소리와 눈빛을 통해 들어야 마땅했다. 하니 이 글에 부정확한 대목이나 실수가 있다면 모두 내 잘못이다.

몇 분에게 고마움을 표하고 싶다. 파텔 씨에게 큰 신세를 졌다. 바다보다 넓고 깊은 감사를 보내며, 내가 풀어낸 이야기에 그가 실망하지 않기를 바란다. 이 이야기를 시작하게 해준 아디루바사미 씨에게도 감사드린다. 이야기를 완성하게 해준, 직업정신의 표본으로 삼을 만한 세 분에게도 고마움을 전한다. 최근까지 오타와 주재 일본대사관에 근무한 오다 카즈히코, 오이카 해운의 와타나베 히로시, 특히 지금은 퇴직한 일본 운수성의 오카모토 토모히로에게. 모아시르 스클리어 씨 덕분에 생생한 불꽃을 낼 수 있었다. 마지막으로 훌륭한 단체인 캐나다문화원에 깊은 감사를 표하고 싶다. 문화원의 보조금이 없었다면 1939년의 포르투갈과 무관한 이 이야기를 엮어내지 못했을 것이다. 시민들이 예술가들을 후원해주지 않으면, 우리의 상상력은 극악한 현실의 제단에 희생될 것이다. 결국 우리들은 아무것도 믿지 않게 되고, 쓸모없는 꿈을 꾸는 것으로 끝나고 말 것이다.

토론토와 폰디체리

1부

1

아픔을 겪은 후 난 슬프고 우울했다.

공부와, 마음을 다해 꾸준히 행한 종교 의례 덕분에 차츰 삶을 되찾았다. 나는 남들이 이상한 종교의식이라고 여길 만한 예배를 계속 올려왔다. 고등학교에서 일 년을 보낸 후, 토론토 대학에 진학해서 두 가지를 공부했다. 전공은 종교학과 동물학. 종교학 졸업논문 주제는, 사페드(팔레스타인의 갈릴리 위쪽 지방 ― 옮긴이) 출신으로 16세기의 위대한 카발라 사상가였던 아이삭 루리아의 우주론과 관련된 내용이었다. 동물학 논문은 세발가락 나무늘보의 갑상선에 대한 기능적인 분석이었다. 연구 대상으로 나무늘보를 선택한 것은 이 동물의 차분하고 조용하고 내성적인 태도가 갈가리 찢긴 내 자신을 위로해주어서였다.

　나무늘보는 발가락이 둘인 종과 셋인 종이 있다. 뒷발은 모두 발가락이 셋이므로, 앞발에 따라 종을 나눈다. 어느 여름, 무더운 브라질 밀림에서 발가락 셋인 나무늘보를 연구하는 행운을 누렸다. 나무늘보는 대단히 흥미로운 생물이다. 유일한 습관이 게으름 피우기다. 하루 평균 스무 시간씩 자거나 휴식한다. 우리 연구팀은 세발가락나무늘보의 수면 습관을 실험했다. 초저녁에 잠든 다섯 마리의 머리 위에 물이 담긴 빨간 플라스틱 접시를 올려두었다. 다음 날 아침에 가보니, 접시는 그대로 있고 물에는 벌레가 들끓었다. 나무늘보는 해 질 무렵에 가장 분주하다. '분주'하다고는 하지만, 좀 그렇다는 것이지 아주 바쁘다는 뜻은 아니다. 이 동물은 나뭇가지에 거꾸로 매달려서, 시속 400미터로 움직인다. 땅에서는 시속 250미터로 나무에 기어오른다. 이것도 다급할 때의 속도다. 다급한 치타보다 440배 느린 속도다. 급한 일이 없으면 한 시간에 4, 5미터 정도만 움직이는 동물이 바로 나무늘보다.

　세발가락나무늘보는 외부에 많이 알려지지 않았다. 동물학자 비브는 보통의 둔감함을 2점, 극도의 예민함을 10점으로 나누고 나무늘보의 미각, 촉각, 시각, 청각에 2점을 주었고, 후각에는 3점을 주었다. 숲에서 잠든 세발가락나무늘보는 두세 차례 쿡쿡 찌르면 깨어난다. 졸린 눈으로 사방을 둘러보지만 찌른 사람은 알아보지 못한다. 모든 걸 흐릿하게 보는 나무늘보가 왜 그렇게 둘러보는지는 불확실하다. 청력의 경우, 안 들린다기보다는 소리에 관심이 없다. 비브는 자거나 음식을 먹는 나무늘보 옆에서 총을 쏘아도 별 반응이 없다고 보고했다. 후각이 약간 낫긴 하지만 과대평가해선 안 된다. 나무늘보가 코를 킁킁거려 썩은 가지를 피할 수 있다고 하지만 동물학자 벌록은 나무늘보가 썩은 가지에 매달렸다가 땅에 떨어지는 경우가 '많다'고 보고한 바 있다.

그런 동물이 어떻게 생존하는지 궁금할 것이다.

놈들은 너무 느린 덕분에 목숨을 부지한다. 잠과 게으름 덕분에 재규어와 스라소니, 큰수리, 아나콘다에게 먹히지 않는다. 나무늘보의 털에는 건기에 갈색 식물이, 우기에는 초록색 식물이 서식한다. 그래서 나무늘보는 주변의 이끼나 나뭇잎과 뒤섞여, 흰개미나 다람쥐의 둥지나 나무의 일부로 보인다.

세발가락나무늘보는 환경과 완벽한 조화를 이루어 평화로운 초식동물로 살아간다. 터틀러는 "나무늘보의 입에는 언제나 맘씨 좋은 미소가 걸려 있다"고 했다. 내 눈으로 직접 그 미소를 본 적이 있다. 난 동물에게 인간의 특징과 감정을 투사하기를 좋아하지는 않지만, 브라질 밀림에서 고개를 들다가 쉬고 있는 나무늘보를 볼 때면, 물구나무서서 명상하는 요가 수행자나 기도에 몰두한 은자 앞에 있는 듯한 기분이었다. 내 과학적인 접근법으로는 닿을 수 없는 상상력 넘치는 삶을 사는 현자 앞에 있는 느낌이달까.

가끔 내 전공은 뒤섞여버렸다. 종교학을 전공하는 친구들 ― 위가 어디인지 모르고, 엉터리 같은 이성의 노예가 되어 갈피를 못 잡는 불가지론자들 — 을 보면 세발가락나무늘보가 떠올랐다. 생명의 기적을 보여주는 세발가락나무늘보를 보면 신이 떠올랐다.

과학도들과는 아무 마찰도 없었다. 그들은 다정하고, 무신론자이며, 열심히 공부하며, 술고래들이다. 과학에 대해 생각하지 않을 때는 섹스와 체스, 야구만 머리에 있는 친구들이다.

내 입으로 이렇게 말해도 좋을지 모르지만, 나는 아주 우수한 학생이었다. 세인트 미카엘 칼리지 시절 사 년 내내 우등생이었다. 동물학과에서 받을 수 있는 상은 모두 받았다. 종교학과에서 상을 못 받은 것은 학과에서 주는 상이 없었기 때문이다(하긴 종교학 부문에서 어찌 인간이 상을 줄 수 있을까). 토론토 대학 학부생이 받을 수 있는 최고의 상은 주지사상이다. 캐나다에서 잘나가는 명사 중에는 그 주지사상 수상자들이 많다. 체격이 다부지고 지나치게 활달한 기질을 가진 그 백인 남학생만 아니었다면, 내가 상을 거머쥐었을 것이다.

그때 받은 모멸감에 지금도 자존심이 상한다. 살면서 고통을 많이 겪으면, 더해가는 아픔은 참기 힘들기도 하지만 사소해지기도 한다. 내 인생은 유럽 그림에 나오는 해골과 비슷하다. 옆에는 늘 씩 웃는 해골이 있어, 야망의 아둔함을 일깨워준다. 나는 그것을 보며 중얼거린다. '사람을 잘못 골랐어. 넌 삶을 믿지 않을지 몰라도 난 죽음을 안 믿거든. 저리 가!' 해골은 낄낄대면서 가까이 다가오지만, 난 놀라지 않는다. 죽음은 생물학적인 필요 때문에 삶에 꼭 달라붙는 것이 아니다—시기심 때문에 달라붙는다. 삶이 워낙 아름다워서 죽음은 삶과 사랑에 빠졌다. 죽음은 시샘 많고 강박적인 사랑을 거머쥔다. 하지만 삶은 망각 위로 가볍게 뛰어오르고, 중요하지 않은 한두 가지를 놓친다. 우울은 구름의 그림자를 지나칠 뿐이고. 그 백인 남학생은 '로즈장학위원회'에서 장학금(영연방 국가나 미국, 독일에서 선발된 학생에게 옥스퍼드 대학이 수여—옮긴이)을 받았다. 난 그를 좋아한다. 그가 옥스퍼드에서 풍요로운 경험을 누리길. 부의 여신인 라크시미가 어느 날 내게도 행운을 듬뿍 내려준다면, 옥스퍼드는 다섯 번째로 가고 싶은 도시다. 그보다는 먼저 메카, 바라나시, 예루살렘, 파리에 가보고 싶다.

직장생활에 대해서는 별로 할 말이 없다. 그저 넥타이가 올가미고, 거꾸로이긴 해도 조심하지 않으면 목이 졸릴 거라는 것밖에.

캐나다를 사랑한다. 인도의 열기와 음식, 벽을 타고 오르는 도마뱀, 은막 위에서 펼쳐지는 뮤지컬, 거리를 거니는 소, 까악대는 까마귀 떼, 크리켓에 대한 이야기까지 그립지만, 캐나다를 사랑한다. 캐나다는 너무 추워 정신을 차리기 힘든 대단한 곳이고, 헤어스타일이 제멋대로인 선량하고 지적인 사람들이 사는 곳이다. 어쨌거나 폰디체리에는 내 마음이 젖어들 만한 게 없다.

리처드 파커는 쭉 나와 함께 있었다. 그를 잊어본 적이 없다. 보고 싶다고 해야 할까? 그렇다. 보고 싶다. 지금도 꿈에서 그를 본다. 주로 악몽이지만, 사랑이 얼룩진 악몽이다. 사람의 묘한 심리다. 어떻게 그렇게 불쑥 날 버릴 수 있었는지 지금도 이해가 안 된다. 작별인사도 없이, 한 번 돌아보지도 않고 어떻게 그렇게 훌쩍 가버렸을까? 도끼로 쪼개는 것처럼 가슴이 아프다.

멕시코 병원의 의료진은 믿지 못할 정도로 내게 친절했다. 환자들도 마찬가지였다. 암 환자나 교통사고 환자들이 내 소문을 듣고는 휠체어를 밀며 모여들었다. 보호자들까지 모여들었다. 영어를 하는 사람이 없고 나는 스페인어를 못하는데도. 그들은 미소를 보내고, 손을 잡고, 머리를 쓰다듬어주었다. 내 침대에 음식과 옷가지를 놓아주기도 했다. 그들 때문에 난 참지 못하고 웃음과 울음을 터뜨렸다.

이틀쯤 지나자 설 수 있었다. 어지럽고 메스껍고 힘이 없었지만, 두어 발 뗄 수 있었다. 빈혈에다, 나트륨 수치가 너무 높고 칼륨 수치는 너무 낮다는 혈액검사 결과가 나왔다. 몸에 액체가 고여서 다리가 퉁퉁 부었다. 몸에 코끼리 다리를 붙여놓은 것 같았다. 소변은 샛노란 색이었다가 점차 갈색으로 변했다. 일주일쯤 지나자 정상적으로 걸을 수 있고, 끈까지는 못 묶어도 구두를 신을 수는 있었다. 어깨와 등에 상처가 남아 있었지만 피부는 나았다.

처음 수도를 틀자 요란한 소리를 내며 물살이 쏟아지는 데 놀라, 몸이 흐물흐물해져 털썩 주저앉았다. 간호사의 품에서 기절해버렸다.

캐나다에서 처음 인도 식당에 갔을 때 나는 손으로 밥을 먹었다. 웨이터가 못마땅하게 바라보면서 "지금 막 배에서 내렸나 보군요?"라고 했다. 나는 허옇게 질렸다. 조금 전까지도 음식을 음미하는 미뢰였던 손가락이, 웨이터의 눈길에 더러운 게 되어 버렸다. 나쁜 짓을 하다 들킨 죄인처럼 손가락은 얼어붙었다. 감히 손가락을 쭉쭉 빨 수가 없었다. 난 죄지은 듯 냅킨에 손을 닦았다. 웨이터는 그런 말이 내게 얼마나 상처를 주는지 몰랐다. 살에 못을 치는 것 같았다. 나이프와 포크를 집어 들었다. 그런 도구는 써본 적이 없었다. 손이 떨렸다. 삼바(야채와 함께 향신료를 넣고 만든 남인도 음식 — 옮긴이)가 맛이 없어졌다.

2

그는 스카보로에 산다. 체구가 작고 마른 사내다 — 키가 165센티미터쯤 된다. 검은 머리칼, 검은 눈. 관자놀이에는 흰머리가 드문드문 보인다. 마흔이 넘었을 리 없는데도. 보기 좋은 커피 빛깔 얼굴이다. 초가을 날씨인데도 털 후드가 달린 큼직한 겨울 파카를 입고 식당에 걸어온다. 표정이 풍부한 얼굴. 손을 움직이면서 빨리 말한다. 잡담은 하지 않는다. 그가 앞으로 나아간다.

3

 내 이름은 수영장 이름을 따서 지었다. 부모님이 물을 좋아하지 않은 걸 생각해보면 이상한 일이다. 아버지가 사업 초기에 거래하던 사람 중에 프랜시스 아디루바사미라는 사람이 있었다. 그는 우리 집안의 친구가 되었다. 나는 그를 '마마지'라고 불렀다. '마마'는 타밀어로 '아저씨'고, '지'는 존경과 애정을 나타내는 인도어 접미사다. 젊었을 때, 그러니까 내가 태어나기 오래전 마마지는 남인도의 수영 챔피언이었다. 그는 평생 그 타이틀과 함께였다. 태어날 때 양수를 뱉지 않아서 의사가 발을 잡고 공중에 휘휘 돌려 생명을 구했다는 얘기를 라비 형에게 들은 적이 있다.
 라비 형은 머리 위로 손을 빙빙 돌리며 말했다.
 "그 방법이 먹혔다는 거야! 마마지는 기침을 하며 물을 뱉고 숨을 쉬기 시작했거든. 한데 그 바람에 살과 피가 몸통으로 몰린 거야. 그래서 가슴이 두껍고 다리는 그렇게 가늘다니까."
 난 형의 말을 믿었다(라비 형은 지독히도 나를 골려댔다. 그가 처음으로 내 앞에서 마마지를 '붕어 씨'라고 했을 때, 난 형의 침대에 바나나 껍질을 올려두었다). 마마지가 육십 대에 접어들어 몸이 구부정해지고, 태어나면서 거꾸로 들린 부작용을 평생 감당하던 하체에 살이 오르기 시작할 무렵, 그는 아침마다 아우로빈도 아슈람(힌두교 은자의 암자―옮긴이)에 있는 수영장을 서른 번이나 왕복했다.

마마지는 우리 부모님에게 수영을 가르쳐보려 했지만, 물이 무릎까지 오는 바닷가에서 팔을 마구 젓는 정도에서 더 발전하지 않았다. 그들이 평영 연습을 할 때는 키가 높이 자란 풀밭을 헤치고 걸어가는 것 같았고, 크롤 헤엄을 할 때는 언덕 아래로 달려가며 넘어지지 않으려고 팔을 휘젓는 것 같았다. 수영에 열의가 없기는 라비 형도 마찬가지였다.

마마지는 내가 연습할 의지를 보일 때까지 기다려야 했다. 내가 수영할 나이가 된 날—일곱 살이면 때가 됐다는 마마지의 주장에 어머니는 속상해했다—그는 날 데리고 바닷가로 가서, 바다를 향해 양팔을 벌리고 말했다.

"이게 내가 네게 주는 선물이란다."

"그날 마마지가 널 거의 익사시킬 뻔했다."

어머니가 말했다.

나는 수영 선생님에게 제자 노릇을 충실히 했다. 그의 세심한 눈길 속에서, 해변에 엎드려 다리를 움직이며 손으로 모래를 긁어냈고, 팔을 저을 때마다 고개를 돌려 호흡했다. 멀리서 보면 슬로모션으로 발버둥을 치는 아이처럼 보였을 것이다. 물속에 들어가자 마마지가 붙잡아주었고, 나는 헤엄치려고 노력했다. 육지보다 훨씬 어려웠다. 하지만 마마지는 인내심을 발휘해 격려했다.

그가 내 실력이 많이 좋아졌다고 느낄 무렵, 우리는 웃고 소리치고 뛰고 물을 튀기고, 마침내 푸르디푸른 거품이 이는 파도에게 등을 돌렸다. 우리는 아쉬람에 있는 네모진 수영장의 (입장료를 내는) 잔잔한 물로 향했다.

어린 시절 내내 일주일에 세 번씩 마마지와 그곳에 갔다. 월요일, 수요일, 금요일 새벽이면 시곗바늘처럼 규칙적인 크롤 헤엄 팔 동작을 펼쳤다. 이 당당한 노인이 곁에서 옷을 벗던 기억이 지금도 생생하다. 옷가지가 하나하나 벗겨지면서 나체가 천천히 드러났고, 마지막에 약간 몸을 돌리면서 멋진 외제 수영복을 입음으로써 간신히 체면을 지켰다. 그는 똑바로 서서 준비를 했다. 거기에는 당당하면서도 소박함이 있었다. 시간이 흐르면서 수영 연습이 돼버린 수영 강습으로 녹초가 됐지만, 점점 수월하고 빨리 손동작을 하는 즐거움이 컸다. 반복해서 손을 움직이다 보면 최면에 걸린 것 같았고, 물도 납 녹인 것에서 액체로 된 빛으로 달라져 보였다.

바다로 돌아간 것은 나 혼자였고, 그것은 죄스런 쾌감이었다. 산산이 부서져서 검허한 물살이 되어 손을 뻗는 파도가 날 불렀다. 그것은 의욕 넘치는 인도 소년을 붙든 부드러운 올가미였다.

열세 살 무렵 내가 마마지에게 준 선물은, 수영장을 두 번 확실한 접영으로 왕복한 일이었다. 수영을 마치자 어찌나 힘이 빠지는지 손을 흔들기도 힘들었다.

실제로 헤엄치는 것 외에도 수영에 대한 이야기가 있었다. 아버지가 좋아하는 대화였다. 아버지는 헤엄치는 것을 날이 갈수록 심하게 거부했지만, 그럴수록 수영 이야기는 더 좋아했다. 동물원 운영과 관련된 대화에서 벗어나 쉬면서 수영에 대한 대화를 나누었다. 하마가 있는 물보다는 없는 물이 관리하기 한결 수월했으리라.

마마지는 식민정부 덕에 이 년간 파리에서 공부한 적이 있다. 더할 나위 없이 즐거운 때였다. 1930년대 초반, 아직 프랑스가 폰디체리를 프랑스화하려고 애쓰던 시기였다. 영국이 인도의 나머지 부분을 영국화하려던 것처럼. 마마지가 정확히 뭘 공부했는지는 기억나지 않는다. 상업과 관련된 분야였을 것이다. 그는 대단한 재담가였지만, 그가 공부한 분야나 에펠탑, 루브르, 샹젤리제의 카페 따위는 접어두었다. 그는 수영장과 수영대회와 관련된 이야기만 했다. 예를 들어, 파리에서 가장 오래된 수영장 '피신(piscin, '수영장'이라는 뜻의 프랑스어 — 옮긴이) 델리니'는 오르세 선착장에 정박한 천장 없는 배로, 1900년 올림픽 때 수영경기가 열린 곳이다. 하지만 수영장 길이가 6미터나 길다는 이유로 국제수영연맹에서 기록을 인정하지 않았다. 센강에서 직접 퍼올린 수영장 물은 정수하지도 데우지도 않았다.

"물이 차고 더러웠지. 파리 전역을 돌아온 물이니 더러울밖에. 한데 수영장 사람들 때문에 더 구역질 났다구."

마마지는 이런 주장을 뒷받침할 만한 충격적인 이야기를 음모라도 꾸미듯 소곤거린 다음, 프랑스인들은 위생 관념이 형편없다고 단언했다.

"델리니도 형편없었지. 센강에 있는 또 다른 변소 '뱅 로얄'은 더 형편없었지만. 적어도 '델리니'는 죽은 물고기는 떠냈거든."

그럼에도 올림픽경기는 올림픽경기이니, 영원한 영광이 깃들게 마련. 오수 구덩이라면서도 마마지는 '델리니'를 말할 때는 빙그레 미소 지었다.

'샤토-랭동' '루베' '뒤 불러바드 드 라 가르' 등 육지에 있는 훨씬 나은 실내 수영장이 일 년 내내 문을 열었다. 인근 공장의 증기기관에서 응축된 물이 공급되어, 깨끗하고 따뜻했다. 하지만 이런 수영장들도 거무죽죽하고 사람이 북적거리긴 마찬가지였다.

마마지는 키득대며 말했다.

"물에 둥둥 뜬 가래침이 하도 많아서 해파리 사이를 헤엄치고 있는 줄 알았다니까."

'에베르' '레드뤼-롤랭' '부트-오-카이에' 수영장은 밝고 현대적인 넓은 수영장으로 분수 우물(지하수의 수압을 이용한 물 — 옮긴이)에서 물을 공급했다. 이곳들이 시립 수영장의 우수성을 알리는 기준이 되었다. 물론 파리의 또 다른 올림픽 경기장이었던 '투렐' 수영장도 있었지만, 그곳은 1924년 두 번째 파리 대회 기간에 문을 열었다. 그 외에도 수영장이 많았다.

하지만 마마지가 보기에, '피신 몰리토'의 영광에 대적할 수영장은 없었다. 그곳은 파리 최고의 수영장이었다. 사실 모든 문명권에서도 최고로 꼽힐 만했다.

"신들도 기쁘게 헤엄쳤을 수영장이었지. 몰리토에는 파리에서 가장 뛰어난 수영 클럽이 있었어. 실내 풀과 실외 풀, 이렇게 풀이 두 개였지. 양쪽 다 작은 바다만큼 넓었어. 실내 풀에는 끝에서 끝까지 헤엄치는 전용 레인 두 개가 마련되어 있었지. 물이 어찌나 맑고 깨끗한지 아침에 커피를 끓여도 될 정도였다니까. 아래위 층에 나무로 지은 파란색과 흰색 탈의실이 풀장 둘레에 있었어. 사람들이 다 내려다보였지. 수위들은 옷장이 사용 중이라는 걸 분필로 표시했는데, 다리를 저는 그 노인네들이 무뚝뚝하긴 해도 정은 많았지. 아무리 소리를 지르고 엉터리없는 짓을 해도 그들은 꿈쩍 안 했어. 샤워기에서 뜨거운 물이 기분 좋게 쏟아졌지. 사우나실에 체력단련실도 있었고. 실외 풀은 겨울에는 스케이트장으로 변했지. 바와 카페, 넓은 일광욕실도 있고, 진짜 모래가 깔린 작은 해변도 두 군데 있었어. 타일과 청동, 나무 할 것 없이 반짝반짝했어. 그것이…… 그것이…….”

그것이 너무 할 말이 많아 마마지를 입 다물게 하는 유일한 수영장이었다.

내가 라비 형보다 삼 년 후에 집안 막내로 이 세상에 나오자, 그 수영장 이름이 내 이름이 되어버렸다. 피신 몰리토 파텔.

4

우리나라는 공화국이 된 지 칠 년이 지나자 점점 커지기 시작했다. 폰디체리가 인도연합에 들어간 것은 1954년 11월. 시민이 되니 시민다운 일을 해야 했다. 폰디체리 식물원의 일부를 무료 임대해서 화끈한 사업 기회를 제공하자 — 와! — 인도에 새 동물원이 생겼다. 최고로 현대적이고, 생물학적으로 적합한 원칙에 따라 동물원이 만들어지고 운영되었다.

아주 넓은 땅에 세워진 큰 동물원이었다. 기차를 타고 구경할 만큼 컸다. 내가 점점 자라면서 기차를 포함해서 모든 게 점점 작아지는 것 같긴 했지만. 지금은 너무 작아서 내 머릿속에 들어갈 정도다. 후텁지근한 곳을 상상해야 한다. 뙤약볕이 쏟아지고 원색이 물결치는 곳. 여러가지 꽃이 지천으로 피어 있는 곳. 인도보리수, 판야나무, 능소화, 망고, 빵꽃나무를 비롯해 명패가 없으면 생전 모르고 지날 나무며 덤불, 덩굴이 사방에 널려 있다. 벤치도 있다. 벤치에서 사내들이 큰대자로 누워 자기도 하고, 젊은 커플이 앉아서 수줍게 서로를 흘끗거리며 손장난을 치다가 손끝이 스치기도 한다. 키 큰 나무 수풀 사이에서 조용히 이쪽을 바라보는 기린 두 마리를 발견한다. 놀람은 거기서 그치지 않는다. 다음 순간 원숭이 떼가 터뜨리는 성난 울부짖음에 화들짝 놀란다. 이상한 새 떼의 찢어지는 소리를 제외하면, 당할 소리가 없을 정도로 소란스럽다. 회전식 십자문이 나타난다. 정신없이 얼마 안 되는 입장료를 지불한다. 안으로 들어간다. 야트막한 담장이 보인다. 낮은 담장 뒤에 무엇이 있을까? 설마 억센 인도 무소 두 마리가 사는 얕은 우리는 아니겠지. 하지만 무소가 바로 거기 있다. 고개를 돌리면 코끼리가 보인다. 코끼리는 계속 거기 있었지만, 몸집이 너무 커서 알아보지 못했던 것이다. 연못에는 하마들이 무리지어 다닌다. 보면 볼수록 더 많은 동물이 나타난다. 여기가 바로 '동물원 마을'이니까!

아버지는 폰디체리로 이사 오기 전에 마드라스에서 큰 호텔을 경영했다. 늘 동물에 관심이 있었기에 결국 동물원 사업을 하게 되었다. 호텔 경영에서 동물원 경영으로 바꾼 것이 자연스러워 보일지도 모르겠다. 한데 그렇지가 않다. 여러 면에서 동물원 경영은 호텔 경영인으로서는 최악의 악몽이다. 손님들은 절대 방을 비우지 않는다. 잠만 자는 게 아니라 세 끼 식사까지 제공해야 하고, 몇몇은 시끄럽고 제멋대로다. 손님이 발코니로 나가 어슬렁거리기를 기다린 후에야 겨우 방 청소를 할 수 있고, 손님이 풍광 구경이 지루해져서 방으로 들어오기를 기다린 후에야 겨우 발코니 청소를 할 수 있다. 손님들은 알코올중독자만큼이나 비위생적이어서 청소할 곳이 너무도 많다. 손님마다 식습관이 별나고, 음식이 늦게 나온다고 끊임없이 불평하면서 팁은 한 푼도 주지 않는다. 솔직히 말하면, 성도착자도 많다. 심하게 억눌렀다기 미친 듯이 폭발해버리거나, 대놓고 타락한 모습을 보인다. 난폭할 정도로 엄청나게 자유분방한 성교와 근친상간을 저지르는 꿀을 정기적으로 감당해야 한다. 이런 손님을 환영하는 호텔 주인이 있을까? 폰디체리 동물원은 산토시 파텔 씨에게는 큰 즐거움과 두통거리의 근원이었다. 그는 동물원 설립자이자 주인, 관리인, 쉰셋이나 되는 직원의 수장이었고 우리 아버지였다.

  내게 그곳은 지상낙원이었다. 동물원에서 자라면서 좋은 기억밖에 없다. 난 왕자같이 살았다. 어느 토후국 왕의 아들이 이렇게 넓은 땅에서 뛰어놀았을까? 어느 궁전에 그런 동물원이 있었을까? 어린 시절, 내 자명종은 당당한 사자들이었다. 사자들은 스위스 시계같이 정확하진 않아도 새벽 5시 반에서 6시 사이에 반드시 포효했다. 원숭이와 찌르레기, 몰루칸 앵무새의 울음소리가 요란하면 아침 식사 시간이었다. 나는 어머니뿐 아니라 눈을 반짝이는 수달과 억센 아메리카 들소의 인자한 눈길을 받으며 등교했다. 오랑우탄들도 기지개를 켜고 하품을 하며 배웅해주었다. 나무 밑을 뛰어갈 때는 고개를 번쩍 들어야 했다. 안 그러면 공작에게 오줌똥 세례를 받으니까. 이른 아침 박쥐 소굴인 나무 옆을 지날 때면, 박쥐들의 끽끽대는 불협화음이 쏟아졌다. 외출할 때면 테라륨(작은 동물이나 식물을 재배하는 유리 용기―옮긴이) 앞에서 걸음을 멈추고 개구리를 구경했다. 연두색이나 노란색, 진한 청색, 갈색, 연한 녹색 개구리들이 있었다. 어떤 때는 새에게 시선이 가기도 했다. 홍학이나 검은 고니, 아랫볏이 늘어진 화식조. 더 작은 것들로는 비둘기나 찌르레기, 얼굴이 복숭아 같은 모란앵무, 남미산 앵무새, 오렌지빛 잉꼬. 코끼리, 물개,

큰고양이나 곰은 아직 안 일어났지만, 개코원숭이, 짧은꼬리원숭이, 망가베이원숭이, 긴팔원숭이, 사슴, 맥, 아메리카낙타, 기린, 몽구스는 일찌감치 일어나 있다. 아침마다 정문을 빠져나가기 전, 내가 마지막으로 바라보는 광경이 있다. 평범하면서도 잊히지 않는 광경……. 거북이들, 무지갯빛의 주둥이를 가진 비비, 품위 있게 침묵을 지키는 기린, 무지하게 커다란 입을 벌린 하마. 마코앵무가 철조망 울타리에 올라가 있고, 넓적부리황새는 부리를 딱딱이며 인사를 건넸다. 노쇠한 낙타의 음탕한 표정하며. 나는 이런 풍요로움을 음미하며 걸음을 재촉해 학교에 갔다. 방과 후에나, 코끼리가 땅콩이 있을까 해서 다정하게 내 옷을 뒤지는 기분을 맛보며 한가롭게 보낼 수 있었다. 오랑우탄은 내 머리칼을 뒤지며 진드기를 찾다가, 아무것도 없으면 실망하며 씨근댔다. 물개가 물속으로 미끄러지거나 거미원숭이가 그네 타듯이 누비고 다니고, 사자가 고개를 돌리는 광경을 잘 설명할 수 있으면 좋으련만. 하지만 언어는 그런 바다에서 잠겨버리게 마련인 것을. 그 느낌을 맛보고 싶다면 머릿속으로 그려보는 편이 낫다.

   대자연에서와 마찬가지로 동물원에서도 해 뜰 녘과 해 질 녘이 가장 멋진 시간이다. 동물들은 그때 생기를 띠니까. 그들은 움직이기 시작해, 우리를 떠나 살금살금 물가로 간다. 동물들은 속살을 보여준다. 노래한다. 서로 의지해서 의식을 치른다. 그것을 지켜보고 귀담아듣는 이는 큰 보상을 받는다. 나는 헤아리기 힘들 만큼 오랫동안 다양한 생명의 표정을 지켜봤다. 그 표정들은 우리가 사는 이 땅을 아름답게 만들어준다. 감각이 마비될 정도로 밝고 시끄럽고, 묘하고 섬세한 표정들이다.

신과 종교에 대해 어처구니없는 소리를 지껄이는 것처럼, 사람들은 동물원에 대해서도 헛소리를 많이 한다. 그릇된 정보를 얻은 순진한 이들은 동물이 야생이라야 '행복'하다고 생각한다. '자유롭기' 때문에. 이런 사람들은 머릿속에 사자나 치타같이 몸집이 크고 잘생긴 육식동물을 떠올린다(영양이나 땅돼지의 삶은 보잘것없다). 사람들은 경건하게 운명을 받아들인 먹잇감을 포식한 후, 소화도 시킬 겸 푸른 초원을 거니는 야생동물을 상상한다. 또는 축 늘어져 있다가 살을 빼려고 뛰어다닌다고 생각한다. 이 동물이 당당하면서도 자애롭게 자식을 보살피고, 가족이 나뭇가지에 몸을 걸친 채 행복한 한숨을 지으며 지는 해를 바라보는 장면을 상상하기도 한다. 야생동물의 삶이 소박하고 품위 있으며 의미 있다고 상상하는 것이다. 그런데 사악한 인간들에게 사로잡혀 좁은 감옥에 갇히면 동물의 '행복'은 끝나버리고, 동물들은 '자유'를 갈망하며 달아나기 위해 안간힘을 쓴다고 생각한다. 너무 오랫동안 '자유'를 빼앗긴 동물은 그림자처럼 되어 영혼이 꺾여버린다고……. 그런 상상을 하는 사람들이 있다.

그건 사실이 아니다.

야생동물들은 가차 없는 서열체계의 지배를 받는다. 언제나 공포를 느끼고, 먹잇감은 부족하고, 영역을 사수해야 하고, 기생충을 참아야 한다. 이런 맥락에서 자유란 어떤 의미를 지닐까? 야생동물들은 공간도 시간도 자유롭지 못하고, 관계에서도 자유롭지 못하다. 이론적으로는—즉 단순한 물리적인 가능성 면에서—동물은 인습과 자기 종족에게 지워진 경계를 무시하고 스스로 선택할 수 있다. 하지만 그런 일은 일어나지 않는다. 인간도 마찬가지 아닌가. 예컨대 평범한 관계—가족, 친구, 사회—속에 살던 상점 주인이, 주머니에 든 잔돈푼만 갖고 모든 걸 버리고 입은 그대로 자기 인생에서 걸어 나간다고 가정해보자. 굉장히 대담하고 지적인 사람이라도 낯선 곳을 배회하지는 않는다. 하물며 인간보다 기질이 더 보수적인 동물이 그럴 수 있을까? 동물은 원래 그렇게 보수적이다. 심지어 '반동적'이라고 하는 사람도 있다. 동물은 아주 작은 변화에도 당황한다. 동물은 며칠이고 몇 달이고 똑같기를 바란다. 놀라는 것을 아주 싫어한다. 공간에 대해서도 그런 반응을 보인다. 동물원이든 야생이든 어느 곳에서나 장기판 위의 말처럼 움직인다. 뱀장어나 곰이나 사슴은 장기판에서 말의 위치처럼 특별할 것도 '자유로울' 것도 없다. 동물이나 장기판이나 정해진 대로 목적에 따라 움직인다. 야생동물은 그런 이유 때문에 계절이 바뀌어도 언제나 같은 길을 다닌다. 동물원에서는 어떤 동물이 평소 자리에 평소 그맘때, 평소 자세로 있지 않으면, 무언가 일이 생긴 것이다. 사소한 환경 변화만 있어도 반응을 보인다. 사육사가 두고 간 둘둘 말린 호스가 위협하는 듯하다. 땅이 파여 물만 고여도 신경 쓴다. 사다리가 그림자를 드리워도, 동물에게는 그런 것이 큰 의미가 될 수 있다. 최악의 경우, 동물원 관리인에게 끔찍한 일이 일어날 수도 있다. 증후랄까, 문제가 생길 거라는 예고가 된다. 변을 검사해야 하고, 조련사와 점검해야 하며, 수의사를 불러야 한다. 황새 한 마리가 평소 자리에 있지 않다는 이유로 이 모든 일이 벌어진다!

하지만 잠시 이 문제를 한 가지 면에서 바라보자.

우리가 어느 집에 가서 현관문을 발로 차고, 그 집 사람들을 거리로 내쫓으면서 "가요! 당신들은 자유입니다! 새처럼 자유롭다구요! 가세요! 어서요!"라고 한다면, 그들이 환호성을 지르면서 기뻐서 춤출까? 아닐 것이다. 새들은 자유롭지 않다. 쫓겨난 사람들은 더듬더듬 "무슨 권리로 당신이 우릴 쫓아내? 이건 우리 집이야. 우리가 주인이라구. 여기서 오랫동안 살았어. 경찰을 부르겠다, 이 나쁜 놈아!"라고 말하겠지.

'집만 한 곳은 없다'는 말도 있지 않던가? 동물도 똑같다. 동물 세계에는 텃세가 있다. 그게 동물들의 마음을 이해하는 열쇠다. 익숙한 영역에서만 야생생활의 혹독한 의무 두 가지를 완수할 수 있다. 적을 피하는 일과 먹고 마실 것을 얻는 일! 생물학적으로 균형이 잡힌 동물원 구내도 ― 새장이든, 우리든, 작은 섬이든, 테라륨이든, 사육장이든, 수조든 ― 또 다른 영역이다. 다만 크기가 별다르고 인간의 영역과 가깝다는 점만 다를 뿐이다. 대자연에서 차지하는 영역보다 훨씬 작은 데도 이유가 있다. 야생의 영역은 취향 때문이 아니라 필요 때문에 넓다. 동물원은 집이 사람에게 해주는 일을 동물들에게 해준다. 야생의 영역에서는 뚝뚝 떨어져 있지만, 동물원에서는 우리라는 좁은 공간에 모여 있다. 우리에 들어오기 전에는 동굴이 여기 있고, 강이 저기 있고, 한참 떨어진 곳에 사냥터가 있고, 그 옆에 언덕이 있고, 산딸기는 저 멀리 있었다—언제나 사자, 뱀, 개미, 거머리, 덩굴옻나무에 시달려야 했지만. 이제 손이 닿는 곳에 있는 수도꼭지에서 강이 흐르고, 잠자리 바로 옆에서 몸을 씻고, 요리한 곳에서 식사하며, 집에 담장을 쌓을 수 있고, 깨끗하고 따뜻하게 보존할 수 있다. 사람의 집은 기본 욕구를 가까이서 안전하게 해결해주는 영역 안에 있다. 동물원은 동물에게 마찬가지 역할을 해준다(인간이 사는 집에 있는 벽난로 같은 것은 없지만). 그 안에 필요한 곳이 다 있다—쉴 곳, 먹고 마실 곳, 목욕할 곳, 털을 가다듬을 곳 등등. 사냥할 필요가 없고, 먹이가 일주일에 엿새 동안 생기는 것을 알면, 동물은 동물원에 자리를 마련한다. 자연에서처럼 새 영역을 차지하고 탐색하며, 소변을 뿌려서 영역을 표시한다. 일단 이주의식을 치르고 자리를 잡으면, 초조한 세입자 같은 기분을 느끼지 않는다. 갇혔다는 느낌은 더더욱 없다. 오히려 주인이 된 기분을 느끼며, 동물원 안에서도 야생 그대로 행동한다. 침범받으면 사력을 다해 영역을 지킨다. 그렇게 동물원에 가두는 것이 야생으로 사는 것보다 객관적으로 더 나을 것도 나쁠 것도 없다. 동물의 욕구만 충족된다면, 대자연이든 인공 환경이든 영역은 기정사실이 되어버린다. 표범의 점박이 무늬처럼, 가치 판단을 할 필요가 없다. 동물이 지성이 있어 선택할 수 있다면, 동물원의 삶을 선택할 거라고 주장하는 사람도 있다. 동물원과 야생의 차이는 동물원에는 기생충과 적이 없고 먹이가 풍부한데, 야생의 서식지에는 기생충과 적이 많고 먹이가 드물다는 것이라나. 생각할 나름이다. '리츠' 같은 고급 호텔에서 무료로 룸서비스를 해주고 무제한으로 치료를 받을 수 있는 쪽을 택하겠는가? 아니면 돌봐줄 사람 하나 없는 노숙자가 되겠는가? 하지만 동물에겐 그런 분별력이 없다. 본성의 범위 안에서 갖고 있는 것으로 살 뿐.

훌륭한 동물원은 공들여 우연을 조성한 곳이다. 동물은 소변이나 다른 분비액으로 '접근하지 마!'라고 하며, 우리는 동물에게 울타리로 '안에 있어!'라고 한다. 그렇게 평화가 이루어지면 모든 동물이 만족하고, 동물과 인간은 긴장을 풀고 서로를 바라볼 수 있다.

동물들이 달아날 수 있는데도 그러지 않거나, 달아났다가도 돌아오는 이야기를 문학작품 속에서 많이 볼 수 있다. 침팬지 우리의 문이 잠기지 않아 열린 적이 있었다. 침팬지는 점점 초조해하며 비명을 지르고 문을 열었다 닫았다를 반복했으므로 — 매번 귀가 멍멍할 정도로 요란한 소리가 났다 — 조련사가 관람객에게 연락을 받고 달려간 일이 있다. 유럽의 어느 동물원에서는 노루 떼가 열린 우리 밖으로 나온 적이 있다. 관람객에 놀란 노루 때는 동물원 옆의 숲으로 뛰어갔다. 숲에는 다른 노루들이 있어서 어울릴 수도 있었다. 그럼에도 동물원 노루 떼는 곧 우리로 돌아왔다. 또 다른 동물원에서는 직원이 이른 시간에 나무판자를 들고 작업장으로 걸어가고 있었다. 그때 새벽안개 속에서 곰이 나타났다. 곰은 자신 있게 그를 향해 걸어왔다. 직원은 나무판자를 내던지고 젖 먹던 힘까지 내서 달아났다. 곧 사육사들이 달아난 곰을 수색하기 시작했다. 곰은 자기 우리에 돌아가 있었다. 쓰러진 나무를 딛고 우리 밖으로 기어 나왔을 때와 똑같이 울타리를 기어 올라가 우리 안에 들어가 있었다. 땅에 나무판자가 떨어지는 소리에 몹시 겁을 먹었던 것 같다.

하지만 내 주장만 하진 않겠다. 동물원을 옹호하려는 것도 아니다. 모든 동물원을 폐쇄한다 해도 난 상관없다(황폐한 자연에서 야생동물이 살아남을 수 있기를 소망할밖에). 이제는 동물원이 사람들에게 은총이 아니라는 걸 안다. 종교도 같은 문제에 직면해 있다. 자유에 대한 어떤 환상이 그 둘을 오염시킨다.

이제 폰디체리 동물원은 없어졌다. 동물들이 살던 굴은 메워지고, 사육장은 무너졌다. 이제 폰디체리 동물원을 구경할 수 있는 곳은 한 곳뿐이다. 바로 내 기억 속.

5

내 이름에 대한 사연은 거기서 끝나지 않는다. '봅' 같은 이름을 가진 사람이라면 "철자가 어떻게 되지요?"라는 질문을 받을 일이 없다. 한데 피신 몰리토 파텔은 그렇지 못하다.

내 이름을 피 싱P. Singh이라고 듣고, 시크교도일 거라고 짐작해서 왜 터번을 두르지 않느냐고 묻는 사람도 있었다.

대학 시절, 친구들과 몬트리올에 간 적이 있다. 어느 날 밤, 피자를 주문하는 일이 내게 떨어졌다. 이름을 가지고 또 비웃음을 사기가 싫어, 전화를 받은 사람이 "이름이 뭐지요?"라고 묻자 "나는 납니다(아이 엠 후 아이 엠, I am who I am)"라고 대답했다. 반시간 후 배달된 피자 두 판에는 '아이안 후라이안Ian Hoolihan'이라고 적혀 있지 뭔가.

사람은 누구를 만나는가에 따라 변할 수 있다. 때론 아주 많이 변해서 예전과는 완전히 달라진다. 심지어 이름까지 바뀔 수 있다. 성경에서는 시몬이 베드로로 불리고, 마태는 레위로 알려져 있다. 또 나다니엘은 바돌로메로, 다대오란 이름을 얻은 유다는 이스가리옷이 아니라 유다로 알려져 있다. 사울은 바울이 되었고.

내가 열두 살이던 어느 아침, 학교 운동장에 나의 로마 병사가 서 있었다. 나를 본 그의 아둔한 머리에 천재 악동 같은 빛이 지나갔다. 그가 팔을 들더니 나에게 손짓하며 소리쳤다.

"피싱 파텔(pissing은 '소변을 보는'이란 뜻으로 '피신'을 잘못 발음한 것이다—옮긴이)!"

순간 모두 웃음을 터뜨렸다. 교실로 들어가서도 그 분위기는 계속되었다. 나는 가시 면류관을 쓰고 마지막으로 교실로 들어갔다.

아이들의 잔인성은 어제오늘 일이 아니다. 운동장에 소문이 퍼져서, 가만히 있어도 소곤대는 소리가 들려왔다. "피싱은 어디 있지? 가봐야겠다"라든가 "벽을 보고 있네. 너니, 피싱?" 그런 식이었다. 난 얼어붙거나, 반대로 못 들은 체하고 하던 일을 계속했다. 말장난은 없어졌지만, 상처는 오래 남았다. 오줌이 마른 후에도 냄새가 가시지 않듯이.

선생님들도 다를 바 없었다. 더위 때문이었다. 아침에는 오아시스처럼 시원했던 지리 수업이 낮이 되면 사막처럼 늘어지기 시작했다. 아침나절에는 그리도 생생했던 역사 수업도, 시간이 흐르면 바짝 말라 먼지만 자욱했다. 처음에는 그렇게 정확했던 수학 수업도 뒤죽박죽이 되었다. 선생님들은 오후의 피로에 짓눌리면 이마의 땀을 손으로 훔치고, 목덜미를 손수건으로 닦았다. 그들은 나를 화나게 하거나 웃음거리로 만들 의도 따위 없이, 신선한 물 같은 내 이름을 잊고 엉뚱하게 불렀다. 아주 조금만 발음을 잘못 해도 난 알아차릴 수 있었다. 혀가 야생마를 모는 마부 같았다. 첫 음절 '피'는 그런대로 발음해도, 더위가 극성을 부리면 입에 거품을 무는 말을 조종하지 못해, 둘째 음절 '신'으로 넘어가기 위한 채찍질을 못 했다. 대신 '싱'이란 발음을 해버리고, 그다음에는 모든 게 끝났다. 대답을 하려고 손을 들면, 선생님은 "그래, 피싱"이라고 했다. 가끔 내 이름을 어떻게 불렀는지 깨닫지 못하는 선생님도 있었다. 그는 내가 대답을 하지 않는 이유를 모르고 어리둥절해서 한동안 날 이상하게 바라보곤 했다. 가끔 반 아이들도 선생님처럼 더위를 먹으면, 아무 반응을 하지 않았다. 낄낄대지도 않고 싱긋 웃지도 않았다. 하지만 난 분명치 않은 발음을 놓치는 적이 없었다.

'성요셉 학교'에서의 마지막 해는 메카에서 박해받은 선지자 마호메트 같은 기분으로 지냈다. 그에게 평화가 있기를! 하지만 마호메트가 이슬람교의 기원이 된 메디나로의 헤지라(마호메트의 메카에서 메디나로의 이동. 서기 622년으로 이슬람교의 기원이 된다―옮긴이)를 계획했던 것처럼 나도 도망칠 계획을 세웠다. 새로운 시대를 시작하고 싶었다.

성요셉 학교를 마친 후, 폰디체리 최고의 영어 중등 사립학교인 '프티 세미네르'에 진학했다. 라비 형이 이미 재학 중이다. 나는 인기 좋은 형을 둔 고통을 당해야 했다. 라비 형은 학교에서 알아주는 운동선수였다. 뛰어난 투수였고 힘 좋은 타자였으며, 고장 최고의 크리켓팀 '카피 데븐셔'의 주장이었다. 내가 수영을 잘하는 것은 축에도 못 끼었다. 바닷가에 사는 사람은 당연히 수영을 잘해야 된다고 여기니까. 산에 사는 사람이 산을 잘 탈 거라고 믿는 것처럼. 하지만 다른 사람의 그림자를 따라가는 것은 탈출이 되지 못했다. '피싱'만 아니라면 '라비의 동생'이라고 불려도 괜찮았지만. 내게는 그보다 나은 계획이 있었다.

등교 첫날, 첫 수업시간에 계획을 감행했다. 주변에는 성요셉 학교 동창생들이 있었다. 첫 수업은 이름을 말하는 것으로 시작됐다. 우리는 앉은 순서대로 자기 이름을 말했다.

가나파티 쿠마르가 말했다.

"가나파티 쿠마르요."

비핀 나트가 말했다.

"비핀 나트입니다."

샴슐 후다가 말했다.

"샴슐 후다인데요."

피터 다르마자이가 말했다.

"피터 다르마자이입니다."

선생님은 이름에 표시를 하고 잠시 바라봤다. 난 무척 초조했다.

네 책상 앞에 앉은 아지스 가이드슨이 말했다.

"아지스 가이드슨요."

세 책상 앞에 앉은 삼파스 사로자.

"삼파스 사로자입니다."

두 책상 앞의 스탠리 쿠마르.

"스탠리 쿠마르요."

바로 앞에 앉은 실베스터 나빈의 차례였다.

"실베스터 나빈입니다."

내 차례였다. 사탄을 물리칠 시간. 메디나야, 내가 간다.

나는 책상에서 일어나 서둘러 칠판으로 나갔다. 선생님이 뭐라고 말하기 전에, 분필을 들고 적어 내려갔다.

내 이름은 피신 몰리토 파텔입니다

이름의 철자 밑에 두 줄을 그었다.

**간단히 부르면
파이 파텔**

인심 쓰는 셈 치고, 이렇게 덧붙였다.

$\pi = 3.14$

큰 동그라미를 그린 다음 가운데 지름을 그어, 아이들에게 도형의 기본 내용을 상기시켰다.

침묵이 흘렀다. 선생님은 칠판을 빤히 쳐다보았다. 나는 숨을 멈추었다. 그러자 선생님이 말했다.

"잘 알겠다, 파이. 앉거라. 다음에 앞으로 나올 때는 허락을 받도록."

"알겠습니다."

선생님은 내 이름에 체크를 했다. 그리고 뒤에 앉은 아이를 바라보았다.

"만수르 아하마드입니다."

만수르 아하마드가 말했다.

난 구원받았다.

"가우탐 셀바라지입니다."

가우탐 셀바라지가 말했다.

난 숨을 쉴 수 있었다.

"아룬 안나지인데요."

아룬 안나지가 말했다.

새로운 시작.

새 선생님이 들어올 때마다 똑같은 일을 반복했다. 동물뿐 아니라 인간에게도 반복은 중요하다. 보통 이름을 가진 애들이 이름을 말하는 중간에 난 종종걸음으로 앞에 나가 다시 태어남을 밝혔다. 칠판 긁는 소리를 낼 때도 있었다. 몇 번 반복한 다음에는 반 아이들이 함께 입을 맞추었다. 점점 소리가 커지다가 잠시 숨을 들이쉬면, 나는 적당한 곡조로 새 이름을 '노래'했다. 합창단 지휘자였다면 얼마나 기분이 좋았을까. 내가 최대한 빨리 숫자를 쓸 때 몇 아이는 다급한 소리로 "삼! 점! 일! 사!"라고 속삭였다. 원에 지름을 그을 때 너무 힘을 줘서 분필 토막이 휙 날아가는 것으로 음악회를 마쳤다.

그날 기회 있을 때마다 손을 들었고, 선생님들은 '파이'라고 호명함으로써 내 이름을 인정해줬다. '파이'란 발음이 내 귀에는 노랫가락처럼 들렸다. 학생들도 마찬가지였다. '성요셉' 출신 악동들까지도. 사실 그 이름은 유행이 됐다. 다들 그런 이름을 짓는 데 열광했다. '옴프라카시'란 아이는 '오메가'로 이름을 바꿨고, '웁실론'(그리스어 알파벳의 스무 번째 글자로 로마자의 U에 해당—옮긴이)이라고 이름을 지은 아이도 있었다. '감마'도 있고, '람다'(그리스어 알파벳의 열한 번째 글자로 로마자의 L에 해당—옮긴이), '델타'(그리스어 알파벳의 네 번째 글자로 로마자의 D에 해당—옮긴이)도 있었다. 하지만 난 이 학교에서 맨 처음 그런 이름을 시작한 장본인이었고, 오래도록 그 이름으로 불린 아이였다. 크리켓팀 주장으로 영웅 대접을 받는 라비 형까지도 인정해줬다. 다음 주, 그는 날 구석으로 데려갔다.

"네 별명에 대해 들었는데, 무슨 소리야?"

그가 물었다.

난 입을 다물고 있었다. 놀림을 받을 게 뻔했으니까. 피해 갈 수 없는 일이었다.

"네가 노란색을 그렇게 좋아하는 줄 몰랐는걸."

노란색이라니? 주위를 둘러봤다. 이제 형이 할 말을 아무도, 특히 형의 졸개들이 들어선 안 된다. 내가 소곤댔다.

"라비 형, 무슨 말이야?"

"별명을 써도 괜찮아. 피싱보다야 낫겠지. '레몬 파이'라고 해도 괜찮아."

그는 천천히 걸어가다가, 씩 웃으며 말했다.

"얼굴은 빨개 보이는데."

하지만 그는 평화를 유지했다.

이렇게 해서, 골진 함석지붕을 인 오두막처럼 생긴 그리스어 알파벳〔π〕이자, 과학자들이 우주를 이해하는 데 사용한 신비로운 숫자 '파이'에서 난 피난처를 찾았다.

6

그는 요리 솜씨가 뛰어났다. 그의 무더운 집에서는 늘 맛좋은 냄새가 풍겼다. 양념이 든 식기장은 한약방 같았다. 냉장고나 찬장을 열면, 모르는 상표뿐이었다. 사실 상표에 적힌 글자가 어느 나라 말인지도 알 수 없었다. 우리가 인도에 있는 것 같았다. 하지만 그는 서양요리도 잘 만들었다. 그가 내게 만들어준 마카로니치즈는 맛본 것 중 가장 맛이 깊으면서도 섬세했다. 채소만 넣은 타코도 어쩌나 맛있는지 멕시코 사람들도 울고 갈 정도였다.

다른 것도 눈에 띈다. 그의 찬장에는 잼이 많다. 찬장마다, 선반마다 깡통과 병이 산더미처럼 쌓여 있다. 레닌그라드 공격이라도 견딜 만한 양이다.

7

어린 시절 복이 많아서, 내 캄캄한 머리에 들어와 불을 밝혀준 훌륭한 선생님 몇 분이 계셨다. 그중 한 분이 사티시 쿠마르. 그는 내가 다닌 중학교의 생물 선생님으로, 활동적인 공산주의자였다. 선생님은 타밀나두 지방이 영화배우를 대표로 뽑아 케랄라의 전철을 밟는 일이 중단되기를 소망했다. 그는 외모가 아주 독특했다. 뾰족한 머리통의 정수리에는 머리털이 없었고, 턱 모양이 아주 인상적이었다. 좁은 어깨에 비해 큰 배는 산기슭 같았다. 가장 튀어나온 부분을 제외하면 산이 쭉 뻗치다가 갑자기 바지 속으로 떨어지는 것 같았으니까. 젓가락 같은 다리가 그런 몸통을 어떻게 받치는지 늘 궁금했지만, 어쨌든 가는 다리로 잘도 다녔다. 가끔씩 무릎이 어느 방향으로든 굽혀질 수 있기라도 한 듯 놀랍게 움직이긴 했지만. 쿠마르 선생님의 몸은 기하학적이었다, 삼각형 두 개로 된 것 같았다. 작은 삼각형과 큰 직각형이 두 개의 평행선 위에 균형을 잡고 놓여 있는 모양이었다. 하지만 역시 유기체였고 혹도 많았으며, 귀에서 검은 털이 삐죽삐죽 나와 있었다. 또 다정했다. 삼각형 두상의 아랫부분은 미소가 넘쳐나는 것 같았다.

쿠마르 선생님은 내가 만난 사람 중 처음으로 무신론자임을 인정한 사람이었다. 교실이 아니라 동물원에서 그걸 알았다. 선생님은 정기적으로 동물원에 와서, 동물에 대한 안내문을 읽고 하나하나의 순수성을 알아보곤 했다. 그에게는 동물이 저마다 이성과 역학의 승리였고, 자연은 과학을 멋지게 펼쳐놓은 그림이었다. 그의 귀에는 짝짓기를 하려는 동물의 욕구가 유전학의 아버지 멘델을 부르는 소리였고, 동물이 성질을 보일 때면 진화론의 아버지 다윈을 부르는 소리였다. 보통 사람의 귀에는 매애 울고, 쉿쉿 소리를 내고, 콧방귀를 뀌고, 울부짖고, 찍찍대고, 끽끽대는 소리가 그에게는 외국인의 말로 들렸다. 쿠마르 선생님이 동물원에 오는 것은 우주의 박동을 느끼기 위해서였다. 청진기 같은 머리로, 모든 게 늘 질서 안에 있으며 모든 게 질서임을 확인했다. 그는 과학적인 신선함을 안고 동물원을 떠났다.

동물원을 배회하는 그의 삼각꼴 체구를 처음 봤을 때, 나는 수줍어서 다가가지 못했다. 선생님으로 좋아하긴 했지만, 그는 권위자였고 나는 '아랫사람'이었다. 선생님이 좀 두렵기도 했다. 거리를 두고 그를 지켜봤다. 선생님은 코뿔소 우리 앞에 있었다. 인디언코뿔소 두 마리가 유독 관람객들의 관심을 끄는 것은 염소들 때문이었다. 코뿔소는 사교성이 좋은 동물이다. 어린 수컷인 '피크'는 동물원에 들어오자 고독 때문에 괴로운 기미를 보이며 점점 먹이를 먹지 않았다. 아버지는 암컷을 구할 때까지 임시방편으로, 피크가 염소들과 같이 살 수 있는지 알아보자는 생각을 했다. 잘되면 비싼 암컷을 구하지 않아도 될 터였다. 잘되지 않으면 기껏 염소 몇 마리만 잃으면 되고. 코뿔소와 염소는 놀랄 만치 잘 지냈다. 피크와 염소들이 서로 떨어지지 못하게 되었고,

암컷인 '서미트'가 와서도 마찬가지였다. 코뿔소들이 목욕을 할 때는 염소들이 진흙탕 웅덩이 주위에 서 있고, 염소들이 구석에서 먹이를 먹을 때는 코뿔소들이 보초처럼 곁에 서 있었다. 함께 사는 다른 두 동물이 관람객들의 인기를 끌었다.

쿠마르 선생님은 고개를 들고 날 보았다. 그가 미소 지으며, 한 손으로는 난간을 잡고 다른 손을 흔들어 가까이 오라는 신호를 보냈다.

"잘 있었니, 파이?"

그가 인사했다.

"안녕하세요, 선생님? 동물원에 오신 걸 보니 반가워요."

"늘 여기 찾아온단다. 내게는 사원 같은 곳이라 할 수 있지. 이게 흥미롭구나……."

그는 코뿔소 우리를 손짓하며 말을 이었다.

"정치가들이 이 염소나 코뿔소 같으면 나라에 문제가 없을 텐데. 불행히도 우리 수상은 코뿔소 같은 갑옷은 입었지만 코뿔소 같은 감각은 없는 사람이지."

나는 정치에 대해서는 잘 몰랐다. 부모님이 간디 여사에 대해 늘 불평하는 소리를 들었지만, 내게는 무의미했다. 그녀는 멀리 떨어진 북부 지방에 살았지, 동물원이나 폰디체리에 살지 않았으니까. 하지만 무슨 말인가 해야 될 것 같았다.

"종교가 우리를 구해주겠죠."

내가 말했다. 어릴 적부터 늘 종교는 내 마음 가까이 자리했다.

쿠마르 선생님은 활짝 웃으며 대꾸했다.

"종교? 난 안 믿는단다. 종교는 암흑이지."

암흑이라고? 난 당황했다. 종교는 암흑과는 거리가 멀어. 종교는 빛이야. 선생님이 날 시험하는 건가? 수업시간에 "포유동물은 알을 낳지요?"라고 하면 누군가 "오리너구리만 그렇습니다"라고 말하기를 기다리는 것처럼, "종교는 암흑이다"라고 한 걸까.

"현실에 대한 과학적인 설명을 넘어설 만한 근거가 없단다. 우리가 감각으로 경험하는 이외의 것을 믿는 것은 합리적이지 않지. 명석한 지성을 가지고, 세부 사항에 주의를 기울이고, 약간의 과학 지식을 동원해보면, 종교는 미신적인 허튼소리에 불과하다는 게 드러날 게야. 신은 존재하지 않아."

그가 그렇게 말했을까? 아니면 나중에 무신론자들에게 들은 말을 기억하는 걸까? 어쨌거나 쿠마르 선생님은 그 비슷한 말을 했다. 나로선 처음 듣는 말이었다.

"왜 암흑을 참지? 자세히 보면 모든 게 여기 분명히 있는데."

그는 피크를 향해 손짓하고 있었다. 나는 피크에게 감탄했지만, 그렇다고 코뿔소를 불을 밝히는 전구로 생각해본 적은 없었다.

선생님이 다시 말했다.

"신이 1947년 인도 독립기에 죽었다고 말하는 사람이 있어. 1971년의 전쟁(3차 인도-파키스탄 전쟁. 방글라데시 독립전쟁 — 옮긴이) 와중에 죽었을지도 몰라. 아니면 어제 이곳 폰디체리의 고

아원에서 죽었을지도 모르고. 그렇게 말하는 사람도 있단다. 파이. 나는 너만 할 때 소아마비로 누워 살았지. 매일 내 자신에게 물었단다. '신은 어디 있지? 신은 어디 있어? 신은 어디 있을까?' 신은 내게 오지 않았어. 날 구해준 것은 신이 아니라 약이었단다. 내겐 이성이 선지자고, 그것은 시계가 멈추듯 우리도 죽는다고 말해주지. 그게 끝이라고. 시계가 제대로 가지 않으면 우리가 지금 여기서 고쳐야 해. 언젠가 우리는 생산수단을 손에 넣을 거고, 그러면 지구에 정의가 생겨날 거야."

내가 받아들이기에는 힘든 말이었다. 억양은 괜찮았지만 — 사랑이 넘치고 용감했다 — 내용은 황량해 보였다. 난 아무 말도 하지 않았다. 쿠마르 선생님을 화나게 할까 봐 두려워서 그런 건 아니었다. 그가 몇 마디 말로 내가 사랑하는 것을 무너뜨릴까 봐 두려웠다. 그의 말이 날 소아마비에 걸리게 하면 어쩌나? 소아마비가 얼마나 무서운 병이기에, 한 사람 안에서 신을 죽일 수 있었을까?

선생님은 걸어가며 외쳤다.

"화요일에 시험 보는 걸 잊지 말아라. 공부 열심히 해, 삼점일 사!"

"네, 선생님."

그는 '프티 세미네르'에서 내가 제일 좋아하는 선생님이었다. 토론토 대학에서 동물학을 전공한 것도 그 때문이었다. 그와 형제애를 느꼈다. 무신론자들이 다른 신앙을 가진 형제자매임을,

그들의 말이 모두 믿음의 말임을 처음으로 알게 된 것도 선생님 때문이었다. 나처럼 그들 역시 이성이 이끄는 곳까지 간다. 거기서 뛰어오른다.

정직하게 말해야겠다. 내가 참을 수 없는 것은 무신론자가 아니라 불가지론자다. 한때는 의심도 쓸모 있는 법. 우리 모두 겟세마네 동산(예수가 십자가에 달리기 전 마지막으로 기도했던 곳―옮긴이)을 거쳐야 한다. 예수가 의심했다면 우리도 그래야 한다. 예수가 기도하며 분노에 찬 밤을 보냈으니, 십자가 매달려 '주여, 주여, 왜 나를 버리시나이까?'라고 울부짖었으니, 우리도 의심해도 괜찮을 것이다. 하지만 우린 나아가야 한다. 의심을 인생철학으로 선택하는 것은, 운송수단으로 '정지'를 선택하는 것과 비슷하다.

8

동물원업계에서는 동물원에서 가장 위험한 동물이 인간이라고 말한다. 인간이 지나친 포식성 때문에 지구 전체를 먹이로 만들어버렸다는 뜻이다. 자세히 말하자면, 수달에게 낚싯바늘을 먹이고, 곰에게 면도날을 먹이고, 코끼리에게 작은 못이 박힌 사과를 먹이는 인간들이 있다는 것이다. 볼펜, 클립, 옷핀, 고무줄, 빗, 커피 스푼, 말편자, 깨진 유리, 반지, 브로치를 비롯한 각종

액세서리(싸구려 플라스틱 팔찌뿐 아니라 금반지도), 빨대, 플라스틱 포크와 나이프, 탁구공, 테니스공 등등. 이런 걸 먹고 죽은 동물원의 동물에는 고릴라, 사슴, 황새, 타조, 물개, 바다표범, 큰고양이, 곰, 낙타, 코끼리, 원숭이, 사슴, 반추동물, 명금이 총망라되어 있다. 동물원 관리자들 사이에서는 '골리앗'의 죽음이 유명하다. 골리앗은 수컷 코끼리해표로, 체중이 2톤이나 되는 큰 동물이었다. 어느 유럽 동물원에서 스타 동물로 관람객들의 사랑을 한몸에 받았다. 그놈은 누군가가 먹인 맥주병 조각 때문에 내출혈로 죽었다.

사람들은 더 적극적이고 직접적으로 잔인한 짓을 저지르기도 한다. 망치로 부리를 얻어맞고 죽은 넓적부리 황새, 수염을 뽑히고 관람객의 칼에 집게손가락 크기의 살점이 떨어져 나간 수컷 무스 사슴, 관람객이 내민 땅콩을 집으려 손을 내밀었다가 팔이 부러진 원숭이, 쇠톱으로 뿔이 잘린 사슴, 칼에 찔린 얼룩말. 지팡이, 우산, 머리핀, 뜨개질바늘, 가위 등으로 찌르기도 하고, 동물의 눈을 빼거나 성기에 상처를 내려는 사람도 있다. 독극물을 먹이기도 한다. 더 괴상망측한 짓거리도 있다. 성도착자들이 원숭이, 조랑말, 새를 상대로 자위행위를 하기도 하고, 광신자가 뱀의 머리를 자르는가 하면, 정신병자가 고라니의 입에 소변을 본 일도 있었다.

우리 동물원은 꽤 운이 좋았다. 유럽과 미국의 동물원에 많다는 동물학대자는 별로 없었으니까. 그런데 골든 아구티(쥐목에 속하는 설치류 동물—옮긴이)가 없어진 적이 있다. 아버지는 누군가 먹으려고 훔쳐갔을 거라고 추측했다. 여러 종류의 조류—가금류, 공작, 마코앵무새—는 털을 탐낸 사람들에게 털을 뽑혔다. 사슴을 해치려고 칼을 들고 동물 우리를 넘는 사내를 잡은 적도 있다. 그는 사악한 라바나(힌두 신화에 나오는 악의 화신, 마왕—옮긴이)를 죽이려 했다고 주장했다(〈라마야나〉라는 서사시에서 라바나는 사슴으로 변해 라마의 부인인 시타를 납치했다). 코브라를 훔치다 잡힌 사람도 있다. 그는 뱀 부리는 사람인데 자기 뱀이 죽었다나. 그를 붙잡은 덕분에 뱀과 사람 모두 구원을 받았다. 코브라는 이상한 음악을 들으며 고역을 치르는 신세를 면했고, 뱀 부리는 사람은 코브라에게 물려 죽는 꼴을 면했고. 돌을 던지는 자들도 막아야 했다. 사람들은 동물이 무덤덤하다며 반응을 보려고 돌을 던졌다. 또 사리 자락을 사자에게 물린 여자 관람객도 있었다. 그녀가 빠져나오려고 요요처럼 빙글빙글 돌면서 사리를 벗어, 구경꾼들을 당황하게 만든 게 문제였지만. 사실 그건 사고가 아니었다. 그녀가 먼저 몸을 쑥 내밀어 우리 안에 손을 넣고, 사리 자락을 사자의 얼굴에 대고 흔들어댔다. 무슨 생각으로 그랬는지는 밝히지 못했다. 그녀는 다치지 않았다. 많은 남자들이 도와준답시고 몰려들었다. 그녀는 우리 아버지에게 정신없이 말했다.

"사자가 면으로 만든 사리를 먹는다는 얘기 들어봤어요? 사자가 육식동물인 줄 알았는데."

최악의 골칫덩이는 동물에게 음식을 주는 관람객들이었다. 아무리 잘 감시해도, 동물원 수의사 아탈은 소화불량에 걸린 동물의 수로 그날 관람객이 얼마나 들었는지 가늠할 정도였다. 그는 다량의 탄수화물, 특히 당분 때문에 생긴 소화불량이나 위장염을 '간식 배탈'이라고 불렀다. 단것만 주면 그래도 낫다는 생각도 들었다. 사람들은 동물이 뭘 먹어도 탈이 나지 않는다고 생각한다. 그러나 그렇지 않다. 누군가 좋은 일을 한답시고 던져준 썩은 생선을 먹고 출혈성 장염을 심하게 앓은 곰도 있다.

　아버지는 매표소 바로 뒤 벽에 선홍색 글씨로 '동물원에서 가장 위험한 건 뭘까요?'라고 적고, 작은 커튼이 있는 곳으로 화살표를 해놓았다. 호기심 많은 사람들이 답을 보느라 커튼을 걷는 바람에, 정기적으로 커튼을 바꿔야 했다. 커튼 안에는 거울이 있었다.

　하지만 아버지가 사람보다 위험하다고 믿는 동물이 있음을 나는 희생을 치른 후에야 알게 되었다. 그것은 어느 대륙, 어느 서식지에서나 발견되는 아주 평범한 동물이었다. 인간의 눈을 통해 보이는 동물. 우리 모두 만난 적이 있고, 갖고 있기도 한 동물. '귀엽다' '상냥하다' '헌신적이다' '명랑하다' '영리하다'고 말하는 동물. 그것들은 장난감 가게와 어린이 동물원에 조용히 숨어 있다. 그것에 대한 이야기도 수두룩하다. 그것은 '사납고' '피에 굶주리고' '비열한' 동물이라고 정신병자들이 적의를 불태우는 동물들의 짝이다. 사람들이 지팡이와 우산으로 찔러대며 모욕하는 동물들의 짝. 어느 쪽이든 우리는 동물을 보면 거울을 본다. 모든 것을 자기중심으로 보는 강박관념은 종교학자뿐 아니라 동물학자에게도 독인 것을.

나는 동물은 동물이라는 교훈을 배웠다. 두 번이나 배웠다. 한 번은 아버지에게서, 또 한 번은 리처드 파커에게서.

일요일 아침이었다. 나는 혼자 조용히 놀고 있었다. 그때 아버지가 불렀다.

"얘들아, 이리 나와봐라."

뭔가 잘못된 것 같았다. 아버지의 말투 때문에 마음을 졸였다. 내가 한 일을 돌이켜봤다. 문제가 없었다. 또 라비 형이 사고를 쳤군. 이번에는 무슨 일을 저질렀을까. 거실로 나갔다. 어머니도 거기 있었다. 이상했다. 동물 사육과 자식들 교육은 아버지 담당이었다. 라비 형이 나왔다. 죄수의 얼굴에 죄책감이 어려 있었다.

"라비, 피신. 오늘 너희에게 가르쳐줄 중요한 게 있다."

"아, 정말 그럴 필요가 있을까요?"

어머니가 끼어들었다. 어머니는 얼굴을 붉혔다.

난 침을 꼴깍 삼켰다. 평소 그렇게 차분한 어머니가 걱정하고 안달까지 한다면 이건 '중대' 사안이었다. 난 라비 형과 눈길을 교환했다.

아버지가 짜증스레 대답했다.

"그래, 해야 해. 더분에 우리 목숨을 구할 수도 있으니까."

우리 목숨을 구한다니! 이제 마음을 졸이는 정도가 아니었다.

동물원에서 멀지 않은 '예수의 신성한 가슴 교회'에서 울려 퍼지는 종소리보다 큰 경보음이 머릿속에서 울렸다.

"하지만 피신은요? 겨우 여덟 살인걸요."

어머니가 고집을 부렸다.

"내가 가장 걱정하는 게 바로 그 아이야."

"난 아무 죄도 없어요! 라비 형 잘못이라구요. 무슨 일인지 몰라도. 형이 그랬어요!"

내가 소리쳤다.

"뭐야? 난 아무 잘못도 안 했어."

형이 날 노려보며 말했다.

"쉿!"

아버지가 손을 들며 말했다. 그는 어머니를 바라보며 말을 이었다.

"지타, 당신도 피신을 보면 알잖아. 이만한 나이 때의 사내애들은 사방을 들쑤시고 돌아다닌다고."

내가? 사방을 돌아다닌다고? 아니야, 그렇지 않아! 내 편을 들어줘요, 엄마. 막아줘요. 난 마음속으로 빌었다. 하지만 어머니는 한숨을 내쉬며 고개를 끄덕일 뿐이었다. 이 무서운 일을 진행해도 좋다는 신호였다.

아버지가 말했다.

"날 따라오너라."

우린 처형당하러 가는 죄수들처럼 따라나섰다.

집에서 나와, 정문을 지나 동물원으로 들어갔다. 이른 시간이라 아직 동물원은 개장하지 않았다. 사육사들과 직원들만 일을 하느라 분주했다. 오랑우탄을 돌보는 시타람이 보였다. 내가 제일 따르는 사육사였다. 그는 일손을 멈추고 지나가는 우리를 바라보았다. 새, 곰, 유인원, 원숭이, 유리방, 코뿔소, 코끼리, 기린 우리를 지났다.

호랑이, 사자, 표범이 있는 곳으로 갔다. 사육사 바부가 우리를 기다리고 있었다. 우리가 좁은 길을 돌아 내려가자, 바부가 고양잇과 동물의 사육장 문을 열었다. 사육장은 해자로 둘러싸인 섬 가운데 있었다. 안으로 들어갔다. 크고 어두컴컴한 시멘트 동굴이었다. 실내는 습하고 따뜻했다. 동물 소변 냄새가 진동하는 초록색 철책 안에는 고양잇과 동물들이 나뉘어 있었다. 채광창에서 노란 빛줄기가 들어왔다. 우리의 출구 밖으로 섬 주변의 식물이 보였고, 햇살이 밀려들었다. 우리는 텅 비어 있었다. 마히샤만 빼고. 마히샤는 몸무게가 250킬로그램이나 나가는 벵골 호랑이였다. 마히샤는 갇혀 있었다. 우리가 들어서기 무섭게 녀석은 창살에 달려들어 한껏 으르렁댔다. 귀를 머리통에 딱 붙이고, 둥근 눈은 사육사 바부를 향했다. 소리가 어찌나 크고 사나운지 사육장 전체가 흔들리는 것 같았다. 난 무릎이 덜덜 떨렸다. 어머니 옆에 달라붙었다. 바부만이 호랑이의 소리와 송곳처럼 꽂힌 눈길에 태연했다. 그는 쇠창살이 단단하다는 걸 알고 있었던 것이다. 마히샤는 우리 안에서 왔다 갔다 했다.

아버지가 우리에게 고개를 돌렸다.

"이건 어떤 동물이지?"

마히샤의 포효 소리 때문에 아버지는 고함을 질러야 했다.

"호랑이요."

우리 형제가 입 맞춰 대답하며 호랑이를 손짓했다.

"호랑이는 위험하냐?"

"네, 아버지. 호랑이는 위험해요."

아버지가 고래고래 소리 질렀다.

"호랑이는 몹시 위험하단다. 너희가 ─ 어떤 경우에도 ─ 호랑이를 만지거나, 호랑이를 쓰다듬으면 안 된다는 걸 알아두기 바란다. 우리의 쇠창살 틈으로 손을 넣어도 안 되고, 우리에 다가가도 안 된다. 알아들었니, 라비?"

라비 형이 열심히 고개를 끄덕였다.

"피신은?"

나는 더 열심히 고개를 끄덕였다.

아버지는 계속 날 응시했다.

난 하도 고갯짓을 해서, 목이 부러지지 않고 머리통에 붙어 있는 게 신기할 지경이었다.

자신을 변호하고 싶었다. 내가 동물을 사람처럼 생각할 때도 있다고⋯⋯. 동물들이 영어를 유창하게 하고 꿩이 거만한 영국식 발음으로 차가 식었다고 불평하며 개코원숭이가 미국 깡패 같은 거친 말투로 은행 강도를 꿈꾸는 이야기를 한다고 상상할 때도 있다고……. 하지만 그건 현실이 아님을 알고 하는 공상일 뿐이라고, 실제와 다르다는 걸 알면서 야생동물들에게 상상의 옷을 입힌 거라고 변명하고 싶었다. 놀이 친구들의 진짜 성질을 알고 있다고. 사방을 쑤시고 다녀서 그 정도는 안다고. 아버지는 왜 막내아들이 사나운 육식동물의 우리에 손을 넣고 싶어 할 거라고 생각했을까. 하지만 알 수 없는 걱정이 어디서 비롯됐든—아버지는 걱정이 많은 분이었다—그날 아침, 아버지는 걱정을 털어내기로 단단히 각오한 모양이었다.

아버지가 말했다.

"호랑이가 얼마나 위험한지 보여주겠다. 너희가 평생토록 이 교훈을 기억하길 바란다."

그러더니 바부를 보며 고개를 끄덕였다. 바부가 나갔다. 마히샤가 눈으로 사육사 뒤를 쫓다가 그가 빠져나간 문을 노려보았다. 바부는 잠시 후, 다리가 묶인 염소를 들고 돌아왔다. 엄마가 뒤에서 내 몸을 잡았다. 마히샤가 목구멍 깊은 곳에서 으르렁 소리를 냈다.

바부는 호랑이 우리 옆쪽에 있는 자물쇠를 열고 안으로 들어가 문을 잠갔다. 마히샤와 바부 사이에 철창과 발판도어가 놓여 있었다. 마히샤는 가운데 놓인 철창에 달려들어 앞발을 긁어댔다. 그는 폭발할 듯한 소리로 울어댔다. 바부는 염소를 바닥에 내려놓았다. 염소가 거칠게 숨을 몰아쉬었다. 혀를 입 밖으로 내밀었고 둥근 눈은 튀어나올 것 같았다. 바부가 묶었던 다리를 풀었다. 염소가 일어섰다. 바부는 들어갈 때처럼 조심스럽게 나왔다. 우리는 두 층으로 되어 있었다. 한 층은 우리와 같은 높이였고, 뒤쪽으로 1미터쯤 높은 층이 있었다. 거기서 섬 밖으로 나가게 되어 있었다. 염소가 위층으로 올라갔다. 마히샤는 이제 바부는 안중에도 없고, 우리 안에서 염소와 똑같이 움직였다. 웅크리고 앉았다가 가만히 엎드렸다가 했다. 천천히 움직이는 꼬리가 호랑이가 긴장하고 있음을 말해주었다.

바부는 우리 사이에 놓인 발판도어를 올리기 시작했다. 마히샤는 만족스러운 기대로 조용해졌다. 동시에 두 가지 소리가 났다. 무거운 표정으로 "이 교훈을 잊지 말아라"라고 말하는 아버지의 목소리와 매애 하는 염소의 울음소리. 계속 울었을 텐데, 이제야 염소의 울음소리가 귀에 들어오다니.

내 뛰는 가슴에 어머니의 손길이 닿았다.

발판도어에서 요란하게 삐걱 소리가 났다. 마히샤는 제정신이 아니었다 — 쇠창살 사이로 빠져나오기라도 할 기세였다. 그는 먹잇감이 아주 가깝지만 손에는 닿지 않는 그 자리에 있어야 할지, 거리는 멀지만 발판도어가 있는 아래로 내려가야 할지 망설이는 듯했다. 호랑이는 몸을 일으키더니 다시 포효하기 시작했다.

염소가 뛰어오르기 시작했다. 놀랄 만치 높이 뛰어올랐다. 염소가 그렇게 높이 뛰어오르리라곤 상상도 못 했다. 하지만 우리 뒤편은 높고 매끈한 시멘트벽이었다.

갑자기 발판도어가 쑥 열렸다. 다시 침묵이 번졌다. 매애 소리와 염소의 발굽이 바닥에 닿는 소리만 날 뿐이었다.

검은색과 오렌지색 줄무늬가 이쪽 우리에서 저쪽 우리로 휙 움직였다.

보통 고양잇과 동물에게는 일주일에 하루씩 먹이를 주지 않았다. 야생 상태와 비슷하게 만들기 위해서였다. 아버지가 마히샤에게 사흘간 먹이를 주지 말라고 지시했다는 걸 나중에야 알았다.

어머니의 품으로 뛰어들기 전에 피를 봤는지, 나중에 피를 봤다고 상상했는지는 모르겠다. 어쨌든 소리는 들었다. 죽을 만큼 무서운 소리였다. 어머니가 우리 형제를 데리고 나갔다. 우린 몹시 흥분했다. 어머니는 마구 화를 냈다.

"어떻게 이럴 수 있어요, 산토시? 아직 애들이라구요! 평생 무서워하며 살 거예요!"

분통을 터뜨리는 목소리였다. 어머니의 눈에 고인 눈물을 보았다. 기분이 나아졌다.

"지타, 내 사랑. 다 애들을 위해서야. 어느 날 피신이 예쁜 주황색 털을 만지려고 호랑이 우리에 손을 넣으면 어쩌겠어? 우리 아들보다야 염소 한 마리가 희생되는 게 낫잖아?"

아버지가 부드럽게 속삭이듯 말했다. 미안한 표정이었다. 아버지가 자식들 앞에서 어머니를 '내 사랑'이라고 부른 적은 처음이었다.

아버지는 사자와 표범이 있는 곳으로 우리를 데려갔다.

"호주에 가라테 검은 띠인 남자가 살았단다. 그는 사자보다 세다는 걸 증명하고 싶었지. 그래서 싸웠지만, 졌단다. 완전히. 다음 날 아침 사육사가 가보니, 남자의 몸이 두 토막 나 있었지."

"네, 아버지."

히말라야 곰과 인도 곰.

"껴안아주고 싶은 귀여운 동물이지만 앞발 한 번만 휘둘러도, 사람 내장이 밖으로 쏟아져 나올 정도로 힘이 세지."

"네, 아버지."

하마.

"부드럽고 흐물흐물한 입으로 사람 몸을 묵사발로 만들 수 있지. 육지에서도 사람보다 빨리 달릴 수 있고."

"네, 아버지."

오랑우탄.

"장정 열 명만큼 힘이 좋아. 사람 뼈를 나무 잔가지마냥 뚝뚝 부러뜨려. 너희는 어릴 때 새끼 오랑우탄을 애완동물처럼 데리고 놀았지. 하지만 지금 녀석들은 어른이 대서 기킬고, 무슨 짓을 할지 몰라."

"네, 아버지."

타조.

"겉보기엔 멍청하고 순해 보이지? 잘 들어라. 타조는 동물원에서 가장 위험한 동물로 꼽힌단다. 발로 한 번만 차도 사람 등뼈가 으스러지거나 몸통이 바스라지지."

"네, 아버지."

점박이사슴.

"참 예쁘지 않니? 수놈이 마음만 먹으면, 사람에게 달려들어 뿔로 찔러대지. 작은 뿔이 단검 같다니까."

"네, 아버지."

아라비아낙타.

"침을 질질 흘리며 한 번만 물어도 살점이 뚝뚝 떨어져 나간다."

"네, 아버지."

흑조.

"부리로 사람의 머리통을 금 가게 한단다. 날갯짓으로 사람 팔을 부러뜨리기도 하고."

"네, 아버지."

작은 새들.

"사람 손가락을 버터덩이처럼 쪼아서 잘라버리지."

"네, 아버지."

코끼리.

"동물 중 가장 위험하다. 동물원의 어떤 동물보다도 코끼리를 돌보는 사육사와 관람객이 많이 죽었어. 어린 코끼리도 사람 몸을 절단 내고 납작하게 밟지. 유럽에 있는 동물원에서 그런 꼴을 당한 불쌍한 사람이 있다. 창문으로 코끼리 집에 들어갔다가 그렇게 됐지. 나이 많고 참을성 있는 코끼리는 사람을 벽에 밀어붙이거나 타고 앉아버려. 우습게 들리겠지만, 잘 기억해두거라!"

"네, 아버지."

"지금 우리가 둘러보지 않은 동물들도 위험하단다. 그것들이 사람을 해치지 않는다는 생각은 하지 마. 생명이 있는 것은 아무리 작아도 방어를 한단다. 동물은 뭐든 사납고 위험해. 죽이지 않을지는 몰라도 다치게는 하지. 사람을 긁고 물어서, 상처가 붓고 곪지. 고열이 나고 열흘씩 입원해야 되기도 하고."

"네, 아버지."

우리는 돼지쥐가 있는 곳에 도착했다. 아버지는 호랑이 마히샤와 함께 돼지쥐도 먹이를 주지 말라고 지시했었다. 돼지쥐들은 전날 저녁 식사를 못 했다. 아버지가 우리 문을 열었다. 그러고는 주머니에서 사료 봉지를 꺼내 바닥에 풀어놓았다.

"돼지쥐들이 보이지?"

"네, 아버지."

녀석들은 힘이 없어서 떨면서 정신없이 옥수수를 먹어댔다.

아버지는 몸을 굽히고 한 마리를 집으며 말했다.

"자…… 이 녀석들은 위험하지 않단다."

곧 다른 돼지쥐들이 흩어졌다.

아버지가 웃음을 터뜨렸다. 그리고 내게 돼지쥐를 주었다. 가벼운 분위기로 마무리 짓고 싶은 모양이었다.

돼지쥐가 내 팔에 꼭 붙어 있었다. 어린 것이었다. 나는 우리로 가서 조심스레 바닥에 내려놓았다. 돼지쥐는 재빨리 어미 옆으로 갔다. 돼지쥐가 위험하지 않은 이유는 ─ 이와 발톱으로 피를 내지 않는 것은 ─ 길들여졌기 때문이었다. 야생 돼지쥐를 맨

손으로 잡는 것은 칼날을 꽉 쥐는 것과 똑같을 것이다.

수업은 끝났다. 우리 형제는 토라져서 일주일간 아버지를 냉랭하게 대했다. 어머니도 그를 피했다. 나는 코뿔소 우리를 지나면서, 코뿔소가 친한 친구를 잃고 슬퍼서 고개를 늘어뜨리고 있다고 생각했다.

하지만 아버지를 사랑하는데 어쩔 수 있나. 생활은 계속되고 호랑이를 손대지 않을밖에. 형은 자기는 아무 짓도 안 했는데 내가 자기 탓을 했다며 괴롭혔다. 그 후로도 오랫동안 형은 날 겁주고 싶으면 귀에 대고 이렇게 속삭였다.

"우리 둘만 있기만 해봐. 넌 호랑이 밥이야!"

9

동물이 사람들 앞에 있는 것에 익숙해지도록 하는 것이 동물원 운영의 기술이자 과학이다. 동물이 덮치는 거리를 줄이는 것이 중요하다. 동물이 덮치는 거리란 동물이 적으로 인지한 대상과 유지하고 싶어 하는 최소한의 거리를 말한다. 야생 홍학은 상대가 300미터 이상의 거리를 두면 신경 쓰지 않는다. 그 한계를 넘으면 긴장한다. 가까이 다가서서 덮칠 태세를 취하면 홍학은 가만히 있지 않는다. 다시 300미터의 거리를 두지 않으면 사람이 다치고 만다. 동물마다 덮치는 거리는 다르며, 각각 다른 방식으로 거리를 잰다. 고양이류는 보고, 사슴류는 듣고, 곰류는 냄새 맡는다. 기린은 자동차에 탄 사람은 30미터까지 접근하는 것을 허용하지만, 걸어서 다가갈 경우는 150미터까지 허용한다. 게는 10미터보다 가까이 접근하면 기어가버리고, 짖는원숭이는 20미터만 접근해도 나무 위에서 움직인다. 아프리카버팔로는 70미터의 거리를 요구한다.

덮치는 거리를 줄이기 위해서는, 동물에 대한 지식과 제공하는 먹이, 자는 곳, 보호 등을 동원해야 한다. 이것이 잘되면, 동물들은 감정적으로 안정되고 스트레스 없이 동물원에서 잘 지낸다. 건강하고 오래 살며, 조용히 먹고 자연스럽게 행동하고 사회화된다. 가장 좋은 증후는 새끼를 낳는 것. 우리 동물원이야 샌디에이고나 토론토, 베를린, 싱가포르의 동물원과 비교도 안 되겠지만, 작은 동물원에도 훌륭한 동물원 관리자는 있을 수 있다. 아버지는 타고난 동물원 사람이었다. 정식교육은 받지 못했지만, 육감과 날카로운 눈으로 부족한 부분을 메웠다. 아버지는 동물을 보고 무슨 생각을 하는지 알아맞히는 능력을 타고난 사람이었다. 동물을 잘 보살폈고, 동물은 보답으로 과할 정도로 번식을 많이 했다.

10

 그래도 동물원에서 달아나려고 하는 동물들은 있게 마련이다. 적당하지 않은 우리에 가둔 동물이 탈출할 확률이 가장 크다. 동물에게는 저마다 독특한 서식 욕구가 있으므로, 그것을 충족시켜주어야 한다. 햇빛이 너무 많이 들거나, 너무 습하거나 휑하면 동물은 평온하게 지내지 못한다. 횃대가 너무 높거나 지나치게 노출되거나, 모래가 너무 많거나, 나뭇가지가 너무 적어서 둥지를 틀지 못해도 마찬가지. 여물통이 너무 낮거나, 뒹굴 진흙이 너무 적어도 그렇다. 이런 조건은 무수히 많다. 야생과 비슷한 환경을 꾸며줬느냐가 아니라, 조건의 핵심을 충족시켰느냐가 중요하다. 우리 안에 있는 모든 것이 제대로여야 한다—달리 표현하면, 우리의 조건이 동물의 적응 능력의 한계를 벗어나지 않아야 한다. 동물원의 우리가 나쁘면 이상한 병이 돌게 마련이다! 그러면 동물원의 평판이 나빠진다.

 완전히 자라서 잡혀 온 야생동물 역시 탈출을 꿈꾼다. 사는 방식이 완전히 굳어져서, 제한된 곳에서 새로운 환경에 적응하지 못하는 경우도 많다.

 하지만 동물원에서 태어나 야생을 모르고, 우리에 적응하고 인간과 같이 있어도 긴장하지 않는 동물도 흥분해서 탈출을 기도하는 순간이 있다. 모든 생물은 광기가 있어서, 때론 설명할 수 없는 이상한 방식으로 행동한다. 이런 미치광이 기질을 소중히 여겨야 한다. 그것이 적응의 원천이기도 하니까. 그런 기질이 없으면 어떤 종도 생존하지 못할 것이다.

달아나고 싶은 이유가 뭐든, 미쳤든 아니든, 동물원을 곱지 않게 보는 사람들이 알아야 할 점이 있다. 동물은 '다른 곳으로'가 아니라 '뭔가로부터' 달아난다는 사실이다. 자기 영역 안에 두려움을 주는 게 있으면—적의 침입, 우두머리인 동물의 공격, 놀라게 하는 소음—도망칠 태세를 취한다. 그런 동물은 달아나거나 탈주를 시도한다. 토론토 동물원에서—대단히 훌륭한 동물원이다—표범이 수직으로 5미터 넘게 점프했다는 글을 읽고 놀란 적이 있다. 우리 폰디체리 동물원의 표범 우리는 뒷벽 높이가 5미터가 되지 않았다. 표범 '로지'와 '카피캣'이 우리를 뛰어넘지 않는 것은 몸이 따라주지 않아서가 아니라 그럴 필요가 없기 때문이었다. 도망치는 동물들은 아는 곳에서 미지의 세계로 간다—동물이 무엇보다 꺼리는 게 있다면 바로 '미지의 세계'다. 달아난 동물은 처음으로 안전하다는 느낌을 받은 곳에 숨게 마련이다. 그 동물들은 그들과 안전지대로 여기는 곳 사이에 끼어드는 대상에게만 위험할 뿐, 다른 것은 해치지 않는다.

11

1933년 겨울, 취리히 동물원에서 달아난 검은 암놈 표범의 경우를 보자. 동물원에 새로 온 이 암놈은 수놈 표범과 잘 지내는 것 같았다. 하지만 앞발에 상처가 많이 난 걸로 봐서, 부부싸움을 심하게 한 듯했다. 동물원 측이 어떤 조치를 취할지 결정하기도 전에 암놈은 우리의 서까래에 난 구멍을 지나 밤 속으로 사라져버렸다. 야생동물이 도망쳤다는 소식을 들은 취리히 시민들은 크게 동요했다. 여기저기 덫을 놓고 사냥개들을 풀었다. 결국 반쯤 야생인 개들만 희생당했다. 십 주가 지나도 표범의 자취는 드러나지 않았다. 결국 어느 노동자가 40킬로미터도 넘게 떨어진 헛간에서 표범을 발견해서 총으로 쏘았다. 부근에서 먹다 남은 사슴이 발견됐다. 스위스에서는 커다란 검은 열대 고양이가 잡히지 않고 겨울 두 달을 버틴 일이 있었다. 고양이는 아무도 해치지 않았다. 이런 예는, 달아난 동물이 위험한 도망자가 아니라 적당한 곳을 찾으려는 야생동물일 뿐임을 가르쳐준다.

그 외에도 여러 경우가 있다. 만일 도쿄를 거꾸로 뒤집어서 흔든다면, 와르르 쏟아지는 동물에 깜짝 놀랄 것이다. 고양이나 개만 떨어지는 게 아니다. 보아뱀, 코모도 드래곤, 악어, 피라니아(남미산 민물고기로 사람과 가축을 물어 죽인다―옮긴이), 타조, 늑대, 살쾡이, 왈라비(작은 캥거루―옮긴이), 해우, 호저, 오랑우탄, 멧돼지…… 이런 동물들이 우산 위에 떨어지는 빗방울처럼 쏟아질 것이다. 그런 동물들이 숨어서 지낸다니까! 멕시코의 열대 밀림 한가운데와 다를 게 뭔가! 하하하! 웃을 일이다. 그 동물들은 무슨 생각을 했을까?

12

 그는 가끔 흥분한다. 내가 무슨 말을 해서가 아니다(난 말을 거의 하지 않는다). 자기 사연 때문이다. 기억은 바다를 이루고, 그는 수면 위로 떠올랐다 내렸다 한다. 나는 그가 멈출까 봐 걱정한다. 하지만 그는 내게 자기 이야기를 들려주고 싶어 한다. 이야기는 이어진다. 오랜 세월이 흐른 후에도 리처드 파커는 여전히 그의 마음에 붙들려 있다.

 그는 좋은 사람이다. 내가 찾아갈 때마다, 남인도 채소 성찬을 준비해준다. 내가 매운 음식을 좋아한다고 말했기 때문이다. 왜 그렇게 어처구니없는 얘기를 했는지 모르겠다. 새빨간 거짓말인데. 나는 음식에 자꾸만 요구르트를 넣는다. 어쩔 수가 없다. 매번 똑같다. 내 미뢰가 쭈그러들어 죽는다. 피부는 새빨개지고, 눈에는 눈물이 그렁그렁하다. 머리는 불붙은 집 같고, 위장은 뒤틀려 신음한다. 잔디 깎는 기계를 삼킨 보아뱀마냥.

13

 이제 아시겠지. 사람이 동물원의 사자 굴에 떨어졌을 때, 사자가 몸을 찢는 것은 허기 때문이 아니고—동물원에는 먹이가 풍부하다—피에 굶주려서도 아니고, 자기 영역을 침범당했기 때문임을.

잠시 옆길로 새자면. 바로 그런 이유 때문에 서커스 조련사는 늘 먼저 링에 들어가서, 사자 눈에 잘 보이는 곳에 선다. 그렇게 함으로써 링이 사자가 아닌 조련사 자신의 영역임을 밝힌다. 고함을 지르고, 발을 구르고, 채찍을 휘두르는 행동으로 그런 뜻을 더 분명히 한다. 사자는 깊은 인상을 받는다. 불리한 위치라는 점이 사자들의 마음을 짓누른다. 그들이 어떻게 링에 들어오는지 보라. '맹수의 왕' 사자도 꼬리를 내리고 링의 가장자리로 슬슬 기어 들어온다. 숨을 곳이 없기에 늘 링을 빙빙 돈다. 그들은 강하고 지배적인 인간 앞에 있게 된다. 우두머리는 조련사이니, 사자들도 그의 의식에 복종해야 한다. 그래서 입을 쫙 벌리고, 똑바로 앉고, 종이를 씌운 후프를 뛰어넘고, 원통 속을 기어 다닌다. 뒷걸음질도 치고 구르기도 한다. 사자는 우울해하며 생각할 것이다. '참 이상한 사람이구먼. 아무리 우두머리 사자라도 저렇지는 않은데. 저 사람은 당당하게 끌고 가지. 식품저장고는 늘 가득 차 있고—정직해지자구—다락에는 우리를 바쁘게 만드는 도구가 많지. 낮잠만 자는 것은 지루해. 적어도 우린 누런 곰처럼 자전거를 타거나, 원숭이처럼 날아다니는 접시를 받지는 않잖아.'

조련사는 늘 자신이 일인자라는 점을 분명히 해야 한다. 이인자로 추락하면 대가를 톡톡히 치르게 된다. 동물들 사이에서 적대적이고 공격적인 행동을 한다는 것은, 불안한 상황에 처했음을 시사한다. 앞에 있는 동물의 지위가 어디쯤인지, 즉 자신이 상대보다 위인지 아래인지 파악해야 한다. 서열은 동물이 살아가는 방식이다. 서열은 누구와 어떻게 연대해야 하는지 알게 해준다. 언제 먹을 수 있는지, 어디서 쉴 수 있는지, 어디서 마셔야 하는지도 서열로 파악된다. 동물은 서열을 파악할 때까지는 불안한 무정부 상태의 삶을 산다. 초조하고 위험한 상태로 남는다. 서커스 조련사에게는 다행스럽게도, 동물들끼리의 서열은 격렬한 힘으로만 결정되는 게 아니다. 헤디거는 "두 생물체가 만나면, 상대를 위협할 수 있는 것이 사회적으로 우월하다고 인식된다. 그러므로 사회적인 서열은 싸움으로만 결정되지 않는다. 어떤 환경에서의 만남만으로도 충분히 서열이 정해진다"라고 했다. 현명한 동물학자의 견해다. 헤디거는 오랫동안 동물원을 경영했다. 바젤 동물원에서 일하다가 나중에는 취리히 동물원으로 옮겼다. 동물이 사는 방식을 잘 밝혀낸 사람이었다.

힘보다는 머리의 문제다. 조련사는 심리적으로 우세한 위치를 차지한다. 이국적인 환경, 조련사의 꼿꼿한 자세, 차분한 태도와 흔들림 없는 눈길, 두려움 없이 앞으로 나가는 태도, 이상한 소리(예를 들면 채찍 휘두르는 소리나 호루라기 부는 소리)……. 이런 것들이 동물의 마음에 의심과 두려움을 심어주게 된다. 그래서 동물은 자기 처지를 분명히 알게 된다. 그것은 동물들이 알고 싶어 하는 점이기도 하다. 만족한 이인자가 뒤로 물러서면, 일인자는 관객들에게 시선을 돌리고 소리칠 수 있게 된다.

"쇼를 시작하겠습니다! 자, 신사숙녀 여러분. 진짜 불이 붙은 후프를……."

14

 서커스 조련사에게 가장 순종하는 사자가 자긍이 가장 낮다는 점은 흥미롭다. 말하자면 서열이 가장 낮은 셈이다. 그는 일인자인 조련사와 밀접한 관계를 맺어 많은 것을 얻는다. 먹이를 더 먹는 것만이 아니다. 조련사와 가까운 관계면 자존심 강한 다른 동물들로부터 보호를 받게 된다. 대중이 보기에 크기나 사나운 면에 있어서 다른 사자와 다르지 않은 이 유순한 사자가 쇼의 스타가 된다. 반면 조련사는 다루기 힘든 이인자, 삼인자에 해당하는 사자들을 링 가장자리에 있는 화려한 색깔의 통에 앉아 있게 한다.

 다른 서커스 동물들도 마찬가지고, 동물원에서도 비슷한 현상이 일어난다. 사회적으로 열등한 동물이 주인과 사귀기 위해 가장 끈질기게 노력한다. 그들은 주인에게 가장 충직하고 가장 필요한 동반자임을 증명해 보인다. 주인에게 도전하거나 까다롭게 굴지 않는다는 것을 보여준다. 이런 현상은 큰고양이, 아메리기들소, 사슴, 야생 양, 원숭이를 비롯한 많은 동물들에게서 관찰된다. 동물업계에는 흔히 알려진 사실이다.

15

 그의 집은 사원이다. 현관홀에는 코끼리 머리를 가진 가네샤 신의 사진이 걸려 있다. 가네샤 신은 정면을 보면서 — 붉은 빛으로 개구리처럼 배가 튀어나오고, 왕관을 쓰고 미소 짓고 있다 — 세 손으로는 여러 물건을 쥐고 있고, 네 번째 손은 손바닥을 내밀어 축복과 인사를 하고 있다. 그는 난관을 극복한 신이고, 행운의 신이다. 지혜의 신이며, 지식의 수호자다. 지고의 위치에 있는 신이기도 하다. 그를 보자 입술에 미소가 떠오른다. 가네샤 신의 발치에는 예쁜 쥐가 있다. 신의 차량인 셈이다. 가네샤 신은 여행할 때 쥐를 타고 다니니까. 맞은편 벽에는 단순한 나무 십자가 사진이 걸려 있다.

 거실 소파 옆에 놓인 테이블에는 과달루페(가톨릭의 3대 기적 중 하나가 일어난 멕시코의 성당—옮긴이) 성모상 그림이 작은 사진틀에 담겨 놓여 있다. 성모의 벌어진 앞섶 사이에 꽃이 매달려 있다. 그 옆에는 카바(메카의 옛 신전—옮긴이)의 사진틀이 있다. 이슬람교 최고의 성소인 카바 주변에 신자들이 검은 물결을 이루는 장면이다. 텔레비전 위에는 나타라자의 모습을 지닌 시바 신의 조각상이 놓여 있다. 이 신은 우주의 춤의 신으로 우주의 움직임과 시간의 흐름을 관할한다. 그는 모지의 악령 위에서 춤추면서 네 팔로 춤사위를 하고, 한 발은 악령의 등을 밟고 다른 발은 공중에 떠 있다. 나타라자가 이 발을 내리면 시간이 멈추게 된다.

부엌에는 성소가 있다. 성소는 찬장 안에 있는데, 찬장 문을 떼내고 도림질 세공한 아치를 달아놓았다. 아치 뒤에는 저녁에 성소에 불을 켜면 들어오는 노란 전구가 감추어져 있다. 작은 제단 뒤에는 두 개의 그림이 놓여 있다. 바깥쪽에는 가네샤 신의 그림이 있고, 중앙에는 더 큰 액자에 파란 피부의 크리슈나 신이 미소 지으며 피리를 부는 그림이 들어 있다. 둘 다 이마 부분의 유리에 빨강과 노랑 가루가 묻어 있다. 제단에 놓인 구리 접시에는 은으로 만든 신상 세 개가 놓여 있다. 그는 하나하나 손으로 가리키며 내게 신의 이름을 말해준다. 락슈미(비슈누 신의 아내인 부의 여신—옮긴이), 파바르티(시바 신의 아내—옮긴이)의 형태를 한 어머니 여신 샥티, 이번에는 팔다리로 기는 장난꾸러기 아기 모습을 한 크리슈나 신. 여신들 사이에 돌로 만든 시바 신이 있다. 그는 가운데에 남근이 튀어나온 아보카도 반쪽과 비슷하게 생겼다. 그는 우주의 남성과 여성의 기를 나타내는 힌두교의 상징이다. 쟁반 옆에는 받침대 위에 작은 조가비가 놓여 있고, 다른 쪽에는 작은 은종이 있다. 쌀이 뿌려져 있고, 시들기 시작한 꽃도 있다. 이 물건들은 노랗고 붉은 기운이 돈다.

아래쪽 선반에는 여러 가지 헌물이 놓여 있다. 물 그릇, 구리 숟가락, 심지를 기름에 재운 등잔, 향, 빨간 분과 노란 분, 쌀, 설탕 덩어리가 든 작은 단지들.

식당에는 또 다른 성모상이 있다.

위층 사무실 컴퓨터 옆에는 가네샤 신이 가부좌를 틀고 앉은 조각상이 있다. 벽에는 브라질에서 가져온 나무 십자가에 달린 예수상이 걸려 있고, 구석에는 초록색 기도 카펫이 놓여 있다. 예수는 표정이 풍부하다 — 고통받는 표정이다. 기도 카펫은 정갈하게 놓여 있다. 그 옆에 놓인 낮은 서안에는 천으로 싼 책이 놓여 있다. 표지 중앙에는 아랍어가 섬세하게 수 놓여 있다. '신'을 나타내는 아랍어다.

침대 옆 테이블에 놓인 책은 성경.

16

우리 모두 가톨릭 신자처럼 태어난다. 그렇지 않은가? 천국도 지옥도 아닌 곳에서, 종교도 없이 그렇게 있다가 누군가에게 이끌려 신을 소개받지 않는가. 대개 그 만남 이후 이 문제는 끝이 난다. 변화가 있다 해도, 사소한 변화다. 많은 사람이 인생 여정을 따라가다가 신을 잃어버리는 것 같다. 내 경우는 달랐지만. 내게 문제의 인물은 어머니의 언니였다. 어머니보다 전통적인 사고방식을 가졌던 이모는 어린 아기였던 나를 신전에 데려갔다. 조카가 태어나자 너무나 기뻤던 로히니 이모는 어머니 여신도 그런 기쁨을 맛보게 해야 한다고 생각했던 것이다.

"아이의 상징적인 첫 외출이 될 거야. 이건 신성한 일이라구!"

이모가 말했다. 상징적인 것은 분명했다. 우리는 마두라이에서 일곱 시간이나 기차를 타고 갔다. 괜찮았다. 이모의 채근에, 힌두교식 통과의례를 치르기 위해 어머니가 날 안고 갔다. 사원에 처음 간 기억은 남아 있지 않지만, 향냄새와 불빛과 그림자의 움직임, 불꽃, 색의 향연, 후텁지근하고 신비로운 곳이라는 인상은 남아 있는 것 같다. 겨자씨보다 작지만 신앙적인 기쁨의 씨가 내 안에 뿌려져 싹을 틔웠다. 그리고 그날 이후 멈추지 않고 자랐다.

나는 힌두교도다. 붉은 쿰쿰 가루가 담긴 조각한 원뿔과 노란 심황 덩어리 때문에. 꽃 줄과 쪼갠 코코넛 조각 때문에. 사람의 도착을 신께 알리는 종소리 때문에. 갈대로 만든 악기의 울음소리와 북 치는 소리 때문에. 빛줄기가 비쳐드는 어두운 돌 복도에서 맨발이 바닥에 닿는 소리 때문에. 진한 향냄새 때문에. 어둠 속에서 휘휘 돌리는 불꽃의 공향 때문에. 아름다운 헌가 때문에. 축복하려고 서 있는 코끼리 때문에. 다채로운 이야기를 들려주는 색색의 벽화 때문에. '신앙심'을 상징하는 점을 찍은 이마 때문에. 나는 이런 것이 뭘 뜻하는지, 왜 그런 게 있는지 알기 훨씬 전에 이런 인상적인 감각에 충실하게 되었다. 그러라고 명한 것은 내 마음이다. 나는 힌두 사원에 있으면 마음이 편하다. 영을 의식한다. 흔히 느껴지는 개인적인 영이 아니라 더 큰 존재를 인식한다. 사원의 안쪽 성소에서 신의 존재를 보여주는 신상을 보면, 아직도 가슴이 뛴다. 진정 나는 신성한 우주의 자궁에 있다. 모든 것이 태어나는 곳에. 그 살아 있는 핵을 볼 수 있으니 나는 복이 많다. 경배하는 마음으로 자연스럽게 두 손이 모아진다. 신에게 바치는 프라사담(신이나 성자에게 바치는 음식. 주로 과일—옮긴이)이 고파진다. 그것은 신성한 음식이 되어 우리에게 돌아온다. 신성한 불꽃을 만진 손바닥으로 눈과 이마에 축복을 옮기고 싶다.

하지만 종교는 의례나 의식 이상의 무엇이다. 의식이나 의례는 종교를 위해 있다. 이 역시 내가 힌두교도인 이유다. 힌두의 눈을 통해서 나는 우주를 이해한다. 세상의 영혼인 브라만이 있다. 브라만을 토대로 존재라는 옷감이 씨실과 날실로 짜이고, 공간과 시간의 장식적인 요소를 구성한다. 속성이 없는 '브라만 니르구나'는 우리가 이해할 수도, 설명할 수도, 닿을 수도 없다. 우리가 가진 빈곤한 어휘로는 '절대자, 진리, 궁극적인 존재, 존재의 토대' 정도로 말하지만, 그 정도 설명으로는 부족하다. 우린 아무 말도 할 수가 없다. 하지만 '브라만 사구나'가 있다. 이것은 속성을 지닌 브라만으로 설명할 수 있다. 우리는 이것을 시바, 크리슈나, 샥티, 가네샤라고 부르며, 이해할 수 있고, 어떤 태도를—사랑, 자비, 두려움—구분할 수 있다. 또 그것과의 관계도 느낀다. 브라만 사구나는 우리의 한정된 감각에 나타나는 것이다. 브라만은 신뿐 아니라 인간과 동물, 나무, 한 줌의 흙에서도 표현된다. 모든 것이 내면에 성스러운 흔적을 가지고 있으니까. 삶에 대한 진리는, 브라만이 우리 안에 있는 영적인 힘으로

'영혼'이라고 부르는 아트만과 다르지 않다는 것이다. 개인의 영혼은 세상의 영혼에 닿는다. 마치 우물이 지하 수면에 닿는 것처럼. 생각과 말이 닿지 못하는 우주를 지탱하며, 우리의 중심 안에서 드러나려 애쓰는 그것은 같은 것이다. 무한성 속에 유한성이 있고, 유한성 안에 무한성이 있다. 브라만과 아트만의 관계가 정확히 뭐냐고 묻는다면, 성부와 성자와 성령이 신비롭게 맺고 있는 관계와 똑같다고 말하고 싶다. 하지만 한 가지는 분명하다. 아트만은 브라만을 실현하려 애쓴다. 절대적인 것과 하나가 되려 하고, 이 생에서 순례에 나선다. 거기에는 태어나고 죽고, 다시 태어나고 죽기를 거듭하다가, 결국 자신을 가둔 덮개를 벗어던지게 된다. 해방까지의 길은 무수히 많지만, 길을 따라 있는 강둑은 언제나 똑같다. '업의 강둑', 거기서 각자는 자기의 행위에 따라 해탈하기도 하고 윤회하기도 한다.

이 성스러운 그릇이 힌두교이며, 나는 평생 힌두교 신자로 살아왔다. 마음속에 힌두교를 담고 우주 안에서의 내 자리를 본다. 하지만 집착은 금물! 원리주의자들과 있는 그대로 받아들이는 자들에게 집착은 병이 된다! 크리슈나 신이 소 치는 목동이었을 때의 일화가 생각난다. 그는 밤마다 소젖 짜는 아가씨들에게 숲으로 춤추러 오라고 청했다. 아가씨들이 와서 춤을 추었다. 어두운 밤에 불꽃이 활활 타오르고, 음악이 점점 빨라졌다. 아가씨들은 멋진 신과 함께 춤추고 또 추었다. 신은 자신을 많이 만들어서 아가씨 모두를 끌어안고 춤추었다. 그런데 아가씨들이 집착하는 순간, 각자 크리슈나가 자기만의 파트너라고 상상하는 순간, 신은 사라졌다. 그러니 신을 가지고 질투해서는 안 된다.

토론토에 내가 아는 부인이 있다. 내가 아주 좋아하는 분이다. 그녀는 내 양어머니였다. 내가 '숙모'라고 부르는 것을 그녀도 좋아한다. 그분은 퀘벡(캐나다의 한 지역이지만 주로 프랑스어를 사용한다―옮긴이) 출신이다. 삼십 년간 토론토에서 살았지만, 영어를 들으면 잘 알아듣지 못할 때가 있다. 처음으로 '하레 크리슈나'(크리슈나 신에게 바친 성가의 제목. 혹은 미국의 신흥 종교로 힌두교의 일종인 하레 크리슈나교―옮긴이)란 말을 들었을 때도 제대로 알아듣지 못했다. 그 말을 '헤어리스 크리스찬스'(대머리 기독교도들)라고 들었고, 오랜 세월 그렇게 알고 있었다. 나는 제대로 가르쳐주면서, 사실 그녀가 그리 틀리지 않았다고 말했다. 힌두교도들도 사랑의 용량에 있어서는 대머리 기독교도들과 같다고. 이슬람교도들이 모든 사물에서 신을 보는 방식이 수염 난 힌두교도와 같고, 기독교도들이 신에게 헌신하는 마음은 모자를 쓴 이슬람교도와 같은 것 아니겠느냐고.

17

첫 번째 경이로움은 가장 깊은 인상을 남긴다. 나의 종교적인 상상의 풍경은 힌두교에서 나온다. 힌두교라는 마을과 강, 전쟁

터와 숲, 신성한 산봉우리와 깊은 바다에서 신과 성인과 악한과 평범한 사람들이 어깨를 부딪치며 살아간다. 그러면서 우리가 누구이며, 왜 존재하는지 정의를 내린다. 이 힌두의 땅에서 처음으로 사랑 넘치는 자비심의 어마어마한 우주적인 힘에 대해 들었다. 크리슈나 신이 말해주었다. 나는 그의 말을 들었고, 그를 따랐다. 크리슈나 신은 지혜와 완전한 사랑 속에서 나를 이끌어 한 사람을 만나게 해주었다.

열네 살 무렵―나는 충분히 만족하는 힌두교도였다―이었다. 휴가 중에 예수 그리스도를 만난 것은.

아버지가 동물원을 떠나는 것은 흔한 일이 아니었지만, 한번은 우리를 데리고 케랄라 너머의 문나르에 간 적이 있다. 문나르는 세계에서 가장 고지대에 있는 차밭으로 둘러싸인 작은 언덕이다. 아직 우기가 시작되지 않은 5월 초였다. 타밀나두 평원은 몹시 무더웠다. 마두라이에서 차를 타고 구불구불한 길을 다섯 시간 동안 간 끝에 문나르에 도착했다. 서늘함이 입 속에 박하를 깨문 것처럼 신선하게 느껴졌다. 우리는 여느 관광객들처럼 했다. '타라 차공장'이란 곳을 방문했다. 호수에서 뱃놀이를 했다. 소를 키우는 곳을 구경했다. 국립공원에서 야생 염소에게 소금을 먹였다(아버지는 스위스에서 온 관광객들에게 "우리 동물원에도 똑같은 염소가 있지요. 폰디체리에 와보십시오"라고 말했다). 라비 형과 나는 부근의 차 재배지로 산책을 나갔다. 나른함을 떨치고 분주하게 보내려는 생각이었다. 늦은 오후, 부모님은 우리가 머물던 안락한 호텔 찻집에 자리를 잡았다. 창가에서 햇볕을 쬐는 두 마리 고양이처럼, 어머니는 책을 읽고 아버지는 다른 손님들과 잡담을 했다.

문나르에는 언덕이 세 곳이었다. 도심을 둘러싼 높은 언덕과는 — 말하자면 산 비슷한 것과는 — 비교가 안 되지만, 나는 첫날 아침을 먹으면서 세 언덕에 공통점이 있음을 알아차렸다. 언덕마다 신전이 있었다. 호텔과 강 사이에 있는 오른쪽 언덕에는 힌두 사원이 있었다. 멀리 가운데 언덕에는 이슬람 사원이 있고, 왼쪽 언덕 꼭대기에는 기독교 교회가 있었다.

문나르에 온 지 나흘째 되던 날, 해가 저물 무렵 나는 왼쪽 언덕으로 올라갔다. 명색이 기독교 학교에 다니면서, 한 번도 교회에 들어가본 적이 없었고 그럴 마음도 없었다. 기독교에 대해 아는 게 하나도 없었다. 기독교는 다신교가 아니고, 몹시 폭력적인 종교라고들 했다. 하지만 기독교계 학교는 훌륭했다. 교회 주변을 거닐었다. 건물 구조가 고스란히 드러났다. 평범한 하늘색의 두꺼운 벽, 안을 들여다보기 어려울 만큼 좁은 창문. 요새 같았다.

사제관에 이르렀다. 문이 열려 있었다. 나는 모퉁이에 숨어서 주변을 살폈다. 문 왼쪽에 '교구 사제와 부사제'라고 적힌 작은 판이 있었다. 블록을 밀어 '재실'과 '부재중'을 표시하는 판이 '사제'와 '부사제'란 글씨 밑에 있었다. 두 사람 다 금색 글씨로 '재실'이라고 표시된 것이 똑똑히 보였다. 한 신부는 창쪽으로 등을 돌린 채 일하고 있었다. 현관홀에는 또 다른 신부가 둥근 테이블 앞에 놓인 벤치에 앉아 있었다. 손님을 받는 방인 모양이었다. 그는 손에 책을 들고 문과 창쪽을 마주하고 앉아 있었다. 성경이라 짐작되었다. 그는 잠시 책을 읽다가 고개를 들고, 다시 읽다가 고개를 들었다. 한가로우면서도 차분하고 몸가짐이 흐트러짐이 없었다. 몇 분 후, 그는 책을 덮어 옆에 놓았다. 앉은 채로 손을 포개 테이블에 올려놓았다. 기대하는 것도 체념하는 것도 아닌 엄숙한 표정이었다.

흰 벽으로 둘러싸인 현관홀은 말끔했다. 테이블과 벤치는 짙은 색 나무로 만들어져 있었다. 사제는 흰 성직복을 입고 있었다―단정하고 소박하고 단순했다. 나는 평온함에 휩싸였다. 내 마음을 사로잡은 것은 분위기보다는, 그가 거기 있다는―열린 마음으로 인내심 있게―사실이 본능적으로 이해된다는 점이었다. 누군가 그와 대화하고 싶을 경우에 대비해서 거기 있다는 것. 영혼의 문제든, 무거운 마음이든, 어두운 양심이든, 무슨 말을 해도 그가 사랑으로 들어주리라는 것. 그가 맡은 일은 사랑하는 일이었고, 그는 최선을 다해서 위로해주고 길잡이가 되어줄 터였다.

가슴이 뭉클했다. 눈앞에 있는 것이 내 마음을 훔쳤고, 전율하게 했다.

그가 일어났다. 이름 밑의 글씨를 '부재중'으로 돌릴 거라 짐작했지만 그렇지 않았다. 그는 현관홀과 옆방 사이의 문을 바깥문처럼 열어놓은 채 안쪽으로 들어갔다. 안쪽 문과 바깥문 모두 활짝 열려 있었다. 그와 동료 신부는 여전히 손님을 기다리는 모양이었다.

나는 구석에서 나와 용기를 내어 걸음을 옮겼다. 교회 안으로 들어갔다. 배 속이 좁아드는 기분이었다. 어느 기독교인이 나와 "여기서 뭐 하는 거야? 이교도가 감히 이 성스러운 곳에 들어와? 당장 나가!"라고 소리칠까 봐 두려웠다.

아무도 없었다. 이해하고 말 것도 없었다. 안으로 들어서서 교회 안을 둘러보았다. 그림이 있었다. 이것이 신상일까? 인간의 희생에 대한 그림이었다. 피투성이가 되었을 분노한 신. 어리둥절한 여자들이 공중을 올려다보고, 작은 날개를 단 통통한 아기들이 날고 있었다. 카리스마 있는 새. 누가 신일까? 성소 한 켠에는 색 입힌 나무 조각상이 있었다. 또 희생자가 멍들고 피 흘리는 모습. 나는 그의 무릎을 바라보았다. 심하게 벗겨져 있었다. 분홍색 피부가 벗겨져 꽃잎처럼 보였고, 드러난 무릎뼈는 소방차처럼 붉었다. 고문받는 이 장면과 사제관의 목사를 연결하기가 쉽지 않았다.

다음 날 비슷한 시간에 나는 사제관으로 들어갔다.

가톨릭교는 무거운 심판과 엄격함으로 유명하다. 하지만 마틴 신부와 만난 느낌은 그렇지 않았다. 그는 굉장히 친절했다. 부딪칠 때마다 소리가 나는 다구를 꺼내 차와 비스킷을 대접했다. 그는 나를 어른처럼 대하면서 이야기를 들려주었다.

얼마나 대단한 이야기였던지. 우선은 믿을 수 없다는 생각이

들었다. 뭐라고? 인간이 죄를 지었는데 신의 아들이 대가를 치른다고? 아버지가 내게 이렇게 말하는 광경을 상상해봤다. "피신, 오늘 사자가 아메리카낙타의 우리에 들어가서 두 마리를 죽였다. 어제는 또 한 놈이 검은 수사슴을 죽였다. 지난주에는 두 놈이 낙타를 먹어버렸다. 그 전주에는 황새와 왜가리가 당했다. 우리 금색 들쥐를 먹어치운 놈은 또 누구겠느냐? 더는 참을 수 없는 상황이 되었구나. 조치를 취해야 한다. 나는 사자가 속죄할 유일한 길은 너를 사자 밥으로 주는 것이라고 결정했다."

"네, 아버지. 그것이 옳고 합당한 일이겠군요. 저한테 몸을 씻을 시간을 주세요."

"할렐루야, 내 아들아."

"할렐루야, 아버지."

정말이지 이상한 이야기다. 아주 독특한 심리다.

다른 이야기를 해달라고 했다. 잘 알아들을 만한 이야기로. 기독교는 이야깃거리가 많은 종교임이 확실했다. 하지만 마틴 신부는 기독교도에게 그 전의 이야기들—얘기가 아주 많았다—은 모두 프롤로그에 불과하다고 했다. 그들의 종교에는 하나의 '이야기'만 있으며, 그들은 그 '이야기'로 돌아오고 다시 돌아왔다. 거듭거듭 그들은 그 이야기로 충분했다.

그날 저녁, 호텔에서 나는 말을 별로 하지 않았다.

신이 역경을 참아야 하는 것은 이해할 수 있었다. 힌두교의 신도 도둑, 부랑배, 유괴범, 약탈자의 몫을 감당한다. 〈라마야나〉

는 라마(비슈누의 일곱 번째 화신 — 옮긴이)의 길고 힘든 하루를 설명한 시가 아니면 무엇이랴? 고난, 좋다. 행운의 반전, 좋다. 배신, 좋다. 하지만 굴욕? 죽음? 크리슈나 신이 벌거벗기고, 채찍질당하고, 조롱당하고, 거리를 질질 끌려다니고, 무엇보다도 십자가에 달리는 — 미물인 인간에게 짓밟히는 — 데 동의하는 것은 상상도 할 수가 없다. 힌두교의 신이 죽는 이야기는 들어본 적이 없었다. 브라만은 죽으러 가지 않았다. 악마와 괴물들이 인간처럼 죽었고, 그들은 그러라고 거기 있었다. 사물도 사라진다. 하지만 신이 죽음에 꺾여선 안 된다. 그건 잘못이다. 우주의 근본원리는 일부라도 죽을 수가 없다. 이 기독교의 신이 자기의 화신을 죽게 하는 것은 잘못이었다. 그것은 자신의 일부가 죽게 내버려두는 것과 마찬가지 아닌가. 하느님의 아들이 죽어야 한다면, 속임수일 리가 없다. 십자가의 신이 인간의 비극을 가장하는 신이라면, 그리스도의 열정은 그리스도의 광대 짓으로 변한다. 아들의 죽음은 사실임이 분명하다. 마틴 신부는 내게 그 일이 사실이라고 거듭 강조했다. 하지만 한번 죽은 신은 계속 죽은 신이건만 부활까지 했다. 아들은 그의 입에 영원히 죽음의 맛을 간직하리라. 삼위일체도 그것에 오염되리라. 틀림없이 하느님 아버지의 오른손에서 악취가 나리라. 공포는 사실이리라. 왜 신은 그런 것을 자신이 떠안으려 할까? 왜 죽음을 인간들에게 남겨두지 않을까? 왜 아름다운 것을 추하게 만들고, 완벽한 것을 망칠까?

사랑 때문에. 마틴 신부의 대답은 그랬다.

하면 이 아들의 행위는 무엇인가? 아기 크리슈나 신이 친구들에게 흙을 먹었다는 오해를 받은 이야기가 있다. 양어머니인 야쇼다가 손가락질을 하면서 야단친다. "흙을 먹으면 안 된다, 이 못된 녀석." 장난삼아 겁먹은 인간 아기로 변신한 크리슈나는 "안 먹었어요"라고 대답한다. 야쇼다는 "쯧쯧. 입 벌려봐"라고 명령하고 크리슈나는 시키는 대로 한다. 그가 입을 벌린다. 순간, 야쇼다의 입이 헤벌어진다. 그녀는 크리슈나의 입 속에서 무한한 시간 속의 완벽한 우주 전체를 본다. 모든 별과 우주의 혹성과 그 사이의 거리, 지구의 땅과 바다, 그 안에 있는 삶까지. 그녀는 어제의 모든 나날과 내일의 모든 나날을 본다. 모든 사상과 감정을 본다. 모든 연민과 모든 소망을. 사물의 3요소를. 자갈, 양초, 창조물, 마을이나 은하까지 빠짐없이 본다. 그녀 자신과 있어야 될 곳에 있는 흙가루까지 모두 본다. 그녀는 공손하게 말한다. "나의 신이시여, 입을 다무셔도 됩니다."

난쟁이 바마나로 변신한 비슈누 신의 이야기도 있다. 그는 마왕 발리에게 세 걸음에 해당하는 땅을 달라고 청한다. 발리는 꼬마가 시시한 청을 한다며 비웃는다. 그리고 허락한다. 곧 비슈누는 원래대로 우주만 한 크기로 변한다. 한 걸음으로 지구를 지나고, 두 번째 걸음으로는 하늘을 지난다. 세 번째 걸음으로 발리를 밟아 지옥에 보낸다.

가장 인간적인 헌신으로 꼽히는 라마도 랑카의 사악한 왕 라바나에게 잡힌 아내 시타를 찾으려고 엄숙한 표정으로 싸우지만 곧 신성이 드러난다. 그는 밀리자, 어떤 인간도 갖지 못한 힘과 어떤 인간도 다루지 못하는 무기로 싸우기 시작한다.

신이란 그래야 하지 않는가. 광채가 나고 권력과 힘이 있는 존재. 그런 신만이 구원하고 악을 물리친다.

한데 이 '아들'이란 신은 배가 고프고, 갈증 때문에 고생하고, 지치고, 슬프고, 초조해하고, 희롱당하고, 똑똑지 못한 제자들과 그를 존경하지 않는 반대파를 참고 봐줘야 한다. 무슨 신이 그런가? 너무나 인간 수준의 신이다. 물론 기적도 있다. 주로 치료 부분에서. 기껏해야 주린 배를 채워주고, 풍랑을 잠잠하게 하고, 물 위를 걷는 능력을 보여준다. 마술로 치면, 별것 아닌 수준이다. 어느 힌두 신이라도 그보다 백배는 잘할 수 있으니까. 이 신의 아들은 생의 대부분을 이야기를 하며 보냈다. 계속 말하면서. 이 아들은 말하고, 인간의 걸음으로 걸어 다녔다—그것도 더운 곳에서. 샌들을 신고 돌길을 걸었다. 교통수단을 이용해도 고작 나귀였다. 그는 세 시간 만에 신음하고 숨을 헐떡이고, 서글퍼하며 죽어간 신이다. 무슨 신이 그런가? 이런 신의 아들에게서 무슨 영감을 얻으라는 건가?

사랑. 마틴 신부는 그렇게 말했다.

또 이 신의 아들은 오래전 먼 곳에서 한 번만 나타났지? 그것도 오래전에 사라진 서아시아 나라의 애매한 종족으로? 머리가 희끗해지기도 전에 모든 게 끝났잖아? 후손 한 명 남기지 않고, 그저 그가 이룬 일들은 부분부분 흩어져 흙바닥에 기록되었지?

잠깐. 이건 심각한 무대공포증을 앓는 신보다 더하다. 이 신은 이기적이다. 인심이 박하고 불공평하다. 명백하지도 않다. 아들을 하나만 둘 작정이면, 젖 짜는 아가씨들을 만난 크리슈나 신처럼 여럿이 될 수도 있어야 되잖아? 신이 이렇게 노랭이 같은 것을 어떻게 합리화할 수 있담?

사랑. 이번에도 마틴 신부는 똑같이 대답했다.

난 계속 크리슈나 신을 붙들고 있을래요. 크리슈나의 신성에 훨씬 마음이 끌리니까. 신부님은 땀을 줄줄 흘리고 말도 많은 하느님 아들을 계속 붙드세요.

오래전, 부담스런 신부를 만났을 때는 그랬다. 믿을 수도 없고 짜증스러웠다.

사흘 내리 마틴 신부와 차를 마셨다. 찻잔이 접시에 부딪치고, 찻숟가락이 컵의 가장자리에 부딪칠 때마다 나는 질문을 던졌다.

대답은 늘 똑같았다.

하느님의 아들이란 자가 날 성가시게 했다. 나날이 그에 대한 분노가 거세지고, 그의 단점이 속속들이 드러났다.

까탈스럽기도 하지! 어느 날 아침, 베다니란 동네에서 하느님의 아들이 배가 고프다. 아침 식사를 하고 싶다. 그는 무화과나무가 있는 곳으로 간다. 무화과가 달릴 계절이 아니어서, 나무에는 열매가 없다. 그는 화가 치민다. 신의 아들이 "다시는 열매를 맺지 못할 것이다"라고 준얼대자, 나무는 곧 말라버린다. 마태가 그렇게 말했다. 마가도 그렇고.

열매 맺을 계절이 아닌 게 무화과나무 잘못인가? 죄 없는 무화과나무를 당장 마르게 하다니, 무슨 그런 짓이 있담?

머리에서 그를 쫓아낼 수가 없었다. 지금도 그렇다. 사흘을 내내 그에 대해 생각하며 보냈다. 그가 성가시게 할수록 더욱 잊혀지지 않았다. 그에 대해 알면 알수록 그를 떠나보내고 싶지 않았다.

마지막 날, 문나르를 떠나기 몇 시간 전, 나는 왼쪽 언덕으로 서둘러 올라갔다. 서두르는 것은 전형적인 기독교의 풍경이라는 생각이 든다. 기독교는 급히 서두르는 종교다. 이레 만에 창조된 세상을 보라. 아무리 상징적이라고 하지만, 창조는 정신없이 이루어졌다. 한 영혼을 위한 싸움도 수세기 넘게 여러 대에 걸쳐서 계속될 수 있는 종교 속에서 태어난 사람에게, 기독교의 빠른 해결은 정신을 아찔하게 한다. 힌두교가 갠지스강처럼 표표히 흐른다면, 기독교는 토론토의 출퇴근 시간처럼 부산스럽다. 기독교는 제비처럼 날렵하고, 구급차처럼 급한 종교다. 모습을 당장 드러내다 한순간 탕아가 되거나 구원받을 수 있다. 기독교가 오랜 세월에 걸쳐 쭉 뻗쳐 있기는 하지만, 그 정수는 한순간에 존재한다. 지금 당장.

그 언덕을 올라갔다. 마틴 신부는 부재중이라고 — 아쉽게도 블록이 옆으로 밀려 있었다 — 표시되어 있었지만, 다행히 안에 있었다.

나는 숨을 헐떡이며 말했다.

"신부님, 기독교인이 되고 싶어요."

그는 미소지었다.

"피신, 너는 이미 기독교인이란다. 네 마음속에서. 믿음 안에서 예수님을 만나는 사람은 누구든 기독교인이란다. 너는 이곳 문나르에서 예수님을 만났어."

그가 내 머리를 쓰다듬어주었다. 아니 두드렸다고 해야 옳다. 그의 손이 내 머리를 탕탕탕 내려쳤다.

난 기쁨으로 가슴이 터지는 줄 알았다.

"다시 오면, 같이 차를 마시자꾸나."

"네, 신부님."

그가 따뜻한 미소를 지어 보였다. 예수의 미소였다.

이번에는 두려움 없이 교회에 들어갔다. 이제 내 집이었으니까. 살아 계신 예수님께 기도를 올렸다. 그리고 언덕을 달려 내려가, 오른쪽에 있는 언덕으로 올라갔다. 이제 내 마음을 끄는 나사렛 예수를 내 앞길에 끼워준 크리슈나 신에게 감사할 차례였다.

18

일 년쯤 지나서 이슬람교를 만났다. 열다섯 살 무렵, 내가 살던 도시를 돌아다니다가. 동물원에서 멀지 않은 곳에 이슬람 구역이 있었다. 집마다 정면에 아랍어 글자와 초승달을 그려놓은 작고 조용한 동네였다.

나는 물라 가로 갔다. 대사원 '자미아 마스지드'를 흘끔흘끔 쳐다봤다. 물론 사원 밖에만 있으려고 조심했다. 이슬람교는 기독교보다도 신이 적고, 폭력이 심한 종교라고 들었다. 이슬람교 학교에 대해서도 좋은 말은 들어본 적이 없었다. 그래서 사원이 텅 비어 있는데도 안으로 들어갈 엄두를 못 냈다. 깨끗한 건물은 초록색이 칠해진 가장자리를 제외하면 온통 흰색이었다. 열린 구조로 되어 있고, 가운데 방은 비어 있었다. 어디에나 바닥에 돗자리가 깔려 있었다. 얇고 높은 광탑 두 개가 솟아 있고, 그 뒤로 코코넛 나무가 있었다. 특별히 종교적이거나 흥미로운 구석은 없었지만, 쾌적하고 고요했다.

나는 걸음을 옮겼다. 사원 바로 뒤에 단층집들이 있었다. 회벽의 빛이 바래 낡고 초라했다. 한 집은 작은 가게였다. 선반에는 먼지가 낀 오렌지 음료수병과 사탕이 반쯤 담긴 플라스틱 단지 네 개가 있었다. 하지만 큰 그릇에는 뭔가 다른 게 담겨 있었다. 납작하고 둥글고 흰 것. 가까이 다가갔다. 누룩을 넣지 않은 빵 같았다. 손가락으로 찔러보았다. 딱딱했다. 사흘은 지난 빵 같았다. 누가 이런 걸 먹는지 궁금했다. 하나를 집어서 부서지는지 보려고 흔들었다.

"맛보고 싶으냐?"

누군가 말했다.

기절하는 줄 알았다. 누구나 당하는 일이 아닌가. 햇살과 그늘이 있고, 색색의 점과 문양이 있고, 마음은 다른 데 가 있으면 바로 앞에 누가 있어도 모르는 법 아닌가.

네 걸음도 떨어지지 않은 곳에 사내가 책상다리를 하고 앉아 있었다. 빵 앞에. 너무 놀란 나머지 손을 휘젓다가, 빵이 거리로 날아가버렸다. 빵은 막 싸놓은 소똥 위에 떨어졌다.

"죄송해요. 아저씨를 못 봤어요!"

내가 말했다. 달아날 채비를 했다.

그가 침착하게 말했다.

"걱정 말아라. 빵은 소가 먹겠지. 다른 걸 먹으렴."

그는 빵을 반으로 나누었다. 우린 같이 빵을 먹었다. 딱딱하고 질겨서 씹기가 힘들지만, 배가 불렀다. 난 차분해졌다.

대화를 하기 위해 내가 말을 걸었다.

"아저씨가 만드신 빵인가 봐요."

"그렇단다. 어떻게 만드는지 가르쳐주마."

그는 자리에서 내려오더니, 안으로 들어가자는 손짓을 했다.

방 두 개짜리 오두막집이었다. 오븐이 버티고 있는 큰 방에서 빵을 구웠다. 얇은 커튼을 친 저쪽 방은 그의 침실이었다. 오븐 바닥에는 매끈한 자갈이 깔려 있었다. 그가 어떻게 돌을 달구어 빵을 굽는지 설명하려는 순간, 사원에서 기도 시간을 알리는 외침 소리가 터져 나왔다. 나는 이슬람교도들이 기도한다는 것은 알았지만, 어떻게 하는지는 몰랐다. 소리가 들리면 신도들이 사원으로 갈 거라고만 짐작했다. 기독교인들이 종소리를 듣고 예배당으로 가는 것처럼. 한데 그게 아니었다. 빵 굽는 사내는 설명을 하다 멈추고는 "실례한다"고 양해를 구했다. 그는 옆방으로 가더니, 잠시 후 둘둘 만 카펫을 가지고 나왔다. 바닥에 카펫을 펴자, 밀가루가 휘날렸다. 그는 일터 한가운데서, 내 앞에서 기도했다. 어울리지 않는 일이었지만, 오히려 어울리지 않는 것은 나였다. 다행히 그는 눈을 감고 기도했다.

그는 똑바로 섰다. 아랍말로 뭐라고 중얼거렸다. 양손을 귀 옆에 대고, 엄지를 귓불에 댄 모습이 알라의 응답을 들으려고 애쓰는 사람 같았다. 그는 허리를 굽혀 절을 했다. 그리고 다시 똑바로 섰다. 무릎을 꿇고 손과 이마를 바닥에 댔다. 허리를 세웠다. 다시 몸을 숙였다. 그리고 일어났다. 이것을 반복했다.

이슬람교란 단지 쉬운 운동이 아닐까 하는 생각이 들었다. 베두인족이 하는 뜨거운 날씨 속의 요가. 힘들이지 않고 천국에 가겠네.

그는 계속 중얼거리며 같은 과정을 네 차례 반복했다 기도를 마치자—고개를 오른쪽 왼쪽으로 돌리고, 잠깐 명상을 하고—눈을 뜨며 씩 웃었다. 일어나더니 카펫을 둘둘 말았다. 손놀림으로 봐서 오랜 습관임을 알 수 있었다. 그는 카펫을 옆방으로 가져가서 원래 자리에 놓았다. 다시 나오며 내게 물었다.

"어디까지 말했지?"

나는 그때 처음으로 이슬람 교인이 기도하는 것을 보았다—빠르고, 필요한 동작만 하고, 육체적이고, 중얼거리며, 놀라왔다. 교회에 가서 기도할 때 — 십자가의 예수 앞에 무릎을 꿇고 앉아, 꼼짝 않고 조용히 기도하는 — 밀가루 부대에 둘러싸여 체조를 하면서 신을 영접하는 장면이 머릿속에 떠올랐다.

19

나는 다시 그를 만나러 갔다.
"아저씨의 종교는 어떤 건가요?"
내가 물었다.
그의 눈빛이 반짝거렸다.
"사랑받는 사람들에 대한 종교지."
그가 대답했다.
나는 누구에게나 이슬람교와 그 정신을 이해하라고 권하지만, 사랑하라고 하지는 않는다. 형제애와 헌신으로 가득한 아름다운 종교다.

이슬람 사원은 신에게, 또 바람에게 열린 구조였다. 우리는 가부좌를 틀고 앉아서, 이맘(이슬람 사원의 사식승 — 옮긴이)의 말을 들었다. 그러다 기도 시간이 되면, 앉아 있던 사람들이 일제히 일어나서 줄을 맞춰 섰다. 한 군데도 빈 자리 없이 신도들은 앞뒤로 반듯하게 줄을 맞췄다. 이마를 땅에 대면 기분이 좋았다. 금세 깊은 신앙에 접한 느낌이 들었다.

20

그는 이슬람 신비주의자인 수피였다. 그는 신과의 합일을 추구했고, 신과의 관계는 사적이고 사랑 넘치는 것이었다. 그는 내게 말하곤 했다.

"우리가 신께 두 걸음 다가가면, 신은 우리에게 달려오시지!"

그는 굉장히 소탈한 사람이었다. 외모나 옷차림에서 기억에 남을 구석이란 전혀 없었다. 처음 만났을 때 그가 눈에 들어오지 않았던 것도 그런 이유 때문이었다. 그와 잘 알게 되고, 만남을 거듭한 후에도 그를 알아보기가 어려웠다. 그의 이름은 사티시 쿠마르였다. 타밀나두에서는 흔한 이름이어서, 생물 선생님과 같았지만 이상할 건 없었다. 그래도 그림자처럼 단순하고, 건강하고, 경건한, 빵 굽는 사람이 과학에 몰두한 공산주의자 생물 선생님과 이름이 같다는 사실이 유쾌했다. 생물 선생님은 과장해서 말하면 '걸어 다니는 산'이었고, 슬프게도 어린 시절 소아마비에 걸린 분이었다. 두 쿠마르 씨는 내게 생물과 이슬람교를 가르쳐주었다. 두 쿠마르 씨는 내가 토론토 대학에서 동물학과 종교학을 전공하게 이끌었다. 두 쿠마르 씨는 인도에서 보낸 내 어린 시절의 선지자들이었다.

우리는 함께 기도했고, 함께 신의 이름이 드러난 99구절을 암송했다. 그는 코란을 죄다 외웠고, 느릿느릿 소박하게 경전을 노래했다. 내 아랍어 실력은 별로 뛰어나지 않았지만, 나는 그 소리를 좋아했다. 이해는 못 해도, 연구개음이 터져 나오고 길게 늘어지는 모음이 고운 시냇물처럼 흘러갔다. 나는 시간의 마법에 걸린 채 오래오래 이 시냇물을 들여다보았다. 한 사람의 목소리라 넓지는 않았지만, 우주처럼 깊었다.

앞에서 쿠마르 씨의 집을 '오두막'이라고 했다. 하지만 그 어떤 이슬람 사원도, 교회도, 힌두 사원도 그 집처럼 성스럽게 느껴지지 않았다. 은혜로 충만해서 빵공장에서 나왔다. 자전거에 올라타고 은혜의 페달을 밟았다.

한번은 시내 밖으로 나갔다가 돌아오는데, 갑자기 지대가 높아지면서 왼편과 길 아래 멀리까지 바다가 보였다. 그 순간 천국에 있는 기분이었다. 사실 얼마 전에도 지났던 장소였지만, 보는 눈이 달라진 것이었다. 분출하는 에너지와 깊은 평화가 묘하게 뒤섞인 느낌은 강렬하게, 축복으로 다가왔다. 그 길을 지나기 전에는 바다와 나무들, 공기, 햇살이 저마다 다르게 말했지만, 이제 모두 하나의 언어로 말을 걸어왔다. 나무는 길을 안내했고, 길은 공기를 인식했고, 공기는 바다를 생각했고, 바다는 햇살과 모든 걸 나누었다. 모든 요소가 이웃해서 조화를 이루었고, 모두 친척이 되었다. 나는 언젠가 죽어야 할 인간으로 무릎을 꿇었고, 영원불멸한 존재로 일어났다. 작은 원의 중심이 된 듯했고, 우연히도 그 원은 훨씬 큰 원의 중심인 느낌이었다. 자아가 알라와 만났다.

신이 나와 아주 가까이 있는 느낌을 받은 적이 있었다. 한참 시간이 흐른 후 캐나다에서였다. 시골로 친구를 만나러 갔을 때였다. 겨울이었다. 넓은 땅을 혼자 거닐다 집으로 돌아가는 길이었다. 밤새 눈이 내린 후, 햇살이 맑고 화창한 날이었다. 집으로 다가가다가 고개를 돌렸다. 숲이 있고, 숲속에 작은 빈터가 있었다. 바람일까, 아니 어느 동물이 나뭇가지를 흔들었다. 눈송이가 와르르 떨어질 때, 햇살이 비쳐들었다. 금빛 눈가루가 햇살 가득한 빈터에 쏟아질 때, 나는 성모마리아를 보았다. 왜 성모님이었을까. 모르겠다. 성모님에 대한 마음은 그리 크지도 않았는데. 아무튼 그분이었다. 피부가 창백했다. 흰 드레스와 파란 망토 차림이었다. 옷에 주름이 많이 잡혀 있던 것이 아직도 기억난다. 성모님을 봤다는 것은, 문자 그대로 봤다는 의미는 아니다. 물론 성모마리아가 몸과 색을 갖고 있었다. 난 그분을 봤다고 느꼈다. 걸음을 멈추고 눈을 가늘게 떴다. 그분은 아름답고 위풍당당했다. 내게 사랑 넘치는 미소를 지어주었다. 잠시 후 그분은 날 떠났다. 두려움과 기쁨으로 가슴이 뛰었다.

 신의 존재는 최고의 보상인 것을.

21

 나는 생각에 잠겨 시내의 한 카페에 앉아 있다. 오후 내내 그와 시간을 보낸 참이다. 그와 만날 때마다 난 시무룩한 만족감을 느끼게 된다. 그게 내 삶의 특징이 되어버렸다. 그의 어떤 말이 나를 흔들었을까? 아, 그렇다. '메마르고, 누룩 없는 사실주의' '더 나은 이야기'. 펜을 들고 종이를 꺼내 글을 쓴다.

성스런 의식의 언어. 도덕의 찬미. 고결함과 의기양양함과 환희의 여운. 도덕관념이 되살아나 사물을 지성으로 이해하는 것보다 더 중요해진다. 우주를 도덕적인 선을 따라 정돈한다. 존재의 기본원칙은 우리가 사랑이라 부르는 것임을 깨닫는다. 사랑은 불가항력적인 것이지만, 때로 명확하지 않고, 분명치도 않고 즉각적이지도 않다.

나는 잠시 멈춘다. 신의 침묵은 무엇일까? 생각에 잠긴다. 덧붙여 쓴다.

혼란스런 지성이지만 확실한 존재감과 궁극적인 목적의식.

22

무신론자들이 죽어가면서 마지막으로 하는 말을 상상할 수 있다. "하얭군, 하얀색이야! 사-사-사랑! 아, 하느님!" 죽으면서 믿음이 생긴다. 반면에 불가지론자들이 정신을 놓지 않는다면,

'메마르고 누룩 없는 사실주의'를 지탱할 수 있다면, 몸을 감싸는 따스한 햇살에 "뇌-뇌-뇌의 산소가 부-부족하군"이라고 하리라. 마지막까지도 상상력 부족으로 더 좋은 이야기를 놓치고 말겠지.

23

아, 공통된 신앙을 가진 이들의 공동체의식이 날 얼마나 곤란하게 만들었는지! 사람들은 처음에는 내 종교행위를 중요하게 여기지 않고 재미있어했다. 한데 시간이 흐르면서 내 처신을 심각하게 보는 사람들이 생겼다. 그들은 재미있어하지 않았다.

신부는 이렇게 물었다.

"아드님이 이슬람 사원에 뭐 하러 가지요?"

힌두교 사제는 말했다.

"아드님이 교회에서 성호를 긋는 걸 봤습니다."

이슬람 지도자가 나섰다.

"아드님은 이슬람교도가 되었습니다."

그렇다. 부모님은 한꺼번에 이런 말을 듣고 어리벙벙해졌다. 그분들은 내가 뭘 하고 다니는지 몰랐다. 내가 힌두교, 기독교, 이슬람교 예배를 다 본다는 걸 몰랐다. 십 대들이야 늘 부모에게 비밀이 있게 마련 아닌가? 열여섯 살 청소년 중 비밀 없는 아이가 어디 있으랴. 하지만 운명은 부모님과 나, 세 종교의 '현자들'—그들을 그렇게 불러야겠다—이 같은 날, 구베르트 살라이 해변 산책길에서 한꺼번에 만나 내 비밀이 탄로 나게 만들었다. 산들바람이 부는 여름날 오후였다. 벵골만이 푸른 하늘 아래서 빛났다. 사람들은 산책을 나왔다. 아이들은 소리를 지르고 웃음을 터뜨렸다. 색색의 풍선이 하늘에 떠다녔다. 노점에서는 아이스크림이 불티나게 팔렸다. 왜 이런 날 자기 직업 이야기를 꺼낸담? 가볍게 웃으며 목례나 하고 지나갈 일이지. '현자' 한 사람씩이 아닌 셋을 동시에 만날 운명이었다. 그들 각자는 우리 가족을 보자, 폰디체리의 유지이자 동물원 운영자이며, 신앙심 깊은 아들을 둔 아버지와 인사를 나눌 절호의 기회로 여겼다. 나는 첫 번째 '현자'를 보았을 때만 해도 미소를 지었다. 세 번째 '현자'가 눈에 들어왔을 때는 미소가 얼어붙어 공포가 되어버렸지만. 세 사람 모두 우리에게 다가오는 걸 알아차리자, 가슴이 뛰기 시작하더니 철렁 내려앉았다.

그들은 셋이 같은 사람들에게 다가가고 있다는 걸 눈치채고 짜증스러운 기색이었다. 그리고 다른 두 사람은 사역과 관계없는 용건일 거라고 짐작했다. 한데 하필 이런 순간에……. 그들은 불쾌한 눈빛을 주고받았다.

부모님은 활짝 웃는 낯선 사람들에 둘러싸이자 당황한 눈치였다. 우선 우리 가족은 독실한 신자가 아니라는 것을 밝혀야겠다. 아버지는 자신을 '새 인도'의 일원—부유하고, 현대적이고, 아이스크림만큼이나 세속적인—으로 여겼다. 어디를 봐도 종교적인 구석은 전혀 없었다. 비즈니스맨이었으며, '비지busy니스맨'이라고 말하는 편이 더 어울렸다. 열심히 일했으며 그만큼 현실적이어서, 도덕이나 존재론적인 관점보다는 사자 번식에 더 관심을 기울였다. 사실 새로 동물이 생기면 신부의 축도를 받았고, 동물원에는 가네샤 신과 하누만 신에게 바치는 성소도 두 곳 있었다. 하긴 이 신들이 동물원 경영자의 마음에 쏙 들 만도 했다. 가네샤 신은 코끼리 머리를 가졌고, 하누만 신은 원숭이였으니. 하지만 아버지가 신을 모시는 것은, 영혼을 위해서가 아니라 사업상 이익이 있다는 계산 때문이었다. 개인의 구원보다는 홍보상 이점이 있어서. 영혼에 대한 걱정은 아버지에겐 먼 나라 일이었고, 마음을 흔드는 것은 경제적인 걱정뿐이었다. 아버지는 "동물들 사이에 전염병 하나만 퍼져도 우린 길바닥에 나앉아 돌을 깨며 살게 될 것"이란 말을 자주 했다. 해변 산책로에서 어머니는 입을 다물고 있었다. 그런 주제는 따분했다. 힌두교 문화권에서 침례교 교육을 받고 자란 어머니는 두 종교를 희석시켜 받아들였다. 결국 어머니는 신앙심이 없는 사람이 되었다. 어머니는 내가 이상한 종교생활을 한다는 것은 눈치챘을 것이다. 하지만 내가 〈라마야나〉와 〈마합하라타〉에 대한 만화책을 보면서 어린이 그림 성경과 다른 신에 대한 이야기에 탐닉해도, 어머니는 아무 말 하지 않았다. 어머니 자신이 독서광이었으니까. 어머니는 아들이 책에 코를 박고 있는 것을 보면 그저 좋아했다. 나쁜 책만 아니면 어떤 책이든 상관없었다. 라비 형은 크리슈나 신이 피리가 아니라 크리켓 배트를 들고 있거나, 예수가 심판과 비슷해 보이거나, 마호메트가 볼링에 대해 가르쳐준다면 종교에 눈을 떴을지 모르지만, 그렇지 않았기 때문에 종교에 대해서는 깜깜했다.

"안녕하세요" "날씨 좋네요"란 인사가 오간 후, 어색한 침묵이 흘렀다. 신부가 침묵을 깼다. 그는 당당한 목소리로 말했다.

"피신은 훌륭한 기독교인이에요. 곧 우리 성가대에 서면 좋겠습니다."

부모님과 힌두 사제와 이슬람 지도자는 놀란 표정을 지었다.

"뭔가 오해가 있군요. 이 아이는 훌륭한 이슬람교 신도랍니다. 금요일 기도에 빠지는 일이 없고, 코란도 잘 배우고 있는걸요."

이슬람 지도자가 말했다.

부모님과 신부와 힌두 사제는 믿지 못하겠다는 표정을 지었다.

힌두 사제가 말했다.

"두 분 다 틀리셨습니다. 이 소년은 착한 힌두교도입니다. 언제나 사원에 와서 제례를 올리는데요."

부모님과 이슬람 지도자와 신부는 경악한 표정을 지었다.

신부가 말했다.

"오해가 아니에요. 저는 이 아이를 압니다. 피신 몰리토 파텔이고 기독교인입니다."

"저도 이 소년을 압니다. 분명히 말씀드리는데, 이 아이는 이슬람 교도입니다."

이슬람 지도자가 주장했다.

"말도 안 되는 소립니다! 피신은 힌두교인으로 태어났고, 힌두교인으로 살고 있으며, 힌두교인으로 죽을 겁니다!"

힌두 사제가 소리쳤다.

세 사람은 믿을 수 없다는 듯, 숨도 쉬지 않고 서로 노려보았다. 아, 그들이 저를 바라보지 말게 하소서. 나는 속으로 기도했다. 모두의 눈이 내게 쏠렸다.

이슬람 지도자가 진지하게 물었다.

"피신, 이게 다 사실이냐? 힌두교도와 기독교도는 우상숭배자들이란다. 다신교라고."

"이슬람교도는 부인을 여럿 거느리지."

힌두 사제가 대꾸했다.

신부는 두 사람에게 묻는 표정으로 속삭였다.

"피신, 예수님 안에서만 구원을 얻는다."

"헛소리! 기독교도가 종교에 대해 뭘 안다고."

힌두 사제가 끼어들었다.

그러자 이슬람 지도자가 말했다.

"기독교도들은 오래전 신의 길에서 벗어났지."

신부가 쏘아붙였다.

"당신네 종교에 신은 어디 있지요? 당신네 종교는 한 가지 기적도 보여주지 못해요. 기적이 없는 종교라니 그게 무슨 종교요?"

"종교가 무슨 죽은 사람들이 무덤에서 벌떡 일어나는 서커스인 줄 압니까! 우리 이슬람교인들은 존재의 핵심적인 기적에만 매달립니다. 새들이 날고, 빗방울이 떨어지고, 곡식이 자라고…… 우리에게는 이런 기적만으로 충분합니다."

"날개와 빗방울도 훌륭하지만, 우리는 신이 우리에게 진실하시다는 것을 아는 게 좋겠습니다."

"그런가요? 신이 함께 계셔서 그렇게 잘했군요? 신을 죽이려 했으면서! 당신들은 신을 십자가에 매달아 대못을 박았어요. 그게 문명인들이 선지자를 대하는 겁니까? 마호메트 선지자는—평안하시기를—우리에게 품위 없는 헛소리라고는 없는 신의 말씀을 전해주시고, 오래 사시다가 늙어서 돌아가셨소."

"신의 말씀요? 사막 한가운데서 당신네 까막눈 장사꾼에게요? 그건 낙타를 타고 흔들거리다 간질이 일어나 침을 흘리며 발작한 거지, 신의 계시가 아니었어요. 그렇지 않으면 햇볕을 많이 쬐어서 뇌가 이상해진 것뿐이오!"

"선지자께서—평안하시기를—살아 계셨다면, 당신에게도 한 말씀 하셨을 거요."

이슬람 지도자가 눈을 가늘게 뜨면서 맞받아쳤다.

"아니지요! 예수님은 살아 계십니다. 당신네 그 늙은이 '평안하시기를' 양반은 죽었지만요. 죽었잖아요!"

힌두 사제가 조용히 끼어들었다. 그는 타밀어로 말했다.

"문제는, 피신이 이런 외국 종교를 갖고 우물쭈물하는 이유가 뭐냐는 겁니다."

신부와 이슬람 지도자는 눈이 튀어나올 것 같았다. 두 사람 다 타밀 원주민들이었으니까.

"신은 보편적이십니다."

신부가 얼른 대꾸했다.

이슬람 지도자도 고개를 끄덕이며 강하게 동의했다.

"신은 한 분뿐이십니다."

힌두 사제가 말했다.

"그래서 유일신을 믿는 이슬람교도들은 늘 문제를 일으키고 폭동을 주도하는구만요. 이슬람교도들이 얼마나 비문화적인가를 보면 이슬람교가 얼마나 나쁜지 증명이 됩니다."

"사람을 노예로 전락시키는 카스트제도는 또 어떻습니까. 힌두교도들은 사람을 노예로 만들고, 울긋불긋 옷 입힌 인형들에게 경배하지요."

이슬람 지도자가 분통을 터뜨렸다.

"금송아지를 숭상하는 사람들이죠. 소 앞에 무릎을 꿇잖아요."

신부가 거들었다.

"기독교인들은 백인 앞에 무릎을 꿇고요! 외국 신에게 아첨하는 자들 같으니. 백인이 아닌 사람들에게는 악몽 같은 자들이지."

"또 돼지고기를 먹고 식인 습관도 있지요."

이슬람 지도자가 말했다.

신부는 냉담하게 분노를 표출했다.

"이제 문제는 피신이 진짜 종교를 원하느냐, 만화에나 나오는 신화를 원하느냐입니다."

"신이냐 우상이냐지요."

이슬람 지도자가 진지하게 말했다.

"우리 신들이냐, 식민주의 신들이냐지요."

힌두 사제가 냉소했다.

누구 얼굴이 더 붉은지 가늠하기 힘들었다. 주먹다짐이라도 할 것 같은 표정들이었다.

아버지가 양손을 들면서 말했다.

"여러분, 여러분! 이 나라에는 종교의 자유가 있다는 점을 말씀드리고 싶군요."

세 사람은 몹시 흥분한 얼굴을 일제히 아버지에게 돌렸다.

"옳습니다! '종교들'이 아니라 한 '종교'지요!"

세 종교인이 입을 맞춰 소리쳤다. 세 사람은 모두 자기주장을 강조하려고 집게손가락을 흔들어댔다.

그들은 뜻하지 않게 셋이 같은 말을 하고, 똑같이 손짓하는 게 불쾌했던 모양이다. 얼른 손을 내리고, 한숨을 쉬면서 신음했다. 어머니, 아버지는 할 말이 없어서 쳐다보기만 했다.

먼저 힌두 사제가 입을 열었다.

"파텔 씨, 피신의 신앙심은 놀랍습니다. 이 어려움 많은 시기에 소년이 신께 가까이 다가가는 걸 보니 참 좋습니다."

이슬람 지도자와 신부는 고개를 끄덕였다. 힌두 사제가 말을 이었다.

"하지만 힌두교인이면서 기독교인과 이슬람 교도가 될 수는 없습니다. 불가능한 일입니다. 피신은 선택을 해야 합니다."

아버지가 대답했다.

"그게 범죄는 아닐 것 같군요. 하지만 옳은 말씀입니다."

세 '현자'는 동의하는 말을 중얼대더니 하늘을 올려다보았다. 아버지도 그랬고. 하늘에서 응답이 내려오기라도 할 것 같았다. 어머니는 날 물끄러미 바라보았다.

내 어깨에 침묵이 무겁게 내려앉았다.

어머니가 주의를 환기시켰다.

"흠. 피신? 이 질문에 대해 어떻게 생각하니?"

"간디께서는 '모든 종교는 진실하다'고 말씀하셨어요. 저는 신을 사랑하고 싶을 뿐이에요."

불쑥 이런 말이 튀어나왔다. 나는 얼굴을 붉히며 고개를 숙였다.

내 당황스러움은 전염이 된 것 같았다. 모두 말이 없었다. 우연하게도 우리는 산책로에 있는 간디 동상에서 멀지 않은 곳에 있었다. 손에 지팡이를 들고, 입술에 장난꾸러기 같은 미소를 띤 간디가 눈을 반짝이며 걷는 모습이었다. 마하트마 간디가 우리의 대화를 들었다면, 내 마음에 더 신경을 써주지 않았을까. 아버지가 목청을 가다듬더니, 힘없이 말했다.

"우리 모두 그렇게 해야 될 것 같군요. 신을 사랑해야……."

내가 기억하는 한 진지한 마음으로 사원에 발을 들여놓은 적이라고는 한 번도 없던 아버지가 그런 말을 하다니 우스웠다. 하지만 효과가 있는 것 같았다. 신을 사랑하고 싶어 한다고 아이를 꾸짖을 수는 없으니까. 세 '현자'는 어색한 미소를 지으며 걸어갔다.

아버지는 무슨 말이라도 하려는 듯 잠시 날 보더니, 마음을 바꾸었는지 "아이스크림 먹을 사람?"이라고 물었다. 우리가 대답도 하기 전에, 아버지는 가까운 아이스크림 노점으로 갔다. 어머니는 상냥하면서도 당황한 표정으로 잠시 나를 바라보았다.

나는 종파를 초월한 대화에 그렇게 입문했다. 아버지는 아이스크림을 세 개 사왔다. 우리는 어색한 침묵 속에서 일요일 산책을 계속했다.

24

그 일을 알자 라비 형은 법석을 떨었다.

"그래 스와미(힌두교의 학자, 종교가에 대한 존칭—옮긴이) 예수, 올해 하지(이슬람 성지 순례—옮긴이)를 가실 건가?"

그는 이슬람교도처럼 양 손바닥을 얼굴 앞으로 들어올리더니, 성호를 그으며 덧붙였다.

"메카가 부르나요? 아니면 로마로 가셔서 다음번 교황이 되어 대관식을 치르시려나?"

그는 공중에 그리스 문자를 그리면서 조롱했다.

"거시기 끝을 자르고 유대인이 될 시간은 있으셨나? 이런 식으로 종교생활을 하면, 그러니까 목요일에는 힌두 사원에 가고 금요일엔 이슬람 사원에, 토요일에는 유대회당에, 일요일에는 교회에 가면, 세 가지 종교로 더 개종해서 평생 매일 성스런 날로 삼으면 좋겠다."

이런 식으로 얼마나 놀려댔는지.

25

그걸로 끝이 아니었다. 신은 '궁극적인 실체'이자 존재를 떠받치는 틀이건만, 마치 신의 힘이 약해서 자기가 도와야 된다는 듯 나서서 옹호하는 자들이 있게 마련이다. 이런 자들은 정작 나병에 걸려 동전푼을 동냥하는 과부는 못 본 체 지나고, 누더기 차림으로 노숙하는 아이들 곁을 지나면서도 '늘 있는 일'로 치부한다. 하지만 신에 대해 조금이라도 거슬리는 점을 보면 난리라도 난 것처럼 군다. 얼굴을 붉히고 숨을 몰아쉬면서, 화를 내며 말을 쏟아낸다. 얼마나 분노하는지 놀라울 뿐이다. 그 단호함이 겁난다.

이런 자들은 겉이 아니라 마음속으로 신을 옹호해야 한다는 사실을 깨닫지 못한다. 분노의 방향을 자신에게 돌려야 한다는 걸 모른다. 바깥의 악은 내면에서 풀려나간 악인 것을……. 선을 위한 싸움터는 공개적인 싸움장이 아니라 각자의 마음에 있는 작은 공터인 것을……. 과부와 집 없는 아이들의 운명은 너무 힘들다. 그러니 독선적인 자들이 편들어주러 달려갈 곳은 신이 아니라 그런 이들인 것이다.

한번은 어느 멍청한 인간이 이슬람 대사원에서 나를 쫓아냈다. 교회에 가니, 신부가 노려보는 바람에 예수님의 평안을 느낄 수 없던 적도 있었다. 힌두교 사제들이 믿음에서 휘이휘이 쫓아낸 적도 있다. 내 종교행위가 반역죄라도 되는 듯이 내 부모님에게 일러바치는 인간들도 있었다.

이 마음 좁은 짓이 신에게 큰 보탬이라도 되는 것처럼.

내게 종교는 우리의 악행이 아니라 우리의 존엄성과 관련된 것이다.

나는 '흠 없이 수태하신 우리 천주님 교회'에 가지 않고 '우리 천사들의 천주님' 교회에 가서 미사를 보았다. 이제 금요일 예식이 끝나도 동료 신도들과 얼쩡대지 않았다. 사제들 때문에 신과의 만남이 방해받지 않도록 복잡한 시간에 힌두 사원을 찾았다.

26

 해변 산책로에서 그들을 만나고 며칠이 지난 후, 용기를 내어 사무실로 아버지를 찾아갔다.
 "아버지?"
 "그래, 피신."
 "세례도 받고 싶고, 기도 카펫도 갖고 싶어요."
 나는 천천히 말했다. 아버지가 서류를 보다가 고개를 들었다.
 "뭐? 뭐라고?"
 "밖에서 기도할 때 바지를 더럽히는 게 싫어요. 세례도 받지 않고 기독교 학교에 다니고 있고요."
 "왜 밖에서 기도하고 싶어 하니? 솔직히 기도는 왜 하고 싶은 게냐?"
 "신을 사랑하니까요."
 "아하."
 아버지는 내 대답에 놀란 모양이었다. 당황한 기색이 역력했다. 잠시 말이 끊겼다. 이번에도 아버지가 아이스크림 얘기를 꺼낼 것 같았다. 그가 말했다.
 "너희 학교는 이름만 기독교 학교야. 기독교도가 아닌, 힌두교를 믿는 학생도 많아. 세례를 안 받아도 똑같이 교육을 잘 받을 수 있다. 알라에게 기도한다고 또 달라질 게 있니."
 "그래도 알라신에게 기도하고 싶어요. 기독교인도 되고 싶고요."

"양쪽을 다 할 수는 없어. 이쪽이든 저쪽이든 하나만 되어야 해."

"왜 양쪽 다 되면 안 되죠?"

"둘은 다른 종교잖니! 두 종교에는 공통점이 없지."

"그렇게 말하지 않던데요! 양쪽 다 아브라함을 자기네 사람이라고 주장해요. 이슬람교에서는 유대인과 기독교도의 신이 이슬람교의 신과 똑같다고 말해요. 다윗, 모세, 예수를 선지자라고 하고요."

"그게 우리랑 무슨 상관이니, 피신? 우린 인도인이란 말이야!"

"기독교인과 이슬람교인들은 오랜 세월 동안 인도에 있었어요! 어떤 사람은 예수님이 카슈미르에 묻혔다고도 해요."

아버지는 아무 말도 하지 않고, 나를 바라보기만 했다. 양미간을 잔뜩 찌푸리고. 그러다 갑자기 일이 생겼다.

"어머니께 가서 말씀드리렴."

어머니는 책을 읽는 중이었다.

"어머니?"

"그래, 피신."

"저는 세례도 받고 싶고, 기도 카펫도 갖고 싶어요."

"아버지한테 말씀드리렴."

"말했어요. 그랬더니 아버지가 어머니한테 말씀드리래요."

"그래?"

어머니는 책을 내려놓았다. 그리고 동물원 쪽을 바라보았다. 그 순간, 아버지는 등골이 오싹했을 것이다. 어머니는 다시 서가로 눈을 돌렸다.

"네가 읽으면 좋을 책이 있는데."

어머니는 이미 손을 뻗어 책을 집고 있었다. 로버트 루이스 스티븐슨(『보물섬』을 쓴 영국 소설가―옮긴이)의 작품이었다. 어머니는 늘 이런 식으로 대처했다.

"그 책은 벌써 읽었는걸요. 세 번이나요, 어머니."

"아."

어머니가 왼쪽을 더듬었다.

"코난 도일도 마찬가지구요."

내가 말했다.

어머니가 오른쪽 서가를 더듬었다.

"나라얀은? 설마 나라얀의 책을 다 읽지는 않았겠지?"

"이건 저한테는 중요한 일이에요, 어머니."

"『로빈슨 크루소』가 있구나!"

"어머니!"

"하지만 피신."

어머니가 의자에 등을 기댔다. '더 이상 말하지 말라'는 표정이었다. 나로선 적재적소를 공략해야 된다는 뜻이기도 했다. 어머니가 쿠션을 매만지며 말했다.

"아버지와 내게는 너의 종교적인 열의가 미스터리야."

"종교는 미스터리예요."

"흠. 그런 뜻이 아니고. 잘 들어라, 애야. 종교를 가지겠다면, 힌두교도가 되든지, 기독교도가 되든지, 이슬람교도가 되든지, 하나가 되어야 해. 산책길에서 그분들의 말씀을 들었잖니."

"왜 셋을 한꺼번에 하면 안 되는지 모르겠어요. 마마지는 여권을 두 개나 갖고 있어요. 인도인이고 또 프랑스인이거든요. 어째서 힌두교도 겸 기독교도 겸 이슬람교도가 될 수 없다는 거죠?"

"그건 달라. 프랑스와 인도는 지구상의 국가잖니."

"하늘에는 나라가 몇 개나 있는데요?"

어머니는 잠시 생각에 잠겼다.

"하나. 그게 요점이야. 한 나라니까 여권도 하나."

"하늘에 나라가 하나만 있어요?"

"그래. 아니면 하나도 없든가. 그럴 수도 있겠지. 네가 매달리는 것들은 아주 구식이란다."

어머니의 얼굴에 불확실한 기색이 드리워졌다.

"아버지 간디께서는……."

"그래. 아버지 간디께서 뭐라고 하셨는지 알아."

어머니는 손을 이마에 댔다. 정말로 기운 없는 표정이었다. 어머니가 말했다.

"야단났네."

27

그날 저녁, 나는 부모님의 대화를 엿들었다.

"당신이 그러라고 했어?"

아버지가 말했다.

"그애가 당신에게도 물어봤다고 하던데요. 당신이 피신을 나한테 떠밀었잖아요."

어머니가 대꾸했다.

"내가 그랬나?"

"그랬죠."

"워낙 바쁜 하루여서……."

"지금은 안 바쁘잖아요. 할 일 없이 편안한 표정인데요. 아이 방에 가서 발밑에 있는 기도 카펫을 빼내고 교회에서 세례 받는 일에 대해 토론하고 싶으면, 얼마든지 가서 하세요. 나는 반대 안 할 테니까요."

"아니야, 됐어."

목소리로 봐서 아버지가 의자에 등을 기대는 걸 알 수 있었다. 잠시 침묵이 흘렀다.

"개가 벼룩한테 끌리는 것처럼 여러 종교에 끌리나 봐. 난 이해가 안 되지만. 우린 현대적인 인도 가정인데 말이지. 현대적인 방식으로 살고 있고. 인도는 진짜 현대적이고 진보한 국가가 되고 있어. 한데 우리 아들은 제가 스리 라마크리슈나가 환생한 사람인 줄 아는지."

"현대적이고 진보적이라는 게 간디 여사 같은 거라면, 난 별로 마음에 안 들어요."

어머니가 말했다.

"간디 여사는 사라질 거야! 진보는 막을 수가 없지. 우리 모두 북소리에 맞춰서 행진해야 한다구. 기술이 도와줄 거고, 멋진 아이디어가 퍼질 거야. 이 두 가지는 순리야. 기술의 도움을 받지 않고 멋진 아이디어도 거부한다면, 자신을 공룡시대에 가두는 꼴이지! 난 그렇게 확신해. 멍청한 간디 여사는 사라질 거야. 새로운 인도가 올 거라구."

(사실 간디 여사는 사라질 터였다. 또 새로운 인도의 가족은 캐나다로 이주하기로 결정할 거고.)

아버지는 계속 말했다.

"당신, 피신이 '아버지 간디' 운운하는 거 들었지? '모든 종교는 진실하다'고 했다고?"

"그래요."

"'아버지 간디'라? 그 아이는 간디에게 애정을 갖고 말하는 것 같아. 아버지 간디 다음에는 뭘까? 예수 삼촌? 또 이건 무슨 헛소리야, 아이가 진짜 이슬람교도가 된 거야?"

"그런가 봐요."

"이슬람교도라니! 헌신적인 힌두교도라면 이해가 되지. 또 기독교인도 그럴 만해. 좀 이상하긴 하지만, 거기까진 이해할 수 있어. 오래전부터 이 땅에 기독교도가 있었으니까. 성 도마, 성 프랜시스 사비에르. 선교사들 따위가 있었지. 훌륭한 학교도 세 위줬고."

"그렇죠."

"그러니 그런 건 다 받아들일 수 있다구. 한데 이슬람교도? 그건 우리 전통에서는 완전히 낯선 종교잖아. 이방인들이야."

"그들 역시 아주 오래전부터 있었어요. 이슬람교도가 기독교도보다 백 배는 많을걸요."

"그래도 달라질 건 없어. 그들은 이방인들이야."

"피신은 또 다른 진보의 북소리에 맞춰 행진하고 있겠죠."

"당신, 그 아이를 옹호하는 거야? 당신은 우리 아들이 자신을 이슬람교도라고 생각해도 괜찮다는 건가?"

"우리가 어쩔 수 있겠어요, 여보? 그 아이가 마음을 빼앗겼고, 그렇다고 해가 되는 것도 아닌데요. 그냥 한때일 거예요. 다 사라질 거예요. 간디 여사처럼."

"왜 제 또래 아이들과 같은 것에 관심을 가지지 않을까? 라비를 보라구. 그 아이가 생각하는 건 크리켓, 영화, 음악뿐이잖아."

"당신은 그게 더 낫다고 생각해요?"

"아니, 아니야. 아, 어떻게 생각해야 좋을지 모르겠어. 힘든 하루였어."

아버지는 한숨을 쉬면서 덧붙였다.

"피신의 그런 관심이 얼마나 오래갈지 모르겠군."

어머니가 쿡쿡 웃었다.

"지난주에 피신은 『예수 흉내 내기』란 책을 다 읽었어요."

"『예수 흉내 내기』? 다시 말하지만 그런 관심이 얼마나 오래갈지 모르겠구만."

아버지가 소리쳤다.

두 분은 웃음을 터뜨렸다.

28

기도 카펫이 마음에 들었다. 고급은 아니었지만 내 눈에는 아름답게 빛났다. 그걸 잃어버려서 안타깝다. 어디에 펴든, 그 밑의 땅과 주변에 대한 특별한 애정이 느껴졌다. 땅은 신이 창조한 피조물이며 모든 것이 똑같이 신성하다는 점을 되새기게 해주는 것이 좋은 기도 카펫 아닐까. 빨간 바탕에 금색 줄이 섞여 있었다. 폭 좁은 직사각형 위에 삼각형의 꼭짓점이 기도하는 방향을 가리켰고, 그 주변에는 소용돌이무늬가 연기나 알지 못하는 언어의 부호처럼 새겨져 있었다. 털은 포근했다. 기도할 때 이마가 닿는 부분 조금 옆에는 술이 달려 있었다. 발끝이 닿는 곳 조금 옆에도 술이 달려 있었다. 이 넓은 세상 어디에서든 편하게 해주는 크기였다.

밖에서 기도했다. 그게 좋아서. 기도 카펫을 집 뒤, 마당 구석에 펴곤 했다. 해홍두 나무가 그늘을 드리우는 조용한 곳이었다. 옆의 담에는 부겐빌레아가 피어 있었다. 긴 담 위에는 포인세티아 화분이 조르르 놓여 있었다. 부겐빌레아가 나무 사이를 타고 올라갔다. 진홍빛 포엽(꽃봉오리를 싸서 보호하는 작은 잎 ― 옮긴이)과 나무에 달린 붉은 꽃송이의 빛깔이 대조를 이루어 참 예뻤다. 나무에 꽃이 피면 까마귀, 찌르레기, 태양새, 잉꼬가 몰려들었다. 오른쪽으로는 담이 쭉 뻗어 있었다. 앞쪽과 왼쪽으로는 나무가 그늘을 드리우는 뒤쪽에 햇살이 쏟아지는 공간이 있었다. 물론 날씨와 시간, 계절에 따라 풍경이 바뀌었다. 하지만 내 기억 속에는 아무 변화가 없는 듯 모든 게 분명히 남아 있다. 나는 누런 땅에 조심스레 그려놓은 선의 도움으로 메카와 마주 섰다.

가끔 기도를 끝내고 고개를 돌리면, 아버지나 어머니, 라비 형이 날 보고 있었다. 그들이 기도하는 내 모습에 익숙해질 때까지 한동안 그랬다.

세례식은 좀 어색한 행사가 되었다. 어머니는 옆에서 잘 따라 했지만, 아버지는 굳은 표정이었다. 라비 형은 크리켓 생각을 하느라 정신이 없었다. 그러면서도 행사에 대해 이러쿵저러쿵하는 것은 똑같았다. 얼굴과 목덜미로 물이 줄줄 흘렀다. 한 컵 분량이었지만, 우기의 빗줄기처럼 청량감을 주었다.

29

왜 사람들은 이동할까? 무엇 때문에 뿌리를 내리고, 모르는 게 없던 곳을 떠나 수평선 너머 미지의 세계로 향할까? 왜 스스로를 거지처럼 느끼게 만드는 겉치레투성이인 곳에 오르려 할까? 왜 모든 것이 새롭고 낯설고 힘겨운 이국의 정글로 들어갈까?

어디서나 대답은 하나겠지. 사람들은 더 나은 삶을 소망하며 이주한다.

1970년대 중반, 인도는 혼란기였다. 신문을 읽을 때 아버지 이마에 깊이 패는 주름살을 보면서 나는 알아차렸다. 부모님과 마마지가 사람들과 나누는 대화에서도 눈치챘다. 나는 그들이 이야기하는 세상 돌아가는 꼴을 모르진 않았지만 관심이 없었다. 여느 때처럼 오랑우탄들은 차파티(밀가루로 얇게 구워 만든 빵—옮긴이)를 먹느라 정신없었고, 원숭이들은 델리에서 날아드는 소식을 묻지 않았다. 무소와 염소는 여전히 평화롭게 지냈고, 새는 쉬지 않고 지저귀었다. 구름은 비를 실어 날랐고, 햇살은 뜨거웠으며, 땅은 숨 쉬었다. 신도 있었다. 내 세계에는 응급 상황이 없었다.

간디 여사는 결국 아버지를 이용해서(간디 여사의 아버지는 네루—옮긴이) 이득을 얻었다. 1976년 2월, 타밀나두 정부는 델리의 공격을 받았다. 타밀나두는 간디 여사를 가장 심하게 비판하는 곳이었다. 권력 이양은 순조롭게 이루어졌으나—카루

나니디 수상은 '사임' 혹은 가택 연금을 핑계로 조용히 사라졌다 — 국가의 헌법이 팔 개월이나 유예되는 마당에 한낱 지방 정부의 몰락이 무슨 대수일까? 하지만 우리 아버지는 간디 여사가 독재를 할 거라고 예상했다. 동물원의 낙타는 동요하지 않았지만, 아버지는 민감했다.

아버지는 소리쳤다.

"곧 그 여자가 우리 동물원에 와서, 감옥이 꽉 찼으니 다른 공간이 필요하다고 할 거야. 사자 무리 속에 데사이를 넣어둘 수 있냐고 할 거라구."

모라지 데사이는 반대파 정치인이었다. 간디 여사와 같은 편이 아니었다. 아버지가 끝없이 걱정했던 게 슬프다. 간디 여사가 개인적으로 우리 동물원을 폭파시킬 수도 있었을 것이다. 그렇다 해도 아버지만 즐거워한다면 난 괜찮았을 것이다. 아버지가 그렇게 안절부절못하지 않았다면 좋았을 것을. 아버지가 걱정에 짓눌린 것을 보기란 아들로선 힘든 노릇이다.

하지만 아버지는 걱정했다. 어떤 사업이든 위험해질 수 있고, 특히 소규모 사업은 더했다. 위험요소를 끼고 산다. 동물원은 문화적인 기관이다. 공공 도서관처럼, 박물관처럼, 대중교육과 과학을 서비스하는 곳이다. 공공의 선과 이익은 같이 갈 수 없는 것이고, 그래서 돈을 많이 벌지 못하는 사업이었지만, 그게 아버지에겐 억울한 일이었다. 사실 우린 부자는 아니었다. 캐나다의 기준으로는 특히 그랬다. 우린 우연히 동물을 많이 가진 가난한 가족이었다. 동물들이 살 집도 없었지만(그 점이라면 우리도 비슷한 형편이었지만). 동물원의 운명은 야생동물들의 운명처럼 불확실하다. 동물원은 법을 피할 정도로 큰 사업도 아니고, 그렇다고 끄트머리에서 살아갈 만큼 작은 사업도 아니다. 동물원이 번성하려면 의회 정부와 민주적인 선거, 연설의 자유, 출판의 자유, 결사의 자유, 법의 통치, 인도 헌법에 있는 또 다른 모든 것들이 수반되어야 한다. 그렇지 못한 상황에서는 동물 구경을 만끽할 수 없다. 장기적으로 정치 상황이 나쁘면 동물원 사업도 안 된다.

사람들은 조바심에 시달려 이주한다. 아무리 열심히 일해도 아무것도 못 얻을 거라는 불안감이 야금야금 파고들어서. 일 년 걸려 쌓은 것이 남의 손에 하루 만에 무너지리라는 불안감 때문에. 장래가 꽉 막힌 것 같아서. 본인은 괜찮지만 자녀들은 그렇게 살면 안 되겠기에. 아무것도 변하지 않을 거라는 느낌 때문에. 행복과 번영을 다른 곳에서만 얻을 수 있을 것 같아서.

'새로운 인도'는 아버지의 마음속에서 산산이 갈라지고 붕괴되었다. 어머니도 동의했다. 우린 벗어나야 했다.

어느 날 저녁 식사 중에 통고 받았다. 라비 형과 나는 벼락을 맞은 것 같았다. 캐나다라니! 우리 고향 바로 북쪽에 있는 안드라 프라데시도 외국 같고, 엎드리면 코 닿을 거리인 스리랑카도 달나라 같은데 캐나다라니……. 기분이 어땠을지 상상해보길. 개니디는 우리에게 아무런 의미도 없었다. 먼 거리로 따지자면 북아프리카의 팀북투와 다를 바 없는 나라였다.

30

그는 기혼자다. 허리를 굽히고 신발을 벗는데 그가 말한다.

"내 아내를 만나보도록 해요."

고개를 드니, 그 옆에…… 파텔 부인이 있다.

"안녕하세요. 피신에게 얘기 많이 들었어요."

그녀가 손을 내밀며 미소 짓는다. 나도 그렇다는 말은 할 수가 없다. 아는 게 없으니까. 그녀는 외출하려던 참이라 우린 잠깐 대화를 나눈다. 그녀 역시 인도인이지만, 전형적인 캐나다 억양으로 말한다. 이민 2세일 것이다. 파텔 씨보다는 약간 젊고 피부는 약간 검다. 까만 머리를 길게 땋아 내리고 있다. 검은 눈과 예쁜 흰 치아. 그녀는 드라이클리닝해서 비닐에 싼 흰 가운을 팔에 걸고 있다. 그녀는 약사다.

"만나서 반가웠습니다, 파텔 부인."

내가 인사하자 그녀는 대답한다

"그냥 미나라고 부르세요."

부부가 가벼운 입맞춤을 나누고, 부인은 토요일 근무를 하러 간다.

이 집이 종교적인 물건으로만 가득 차 있는 건 아니다. 부부가 같이 사는 작은 흔적들이 눈에 들어오기 시작한다. 두 사람은 오랫동안 살아왔지만, 그동안은 보지 못했다. 내가 찾고 있는 대상은 그들 부부가 아니었기에.

그는 수줍은 사람이다. 그는 살면서 가장 소중한 것은 자랑하면 안 된다는 것을 배웠다.

"오시면 대접하려고 특별한 처트니(새콤달콤한 인도의 조미료—옮긴이)를 만들어놨는데요."

그가 말한다. 그는 웃고 있다.

아니, 아니다.

31

빵장수 쿠마르 씨와 쿠마르 선생님은 딱 한 번 만났다. 쿠마르 씨가 동물원 구경을 하고 싶다고 처음으로 말했다.

그가 물었다.

"오랫동안 한 번도 못 가봤거든. 이렇게 가까이 살면서도. 구경 좀 시켜줄래?"

"그럼요, 물론이죠. 제가 오히려 영광이에요."

내가 대답했다.

다음 날 방과 후에 동물원 정문에서 만나기로 했다.

종일 걱정스러웠다. 나는 자책했다. '이 멍청이 같으니! 왜 정문에서 만나자고 했어? 거기는 언제나 복잡하잖아. 그가 얼마나 평범하게 생겼는지 잊은 거야? 사람들 틈에서 알아보지 못할 텐데.' 내가 옆을 지나면서도 알아보지 못하면, 쿠마르 씨는 마음에 상처를 입겠지. 내 마음이 변해서, 가난한 이슬람교도 빵장수랑 같이 있는 걸 사람들에게 보이기 싫어한다고 생각할 것이다. 그는 말도 없이 돌아갈 거야. 화를 내지는 않겠지만—그는 햇빛이 너무 강렬해서 못 보았다는 내 말을 받아들이겠지—다시는 동물원에 오고 싶어 하지 않을 것이다. 그런 식으로 될 게 뻔했다. 그를 알아봐야 했다. 숨어서 지켜보다가 쿠마르 씨라는 확신이 설 때까지 기다려야 했다. 하지만 그를 알아보려고 매우 노력할 때야말로 그를 알아보지 못한다는 것을 나는 알고 있었다. 노력을 하면 눈앞이 까매지는 것 같았다.

약속 시간에 나는 동물원 정문 앞에 서서, 양손으로 눈을 비비기 시작했다.

"뭐 하는 거야?"

친구 라지였다.

"바빠."

"눈 비비느라 바빠?"

"가봐."

"비치 로드에 가자."

"기다리는 사람이 있단 말야."

"그런데 그렇게 눈을 비비면 그 사람을 놓치겠는걸."

"알려줘서 고마워. 비치 로드에서 재미있게 보내."

"가번먼트 공원은 어때?"

"못 간다니까."

"야, 그러지 말고 가자."

"부탁이야, 라지. 가서 볼일 봐!"

그는 갔다. 나는 다시 눈을 비볐다.

"수학 숙제 좀 도와줄래, 파이?"

또 다른 친구 아지스였다.

"나중에. 가봐."

"잘 있었니, 피신?"

어머니 친구인 라다크리시나 부인이었다. 몇 마디 더 나누고 부인을 보냈다.

"저기 잠깐만. 라포트 거리가 어디냐?"

모르는 사람이었다.

"저쪽요."

"동물원 입장료가 얼마지?"

또 모르는 사람.

"오 루피예요. 매표소는 저기 있어요."

"눈에 염소라도 들어갔니?"

마마지였다.

"안녕하세요, 마마지. 아니에요, 괜찮아요."

"아버지 계시냐?"

"그럴걸요."

"내일 아침에 보자꾸나."

"네, 마마지."

"나 여기 있다, 피신."

눈을 비비던 손이 얼어붙었다. 그 목소리였다. 익숙하면서도 낯설고, 낯설면서도 익숙했다. 미소가 밀려오는 느낌이었다.

"안녕하세요, 쿠마르 씨! 아, 반가워요."

"그래. 눈에 이상이라도 있니?"

"아니요, 괜찮아요. 그냥 먼지가 들어가서요."

"눈이 빨갛구나."

"아니에요."

매표소로 가는 그를 붙잡았다.

"아뇨, 괜찮아요. 안 사셔도 괜찮아요."

표 받는 사람에게 손짓을 하고, 쿠마르 씨를 동물원에 들어가게 하니 어깨가 으쓱했다.

그는 모든 것에 감탄했다. 키 큰 기린이 어떻게 높은 나무에 닿는지, 어떻게 육식동물에게 채식동물을 주고, 채식동물에게 풀을 주는지. 어떤 동물들은 낮에 모이고, 또 다른 동물들은 밤에 모인다는 사실에도 놀랐다. 날카로운 부리가 필요한 놈이 있고, 유연한 팔다리가 필요한 놈이 있다는 점에도 놀라워했다. 쿠마르 씨가 깊은 인상을 받자 난 행복했다.

그는 코란의 어구를 인용했다.

"이 모든 것에 이성을 사용하는 민족에게 주는 메시지가 있다."

우리는 얼룩말이 있는 곳으로 갔다. 쿠마르 씨는 얼룩말을 보는 것은 고사하고, 이런 동물이 있다는 얘기도 들어본 적이 없었던 모양이다. 그는 어안이 벙벙했다.

"얼룩말이에요."

내가 말했다.

"붓으로 색칠을 한 건가?"

"아뇨, 아니에요. 원래 저렇게 생겼어요."

"비가 오면 어떻게 되지?"

"아무렇지도 않죠."

"줄무늬가 번지지 않아?"

"아뇨."

나는 당근을 갖고 있었다. 크고 단단한 게 하나 남아 있었다. 봉투에서 당근을 꺼냈다. 그 순간, 오른쪽에서 자갈 밟히는 소리가 났다. 쿠마르 선생님이 평소처럼 다리를 절룩이며 다가오고 있었다.

"안녕하세요, 선생님."

"잘 있었니, 파이?"

수줍음을 타면서도 위엄 있는 쿠마르 씨가 선생님에게 목례를 하자, 쿠마르 선생님도 고개를 끄덕였다.

경계심 많은 얼룩말은 내가 든 당근을 보고 울타리로 다가왔다. 귀를 젖히며 가볍게 뛰었다. 나는 당근을 반으로 갈라서, 반쪽을 쿠마르 씨에게 주고, 반쪽은 쿠마르 선생님에게 주었다.

"고맙다, 피신."

쿠마르 씨가 말했다.

"고맙구나, 파이."

쿠마르 선생님이 말했다.

빵장수 쿠마르 씨가 먼저 손을 울타리 위로 내밀었다. 얼룩말은 두툼하고 힘 있는 까만 입술로 당근을 덥썩 물었다. 쿠마르 씨는 당근을 놓지 않으려 했다. 얼룩말은 당근을 이빨로 깨물더니 반쪽을 잡아당겼다. 녀석은 눈 깜짝할 새에 당근을 와작와작 씹더니, 남은 절반을 먹으려고 쿠마르 씨의 손끝 위로 입술을 내밀었다. 그는 당근을 주면서 얼룩말의 코를 만졌다.

이제 쿠마르 선생님 차례였다. 그는 얼룩말을 놀리지 않았다. 얼룩말이 당근을 입에 물자 얼른 놔주었다. 얼룩말은 얼른 당근을 받아서 입에 넣었다.

쿠마르 씨와 쿠마르 선생님은 즐거운 표정이었다.

"얼룩말이라고 했니?"

쿠마르 씨가 물었다.

"맞아요. 유인원이나 말과 같은 종류예요."

"말들 중 롤스로이스죠."

쿠마르 선생님이 말했다.

"멋진 동물입니다."

쿠마르 씨가 말했다.

"저건 그랜트 얼룩말이에요."

내가 말했다.

쿠마르 선생님은 말했다.

"'에쿠스 부르첼리 보에미'."

쿠마르 씨가 말했다.

"알라후 아크바(신은 위대하다)."

내가 말했다.

"참 예쁘죠."

우리는 계속 바라보았다.

32

놀라울 정도로 적응을 잘하는 동물들이 있다. 모두 인간처럼 된 동물들이라고 보면 될 것이다. 동물을 인간이나 다른 동물의 모양으로 나타내는 동물형태관도 그런 경우다.

가장 유명한 경우는 제일 평범한 동물인 애완견이다. 애완견은 인간과 동화한 나머지 인간과 짝짓기를 원하는 정도가 되었다. 주인이 당황하는 손님의 다리에 달라붙은 개를 떼어놓아야 되는 상황이 그걸 증명해준다.

우리의 황금색 들쥐와 점박이 마못도 늘 붙어 지내고 서로 등을 맞대고 잠을 갔다. 누군가 들쥐를 훔쳐가기 전까지 둘은 사이좋게 지냈다.

코뿔소와 염소가 잘 지낸다는 것과 서커스단 사자 이야기는 이미 했고.

 물에 빠진 선원들을 돌고래들이 태우고 물 위로 올려다주는 이야기도 그런 예에 속한다. 바다의 포유동물들은 서로 돕는 게 특징이다.

 어떤 문학작품에선 흰 담비와 쥐가 동반자관계로 살지만, 쥐들이 흰 담비에게 먹히는 대목이 나오기도 한다.

 우리도 나름대로 포식자–먹이 관계의 어중간한 상태를 경험한 적이 있었다. 쥐 한 마리가 몇 주 동안 독사들과 살았다. 다른 쥐들은 사육장에서 이틀 만에 사라졌지만, 이 작은 갈색쥐 한 마리는 집을 짓고, 우리가 준 곡물을 여러 곳에 숨겨놓고, 뱀들 앞에서 돌아다니는 것이었다. 우린 감탄했다. 관람객의 주의를 끌려고 안내판을 세웠다. 마침내 쥐는 묘하게 생을 마쳤다. 어린 독사에게 물려버렸다. 그 독사는 이 쥐의 특별함을 몰랐을까? 사회화가 안 되어서 그랬을까? 어떤 이유에서든 쥐를 문 것은 어린 독사였지만, 먹어치운 것은―그 자리에서―어른 독사였다. 마법이 있었다면, 어린 독사가 그것을 깼다. 그 후 모든 것이 정상으로 돌아왔다. 쥐들은 평소의 속도대로 독사 사육장에서 사라졌다.

 동물원에서는 때로 개에게 새끼 사자의 어미 노릇을 시킨다. 새끼 사자는 차츰 개보다 몸집이 커지고 위험해지지만, 어미 노릇을 해준 개를 곤란하게 하지는 않는다. 개도 차분한 태도나 권위 의식을 잃는 법이 없다. 관람객에게 개가 사자의 '살아 있는 먹이'가 아니라고 설명해주는 안내판을 설치해야 한다(코뿔소가 초식동물이며 염소를 잡아먹지 않는다는 안내판을 세워야 했던 것처럼).

'동물형태관'을 어떻게 설명할 수 있을까? 코뿔소를 큰 것과 작은 것, 털이 부드러운 것과 뻣뻣한 것으로 구분할 순 없을까? 돌고래에게는 돌고래처럼 생긴 것이 간단하지 않을까? 답은 앞에서 한 얘기 속에 있다고 믿는다. 그 미친 짓이, 이상하지만 구원받는 길이자 삶을 이끌어가는 수단인 것을. 황금색 들쥐는 코뿔소처럼 친구가 필요했다. 서커스단의 사자들은 지도자가 힘없는 인간이라는 걸 알아도 상관하지 않는다. 새끼 사자는 어미가 개란 걸 알면 겁이 나서 졸도할 것이다. 어미가 없어질까 봐. 어리고 피가 따뜻한 것들이 상상할 수 있는 최악의 상황이란 어미가 없는 것이니까. 어른 독사도 그 쥐를 삼키면서, 마음 한구석으로 후회했을 것이다. 대단한 걸 잃은 느낌이 있었으리라. 외롭고 잔인한 파충류의 현실에서 어떤 상상력이 튀어나왔을 것이다.

33

그는 내게 가족의 기록물을 보여준다. 먼저 결혼사진부터. 캐나다 분위기가 나는 힌두식 결혼식 장면. 그는 젊고 그녀는 더 젊다. 그들은 나이아가라폭포로 신혼여행을 갔다. 멋진 시간을 보냈다. 미소가 그걸 증명해준다. 우리는 시간을 거슬러 올라간다. 토론토 대학 시절 사진. 친구들. 세인트 마이크 칼리지 앞. 방. 게라드 거리의 디월리 축제. 흰 가운을 입고 '성 바실 교회'에서 성경을 봉독하는 장면. 동물학과 실험실에서 다른 종류의 흰 가운을 입고 서 있는 장면. 졸업식. 사진마다 미소 짓고 있지만, 눈빛은 그렇지 않다.

브라질에서 찍은 사진. 세발가락나무늘보와 찍은 사진이 많다.

페이지를 넘기니 태평양을 건너게 된다 — 한데 아무것도 없다. 그는 중요한 행사마다 늘 사진을 찍었지만 사진을 몽땅 잃어버렸다고 설명한다. 그나마 마마지가 갖고 있다가 우편으로 보내준 사진들이 있었다.

귀빈이 동물원을 방문했을 때 찍은 사진이다. 흑백의 다른 세계가 내 앞에 드러난다. 사진 속에는 사람이 많다. 귀빈에게 초점이 맞춰져 있다. 배경에는 기린이 있다. 나는 끄트머리에 서 있는 젊은 아디루바사미 씨를 알아본다.

"마마지입니까?"

내가 손짓하며 묻는다.

"그래요."

그가 대답한다.

수상 옆에 뿔테 안경을 쓰고 머리를 단정히 빗은 사내가 있다. 아버지일 것 같다. 아들보다 얼굴이 둥글다.

"이분이 아버님인가요?"

내가 묻는다.

그는 고개를 젓는다.

"누군지 모르겠는데요."

잠시 말이 없다. 그가 입을 연다.

"사진을 아버지가 찍으셨는데."

같은 페이지에 다른 단체사진이 있다. 주로 학교 다니는 아이들이다. 그가 사진을 톡톡 두드린다.

"리처드 파커예요."

나는 놀란다. 외모에서 특별한 점을 찾아내려고 자세히 들여다본다. 불운하게도 이것 역시 흑백사진인 데다 초점이 흐리다. 좋았던 시절에 자연스럽게 찍은 사진이다. 리처드 파커는 시선을 돌리고 있다. 찍히고 있는 것도 모르는 모양이다.

맞은쪽에는 '아우로빈도 아슈람' 수영장 사진이 있다. 컬러사진이다. 멋진 대형 풀장의 맑은 물이 반짝인다. 수영장 밑바닥은 파랗고, 다이빙 풀이 있다.

다음 페이지에는 프티 세미네르 학교의 교문 사진이 있다. 아치에 학교의 교훈이 적혀 있다. **Nil magnum nisi bonum**. 선함이 없으면 위대함도 없다.

그뿐이다. 어린 시절 전체가 그저 그런 사진 넉 장에 담겨 있다.

그는 진지한 표정이다.

그가 말한다.

"가장 끔찍한 일은, 이제 어머니의 모습이 기억나지 않는다는 거지요. 마음속으로 어머니를 그릴 수 있지만 모습은 점점 멀어져요. 잘 보려고 하면 곧 희미해져버려요. 목소리도 마찬가지고. 거리에서 어머니를 다시 만난다면 모든 게 되살아나겠지요. 하지만 그런 일은 없을 테지요. 자기 어머니 모습을 기억할 수 없다니 정말 슬픈 일이에요."

그가 사진첩을 닫는다.

34

아버지가 말했다.
"우린 콜럼버스처럼 항해하는 거야!"
"그는 인도를 찾아서 항해했는데요."
내가 샐쭉해져서 지적한다.

우리는 동물원, 자물쇠, 가축, 통까지 모두 팔았다. 새로운 나라로, 새로운 삶으로. 그 돈은 행복한 장래를 보장해줄 뿐 아니라, 이민 비용을 제하고도 캐나다에서 산뜻한 출발을 할 수 있을 만큼 남을 것 같았다(지금 돌아보면, 웃음이 나올 만큼 적은 돈이었다. 우린 돈에 대해 얼마나 몰랐는지). 동물을 인도의 여러 동물원에 팔 수도 있었지만, 미국의 동물원들이 더 높은 가격을 제시했다. CITES, 즉 '멸종 위기에 처한 야생 동식물의 국제 거래에 관한 협약'이 막 발효되어, 포획한 야생동물의 거래가 닫혀버렸다.

이제 동물원의 미래는 다른 동물원에 의지할 수밖에 없었다. 폰디체리 동물원은 적당한 시기에 문을 닫았다. 우리 동물을 사려고 다들 난리였다. 결국 동물들은 여러 동물원에 나뉘어 팔렸다. 시카고의 링컨파크 동물원과 곧 개장할 미네소타 동물원에 주로 팔렸지만, 특이한 동물들은 로스앤젤레스, 루이빌, 오클라호마 시티, 신시내티로 가게 되었다.

그리고 '동물 두 마리'는 배에 태워 캐나다로 데려갈 예정이었고. 라비 형과 나는 팔려가는 동물이 된 기분이었다. 우린 떠나고 싶지 않았다. 겨울이면 거센 바람이 불고 영하 50도까지 내려가는 나라에서 살고 싶지 않았다. 캐나다는 크리켓 지도에 있지도 않았다. 출발 전에 준비할 게 너무 많아, 정작 출발할 때는 수월했다―떠난다는 데에 이미 익숙해져서. 준비 과정이 일 년은 족히 걸렸다. 우리가 아니라 동물들이. 동물들은 옷, 신발, 침구류, 가구, 부엌살림, 세면도구 없이도 산다. 또 국적도 없다. 여권이니 돈, 직장, 학교, 생활비, 건강보험 같은 데 신경 안 써도 된다. 가볍게 떠날 수 있을 것 같다. 그런데 떠나기가 얼마나 힘든지, 놀랄 정도다. 동물원을 옮기는 것이 도시 하나를 옮기는 것과 맞먹는다.

서류가 엄청났다. 우표를 붙이는 데 동원된 물이 몇 리터나 됐을 것이다. '친애하는 아무개 씨께'란 편지가 수백 통도 넘었다. 제안이 들어온다. 힌숨소리가 나고. 의심의 소리가 높아지고. 흥정이 벌어지고. 더 높은 가격이어야 수락하겠다는 결정을 알리고. 가격이 합의되고. 거래가 성사되고. 공란에 서명을 하고. 축하의 인사를 나누고. 혈통증명서를 찾고. 건강진단서를 찾고. 수출 허가를 받고. 수입 허가를 받고. 검역 규칙을 파악하고. 운송을 의뢰하고. 전화비로 엄청난 돈을 쓰고. 동물원업계에서는 뾰족뒤쥐 한 마리를 거래하는 데 필요한 서류가 코끼리보다 무겁고, 코끼리 한 마리를 거래하는 데 필요한 서류는 고래보다 무거우니, 고래를 거래할 엄두는 내지도 말라는 농담을 한다. 폰디체리에서 델리와 워싱턴을 거쳐 미니애폴리스까지, 까다로운 관리들 명단이 서류 파일 하나는 될 것 같았다. 곳곳에서 관리들은 서류형식을 트집 잡고, 문제를 지적하고, 뭉그적거렸다. 동물을 달에 보내도 이렇게 복잡하지는 않을 터였다. 아버지는 머리칼이 거의 다 빠졌고, 여러 번 포기할 뻔도 했다.

놀라운 일들이 있었다. 조류와 파충류 대부분과 여우원숭이, 코뿔소, 오랑우탄, 비비, 짧은꼬리원숭이, 기린, 개미핥기, 호랑이, 표범, 치타, 하이에나, 얼룩말, 히말라야와 인도 산 곰, 인도코끼리, 닐기리 타알(인도의 초식동물 — 옮긴이)은 수요가 있었다. 하지만 다른 종류, 특히 엘피는 찾는 이가 없었다.

"백내장 수술을 해야 하나? 오른쪽 눈에 백내장 수술을 하면 팔릴까! 하마도! 다음에는 뭐야? 코뿔소에게 코 성형이라도 해야 하나?"

아버지는 소리치곤 했다. '너무 평범하다'고 퇴짜 맞은 동물도 있었다. 사자와 개코원숭이가 그랬다. 아버지는 사자와 개코원숭이를 마이소어 동물원과는 오랑우탄 한 마리와, 마닐라 동물원과는 침팬지 한 마리와 맞바꿨다(엘피로 말하자면, 여생을 트리반드럼 동물원에서 보냈다). 어떤 동물원은 어린이 동물원에 둔다며 '진짜 브라만 암소'를 요구했다. 아버지는 폰디체리의 외곽으로 나가서, 초롱초롱한 검은 눈망울과 등의 혹이 두드러진 암소를 한 마리 샀다. 뿔이 어찌나 곧고 각도가 적당한지, 공장에서 자른 뿔 같았다. 아버지는 뿔에 밝은 주황색을 칠하고, 뿔 끝에 작은 플라스틱 종까지 달아 '진짜'임을 확실히 보여주었다.

대리인으로 미국인 세 사람이 왔다. 진짜 미국인을 본 적이 없어 아주 궁금해했었다. 그들은 분홍색 피부에 뚱뚱하고 다정했다. 능력도 뛰어날 뿐 아니라 땀도 비 오듯 흘렸다. 그들은 우리 동물을 검사했다. 동물들을 잠재워놓고, 심장에 청진기를 대고, 소변과 배설물을 별점이라도 보는 듯이 재보곤 했다. 주사기로 피를 뽑아 분석하고, 등에 난 혹을 만져보고, 이빨을 두드려보고, 손전등을 눈에 비춰보았다. 살을 꼬집어보고, 털을 쓰다듬고 당겨봤다. 불쌍한 동물들. 미군으로 징병이라도 되는 줄 알았을 것이다. 미국인들은 우리에게 활짝 웃으며, 손이 으스러져라 악수를 했다.

그 결과 동물들도 우리처럼 서류 작업에 착수했다. 그들은 미래의 '미국 놈'이, 우린 미래의 '캐나다 놈'이 될 터였다.

35

 우린 1977년 6월 21일, 파나마 선적의 일본 화물선 '침춤 호'를 타고 마드라스를 떠났다. 상급 선원들은 일본인들이었고, 일반 선원들은 대만인들이었다. 배는 크고, 아주 대단했다. 폰디체리에서의 마지막 날, 나는 마마지와 쿠마르 선생님, 쿠마르 씨, 친구들에게 작별인사를 했다. 모르는 사람들에게까지. 어머니는 가장 좋은 사리를 입었다. 머리를 길게 땋아 솜씨 있게 틀어 올리고, 싱싱한 재스민을 꽂아 장식했다. 어머니는 아름다웠다. 그리고 슬펐다. 인도를 떠나니까. 인도의 더위와 장마. 논과 카우베리강과 해안선, 돌 사원, 소달구지, 총천연색 트럭, 친구들과 아는 가게 주인들, 네루 가와 구버트 살라이, 이런저런 것……. 어머니에게 인도는 친숙하고 사랑하는 곳이었다. 그녀의 남자들―열여섯 살이긴 했지만 나 스스로 '사내'라고 여겼다―은 서둘러 떠나려 했다. 이미 '위니펙 주민'이 된 것처럼 굴었지만, 그녀는 머뭇거렸다.

 출발 전날, 어머니는 담배를 가리키며 진지하게 물었다.

 "담배를 한두 갑 살까요?"

 아버지가 대꾸했다.

 "캐나다에도 담배는 있어. 한데 왜 담배를 사려 하지? 우린 담배를 안 피우는데."

 그래, 캐나다에도 담배는 있지만, '골드 플레이크'가 있을까?

'아룬' 아이스크림이 있을까? '히어로' 자전거가 있을까? '오니다스' 방송국이 있을까? 차가 '앰배서더'일까? 책방이 '히긴보탐스'일까? 담배를 사려는 어머니의 마음에선 그런 질문이 휘몰아쳤으리라.

동물들에게 마취제를 놓아, 우리째 안전하게 실었다. 먹이를 채워놓고, 잠잘 곳을 준비했다. 겹겹이 줄을 치고, 호루라기를 불고. 배는 선창가를 떠나서 바다로 향했다. 나는 손을 마구 흔들어 인도와 작별했다. 태양은 빛났고 바람은 꾸준히 불어왔다. 머리 위에서는 갈매기가 울어댔다. 나는 말할 수 없이 흥분했다.

예상대로 풀리지 않는 세상일을 우리가 어쩔 수 있을까? 다가오는 삶을 받아들이고 최선을 다해 살 수밖에 없는 것을.

36

인도의 도시들은 크고 기억에 뚜렷이 남을 만치 복잡하지만, 도시를 벗어나면 사람 그림자 하나 없는 넓은 시골을 만나게 된다. 9억 5천만 명이 어디 숨었는지 의아했던 기억이 난다.

그의 집도 그렇다고 할 수 있다.

약속 시간보다 좀 일찍 도착한다. 현관으로 이어지는 시멘트 계단에 올라서는데, 십 대 소년이 집에서 뛰어나온다. 야구 유니폼을 입고 야구 장비를 들었다. 소년은 급하게 나왔다. 나를 보자 놀라서 우뚝 멈춰 선다. 그러고는 몸을 돌려 집에다 대고 소리친다.

"아빠! 작가분이 오셨어요."

그리고 내게 "안녕하세요"라고 인사하더니 뛰어 내려간다.

그의 아버지가 현관문으로 나온다.

"안녕하세요."

그가 인사한다.

"아드님인가요?"

나는 믿을 수가 없어 묻는다.

그는 빙그레 웃으며 말한다.

"맞아요. 제대로 인사를 못 시켜 아쉽군요. 아이가 연습에 늦었거든요. 이름은 닉힐이에요. 닉으로 통하지요."

현관홀로 들어간다. 내가 말한다.

"아드님이 있는 줄 몰랐습니다."

짖는 소리가 나다 걱정과 갈색이 섞인 자그마한 삽살개가 내게 달려들어 바지를 물고 쿵쿵댄다. 내 다리로 뛰어오른다. 내가 덧붙인다.

"개가 있는 것도요."

"사람을 좋아해요. 타타, 내려와!"

타타는 못 들은 체한다. "안녕하세요"라는 소리가 들린다. 짧고 힘 있는 닉의 말소리와는 다른 소리다. 길고 콧소리가 섞인 목소리로 부드럽게 "안녕하세요-오-오-오"라고 인사한다. '오-

오'라는 여운이 내 어깨를 살짝 두드리거나 바지를 가볍게 잡아끄는 것 같은 느낌이다.

나는 몸을 돌린다. 거실 소파에 기대앉아, 수줍게 날 올려다보는 갈색 피부의 여자아이. 분홍색 옷을 입은 아이는 아주 편안해 보인다. 소녀는 오렌지색 고양이를 품에 안고 있다. 고양이의 뻗친 앞발과 잔뜩 숙인 머리만 소녀의 팔 위로 보일 뿐이다. 나머지 몸은 바닥 쪽으로 뻗고 있다. 고양이는 이렇게 매달려 있는 게 아주 편한 눈치다.

내가 말한다.

"따님이군요."

"그래요. 우샤예요. 우샤, 그렇게 하면 모카신이 편안할까?"

우샤는 아버지에게 다가가더니, 그의 다리 뒤에서 날 쳐다본다. 그가 말한다.

"뭐 하는 거니, 아가? 왜 숨니?"

우샤는 대답하지 않고, 미소 지으며 날 올려다보더니 얼굴을 감춘다.

"몇 살이니, 우샤?"

내가 묻는다.

우샤는 대답하지 않는다.

그러자 우리에게 '파이 파텔'로 알려진 피신 몰리토 파텔은 허리를 굽혀 딸을 안는다.

"뭐라고 대답해야 할지 알고 있지? 응? 네 살이잖아. 하나,

둘, 셋, 넷."

숫자 하나마다 집게손가락으로 딸의 코끝을 가만히 누른다. 우샤는 재미있어한다. 키득대면서, 머리를 아버지의 목덜미에 묻는다.

이 이야기는 해피엔딩이다.

태평양

2부

37

배가 가라앉았다. 괴물이 내는 금속성 트림 같은 소리가 났다. 물건이 수면 위로 쏟아져 나오더니 사라졌다. 모든 게 비명을 질러댔다. 바다며 바람, 내 마음까지. 구명보트에서 보니 물속에 뭔가가 있었다.

나는 소리쳤다.

"리처드 파커, 너니? 잘 보이지 않아. 아, 빗줄기가 멈추었으면! 리처드 파커? 리처드 파커니? 그래, 너구나!"

그의 머리가 보였다. 리처드 파커는 수면에 떠 있으려고 버둥거렸다.

"예수님, 성모님, 마호메트님, 비슈누님! 널 만나서 얼마나 반가운지 몰라, 리처드 파커! 포기하지 마, 제발. 구명보트로 와. 호루라기 소리 들리니? 휘이이! 휘이이! 휘이이! 제대로 들었구나. 헤엄쳐. 헤엄치라구! 넌 헤엄 잘 치잖아. 삼십 미터도 안 돼."

그는 날 보았다. 공포에 질린 표정이었다. 그는 내 쪽으로 헤엄치기 시작했다. 그가 떠 있는 주변의 물살이 거세게 움직이고 있었다. 리처드 파커는 작고 무기력해 보였다.

"리처드 파커, 우리가 무슨 일을 당했는지 믿을 수 있겠니? 악몽이라고 말해줘. 아직도 침춤 호의 선실 침대에 누워 몸을 뒤척이고 있다고. 곧 이 악몽에서 깨어날 거라고 말해줘. 난 여전히 행복하다고 말해줘. 내 상냥한 지혜의 수호천사이신 어머니, 어디 계세요? 걱정 많으신 사랑하는 아버지, 어디 계세요? 내 어린 시절의 눈부신 영웅 라비 형? 비슈누 신이시여, 절 지켜주세요. 알라 신이시여, 절 보호해주세요. 예수님, 절 구해주세요. 저는 참을 수가 없습니다! 휘이이이! 휘이이이잇!"

몸에 다친 데가 있는 건 아닌데도, 그런 통렬한 아픔은 한 번도 경험한 적이 없었다. 신경이 찢어지는 것 같았다. 심장이 터질 것 같았다.

그는 살아 나오지 못하겠지. 익사하고 말겠지. 리처드 파커는 좀처럼 앞으로 나오지 못했고, 힘없이 움직였다. 코와 입이 계속 물속으로 잠겼다. 눈만 끔쩍 않고 날 응시할 뿐이었다.

"뭐 하는 거야, 리처드 파커? 살고 싶지 않니? 계속 헤엄치라구! 휘이이! 휘이이이! 휘이이이잇! 발차기를 해. 차! 차라구! 어서!"

그는 물에서 팔다리를 휘저어 헤엄을 친다.

"내 동물 가족은 어떻게 되는 거야? 새, 야수며 파충류들은? 다 물에 빠져 죽었어. 내가 중요하게 생각하는 것은 하나도 남김없이 죽는구나. 왜 이래야 되는지 설명도 듣지 못하고? 천국에서 오는 설명도 듣지 못하고 지옥을 겪으며 살라고? 그렇게 되면 이성이 뭐 하러 있는 거냐구, 리처드 파커? 이제 이성은 실용성보다—음식과 옷과 쉴 곳을 얻는 것보다—빛나지 않는 거야? 왜 더 위대한 대답을 주지 못하는 거야? 한데 왜 우리는 대답을 끌어낼 수 있는 이상으로 질문을 하는 거지? 잡을 고기가 없는데 왜 그렇게 큰 어망을 갖고 있냐구?"

그의 머리가 물에 잠길락 말락 했다. 리처드 파커는 고개를 들고 마지막으로 하늘을 쳐다보았다. 구명보트에 밧줄을 맨 구명부표가 있었다. 나는 부표를 집어서 공중에 대고 흔들었다.

"이 구명부표 보이니, 리처드 파커? 이게 보여? 이걸 꼭 잡아! **영차!** 다시 해볼게. **으차!**"

그는 너무 멀리 있었다. 하지만 구명부표를 보자 리처드 파커는 희망을 얻었다. 다시 기운을 차리고, 열심히 다리를 젓기 시작했다.

"맞았어! 하나, 둘. 하나, 둘. 하나, 둘. 숨 쉴 수 있을 때 쉬어. 파도를 잘 보고. **휘이이이이잇! 휘이이이잇! 휘이이이잇!**"

내 가슴이 얼어붙었다. 슬픔 때문에 가슴이 아렸다. 하지만 충격에 빠져 얼어붙어 있을 새가 없었다. 충격 속에서도 움직여야 했다. 내 안의 뭔가가 생명을 포기하려 하지 않았다. 놔주려 하지 않았다. 마지막 순간까지 싸우고 싶어 했다. 내 어떤 부분이 마음을 휘어잡았는지 모르겠다.

"모순 아니니, 리처드 파커? 우린 지옥에 있으면서도 불멸을 두려워하니 말이야. 얼마나 가까이 왔나 봐! 휘이잇! 휘이이잇! 휘이이잇! 잘한다, 잘해! 잘했어, 리처드 파커. 다 왔어. 잡아! **영차!**"

나는 힘차게 구명부표를 던졌다. 부표는 리처드 파커 바로 앞에 떨어졌다. 그는 마지막 힘을 다해 몸을 숙여 부표를 잡았다.

"꽉 잡고 있어, 내가 끌어줄 테니까. 놓치면 안 돼. 내가 손으로 당기는 동안 넌 눈으로 끌어당겨. 배에 탈 수 있을 거야. 우린 함께 있게 될 거야. 잠깐만. 함께? 우리가 함께 있게 될 거라고? 내가 미쳤나?"

정신을 차리고 해야 할 일을 했다. 로프를 끌어당겼다.

"부표를 놔, 리처드 파커! 놓으랬잖아. 네가 여기 오는 게 싫어, 알겠니? 다른 데로 가버려. 나 혼자 내버려둬. 저리 가라구. 물에 빠져버려! 빠져 죽어버려!"

그는 발을 마구 휘저었다. 나는 노를 들었다. 노를 리처드 파커 쪽으로 저었다. 그를 밀어내려는 의도였다. 헛손질을 하는 바람에 노가 손에서 빠져나갔다.

다른 노를 잡았다. 노를 노걸이에 넣고 있는 힘껏 저었다. 구명보트를 저어 다른 곳으로 가고 싶었다. 하지만 배는 쭉쭉 나가지 않고 약간 방향을 틀 뿐이었다. 리처드 파커에게 더 가까이 다가가고 말았다.

그의 머리통을 후려갈기고 싶었다! 노를 공중에 쳐들었다.

그가 너무 빨랐다. 몸을 위로 떠올리더니 배에 올라탔다.

"하느님 맙소사!"

라비 형이 옳았다. 이제 내가 호랑이 밥이 될 차례였다. 구명보트에는 홀딱 젖은 채 덜덜 떠는 세 살배기 벵골 호랑이가 타고 있었다. 물에 빠져 죽을 뻔한 호랑이는 가슴을 들썩이며 기침을 해댔다. 리처드 파커가 불안하게 일어서더니, 눈을 번뜩이며 나를 응시했다. 귀를 빳빳하게 세웠으니, 있는 무기를 다 동원한 셈이었다. 그의 머리는 구명부표와 크기와 색깔이 똑같았다. 이빨이 있는 것만 빼고.

나는 몸을 돌려 얼룩말을 넘어 배 밖으로 몸을 던졌다.

38

이해가 안 된다. 여러 날 동안 배는 환경에 아랑곳 않고 우직하게 나아갔다. 해가 뜨고, 비가 내리고, 바람이 불고, 조류가 흘렀다. 바다가 산처럼 솟았다가 계곡처럼 내려앉았다. 그래도 침춤호는 개의치 않았다. 천천히 우직한 자신감으로 대륙처럼 움직였다.

나는 여행에 대비해서 세계지도를 사왔다. 지도를 선실의 코르크판에 붙여놓았다. 아침마다 통제실에 가서 현재 위치를 알아와서는, 지도에 오렌지색 펜으로 표시했다. 우리는 마드라스에서 출발해 벵골만을 지나 말라카 해협을 내려가서, 싱가포르를 빙 돌아 마닐라로 올라갔다. 매 순간순간이 즐거웠다. 배에 타고 있다는 데 전율이 일었다. 우리 가족은 동물들을 돌보느라 몹시 분주했다. 매일 밤 노곤한 몸으로 침대에 쓰러졌다. 마닐라에서 이틀간 머물며 신선한 사료와 새로 화물을 실었다. 엔진 정비도 했다. 나는 앞의 두 가지에만 관심을 쏟았다. 신선한 사료에는 바나나 1톤이, 새 '화물'에는 콩고 침팬지가 포함되었다. 침팬지는 아버지가 수완을 부려 얻은 동물이었다. 1톤이나 되는 바나나에는 무게가 족히 2킬로그램은 나갈 커다란 검은 거미가 우글거렸다. 침팬지는 작고 날씬한 고릴라 같지만, 고릴라처럼 점잖지도 않고 외모도 그만 못하다. 침팬지는 커다란 검은 거미만 봐도 우리 인간처럼 움찔하며 얼굴을 찌푸린다. 그러다가 화를 내며 주먹으로 탁 눌러버린다. 그건 우리와 다르다. 내게는 배의 어두운 구석에 있는 시끄럽고 지저분한 기계 장비보다는 바나나와 침팬지가 더 흥미로웠다. 라비 형은 온종일을 기관실에서 보내면서, 선원들이 일하는 모습을 구경했다. 그는 엔진에 이상이 생겼다고 했다. 엔진을 정비했는데도……. 그게 문제였을까? 모르겠다. 아무도 모를 것이다. 답은 수천 길 물속에 신비로이 가라앉아 있으므로.

 마닐라를 떠나 태평양으로 접어들었다. 나흘째 되던 날, 미드웨이 제도로 가던 중, 우리는 가라앉았다. 내 지도에 뚫린 압정 구멍 속으로 배가 사라져버렸다. 내 눈앞에서 산이 무너져 내리더니, 발밑으로 사라져버렸다. 소화불량에 걸린 배가 토해낸 것들이 사방에 떠다녔다. 배 속이 쑤셨다. 나는 충격에 휩싸였다. 속이 휑하더니 침묵이 들어찼다. 그 후 며칠간 통증과 두려움으로 가슴이 아팠다.

 폭발이 있었던 듯하다. 하지만 자신할 수는 없다. 자는 동안 일이 벌어졌으니까. 그 소리 때문에 깼다. 배는 호화여객선이 아니었다. 뱃삯을 치른 승객들이 편안하게 지내도록 만든 배가 아니라, 힘든 일을 해야 하는 우중충한 화물선이었다. 끊임없이 별별 소음이 다 들려왔다. 소음의 정도가 일정해서 우리는 아기처럼 잤다. 배에서 나는 소리는 아무 방해도 받지 않는 침묵과 같았다. 형이 코 고는 소리나 내 잠꼬대와는 달랐다. 그러니 폭발이 있었다 해도, 그건 새로운 소음이 아니었다. 그저 평소에 못 들던 한 가지 소음에 불과할 뿐. 나는 라비 형이 내 귀에 대고 풍선이라도 터뜨린 듯 화들짝 놀라며 깨어났다. 손목시계를 봤다. 새벽 4시 30분을 조금 넘긴 시각. 몸을 숙여 아래 침상을 내려다봤다. 라비 형은 여전히 자고 있었다.

 옷을 입고 밑으로 내려갔다. 평상시 나는 잠들면 업어 가도 모른다. 보통 때 같았으면 다시 잠을 청했을 것이다. 한데 그날 밤에 왜 일어났는지 모르겠다. 그건 라비 형이나 했을 일인데. 형은 '부름'이라는 단어를 좋아했다. 그러니 형이 나였다면 '모험이 부른다'며, 벌떡 일어나 배 안을 돌아다녔을 것이다. 소음 수위는 평상시 정도로 돌아왔지만, 색깔이 달랐다. 뭔가 뒤집어씌운 것 같은 그런 소리가 났다.

나는 형을 흔들었다.

"형! 이상한 소리가 나. 가서 알아보자."

형은 졸린 눈으로 날 쳐다봤다. 그는 고개를 젓더니 몸을 돌리며 이불을 턱까지 당겼다. 아, 형!

나는 선실 문을 열었다.

복도를 걸어간 기억이 난다. 낮이든 밤이든 복도는 똑같이 어두웠다. 하지만 밤이 느껴졌다. 부모님 선실 앞에 서서 노크를 할까 고민했다. 그러다 시간을 떠올리고는 그만두기로 했다. 아버지는 자는 걸 좋아했다. 혼자서 중앙 갑판으로 올라가서 새벽을 맞이하기로 했다. 어쩌면 별똥별을 볼 수 있겠지. 그런 생각을 하면서, 별똥별 생각을 하면서 계단을 올랐다. 우리 선실은 중앙 갑판에서 두 층 아래에 있었다. 이미 이상한 소리 따위는 안중에 없었다.

중앙 갑판으로 나가는 무거운 문을 미는 순간에야 날씨가 어떤지 깨달았다. 폭풍우라고 해야 할까? 비가 오는 건 분명했지만 심하게 퍼붓지는 않았다. 장맛비처럼 휘몰아치는 비는 아니었다. 바람도 불었다. 돌풍이었다면 우산이 뒤집혔을 것이다. 하지만 나는 별로 어렵지 않게 바람 속을 걸었다. 바다로 말할 것 같으면 거칠긴 해도, 풋내기 뱃사람에게 바다는 늘 강렬하고, 가까이 하기 어렵고, 아름답고, 위험해 보이는 법이다. 파도가 올라와 흰 포말을 만들다가, 바람에 말려 배 옆으로 쏟아졌다. 하지만 다른 날에도 그런 광경을 보았고 그때는 배가 가라앉지 않았었다. 화물선은 크고 안정감 있는 구조물이다. 기술의 개가라 할 수 있다. 화물선은 가장 힘든 상황에서도 떠 있을 수 있게 만들어진다. 그런데 이런 날씨에 배가 가라앉을라고? 문을 닫으면 폭풍우는 사라지겠지. 나는 갑판으로 나갔다. 난간을 꼭 잡고 마주 섰다. 이건 모험이었다.

"캐나다야, 내가 간다!"

비에 젖어 덜덜 떨면서 외쳤다. 정말 용감해진 기분이었다. 아직 어두웠지만, 사물을 분간할 만큼의 빛이 있었다. 지옥의 빛 같았다. 자연은 오싹한 쇼를 연출할 수 있다. 무대는 넓고, 조명은 드라마틱하고, 엑스트라들은 수없이 많다. 특별효과 비용은 무제한. 내 앞에 펼쳐진 것은 바람과 물, 모든 감각의 지진이 엮어낸 장관이었다. 할리우드에서도 그런 장관은 연출하지 못했으리라. 하지만 내 발밑의 땅에서 지진이 멈추었다. 발아래 땅은 단단했다. 나는 자리에 안전하게 앉은 구경꾼이었다.

걱정이 밀려들기 시작한 것은 선교에 걸린 구명보트를 올려다 보았을 때였다. 배는 반듯하게 걸려 있지 않았다. 기둥에 걸려 있던 배가 점점 기울었다. 나는 고개를 돌려 손을 보았다. 손의 관절이 하얗게 질려 있었다. 내가 그렇게 꽉 쥔 것은 날씨 때문이 아니라, 그렇게 붙들지 않으면 넘어질 것이기 때문이었다. 배가 좌현 쪽으로 기울었다가 우현 쪽으로 기울었다. 아주 심하게 기울지는 않았지만, 평소와는 달랐다. 배의 거대한 검은 옆면이 눈에 들어왔다.

추위가 몸속으로 파고들었다. 결국 폭풍우가 불어온다는 생각이 들었다. 안전한 곳으로 가야 할 때였다. 난간을 놓고 부리나케 벽 쪽으로 가서, 문을 활짝 열었다.

배 안으로 들어가니 소란스런 소리가 들렸다. 구조적인 깊은 신음소리 같았다. 나는 비틀대다가 넘어졌다. 다친 데는 없었다. 일어났다. 난간을 붙잡고, 한 번에 계단을 네 개나 뛰어내렸다. 한 층을 내려갔을 때 물을 보았다. 물이 많았다. 물 때문에 더 내려갈 수가 없었다. 물은 성난 폭도들처럼 밀려들었다. 거품이 생겨 부글부글 끓어올랐다. 계단이 검은 물속으로 사라져버렸다. 내 눈을 믿을 수가 없었다. 왜 여기 물이 있을까? 어디서 나왔을까? 나는 꼼짝 못 하고 그 자리에 서 있었다. 두렵고, 믿기지 않았고, 이제 어쩌면 좋을지 알 수가 없었다. 저 아래 우리 가족이 있는데.

층계를 뛰어 올라갔다. 중앙 갑판에 도착했다. 이제 성난 날씨로 변했다. 너무 무서웠다. 정황이 분명해졌다. 배가 심하게 기울고 있었다. 뱃머리에서 선미까지 눈에 띄게 기우뚱했다. 배 밖을 내다보았다. 수면까지 25미터밖에 안 되는 것 같았다. 배가 가라앉고 있었다. 정신을 차릴 수가 없었다. 달에 불이 나는 것만큼이나 믿을 수 없었다.

선원들은 다 어디 있을까? 뭘 하고 있을까? 뱃머리 쪽에 어둠 속에서 뛰어다니는 몇 사람이 눈에 들어왔다. 동물 몇 마리도 보인 것 같았지만, 빗줄기와 그림자 때문에 생긴 환상으로 돌려버렸다. 날씨가 좋을 때는 동물이 있는 칸의 해치 문을 제쳐놓는 일이 있긴 해도, 동물들은 늘 우리에 갇혀 있었다. 우리가 운송하는 것은 가축이 아니라 위험한 맹수들이니까. 머리 위쪽 함교에서 사내들의 고함소리가 들리는 것 같았다.

배가 흔들리고, 괴물 같은 금속성 트림 소리가 났다. 무슨 소리일까? 다가오는 죽음에 저항하여 인간과 동물들이 입을 맞춰 내지르는 비명일까? 배가 유령 노릇을 포기하는 소리일까? 나는 넘어졌다. 벌떡 일어났다. 다시 배 밖을 내다보았다. 바다가 출렁거렸다. 파도가 점점 가까워졌다. 우리는 급속히 가라앉았다.

원숭이들이 내지르는 소리를 분명히 들었다. 뭔가가 갑판을 흔들어댔다. 인도산 큰들소가 빗속에서 뛰쳐나와 천둥처럼 내 곁을 지났다. 겁에 질린 들소는 안정감을 잃고 광포해졌다. 어리둥절해진 나는 놀라서 들소를 바라보았다. 도대체 누가 들소를 풀어줬을까?

함교로 오르는 계단으로 달려갔다. 상급 선원들은 늘 그 위에 있었다. 배에서 영어를 할 줄 아는 사람은 그들뿐이었다. 그들은 우리 운명을 손에 쥐고 있었고, 잘못을 바로잡을 사람들이었다.

그들이 나와 가족을 돌봐주겠지. 중간 다리까지 올라갔다. 우현 쪽에는 아무도 없었다. 좌현으로 달려갔다. 세 사람이 보였다. 일반 선원들이었다. 나는 넘어졌다. 다시 일어났다. 그들은 배 밖을 내다보고 있었다. 내가 소리쳤다. 그들이 고개를 돌렸다. 그들은 날 보다가 서로를 바라보았다. 뭔가 몇 마디 했다. 그러더니 재빨리 내게 다가왔다. 마음에 고마움과 안도감이 밀려들었다. 내가 말했다.

"아저씨들을 만나서 정말 다행이에요. 무슨 일이에요? 무서워 죽겠어요. 배 바닥에 물이 가득해요. 가족들이 걱정되어 죽겠어요. 우리 선실이 있는 층에는 내려갈 수가 없어요. 흔히 있는 일인가요? 혹시……."

한 사람이 내 팔에 구명조끼를 입히며 중국어로 뭐라고 하는 통에 난 입을 다물었다. 구명조끼에 달린 오렌지색 호루라기가 눈에 들어왔다. 그들은 내게 힘껏 고개를 끄덕였다. 그들이 강한 팔로 나를 번쩍 안자, 다른 생각은 나지 않았다. 그들이 날 돕고 있다는 생각만 했다. 그들을 믿는 마음이 워낙 커서, 날 공중에 번쩍 들자 고마운 마음만 들었다. 그들이 나를 배 밖으로 내던졌을 때야 비로소 의심이 생기기 시작했다.

39

 나는 12미터쯤 밑에 있는 구명보트에 떨어졌다. 보트에는 반쯤 둘둘 만 방수포가 있었다. 다치지 않은 게 기적이었다. 구명조끼는 없어졌다. 손에 쥐고 있던 호루라기만 남았다. 구명보트는 도중까지 내려져 매달려 있었다. 보트는 비스듬히 걸린 채, 비바람 속에서 흔들렸다. 수면 위 6미터쯤 될까. 나는 고개를 들었다. 사내 둘이 나를 내려다보면서, 구명보트를 가리키며 소리를 질렀다. 어쩌라는 말인지 전혀 알아들을 수 없었다. 나는 그들이 뒤따라 뛰어내릴 거라고 예상했다. 하지만 그들은 겁에 질린 표정으로 고개를 돌렸고, 갑자기 공중에 이 이상한 게 나타났다. 그것은 경주마처럼 우아하게 뛰어내렸다. 그것은 방수포 부분에 떨어지지 않았다. 무게가 250킬로그램쯤 되는 수놈 그랜트 얼룩말이었다. 얼룩말은 요란하게 쿵 소리를 내며 벤치 끝 쪽에 떨어졌다. 의자가 망가졌고 구명보트 전체가 흔들렸다. 얼룩말이 울어댔다. 나는 나귀나 말 울음소리쯤을 기대했는지 모르겠다. 하지만 그런 소리가 아니었다. '콰-하-하, 콰-하-하' 하는, 절망감에 요동치는 비명이라고 해야 될 것이다. 얼룩말은 입을 헤벌리고, 똑바로 서서 덜덜 떨었다. 누런 이와 진홍색 잇몸이 드러났다. 배에 매달려 있던 구명보트가 공중으로 떨어졌고, 우리는 요동치는 바다에 내려앉았다.

40

 리처드 파커는 내 뒤를 따라 물속에 뛰어들지 않았다. 내가 곤봉으로 쓰려던 노가 물 위에 떠 있었다. 나는 노를 꼭 잡고 구명부표에 손을 뻗었다. 리처드 파커가 안았던 부표가 거기 떠 있었다. 물속에 있으려니 두려웠다. 물은 검고, 차고, 포효했다. 꼭 무너지는 우물 밑바닥에 있는 기분이었다. 물이 계속 내 몸을 덮쳤다. 눈이 따끔거렸다. 물이 나를 끌어내렸다. 숨을 쉴 수가 없었다. 구명부표가 없었다면 단 일 분도 못 버텼으리라.
 4, 5미터쯤 떨어진 곳에서 물을 가르는 삼각형 모양이 보였다. 상어의 지느러미였다. 차고, 축축하고, 섬뜩한 기운이 등골을 타고 올라왔다. 있는 힘껏 헤엄쳐서 구명보트 한쪽 끝으로 갔다. 배의 그쪽 끝부분은 여전히 방수포에 덮여 있었다. 양팔로 부표를 밀어 몸을 위로 올렸다. 리처드 파커는 보이지 않았다. 방수포 위에도, 벤치에도 없었다. 구명보트의 바다에 있었다. 나는 다시 몸을 위로 밀었다. 잠시 배의 저쪽 끝에서 두리번거리는 얼룩말의 머리가 보였다. 다시 물속으로 빠졌을 때, 또 다른 상어의 지느러미가 바로 앞을 지나갔다.
 오렌지색 방수포의 구멍과 구명보트의 옆면에 달린 고리가 튼튼한 나일론 줄로 연결되어 있었다. 나는 뱃머리에서 헤엄쳤다. 뱃머리에는 다른 곳에 비해 방수포가 단단히 덮여 있지 않았다―사람 얼굴로 치면 납작코라고 할 정도로 뱃머리가 아주 짧았다. 방수포를 고리에 맨 나일론 줄이 약간 헐렁해서 거기 노의 손잡이를 밀어넣었다. 노를 들이밀 수 있는 끝까지 쭉 밀었다. 이제 구명보트의 앞머리가 약간 기우뚱해도 파도를 타넘었다. 나는 몸을 위로 밀면서, 양다리로 노를 감쌌다. 노가 방수포를 당겼지만, 방수포와 밧줄과 노는 그대로 있었다. 이제 배까지 50센티미터쯤 떨어져 있긴 해도 난 물에서 빠져나왔다. 큰 파도의 물마루가 몸을 휘감았다.

나는 태평양 한가운데 고아가 되어 홀로 떠 있었다. 몸은 노에 매달려 있고, 앞에는 커다란 호랑이가 있고, 밑에는 상어가 다니고, 폭풍우가 몸 위로 쏟아졌다. 이성적으로 이런 상황을 보면, 호랑이에게 잡아먹히기 전에 물에 빠져 죽기를 바라리라. 하지만 노를 방수포에 끼우고 안전하다는 생각이 밀려든 잠시 동안, 아무 생각도 나지 않았다. 동이 트는 것조차 알아차리지 못했다. 힘껏 노에 매달렸다. 그냥 매달렸다. 왜 그랬는지는 하느님이나 아시겠지.

한참 후, 부표를 이용하기로 했다. 부표를 물에서 건져서, 구멍에 노를 끼웠다. 부표를 아래로 당겨 구멍이 내 몸에 끼게 만들었다. 이제는 다리만 신경 쓰면 됐다. 리처드 파커가 나타난다 해도, 노에서 떨어지는 것보다는 나을 터였다. 하지만 공포는 여전히 남아 있어서, 호랑이보다 태평양이 더 두려웠다.

41

여러 가지 요소가 날 계속 살게 해주었다. 구명보트는 가라앉지 않았다. 리처드 파커는 여전히 눈에 보이지 않았다. 상어 떼는 주위를 맴돌았지만 내게 달려들지는 않았다. 파도가 몸에 와서 부딪쳤지만, 쓸어버리지는 않았다.

화물선이 거품을 내고 트림을 하면서 물속으로 사라지는 광경을 지켜봐야 했다. 불이 깜빡하더니 꺼져버렸다. 가족이나 생존자를 찾느라 두리번거렸다. 다른 구명보트가 있는지, 희망을 안겨줄 만한 것이 있는지 찾아보았다. 아무것도 없었다. 빗줄기와 검은 바다의 집채만 한 파도만 있을 뿐. 배에서 쏟아진 화물만 비극을 안고 떠다닐 뿐이었다.

하늘에서 어둠이 녹아내렸다. 빗줄기도 멈추었다.

영원히 그런 자세로 버틸 수는 없는 노릇이었다. 추웠다. 계속 고개를 쭉 빼고 위를 쳐다보고 있어 목이 뻣뻣했다. 부표에 기대 있느라 등이 아팠다. 다른 구명보트가 있는지 보려면 몸을 더 밀어올려야 했다.

노를 따라 조금씩 몸을 미니, 발이 뱃머리에 닿았다. 아주 조심해서 움직여야 했다. 리처드 파커는 배 바닥, 방수포 밑에 있을 성싶었다. 내 쪽으로 등을 돌리고 얼룩말을 마주 보고 있을 터였다. 지금쯤 얼룩말은 잡아먹혔겠지만. 호랑이는 오감 중 주로 시각에 의존한다. 시력이 워낙 좋고, 움직임을 감지하는 데

특히 뛰어나다. 청력도 좋다. 후각은 보통. 물론 다른 동물과 비교할 때 보통이라는 뜻이다. 리처드 파커에 비하면, 나는 귀머거리에 장님, 후각을 잃은 살덩어리 수준이었다. 하지만 그 순간 그는 날 보지 못했고, 내 몸이 홀딱 젖어서 냄새도 맡지 못했다. 휘휘 부는 바람 소리와 파도가 부서지는 소리 때문에 내가 움직이는 소리도 듣지 못했다. 호랑이가 내 존재를 알아차리지 못하면, 내게도 희망은 있었다. 눈치챈다면 난 당장 죽을 목숨이지만. 그가 방수포를 헤치고 튀어나올까? 걱정스러웠다.

그 대답을 놓고 두려움과 이성이 다투었다. 두려움은 '그렇다'라고 말했다. 리처드 파커는 몸무게가 250킬로그램이나 되는 사나운 맹수였다. 발톱 하나하나가 칼날처럼 날카로웠다. 이성은 '아니다'라고 대답했다. 방수포는 화선지가 아니라 튼튼한 캔버스 천이라고. 내가 높은 곳에서 그 위로 뛰어내려도 끄떡없었다고. 리처드 파커가 발톱으로 천을 긁을 수는 있겠지만, 용수철에 달린 인형처럼 툭 튀어나오진 못할 거라고. 또 그는 날 보지 못했다. 날 못 봤으니, 발톱으로 방수천을 긁어댈 이유가 없었다.

노를 타고 미끄러졌다. 양다리를 노의 한쪽에 대고, 발을 뱃전에 댔다. 뱃전은 배에서 제일 높은 가장자리, 즉 테두리를 말한다. 다리가 배에 닿을 때까지 조금 더 움직였다. 시선은 방수포 끄트머리에 고정시켰다. 어느 순간에라도 리처드 파커가 벌떡 일어나 내게 달려들 것 같았다. 몇 번이나 두려움에 벌벌 떨었다. 제일 가만히 있어주었으면 하는 곳이 ─ 다리가 ─ 제일 많이 흔들렸다. 다리는 북 치듯 방수포를 툭툭 쳤다. 그보다 더 확실히 리처드 파커의 문을 두드릴 수 있을까? 양팔이 덜덜 떨렸고, 그럴 때면 가만히 있는 것밖에는 다른 방법이 없었다. 그러면 두려움이 지나갔다.

 몸이 충분히 배에 걸쳐지자, 몸을 위로 당겼다. 방수포 끄트머리 너머를 바라봤다. 놀랍게도 얼룩말이 아직도 살아 있었다. 얼룩말은 원래 쓰러져 있던 선미에 축 처져 누워 있었지만, 아직도 배를 들먹이고 두려움에 찬 눈을 움직였다. 얼룩말은 나를 향해 옆으로 누워 머리와 목을 어색하게 벤치에 기대고 있었다. 뒷다리가 심하게 부러진 상태였다. 그런 각도에서 보니, 정말 부자연스러워 보였다. 살 위로 뼈가 툭 튀어나오고 피를 흘리고 있었다. 가는 앞다리만 정상이었다. 뒤틀린 몸통 밑에 앞다리가 얌전히 포개져 있었다. 얼룩말은 가끔 머리를 흔들며, 콧소리를 내고 울어댔다. 그렇지 않을 때는 가만히 누워 있었다.

 얼룩말은 보기 좋은 동물이었다. 물에 젖어 흰 부분은 밝게 빛나고 검은 줄은 새까맸다. 너무나 초조한 나머지 그런 생각을 오래 하지는 못했다. 그래도 기묘하고, 깔끔하며, 대담한 예술적인 디자인에 멋진 두상이라는 생각을 잠시 했다. 정말 이상한 것은 리처드 파커가 얼룩말을 죽이지 않았다는 사실이었다. 호랑이가 얼룩말을 죽이는 게 당연한 수순일 텐데. 원래 포식동물은 그렇다. 먹이를 잡아먹는다. 리처드 파커는, 정신적인 압박감이 큰 지금 상태에서, 두려움 때문에 더 지독한 공격을 하는 것이 마땅했다. 얼룩말을 사정없이 죽였을 거라고 짐작했는데.

얼룩말이 목숨을 건진 이유가 잠시 후 드러났다. 피가 얼어붙는 것 같더니 이내 약간의 안도감이 느껴졌다. 방수포 끄트머리에서 머리가 쏙 나왔다. 그것은 겁에 질려 날 바라보더니, 안으로 들어갔다가 다시 나타났다. 다시 방수포 안으로 들어갔다가 또 나타나더니, 완전히 들어가버렸다. 곰처럼 생긴 대머리 하이에나였다. 우리 동물원에는 하이에나가 여섯 마리 있었는데, 암컷 두 마리가 사납고 수컷 네 마리는 순했다. 하이에나들은 미네소타로 갈 예정이었다. 여기 구명보트에 있는 것은 수컷이었다. 오른쪽 귀를 보고 알아봤다. 심하게 찢어져서 끄트머리가 들쭉날쭉한 것이 전에 싸웠던 흔적이었다. 이제 왜 리처드 파커가 얼룩말을 죽이지 않았는지 알았다. 그는 배에 없었다. 좁은 공간에 하이에나와 호랑이가 함께 있을 수는 없었다. 리처드 파커는 방수포 밖으로 떨어져서 물에 빠진 모양이다.

하이에나가 어떻게 구명보트에 타게 됐는지 곰곰이 따져봐야 했다. 하이에나가 넓은 바다에서 헤엄칠 수 있는지 의심스러웠다. 결국 하이에나는 미리 배에 올라 방수포 밑에 숨어 있었다는 결론이 나왔다. 내가 구명보트에 떨어지면서 하이에나를 알아차리지 못했던 것이었다. 또 다른 사실도 깨달았다. 선원들이 나를 구명보트에 던진 것은 하이에나 때문이었다. 내 목숨을 구해주려던 게 아니었다. 하이에나가 내게 달려들 테고, 어떻게든 내가 놈을 물리쳐서 그들이 안전하게 배에 탈 수 있을 거라 기대했던 것이었다. 내 목숨이야 어떻게 되든 간에. 이제야 얼룩말이 나타나기 직전, 그들이 마구 손짓을 했던 이유를 알 수 있었다.

 점박이 하이에나와 좁은 공간에 같이 갇히게 된 것이 희소식이 될 줄은 몰랐지만, 어쨌든 일은 그렇게 되었다. 사실 희소식은 두 가지였다. 이 하이에나가 아니었으면 선원들은 날 구명보트에 던지지 않았을 거고, 난 배에 있다가 익사했을 터였다. 또 야수와 같이 있어야 한다면, 힘이 세고 교묘한 고양이과 동물보다는 노골적으로 사나운 개과 동물이 나왔다. 안도의 한숨이 나왔다. 조심스럽게 노 위에서 움직였다. 노에 걸터앉았다. 구명보트의 둥근 테두리에 앉아서, 왼발을 뱃머리 끝에 내려놓고 오른발은 뱃전에 올렸다. 편안한 자세로 배와 마주앉게 되었다.

 주위를 둘러보았다. 바다와 하늘만 보였다. 언덕 꼭대기에 있을 때와 비슷했다. 바다는 잠시 육지의 풍경을 보여주었다―언덕, 계곡, 평원. 그런 풍경이 분명하게 드러났다. 80개의 언덕에 둘러싸인 세상. 하지만 어디에서도 가족은 찾을 수 없었다. 물 위에 둥둥 떠 있는 것들이 있었지만, 희망을 주는 것은 없었다. 다른 구명보트는 보이지 않았다.

 날씨가 급격히 변했다. 정말 넓은 바다는, 숨이 막힐 정도로 드넓은 바다는 점차 평온하고 잠잠해졌다. 파도가 끝없이 밀려왔다. 바람은 산들바람으로 바뀌었다. 하얗게 빛나는 솜털구름이 흐린 하늘색 창공을 뒤덮기 시작했다. 아름다운 태평양의 새벽이었다. 셔츠가 벌써 마르기 시작했다. 밤은 금방 자취를 감추었다. 화물선만큼이나.

  나는 기다리기 시작했다. 여러 가지 생각이 차례로 스쳤다. 내가 살아남을 방법에 매달렸을까. 아니면 고통에 사로잡혀 소리 죽여 울었을까. 그렇게 입을 벌린 채 양손에 얼굴을 묻고서……

42

  뿌연 새벽빛 속에서 바나나 섬에 타고 둥둥 떠다니는 것이 있었다. 성모마리아처럼 아름다운 모습. 그 뒤에서 해가 떠올랐다. 붉은 털이 멋졌다.

  나는 울부짖었다.

  "아, 축복 받은 어머니여, 폰디체리의 다산의 여신이여. 젖과 사랑을 주는 이여, 놀라운 팔을 벌려 위로를 주고, 진드기를 잡고, 우는 것들을 안아주는 그대. 이 비극을 똑똑히 봤지? 상냥한 네가 공포를 만나다니 이건 맞지 않는 일이야. 네가 그대로 죽었다면 차라리 나았을걸. 너를 보니 얼마나 가슴 아리도록 반가운지. 너는 기쁨과 아픔을 동시에 안겨주는구나. 나와 함께 있으니 기쁘고, 이 상태가 오래가지 못할 테니 마음 아프고. 넌 바다에 대해 뭘 아니? 아무것도. 난 바다에 대해 뭘 알까? 아무것도. 이 운선수 없는 버스는 헤매겠지. 우리 삶은 끝이야. 네 목적지가 망각이라면 배에 타렴 — 우리의 다음 정류장은 그곳이니까. 우린 나란히 앉으면 돼. 원한다면 네가 창가 자리에 앉으렴. 하지만 슬픈 풍경만 보일 거야. 아, 속마음을 감추는 건 이걸로 충분하겠지. 내가 간단히 말할게. 널 사랑해. 사랑해. 사랑해. 널 사랑해. 사랑해. 거미는 데려오지 말아줘."

그것은 '오렌지주스'였다―침을 흘리는 버릇 때문에 그런 이름을 얻었다. 보르네오 오랑우탄 암컷 대장. 우리 동물원의 스타로, 수컷 두 마리를 낳은 어미였다. 오렌지주스 주변에는 검은 거미 떼가 심술궂은 예배자처럼 기어 다녔다. 오랑우탄이 올라타고 있는 바나나 덩이는, 배에 실릴 때처럼 나일론 망으로 묶여 있었다. 오렌지주스가 바나나 섬에서 내려 구명보트에 타자, 바나나 덩이가 출렁거렸다. 나일론 망이 느슨해졌다. 별생각 없이 물에 가라앉는 망을 붙잡았다. 망을 끌어당겨 배에 실었다. 이 망이 가장 소중한 재산이 되어, 나중에 여러 방법으로 생명을 구해줄 터였다.

바나나가 흩어졌다. 겁은 거미들은 재빨리 기어 나녔시만, 눌에 빠질 수밖에 없는 상황이었다. 바나나가 흩어졌으니까. 거미 떼는 모두 익사했다. 구명보트는 과일 바다에 떠 있게 되었고.

쓸모없다고 생각한 나일론 망은 챙겼지만, 이 '만나'(구약에 나오는 하늘에서 내려준 음식―옮긴이) 같은 바나나를 건져야 한다고 생각했을까? 아니. 그런 생각은 눈곱만치도 안 했다. 바다가 바나나를 흩어버렸다. 이것을 버린 것은 두고두고 내게 큰 짐이 될 터였다. 내 아둔함과 절망감에 몸부림치게 되겠지.

오렌지주스는 안개 속에 있었다. 오랑우탄의 몸짓은 느리고 조심스러웠다. 깊은 혼란이 눈빛에 고스란히 담겨 있었다. 오랑우탄은 충격에 빠진 상태였다. 몇 분 동안 방수포 위에 꼼짝 않고 조용히 누워 있더니, 구명보트 안쪽으로 들어왔다. 하이에나의 비명이 들렸다.

43

내가 본 화물선의 마지막 흔적은 수면에서 번뜩이는 기름 자국이었다.

나 혼자가 아니라고 확신했다. 침춤 호가 가라앉았는데 아무도 관심을 갖지 않을 리가 없었다. 당장 도쿄에서, 파나마 시티에서, 마드라스에서, 호놀룰루에서, 아니 위니펙에서도 계기판의 빨간불이 반짝이며 경보종이 울리리라. 사람들은 공포에 질려서 눈을 휘둥그레 뜨고 입을 벌리고 "맙소사, 침춤 호가 가라앉았네!"라고 외치면서 수화기를 들겠지. 빨간불이 점점 더 많이 깜박이기 시작하고, 경보등도 더 많이 울리기 시작할 테고. 비행기 조종사들은 구두끈도 못 맬 정도로 황급히 비행기로 달려갈 거야. 배의 상급 선원들은 머리가 어질어질할 정도로 타륜을 돌려댈 대지. 구조팀에 잠수함까지 합류할 거야. 우린 곧 구조될 거야. 수평선에 배가 나타날 터였다. 총을 찾아서 하이에나를 쏘아죽이고, 얼룩말을 고통에서 해방시켜줄 거야. 오렌지주스도 구조될 수 있을걸. 내가 배에 타면 가족들이 맞아줄 거야. 다들 다른 구명보트에 탔다가 구조되었겠지. 그러니 구조선이 올 때까지 몇 시간만 더 버티면 되는 거야.

걸터앉은 자리에서 손을 뻗어 망을 집었다. 망을 둘둘 말아 방수포 중간에 던졌다. 작긴 해도 방어벽 역할을 해줄 것 같았다. 오렌지주스는 몸이 뻣뻣한 것 같았다. 내 짐작으론 충격을 받아 죽어가는 것 같았다. 가장 큰 걱정은 하이에나였다. 놈이 힝힝대는 소리가 들렸다. 하이에나의 먹잇감인 얼룩말과 먹잇감이 아닌 오랑우탄이 놈의 정신을 분산시켜서, 나에 대해 생각하지 못할 거라는 희망에 매달렸다.

한 눈으로는 수평선을, 다른 한 눈으로는 구명보트의 저쪽 끝을 응시했다. 하이에나의 울음소리 외에 다른 동물의 소리는 들리지 않았다. 그저 딱딱한 바닥을 발톱으로 긁는 소리와 이따금 신음소리, 비명만 들릴 뿐이었다. 싸움이 벌어진 소리는 나는 것 같지 않았다.

아침나절, 하이에나가 다시 나타났다. 몇 분 동안 비명에 가깝게 울어댄 후였다. 하이에나는 얼룩말을 뛰어넘어 선미로 갔다. 그곳에는 벤치가 삼각형 모양으로 놓여 있었다. 내가 노출될 수 있는 위치였다. 벤치와 내가 발을 걸친 곳은 30센티미터밖에 떨어지지 않았다. 하이에나는 신경질적으로 배 너머를 바라보았다. 출렁거리는 넓은 바다는 보고 싶지 않은지, 곧 머리를 숙이더니 얼룩말 뒤편의 보트 밑바닥으로 파고들었다. 그곳은 비좁았다. 얼룩말의 넓은 등이 있고, 벤치 밑에는 부력 탱크가 쭉 놓여 있어서 하이에나가 파고들 공간이 없었다. 녀석은 잠시 엎치락뒤치락하더니, 다시 선미로 갔다가 얼룩말을 뛰어넘어 배 중간으로 갔다. 그리고 방수포 아래로 사라졌다. 하이에나가 움직인 시간은 채 십 초도 안 됐다. 녀석은 나와 4, 5미터쯤 떨어져 있었다. 나는 겁에 질려 꼼짝 못 하고 있었다. 그에 비해 얼룩말은 재빨리 머리를 들고 울었다.

나는 하이에나가 방수포 밑에 얌전히 있기를 바랐다. 하지만 실망스러웠다. 눈 깜짝할 새에 놈은 얼룩말을 훌쩍 넘어 다시 선미의 벤치로 갔다. 거기서도 몇 차례 몸을 돌리며 낑낑대면서 머뭇거렸다. 하이에나가 이제 어떤 행동을 할지 궁금했다. 답은 금방 나왔다. 하이에나는 머리를 숙이고 얼룩말 주변을 돌기 시작했다. 가장자리에 놓인 벤치와 방수포 너머에 있는 십자형 벤치까지 7, 8미터짜리 트랙은 될 터였다. 하이에나는 한 바퀴, 두 바퀴, 세 바퀴, 네 바퀴, 다섯 바퀴……. 쉬지 않고 맴돌았고 나는 헤아리던 숫자를 놓쳐버렸다. 뛰는 내내 '탁탁탁' 소리가 났다. 이번에도 나는 아주 느리게 반응했다. 두려움에 사로잡혀서 구경밖에 할 수 없었다. 하이에나는 재빨리 움직이는 데다, 체구가 작지도 않았다. 60킬로그램도 넘는 수놈이었다. 다리가 벤치에 무닞히사 배 진체기 흔들렸고, 발톱이 바닥을 긁는 소리가 요란했다. 놈이 선미에 나타날 때마다 나는 바싹 긴장했다. 내 쪽으로 달려올 때마다 머리털이 쭈뼛쭈뼛 섰다. 놈이 내게 곧장 달려들 거라는 두려움이 더 끔찍했다. 오렌지주스가 어디 있는지는 몰랐지만 걸림돌이 안 되는 것은 분명했다. 둘둘 말린 방수포와 나일론 망 뭉치는 안쓰러운 방어벽이었다. 하이에나는 힘들이지 않고 내가 있는 뱃머리로 올 수 있을 테니까. 놈의 동작으로 봐서 그럴 의도는 없는 듯했다. 십자형 벤치를 지나칠 때마다, 방수포 가장자리를 따라 재빨리 움직이는 하이에나의 몸통 앞쪽이 보였다. 하지만 이런 상태에서 하이에나가 어떤 행동을 할지 예측불능이었다. 녀석은 얼마든지 아무 경고 없이 내게 달려들 수 있었다.

 몇 차례나 빙빙 돈 후, 하이에나는 배 끝 벤치에서 멈추더니 웅크리고 앉아 방수포 아래쪽을 내려다보았다. 녀석은 고개를 들었고 나를 응시했다. 전형적인 하이에나의 표정에 가까웠다. 멍하고, 노골적이고, 머리에 아무것도 떠올리지 않은 채 호기심만 가졌다. 입을 헤벌리고, 큰 귀를 곤두세우고, 검은 눈은 반짝였다. 하지만 온몸 구석구석에서 긴장감이 배어나왔다. 녀석은 초조해서 달아올랐다. 마치 열이라도 있는 것처럼. 나는 마지막을 맞을 마음의 준비를 했다. 무의 세계로의 준비를. 하이에나는 다시 원을 돌기 시작했다.

 동물은 뭔가 하려고 작정하면 아주 오랫동안 그 일을 할 수 있다. 아침 내내 하이에나는 우는 소리를 내며 원을 돌았다. 이따금 배 끝 벤치에서 잠시 멈췄다. 동작도 속도도, 우는 소리의 높이와 볼륨도, 시계 반대 방향으로 도는 것도 똑같았다. 우는 소리는 날카롭고 극도로 지루했다. 지켜보기가 너무 지루해서, 고개를 옆으로 돌리고 곁눈질로만 경계를 했다. 처음에는 하이에나가 머리 쪽을 지날 때마다 힝힝 소리를 내던 얼룩말까지도 무덤덤해졌다.

하지만 하이에나가 선미 쪽 벤치에서 멈출 때마다 내 가슴이 방망이질했다. 구원의 손길이 올 수평선에만 관심을 두고 싶었지만, 이 미친 야수에게 계속 신경을 써야 했다.

나는 어떤 동물에게도 편견은 없지만, 점박이 하이에나의 외모가 그리 멋지지 않다는 것만은 틀림없는 사실이다. 구제불능일 정도로 추하다. 두꺼운 목에 어깨는 높고, 궁둥이와 뒷다리까지 비스듬히 뻗은 모습은, 기린 모양으로 만들려다 망친 것 같아 보인다. 텁수룩한 흉한 털은 다른 동물을 만들고 남은 것들을 모아 붙여놓은 것 같다. 누런 색, 검은색, 회색이 뒤섞인 데다 표범의 멋지고 화려한 반점과는 전혀 다른 점은 옴이 지독하게 옮아 피부병에 걸린 것처럼 보인다. 곰처럼 두상이 크고 무거워 보이며 이마는 튀어나왔지만, 흐릿하게 털이 난 선이 있다. 쥐처럼 생긴 기묘한 귀는 싸움에서 찢어지지 않았다면, 크고 둥그스름하다. 늘 입을 벌리고 숨을 헐떡인다. 콧구멍은 무진장 크다. 삐쭉삐쭉한 꼬리는 흔들지 않는다. 휘청거리며 걷는다. 모든 부분이 합해져서 개같이 생겼지만, 아무도 애완견으로 키우지 않을 품새다.

하지만 나는 아버지의 말씀을 잊지 않았다. 이 동물은 썩은 고기나 먹는 겁쟁이가 아니었다. 《내셔널 지오그래픽》지에 그런 사진이 나온다면, 그건 낮에 촬영을 했기 때문이다. 달이 떠올라 하이에나의 하루가 시작되면, 놈은 극렬한 사냥꾼의 면모를 보인다. 하이에나는 떼를 짓고, 어떤 동물이든 추적해서 붙잡으며, 상대가 움직이는 동안에도 옆구리를 찢을 수 있다. 얼룩말이든 영양이든 물소든, 늙거나 병든 것만 아니라 어른이 된 것에게도 달려든다. 하이에나는 고집스런 공격수여서, 뿔에 받히고 발길질을 당해도 얼른 일어나 불굴의 의지로 달려든다. 또 아주 영리해서, 어미에게서 떼어낼 수 있는 것은 뭐든 먹잇감이 된다. 태어난 지 십 분 된 영양은 가장 좋아하는 먹이이며, 어린 사자와 염소도 먹는다. 노력해서 먹이를 포획하면 부지런히 먹어치운다. 얼룩말 한 마리가 십오 분 후면 두개골만 남는다. 그 두개골도 굴로 가져가 어린 하이에나들이 앞니로 갉으며 갖고 놀지 모른다. 무엇도 버리지 않는다. 피가 뿌려진 풀까지 먹어치운다. 큰 살덩이를 삼킬 때면 하이에나의 위가 부푸는 것이 보인다. 운이 좋은 하이에나들은 배가 너무 불러 움직이기 힘들 정도까지 간다. 일단 먹이를 소화시키면, 기침을 해서 모구(동물이 삼킨 털이 위 속에서 엉긴 덩어리 — 옮긴이)를 뱉어낸다. 하이에나는 모구에 묻은 먹을 만한 것을 골라낸 후 굴려서 버린다. 정신없이 먹이에 달려들다가 저희끼리 무는 것도 흔히 있는 일이다. 얼룩말을 깨물려고 달려들다가 다른 하이에나의 귀나 콧구멍을 물기도

한다. 이런 실수를 해도 하이에나는 아무렇지도 않다. 워낙 기분이 좋아서 어떤 것에도 역겨워할 틈이 없는 것이다.

사실 뭐든 닥치는 대로 먹어대는 하이에나의 취향은 감탄스러울 지경이다. 하이에나는 소변을 보면 그 오줌을 마신다. 오줌을 다른 용도로도 사용한다. 날씨가 덥고 건조할 때면, 방광에 찬 소변을 땅바닥에 뿌리고 젖은 진흙을 발로 긁어대며 몸을 식힌다. 하이에나는 초식동물의 배설물을 좋아하며 먹는다. 하이에나가 먹지 않는 게 뭘까라는 의문이 생길 지경이다. 그들은 같은 종족이 죽으면, 혐오감이 가시기를 하루쯤 기다렸다가 그 사체도(귀와 코는 애피타이저로 물어뜯고, 그 나머지를) 먹는다. 심지어 자동차에도 달려든다 — 전조등, 배기관, 사이드미러 할 것 없이. 하이에나가 먹지 못한다면, 그것은 위액 분비가 안 돼서가 아니라 씹는 힘 때문이다. 하이에나는 가공할 턱의 힘을 가졌다.

내 앞에서 빙빙 돌고 있는 게 바로 그 동물이었다. 보기만 해도 무섭고 간담이 서늘해지는 동물.

모든 것은 전형적인 하이에나 스타일로 끝났다. 하이에나는 배 끝에 멈춰 서서, 깊은 소리를 내지르기 시작하더니 중간중간 숨을 헐떡거렸다. 나는 노에 매달린 채 몸을 밀어내서 발끝만 겨우 배에 대고 있었다. 하이에나는 마른기침을 해댔다. 그러다 왈칵 토했다. 토사물이 얼룩말 뒤에 떨어졌다. 하이에나는 제 토사물에 몸을 처박았다 그대로 몸을 떨면서, 흐느끼는 소리를 냈다. 몸을 돌리더니 동물의 분노를 한껏 표출했다. 그 후 하이에

나는 꿈쩍하지 않았다. 가끔 얼룩말이 야수가 바로 뒤에 있다는 듯 신음했지만, 대부분은 가망 없이 시무룩하게 침묵을 지켰다.

44

 해가 하늘에 떠올라 정점에 다다르더니, 기울기 시작했다. 나는 하루 내내 노에 걸터앉아 지냈고, 균형을 잡기 위해서만 움직였다. 나의 모든 것은 구조해줄 수평선에 쏠려 있었다. 잔뜩 긴장한 상태였다. 숨도 쉬지 못할 만큼 지루했다. 처음 몇 시간은 한 가지 소리와 연결되어 내 기억 속에 있다. 누구도 짐작 못 할 소리. 하이에나가 낑낑대는 소리도 아니고, 바다가 출렁이는 소리도 아니다. 그것은 파리가 윙윙대는 소리다. 구명보트에는 파리 떼가 있었다. 파리 떼가 나타나서 느릿느릿 커다란 궤도를 그리며 날아다녔다. 그러다 저희끼리 달라붙어서 현기증이 날 만큼 빠른 속도로 빙빙 돌면서 윙윙 소리를 냈다. 일부는 용기를 내서 내가 있는 곳까지 날아왔다. 프로펠러가 하나 달린 비행기처럼 퍼덕대는 소리를 내며 내 주변을 맴돌다가 무리에게 돌아갔다. 파리 떼가 원래 구명보트에 있었는지, 하이에나와 같이 왔는지는 모른다. 하지만 어디서 왔든, 그것들은 오래 있지 않았다. 이틀 만에 싹 사라져버렸다. 얼룩말 뒤에 있던 하이에나가 파리 떼를 덥석 물더니 먹어치웠다. 나머지는 바다에서 불어온 바람에 휩쓸려간 듯했다. 목숨을 부지한 몇 놈은 운 좋게도 늙어서 죽었겠지.

저녁이 다가오자 점점 초조해졌다. 하루의 끝을 둘러싼 모든 것이 겁났다. 밤에는 배가 나를 발견하기 어려울 터였다. 밤에는 하이에나가 다시 활동적이 될지도 몰랐다. 어쩌면 오렌지주스도.

어둠이 내렸다. 달이 뜨지 않았다. 구름이 별을 가렸다. 사물의 윤곽을 구분하기 힘들어졌다. 바다도, 구명보트도, 내 몸도 모든 게 사라졌다. 바다는 잔잔했고 바람마저 없어서, 소리에 의지해 배에 몸을 들여놓을 수도 없었다. 순수하고 추상적인 암흑에 둥둥 떠 있는 것 같았다. 수평선이라고 짐작되는 곳에 시선을 고정시키고, 동물들이 움직이는 기미가 있는지 곁눈질했다. 그 밤을 버티지 못할 것 같았다.

밤 어느 때쯤, 하이에나가 으르렁대고 얼룩말이 꽥꽥대기 시작하면서 반복적으로 두드리는 소리가 들렸다. 나는 공포에 휩싸여 몸을 떨다가 ─ 지금 뭘 숨기겠는가 ─ 바지에 오줌을 싸버렸다. 하지만 소리는 선미에서 났다. 움직임으로 인한 흔들림은 감지되지 않았다. 끔찍한 야수 녀석은 나에게서 멀리 있었다. 어둠 속 가까운 곳에서 요란한 숨소리와 으르렁대는 소리, 툴툴대는 소리, 온갖 쩝쩝 소리가 들리기 시작했다. 오렌지주스가 뒤척인다는 생각을 하자, 도저히 참기 힘들어서 그 생각을 밀어냈다. 그 생각은 무시해버렸다. 내 밑에서도 소리가 났다. 바다에서 갑자기 찰싹 소리와 휙 움직이는 소리가 났다. 그런 소리가 반복해서 나더니 한순간 멎었다. 생명을 지키려는 싸움이 거기서도 벌어지고 있었다.

밤이 지나갔다. 느릿느릿, 아주 천천히.

45

추웠다. 마치 나와는 상관없는 듯한 괴로운 관찰이었다. 날이 밝았다. 아주 빠르게, 하지만 알아차리지 못하는 사이 동이 텄다. 하늘 구석에서부터 색이 변하기 시작했다. 공기에 빛이 들어차기 시작했다. 잔잔한 바다가 주위에 커다란 책처럼 펼쳐졌다. 여전히 밤 같은 느낌이었다. 갑자기 아침이 밝았다.

해가 전깃불을 밝힌 것 같은 오렌지색 빛을 내며 수평선 위로 올라올 때에야 따스함이 느껴졌다. 오래 기다릴 필요도 없이 곧 해가 솟는 느낌이 다가왔다. 첫 햇살과 함께 그것이 내 안에서 살아났다. 희망이……. 사물의 윤곽이 드러나고 색으로 가득 차면서, 희망이 점점 커져 내 심장 안에서 노랫가락같이 되었다. 아, 그것에 감싸인 느낌이라니! 결국 다 잘될 거야. 최악의 상황은 끝났다. 나는 밤을 이기고 살아났다. 오늘은 구조될 거야. 그런 생각이, 그런 말이 마음속에서 솟아나 희망의 원천이 되었다. 희망은 희망을 낳았다. 단아한 선을 분명히 드러내는 수평선을 간절히 바라보았다. 다시 날이 밝았고 사방이 똑똑히 보였다. 라비 형이 먼저 나를 맞으며 눈물을 뿌리는 광경을 상상했다. 그는 말하겠지. "이게 무슨 일이야? 큰 구명보트에 타고, 그 안에 동물을 채웠어? 네가 노아라도 된 줄 알아?" 아버지는 면도도 하지 않고 머리는 산발이겠지. 어머니는 하늘을 쳐다보면서 나를 와락 끌어안을 테고. 나를 구해준 배의 모습을 열 가지도 넘게 머릿속으로 그렸다. 가족 상봉 장면도. 아침의 수평선이 한쪽으로 굴곡을 그리자, 내 입술도 미소를 지으며 다른 쪽으로 굴곡졌다.

이상하게 들리겠지만, 구명보트에서 무슨 일이 일어나고 있는지 내 눈으로 본 것은 한참이나 지난 후였다. 하이에나가 얼룩말을 공격한 뒤였다. 녀석은 피범벅이 된 입으로 얼룩말의 가죽을 씹고 있었다. 자연스레 내 눈은 상처로, 공격당한 부위로 쏠렸다. 공포로 입이 벌어졌다.

얼룩말의 부러진 다리가 없어졌다. 하이에나가 다리를 뜯어서 배 끝까지 끌고 간 것이다. 몸통에 흐물흐물한 살갗이 걸쳐져 있었다. 아직도 피가 뚝뚝 떨어졌다. 얼룩말은 저항도 변변히 못하고 고통을 참아내고 있었다. 천천히 계속해서 이를 갈 뿐이었다. 내 안에서 충격과 혐오와 분노가 치밀었다. 나는 하이에나에게 강한 증오심을 느꼈다. 녀석을 죽일 방법을 궁리했다. 하지만 아무 짓도 하지 않았다. 분노도 오래가지 않았다. 그 점에 대해 솔직해져야겠다. 얼룩말에 대한 연민도 오래가지 않았다. 내 목숨이 위협받을 때는, 생존을 향한 이기적이고 무시무시한 갈망에 동정심도 가려져버린다. 얼룩말이 심한 고통을 겪는 것은 슬펐지만 — 몸집이 큰 동물이어서 시련은 거기서 끝나지 않았다 — 내가 어떻게 해줄 수가 없었다. 가여웠지만 곧 다른 생각을 하기 시작했다. 무슨 자랑이 아닌 것은 안다. 내가 너무 냉담했던 것이 미안하기도 하다. 불쌍한 얼룩말과 녀석이 겪었던 일을 잊지 못한다. 그 생각을 할 때마다 기도를 하게 된다.

아직도 오렌지주스의 흔적은 없었다. 다시 수평선 쪽으로 눈을 돌렸다.

그날 오후 바람이 약간 불었고, 구명보트에 대해 조금씩 파악하게 됐다. 싣고 있는 무게에도 불구하고 보트는 물 위에 가뿐하게 떠 있었다. 배가 수용능력보다 가벼웠기 때문이다. 구명보트는 수면에서 뱃전까지가 높아서 바다가 성이 나야 배에 물이 들어올 터였다. 하지만 선미가 어느 쪽을 향해 있든, 바람이 불어서 뱃전을 파도 쪽으로 돌렸다. 작은 파도가 치면서 끊임없이 배를 흔들어댔고, 큰 파도가 배를 오른쪽 왼쪽으로 번갈아 기울게 했다. 계속되는 움직임 때문에 속이 메스꺼웠다.

자세를 바꾸면 좀 나을 것 같았다. 나는 매달려 있던 노에서 미끄러져, 뱃머리로 다시 갔다. 파도를 향해 앉아 있으니, 배의 나머지 부분은 내 왼편에 있게 되었다. 하이에나와 가까이 있었지만, 녀석은 꿈쩍도 하지 않았다.

숨을 깊이 들이마시면서 메스꺼움을 몰아내려 할 때 오렌지주스를 보았다. 나는 오랑우탄이 하이에나와 멀리 떨어져 뱃전의 방수포 밑에 있어서 안 보이는 거라고 생각했다. 그게 아니었다.

오렌지주스는 옆쪽 벤치에 있었다. 하이에나가 빙빙 돌던 곳 바로 뒤에. 둘둘 말린 방수포 옆에 있어서 눈에 띄었다. 오렌지주스가 고개를 약간 들자 내 눈에 금방 들어왔다.

호기심이 밀려들었다. 오랑우탄을 더 잘 봐야 했다. 배가 흔들리는데도 나는 무릎을 꿇어보았다. 하이에나는 날 쳐다봤지만 꿈쩍하지 않았다. 오렌지주스가 눈에 들어왔다. 오랑우탄은 몸을 구부리고 앉아서, 양손으로 배 끝을 쥐고, 가슴까지 머리를 숙이고 있었다. 입을 헤벌리고 혀를 쭉 늘어뜨린 채. 오렌지주스는 숨을 가쁘게 쉬었다. 비극적인 상황인 데다 멀미까지 하면서도, 나는 웃음을 터뜨렸다. 그 순간 오렌지주스는 단 한 단어로 요약되었다. 뱃멀미. 머리에 새로운 종의 동물이 떠올랐다. 희귀종인 항해하는 '애송이' 오랑우탄. 나는 다시 앉는 자세를 취했다. 가여운 녀석, 인간처럼 멀미를 하다니! 동물에게서 인간의 흔적을 보는 것은 특별한 재미가 있다. 특히 원숭이나 유인원에게서는 인간의 모습을 찾기 쉽다. 유인원은 동물 세계에 사는 인간의 거울이라 할 수 있다. 나는 머리를 가슴팍까지 숙이면서 밀려드는 감정에 놀랐다. 이런! 웃음이 내 안에서 행복의 화산을 폭발시킨 것 같았다. 오렌지주스는 내게 원기만 찾아준 게 아니라, 멀미까지 없애주었다. 이제 기분이 괜찮아졌다.

다시 수평선을 찬찬히 바라보자 희망이 샘솟았다.

멀미를 심하게 했지만 오렌지주스는 뭔가 유별났다. 다치지 않았다는 점. 오랑우탄은 하이에나에게 등을 돌리고 있었다. 하이에나를 무시하고, 아무 일 없는 듯이 행동했다. 이 구명보트의 생태계는 아주 이상스러웠다. 점박이 하이에나와 오랑우탄이 만날 수 있는 자연스런 상황이란 없었다. 오랑우탄은 보르네오 섬에 살았고 하이에나는 아프리카에 살았으므로, 둘은 서로 관계를 맺는 법을 알 리 없다. 과일을 먹는 오랑우탄과 육식성으로 초원지대에 사는 하이에나가 서로에게 관심을 쏟지 않으면서 자기 영역을 찾은 것이 묘해 보였다. 오랑우탄은 하이에나에게 이상하긴 해도 먹이 냄새를 풍길 텐데. 자동차의 배기관보다 맛은 괜찮지만 엄청난 모구를 만들어내는 놈으로 기억되겠지. 또 오랑우탄은 하이에나에게 포식동물 냄새를 맡을 터였다. 그래서 우연히 두리안 열매가 땅에 떨어지면 주의해서 주변을 둘러볼 것이다. 한데 자연은 영원히 놀라운 일을 만들어낸다. 사실 이상할 것도 없었다. 염소가 코뿔소와 다정하게 살 수 있는 마당에 오랑우탄이라고 하이에나랑 못 살까? 미리 알았다면 동물원에서 대단한 뉴스거리였을 텐데. 안내문이 그려졌을 것이다. "관람객 여러분, 오랑우탄을 무서워하지 마세요! 오랑우탄은 나무에서 살기 때문에 나무에 있는 거지, 하이에나가 두려워서는 아니랍니다. 식사 시간이나 동물들이 갈증을 느끼는 해 질 무렵에 오시면, 오랑우탄이 나무에서 내려와 하이에나에게 방해받지 않고 땅 위를 어슬렁거리는 모습을 볼 수 있습니다." 아버지가 좋아했을 텐데.

그날 오후쯤 처음으로 내 믿을 만한 친구가 될 동물을 보았다.

구명보트 선체에 긁는 소리가 났다. 몇 초 후, 녀석이 배에 가까이 다가와서 내가 몸을 숙이면 잡을 수도 있을 것 같았다. 커다란 바다거북이었다. 대모(바다거북의 일종―옮긴이)가 느릿느릿 발을 돌리면서, 고개를 물 밖으로 쭉 빼고 있었다. 울퉁불퉁한 황갈색 껍질이 1미터가량 되고 해조류가 몸에 걸쳐 있는 흉한 모양새였다. 입술은 없고, 뻥 뚫린 콧구멍 두 개에, 검은 눈으로 나를 뚫어져라 응시했다. 불평불만이 많은 성질 고약한 노인네같이 거만하고 매정한 표정이었다. 파충류의 너무 단순한 모양새가 이상했다. 물속에 떠 있는 모습이 영 어울리지 않았다. 미끈하고 날씬한 모양의 물고기들과 비교할 때 영 이상한 모양이었다. 바다거북이 단순하게 생겼지만, 더 이상한 것은 나였겠지. 녀석은 몇 분간 구명보트 옆에서 어슬렁댔다.

나는 바다거북에게 말했다.

"다른 배에 가서 내가 여기 있다고 전해. 얼른 가."

바다거북은 몸을 돌리더니 물속으로 사라졌다. 녀석은 뒷발을 움직이며 물을 밀어냈다.

46

배가 나타나야 될 곳에 구름이 끼고, 날이 저물면서 차츰 미소도 사라졌다. 인생에서 최악의 밤이 언제였다고 하는 것은 부질 없는 일이다. 어느 날이라 할 수 없을 만큼 힘든 밤이 많았으니까. 하지만 바다에서의 두 번째 밤은 내 기억에 유독 고통스럽게 남아 있다. 평범한 아픔도 더 심하게 느껴졌고, 흐느낌과 슬픔과 정신의 고통으로 낙심했던 그 밤은 첫날의 초조감과는 달랐다. 감정을 온전히 느낄 힘이 남아 있었기에 후에 맞은 밤들과도 달랐다. 무시무시한 저녁이 가고 무시무시한 밤이 이어졌다.

나는 구명보트 주변에 상어 떼가 나타난 것을 알아차렸다. 해가 하루의 장막을 내리기 시작했을 때였다. 주황색과 빨간색 덩어리가 차분하게 터지면서 색채의 조화를 이루었다. 초자연적인 균형을 이루는 천연색 캔버스였다. 장엄한 태평양의 일몰이 나를 감쌌다. 상어 떼는 마코 종류였다. 잽싸고 주둥이가 뾰족한 포식자로, 입에서 튀어나온 긴 이빨이 눈에 띄었다. 몸통 길이는 2미터쯤이었고, 한 놈은 유독 더 컸다. 나는 안절부절못하면서 상어 떼를 지켜봤다. 몸집이 가장 큰 놈이 공격이라도 하려는 듯 재빨리 구명보트로 나가왔다. 몇 센티미터쯤 수면 위로 나온 등지느러미가 보였지만, 녀석은 우리에게 닿기 직전에 물속으로 들어가 우아하게 미끄러져 지나갔다. 다시 돌아왔지만 이번에는 그리 바싹 붙지 않고 그냥 사라졌다. 다른 상어들은 더 오래 있다 사라져갔다. 어떤 것은 손을 뻗으면 닿을 듯이 수면 바로 아래로 왔고, 어떤 것은 깊은 곳으로 왔다가 떠나갔다. 다른 물고기들도 왔다. 크기며 색과 모양이 다 제각각이었다. 다른 데 정신이 팔리지 않았다면 고기 떼를 더 찬찬히 살폈겠지만 그러지 못했다. 오렌지주스의 머리가 보였으니까.

오랑우탄은 방수포에 팔을 뻗었다. 우리가 긴장을 풀고 옆에 있는 의자 등받이에 팔을 쭉 뻗는 것과 똑같았다. 하지만 오렌지주스의 기분은 그렇지 않았다. 오랑우탄은 서글프고 애처로운 표정으로 이리저리 고개를 돌려 두리번거리기 시작했다. 그 순간 유인원이 인간과 비슷해서 느껴지는 재미가 싹 가셨다. 오렌지주스는 동물원에서 새끼를 두 마리 낳았다. 다섯 살, 여덟 살인 건장한 수놈 새끼들은 오렌지주스의 — 또 우리의 — 자랑이었다. 오렌지주스는 그런 생각을 하면서 바다를 두리번거리고 있음이 분명했다. 의도하지는 않았지만 지난 서른여섯 시간 동안 내가 했던 행동을 그대로 흉내 내고 있었다. 오렌지주스는 나를 보고도 아무런 표정도 짓지 않았다. 나 또한 모든 걸 잃고 죽음을 맞이할 또 다른 동물이었으니까. 기분이 가라앉았다.

그때 하이에나가 으르렁거리며 날뛰기 시작했다. 온종일 그 자리에서 꿈쩍 않고 있던 녀석이. 하이에나는 얼룩말의 옆구리에 앞다리를 올리고, 몸을 내밀어 얼룩말의 살을 깨물었다. 그러고는 쭉 잡아당겼다. 선물 포장이 찢어지듯이 얼룩말의 배에서 가죽이 쭉 벗겨졌다. 소리 없이 살갗이 찢겨나갔다. 곧 피가 강처럼 솟구쳤다. 얼룩말은 짖고, 콧방귀를 뀌고, 깽깽 소리를 내면서 방어하려 했다. 하이에나를 물려고 앞다리를 뻗으며 고개를 젖혔지만 여의치 않았다. 얼룩말이 성찬 뒷다리를 흔들자, 전날 밤에 계속 들렸던 뭔가 두드리는 소리의 정체가 밝혀졌다. 발굽으로 배 옆쪽을 내려치는 소리였다. 얼룩말이 자기를 방어하려 하자 하이에나는 마구 으르렁대면서 얼룩말을 물어뜯었다. 얼룩말의 옆구리에 큰 상처가 났다. 뒤에서 공격하는 게 만족스럽지 않자, 하이에나는 얼룩말의 엉덩이 위로 올라갔다. 놈은 꼬여 있는 내장과 창자를 당기기 시작했다. 공격에 순서 같은 것은 없었다. 여기를 물어뜯고, 저기를 삼키고, 앞에 놓인 풍족함에 압도당한 듯했다. 간을 반쯤 먹어치우자, 하이에나는 풍선같이 생긴 허연 위 주머니를 당기기 시작했다. 하지만 위는 무겁고, 얼룩말이 배를 아래쪽으로 하고 웅크리고 있어서―또 피가 흘러 미끄러워서―하이에나는 얼룩말의 몸 위에서 미끄러졌다. 녀석은 얼룩말의 배에 머리와 어깨를 처박고, 앞발의 무릎으로 올라갔다. 몸을 밀어도 계속 미끄러졌다. 마침내 하이에나는 얼룩말의 몸에 몸통을 반쯤 걸치게 되었다. 얼룩말은 안쪽부터 산 채로 먹히기 시작했다.

얼룩말의 저항력이 겁집 약해졌다. 콧구멍에서 피가 주르르 흘러내렸다. 얼룩말은 하늘을 쳐다보기라도 하듯 한두 번쯤 머리를 바로 세웠다―그 순간에 대한 혐오감을 완벽하게 표현했다.

오렌지주스는 이런 행동을 무심히 보지 않았다. 오랑우탄은 일어나더니 벤치 위로 올라섰다. 우스꽝스런 작은 다리와 큰 몸통이, 비뚤어진 바퀴 위에 얹은 냉장고 같았다. 하지만 거대한 팔을 공중에 휘젓는 모습은 당당해 보였다. 팔이 발아래까지 닿았다―한쪽 손을 바다에 담그니, 다른 팔이 구명보트의 맞은편 가장자리에 걸쳐졌다. 오렌지주스는 입술을 벌려 어마어마한 송곳니를 드러내더니, 포효하기 시작했다. 깊고, 강하고, 분노에 찬 포효였다. 평소에는 기린처럼 조용한 동물에게는 놀라운 일이었다. 그 소리에 하이에나도 나처럼 깜짝 놀랐다. 녀석은 움찔하며 물러섰다. 하지만 오래가지는 않았다. 오렌지주스를 빤히 쳐다보더니, 목덜미와 어깨의 털이 곤두서고 꼬리가 공중에 바짝 섰다. 녀석은 죽어가는 얼룩말의 몸 위로 다시 올라갔다. 거기서 하이에나는 입으로는 피를 줄줄 흘리면서, 더 높은 소리로 오랑우탄의 비명에 답했다. 두 동물은 입을 벌린 채 1미터도 안 되는 거리에 마주 서 있었다. 기력을 모두 울부짖음에 담은 그들은 안간힘을 쓰느라 몸을 떨었다. 나는 하이에나의 목구멍 깊숙이 들여다볼 수 있었다. 조금 전만 해도 바다의 휘파람과 속삭임을 — 좋은 상황이었다면 마음의 위안이 되는 자연의 멜로디를 — 나르던 태평양의 공기에 돌연 무시무시한 소음이 넘쳐났다. 총과 대포와 수천 개의 폭탄이 터지는 듯한 귀를 찢는 소리가 넘쳐나는 총력전이었다. 하이에나의 울부짖음은 높은 음역을, 오렌지주스의 울부짖음은 낮은 음역을 채웠다. 그 중간 어딘가에서 무기력한 얼룩말의 울음소리도 들을 수 있었다. 귀가 따가웠다. 다른 소리는, 더 이상의 소리는 들을 수가 없었다.

나는 걷잡을 수 없이 떨기 시작했다. 하이에나가 오렌지주스에게 달려들 거라 생각했다.

상황이 더 나빠지리라고는 상상도 못 했는데, 일은 계속 벌어졌다. 얼룩말이 바다로 코피를 뿜어냈다. 잠시 후 뭔가가 배를 때리더니, 타격이 이어졌다. 상어 떼가 우리 보트 주변을 맴돌기 시작했다. 피가 난 곳을 찾고 있었다. 먹이가 가까이 있는 셈이었으니까. 꼬리지느러미가 물 위로 솟아올랐고 머리는 앞으로 나아갔다. 계속해서 배를 몸으로 쳤다. 배가 뒤집힐까 봐 두려운 게 아니었다. 상어 떼가 쇠로 된 선체에 구멍을 내서 배가 가라앉을까 걱정이었다.

상어 떼가 배를 치자, 동물들은 걱정스런 표정으로 펄쩍펄쩍 뛰었지만, 얼굴을 맞대고 짖어대는 것은 잊지 않았다. 고함 싸움이 몸싸움으로 변할 거라 생각했다. 하지만 몇 분 후 고함소리는 뚝 그쳤다. 오렌지주스는 입술 부딪치는 소리를 내면서 몸을 돌렸고, 하이에나는 고개를 숙이고 얼룩말 뒤로 물러섰다. 먹이를 찾지 못한 상어 떼는 가버렸다. 마침내 고요가 흘렀다.

녹슨 쇠와 배설물이 뒤섞인 듯한 시큼한 악취가 풍겼다. 사방에 뿌려진 피가 검붉은 색으로 굳고 있었다. 파리 한 마리가 윙윙대는 소리가 정신착란의 경보처럼 들렸다. 그날 수평선에는 배가 한 척도 나타나지 않았다. 아무것도 나타나지 않고 하루가 저물고 있었다. 해가 수평선 밑으로 들어가면서, 하루라는 시간과 가여운 얼룩말만 죽은 게 아니었다. 내 가족도 죽었다. 해가 지는 순간, 믿고 싶지 않았던 생각이 고통과 슬픔으로 바뀌었다. 가족은 죽었다. 나는 그 사실을 더 이상 부인할 수 없었다. 가슴에 품기에는 얼마나 지독한 일인가! 형을 잃는 것······. 함께 나이 드는 경험을 하고, 형수와 삶의 나무에서 새로운 가지를 칠 조카들을 선사해줄 사람을 잃는다는 것. 아버지를 잃는다는 것……. 길잡이가 되어 도움을 주고, 가지를 받쳐주는 기둥처럼 나를 든든히 받쳐줄 사람을 잃는다는 것. 어머니를 잃는다는 것……. 머리 위의 태양을 잃는다는 것. 미안하지만 더 이상 이야기하지 못하겠다. 나는 방수포에 누워서, 양팔에 얼굴을 묻고 밤새 슬퍼하며 울었다. 하이에나는 밤새 얼룩말을 먹었다.

47

날이 밝았다. 공기는 습하고, 구름이 낮게 깔렸다. 바람은 따스하고, 하늘에 가득한 잿빛 구름은 때 묻은 면 이불보를 둘둘 말아놓은 것 같았다. 바다는 변함없었다. 구명보트는 계속 흔들렸다.

얼룩말은 아직 살아 있었다. 도무지 믿기지 않았다. 몸에는 60센티미터쯤 되는 구멍이 뚫렸고, 막 폭발한 화산에서 새어나온 듯한 내장 찌꺼기는 햇빛에 번들거렸다. 하지만 중요한 기관은 약하나마 생명력이 남아 꿈틀거렸다. 움직임이라곤 뒷다리에 이는 경련과 가끔씩 눈을 껌뻑이는 것뿐이었다. 난 겁에 질렸다. 저렇게 심한 상처를 입고도 살아 있을 줄은 정말 몰랐다.

하이에나는 긴장했다. 햇빛이 비치는데도 안정을 찾지 못했다.

너무 폭식해서 위가 한껏 늘어났기 때문이겠지. 오렌지주스 역시 위험한 상태였다. 이빨을 드러내며 안절부절못하고 있었다.

나는 뱃머리 부근에 웅크린 채 그대로 있었다. 몸과 정신이 다 약해졌다. 노에 매달려 균형을 잡으려고 움직이다 바다에 떨어질까 걱정이었다.

얼룩말은 정오쯤 죽었다. 번들거리는 눈을 뜨고서, 가끔씩 하이에나가 공격을 해도 무심하더니, 죽었다.

오후에는 싸움이 일어났다. 긴장감이 참을 수 없는 정도까지 팽팽해졌다. 하이에나는 깽깽 소리를 냈다. 오렌지주스는 툴툴대면서, 입술을 부딪치며, 소란스럽게 굴었다. 갑자기 둘의 불만이 솟구치더니, 소리가 아주 커졌다. 하이에나가 얼룩말 사체를 넘어서 오렌지주스에게 달려들었다.

하이에나의 위협에 대해서는 지금까지 분명히 이야기했다고 생각한다. 녀석의 위험성이 너무도 당연하게 여겨져서, 나는 오렌지주스가 방어할 기회도 없이 죽을 거라고 체념했다. 하지만 그건 오렌지주스를 과소평가한 것이었다. 오랑우탄의 인내심을 과소평가하다니.

오렌지주스가 하이에나의 머리를 때렸다. 충격적이었다. 내 마음에 사랑과 감탄과 두려움이 녹아들었다. 오렌지주스가 인도네시아인 주인이 버린 애완동물이었다는 말을 했던가? 오렌지주스의 사연은 버림받은 수많은 애완동물들의 내력과 비슷했다. 말하자면 이런 식이다. 어려서 귀여울 때, 어느 집에서 애완용으로 사들인다. 주인들에게 커다란 즐거움이 된다. 그러다가 몸이 커지고 식성이 좋아진다. 집에서 훈련시키기 어렵게 된다. 힘이 점점 세져서 다루기가 어려워진다. 어느 날 가정부가 동물이 깔고 자는 방석을 세탁하려고 꺼내거나, 주인집 아들이 장난스럽게 동물의 손에 든 먹이를 빼앗는다. 별것 아닌 일인데 동물은 화가 나서 이빨을 드러내 보이고, 가족은 겁에 질린다. 다음 날, 주인은 동물을 지프차에 태운다. 뒷좌석에는 형제, 자매로 지내던 주인집 아이들이 앉아 있다. 밀림으로 들어간다. 차에 탄 사람과 동물 모두에게 밀림은 낯설고 무시무시한 곳이다. 빈터에 내려놓는다. 잠깐 주변을 살핀다. 갑자기 지프차에 시동이 걸리면서, 차는 흙먼지를 날리며 떠나간다. 동물이 지금껏 알았고 사랑했던 사람 전부가 지프차 뒤창으로 내다보고 있다. 지프차는 저만치 달아난다. 동물은 혼자 남겨진다. 그는 이해하지 못한다. 인간 형제자매들과 똑같이 자랐기에, 이런 밀림에서 살 준비는 되어 있지 않다. 밀려오는 공포감을 꾹 누르며 가족이 돌아오기를 기다린다. 그들은 돌아오지 않는다. 해가 진다. 곧 동물은 낙심해서 생명을 포기한다. 며칠 후 굶어 죽은 동물이 발견된다. 개 떼에게 공격을 당해 죽었거나.

오렌지주스는 이런 외로운 동물이 될 뻔했다. 하지만 '폰디체리 동물원'으로 들어오게 되었다. 오렌지주스는 평생을 점잖고 순하게 지냈다. 내가 어릴 때 그기 꺼안아주던 기억이 새롭다. 나보다 긴 손가락으로 내 머리칼을 잡아당기곤 했는데……. 오렌지주스는 어미 노릇을 익히는 젊은 암컷이었다. 오렌지주스가 어른 오랑우탄의 모습을 갖추자, 나는 거리를 두고 관찰했다. 그의 습성뿐 아니라 한계까지 다 안다고 생각했다. 한데 이렇게 성나고 야성적인 용기를 보이다니, 내 생각이 틀렸던 것이다. 그때까지 나는 오렌지주스의 극히 일부만 알고 있었던 거였다.

오랑우탄이 하이에나의 머리를 내리쳤다. 얼마나 세게 쳤던지. 하이에나의 머리가 벤치에 부딪혀 날카로운 소리를 냈다. 앞다리를 쭉 뻗는 것으로 봐서 벤치나 하이에나의 턱, 아니면 둘 다 깨졌으리라 짐작됐다. 하이에나는 곧 다시 일어났다. 온몸의 털이 내 머리털처럼 솟아 있었지만, 적대감은 그다지 심하지 않았다. 녀석은 물러났다. 나는 의기양양해졌다. 오렌지주스의 반격이 내 심장에도 빛을 안겨주었다.

오래가지는 못했다.

어른 암컷 우랑우탄은 수컷 점박이 하이에나를 물리칠 수 없는 법이다. 완전히 경험적인 사실이다. 동물학자들은 다 안다. 오렌지주스가 수컷이었다면, 내 가슴에 새겨진 것만치 실제로도 체구가 컸다면, 결과는 달라졌을지도 모른다. 하지만 동물원에서 안락하게 살면서 먹이도 잘 먹고 살이 쪘는데도 몸무게가 50킬로그램이 되지 않았다. 암컷 오랑우탄의 몸은 수컷의 절반밖에 안 된다. 하지만 단순히 체중과 난폭한 힘의 문제가 아니다. 오렌지주스는 무방비 상태는 아니었다. 결국 중요한 것은 태도와 지식이다. 과일을 먹고 사는 동물이 죽이는 것에 대해 뭘 알까? 어디를 물어뜯을지, 얼마나 세게 물지, 얼마 동안 물고 있을지 어디서 배울까? 오랑우탄이 키가 더 커도, 팔놀림이 아주 힘세고 민첩하고, 송곳니를 갖고 있어도, 이런 것을 무기로 쓸 줄 모른다면 소용이 없다. 하이에나는 턱만으로도 오랑우탄을 제압할 것이다. 자기가 원하는 것이 무엇인지, 어떻게 그걸 얻을지 아니까.

하이에나가 돌아왔다. 녀석은 벤치로 뛰어올라, 오렌지주스가 손을 내려치기 전에 팔목을 물었다. 오렌지주스가 다른 팔로 하이에나의 머리를 쳤지만, 놈의 성질만 돋우고 말았다. 오렌지주스도 물어뜯으려 했지만, 하이에나가 더 잽싸게 움직였다. 오렌지주스의 방어는 정확도와 결합력이 부족했다. 오랑우탄이 느끼는 두려움은 방해만 될 뿐이었다. 하이에나는 오렌지주스의 팔목을 놓더니 날쌔게 목덜미에 달려들었다.

나는 고통과 공포에 질려서, 오렌지주스가 하이에나를 내리치는 광경을 지켜봤다. 하지만 아무런 타격을 입히지 못하고 하이에나의 털만 잡아 뜯었다. 그사이 하이에나는 오렌지주스의 목덜미를 물어뜯었다. 마지막까지 나는 오렌지주스를 보며 우리 인간을 떠올렸다. 그 눈에는 인간과 똑같은 공포가 담겨 있었다. 오렌지주스는 인간처럼 끙끙 소리를 냈다. 오랑우탄은 방수포 위로 올라가려고 시도했다. 하이에나가 세차게 흔들었다. 오렌시주스는 벤치에서 떨어져 구명보트 바닥에 처박혔다. 하이에나가 달려들었다. 나는 소리는 들었지만, 더 이상 보지 못했다.

다음은 내 차례였다. 그것만큼은 분명했다. 나는 힘겹게 일어났다. 눈에 눈물이 고여 앞이 보이지 않았다. 가족이나 다가올 죽음 때문에 우는 게 아니었다. 정신이 멍해서 그런 것은 생각할 수도 없었다. 내가 우는 것은, 극도로 피곤해서 쉴 때가 됐기 때문이었다.

나는 방수포 위로 다가갔다. 배 끝에 팽팽하게 매여 있긴 했지만, 중간 부분이 약간 헐렁했다. 흔들흔들 힘겹게 서너 걸음쯤 갔다. 그물망과 둘둘 만 방수포 위로 몸을 뻗었다. 상황이 상황인지라, 몹시 지루하고 고된 여행이라도 하는 기분이었다. 중간에 놓인 벤치에 발이 닿자, 딱딱한 기운이 느껴지면서 기운이 났다. 단단한 땅에 발을 디딘 것 같았다. 양발을 벤치에 올리고 굳건하게 선 기분을 만끽했다. 어지러웠지만 인생에서 중요한 순간이 다가오는 마당이라, 현기증은 두려운 엄숙함을 더해주었다. 양손을 가슴께로 올렸다―내가 하이에나에게 대항할 무기는 그것뿐이었다. 녀석은 날 올려다봤다. 입이 빨갰다. 오렌지주스가 옆에 널브러져 있고, 그 옆에는 얼룩말이 죽어 있었다. 오렌지주스는 양팔을 활짝 벌리고, 짧은 다리를 구부려 약간 옆으로 누워 있었다. 십자가에 매달린 유인원 예수 같았다. 머리만 제외하면. 오렌지주스의 머리가 잘려나가고 없었다. 목의 상처에서는 아직도 피가 흘렀다. 무시무시한 광경이었다. 나는 하이에나에게 덤비기 전에, 마음을 다잡아 밑을 보았다.

벤치 밑, 내 발 사이에 리처드 파커의 머리가 있었다. 커다랬다. 어질어질한 내게는 목성만 해 보였다. 리처드 파커의 앞발은 브리태니커 백과사전만 했다.

나는 배 끝으로 돌아가 주저앉았다.

그 밤을 몽롱한 상태에서 보냈다. 내가 잠을 잤다는 생각을 했다. 호랑이 꿈을 꾼 후로는 깨어 있었던 것 같았다.

48

리처드 파커란 이름은 서기의 실수에서 생겨났다. 방글라데시의 쿨라나 지역은 표범 한 마리 때문에 떨고 있었다. 순다반스 바로 외곽 지역이었다. 최근에 표범은 어린 소녀를 물어 갔다. 손바닥에 염료가 묻은 작은 손과 플라스틱 팔찌 몇 개만 남겨둔 채. 두 달 사이에 일곱 번째 습격 사건이었다. 표범은 점점 더 대담해졌다. 소녀 이전의 희생자는 농부로, 백주대낮에 밭에서 공격을 당했다. 표범은 농부를 숲으로 끌고 가서, 머리의 대부분과 오른쪽 다리 살, 내장 전부를 먹었다. 농부의 시체는 나무에 매달려 있었다. 마을 사람들은 표범을 잡기 위해 밤이면 인근을 감시했지만, 표범은 나타나지 않았다. 산림청에서는 직업 사냥꾼을 고용했다. 사냥꾼은 두 번의 습격이 일어났던 강 부근의 나무 위에 보이지 않는 작은 플랫폼을 설치했다. 강변의 말뚝에는 염소를 매달아놓았다. 사냥꾼은 며칠 밤을 기다렸다. 표범이 늙은 수놈으로 이빨이 닳아서 인간 아닌 다른 동물은 잡지 못하는 거라고 예상했다. 하지만 어느 밤, 공터에 나타난 것은 날렵한 호랑이였다. 새끼 한 마리를 데리고 암컷 호랑이가 나타났다. 염소가 매애 울었다. 생후 삼 개월쯤 된 듯한 새끼는 이상하게도 염소 쪽에는 관심이 없었다. 새끼는 물가로 달려가서 물을 먹는 데만 열중했다. 어미가 새끼를 뒤따라갔다. 허기와 갈증 중에서 갈증이 더 급한 법이다. 어미 호랑이는 갈증이 풀리자 염소가 있는 곳으로 가서 허기를 해결했다. 사냥꾼은 라이플 두 자루를 갖고 있었다. 한 자루에는 실탄이 들어 있고, 다른 한 자루에는 마취용 촉이 들어 있었다. 이 호랑이가 사람을 잡아간 것은 아니지만, 인간 마을에 가까이 있으므로 사람들에게 위협을 가할 수도 있었다. 특히 새끼를 데리고 있으니까. 사냥꾼은 마취용 촉이 장전된 총을 들었다. 호랑이가 염소에게 달려들 찰나에 총을 발사했다. 호랑이는 고개를 들면서 포효하며 달아났다. 한데 마취용 촉은 좋은 차처럼 천천히 잠이 오는 게 아니라, 독한 술을 병째 들이켰을 때처럼 잠이 쏟아지게 한다. 호랑이는 부산하게 움직였다. 사냥꾼은 무전기로 조수들을 불렀다. 그들은 강에서 200미터가량 떨어진 곳에서 어미 호랑이를 발견했다. 아직 의식이 있었다. 뒷다리가 풀린 채, 앞다리로 균형을 잡고 비몽사몽 걸었다. 포수들이 가까이 다가가자 호랑이는 달아나려 했지만 그러지 못했다. 호랑이는 그들에게 몸을 돌리더니 앞발을 들었다. 죽이겠다는 뜻이었다. 하지만 그 바람에 균형을 잃고 비틀거렸다.

호랑이는 주저앉았고, '폰디체리 동물원'은 새로 호랑이 두 마리를 얻었다. 새끼 호랑이는 근처 숲에서 발견되었다. 무서워서 울고 있었다. 리처드 파커라는 사냥꾼은 맨손으로 새끼 호랑이를 안아 올렸다. 그는 새끼 호랑이가 목이 말라서 급히 물을 먹었던 장면을 떠올리고 '써스티'(thirsty, '목마른'이라는 뜻 — 옮긴이)라고 이름을 지어주었다. 한데 '하우라' 기차역의 역무원은 정신은 없어도 부지런한 사람이었다. 그는 새끼 호랑이와 관련된 서류의 이름 란에 '리처드 파커'라고 적고, 사냥꾼의 이름은 '써스티', 성은 '미상'이라고 적었다. 우리 아버지는 이름이 뒤섞인 걸 보자 껄껄 웃었고, 이후 새끼 호랑이의 이름은 '리처드 파커'가 되었다.

이후 '써스티 미상' 씨가 사람을 잡아먹은 표범을 잡았는지는 나도 모르겠다.

49

아침. 나는 움직일 수가 없었다. 힘이 없어서 방수포에 늘어져 있었다. 생각만 해도 기운이 빠졌다. 제대로 생각해보려고 안간힘을 썼다. 마침내 사막을 횡단하는 낙타들처럼 이런저런 생각이 천천히 차오르기 시작했다.

전날과 비슷하게 따스하고 하늘이 낮았다. 구름이 끼고 산들

바람이 불었다. 그게 한 가지 생각이었다. 배가 가만히 흔들리고 있다는 게 또 다른 생각이었고.

처음으로 음식 생각이 났다. 사흘 동안 물 한 방울, 음식 한 조각 먹지 못했고, 일 분도 자지 못했다. 그래서 몸에 기운이 없다는 걸 알고 약간 힘이 났다.

리처드 파커는 아직도 배에 있었다. 사실 호랑이는 내 바로 아래쪽에 있었다. 도무지 믿기 힘든 일이긴 하지만, 한참 고심하고, 여러 가지 생각과 경우를 따져본 후에 결론을 내렸다. 이건 꿈도, 환영도, 잘못된 기억도, 공상이나 헛된 생각도 아니라고. 기운 없고 몹시 흥분된 상태에서 목격한 확실한 사실이라고. 기운을 차리면 조사해서, 사실인지 확인해볼 작정이었다.

몸무게가 200킬로그램도 넘는 벵골 호랑이가 길이 7, 8미터짜리 배에 타고 있는데도, 이틀 반나절 동안이나 알아차리지 못했다는 건 수수께끼였다. 나중에 기운을 차리면 왜 그랬는지 알아보고 싶었다. 리처드 파커는 항해 역사상 가장 큰 밀항자로 기록될 터였다. 코에서 꼬리까지의 길이가 전체 배 길이의 3분의 1이나 차지했으니까.

그 순간 내가 희망을 잃었을 거라고 짐작할 것이다. 그랬다. 한데 그 결과 기운을 되찾고, 기분도 많이 괜찮아졌다. 스포츠 경기를 보다 보면 그런 순간이 있지 않은가? 테니스 경기에서 도전자는 강인하게 시작하지만 곧 자신감을 잃는다. 챔피언은 점수를 쌓기 시작한다. 마지막 세트가 되어 더 이상 잃을 게 없게 되면, 도전자는 긴장을 풀고 평온한 마음으로 대담해진다. 갑자기 악마처럼 경기를 풀어가고, 챔피언은 마지막 점수들을 놓치지 않으려고 노력해야 한다. 내가 바로 그랬다. 하이에나에게 적응하는 것은 불가능해 보였지만, 리처드 파커와는 워낙 상대가 되지 않으니 걱정할 가치조차 없었다. 호랑이가 배에 타고 있으니 내 목숨은 끝장이었다. 그런 상황에서 호랑이는 왜 타는 내 목을 어떻게 하지 않는 걸까?

그날 아침 내가 생명을 구한 것은, 갈증이 나서 문자 그대로 죽을 지경이었던 때문이라고 믿는다. '갈증'이라는 단어가 머릿속에 떠오르니, 다른 것은 생각도 할 수 없었다. 그 말 자체가 짤짤하기라도 한 것처럼, 그 생각을 할수록 결과는 더 나빠졌다. 공기가 부족한 것이 물에 대한 갈증보다 다급하게 느껴진다는 말을 들은 적이 있다. 그러나 몇 분간만 그럴 것이다. 몇 분 후에는 죽을 테고, 질식의 고통은 사라지니까. 반면 갈증은 느릿느릿 일어난다. 보라. 십자가의 예수는 질식해서 죽었지만, 그가 유일하게 불평한 것은 갈증이 아니었던가. 갈증이 인간의 모습으로 온 신까지 불평하게 만들 만큼 힘든 것이라면, 보통 인간은 어땠을지 상상해보기를. 나는 미쳐서 펄쩍펄쩍 뛸 것 같았다. 입에서 썩은 맛이 나고 끈적끈적한 것처럼 고약한 게 있을까. 목구멍 뒤쪽에 달라붙어 있는 참을 수 없는 이 압박감. 이 피가 걸쭉해져서 잘 돌지 않는 느낌. 사실 그런 고통에 비하면 호랑이는 아무것도 아니었다.

그래서 리처드 파커에 대한 모든 생각을 밀어내고, 겁 없이 마실 물을 찾아 나섰다.

내가 정식 구명보트에 타고 있고, 그런 보트라면 필요한 비품이 준비되어 있을 거라는 생각이 떠오르자, 마음에서 수맥을 찾는 막대기가 쑥 들어가 샘물이 터져 나왔다. 흠잡을 데 없이 합리적인 판단 같았다. 선원의 안전을 지켜줄 기초적인 일도 해놓지 않는 선장이 어디 있을까? 어떤 선주가 목숨을 살리는 숭고한 일을 두고 돈 몇 푼을 아낄까? 확실했다. 배에 물이 있을 거야. 내가 할 일은 물을 찾아내는 것뿐이야.

내가 움직여야 한다는 뜻이었다.

배 가운데로 갔다. 방수포 모서리로. 기어가기가 힘들었다. 화산을 기어 올라가 용암이 활활 끓는 분화구 안을 넘어다보는 순간 같았다. 납작 엎드렸다. 조심스럽게 머리를 위로 들었다. 꼭 필요한 정도만 고개를 들었다. 난 리처드 파커를 보지 않았다. 하지만 하이에나는 눈에 들어왔다. 녀석은 얼룩말 사체 뒤에 있었다. 하이에나가 날 쳐다봤다.

이제 녀석은 무섭지 않았다. 3미터도 안 되는 거리에 있었지만, 심장이 두근거리지 않았다. 리처드 파커의 존재는 적어도 유용한 면이 있었다. 호랑이가 옆에 있는데 이 이상한 갯과 동물을 겁내는 것은, 나무가 쓰러지고 있는데 나무 토막을 무서워하는 것과 같다. 난 하이에나에게 화가 났다.

"이 못되고 추한 동물아."

나도 모르게 중얼거렸다. 벌떡 일어서서 막대기로 하이에나를 때리지 않은 것은, 용기가 없어서가 아니라 힘도 막대기도 없어서였다.

하이에나는 내 당당함을 눈치챘을까? '신께서 날 보고 계시니 가만있는 게 낫겠지?'라고 속으로 중얼댔을까? 모르겠다. 어쨌거나 녀석은 움직이지 않았다. 사실 고개를 숙인 걸로 봐서, 내게서 숨고 싶은 눈치였다. 하지만 숨어봤자 소용없었다. 이제 곧 디저트감이 되고 말 테니까.

리처드 파커 역시 동물의 이상스런 행태를 설명해주었다. 왜 하이에나가 얼룩말 뒤의 좁은 곳에 처박혀 있었는지, 또 왜 그렇게 오래 기다렸다가 얼룩말을 죽였는지 분명해졌다. 더 뛰어난 동물에 대한 두려움과 더 뛰어난 동물의 먹잇감에 손대는 두려움 때문이었다. 오렌지주스와 하이에나가 잠시 평화를 유지한 것, 내가 공격당하지 않은 것도 똑같은 이유였다. 그렇게 우월한 약탈자 앞에서 우리 모두는 먹잇감이었고, 먹이를 잡아먹는 통상적인 방식이 적용되었다. 호랑이의 존재가 나를 하이에나로부터 구해주었다 ─ 작은 난을 피해 큰 난을 당하는 꼴이었다.

하지만 호랑이가 호랑이답게 행동하지 않자, 하이에나가 멋대로 굴었던 것이다. 리처드 파커가 사흘 동안이나 가만히 있었던 것은 자연스런 일이 아니었다. 이틀 정도라면 진정제와 멀미 때문이라고 설명할 수 있었다. 아버지는 동물들의 스트레스를 줄이기 위해 많은 동물에게 정기적으로 진정제를 투약했다. 배가 가라앉기 직전에 리처드 파커에게 진정제를 투약했을까? 조난 사고의 충격이 — 소음, 바다로 떨어진 것, 구명보트까지 헤엄치려고 엄청나게 발버둥친 것 — 진정제의 효과를 크게 했을까? 그 후 뱃멀미가 났을까? 내가 생각할 수 있는 이유는 그 정도였다.

곧 궁금증에 대해 흥미가 가셨다. 관심은 오직 물뿐이었다.

나는 구명보트를 조사했다.

50

깊이 1미터 남짓, 폭 2.4미터, 길이 8미터. 벤치 옆면에 검은색으로 적혀 있어서 알 수 있었다. 배의 최대 수용 인원이 32명이라고도 쓰여 있었다. 그렇게 많은 사람이 같이 탔다면 즐겁지 않았을까? 한데 우린 셋뿐이었고, 그래도 배는 복잡했다. 배는 대칭형으로, 잘 구분이 되지 않는 끝은 둥그런 모양이었다. 배 끝에는 작은 방향타가 고정되어 있었지만, 이것은 용골이 뒤쪽으로 뻗어 있는 것처럼 보였다. 반면 뱃머리는, 내가 앉아 있지만 않으면, 이런 배가 또 있을까 싶을 정도로 서글프고 을씨년스러웠다. 알루미늄 선체에는 대갈못이 박혀 있고 흰 페인트가 칠해져 있었다.

외관은 그랬다. 내부는 가로로 놓인 사이드 벤치와 부력 탱크들 때문에 생각보다 좁았다. 사이드 벤치는 보트의 끝에서 끝까지 놓여 있었는데, 양쪽 끝에 놓인 벤치는 삼각형 모양이었다. 사이드 벤치는 폭이 45센티미터였고, 끝에 놓인 것들은 90센티미터였다. 구명보트의 트인 공간은 길이가 6미터, 폭이 1.5미터였다. 그만큼이 리처드 파커가 움직일 공간이었다. 이 공간에 십자형 벤치가 세 개 놓여 있었다. 얼룩말이 무너뜨린 벤치도 거기 있었다. 이 벤치들은 폭이 60센티미터로 같은 간격으로 놓여 있었다. 벤치에서 바닥까지는 60센티미터쯤 됐다 — 리처드 파커가 벤치 밑에 있다면, 머리를 천장에 부딪칠 터였다. 방수포 밑에 30센티미터쯤 되는 공간이 더 있었다. 방수포를 지탱하는 배 가장자리 사이의 거리가 그만큼이었다. 90센티미터쯤 되는 벤치는 그가 일어서기에 충분하지 않았다. 화학 처리된 좁은 널을 깐 바닥은 평평했고, 오른쪽으로 부력 탱크의 수직면이 있었다. 그러니까 묘하게도 배의 끝은 둥글고 옆면도 둥그스름하지만, 내부 공간은 직사각형이었다.

생존의 색깔은 오렌지색인 듯했다 — 멋진 힌두교 색이기도 했다. 배 내부 전체와 방수포, 구명조끼, 구명장비, 노를 비롯해 배에 있는 눈에 띄는 모든 게 오렌지색인 걸 보면. 플라스틱과 호루라기까지 온통 오렌지색이었다.

뱃머리 양쪽에 '침춤'과 '파나마'란 글자가 검은 로마 활자체로 적혀 있었다.

방수포는 화공 처리한 거친 캔버스 천으로 만들어져서 살갗에 스치면 쓰라렸다. 방수포는 가운데 십자형 벤치까지 펼쳐져 있었다. 그래서 십자형 벤치 하나는 방수포에 가려져 리처드 파커의 굴이 되었고, 가운데 벤치는 방수포 가장자리 바로 뒤에 있고, 세 번째 벤치는 죽은 얼룩말의 몸 밑에 깔려 있었다.

배 가장자리에 U자 모양 노걸이가 여섯 개 있었다. 노걸이에 든 노는 다섯 개였다. 하나는 내가 리처드 파커를 밀어내다가 잃어버렸다. 노 세 개는 길게 놓인 벤치 한쪽에, 하나는 맞은편에, 또 하나는 내 목숨을 부지해준 뱃머리에 있었다. 이 구명보트는 경주용 배가 아니었다. 항해를 목적으로 만든 배가 아니라, 안전하게 떠 있을 수 있도록 무겁고 튼튼하게 만든 배였다. 32명이 타고 있다면 어떻게든 나아갈 수 있었겠지만.

이 모든 것을―그보다 많은 것을―한 번에 알아내지는 못했다. 시간이 흐르면서 눈에 띄었고, 필요에 의해서 알게 되었다. 나는 미래가 황량한, 더할 수 없이 긴박한 상황에 처해 있었던 것이다. 이럴 때는 작은 일, 사소한 세부 사항도 저절로 변해서, 내 마음에 새로운 빛으로 나타날 수 있었다. 그래서 이전처럼 사소한 일이 아니라, 세상에서 가장 중요한 일이 될 수도 있었다. 내 목숨을 구해줄 것이. 이 일이 일어났다. 필요가 발명의 어머니란 말은 얼마나 맞는 말인가. 정말 얼마나 맞는 말인지.

51

하지만 처음으로 구명보트를 둘러봤을 때는 내가 원하는 것을 보지 못했다. 배 끝과 사이드 벤치 표면은 부서지지 않고 멀쩡했고, 부력탱크 옆면도 마찬가지였다. 선체에 맞닿아 있는 바닥은 평평했다. 그 밑에 저장고가 있을 리 없었다. 그건 확실했다. 서랍이나 상자, 어떤 저장소도 보이지 않았다. 맨들맨들한 오렌지색 표면만 있었다.

선장과 선주들에 대한 믿음이 흔들렸다. 생존에 대한 희망도 깜빡거렸다. 갈증은 여전했다.

뱃머리, 방수포 밑에 물품이 있으면 어쩐다? 몸을 돌려 다시 기어갔다. 바싹 마른 도마뱀이 된 기분이었다. 방수포를 밀어보았다. 단단히 매여 있었다. 방수포를 풀면 그 밑에 보관되어 있을지도 모를 비상물품을 찾을 수 있을 텐데. 하지만 그건 리처드 파커의 굴을 열어야 된다는 뜻이기도 했다.

더 생각할 게 없었다. 갈증이 나를 자꾸 밀어냈다. 방수포 밑에서 노를 빼냈다. 구명장비를 팔뚝에 끼었다. 노를 뱃머리에 놓았다. 나는 배 가장자리로 몸을 내밀고, 방수포를 맨 밧줄 고리 밑에 엄지손가락을 넣었다. 쉽지 않았다. 하지만 첫 고리가 풀리자, 두 번째와 세 번째는 수월하게 느슨해졌다. 방수포는 내 팔꿈치 밑에 느슨하게 내려앉았다. 나는 다리를 배 끝 쪽으로 뻗고 방수포 위에 납작하게 엎드렸다.

방수포를 조금 풀었다. 곧 보람이 생겼다. 뱃머리는 배 끝과 똑같았다. 끝에 벤치가 있었다. 그 위에, 그러니까 이물에서 몇 센티미터 떨어진 곳에서 잠금 고리가 다이아몬드처럼 빛났다. 뚜껑이 드러났다. 가슴이 뛰기 시작했다. 방수포를 더 풀었다. 밑을 들여다보았다. 뚜껑은 끝이 둥근 삼각형 모양으로, 폭 90센티미터, 깊이 60센티미터쯤 됐다. 그 순간, 오렌지색 덩어리가 눈에 스쳤다. 나는 고개를 휙 돌렸다. 하지만 오렌지색 덩어리는 움직이지 않았고 똑바로 쳐다보지도 않았다. 호랑이가 아니었다. 그것은 구명조끼였다. 여러 개의 구명조끼가 리처드 파커의 굴 뒤쪽에 걸려 있었다.

몸이 오싹했다. 나뭇잎 사이처럼 구명조끼들 사이로 처음으로 리처드 파커의 머리가 확실히 보였다. 엉덩이와 등이 조금 눈에 들어왔다. 누르께하고 줄무늬가 있고, 무진장 컸다. 호랑이는 배 끝부분을 향해 납작하게 엎드려 있었다. 숨을 쉬느라 옆구리를 들먹이는 걸 빼면 꼼짝하지 않았다. 그가 그렇게 가까이 있다는 사실이 믿기지 않아 나는 눈을 깜빡였다. 60센티미터 밑에 호랑이가 있었다. 기지개를 켜다가 리처드 파커의 엉덩이를 찌를 수도 있을 거리였다. 우리 사이에는 쉽게 걷어낼 수 있는 얇은 방수포 외엔 아무것도 없었다.

"하느님, 살려주세요!"

그렇게 간절한 애원이 또 있을까. 나는 꼼짝 않고 누워 있었다.

물을 찾아야 했다. 손을 내려서 가만히 잠금 고리를 풀었다.

뚜껑을 당겼다. 물품함이 나왔다.

조금 전, 생명을 구하게 되는 사소한 관점에 대해 말한 바 있다. 여기 그런 게 또 한 가지 있었다. 뚜껑은 뱃머리 벤치 끝부터 2, 3센티미터쯤 경첩 식으로 달려 있었다—뚜껑을 열면 방수포와 벤치 사이의 30센티미터쯤 되는 공간을 막는 벽이 된다는 뜻이었다. 리처드 파커가 구명조끼들을 밀치고 그 벤치를 지나 나에게 달려들 수도 있는 마당에 벽이 생기다니 다행이었다. 뚜껑을 열어서 뱃머리에 놓아둔 노와 방수포 가장자리 위에 떨어뜨렸다. 나는 배와 마주 보고 선미 쪽으로 옮겨갔다. 열린 물품함의 끝에 한 발을 딛고, 다른 발은 뚜껑을 디뎠다. 리처드 파커가 나를 밑에서 공격하려 한다면, 그 뚜껑을 밀어야 할 터였다. 호랑이가 뚜껑을 밀면 나는 경고를 받고, 동시에 떠밀려 바다에 떨어질 터였다. 구명장비를 팔에 낀 채로. 호랑이가 배 뒤에서 방수포를 기어올라 다른 쪽으로 온다면, 일찌감치 내가 볼 수 있을 테니까 내가 바다로 뛰어들면 그만이었다. 구명보트 주변을 둘러봤다. 상어 떼는 보이지 않았다.

내 다리 사이를 내려다봤다. 기분이 좋아서 기절할 것 같았다. 열린 물품함 속에서 물건들이 번쩍번쩍 빛났다. 아, 공산품을 보는 기쁨이라니! 인간이 만든 것, 인간이 창조한 것들을 보니 얼마나 반갑던지! 물건을 확인한 순간, 강렬한 즐거움이—희망, 놀람, 믿을 수 없는 기분, 스릴, 감사, 그 모든 것이 하나로 뭉쳐졌다—밀려들었다. 평생 그 어느 크리스마스, 생일, 결혼식, 힌두 축일 등 선물을 주고받는 때도 그런 기쁨은 맛보지 못하리라. 행복감으로 머리가 아득해졌다.

다시 시선이 내가 찾던 물건에 쏠렸다. 병이든 깡통이든 종이 팩이든 포장된 물이 있을 터였다. 이 구명보트에는 생명수가 연한 금색 깡통에 담겨 있었다. 한 손으로 적당하게 쥐어지는 깡통이었다. 상표에 검은 글씨로 '마시는 물'이라고 적혀 있었다. 제조사는 'HP 식품.' 용량은 500밀리리터. 이런 깡통이 쌓여 있는데, 너무 많아서 한 번 훑어보는 걸로는 개수를 짐작할 수가 없었다.

떨리는 손으로 깡통 하나를 집었다. 묵직하고 시원했다. 깡통을 흔들어봤다. 깡통 안에서 '꿀럭꿀럭' 공기 거품 소리가 났다. 이제 그놈의 갈증에서 벗어날 순간이었다. 그 생각만 해도 심장이 마구 뛰었다. 깡통을 따기만 하면 돼.

멈칫했다. 깡통을 어떻게 따지?

깡통이 있으니, 틀림없이 깡통따개도 있겠지? 상자 안을 들여다보았다. 물건이 굉장히 많았다. 상자 안을 뒤졌다. 조바심이 났다. 아린 기대감이 온몸을 휘감았다. 당장 물을 마셔야 했다. 아니면 죽을 것 같았다. 원하는 도구를 찾을 수가 없었다. 하지만 쓸데없이 낙담이나 할 시간은 없었다. 조치를 취해야 했다. 손톱으로 깡통을 딸 수 있을까? 시도해봤다. 잘되지 않았다. 이로? 시도할 가치도 없었다. 배 가장자리 너머로 시선을 돌렸다. 방수포 고리가 있었다. 짧고 뭉툭하고 튼튼했다. 벤치 위에 무릎을 꿇고 몸을 내밀었다. 양손으로 깡통을 쥐고, 고리에 대고 깡통을 내리쳤다. 자국이 났다. 다시 해봤다. 또 자국이 났다. 깡통에 흠집을 계속 내니 틈이 벌어졌다. 물이 나타났다. 입술로 훑었다. 나는 깡통을 돌려서 반대쪽 뚜껑을 고리에 내리쳤다. 잽싸게 다시 한번. 더 큰 구멍이 뚫렸다. 배 가장자리에 등을 기대고 앉았다. 깡통을 얼굴 앞에 들었다. 입을 열었다. 깡통을 기울였다.

내 기분이 어땠을지는 누구나 상상할 수 있겠지만, 도저히 말로 표현할 수는 없다. 탐욕스런 목구멍으로 순수하고, 선하고, 아름답고, 수정 같은 물이 흘러들어 온몸으로 퍼져 나갔다. 그건 촉촉한 생명력이었다. 그 생명수를 마지막 한 방울까지 다 마신 후에도, 깡통에 난 구멍에 남아 있는 물기를 빨았다.

"아아아아!!!!"

깡통을 배 밖으로 던지고, 하나를 더 집었다. 처음처럼 해서 깡통을 따고, 순식간에 깡통을 비웠다. 그 깡통도 배 밖으로 던졌다. 또 하나를 꺼냈다. 깡통 네 개를 마셨으니, 생명수를 2리터나 마신 후에야 멈춘 셈이다. 오래 갈증을 겪은 후에 그렇게 급히 물을 마시면 배 속이 이상할 거라고 짐작하는 이도 있겠지. 하지만 그렇지 않았다! 평생 그보다 더 기분이 좋은 적이 없었다. 눈썹을 쓰다듬을 때의 기분이란! 신선하고 깨끗한 땀이 솟아 이마가 촉촉했다. 내 안의 모든 것이, 피부의 땀방울까지 환희를 표현하고 있었다.

나는 곧 행복감에 휩싸였다. 입은 촉촉하고 부드러웠다. 목구멍 뒤쪽의 아픔은 잊었다. 피부가 부드러워졌다. 관절은 훨씬 유연해졌다. 심장은 즐거운 북소리를 내며 뛰기 시작했고, 피는 결혼 축하연을 마치고 달리는 자동차처럼 핏줄 안에서 신나게 돌았다. 근육에는 다시 힘과 유연성이 생겼다. 머리는 점점 맑아졌다. 죽음에서 다시 살아나고 있었다. 찬란했다, 정말이지 찬란했다. 분명히 말하건대 술에 취하면 수치스럽지만, 물에 취하는 것은 숭고하고 황홀하다. 나는 몇 분간 더 없는 기쁨과 충만감에 사로잡혔다.

공복감이 느껴졌다. 배를 만졌다. 단단하고 텅 빈 구멍 같았다. 이제 음식을 먹으면 좋겠지. 마살라 도사이(남인도 음식으로 쌀가루를 반죽해서 구운 것에 감자 등을 곁들여 싸먹는 음식 — 옮긴이)에 코코넛 처트니를 곁들이면 음! 우타팜(쌀가루로 만든 부침개 비슷한 음식 — 옮긴이)이면 더 좋겠지! 흠! 아! 양손을 입에 가져갔다. 이들리(쌀가루를 쪄서 만두 모양으로 만든 인도 음식 — 옮긴이)! 그 단어를 생각하는 것만으로도 턱밑이 아리고, 입에 침이 잔뜩 고였다. 오른손이 뒤틀리기 시작했다. 상상 속에서 오른손을 뻗으니 데친 쌀로 만든 만두처럼 생긴 이들리가 손에 닿을 듯했다. 모락모락 뜨거운 김이 나는 덩어리에 손가락이 쑥 들어가고…… 소스에 푹 담가서…… 입으로 가져와…… 씹으면…… 아, 그리워라!

음식이 있나 해서 물품함을 들여다보았다. '세븐 오션스 기본 비상식품'들이 있었다. 멀리, 이국적인 노르웨이의 베르겐에서 온 것들이었다. 어머니가 가져다주던 인도식 점심은 말할 것도 없이, 아홉 번이나 건너뛰고 처음 하게 된 아침 식사는 500그램짜리 덩어리였다. 빡빡하고 단단하게 진공 포장된 은색 비닐에는 12개 국어가 적혀 있었다. 영어로는 이 응급식량이 영양가 높은 비스킷 열여덟 개로 구성되어 있다고 나와 있었다. 비스킷은 밀, 동물성 지방, 포도당으로 되어 있으며, 24시간 내에 여섯 개 이상을 먹어선 안 된다고 했다. 동물성 지방이 있어서 유감이긴 했지만, 워낙 예외적인 상황이고 보니 채식만 하는 나로서도 코를 싸매고 참아야 했다.

식량의 맨 위에는 '뜯으시오'라는 글귀와 함께 비닐 끄트머리에 검은 화살표가 그려져 있었다. 손가락으로 누르니 모서리가 쭉 들어갔다. 기름종이로 싼 직사각형 모양의 비스킷 아홉 개가 나왔다. 비스킷 하나는 반으로 나뉘어졌다. 거의 정사각형인 비스킷은 색깔은 옅고 냄새는 구수했다. 하나를 입에 넣었다. 맙소사, 그 누가 생각이나 했을까? 꿈에도 몰랐다. 나는 까맣게 모르고 있었다. 노르웨이 먹거리는 세계 최고였다! 비스킷은 놀라울 정도로 맛이 좋았다. 풍미가 진하고 입에 착착 달라붙었다. 너무 달지도 짜지도 않고. 이로 물면 와삭와삭 부서지는 소리가 났다. 침과 섞여서 걸쭉해지면서 혀와 입을 황홀하게 만들었다. 그리고 삼키면 배 속에서는 딱 한 가지 말만 터져 나왔다. 할렐루야!

몇 분 안에 비상식량 한 통이 싹 없어졌다. 포장지는 바람에 날려버렸다. 한 통 더 열까 하다가 그만뒀다. 욕구를 참는 연습을 해도 나쁠 게 없을 테니까. 사실 구급식량 반 킬로그램을 먹고 나니 배가 든든했다.

내 앞에 있는 보물함 속에 정확히 뭐가 있는지 알아보기로 했다. 커다란 궤는 입구보다 안쪽이 더 넓어 벽장 같았다. 선체 쪽으로 쭉 들어가서 사이드 벤치 앞쪽까지 트여 있었다. 나는 발을 궤 안쪽으로 내리고 모서리에 걸터앉아, 등을 뱃머리에 댔다. '세븐 오션' 구급식량이 몇 통인지 세어보았다. 하나는 먹었고, 서른한 개가 남아 있었다. 사용 설명서에 따르면, 500그램짜리 한 통은 생존자 한 명이 사흘간 버틸 분량이었다. 31×3…… 그러니까 내가 93일 동안 버틸 음식이 있는 셈이었다! 또 설명서에는 생존자는 물을 24시간에 0.5리터로 제한하라는 내용이 있었다. 물이 든 깡통을 헤아렸다. 124개였다. 한 통 0.5리터들이였다. 그러니까 124일간 버틸 물이 확보된 셈이었다. 간단한 산수가 이렇게 내 얼굴에 미소를 어리게 한 적은 처음이었다.

그 밖에 뭐가 있을까? 열심히 궤 안을 뒤지자 놀라운 물건들이 하나하나 모습을 드러냈다. 무엇이든 내게는 위안을 주었다. 동반자와 위안이 너무도 아쉬웠던 나머지, 이런 대량 생산품을 만든 손길이 내게 쏟은 특별한 손길처럼 느껴지는 것이었다. 나는 계속 되뇌었다.

"고맙습니다! 고맙습니다! 고맙습니다!"

52

조사가 끝난 후, 나는 목록을 만들었다.

- 뱃멀미 약 192알
- 500밀리리터들이 물 124깡통. 그러니까 총 62리터
- 구토용 비닐 32장
- 구급식량 31통. 한 통당 500그램이므로 총 15.5킬로그램
- 모직 담요 16장
- 태양 증류기 12개
- 오렌지색 구명조끼 10벌가량. 모두 오렌지색이고 줄에 호루라기가 달려 있음.
- 모르핀 앰플 주사기 6개
- 화염 수신호 6개
- 물에 뜨는 노 5개
- 낙하산 투하식 조명탄 4개
- 질기고 투명한 비닐 주머니 3개. 각각 50리터 용량
- 깡통 따개 3개
- 눈금 새긴 유리 비커 3개
- 방수 성냥 2상자
- 물에 뜨는 오렌지색 화염 신호 2개
- 중간 크기의 오렌지색 플라스틱 양동이 2개

- 노란색 직사각형 스펀지 2개
- 물에 뜨는 합성 밧줄 2개. 각각 50미터
- 물에 안 뜨는 합성 밧줄 2개. 길이는 표기되지 않았지만 각각 최소 30미터
- 훅, 라인, 싱커를 갖춘 낚시 도구 2세트
- 매우 날카로운 훅이 달린 갈고릿대 2개
- 띄우는 닻(배의 표류를 막고 뱃머리를 바람 부는 쪽으로 돌려두는 데 이용 — 옮긴이) 2개
- 도끼 2개
- 빗물받이 2개
- 검은 볼펜 2개
- 나일론 화물 그물 1개
- 안쪽 지름 40센티미터, 바깥쪽 지름 80센티미터인 단단한 구명장비 1개. 밧줄이 달려 있음.
- 손잡이가 단단한 대형 사냥용 나이프 1개. 끝이 뾰족하고, 한쪽 날은 날카롭고 다른 쪽 날은 깔쭉깔쭉함. 긴 줄에 매어져 물품함 고리에 달려 있음.
- 일자형 바늘과 굽은 바늘, 튼튼한 흰 실이 갖춰진 바느질 도구 1세트
- 방수 케이스에 든 응급처치 상자 1개
- 신호용 거울 1개
- 필터 달린 중국산 담배 1갑

- 대형 초콜릿 1개
- 생존 지침서 1개
- 나침반 1개
- 한 면에 98줄이 그어진 공책 1개
- 가벼운 옷차림에 신발 한 짝을 잃은 소년 한 명
- 점박이 하이에나 한 마리
- 벵골 호랑이 한 마리
- 구명보트 한 척
- 바다 하나
- 신 한 명

 큼직한 초콜릿의 4분의 1을 먹었다. 빗물받이를 찬찬히 살폈다. 우산을 거꾸로 세워놓은 것 같은 모양인데, 커다란 물받이에 고무 튜브가 연결되어 있었다.
 나는 구명장비를 낀 팔로 허리로 감싸고, 머리를 숙였다. 깊은 잠에 빠졌다.

53

 아침 내내 잤다. 그러다 초조감 때문에 일어났다. 몸의 긴장을 풀어줄 음식과 물과 휴식 덕분에 새 생명력이 생겼지만, 내가 얼마나 절박한 처지인지도 파악하게 되었다. 나는 리처드 파커의 존재를 인식하며 깼다. 구명보트에는 호랑이가 타고 있었다. 믿을 수 없었지만 믿어야 했다. 그리고 나 자신을 구해야 했다.

배 밖으로 뛰어내려서 수영을 할까 생각해봤지만, 몸이 움직이려 들지 않았다. 육지까지는 천 마일은 아니더라도 수백 마일은 떨어져 있었다. 구명장비가 있다 해도 그 거리를 헤엄칠 수는 없었다. 또 뭘 먹나? 뭘 마시나? 상어 떼는 어떻게 몰아내나? 어떻게 몸을 따뜻하게 하나? 어느 쪽으로 가야 할지 어떻게 아나? 더 생각할 여지가 없었다. 구명보트에서 내리는 것은 죽음을 의미했다. 하지만 구명보트에 뭐가 있었나? 리처드 파커는 보통 호랑이처럼 소리도 없이 내게 다가오리라. 내가 알아차리기도 전에 목덜미나 목을 물 거고, 내 몸에는 무시무시한 이빨 자국이 나겠지. 난 말도 못 할 거야. 아무 말도 못 한 채 피를 콸콸 흘리겠지. 아니면 호랑이는 엄청난 앞발로 목을 부러뜨려 날 죽일 거야.

"난 죽게 될 거야."

떨리는 입술 사이로 이런 말이 새나왔다.

다가올 죽음도 끔찍하지만, 시간도 주지 않고 죽음이 다가오고 있다는 사실은 더 무섭다. 하필 모든 행복이 내 것인 때에 죽음이 다가오다니. 모든 행복이 내 것이 될지도 모르는 마당에. 내가 잃고 있는 게 똑똑히 보인다. 차 사고를 당하거나 익사한다 해도 그런 슬픔은 느끼지 않는다. 정말 참을 수 없는 감정이다. '아버지, 어머니, 라비 형, 인도, 위니펙'이라는 단어가 마음에 사무쳤다.

나는 포기하고 있었다. 마음속에서 울리는 목소리가 없었다면 완전히 포기했을 것이다. 그 목소리는 말했다.

"난 죽지 않아. 죽음을 거부할 거야. 이 악몽을 헤쳐나갈 거야. 아무리 큰 난관이라도 물리칠 거야. 지금까지 기적처럼 살아났어. 이제 기적을 당연한 일로 만들 테야. 매일 놀라운 일이 일어날 거야. 아무리 힘들어도 필요하다면 뭐든 할 테야. 그래, 신이 나와 함께하는 한 난 죽지 않아. 아멘."

내 얼굴에 단호하고 굳은 표정이 떠올랐다. 자랑은 아니지만, 난 그 순간 살려는 강렬한 의지를 갖고 있음을 깨달았다. 내 경험으로 보면 누구나 그런 것은 아니다. 어떤 이들은 한숨지으며 생명을 포기한다. 또 어떤 이들은 약간 싸우다가 희망을 놓아버린다. 그래도 어떤 이들은—나도 거기 속한다—포기하지 않는다. 우리는 싸우고 싸우고 또 싸운다. 어떤 대가를 치르든 싸우고, 빼앗기며, 성공의 불확실성도 받아들인다. 우리는 끝까지 싸운다. 그것은 용기의 문제가 아니다. 놓아버리지 않는 것은 타고난 것이다. 그것은 생에 대한 허기로 뭉쳐진 아둔함에 불과할지도 모른다.

바로 그 순간, 내가 괜찮은 적수가 되기를 기다리기라도 한 것처럼 리처드 파커가 으르렁대기 시작했다. 두려워서 가슴이 뻐근했다.

"어서, 빨리."

나는 씨근거리며 중얼댔다. 살 길을 궁리해야 했다. 허비할 시간이 단 일 초도 없었다. 숨을 곳이 필요했다. 당장. 노에 매달려 있던 뱃머리를 떠올렸다. 하지만 이제 뱃머리의 방수포가 풀려서, 노를 끼울 자리가 없었다. 또 노 끝에 매달려 있다고 해서 리처드 파커로부터 안전할 수 있다는 보장도 없었다. 호랑이가 수월하게 달려들 수 있을 터였다. 다른 방법을 궁리해야 했다. 머리가 휙휙 돌았다.

뗏목을 만드는 거다. 노가 물에 떴다. 그리고 구명조끼와 단단한 구명부표가 있었다.

숨을 죽인 채 물품함을 닫고, 방수포 밑으로 노들이 놓인 사이드 벤치에 손을 뻗었다. 리처드 파커가 알아차렸다. 구명조끼 사이로 그를 볼 수 있었다. 노를 하나씩 끌어당기자—얼마나 조심스러웠는지 상상이 되겠지—호랑이가 몸을 움직이며 반응을 보였다. 하지만 고개를 돌리지는 않았다. 나는 노 세 개를 빼냈다. 네 번째 노는 이미 방수포 위에 비스듬히 놓여 있었다. 물품함의 뚜껑을 열어서, 리처드 파커가 있는 쪽의 입구를 막았다.

물에 뜨는 노가 네 개 있었다. 방수포 위의 구명부표 주위에 노를 놓았다. 구명부표를 노들이 사각형으로 에워쌌다. 내가 만든 뗏목은 3목 놓기 게임(○×를 5목처럼 세 개가 이어지게 놓는 놀이—옮긴이)의 처음을 ○로 시작한 것 같은 모양이 되었다.

이제 위험한 부분이 처리되었다. 구명조끼들이 필요했다. 이제 리처드 파커의 울음소리는 공기를 흔들 만큼 우렁찼다. 하이에나가 힝힝대는 소리로 반응을 보였다. 고음의 흐느낌 같은 소리였다. 문제가 발생하고 있음을 알리는 신호였다.

내게는 선택의 여지가 없었다. 행동에 들어가야 했다. 다시 물품함의 뚜껑을 내렸다. 구명조끼들은 손에 닿는 위치에 있었다. 일부는 리처드 파커와 닿는 곳에 걸려 있었다. 하이에나가 다시 비명을 질렀다.

가장 가까이 있는 구명조끼에 손을 뻗었다. 손이 너무 떨려서 잡기가 어려웠다. 조끼를 당겼다. 리처드 파커는 눈치채지 못한 듯했다. 또 하나를 당겼다. 그리고 또 하나. 무서워서 기절할 것 같았다. 숨을 쉬기도 너무 어려웠다. 스스로에게 말했다. 잘 안 되면 이 구명조끼들을 가지고 배 밖으로 뛰어내리면 된다고. 마지막 조끼를 당겼다. 구명조끼 네 벌이 확보되었다.

노를 하나씩 당겨서 구명조끼의 팔 넣는 구멍에 넣으니—이쪽 구멍에 넣어서 저쪽 구멍으로 빼는 식으로—뗏목의 네 귀퉁이가 구명조끼로 단단해졌다. 하나하나 단단히 묶었다.

물품함에서 물에 뜨는 밧줄을 찾아냈다. 네 개로 잘랐다. 노 네 개가 만나는 곳을 밧줄로 단단히 묶었다. 밧줄 묶는 법을 배웠다면 좋았을 것을! 귀퉁이마다 매듭을 열 번씩 맸는데도 노가 흩어질까 봐 걱정이 됐다. 정신없이 움직이면서도 내 아둔함을 저주했다. 배에 호랑이가 있는데도 사흘 밤낮을 보낸 후에야 목숨을 구하려 시도하다니!

물에 뜨는 밧줄을 네 개 더 잘라서, 구명부표를 사각형의 각 면에 연결했다. 구명부표에 달린 밧줄로 구명조끼와 노와 부표의 바깥 면을—뗏목의 사방을—맸다.

그때 하이에나가 목청껏 비명을 질러댔다.

마지막으로 할 일이 있었다.

"하느님, 시간을 주세요."

나는 간청하면서, 남은 밧줄을 손에 들었다. 배 위쪽의 뱃머리에 구멍이 하나 있었다. 밧줄을 구멍에 넣고 당겼다. 밧줄의 다른 쪽 끝을 뗏목에 연결하기만 하면 목숨을 구할 수 있을 터였다.

하이에나가 입을 다물었다. 내 가슴이 멎는 듯하더니 다시 세 배로 빨리 뛰었다. 나는 몸을 돌렸다.

"예수님, 마리아님, 마호메트님, 비슈누님!"

나는 평생 잊지 못할 광경을 보았다. 리처드 파커가 일어나면서 모습을 드러냈다. 그는 5미터도 안 되는 곳에 있었다. 아, 그 몸집이라니! 하이에나의 끝이 왔고 나도 마찬가지였다. 나는 질려서 그 자리에 꼼짝 않고 서 있었다. 내 눈 앞에서 벌어지는 일에 홀려버렸다. 구명보트에서 갇히지 않은 야생동물들과의 짧은 경험으로 미루어, 피를 뿌릴 때가 오면 어마어마한 소리와 저항이 일어날 것으로 예상했다. 하지만 일은 말 그대로 조용히 벌어졌다. 하이에나는 낑낑대거나 소리를 지르지 않고 죽었고, 리처드 파커는 소리 없이 죽였다. 불꽃같은 색깔의 동물이 방수포 밑에서 나타나서 하이에나에게 다가갔다. 하이에나는 얼룩말의 사체가 있는 배 끝 벤치에 몸을 기댄 채 꼼짝하지 않았다. 싸움을 벌이지 않았다. 하이에나는 방어하는 몸짓으로 앞발을 들고 바닥에 쓰러졌다. 공포에 질린 표정이었다. 호랑이는 거대한 앞발을 하이에나의 어깨에 걸쳤다. 그는 하이에나의 목을 꽉 물었다. 번들거리는 눈이 커졌다. 기도와 척수가 부서질 때 우두둑 소리가 들렸다. 하이에나는 몸을 떨었다. 눈빛이 멍해졌다. 끝이 났다.

리처드 파커는 하이에나를 놓아주고 으르렁댔다. 하지만 조용한 포효였고, 자기만의 나직한 울음 같았다. 그는 혀를 빼물고 숨을 헐떡거렸다. 먹이를 핥았다. 고개를 흔들었다. 코를 킁킁하며 죽은 하이에나의 냄새를 맡았다. 리처드 파커는 머리를 높이 들고 몸을 일으켰다. 발을 넓게 벌렸다. 심하진 않아도 배의 흔들림이 마음에 들지 않는 눈치였다. 그는 배 가장자리 너머 바다를 보았다. 낮고 사납게 울부짖었다. 그는 다시 공기 냄새를 맡았다. 천천히 고개를 돌렸다. 고개를 돌려 ― 더 돌려 ― 완전히 돌려서 나를 바라보았다.

그다음에 일어난 일을 자세히 말할 수 있으면 좋으련만. 나는 눈으로 보지 못하고, 그저 느끼기만 했다. 등 쪽에서 본 리처드 파커는 어마어마해 보였다. 고개를 돌리고 반쯤 일어선 자세였다. 일부러 힘찬 모습을 보이기라도 하는 것처럼 발을 벌린 자세가 대단했다. 그의 체구는 위압적이었지만, 그와 동시에 유연한 품위가 우러났다. 리처드 파커는 믿기 힘들 정도로 근육질이었지만, 엉덩이에는 가늘고 반들거리는 가죽이 몸통에서 축 늘어져 있었다. 갈색이 감도는 오렌지빛 몸통에 검은 줄무늬가 있는 몸은 비할 데 없이 아름다웠고, 하얀 가슴과 몸 안쪽과 긴 꼬리의 검은 고리 무늬는 조화로웠다. 머리통은 크고 둥글었고, 무시무시한 귀밑털과 멋들어진 턱밑 수염이 있었다. 또 고양잇과에서 가장 보기 좋은, 두껍고 길고 흰 수염을 갖고 있었다. 머리 위에는 완벽한 아치 모양의 작고 뚜렷한 귀가 있었다. 홍당무 색깔의 얼굴에는 콧날이 넓고 분홍빛이 도는 코가 있었다. 웨이브진 검은색이 얼굴을 강렬하면서도 섬세하게 둘러싸고 있었지만 별로 눈을 끌지 못했다. 검은색이 닿지 않는 콧날이 적갈색으로 환하게 빛났기 때문이다. 눈 위와 뺨, 입가의 흰 부분은 카타칼리 (인도의 민속춤—옮긴이) 무용수 같은 분위기를 자아냈다. 그래서 얼굴은 나비의 날개 같아 보일 뿐 아니라 고풍스런 중국의 느낌까지 났다. 하지만 리처드 파커의 노란 눈과 마주쳤을 때, 그 눈길은 강렬하고 냉정했으며 놀라는 기색이란 없었다. 들뜨거나 다정한 느낌 없이, 분노를 폭발하려는 순간의 침착함을 담고 있었다. 귀가 꿈틀대더니 오른쪽으로 움직였다. 입술 꼬리가 올라갔다 내려갔다. 눈에 띄지 않는 누런 송곳니는 내 가운뎃손가락 길이만 했다.

 공포 때문에 내 온몸의 털이 모두 곤추섰다.

 쥐가 나타난 것은 그때였다. 어디선지 누르칙칙한 쥐가 사이드 벤치에 올라, 초조한 듯 숨을 헐떡거렸다. 리처드 파커도 나만큼 어리둥절한 듯했다. 쥐는 방수포로 뛰어들더니 내 쪽으로 조르르 달려 왔다. 충격과 놀라움 속에서 나는 다리가 풀려 물품 함에 주저앉았다. 믿을 수 없었지만, 쥐는 뗏목을 이리저리 돌아다니다가 내 머리 꼭대기로 올라왔다. 쥐의 작은 발이 떨어지지 않으려고 내 정수리에 꽉 매달리는 게 느껴졌다.

리처드 파커의 시선이 쥐를 따라갔다. 이제 그는 내 머리를 응시했다.

호랑이는 머리를 돌리더니, 몸을 천천히 움직이며 앞발을 사이드 벤치 옆으로 옮겼다. 그리고 천천히 바닥으로 내려갔다. 그의 머리 꼭대기와 등, 말린 긴 꼬리를 볼 수 있었다. 귀는 머리통에 납작하게 누워 있었다. 리처드 파커는 세 걸음 만에 배 가운데로 왔다. 다른 노력 없이 상체를 일으키고, 앞발을 방수포가 둘둘 말린 끝에 걸쳤다.

그와 거리가 3미터도 되지 않았다. 그의 머리, 가슴, 발……. 정말 컸다! 무지무지 컸다! 이빨은 입 안에 군부대 하나를 갖고 있는 것 같았다. 그가 이제 방수포로 뛰어들 터였다. 나는 죽은 목숨이었다.

하지만 방수포가 딱딱하지 않은 게 그의 마음에 걸린 듯했다. 발로 방수포를 조심스레 눌렀다. 안달하며 고개를 들었다. 너무 환하고 트인 공간도 마음에 들지 않는 눈치였다. 또 배가 계속 흔들려서 안정감이 없었다. 잠시 리처드 파커는 주저하고 있었다.

나는 쥐를 잡아 호랑이 쪽으로 던졌다. 쥐가 공중을 날아가던 모습이 지금도 마음속에 생생히 남아 있다. 발을 쭉 뻗고 꼬리를 세우고, 작고 기다란 음낭하며 뾰족한 항문하며. 리처드 파커는 입을 벌렸고, 찍찍거리는 쥐는 야구공이 투수의 미트에 들어가듯 입 속으로 사라졌다. 입 속으로 쏙 빨려드는 국수 가락처럼, 털 없는 꼬리가 사라졌다.

리처드 파커는 제물에 만족한 눈치였다. 몸을 낮춰 방수포 밑으로 돌아갔다. 순간적으로 나는 다리를 움직일 수 있었다. 얼른 몸을 뻗어 물품함의 뚜껑을 올렸다. 뱃머리의 벤치와 방수포 사이의 열린 공간을 막을 수 있었다.

코를 킁킁대는 소리와 사체를 끌고 가는 소리가 들렸다. 움직이는 호랑이의 무게감 때문에 배가 약간 출렁거렸다. 먹는 소리가 들리기 시작했다. 나는 방수포 아래를 들여다봤다. 호랑이가 배 가운데 있었다. 그는 하이에나의 살덩이를 게걸스레 먹고 있었다. 다시는 이런 기회가 없을 것 같았다. 나는 손을 뻗어 남은 구명조끼와—여섯 개 모두—마지막 노를 빼냈다. 그것들이 있으면 뗏목이 그럴듯해질 터였다. 그때 냄새가 훅 끼쳤다. 고양이과 동물의 시큼한 오줌 냄새가 아니었다. 토사물 냄새였다. 배 바닥에 토사물이 있었다. 리처드 파커가 토한 모양이었다. 뱃멀미를 한다는 뜻이었다.

긴 밧줄을 뗏목에 맸다. 구명보트와 뗏목이 이제 밧줄로 연결되었다. 다음으로 구명조끼 하나를 뗏목의 귀퉁이 아래쪽에 연결했다. 구명부표의 구멍에 매놓은 구명조끼는 의자 구실을 했다. 마지막 노를 발 디딤대로 만들어, 뗏목의 한쪽에 단단히 묶었다. 구명부표에서 60센티미터쯤 떨어진 곳에 남은 구명조끼를 연결시켰다. 손가락이 떨렸고, 호흡은 짧고 부자연스러웠다. 매듭마다 점검하고 또 점검했다.

바다를 둘러보았다. 큰 물결만 가만히 일렁거렸다. 하얗게 부서지는 파도는 없었다. 바람은 잔잔하고 꾸준히 불었다. 밑을 보았다. 물고기가 있었다―'만새기'라는 머리와 긴 등지러미가 튀어나온 큰 물고기도 있었다. 이름 모를 가늘고 긴 작은 것과 그보다 더 작은 것도 있었다. 상어 떼도 있었고.

뗏목을 구명보트에서 들어냈다. 어떤 이유에서든 뗏목이 뜨지 않으면 난 죽은 목숨이었다. 뗏목은 물 위에 멋지게 떴다. 구명조끼의 뜨는 성질 덕분에 노와 구명부표가 물 위로 떠오른 것이었다. 하지만 내 가슴이 철렁했다. 뗏목이 물에 닿기 무섭게 고기 떼가 흩어졌지만, 상어는 그렇지 않았다. 그대로 남아 있었다. 서너 마리쯤 되었다. 한 놈이 뗏목 바로 밑으로 헤엄쳤다. 리처드 파커가 으르렁거렸다.

널빤지에 서서 해적이 바다로 떠밀기를 기다리는 포로가 된 기분이었다.

노의 튀어나온 끝이 허락하는 한 구명보트에 뗏목을 붙였다. 몸을 숙여 양손을 구명부표에 놓았다. 뗏목 바닥의 '틈새'로―쩍 벌어진 바닥이라고 하는 편이 더 맞다―바닥 모를 바다를 곧장 내려다봤다. 리처드 파커의 소리가 다시 들렸다. 나는 뗏목에 배를 깔고 엎드렸다. 날개를 펼친 독수리처럼 엎드려서 꼼짝도 하지 않았다. 언제라도 뗏목이 뒤집힐 각오를 했다. 상어가 달려들어서 구명조끼와 노를 물어뜯든가. 아무 일도 일어나지 않았다. 뗏목은 낮게 가라앉다가 위로 떠올라 흘러갔다. 노의 끝이 바다에 잠겼지만, 뗏목은 든든히 떠 있었다. 상어 떼가 가까이 있긴 했지만, 뗏목은 건드리지도 않았다.

가만히 당기는 느낌이 있었다. 뗏목이 빙빙 돌았다. 나는 머리를 들었다. 이미 구명보트와 뗏목은 이어진 밧줄 길이만큼 멀어져 있었다. 12미터쯤 될까. 밧줄이 팽팽하게 물 위로 떠밀려 공중에서 흔들렸다. 몹시 심란한 광경이었다. 내가 구명보트에서 빠져나온 것은 목숨을 부지하기 위해서였다. 한데 이제 돌아가고 싶었다. 뗏목을 만들어 옮겨 타다니 너무 조심성 없는 처사였다. 상어가 밧줄을 물어뜯거나, 매듭이 하나만 풀려도, 큰 파도가 나를 한 번만 덮쳐도 끝장일 텐데. 뗏목과 비교하면 구명보트는 편안하고 안전한 천국으로 여겨졌다.

나는 천천히 몸을 뒤척였다. 일어나 앉았다. 아직까지는 안정감이 있었다. 발판이 제구실을 톡톡히 했다. 하지만 너무 작았다. 앉아 있을 공간밖에는 안 됐다. 뗏목은 장난감 같고, 미니, 초미니라 태평양이 아니라 연못에나 어울렸다. 밧줄을 꽉 잡아당겼다. 구명보트에 다가갈수록 밧줄을 천천히 당겼다. 구명보트 바로 옆에 있게 되자, 호랑이 소리가 들렸다. 그는 아직도 먹고 있었다.

나는 머뭇거렸다. 몇 분이 길게 느껴졌다.

그대로 뗏목에 남아 있었다. 달리 어떻게 해야 할지 알 수가 없었다. 호랑이 위에 걸터앉아 있을 건지, 상어 떼 위에 있을 건지. 선택의 폭은 그 정도뿐이었다. 리처드 파커가 얼마나 위험한지 너무 잘 알았다. 한편 상어 떼는 아직 위험하다고 판명되진 않았다. 구명보트와 뗏목을 연결하는 밧줄 매듭을 살폈다. 구명보트에서 9미터쯤 떨어질 때까지 밧줄을 늦추었다. 이 정도 거리가 두 가지 두려움의 타협점이었다. 두 가지 두려움이란, 리처드 파커에게 너무 가까이 있는 것과 구명보트에서 너무 멀리 떨어져 있는 것. 여분의 밧줄, 그러니까 3미터쯤 되는 밧줄을 발판의 노 주변에 감았다. 필요하면 밧줄을 풀어 쉽게 거리를 넓힐 수 있었다.

하루가 끝나고 있었다. 비가 내리기 시작했다. 종일 하늘이 낮고 따뜻했다. 기운도 없었고 빗방울이 줄기차게 내려 추웠다. 사방에 굵은 빗방울이 세차게 쏟아져, 바다 수면이 쏙쏙 파였다. 나는 다시 밧줄을 당겼다. 뱃머리에 닿자, 나는 무릎을 움직여 뱃머리를 껴안았다. 몸을 올려 조심스럽게 배 가장자리 안쪽을 올려다보았다. 그는 보이지 않았다.

서둘러 물품함으로 다가갔다. 50리터들이 비닐 주머니로 된 빗물받이와 담요, 생존 지침서를 챙겼다. 구급함 뚜껑을 닫았다. 쾅 소리를 낼 생각은 없었지만 ― 소중한 물품이 비에 젖지 않도록 닫은 거지만 ― 손이 젖어서 뚜껑을 놓쳐버렸다. 큰 실수를 저지른 셈이었다. 시야를 막았던 것을 내려 내 모습을 리처드 파커 앞에 드러내면서, 동시에 요란한 소리로 그의 관심을 끌게 된 것이었다. 그는 하이에나 위에 웅크리고 앉아 있었다. 그가 홱 머리를 돌렸다. 먹을 때 방해받는 걸 싫어하는 동물이 많다. 리처드 파커는 포효했다. 발을 세웠다. 꼬리 끝이 홱 뒤틀렸다. 나는 뗏목에 엎드렸다. 뗏목과 구명보트의 거리를 급격히 벌린 것은 바람과 조류였지만, 공포 때문이기도 했을 것이다. 밧줄을 모두 풀었다. 리처드 파커가 배에서 뛰어내려, 발톱을 세우고 이빨을 드러내고 내게 달려들 것을 각오했다. 배에서 눈을 떼지 않았다. 쳐다보는 시간이 길어질수록 불안감을 참기 힘들어졌다.

그는 나타나지 않았다.

내가 빗물받이를 머리 위에 펼치고 비닐 주머니에 발을 넣을 즈음, 이미 몸은 홀딱 젖은 상태였다. 뗏목에 엎드릴 때 이미 담요는 젖었다. 그래도 담요로 몸을 감쌌다.

밤이 찾아들었다. 주위는 칠흑 같은 어둠에 휩싸였다. 뗏목의 밧줄이 규칙적으로 당기는 느낌으로만 내가 구명보트와 연결되어 있다는 걸 감지할 수 있었다. 내 바로 밑에 있지만 눈에는 보이지 않는 바다가 뗏목을 이리저리 밀었다. 물의 손가락이 뗏목 바닥의 벌어진 틈으로 파고들어, 내 엉덩이를 적셨다.

54

밤새 비가 내렸다. 잠 못 이루는 무서운 시간이었다. 소란스러

왔다. 빗줄기가 빗물받이를 내리치면서 내는 소리가 어둠 속에 울려 퍼졌다. 그 쉿쉿 소리는 마치 성난 뱀들의 둥지에 있는 듯한 느낌을 주었다. 바람이 변하고 빗줄기의 방향도 바뀌었다. 그 바람에 따뜻해지기 시작하던 내 몸은 새롭게 젖어들었다. 빗물받이를 움직였더니, 몇 분 후에는 바람의 방향이 다시 바뀌어서 기분 나쁘게 놀라기만 했다. 가슴께를 젖지 않고 따뜻하게 하려고 노력했다. 생존 지침서를 가슴에 품고 있었지만, 사정없이 젖어버렸다. 밤새도록 추위 때문에 덜덜 떨었다. 뗏목이 흩어질까, 구명보트와 연결된 매듭이 풀릴까, 상어가 공격할까 걱정이 끊이지 않았다. 맹인이 점자를 읽듯이 손으로 매듭과 밧줄을 계속 더듬으며 점검했다.

밤이 깊어가면서, 빗줄기는 점점 강해지고 바다는 거세졌다. 구명보트에 연결한 밧줄이 팽팽하게 당겨지지 않고, 휙휙 팽개쳐지는 느낌이었다. 뗏목의 흔들림이 점점 심해져 아찔했다. 파도가 칠 때마다 이겨내고 계속 떠 있기는 했지만, 건현(수면에서 뱃전에 이르는 부분―옮긴이)이 없어서 파도는 뗏목 위를 곧장 지났다. 나는 강물에 휩쓸리는 둥근 바위처럼 파도에 씻겼다. 빗물보다는 바다가 따뜻했지만, 그날 밤 내 몸은 홀딱 젖어버렸다.

그래도 물은 마실 수 있었다. 사실 갈증이 나지도 않았지만 억지로 마셨다. 빗물받이는 우산을 뒤집은 모양이었다. 바람에 뒤집어진 우산 같은 모양. 비가 중앙으로 흐르고 거기 구멍이 있었다. 구멍은 두꺼운 투명 비닐로 된 집수 주머니와 고무 튜브로 연결이 되어 있었다. 처음에는 물에서 고무 맛이 났지만, 곧 빗물에 씻겨 나가고 빗물 맛이 괜찮아졌다.

그 길고 춥고 어두운 시간 내내, 보이지 않는 빗소리에 귀가 떨어질 듯했고, 바다는 쉭쉭 소리를 내면서 밀려와 내 몸을 휘감았다. 그 와중에 나는 한 가지 생각에만 매달렸다. 리처드 파커. 그를 없애고 구명보트를 내가 독차지할 계획을 몇 가지 세웠다.

계획 1: **구명보트 밖으로 밀어낸다**. 그래봤자 무슨 소용이 있을까? 체중이 200킬로그램이 넘는 사나운 호랑이를 구명보트 밖으로 밀어낼 수 있다 해도, 호랑이는 수영을 잘하는데. 선다반 지역에서 호랑이가 물결이 거친 곳에서 8킬로미터를 헤엄쳤다는 소문이 있었다. 리처드 파커가 얼떨결에 배 밖으로 밀려난다 해도, 물 위를 걸어서 다시 배로 올라와 배반의 복수를 할 터였다.

계획 2: **여섯 대의 모르핀 주사로 리처드 파커를 죽인다**. 하지만 모르핀 여섯 대가 그에게 어떤 효과를 낼지 난 알 수가 없었다. 그 정도면 호랑이를 죽이기에 충분할까? 정확히 어떻게 모르핀을 호랑이의 몸에 넣을까? 리처드 파커의 어미가 생포될 때의 방법으로 잠시 그를 놀라게 할 수 있을지는 모르지만, 주사 여섯 대를 연속해서 놓을 만큼 오랫동안 꼼짝 못 하게 할 수 있을까? 불가능했다. 그의 몸에 바늘을 찌르다가 내가 그에게 당해 목이 날아갈 터였다.

계획 3: **동원 가능한 무기 전부로 그를 공격한다**. 어이없는 생각. 난 타잔이 아니었다. 난 허약하고 기가 약한 채식주의자였다. 인도에서는 호랑이를 죽이려면 거대한 코끼리 등에 올라타고 강력한 라이플총을 쏘았다. 내가 여기서 어쩔 수 있을까? 호랑이 면전에 화염 신호를 쏠까? 양손에 도끼를 들고 입에 칼을 물고 달려들까? 어렵사리 호랑이를 붙잡는다면 그건 묘기일 것이다. 그 대가로 리처드 파커는 내 몸을 갈기갈기, 오장육부까지 몽땅 찢어놓을 테고. 건강한 동물보다 위험한 게 하나 있다면, 그건 부상당한 동물이다.

계획 4: 목을 조른다. 내겐 밧줄이 있었다. 내가 뱃머리에서, 리처드 파커의 목을 조를 올가미를 선미 쪽에 놓는다면, 그가 내게 달려들 때 나는 밧줄을 당길 수 있다. 그렇게 되면 리처드 파커는 내게 달려들다가 목이 졸릴 터였다. 명석하고, 자살행위인 계획.

계획 5: 독약을 먹이고, 몸에 불을 놓고, 몸에 전기를 흐르게 한다. 어떻게? 무엇으로?

계획 6: 소모전을 펼친다. 그저 자연의 법칙에 모든 걸 맡기고 난 구제되면 될 터였다. 리처드 파커가 기진맥진해서 죽게 되면, 난 아무 노력도 안 해도 될 거고. 내겐 몇 달을 버틸 물자가 있었다. 그에겐 뭐가 있나? 동물의 사체는 곧 상할 것이었다. 그 후에 그는 뭘 먹을까? 더욱이, 물을 어디서 구할까? 리처드 파커가 먹이 없이 몇 주간 버틸지는 몰라도, 아무리 맹수라도 물이 없으면 일정 기간 이상 버틸 수 없으니까.

내 안에서 희망의 빛이 깜빡이기 시작했다. 밤에 켜놓은 촛불처럼. 내센 계획이 있었고, 좋은 계획이었다. 계획대로 될 때까지 목숨만 부지하면 될 거야.

55

 새벽이 왔고, 문제는 악화되었다. 밤에 느낌으로만 알던 것이 이제 어둠 속에서 모습을 드러냈기 때문이었다. 빗줄기의 장막이 드리워졌고, 파도는 연신 날 밟고 지나갔다.

 흐리멍덩한 눈으로 무감각한 몸을 떨면서, 한 손으로 빗물받이를 쥐고, 다른 손으로 뗏목을 잡고 계속 기다렸다.

 얼마 후, 갑자기 고요해지면서 비가 그쳤다. 하늘이 개고 파도는 구름과 함께 달아난 것 같았다. 육지에서 국경을 넘는 것처럼, 빠르고 갑작스럽게 변해버렸다. 이제 난 다른 바다에 있었다. 곧 하늘에는 태양만 남겨졌고, 바다는 백만 개의 거울로 빛을 반사하는 비단결 같았다.

 몸이 너무도 뻣뻣하고 쑤시고 기운이 없어서, 목숨을 부지한 것이 고마운 마음도 들지 않았다. '계획 6, 계획 6, 계획 6'이란 말만 주문처럼 머리에서 맴돌며 작은 위안을 주었다. '계획 6'이 어떤 내용인지 기억할 수도 없었지만. 몸이 따뜻해지기 시작했다. 빗물받이를 접었다. 담요를 몸에 두르고, 몸에 물이 닿지 않도록 옆으로 누웠다. 잠에 빠졌다. 얼마나 잤는지 모르겠다. 정신을 차려보니 오전이었고 더웠다. 담요는 거의 말랐다. 짧지만 깊은 잠을 잤다. 팔꿈치를 짚고 몸을 일으켰다.

주위에는 평평하고 끝없이 펼쳐진 파란색 천지였다. 시야를 가로막는 건 아무것도 없었다. 그 광활함에 배를 얻어맞은 기분이 들었다. 나는 뒤로 자빠졌다. 이 뗏목은 장난감 같았다. 막대기 몇 개와 코르크를 줄로 매놓은 것에 불과했다. 구멍마다 물이 들어왔다. 아래의 깊은 바다 때문에 현기증이 날 지경이었다. 나는 구명보트를 바라봤다. 그것도 호두껍질 반쪽에 지나지 않았다. 나는 벼랑에 매달린 사람처럼, 수면에 매달린 꼴이었다. 중력 때문에 밑으로 떨어지는 것은 시간 문제였다.

같이 난파당한 동지가 눈에 들어왔다. 리처드 파커는 배 가장자리에 서서 내 쪽을 바라보고 있다. 어떤 순간이든 갑자기 호랑이가 나타나면 화들짝 놀라지만, 지금 이 순간만큼 놀라울 때가 있을까. 살아 있는 호랑이의 줄무늬 있는 화려한 오렌지색 몸통과 선체의 하얀색 대비가 강렬했다. 지친 내 감각은 멈춰버렸다. 우리를 에워싼 거대한 태평양이 갑자기 호랑이와 나 사이에 아주 작은 방어물처럼 느껴졌다. 창살도 담장도 없는 방어물처럼.

'계획 6, 계획 6, 계획 6.' 마음이 다급히 속삭였다. 한데 '계획 6'이 뭐더라? 그래. 소모전. 기다리는 게임. 수동적으로. 일이 벌어지게 내버려두는 것. 가차 없는 자연의 법칙. 시간이 흐르고 축적된 자원이 고갈되는 것. 그게 계획 6이었다.

마음속에서 분노한 외침처럼 한 가지 생각이 맴돌았다. '이 바보 멍청이! 병신! 돌대가리! 계획 6은 가장 엉터리 작전이야! 지금 리처드 파커는 바다를 두려워해. 그에게 바다는 무덤이라구. 하지만 갈증과 허기로 미치면, 그는 두려움도 이겨낼 거야. 필요한 것을 얻기 위해 무슨 짓이든 할 거라구. 이 방어벽을 다리로 이용하겠지. 멀리 헤엄쳐 와서, 떠 있는 뗏목에 뛰어들어 거기 있는 먹이를 삼켜버릴 거야. 선다반 지방의 호랑이들이 짠물을 먹었다는 이야기 잊었어? 정말 호랑이보다 오래 버틸 수 있다고 생각하는 거야? 소모전을 벌이면 분명히 네가 질 거야! 네가 죽을 거라구! 알았어?'

56

공포심에 대해 한마디 해야겠다. 공포심만이 생명을 패배시킬 수 있다. 그것은 명민하고 배반 잘하는 적이다. 관대함도 없고, 법이나 관습을 존중하지도 않으며, 자비심을 보이지도 않는다. 그것은 우리의 가장 약한 부분에 접근해, 쉽게 약점을 찾아낸다. 공포심은 우리 마음에서 시작된다. 언제나. 우리는 잠시 차분하고 안정되고 행복을 느낀다. 그러다가 가벼운 의심으로 변장한 공포심이 스파이처럼 어물쩍 마음에 들어선다. 의심은 불신을 만나고, 불신은 그것을 밀어내려 애쓴다. 하지만 불신은 무기를 제대로 갖추지 못한 보병과 다름없다. 의심은 간단히 불신을 해치운다. 우리는 초조해진다. 이성이 우리를 위해 싸워 온다. 우리는 안심한다. 이성은 최신 병기를 갖추고 있다. 하지만 뛰어난 기술과 부인할 수 없는 여러 번의 승리에도 불구하고, 놀랍게도 이성은 나자빠진다. 우리는 힘이 빠지고 흔들리는 것을 느낀다. 초조감에 끔찍해진다.

이렇게 공포심은 우리 몸에 깃들고, 몸은 무서운 일이 벌어지고 있다는 걸 이미 인식한다. 벌써 폐는 새처럼 날아갔고, 창자는 뱀처럼 스멀스멀 빠져나갔다. 이제 혀가 주머니쥐처럼 축 늘어지고, 턱은 그 자리에서 덜컹댄다. 귀는 들리지 않는다. 근육이 말라리아에 걸린 사람처럼 떨리고, 무릎은 춤추듯 흔들린다. 심장은 지나치게 경직된 반면 괄약근은 지나치게 이완된다. 몸의 다른 부분도 마찬가지다. 모든 부분이 서로 떨어진다. 눈만 제대로 작용한다. 눈은 언제나 공포심에 쏠려 있다.

곧 우리는 무모한 결정을 내린다. 마지막 연합군인 희망과 신뢰를 버린다. 이제 스스로 패배한 것이다. 인상에 불과한 공포심이 승리를 거둔다.

이것은 말로 옮기기가 어렵다. 근본을 흔드는 공포, 생명의 끝에 다가서서 느끼는 진짜 공포는 욕창처럼 기억에 둥지를 튼다. 그것은 모든 것을 썩게 한다. 그것에 대한 말까지도 썩게 만든다. 그래서 우리는 그것을 표현하기 위해 힘껏 싸워야 한다. 거기에 말의 빛이 비추도록 열심히 싸워야 한다. 그러지 않으면, 우리가 피하려 하고 심지어는 잊으려 하는 고요한 어둠으로 다가오면 우리는 더 심한 공포의 공격에 노출된다. 우리를 패배시킨 적과 진정으로 싸우지 않았으므로.

57

 나를 진정시킨 것은 바로 리처드 파커였다. 이 이야기의 아이러니가 바로 그 대목이다. 무서워 죽을 지경으로 만든 바로 그 장본인이 내게 평온함과 목적의식과 심지어 온전함까지 안겨주다니.
 그는 나를 똑바로 바라보고 있었다. 잠시 후 나는 그 시선을 알아차렸다. 나는 그것을 보고 자랐다. 그것은 만족한 동물이 우리나 동굴에서 내다보는 시선이었다. 레스토랑에서 훌륭한 식사를 마친 후, 대화를 하며 사람 구경을 하는 그런 시선. 리처드 파커는 하이에나로 배를 채우고 빗물을 원하는 만큼 마셨음이 분명했다. 입술을 달싹이지도 않았고, 이빨을 내보이지도 않았다. 울부짖거나 포효하지도 않았다. 그는 날 관찰했다. 진지하지만 사나운 표정은 아니었다. 리처드 파커는 계속 귀를 비틀면서, 머리를 이리저리 움직였다. '고양이다운' 몸짓이었다. 그는 멋지고 커다란 집고양이 같았다. 몸무게가 200킬로그램 이상 나가는 얼룩고양이 같달까.
 리처드 파커가 소리를 냈다. 콧구멍에서 나오는 흐흥 소리. 나는 귀를 쫑긋 세웠다. 그는 다시 소리를 냈다. 나는 깜짝 놀랐다.

'프루스텐'?

호랑이는 다양한 소리를 낸다. 여러 가지 포효와 으르렁대는 소리를 낸다. 그중에서 가장 큰 소리는 목에서 울려나오는 '어흥' 소리며, 보통은 짝짓기 계절에 수놈과 발정기인 암놈이 그런 소리를 낸다. 그 소리는 멀리까지 들리고, 가까이서 들으면 사람을 소스라치게 만든다. 호랑이는 의식하지 못한 채 사로잡히면 낮게 으르렁댄다. 그 짧고 날카로운 분노에 찬 소리를 들으면, 걸음아 날 살려라 하고 달아나게 된다. 그 자리에 얼어붙어 꼼짝 못 하지 않는다면. 호랑이는 공격할 때면 목구멍에서 기침하는 듯한 소리를 낸다. 위협할 목적으로 포효할 때는 또 다른 목구멍 소리를 낸다. 호랑이가 쉿쉿거리며 으르렁댈 때는, 감정 상태에 따라 낙엽이 땅 위에서 바스락대는 소리 비슷하거나 더 울리는 소리를 내고, 성났을 때는 녹슨 경첩에 달린 커다란 문이 천천히 열리는 소리를 낸다―양쪽 모두 등줄기에 식은땀이 나게 한다. 호랑이는 또 다른 소리도 낸다. 꿀꿀대고 신음소리도 낸다. 작은 고양이처럼 구성지거나 자주 내는 것은 아니지만 그르렁거리기도 한다. 다만 숨을 내쉴 때만 그런 소리를 낸다(작은 고양이는 숨을 내쉴 때와 들이쉴 때 모두 그르렁거린다. 이것이 큰 고양이류와 작은 고양이류를 구분하는 기준이다. 큰 고양이류만 포효할 줄 안다. 다행이다. 새끼 고양이가 기분이 나빠서 포효한다면 애완동물로서의 인기가 추락할 테니까) 호랑이는 야옹 소리를 내기도 한다. 집고양이들과 비슷한 소리지만, 더 크고 더 깊다. 허리를 굽혀 안아주고 싶게 하는 소리는 결코 아니다. 또 호랑이는 근엄하게 침묵을 지킬 줄도 안다.

나는 이런 소리들을 들으며 자랐다. '프루스텐'이라는 것만 들어보지 못했다. 아버지에게 그것에 대해 들어보기는 했다. 아버지는 책에서 읽은 적이 있다고 했다. 하지만 아버지도 딱 한 번, 마이소르 동물원에 출장 갔을 때 들었다고 했다. 그곳 동물병원에서 폐렴 치료를 받는 어린 수컷의 소리였다고. '프루스텐'은 호랑이가 내는 가장 조용한 소리로 콧바람 같은 것이다. 이것은 다정함과 해를 끼칠 의도가 없음을 나타낸다.

리처드 파커는 다시 그 소리를 냈고, 이번에는 머리를 들었다. 그는 내게 질문을 하는 표정을 지었다.

나는 두려움과 경이로움으로 가득 차서 그를 바라보았다. 당장의 위협이 없어 나는 천천히 숨을 쉬었다. 가슴이 덜렁거리던 증세가 멎자, 정신을 차리기 시작했다.

리처드 파커를 길들여야 했다. 그 필요성을 깨달은 것이 바로 그 순간이었다. 그것은 그의 문제나 나의 문제가 아니라 그와 나의 문제였다. 우리는 문자 그대로 또 비유적으로도 같은 배에 타고 있었다. 죽어도 같이 죽고 살아도 같이 살 터였다. 그가 사고로 죽을지도 모르고 자연사할지도 모르지만, 그런 가능성을 기대하는 것은 어리석은 짓이었다. 시간이 흐르면 동물의 끈질김은 사람의 연약함보다 오래 버티게 마련이니까. 내가 호랑이를 길들인다면, 필요할 경우 그를 속여서 먼저 죽게 할 수 있을 터였다.

 하지만 그것만은 아니었다. 죄다 말하겠다. 여러분에게 비밀을 털어놓겠다. 마음 한편으로 리처드 파커가 있어 다행스러웠다. 마음 한편으로는 리처드 파커가 죽는 걸 바라지 않았다. 그가 죽으면 절망을 껴안은 채 나 혼자 남겨질 테니까. 절망은 호랑이보다 훨씬 무서운 것이 아닌가. 내가 아직도 살 의지를 갖고 있다면, 그것은 리처드 파커 덕분이었다. 그 때문에 나는 가족과 비극적인 처지에 대해 많이 생각하지 못했다. 그는 나를 계속 살아 있게 해주었다. 그런 그가 밉지만 동시에 고마웠다. 지금도 고맙다. 이것은 분명한 진실이다. 리처드 파커가 없다면, 난 오늘날 이렇게 살아 여러분에게 내 이야기를 들려주지 못했을 것이다.

 수평선 주위를 둘러보았다. 여기 그야말로 완벽한 서커스 링이 있지 않은가? 숨을 데가 한 곳도 없는 둥그런 서커스 링. 나는 바다를 내려다보았다. 이거야말로 그가 복종할 이상적인 조건이 아닌가? 나는 구명조끼에 호루라기가 매달려 있다는 것을 생각해냈다. 그가 말을 듣게 할 좋은 채찍이 되지 않을까? 리처드 파커를 길들이는 데 필요한 것 중 빠진 게 뭘까? 시간? 지나가던 배가 나를 보려면 몇 주가 걸릴지 몰랐다. 시간은 남아돌았다. 결단? 결단을 내리는 데 극도의 필요성만 한 것도 없다. 지식? 나이 동물원 주인의 아들이 아니던가? 보상? 생명보다 더 큰 보상이 있을까? 죽음보다 더 심한 벌이 있을까? 나는 리처드 파커를 바라보았다. 공포심이 가셨다. 두려움이 제어되었다. 생존이 목전에 있었다.

팡파르를 울려라. 북을 쳐라. 쇼를 시작해라. 나는 벌떡 일어났다. 리처드 파커가 알아차렸다. 균형을 잡기가 쉽지 않았다. 깊이 숨을 들이마시고 외쳤다.

"신사숙녀 여러분, 어린이 여러분! 이제 자리에 앉아주십시오! 서두르세요, 얼른요. 늦춰지는 게 싫으시죠? 앉아서 눈을 크게 뜨고, 마음을 열고 놀랄 준비를 하십시오. 여기 여러분을 즐겁게 해주고, 교훈을 주고, 만족시켜주고, 덕성을 높여줄 쇼가 시작됩니다. 여러분이 평생 기다려오신, **지상 최고의 쇼입니다!** 기적을 보실 준비가 됐습니까? 됐다구요? 그럼 좋습니다. 어디서든 볼 수가 있습니다. 여러분은 춥고 눈 덮인 숲에서도 봤습니다. 비 내리는 무더운 밀림에서도 봤습니다. 잡목이 덮인 건조한 땅에서도 봤습니다. 홍수림 지역의 소금기 있는 습지에서도 봤습니다. 사실 그것들은 어디서든 살 수 있습니다. 하지만 지금 여러분을 기다리는 것은 생전 처음 보시는 것입니다! 신사숙녀 여러분, 어린이 여러분, 더 이상 떠들어대지 않겠습니다. 여러분에게 보여드리게 되어 기쁨이자 영광입니다. **인도계 캐나다인 파이 파텔, 태평양을 건너는, 물에 떠 있는 서커스으으으! 휘리릭! 휘리릭! 휘리릭! 휘리릭! 휘리릭!**"

나는 리처드에게 깊은 인상을 심어주었다. 호루라기를 처음 불자 그는 움찔하며 으르렁댔다. 하! 원하면 물에 뛰어들라고 해! 해보라고 해!

"휘리릭! 휘리릭! 휘리릭! 휘리릭! 휘리릭!"

그는 포효하면서 앞발을 공중에 들었다. 하지만 바다로 뛰어들지는 않았다. 리처드 파커가 허기와 갈증으로 미칠 것 같았을 때는 바다를 겁내지 않았을지 모른다. 하지만 당분간 내가 기댈 수 있는 것은 공포였다.

"휘리릭! 휘리릭! 휘리릭! 휘리릭! 휘리릭!"

그는 뒤로 물러서더니 배 바닥에 주저앉았다. 첫 조련은 끝났다. 대단한 성공이었다. 나는 호루라기 불기를 멈추고, 뗏목에 털썩 주저앉아 숨을 내쉬었다. 기진맥진했다.

그래서 이렇게 되었다.

계획 7: 그를 계속 살려두라.

58

생존 지침서를 꺼냈다. 책장이 아직도 젖어 있었다. 조심스럽게 책장을 넘겼다. 영국 해군 지휘관이 쓴 설명서였다. 바다에서 배가 난파된 후 생존하기 위한 실용적인 정보가 가득했다. 이런 생존 요령이 포함되어 있었다.

- 지침서를 주의 깊게 읽을 것.

- 소변을 마시지 말 것. 바닷물이나 새의 피도 마시지 말 것.
- 해파리를 먹지 말 것. 또는 뾰족한 물고기를 먹지 말 것. 앵무새 같은 부리를 가진 물고기도 먹지 말 것. 풍선처럼 부푼 것도 먹지 말 것.
- 물고기는 눈을 누르면 힘을 못 쓴다.
- 인체는 전투에서 영웅이 될 수 있다. 조난자가 부상당한 경우, 뜻은 좋지만 정확한 근거 없는 치료법을 조심할 것. 무지는 최악의 의사인 반면, 휴식과 잠은 최고의 간호사다.
- 불필요한 노력은 피해야 한다. 하지만 게으른 마음은 주저앉게 할 수 있으므로, 뭐든 가벼운 것으로 정신을 분산시켜야 한다. '스무 개의 질문'과 '작은 눈으로 훔쳐보기' 같은 카드 게임은 간단한 여흥으로 최고다. 같이 노래하기도 기분을 상승시키는 확실한 방법이다. 이야기하기도 추천할 만하다.
- 초록색 물이 파란색 물보다 수심이 얕다.
- 산처럼 생긴 멀리 있는 구름에 유의하라. 초록색을 찾으라. 최종적으로 육지인지는 발로 확인하는 게 좋다.
- 수영하지 말라. 힘이 빠진다. 게다가 구명보트는 사람이 헤엄치는 것보다 빨리 움직일 것이다. 해양생물이 위험한 것은 말할 필요도 없다. 더우면 헤엄치지 말고 옷을 적셔라.
- 옷에 소변보지 말 것. 당장은 따뜻해도 기저귀 발진이 생기면 곤란하다.

- 몸을 가릴 것. 갈증이나 허기보다 노출 때문에 죽을 수 있다.
- 땀을 흘려서 수분이 과하게 분출되지만 않는다면, 인체는 물 없이 14일까지 버틸 수 있다. 갈증이 나면 단추를 빨 것.
- 바다거북은 잡기 쉬운 훌륭한 식사감이다. 피는 염분이 없고 영양가 있는 마실 것이며, 살은 맛있고 배부르다. 지방은 다양한 쓰임새로 쓰이며, 조난자에게 바다거북 알은 먹거리로 아주 좋다. 주둥이와 발톱을 조심할 것.
- 우울해하지 말 것. 기운이 없겠지만 패배감을 가지면 안 된다. 기억할 것: 무엇보다 정신력이 중요하다. 살려는 의지가 있으면 산다. 행운을 빈다!

항해기술과 원리를 설명한 암호 같은 문장도 몇 줄 있었다. 잔잔한 날 1.5미터 높이에서 4킬로미터까지 보인다는 것은 알아들었다.

소변을 마시지 말라는 항목은 없어도 되는 대목이었다. 어린 시절 '피싱'이라 불린 사람이라면 누가 소변을 입에 댈까. 아무리 태평양 한가운데 떠 있는 구명보트에 혼자 있다 한들. 음식에 대한 충고를 보면서, 나는 영국인들이 '음식'이라는 말의 뜻을 잘 모른다는 사실을 새삼 느꼈다. 그런 점만 제외하면 생존 지침서는 바다에서 곤경을 피할 수 있는 멋진 책자였다. 다만 구명보트에서 기장 성가신 것과 관계를 맺는 방법이 빠졌으니, 중요한 항목이 빠진 셈이었다.

나는 리처드 파커를 훈련시킬 프로그램을 만들어야 했다. 내가 우두머리며, 그의 영역이 배 끝 벤치와 중간의 십자형 벤치 사이의 바닥으로 제한된다는 점을 이해시켜야 했다. 방수포 위쪽과 중간 벤치로 나뉘는 뱃머리는 내 영역이므로 넘어와서는 안 된다는 것을 호랑이의 머리에 주입시켜야 했다.

곧 낚시를 시작해야 했다. 얼마 안 지나 리처드 파커의 먹이인 동물 시신도 바닥날 터였다. 동물원에서 어른 사자와 호랑이는 하루 평균 4.5킬로그램의 고기를 먹는다.

해야 할 일이 많았다. 내 몸을 가릴 방도를 강구해야 했다. 계속 리처드 파커가 방수포 밑에 있다면 그럴 만한 이유가 있었다. 태양과 바람, 비, 바다에 노출되어 있으니 몸뿐 아니라 마음도 고단했다. 방금 책자에서 노출되면 죽음을 초래할 수 있다는 내용을 읽지 않았던가? 가리개 같은 것을 고안해야 했다.

다른 밧줄로 뗏목을 구명보트에 매서, 먼저 맨 줄이 풀릴 경우에 대비해야 했다.

뗏목을 더 손봐야 했다. 당장은 견딜 만했지만, 사람이 오래 지낼 수 있는 여건은 아니었다. 구명보트에 내 자리를 마련해서 이사할 때까지는, 뗏목을 지낼 만하게 만들어야 했다. 예를 들어, 뗏목에서 젖지 않고 있을 만한 방도를 찾아야 했다. 계속 몸이 젖어서 살갗이 쭈글쭈글하고 부어 있었다. 이렇게 지낼 수는 없는 노릇이었다. 또 뗏목에 물건을 보관할 방법도 모색해야 했다.

지나가는 배에 구조되리라는 희망을 너무 많이 갖는 것도 그만둬야 했다. 외부의 도움에 의존할 수 없었다. 생존은 나로부터 시작되어야 했다. 내 경험상 조난자가 저지르는 최악의 실수는 기대가 너무 크고 행동은 너무 적은 것이다. 당장 할 수 있는 일에 집중하는 데서 생존은 시작된다. 게으른 희망을 품는 것은 저 만치에 있는 삶을 꿈꾸는 것과 마찬가지다.

해야 할 일이 많았다.

텅 빈 수평선을 내다보았다. 물이 정말 많았다. 그리고 나는 혼자였다. 완전히 혼자였다.

뜨거운 눈물을 쏟았다. 가슴에 팔짱을 끼고 얼굴을 묻고 흐느꼈다. 아무 희망도 없는 처지였다.

59

혼자든 아니든, 길을 잃었든 아니든, 갈증은 나고 허기는 졌다. 밧줄을 잡아당겼다. 약간 팽팽했다. 잡은 손을 놓기 무섭게 밧줄은 스르르 풀렸고, 구명보트와 뗏목의 거리도 멀어졌다. 그러니까 구명보트가 뗏목보다 속도가 빨라, 뗏목을 끌고 가고 있었다. 다른 생각 없이 그 사실을 깨닫기만 했다. 내 마음은 온통 리처드 파커의 행동에 쏠려 있었다.

분위기로 봐서 호랑이는 방수포 밑에 있었다.

뱃전 바로 옆에 닿을 때까지 밧줄을 당겼다. 배 가장자리에 손을 뻗었다. 쭈그리고 앉아서 구급 물자함에 얼른 다녀올 준비를 하는데, 파도가 계속 밀려와 고민에 잠기게 만들었다. 구명보트가 방향을 바꾸었다는 사실을 알게 되었다. 이제 배는 파도와 직각을 이루지 않고, 뱃전이 파도치는 방향으로 돌려져 있었다. 배는 좌우로 흔들리기 시작했고, 그 바람에 속이 메슥거렸다. 이런 변화가 생긴 이유는 분명했다. 뗏목이 멀어지면 닻 구실을 했던 것이다. 네 갈고리 닻이 되어 뱃전이 파도를 향하도록 배를 돌려놓았던 것이다. 파도와 계속해서 부는 바람은 서로 직각을 이루게 마련이다. 그러니 배가 바람에 떠밀리면서 닻으로 고정되면, 바람의 저항을 최소로 받을 때까지 방향을 돌린다―배가 바람과 일직선을 이루고 파도와 알맞은 방향을 이룰 때까지. 그러면 배는 앞뒤로 움직이게 되고, 그 경우가 옆으로 흔들리는 것보다 훨씬 편하다. 뗏목이 배 옆에 있으니 끄는 효과는 없어지고, 뱃머리를 바람 부는 방향으로 돌리는 장치가 없어진 셈이었다. 그래서 뱃전이 돌려져서 옆으로 다시 흔들렸다.

여러분에게는 사소해 보이는 이 사실이, 내 생명을 구하고 리처드 파커가 후회하게 되는 계기가 된다.

새로 떠오른 생각을 확인이라도 해주는 것처럼 호랑이가 으르렁댔다. 왠지 어설프고 묘한, 서글픈 포효였다. 그는 헤엄을 잘 칠지는 몰라도 선원으로서는 별로였다.

아직 내게 기회가 있었다.

그를 조종할 능력을 과신하지 않도록, 이 순간을 내가 감당해야 할 일에 대한 조용하지만 불길한 경고로 받아들였다. 리처드 파커는 생명이라는 자석을 가졌는지, 너무도 카리스마 넘치는 생명력이 있어서 다른 생물들은 그것을 감당하지 못하는 듯했다. 내가 뱃전 위로 몸을 올리는 순간, 윙윙 소리가 들렸다. 조그마한 뭔가가 옆의 물에 내려앉는 게 보였다.

바퀴벌레였다. 바퀴는 일, 이 초쯤 떠 있다가 물 밑에서 나온 입에 빨려 들어갔다. 또 다른 바퀴가 물에 빠졌다. 그 후 십 분가량 바퀴벌레 떼가 뱃머리 이쪽저쪽으로 떨어졌다. 모두 물고기의 밥이 되었고.

마지막으로 이 이국적인 생명체가 배를 버리려 하고 있었다.

나는 조심스럽게 배 가장자리 너머로 눈을 돌렸다. 뱃전 벤치 위쪽에 있는 방수포 접힌 자리에 커다란 바퀴가 있었다. 아마 바퀴 떼의 족장이었으리라. 이상스럽게도 흥미가 생겨 바퀴를 찬찬히 지켜보았다. 벌레는 때가 됐다고 결정하자 날개를 펴고 잠시 공중으로 떠올라, 배 위를 맴돌았다. 아무도 남지 않았는지 확인이라도 하는 듯이 일 분쯤 공중에 머물다 바다로 떨어져 죽었다.

이제 우리 둘만 남았다. 닷새 사이에 오랑우탄, 얼룩말, 하이에나, 쥐, 파리, 바퀴 들이 싹 없어졌다. 동물 사체에 붙어 있을지 모를 박테리아와 벌레를 제외하면, 구명보트에 남은 생명체는 리처드 파커와 나뿐이었다.

위안이 되지 않았다.

나는 몸을 올려서, 숨을 몰아쉬며 물품함 뚜껑을 열었다. 바라보는 게 고함이라도 지르는 것 같아서 호랑이의 관심을 끌게 될까 봐 일부러 방수포 밑은 보지 않았다. 물품함 뚜껑이 방수포를 막자, 그제야 그 밑에 있는 것을 느낄 수 있었다.

냄새가 코를 찔렀다. 퀴퀴한 오줌 냄새. 꽤 심했지만 동물원의 고양잇과 우리에서 흔히 나는 냄새였다. 호랑이는 영역에 민감한 동물이어서, 오줌으로 자신의 영역을 표시한다. 좋은 소식이었다. 오줌 냄새가 방수포 밑에서만 난다는 것은. 리처드 파커의 영역은 보트 바닥에 한정되어 있는 듯했다. 내가 방수포를 내 영역으로 만들 수 있다면, 우린 잘 지내게 될 터였다.

나는 숨을 멈추고 고개를 숙여, 사물함 뚜껑 가장자리 너머를 보았다. 10센티미터쯤 되는 빗물이 보트 바닥 위에서 이리저리 쏠렸다 ― 리처드 파커의 빗물 웅덩이였다. 그는 나라도 그렇게 했을 일을 했다. 그늘에서 더위를 식히고 있었다. 낮에는 참기 힘들 정도로 더위지고 있었다. 리처드 파커는 보트 바닥에 엎드린 채 나를 외면하고 있었다. 앞다리는 사다리 모양으로 뻗고, 뒷다리는 위로 향하게 해서 배와 허벅지 안쪽이 바닥에 닿게 엎드려 있었다. 자세는 우스웠지만, 두말할 것도 없이 아주 쾌적해 보였다.

나는 생존과 관계된 일로 돌아갔다. 구급품 통을 열어 배를 채웠다. 봉지 한 개의 3분의 1로 충분했다. 조금만 먹어도 포만감을 느끼는 것이 희한했다. 어깨에 걸친 빗물받이에 든 물을 마시려는데, 눈금이 있는 비커에 눈길이 쏠렸다. 쭉 들이키지는 않더라도 적어도 한 모금 먹어볼 수는 있지 않을까? 남은 물도 언젠가는 바닥이 날 터였다. 비커 하나를 집어서 몸을 숙이고, 방수포를 막은 물품함 뚜껑을 필요한 만큼만 내렸다. 리처드 파커의 '웅덩이'에 비커를 넣었다. 호랑이의 뒷다리에서 1미터 남짓 떨어진 거리였다. 리처드 파커의 뒤집힌 발은 털이 젖어서, 해초에 싸인 작은 사막의 섬들 같았다.

물을 족히 500밀리미터는 담았다. 무색이었다. 물에 작은 점들이 떠다녔다. 내가 무서운 박테리아를 삼킬까 봐 걱정했을까? 그런 생각은 하지도 않았다. 머릿속에는 오로지 갈증에 대한 생각만 있었다. 비커를 쭉 들이켜니 만족감이 밀려들었다.

자연은 조화를 이루게 되어 있어서, 물을 마시자마자 소변을 보고 싶었고 그게 하나도 이상하지 않았다. 비커에 소변을 보았다. 마신 물의 양과 똑같은 양의 소변을 보자, 일 분도 지나지 않아 리처드 파커의 빗물을 다시 마실까 싶은 생각이 들었다. 머뭇거렸다. 한 번 더 비커를 기울여 물을 쭉 들이키고 싶었다. 유혹을 억눌렀다. 한데 어려웠다. 비웃음을 살 말이지만, 내 오줌이 맛있어 보였다! 아직 탈수현상이 없어서 오줌 색깔이 흐렸다. 햇빛에 반짝이는 게 꼭 사과주스처럼 보였다. 신선도도 보장할 만했고. 주요 물 공급원인 깡통에 든 물이 그렇게 신선할까. 하지만 조심해서 신중한 판단을 내렸다. 오줌을 방수포 위와 물품함 뚜껑 밖에 뿌려 내 영역을 표시했다.

리처드 파커의 웅덩이에서 물 두 비커를 더 마셨고, 이번에는 소변을 보지 않았다. 물을 준 화분처럼, 막 물 세례를 받은 기분이었다.

이제 내 처지를 돌아볼 때였다. 물품함에 쌓인 물건에 시선을 돌렸다. 거기에 여러 가지 희망이 어려 있었다.

두 번째 밧줄을 꺼내 뗏목과 구명보트를 연결했다.

태양 증류기가 뭔지 알아냈다. 태양 증류기란 소금물로 신선한 물을 만들어내는 도구다. 바람을 넣는 투명한 고깔이 둥근 구명부표처럼 생긴 통에 얹혀져 있는데, 통의 표면 중간에는 고무 입힌 검은 캔버스 천이 덧대져 있다. 증류기는 증류의 원리에 따라 작동한다. 검은 캔버스 천에 달린 밀봉한 고깔에 바닷물을 담으면 바닷물이 햇빛을 받아 증발해서, 고깔 안쪽 표면에 모인다. 소금기가 제거된 이 물은 고깔 가장자리에 있는 홈통에 모인다. 여기서 물주머니로 들어간다. 구명보트에는 태양 증류기가 열두 개 비치되어 있었다. 나는 생존 책자에 적힌 대로 지침서를 신중하게 읽었다. 고깔 열두 개에 바람을 넣고, 물에 뜨는 통 부분에 바닷물 10리터를 채웠다. 증류기들을 한데 묶어서 소함대처럼 만들어, 한쪽 끝은 구명보트에 다른 쪽 끝은 뗏목에 묶었다. 덕분에 증류기를 잃는 일이 없을뿐더러, 구명보트에 비상 로프를 설치한 셈이 됐다. 바다에 떠 있는 증류기는 멋지고 아주 현대적인 도구로 보였지만, 약해 보이기도 해서 정말 생수를 만들어낼지 의심스러웠다.

뗏목을 손보아야 했다. 매듭을 일일이 확인하고 단단하게 묶여 있는지 살폈다. 잠시 생각을 한 다음, 발판으로 썼던 다섯 번째 노를 돛으로 개조한다는 결정을 내렸다. 노를 풀었다. 칼날이 톱니 모양인 사냥용 칼로 어렵사리 노에 반쯤 홈을 판 다음, 평평한 부분에 칼끝으로 구멍 세 개를 뚫었다. 일은 더뎠지만 만족스러웠다. 계속 신경 쓸 거리가 있었으니까. 구멍을 다 뚫자, 뗏목 한쪽 귀퉁이 안쪽에 노를 수직으로 세웠다. 돛대 꼭대기가 공중에 섰고, 노의 손잡이는 물 밑으로 사라졌다. 나는 밧줄 매듭을 단단히 묶어 노가 쓰러지지 않게 했다. 다음으로 노가 반듯이 서 있게 하고 차양과 물건을 걸어놓을 줄이 생기도록, 돛대 꼭대기에 뚫은 구멍에 밧줄을 넣어 수평으로 놓인 노들과 묶었다. 또 발판용 노에 묶었던 구명조끼를 돛대 밑바닥과 연결시켰다. 그것은 두 가지 역할을 했다. 돛대의 무게를 감당해서 뗏목이 잘 뜨게 했고, 나는 약간 높게 앉을 수 있었다.

돛대의 밧줄들 위에 담요를 걸쳤다. 담요가 미끄러졌다. 밧줄의 각도가 너무 컸다. 담요를 길게 한 번 접어 중간에 구멍 두 개를 뚫었다. 30센티미터쯤 간격을 두고. 구멍에 줄을 끼웠다. 담요를 다시 줄 위에 걸치고, 담요에 끼운 줄을 돛대 끝에 맸다. 이제 차양이 생겼다.

뗏목을 손보느라 하루가 지나갔다. 챙겨야 할 세세한 사항이 아주 많았다. 물결이 잔잔하긴 해도 계속 밀려오는 통에 일이 쉽지 않았다. 또, 쭉 리처드 파커를 감시해야 했다. 뗏목을 손보았다 해도 대단한 범선이 탄생하지는 않았다. '돛'이라는 것도 내 머리보다 고작 몇 인치 위에 있었다. '갑판'으로 말하자면, 책상다리를 하고 앉아 있거나, 뱃속의 태아처럼 잔뜩 구부리고 겨우 누울 만한 넓이였다. 하지만 불평하지 않았다. 그 정도면 바다에 떠 있을 수 있고, 리처드 파커를 피해 있을 수도 있었으니까.

일을 마칠 무렵, 해가 저물었다. 물 한 깡통과 깡통 따개, 구급식량 팩에 든 비스킷 네 개, 담요 네 장을 챙겼다. 물품함 뚜껑을 닫고(이번에는 소리 나지 않게), 뗏목으로 건너가 앉은 다음 밧줄을 풀었다. 구명보트가 멀어졌다. 뗏목과 구명보트를 엮은 밧줄 하나가 팽팽해졌지만, 비상용으로 더 길게 묶은 밧줄은 헐렁했다. 담요 두 장을 물에 닿지 않도록 조심스레 접어서 몸 밑에 깔았다. 나머지 두 장은 어깨에 두르고, 돛대에 등을 기댔다. 구명조끼를 밑에 깔아 조금 높은 자리에 앉으니 아주 좋았다. 바닥에 두툼한 방석을 깔고 앉은 정도에 불과했지만 그래도 홀딱 젖지는 않을 거라는 기대를 품을 수 있었다.

구름 한 점 없는 하늘에서 해가 지는 광경을 지켜보면서 식사를 즐겼다. 긴장이 풀리는 순간이었다. 세상의 지붕에 대단한 색이 어렸다. 별이 고개를 내밀고 싶어 안달했다. 색색의 담요가 걷히기 무섭게 검푸른 하늘에서 별이 빛나기 시작했다. 따스한 바람이 가볍게 불었고 바다는 가만가만 움직였다. 물살이 올랐다가 내려앉았다. 손을 들고 떨어졌다 다가섰다 하며 춤추는 이들처럼.

리처드 파커가 일어나 앉았다. 배 가장자리 위로 머리와 어깨 일부만 나타났다. 그는 밖을 내다보았다. 내가 소리치며 손을 흔들었다.

"안녕, 리처드 파커!"

호랑이가 나를 보았다. 콧방귀를 뀌었달까, 재채기를 했달까, 어느 말도 정확하지는 않다. 또 '프루스텐'을 했다. 얼마나 대단한 동물인가. 그리도 당당한 풍채. '왕족' 벵골 호랑이란 표현이 딱 알맞다. 어떤 면에서 난 행운아였다. 멍청하거나 못생긴 동물과 끝을 맞이하게 됐다면 어땠을까? 멧돼지나 타조, 칠면조 떼와 생을 마감했다면? 그런 동물들과 같이 있는 것은 더 견딜 수 없었을지 모른다.

'철벅' 소리가 났다. 바다를 내려다봤다. 입이 벌어졌다. 나 혼자인 줄 알았는데. 멎은 듯한 공기와 아름다운 빛, 안전한 느낌. 그런 것들 때문에 나는 혼자라고 생각했다. 고요와 고독에는 평화라는 요소가 깃들지 않던가? 복잡한 전철역에서 평화로운 것을 상상하기는 힘들지 않은가? 한데 이 소동은 다 뭔가?

슬쩍 내려다보고서도 나는 바다가 '도시'임을 알아차렸다. 내 바로 아래에, 사방에 상상도 못 했던 고속도로, 대로, 좁은 도로, 교차로가 있었다. 해저 통행객이 우글우글했다. 복잡한 바다에는 얼룩 반점이 있는 번들거리는 플랑크톤 수백만 개가 점점이 박혀 있었다. 트럭, 버스, 승용차, 자전거, 보행자처럼 정신없이 내달리는 물고기 떼는 경적을 울리고 소리를 질러댔다. 주조색은 초록빛. 눈이 닿는 곳까지 여러 층으로 이루어진 물속에서 물고기 떼가 속도를 내느라 물을 흔들면, 인광을 내는 초록색 거품으로 이루어진 길들이 순식간에 사라졌다. 한 길이 사라지면 곧 다른 길이 나타났다. 이런 길들이 사방에서 생겼다가 사방에서 자취를 감추었다. 꼭 노출 시간을 길게 해 찍은 사진 같았다. 밤에 도시를 찍은 사진을 보면, 자동차 불빛이 꼬리를 이은 광경이 긴 빨간 줄들로 보이지 않던가. 다만 여기서는 차들이 서로의 머리 위와 몸 아래로 달리고 있었다. 십 층짜리 고가도로 같달까. 또 여기서는 차들이 색깔의 향연을 벌였다. 만새기 떼ㅡ뗏목 밑에 50마리도 넘는 만새기 떼가 있었을 것이다ㅡ는 밝은 황금색과 파란색, 초록색을 자랑하며 몰려갔다. 내가 모르는 다른 물고기들은 노란색, 갈색, 은색, 파란색, 빨간색, 분홍색, 초록색, 흰색이었다. 이 모든 색깔이 섞이기도 했고, 단색이거나 줄무늬, 점박이도 있었다. 상어 떼만이 고집스레 우중충한 색깔을 유지했다. 하지만 바닷속 차량이 어떤 크기든, 어떤 색상이든 한 가지는 똑같았다. 난폭 운전. 추돌 사고가 많이 일어났고ㅡ모두 사망 사고일 것이다ㅡ수많은 차량이 제어력을 잃고 빙빙 돌다가 철책에 부딪혔다. 수면에는 부산한 움직임이 일어나면서 형광색이 소나기처럼 우르르 떨어졌다. 나는 열기구에서 도시를 내려다보는 사람처럼 도심의 혼잡을 물끄러미 내려다봤다. 놀랍고 경외심을 일으키는 광경이었다. 도쿄의 러시아워가 꼭 이런 광경이겠지.

도시의 빛이 사라질 때까지 지켜보았다.

화물선 침춤 호에서는 돌고래 떼만 보였다. 그래서 태평양이 지나가는 물고기 떼 외에 다른 생명이 살지 않는 물의 황무지라고 생각했다. 화물선이 물고기 떼를 보지 못할 만큼 빨리 달렸기 때문이라는 것을 그 후에 알았다. 큰 배에서 바다를 보는 것은, 차를 타고 도로를 달리면서 숲에 사는 야생동물을 보는 것과 마찬가지임을. 아주 빨리 헤엄치는 돌고래는 배 주변에서 놀기도 한다. 개가 차를 쫓아오는 것처럼. 돌고래 떼는 더 이상 따라오지 못할 때까지 계속 옆에서 내달린다. 야생동물을 보고 싶으면 걸어야 한다. 조용히 걸어서 숲을 탐사해야 한다. 바다도 마찬가지다. 태평양에 사는 풍요로운 바다생물을 구경하려면, 걷는 속도로 천천히 노닐어야 한다.

나는 옆으로 누웠다. 닷새 만에 처음으로 차분함이 밀려들었다. 약간의 희망이 — 얻기 힘들지만 그럴 가치가 있는 — 내 안에서 반짝였다. 잠에 빠져들었다.

60

한밤중에 한차례 깼다. 차양을 옆으로 밀고 밖을 내다봤다. 날렵한 초승달이 떠 있고 하늘은 더할 나위 없이 맑았다. 별빛이 휘황찬란했다. 밤을 '어둡다'고 하는 게 어색할 정도로. 바다는 가만히 누워 있었다. 사방에 끝없이 너울대는 검은색과 은색의 빛은 수줍은 듯 휙휙 지나며 바다를 휘감았다. 어마어마한 양이 당황스러웠다—내 머리 위의 공기, 내 주변과 아래의 물. 반은 감동스럽고 반은 두려웠다. 비슈누가 자고 있을 때 그의 입에서 튀어나왔다가 우주 전체를 본 현자 마칸데야 같은 기분이었다. 거기 있는 모든 걸 본 그가 두려움으로 죽어버리기 전에 비슈누 신은 잠에서 깨어 그를 다시 입에 넣었다. 나는 생전 처음으로 알아차렸다—고통과 고통 사이에서. 내 고난이 커다란 구도 안에서 일어나고 있음을. 내가 겪는 고통이 있는 모습 그대로 보였다. 유한하고 미미했다. 그리고 난 아직 존재했다. 괜찮았다(저항심이 일어나는 것은 한낮이었다. "안 돼! 안 돼! 아니야! 내 고통이 중요해. 난 살고 싶어! 내 인생을 우주와 섞어 생각할 수밖에 없어. 삶은 엿보는 구멍이야. 광활함으로 나아가는 유일한 입구란 말이야. 사물에 대해 갖고 있는 이 순간의 복잡한 시각을 품고 살 수밖에 없잖아? 이 작은 구멍이 내가 가진 전부인데 어쩌겠어!"). 이슬람 기도를 중얼거리다가 다시 잠에 빠졌다.

61

다음 날 아침, 몸은 그리 많이 젖지 않았고 힘도 좀 났다. 내가 처한 상황과 지난 며칠간 거의 먹지 못했다는 사실을 생각하면

썩 괜찮은 것 같았다.

날씨가 좋았다. 낚시를 해야겠다고 마음을 정했다. 생전 처음이었다. 비스킷 세 개와 물 한 깡통으로 아침 식사를 한 후, 생존지침서에서 낚시에 관련된 항목을 읽었다. 첫 번째 문제가 발생했다. 미끼. 생각해봤다. 동물 사체가 있긴 했지만, 호랑이 면전에서 먹이를 훔치는 짓은 엄두도 못 낼 일이었다. 리처드 파커는 그것이 그에게 대단한 보상으로 돌아올 투자라는 사실을 깨닫지 못할 터였다. 내 가죽구두를 이용하기로 했다. 한 짝만 남아 있었다. 나머지 한 짝은 배가 가라앉을 때 잃었다.

구명보트에 기어 올라가서, 물품함에서 낚시 도구 세트와 칼, 잡은 고기를 담을 양동이를 챙겼다. 리처드 파커는 모로 누워 있었다. 내가 뱃머리로 가자 꼬리를 치켜세웠지만, 머리는 들지 않았다. 나는 뗏목을 멀리 떨어뜨렸다.

훅을 목줄에 연결해서 낚싯줄에 맸다. 납봉도 몇 개 달았다. 어뢰 모양의 납봉을 세 개 골랐다. 구두를 벗어서 잘랐다. 가죽이 질겨서 자르기가 힘들었다. 조심스럽게 훅을 가죽의 평평한 부분에 끼웠다. 아니 끼우지 않고 찔렀다. 훅의 끝이 보이지 않도록. 전날 저녁에 물고기를 많이 봤기 때문에 쉽게 낚시를 할 수 있을 거라고 기대했다.

한 마리도 못 잡았다. 구두 한 짝이 조금씩 사라졌다. 계속 낚싯줄에 매달았는데, 물고기들이 좋아라하며 낚아채 갔다. 훅에는 한 마리도 낚이지 않고. 결국 고무 밑창과 구두 굽만 남았다.

굽은 미끼로 적당하지 않았지만, 절박한 심정으로 구두 굽을 훅에 끼웠다. 괜찮은 생각이 아니었다. 낚시줄이 당기는 느낌이었는데, 정작 줄은 너무 가벼웠다. 당겨 온 것은 낚싯줄뿐이었다. 난 낚시 도구를 전부 잃어버렸다.

낚시 도구를 잃은 것이 심각한 타격은 아니었다. 훅이며 목줄, 납봉이 더 있고, 낚시 도구도 한 세트 더 있었으니까. 또 나 자신을 위해 낚시를 하는 것도 아니었다. 내가 먹을 식량은 많이 있었다.

그래도 마음 한구석은 ― 우리가 듣기 싫어하는 말을 하는 구석 ― 날 꾸짖었다. "멍청하게 굴면 대가를 치르는 법이야. 다음에는 더 조심하고 지혜를 발휘해야지."

그날 오전, 두 번째 바다거북이 나타났다. 녀석은 뗏목으로 곧장 다가왔다. 바다거북은 위로 올라와서 내 엉덩이를 깨물 수도 있었을 것이다. 녀석이 몸을 돌렸을 때, 나는 뒷발을 잡으려 했지만, 손이 닿자 겁이 나서 몸을 움츠렸다. 바다거북은 헤엄쳐 가버렸다.

낚시를 망친 일을 꾸짖었던 마음이 또 날 혼냈다. "도대체 네 호랑이에게 뭘 먹일 작정이야? 리처드 파커가 죽은 동물 세 마리로 얼마나 더 버틸 수 있겠어? 호랑이가 썩은 고기를 먹지 않는다는 사실을 꼭 말해야 알겠어? 마지막 다리를 먹을 때 리처드 파커는 코를 들지 않을 거야. 하지만 붓고 썩은 얼룩말을 먹기 전에, 엎어지면 코 닿을 데 있는 신선하고 맛좋은 인도 소년을 잡아먹으려 할 거라는 생각은 안 해? 또 물은 어쩔 셈인데? 호랑이가 갈증이 나면 얼마나 애태우는지 알잖아. 리처드 파커의 입 냄새 맡아봤어? 끔찍하다구. 나쁜 징조란 말이야. 그가 태평양 물을 다 마셔서 갈증을 해소하고 덕분에 너는 미국 대륙까지 걸어갈 수 있기를 바라는 거야? 선다반 호랑이들이 보여준, 소금을 배설하는 능력은 놀랍지. 바닷가의 홍수림에서 살아서 그랬을 거야. 하지만 그건 제한적인 능력이라구. 소금물을 너무 많이 마시면 호랑이가 사람을 잡아먹는다고들 하잖아? 앗, 저기 봐. 호랑이도 제 말 하면 온다더니. 저기 녀석이 있네. 하품을 하는군. 이런, 세상에. 목구멍이 엄청난 분홍색 동굴이야. 입 속의 노랗고 긴 종유석과 석순 좀 보라구. 오늘 동굴 구경이나 가야겠네."

리처드 파커는 색깔과 크기가 고무 보온병과 똑같은 혀를 집어넣더니 입을 다물었다. 녀석은 침을 꿀꺽 삼켰다.

그날 남은 시간은 걱정을 하면서 보냈다. 나는 구명보트에서 떨어져 있었다. 내 예감은 무시무시했건만 리처드 파커는 차분하게 시간을 보냈다. 아직은 빗물이 있었고, 허기에 그리 신경 쓰는 눈치도 아니었다. 하지만 호랑이가 내는 온갖 소리 ― 으르렁 소리, 낑낑대는 소리 등등 ― 때문에 나는 마음이 편치 않았다. 수수께끼는 풀릴 것 같지 않았다. 낚시를 하려면 미끼가 필요했지만, 일단 고기를 잡아야 그걸 미끼로 쓸 수 있는데. 어찌하면 좋을까? 내 발가락이라도 잘라야 하나? 귀 한 짝이라도 잘라야 되냐고?

 오후 늦게 전혀 예상치 못한 방향으로 해결책이 생겼다. 나는 살그머니 구명보트로 다가갔다. 배로 기어올라가, 물품함을 뒤졌다. 목숨을 구해줄 만한 것을 정신없이 찾았다. 뗏목은 구명보트와 2미터 조금 못 되는 거리에 매어두었다. 여차하면 리처드 파커를 피해 뗏목으로 뛰어내리고 헐렁한 매듭을 풀 작정이었다. 필사적인 심정에 그런 모험을 감수하게 됐다.

 미끼로 쓸 만한 것도 없고 그럴듯한 아이디어도 없어서, 나는 똑바로 앉았다―그 바람에 호랑이의 시선을 정면으로 받게 됐다. 리처드 파커는 얼룩말이 있던 저쪽 끝에 앉아서, 내 쪽으로 몸을 돌리며 일어나 앉았다. 내가 자기를 알아봐주기를 참을성 있게 기다리고 있었다는 눈치였다. 어쩌다 그가 움직이는 소리를 못 들었을까? 무슨 망상에 사로잡혀, 내가 호랑이를 속일 수 있다는 생각을 했던 걸까? 불현듯 나는 얼굴을 세게 얻어맞았다. 비명을 지르면서 눈을 감았다. 그가 고양이처럼 재빠르게 배를 가로질러 뛰어와서 나를 내리친 것이었다. 발톱을 피하려 얼굴을 돌려야 했다―그게 가장 무섭게 죽는 것이었으니까. 통증이 어찌나 심한지 무감각했다. 차라리 충격이 축복이었다. 그것이 심한 통증과 슬픔에서 우리를 보호해주는 축복이다. 생의 한 가운데는 퓨즈 박스가 있다. 나는 낑낑대며 말했다.

 "계속해봐, 리처드 파커. 끝장내버려. 한데 부탁이 있어. 얼른 끝내야 해. 한 번 나간 퓨즈를 자꾸 시험하면 안 된다구."

그는 시간을 끌었다. 호랑이는 내 발치에서 시끄러운 소리를 냈다. 그가 물품함과 그 안에 든 먹을 것을 발견했음이 분명했다. 나는 두려움에 떨며 눈을 떴다.

물고기였다. 사물함에는 물고기가 있었다. 물 밖에 나온 물고기답게 팔딱팔딱 뛰었다. 40센티미터 못 되는 길이에 날개가 달려 있었다. 날치였다. 날렵하고 짙은 청회색. 깃털 없는 날개. 깜빡이지 않는 누르께한 둥근 눈. 내 얼굴을 후려친 것은 리처드 파커가 아니라 이 날치였다. 호랑이는 여전히 5미터쯤 떨어져 앉아 있었고, 분명히 내가 무슨 짓을 하는지 궁금해할 터였다. 하지만 그는 날치를 봤다. 얼굴에 호기심이 어려 있음을 알 수 있었다. 리처드 파커는 조사에 착수할 준비가 된 듯했다.

나는 허리를 숙여 물고기를 집어, 리처드 파커 쪽으로 던졌다. 호랑이를 길들일 좋은 방법이었다! 쥐가 간 곳에 날치도 따라가게 되겠지. 그런데 날치는 휙 날아가버렸다. 공중에서, 그러니까 리처드 파커의 벌린 입을 살짝 빗나가 그대로 바다에 떨어졌다. 빛이 날아가는 것 같은 속도였다. 리처드 파커는 머리를 돌리고 턱을 깨물며 입을 다물었지만, 날치가 너무 빨라 잡지 못했다. 그는 놀라고 또 언짢은 표정을 지었다. 리처드 파커는 다시 내게로 고개를 돌렸다. '내 먹이는 어디 있지?'라고 묻는 표정이었다. 나는 공포와 슬픔에 사로잡혔다. 호랑이가 덮치기 전에 뗏목으로 뛰어내릴 수 있을까. 반쯤 자포자기하여 맥이 빠졌다.

바로 그 순간, 공기가 떨리더니, 우리는 날치 떼의 공격을 받았다. 날치 떼가 메뚜기 떼처럼 몰려들었다. 물고기 수만 많은 게 아니라, 날개를 휘젓는 소리도 메뚜기 소리와 비슷했다. 수면 위로 한꺼번에 뛰어나왔다. 한 번에 수십 마리씩 무리 지어, 100미터쯤 되는 거리에서 날아들었다. 구명보트 직전에서 바다에 빠지는 고기가 많았다. 배 위를 지나 날아가는 것들도 많았다. 몇 마리는 배 옆에 부딪쳤고, 그때마다 폭죽 터지는 소리가 났다. 운 좋은 몇 놈은 방수포에 떨어졌다 다시 바다로 튕겨 나갔다. 곧장 배에 떨어진 운이 없는 놈들은 날개를 펄럭이고 격렬하게 움직이며 버둥거렸다. 우리에게 날아오는 고기들도 있었다. 나는 무방비 상태로 선 채, 성 세바스찬의 순교를 재연하는 기분이었다. 날치가 내 몸을 때릴 때마다 살에 화살이 박히는 느낌이었다. 나는 담요를 집어서 몸을 보호하면서 고기를 잡으려고 애썼다. 온몸이 베인 상처와 멍투성이었다.

이런 난동이 일어난 이유는 곧 분명해졌다. 만새기들이 날치 떼를 쫓아서 바다에서 나오고 있었다. 몸집이 큰 만새기는 날치처럼 날지 못했지만, 더 빨리 헤엄쳤고 돌진하는 힘이 엄청났다. 날치의 바로 뒤에 있는 만새기는 동시에 같은 방향으로 뛰어들 수 있었다. 상어 떼도 있었다. 상어 떼도 물에서 뛰어나왔고, 만새기 떼를 잡아먹기도 했다. 바다의 이 대혼란은 오래가지 않았지만, 소동이 계속되는 동안 바다는 부글부글 끓어올랐고, 물고기는 뛰어오르고 상어 떼도 정신없이 움직였다.

이런 물고기들의 소동 속에서 리처드 파커는 나보다 강인하고 또 효율적으로 움직였다. 그는 몸을 올려 최대한 물고기 떼의 공격을 막았다. 물고기 여러 마리가 날개를 버둥대며 산 채로 그의 입속으로 들어갔다. 눈부신 힘과 속도를 보여주었다. 그러나 인상적인 것은 그 속도가 아니라, 동물의 순수한 자신감이었다. 순간에 완전히 몰입하는 힘. 그렇게 한순간에 집중해서 현재에만 몰두하는 능력, 아마 최고의 요가 수행자들이 부러워할 능력이리라.

소동은, 내 몸에 상처와 물품함에 들어온 여섯 마리 등 많은 날치를 남기고 가라앉았다. 나는 서둘러 담요에 날치 한 마리를 싸고 손도끼를 챙겨 뗏목으로 향했다.

차근차근 진행했다. 그날 아침에 낚시 도구를 잃은 일이 정신을 차리게 했다. 다시 실수를 저지를 수는 없는 노릇이었다. 물고기를 싼 담요를 조심스럽게 벗기고 한 손으로 고기를 눌렀다. 날치가 살려고 뛰어나가려 한다는 것을 알고 있었다. 날치가 담요 밖으로 모습을 드러낼수록, 더 겁이 나고 더 속이 메스꺼워졌다. 머리가 눈에 들어왔다. 담요에 싸인 물고기의 모양새가, 꼭 모직 담요 콘에 메스꺼운 생선 아이스크림 덩어리를 얹어놓은 것 같았다. 고기는 입과 아가미를 벌렸다 천천히 닫으며 물을 갈구했다. 날개를 미는 힘이 손으로 전해졌다. 양동이를 뒤집어놓고 그 위에 고기 머리를 놓았다. 나는 손도끼를 꽉 쥐었다. 도끼를 공중에 들어올렸다.

손도끼를 내려치려다가 그만두기를 수차례. 지난 며칠간 내가 목격한 일을 떠올려보면 그런 감상이 어처구니없게 느껴지겠지만, 그것은 다른 것들이 저지른 행위였다. 육식동물들이 벌인 짓이었다. 쥐의 죽음에는 일부 내 책임이 있겠지만, 내가 한 일은 쥐를 내던진 것뿐이었다. 쥐를 죽인 장본인은 리처드 파커였고, 평화로운 채식주의가 나와 물고기 머리를 자르는 일 사이에 가로놓여 있었다.

나는 담요로 물고기의 머리를 덮고, 손도끼를 돌렸다. 이번에도 공중에서 손이 부들부들 떨렸다. 손도끼로 살아 있는 부드러운 것을 내려친다는 것 자체가 너무 두려웠다.

손도끼를 내려놓았다. 고개를 돌리고 물고기의 목을 자르기로 했다. 날치를 담요로 꼭 감쌌다. 양손으로 목을 구부리기 시작했다. 내가 힘을 줄수록 고기는 더욱 버둥거렸다. 내가 담요에 싸여 있고 누군가 내 목을 부러뜨리려 한다면 기분이 어떨지 상상해봤다. 난 겁에 질렸다. 몇 번이나 포기했다. 하지만 꼭 해내야 한다는 것을 알았다. 시간을 끌수록 물고기의 고통도 계속될 터였다.

눈물이 뺨을 타고 흘러내리는 가운데 마음을 다잡았다. 결국 부러지는 소리가 났고, 이제 산 것이 버둥대는 힘이 손에서 느껴지지 않았다. 담요를 벗겨냈다. 날치는 죽었다. 머리 한 쪽이 갈라지고 피가 났다. 아가미 부근에.

불쌍한 죽은 영혼을 기리며 마구 흐느꼈다. 감각이 있는 것을 죽이기는 처음이었다. 이제 난 살생을 저질렀다. 이제 카인 같은 죄인이었다. 책벌레에 신앙심 깊던 열여섯 살 순진한 소년이 이제 손에 피를 묻혔다. 짊어지기에는 너무나 끔찍한 짐이다. 감각을 느끼는 것은 미물이라도 신성하다. 나는 기도할 때마다 이 날치를 잊지 않는다.

그다음에는 수월했다. 이제 죽은 날치는 폰디체리 시장통에서 본 생선과 비슷했다. 창조의 계획 밖에 있는 물건 같다고 할까. 손도끼로 날치를 자잘하게 잘라서 양동이에 담았다.

하루가 저물어갈 무렵, 다시 낚시를 해보았다. 처음에는 아침나절과 별반 다르지 않았다. 하지만 아침처럼 막무가내로 실패하지는 않았다. 물고기들이 열심히 훅에 달려들었다. 그들의 관심이 분명해졌다. 미끼에 달려드는 것들이 작은 물고기들이라는 걸 알게 되었다. 너무 작아서 훅에 걸리지 않는다는 사실도 알아차렸다. 그래서 낚싯줄을 멀리 던져 더 깊은 물에 미끼를 가라앉혔다. 뗏목과 구명보트 주위에 몰린 작은 물고기들이 접근하지 못할 곳에.

날치 머리를 미끼로 쓴 것도 그때였다. 추 하나만 달아서 낚싯줄을 얼른 내던지니, 물고기 머리가 수면 위로 쏙 지났다. 마침내 첫 번째 스트라이크를 기록했다. 만새기 한 마리가 나타나서 날치 머리에 달려들었다. 낚싯줄을 슬쩍 풀어서, 만새기가 미끼를 제대로 삼키게 해주었다. 그런 다음 줄을 확 잡아당겼다. 수면 밖으로 튀어나온 만새기가 낚싯줄에 끌려오는 힘이 어찌나 센지, 뗏목에 앉은 나를 끌어내릴 것만 같았다. 마음을 가라앉혔다. 낚싯줄은 굉장히 단단했다. 좋은 줄이니 끊어지지 않을 터였다. 만새기를 끌어당기기 시작했다. 녀석은 힘을 다해 버티며 뛰어오르고, 물속으로 고꾸라지고, 물을 튀겼다. 낚싯줄에 양손이 베였다. 손을 담요로 감쌌다. 가슴이 방망이질 쳤다. 물고기는 황소만큼이나 힘이 셌다. 과연 내가 끌어낼 수 있을지 자신이 없었다.

다른 물고기가 뗏목과 보트 주위에서 사라진 것을 알아차렸다. 고기들이 만새기의 고난을 감지했음이 분명했다. 나는 서둘렀다. 만새기가 계속 버티면 상어 떼가 몰려올 터였다. 한데 만새기는 억척스레 싸웠다. 팔이 저렸다. 뗏목 가까이 당길 때마다 만새기가 미친 듯이 버둥댔고, 나는 겁을 집어먹고 낚시줄을 늦추곤 했다.

마침내 고기를 뗏목 위로 끌어올릴 수 있었다. 1미터 가까이 되었다. 양동이는 쓸모가 없었다. 만새기에 모자를 씌워놓은 꼴일 테니까. 나는 만새기를 무릎으로 누르고 양손을 사용했다. 근육 덩어리가 대단했다. 어찌나 큰지 내 몸 밑으로 꼬리가 튀어나왔고, 고기의 몸부림에 뗏목이 마구 흔들렸다. 카우보이가 야생마 위에 앉은 것처럼 나도 물고기를 타고 앉았다. 나는 야성적인 승리감에 도취됐다. 만새기는 대단한 물고기였다. 크고 살집이 좋고 미끈한 것이, 튀어나온 이마는 강한 성질을 드러냈다. 아주 긴 등지느러미는 닭의 볏처럼 오만해 보였고, 비늘은 부드럽고 반짝였다. 굉장한 적수와 겨루면서 운명에 타격을 가하는 기분이 들었다. 이 물고기를 처치함으로써, 바다에, 바람에, 난파한 배에, 나를 괴롭히는 모든 상황에 복수하는 느낌이었다. 나는 소리쳤다.

"고맙습니다, 비슈누 신이여. 고맙습니다! 당신은 물고기의 형태를 취함으로써 세상을 구원한 적이 있습니다. 이제 당신은 물고기의 형태로 저를 구하셨습니다. 고맙습니다, 고맙습니다!"

고기를 죽이는 것은 문제가 아니었다. 그런 수고는 아끼고 싶었지만—리처드 파커가 있었고, 그가 전문가답게 손쉽게 해치울 테니까—만새기의 입에 박힌 훅이 문제였다. 낚싯줄 끝에 만새기가 달려 있다는 사실에 의기양양해졌다—호랑이였다면 그런 데 매달리지는 않았으리라. 나는 곧장 일에 착수했다. 양손으로 손도끼를 쥐고, 둔탁한 부분으로 힘껏 고기의 머리를 내리쳤다(아직도 칼날 부분을 사용할 용기는 없었다). 만새기는 죽어가면서 아주 독특한 모습을 보여주었다. 빠른 속도로 온갖 색으로 빛나기 시작하는 것이었다. 버둥거리는 몸이 파랑, 초록, 빨강, 금색, 보라색으로 바뀌며 네온 불빛처럼 번뜩였다. 무지개를 내려쳐서 죽이는 기분이었다(나중에야, 만새기가 죽음 직전에 무지개 빛깔을 내는 어류로 유명하다는 사실을 알았다). 마침내 만새기는 뻣뻣하고 탁한 색깔로 변했다. 그제야 훅을 뺄 수 있었다. 미끼까지 일부 되찾을 수 있었다.

짧은 시간에 내가 그렇게 변했다는 게 놀라운가. 날치를 담요에 싸서 죽이면서 흐느끼던 사람이 만새기를 죽이면서도 즐거운 기분으로 괴롭혔으니. 당당히 설명할 수 있다. 날치를 죽일 때는 방향을 잘못 잡은 고기로 득을 보는 상황이었지만, 대단한 만새기를 낚시로 잡는 것은 흥분되는 일이었고 그러면서 과감하고 자신감이 생겼다고. 한데 사실 진짜 이유는 그게 아니었다. 아주 단순하고 잔혹하다. 인간은 무슨 일에든 익숙해질 수 있다. 살해 행위라 할지라도.

나는 사냥꾼의 자긍심을 품고 뗏목을 구명보트 가까이로 당겼다. 뗏목을 배의 측면에 붙였다. 팔을 휘둘러 만새기를 구명보트 안으로 던졌다. 고기는 쿵 소리를 내며 떨어졌고, 리처드 파커는 놀라서 퉁명스런 표정을 지었다. 한두 차례 코를 킁킁대는 소리가 나더니, 씹어 먹는 소리가 들렸다. 나는 보트로 올라갔다. 호루라기를 힘차게 몇 번 불어 호랑이에게 신선한 먹이를 준 사람이 누군지 일깨워주었다. 물품함에서 비스킷 몇 개와 물 한 깡통을 꺼냈다. 물품함에는 죽은 날치 다섯 마리가 남아 있었다. 나는 날개를 뗀 날치를 끄집어내서 담요로 쌌다.

몸에 묻은 피를 닦고 낚시 도구를 정돈한 다음, 저녁 식사 거리를 꺼낼 즈음 밤이 되었다. 얇은 구름이 장막처럼 별과 달을 가리자 사방이 캄캄했다. 고단했지만, 지난 몇 시간 사이에 벌어진 일 때문에 아직 흥분이 가시지 않았다. 분주한 느낌이 대단한 만족감을 주었다. 내 고난이나 자신에 대해서는 생각할 겨를이 없이 하루를 보냈다. 물레질이나 게임보다는 낚시가 시간을 보내기에 좋은 듯했다. 내일 아침 해가 뜨자마자 낚시를 시작해야겠다고 결심했다.

잠들었다. 죽어가는 만새기의 몸이 카멜레온처럼 변하던 광경을 되새기자 마음이 환해졌다.

62

그날 밤은 잠이 오락가락했다. 해 뜨기 직전에 다시 잠드는 것을 포기하고, 팔꿈치를 괴고 몸을 일으켰다. 호랑이를 살폈다. 리처드 파커는 안절부절못했다. 신음소리를 내는가 하면 으르렁대고, 구명보트 안을 오락가락했다. 인상적인 광경이었다. 나는 상황을 가늠해봤다. 배가 고플 리는 없었다. 적어도 위험할 정도로 허기진 상태는 아니었다. 갈증이 나는 것일까? 혀를 입 밖으로 늘어뜨렸지만, 가끔씩이었고 헐떡거리지도 않았다. 배와 발은 아직 축축했다. 하지만 물이 뚝뚝 흐를 정도는 아니었다. 배 바닥에 남은 물이 많지는 않은 듯했다. 곧 갈증을 느낄 텐데.

고개를 들어 하늘을 보았다. 구름이 사라졌다. 수평선에 구름이 몇 줌 남았을 뿐 하늘이 맑았다. 비 내리지 않는 무더운 하루가 될 모양이다. 닥칠 더위에 벌써 지치기라도 한 듯 바다는 굼뜨게 움직였다.

나는 돛에 기대고 앉아서 우리의 문제를 궁리했다. 비스킷과 낚시 도구 덕분에 식량은 큰 문제가 아니었다. 고민거리는 물이었다. 우리 주위에 넘쳐나는 게 물이었지만 소금물이 아닌가. 리처드 파커가 먹을 물에 바닷물을 조금 탈 수는 있지만, 우선 섞을 생수를 더 확보해야 했다. 깡통에 든 물이 있다 해도 우리 둘이 먹으면 곧 바닥날 테고 — 솔직히 한 깡통도 리처드 파커와 나눠 마시기 싫었다 — 빗물에만 의존하는 것은 멍청한 짓이고.

태양 증류기가 마실 물을 얻을 유일한 수단이었다. 나는 의심스런 눈초리로 증류기들을 보았다. 그것들은 이제 이틀째 바다에 떠 있었다. 증류기 하나에 바람이 빠져 있었다. 증류기를 손봐야겠다 싶어 밧줄을 당겼다. 원뿔에 바람을 넣었다. 별다른 기대 없이 물속에 있는 증류수 주머니에 손을 뻗었다. 손가락에 닿는 주머니가 통통했다. 예상치 못한 일이었다. 경이감이 등줄기를 타고 흘러내렸다. 마음을 가라앉혔다. 바닷물이 새들어간 것 같지는 않았다. 주머니를 빼서, 설명서에 적힌 대로 가만히 기울였다. 원뿔 밑에 있는 짠물이 흘러들지 않도록. 물주머니에 연결된 작은 마개 두 개를 닫고 분리해서 물 밖으로 꺼냈다. 두꺼운 노란 비닐로 만든 직사각형 봉투였다. 한 면에 눈금이 그려져 있었다. 나는 물맛을 봤다. 다시 한번 맛봤다. 소금기가 없는 물이었다.

나는 태양 증류기에 대고 소리쳤다.

"귀여운 바다 젖소 같으니! 젖을 만들었구나! 얼마나 맛좋은 우유인지. 고무 맛이 좀 나긴 해도 불평할 처지가 아니지. 내가 마시는 걸 보라구!"

비닐 주머니에 든 물을 다 마셨다. 1리터들이 주머니가 거의 차 있었다. 한숨을 내쉬고 눈을 감고 만족감을 즐긴 후, 다시 증류기에 주머니를 연결했다. 다른 증류기들도 살펴봤다. 하나하나마다 비슷하게 묵직한 '젖통'을 차고 있었다. 물고기를 담았던 통에 '신선한 젖'을 다 모으니 모두 8리터쯤 됐다. 곧 증류기는 내게 소중한 기구가 됐다. 농부에게 소가 중요한 것만큼이나. 사실 증류기가 아치 모양으로 바다에 떠 있는 모습도 젖소가 풀밭에서 풀을 뜯는 모습과 비슷했다. 나는 증류기 안에 바닷물이 충분히 들었는지, 고깔과 방 모양 통이 알맞게 부푼 상태인지 점검했다.

양동이에 담긴 물에 바닷물을 조금 섞어서, 방수포 너머 사이드 벤치 옆에 놓았다. 서늘한 아침이 끝날 무렵에 보니 리처드 파커는 방수포 밑에 안전하게 자리 잡고 있는 듯했다. 로프와 방수포 고리로 물통을 고정시켰다. 나는 조심스럽게 배 저쪽을 바라보았다. 리처드 파커는 모로 누워 있었다. 그의 동굴은 실로 고약했다. 죽은 동물들이 쌓여 있었다. 썩은 사체의 여러 부위가 흉물스럽게 포개져 있었다. 다리도 한두 개 보이고, 여러 부위의 가죽이며, 머리의 일부분, 여러 개의 뼈가 눈에 들어왔다. 날치의 날개도 흩어져 있었다.

날치 한 마리를 잘라, 한 조각을 사이드 벤치에 던졌다. 물품함에서 그날 필요한 물건을 챙겨서 떠나려다가, 다시 물고기 조각을 방수포 넘어 리처드 파커 앞에 던졌다. 의도한 대로 됐다. 내가 뗏목에 내려갈 무렵, 호랑이는 방수포 아래서 트인 곳으로 나와 생선을 덥석 물었다. 그는 머리를 돌리다가 벤치 부근에 있는 생선 조각과 그 옆에 있는 새로운 물건을 보았다. 호랑이는 일어섰다. 그러고는 커다란 머리를 양동이에 넣었다. 리처드 파커가 양동이를 엎을까 봐 걱정스러웠다. 그런 일은 없었다. 얼굴이 양동이 속에 다 들어가지 않았지만, 그는 물을 마시기 시작했다. 금세 양동이가 흔들리면서 덜그럭 소리를 냈다. 그의 혀가 닿을 때마다 빈 통에서 소리가 났다. 리처드 파커가 고개를 들자, 나는 그의 눈을 공격적으로 노려보면서, 몇 차례 호루라기를 불었다. 그는 방수포 밑으로 사라졌다.

하루하루 지나면서 구명보트가 점점 동물원 우리와 비슷해져 간다는 생각이 들었다. 리처드 파커는 은신처에서 자고, 쉬고, 먹이를 숨겨두고, 내다봤다. 이제 물웅덩이도 생겼다.

기온이 올라갔다. 더위가 심해졌다. 나머지 시간을 차양 그늘에서 낚시하며 보냈다. 처음 만새기를 잡은 것은 초보자의 행운이었던 것 같다. 온종일 아무것도 못 잡았다. 오후 늦게까지도. 저녁 무렵, 바다생물들이 무리 지어 나타났다. 바다거북이 모습을 드러냈다. 이번에는 다른 종류인 초록색 바다거북이었다. 등껍질이 더 크고 매끄러웠지만, 다른 바다거북과 똑같은 호기심을 가졌다. 나는 바다거북을 내버려두긴 했지만, 어떻게 할지 생각하기 시작했다.

낮이 무더워서 좋은 것은 딱 하나, 태양열 증류기였다. 증류기마다 고깔 안으로 증류된 물방울이 똑똑 떨어졌다.

하루가 저물었다. 따져보니, 내일 아침이면 침춤 호가 침몰한 지 일주일이었다.

63

로버트슨 일가는 바다에서 38일간 버텼다. 선상 반란으로 유명한 '바운티 호'의 블라이 선장과 선원들은 47일간 버텼다. 스티븐 캘러한은 76일간 살아남았다. 허먼 멜빌에게 영감을 받아 포경선 에섹스 호의 침몰기를 쓴 오웬 체이스는 두 동료와 83일간 버텼다. 중간에 무시무시한 섬에서 일주일간 머물긴 했지만. 베일리 일가는 118일간 버텼다. 1950년대에 '분'이라는 한국 상선의 선원이 173일간 태평양에서 버티다 목숨을 구했다는 이야기도 들은 적이 있다.

나는 227일간 버텼다. 내 시련은 7개월 넘게 계속되었다.

바쁘게 지냈다. 그게 생존의 열쇠였다. 구명보트에서, 또 뗏목에서, 언제나 할 일이 있었다. 조난객에게도 하루 일과란 말이 통한다면, 나의 일과는 다음과 같았다.

해 뜨고부터 오전까지

기상

기도

리처드 파커 아침 식사

뗏목과 구명보트 살피기. 특히 매듭과 로프에 신경 써서

태양 증류기 점검(닦고, 바람 넣고, 물 담기)

아침 식사 및 식품 조사

낚시로 물고기를 잡은 경우에는 손질(내장을 꺼내 씻어서, 고기 조각 햇볕에 말리기)

오전부터 늦은 오후까지

기도

가벼운 점심 식사

휴식과 쉬는 활동(일기 쓰기, 딱지와 상처 살피기, 장비 관리, 물품함 주위 어슬렁대기, 리처드 파커 관찰 및 연구, 바다거북 뼈 줍기 등등)

늦은 오후에서 저녁까지

기도

낚시와 물고기 준비

고기 말리는 일 챙기기(뒤집고, 썩은 부분은 잘라내기)

저녁 식사 준비

나와 리처드 파커 저녁 식사

저녁

뗏목과 구명보트 검사(다시 매듭과 로프 점검)

증류기에서 물을 받아내고 기구 보관하기

식품과 장비 보관

밤 준비(잠자리 만들기, 배가 지나갈 경우에 대비해 뗏목에 화염 신호 준비하기, 비가 내릴 경우에 대비해서 빗물받이 준비하기)

밤

잘 자기

기도

보통은 오후보다 오전이 나았다. 오후에는 시간의 공허함이 느껴졌으니까.

이 계획은 어떤 일이 생기냐에 따라 변할 수 있었다. 밤이든 낮이든 비가 내리면 다른 일은 모두 중지했다. 비가 내리는 동안은 빗물받이를 받쳐 들고, 물을 받는 데만 신경을 쏟았다. 바다거북의 방문도 큰 방해물이었다. 물론 리처드 파커도 꾸준히 방해를 했다. 나로서는 그를 보살피는 일이 한순간도 방심할 수 없는 최우선이었으니까. 리처드 파커는 먹고 마시고 자는 외에 별달리 하는 일이 없었지만, 때때로 몸을 뒤척이며 일어나 자기 구역을 어슬렁댔다. 그럴 때면 안절부절못하며 시끄러운 소리를 내기도 했다. 다행스럽게도 매번 태양과 바람에 지루해져서 방수포 밑으로 돌아가, 다시 모로 눕거나 배를 깔고 엎드려 앞발을 꼬고는 얼굴을 올려놓았다.

나는 꼭 필요한 것보다 더 많은 시간을 리처드 파커에게 쏟았다. 기분 전환을 위해 몇 시간씩 그를 관찰하기도 했다. 호랑이는 언제나 환상적인 동물이지만, 호랑이와 단둘이 있을 때는 더욱 그렇다.

처음에는 줄곧 지나가는 배가 있는지 내다보며 지냈다. 하지만 대여섯 주쯤 지나자 그것은 거의 완전히 접어버렸다.

그리고 망각에 기대 목숨을 부지했다. 내 이야기는 달력 위의 날짜에서 시작해서 — 1977년 7월 2일 — 달력 위의 날짜로 — 1978년 2월 14일 — 끝나지만, 그 사이에는 달력 같은 것은 없었다. 나는 며칠인지, 몇 주일인지, 몇 달인지 헤아리지 않았다. 시간은 우리를 갈망하게 할 뿐인 환영인 것을. 내가 살아남은 것은 시간 개념 자체를 잊은 덕분이었다.

내가 기억하는 것은 사건과 만남, 일상, 시간의 바다 여기저기서 나타나서 기억에 발자국을 남긴 일들이다. 예컨대 화염 신호기의 냄새, 새벽녘의 기도, 바다거북 죽이기, 바다 조류의 생물학 같은 것. 그 외에도 많이 있다. 하지만 그런 것을 정연하게 펼쳐 보이지는 못할 것 같다. 기억이 뒤죽박죽이라서.

64

햇빛과 염분 때문에 옷이 너덜너덜해졌다. 처음에는 아주 얇아졌다. 그러더니 솔기만 남기고 다 헤져버렸다. 마지막으로 솔기마저 뜯어졌다. 몇 달간 나체로 살았다. 줄에 끼운 호루라기만 목에 걸고서.

소금물 때문에 생긴 부스럼 — 빨갛게 성난 꼴사나운 상처 — 은 몸에 스며든 수분으로 인해 생긴 바다의 나병과도 같았다. 발진하면 피부가 몹시 예민해졌다. 어쩌다 벗겨진 부위를 문지르면 너무 아파서 비명을 지를 정도였다. 부스럼은 뗏목에 많이 닿아 물에 항상 접촉하는 부분에서 심했다. 바로 등이다. 똑바로 눕지 못하고 며칠씩 보내기도 했다. 시간과 햇살이 상처를 치료해주었지만 아주 더뎠고, 물기가 닿으면 새로운 부스럼이 나타나곤 했다.

65

나는 생존 지침서에 나오는 항해 관련 부분을 해독하는 데 몇 시간을 매달렸다. 바다에 떨어져서 사는 방법에 대해 간결하고 단순하게 설명해놓았지만, 안내 책자를 쓴 사람은 누구나 항해에 대한 기본 지식이 있다고 짐작한 모양이었다. 조난자가 경험이 풍부한 선원이어서 나침판과 지도, 별자리를 훤히 꿰고 있을 테고, 때문에 곤란에 처하더라도 거기서 빠져나오지는 못해도 길을 찾는 법은 안다고 생각했을 것이다. 그래서 '시간이 거리임을 명심할 것, 시계를 감는 것을 잊지 말 것'이라든가 '필요한 경우 위도는 손가락으로 가늠할 수 있다'라는 말이 나온다. 나도 시계를 갖고 있었지만 지금은 태평양 바닥에 박혀버렸다. 침춤호가 침몰할 때 잃어버렸다. 위도와 경도로 말하자면, 내 해양 지식은 바닷속에 뭐가 사느냐 정도일 뿐 바다 위를 항해하는 데까지는 나아가지 못했다. 바람과 조류도 내게는 신비였다. 별은 아무런 의미를 주지 못했다. 아는 별자리가 하나도 없었다. 우리 가족은 태양이라는 별 하나만 신경 쓰며 살았다. 우리는 일찍 잠자리에 들고 일찍 일어났다. 아름다운 별밤을 많이 보기는 했다. 그런 밤이면 딱 두 가지 색깔과 단순한 모양의 자연이 가장 웅장한 그림을 만들어냈고, 경이로움과 우리 인간의 왜소함이 느껴졌다. 그 장관 앞에서 분명한 방향 감각을 느꼈지만, 그것은 지리적인 감각이 아니라 영적인 감각이었다. 밤하늘이 어떻게 지도 역할을 하는지 전혀 감이 잡히지 않았다. 별무리가 반짝이긴 해도 계속 움직이는 그것을 보고 어떻게 길을 찾는 데 도움을 얻는단 말인가?

별을 보고 길을 찾는 것은 포기했다. 무엇을 알아낸다 하더라도 쓸모가 없었다. 어디로 갈지 제어할 수단이 없었다―키도, 돛도, 모터도 없었고, 노는 있었지만 힘이 충분치 않았다. 노를 제대로 다루지 못하는데 항로를 파악한들 무슨 소용이 있을까? 노를 제대로 다룰 줄 안다 한들 어디로 가야 할지 어떻게 알까? 우리가 떠나온 서쪽으로? 아메리카 대륙이 있는 동쪽으로? 아시아가 있는 북쪽으로? 상선의 항로가 있는 남쪽으로? 사방은 똑같이 좋고도 나쁜 방향이었다.

그래서 그대로 떠 있었다. 내가 어디로 가는지는 바람과 조류가 정했다. 내게 시간은 다른 사람과 마찬가지로 거리가 되었다—나는 삶의 길을 여행했다. 또 손으로 위도를 가늠하기보다는 다른 일들을 했다. 나중에야 내가 좁은 길을 여행했음을 알았다. 태평양 적도의 역류 때문이었다.

66

다양한 깊이에서 다양한 훅으로 다양한 고기를 잡았다. 큰 훅에는 봉을 여럿 달아 깊은 물에서 낚시했고, 작은 훅에는 봉을 한두 개 달아서 수면 가까이에서 고기를 낚았다. 고기는 더디게 잡혀서 성공하면 굉장히 기분이 좋았지만 노력에 비해서 보답은 적었다. 낚시하는 시간은 길고, 고기는 작았고, 리처드 파커는 언제나 배가 고팠다.

결국 작살이 가장 귀중한 낚시 장비로 판명되었다. 작살은 세 부분으로 이루어져 있었다. 장대인 관 모양의 두 부분과 — 한 부분에는 끝에 플라스틱 손잡이가 있고, 로프를 매는 고리가 있었다—훅이 걸린 머리 부분으로 구성되어 있었다. 머리 부분에는 만곡부 위로 5센티미터가량의 훅이 걸려 있고 끝은 바늘처럼 뾰족했다. 조립하면 150센티미터쯤 되는 작살은 가볍고, 칼처럼 단단했다.

처음에는 트인 바다에서 낚시를 했다. 작살을 1.2미터 깊이에 가라앉히고, 가끔씩 미끼로 훅에 물고기를 끼워 던지고 기다렸다. 몇 시간이고 기다리노라면 몸이 뻣뻣해지고 아파왔다. 물고기가 알맞은 지점에 다가오면, 있는 힘껏 빠른 속도로 작살을 휙 끌어올렸다. 그 순간을 놓치면 고기를 잡지 못했다. 여러 번 경험한 끝에 작살을 힘껏 휘두르는 것보다는 기회가 좋다고 느껴지는 때만 휘두르는 편이 낫다는 것을 알게 되었다. 물고기도 경험으로 배워서 같은 함정에 두 번 빠지지 않으니까.

운이 좋아 물고기가 훅에 제대로 찔리면 나는 자신 있게 뗏목 위로 작살을 끌어올렸다. 하지만 배나 꼬리에 작살이 꽂히면, 물고기가 몸을 비틀다 빠져나가 도망쳐버리곤 했다. 그런 고기는 큰 고기의 먹이가 되기 십상이었다. 내가 의도한 바는 아니었지만. 그래서 큰 고기를 잡을 때는 아가미와 옆쪽 지느러미 아래의 복부를 겨냥했다. 그곳을 찌르면 물고기는 본능적으로 위쪽으로 헤엄치려 했다. 훅에서 빠져나가려 하는 바로 그쪽이 내가 작살을 당기는 방향이었다. 그래서 실제 작살을 꽂은 것보다 더 따끔거리는지 물고기가 내 면전에서 물 위로 솟구쳐 오르곤 했다. 바다생물을 만지는 데 따르는 혐오감에서도 곧 벗어났다. 물고기를 담요로 싸는 일은 없었다. 수면 밖으로 솟구친 물고기는 허기진 소년의 적극적인 맨손 공격을 받았다. 작살이 확실히 꽂히지 않은 느낌이면 작살을 놓아버리고 ─ 밧줄로 뗏목에 묶어두는 것은 잊지 않았다 ─ 양손으로 물고기를 잡곤 했다. 손가락이 무디긴 해도 낚시 훅보다는 민첩했다. 물고기는 성이 나서 몸부림을 쳤다. 그런 물고기들은 미끄러운 데다 필사적이었고, 나는 간절한 마음일 따름이었다. 두르가 여신(힌두교의 여신으로 시바 신의 부인 ─ 옮긴이)처럼 팔이 많으면 얼마나 좋을까 ─ 두 손으로 작살을 잡고, 네 손으로는 물고기를 움켜쥐고 두 손으로는 손도끼를 휘두를 수 있다면. 하지만 나는 손 두 개로 해결해야 했다. 손가락으로 눈을 찌르고, 손을 아가미에 넣고, 무릎으로 부드러운 배를 꽉 누르고, 이로 꼬리를 물었다 ─ 손도끼를 집어서 머리를 칠 때까지 물고기를 잡아 누를 수 있는 방법은 뭐든 동원했다.

시간이 흐르고 경험이 쌓이면서 점점 솜씨 있는 사냥꾼이 되었다. 더 대담하고 민첩해졌다. 어떻게 해야 할지, 본능이랄까, 느낌이 생겼다.

화물용 그물을 사용하기 시작하면서 성공 확률이 높아졌다. 낚시용 그물은 쓸모가 없었다 ─ 지나치게 뻣뻣하고 무거운 데다 그물망이 너무 성겼다. 하지만 미끼로는 안성맞춤이었다. 낚시용 그물이 물속에서 자유롭게 움직이면, 물고기들은 유혹을 참지 못했다. 그물에서 해초가 자라기 시작하자 더욱 물고기를 끌어들였다. 그 구역에 사는 물고기들은 그물을 동네로 삼았고, 빨리 헤엄쳐서 휙휙 질주하는 만새기 같은 어류는 헤엄치는 속도를 늦추고 새 동네를 방문했다. 거기 사는 종류나 다니러 온 종류나 그물 속에 훅이 감춰져 있을 거라곤 의심하지 않았다. 어떤 날은—아쉽게도 아주 드물었지만—작살로 잡고 싶은 만큼 잡을 수 있는 때도 있었다. 이런 경우에는 배를 채우거나 간수해둘 만한 양보다 더 많이 고기를 잡았다. 만새기나 날치, 송어 새끼, 농어, 고등어가 내 배를 채우는 것은 물론, 구명보트나 뗏목의 줄에 널 자리가 없을 정도로 많이 잡혔다. 말려서 보관할 수 있는 만큼 챙겨두고, 나머지는 리처드 파커에게 주었다. 그렇게 풍족한 날이면, 떨어져 나온 물고기 비늘이 몸에 달라붙어 반짝거렸다. 은빛으로 반짝이는 비늘은 힌두교도들이 성스러움의 상징으로 이마에 붙이는 틸라크 같은 색깔이었다. 선원들이 나를 본다 해도, 왕국 위에 서 있는 물고기 신으로 생각하고 배를 멈추지 않았을 거라는 생각이 들 정도였다. 경기가 좋은 날에는 그랬다. 그런 날이 극히 드물긴 했지만.

생존 지침서에 나온 대로 거북은 잡기가 수월했다. 책자의 '사냥과 채집' 항목의 '채집'이란 소제목 밑에 그런 내용이 나와 있었다. 바다거북은 껍질이 탱크처럼 단단하지만, 빠르거나 힘 있게 헤엄치지 못했다. 한 손으로 뒷지느러미를 움켜쥐면 바다거북을 붙잡을 수 있었다. 하지만 책자에는 손에 들어온 거북이 다 내 것은 아니라는 내용이 빠져 있었다. 바다거북을 잡는다 해도 갑판 위까지 옮기는 게 중요했다. 60킬로그램쯤 되는 버둥거리는 거북을 구명보트 위로 끌어올리는 것은 쉬운 일이 아니었다. 하누만(인도 신화에 나오는 원숭이 신―옮긴이) 정도의 힘이 드는 작업이었다. 나는 거북을 뱃머리로 끌어당겼다. 등딱지가 선체에 닿게 하고, 목과 앞뒤 지느러미를 밧줄로 묶었다. 그런 다음에는 팔이 부러지고 머리가 터져버릴 정도까지 힘껏 거북을 잡아당겼다. 뱃머리 건너편의 방수포 고리에 밧줄을 통과시켰다. 밧줄을 약간 늦추면 밧줄을 놓치기 직전에야 붙들 수 있었다. 밧줄을 잡아당기면 거북이 조금씩 물 밖으로 달려 올라왔다. 이틀이나 구명보트 옆에 매달려 있던 초록색 바다거북이 지금도 기억난다. 녀석은 이틀 내내 미친 듯이 발버둥치고 묶이지 않은 지느러미를 공중에 휘저어댔다. 다행히 마지막 단계에서 배 가장자리에 거북이 걸렸다. 거북이 우연히 배 가장자리에 걸려서 날 도와주는 일이 가끔 있었다. 놓여나려고 지느러미를 뒤틀며 버둥대다가 배 위로 올라오곤 했다. 그와 동시에 내가 밧줄을 당기면, 바다거북과 내가 합심해서 갑자기 수월하게 갑판 위로 올려졌다. 상상하기 힘들 정도로 드라마틱하게 거북이 배 가장자리를 넘어서 방수포 위로 미끄러졌다. 나는 밧줄을 당기다가 뒤로 벌렁 자빠졌고, 피곤했지만 기분은 하늘을 날 듯했다.

  초록빛 바다거북은 보통 거북보다 살이 많았고, 배의 껍데기가 더 얇았다. 하지만 보통 바다거북보다 몸집이 컸는데, 때로는 너무 커서 나같이 조난당한 힘없는 소년으로서는 끌어올릴 수가 없었다.

맙소사, 내가 엄격한 채식주의자란 점을 떠올려보길. 바나나 껍질을 벗기려고 꼭지를 부러뜨릴 때 나는 소리가 동물의 목을 부러뜨리는 소리 같아서 덜덜 떨던 내가 아닌가. 나는 상상할 수도 없는 야만인 수준으로 곤두박질쳤다.

67

뗏목 아래는 온갖 해양생물이 모이는 곳이 되었다. 화물용 그물을 축소한 것 같은. 처음에는 구명 재킷에 붙어 있던 보드라운 초록색 조류가 달라붙기 시작했다. 좀 더 뻣뻣하고 진한 색의 조류가 합류했다. 조류는 잘 자라면서 점점 빽빽해졌다. 바다동물이 나타났다. 내가 처음 본 것은 길이가 1센티미터 남짓인 작고 투명한 새우였다. 새우 다음으로 그만 한 크기의 물고기가 왔다. 엑스레이에 찍힌 것처럼 투명한 살갗 속으로 내장기관이 훤히 들여다보였다. 그다음에는 척추가 하얀 검은 벌레 떼와 사지가 덜 발달된 초록색 민달팽이, 2센티미터 조금 넘는, 배가 볼록한 얼룩덜룩한 물고기, 마지막으로 1, 2센티미터 크기의 갈색 게가 보였다. 벌레만 빼고 조류를 포함해서 모두 먹어봤다. 게만 쓰거나 짜지 않아 먹을 만했다. 게가 나타날 때마다 나는 사탕처럼 게를 한 마리씩 집어서 입에 넣었다. 다 없어질 때까지. 나도 어쩔 수가 없었다. 다시 신선한 게를 먹을 때까지 언제나 오래 기다렸다.

구명보트 선체에 붙은 작은 따개비 같은 생명체도 유혹했다. 따개비의 흐물흐물한 부분을 빨아 먹었다. 또 따개비의 살은 낚시할 때 미끼로 맞춤했다.

나는 뗏목에 달라붙는 생물에 매혹되었다. 덕분에 뗏목이 무거워 좀 주저앉긴 했지만. 그것들은 정신을 분산시켰다. 리처드 파커처럼. 나는 여러 시간을 아무 일도 안 하고 모로 누워서, 구명조끼를 살짝 밀고 바닷속을 내려다보곤 했다. 커튼 밀듯 구명조끼를 조금 밀고 내려다보면 아래가 잘 보였다. 내가 본 것은 거꾸로 뒤집힌 마을이었다. 작고 조용하고 평화로운 마을. 동네 주민들은 예의 바르게 돌아다녔다. 그런 광경이 초조한 마음에 위안을 주었다.

68

잠자는 습관이 변했다. 늘 쉬긴 하지만, 밤에 한 시간 이상 자지 못하고 계속 깼다. 끊임없이 넘실대는 바다나 바람 때문이 아니었다. 그거야 매트리스의 불룩한 부분처럼 곧 익숙해지니까. 안절부절못하게 하는 것은 불안과 초조였다. 잠을 찔끔찔끔 자는 증세가 심해졌다.

리처드 파커는 달랐다. 그는 낮잠의 챔피언이었다. 늘 방수포 밑에서 쉬었다. 하지만 햇살이 지나치게 따갑지 않은 평온한 낮과 조용한 밤이면 그는 방수포 밖으로 나왔다. 선미 벤치에 모로 누워 배를 벤치 가장자리에 걸치고, 앞뒤 발을 사이드 벤치로 뻗고 있기를 좋아했다. 호랑이가 상당히 좁은 가로대에 몸을 걸치고 있기는 힘들었겠지만, 등을 잔뜩 구부리고 누워 있었다. 진짜로 잠잘 때는 앞발에 머리를 얹고 누웠지만, 약간 기분이 들떠 눈을 뜨고 주위를 둘러보고 싶을 때면 머리를 돌려 턱을 배 가장자리에 얹었다.

또 그가 좋아하는 자세는 내게 등을 돌리고 앉아서, 하체는 배 바닥에 기대고 상체는 벤치에 기대는 자세였다. 얼굴은 배 끝에 묻고 앞발을 머리 바로 옆에 놓은 모습은 숨바꼭질에서 술래 노릇을 하는 듯이 보였다. 리처드 파커는 이런 자세로 가만히 누워서, 가끔 귀만 쫑긋거려 그가 잠들지 않았을 수도 있다는 것을 가르쳐주었다.

69

밤에 멀리서 빛이 보였다는 확신이 드는 날이 여러 번 있었다. 그때마다 화염 신호를 보냈다. 조명탄을 다 쓰자, 소형 화염신호기를 사용했다. 그 배들은 날 보지 못한 걸까? 뜨거나 지는 별빛이 바다에 반사되는 불빛으로 착각했을까? 어떤 경우든 매번 아무것도 아닌 걸로 끝이 났다. 아무런 결과도 얻지 못했다. 희망이 일어났다가 사그라지는 씁쓸함만 있을 뿐. 시간이 흐르면서 지나가는 배에 구조되는 희망은 완전히 버렸다. 1.5미터 높이에서 수평선이 4킬로미터도 넘는 곳에 있는데, 뗏목의 돛에 기대앉아 있다 해도 수면 위로 1미터 높이도 못 내다보지 않는가? 넓고 넓은 태평양을 지나가는 배가 이렇게 작은 점을 볼 확률이 있을까? 그뿐만이 아니었다. 배에서 작은 점을, 나를 본다 한들 무슨 소용이 있을까? 아니, 인간에, 의지할 수 없는 방식에 매달릴 수는 없었다. 내가 도달해야 할 곳은 땅이었다. 단단하고 굳건하고, 확실한 땅.

사용한 화염신호기 껍질 냄새가 기억에 선하다. 묘한 화학 작용으로, 화염신호기 껍질은 커민(미나리과 식물로 향신료로 쓰인다—옮긴이)과 냄새가 똑같았다. 그 냄새를 맡으면 취한 기분이었다. 플라스틱 껍질에 코를 박고 킁킁대면, 곧 마음에 폰디체리가 되살아났다. 그것은 도움을 청해도 응답 없는 절망 속에서 맛보는 놀라운 위안이었다. 그 강력한 경험은 환각에 가까웠다. 냄새 한 번으로 고장 전체가 살아났다(지금은 커민 냄새를 맡으면 태평양이 눈앞에 떠오른다).

화염신호기가 발사될 때면 리처드 파커는 꿈쩍하지 않았다. 동공이 압정 머리만 한 그의 눈은 화염신호기에서 터져 나오는 빛에 고정되어 있었다. 눈에 안 보이는 흰 중심 부분과 분홍색 기운이 도는 후광은 내게는 너무 밝았다. 고개를 돌리지 않을 수 없었다. 팔을 뻗어 공중에 화염신호기를 들고 천천히 흔들었다. 일 분 동안 팔에 열기가 뻗치면서 모든 게 환해졌다. 조금 전만 해도 새까맣던 뗏목 주변은 주위에 몰려든 물고기 떼까지 보일 정도였다.

70

바다거북을 죽이는 게 보통 힘든 일이 아니었다. 처음 잡은 거북은 작은 바다거북이었다. 내 마음을 당긴 것은 바다거북의 피였다. 생존 지침서에 바다거북의 피가 '영양분이 많고 짜지 않은 마실 것'이라고 나와 있었으니까. 갈증이 그만큼 심했다. 나는 거북의 등껍질을 꽉 잡고, 뒷발을 제어하려고 안간힘을 썼다. 거북을 단단히 붙잡으면, 물속에서 몸을 뒤집고는 뗏목을 끌어당기려 했다. 바다거북이 격렬하게 몸부림을 친다면 뗏목으로 끌어올릴 방도가 없을 터였다. 그대로 놔주거나, 구명보트로 끌고 가서 운을 시험해볼밖에. 고개를 들어 위를 봤다. 구름 한 점 없는 더운 날이었다. 이런 날이면 리처드 파커는 뱃전에 있는 내 존재를 참아주는 것 같았다. 공기가 오븐 속 같을 때면, 그는 해 질녘까지 방수포 밑에서 꼼짝하지 않았다.

한 손으로는 거북의 뒷발 하나를 잡고, 다른 손으로는 구명보트와 연결된 밧줄을 끌어당겼다. 구명보트로 올라가기가 쉽지 않았다. 어렵사리 배에 오르자, 나는 바다거북을 공중으로 휙 당겨서 방수포 위에 벌렁 눕게 했다. 희망했던 대로 리처드 파커는 한두 번 으르렁대기만 할 뿐 꼼짝하지 않았다. 그는 이런 더위 속에서는 힘을 쓰지 않았다.

결심을 단단히 하고 물불 가리지 않았다. 허비할 시간 여유가 없었다. 생존 지침에서 요리 부분을 찾아냈다. 바다거북을 등 쪽으로 눕히라고 나와 있었다. 그렇게 했다. 몸 안에 흐르는 혈관을 자르려면 칼을 '목에 박으라'는 조언이 나와 있었다. 바다거북을 들여다봤다. 목이 없었다. 녀석이 목을 껍질 속에 쑥 밀어 넣어버렸다. 머리에서 보이는 것은, 피부에 에워싸인 눈과 주둥이뿐이었다. 놈은 고집스런 표정으로 날 거꾸로 쳐다보고 있었다. 나는 칼을 움켜잡고, 앞발을 찍었다. 녀석은 더 껍질 속으로 움츠러들었다. 더 직접적인 방법을 쓰기로 결정했다. 천 번쯤 경험이 있는 사람처럼 자신 있게, 거북의 머리통 오른쪽에 칼을 예리하게 꽂았다. 칼날을 피부 깊숙이 밀어넣고 돌렸다. 바다거북은 훨씬 움츠러들면서 칼날이 꽂힌 부분 쪽으로 기울더니, 불쑥 머리를 내밀며 주둥이로 나를 거세게 공격했다. 나는 뒤로 자빠졌다. 거북이 발 네 개를 뻗더니 도망치려 시도했다. 등을 대고 누운 채 몸을 흔들고, 발을 버둥대면서 머리를 이쪽저쪽으로 휘둘렀다. 나는 손도끼를 들고 거북의 목을 내리쳐 도끼날을 깊이 박았다. 선홍색 피가 흘렀다. 비커를 집어서 300밀리리터가량의 피를 받았다. 청량음료 한 캔 정도의 분량이었다. 1리터쯤 받을 수도 있었을지 모르지만, 바다거북의 주둥이가 날카로운 데다 발톱이 박힌 앞발이 길고 힘이 세서 도리가 없었다. 힘겹게 받은 피에서 이상한 냄새는 나지 않았다. 한 모금 마셨다. 내 기억이 맞다면 미지근하고 동물적인 맛이 났다. 첫인상을 기억하기란 어려운 법이다. 나는 한 방울도 남기지 않고 쭉 들이켰다.

손도끼를 써서 질긴 배 부위의 껍질을 벗길까 생각했지만, 결국 톱니 모양의 칼날로 자르는 게 한결 수월했다. 등껍질 가운데를 한 발로 밟고, 다른 발은 버둥대는 발을 밟았다. 껍질 끝부분의 가죽 같은 살은 자르기 쉬웠다. 발 부분만 빼면. 하지만 껍질과 살갗이 만나는 테두리를 자르기가 가장 힘들었다. 바다거북이 계속 몸부림을 쳐서 특히나 어려웠다. 껍질과 살갗이 닿는 부분을 다 벗겨낼 무렵이 되자, 나는 땀으로 범벅이 되어 기진맥진했다. 배의 껍질을 쭉 당겼다. 빨려드는 소리를 내면서 어렵사리 벗겨졌다. 껍질 속에 있던 것들이 뒤틀리고 꼬인 채 모습을 드러냈다. 근육, 지방, 피, 내장, 뼈. 아직도 바다거북은 버둥댔다. 나는 녀석의 목에서 척추까지 쭉 갈랐다. 소용이 없었다. 발을 계속 흔들어댔다. 손도끼를 두 차례 내리치자 머리가 떨어졌다. 그래도 발은 여전히 움직였다. 더 나쁜 것은 잘린 머리가 숨을 쉬려 하고 눈을 깜박이는 것이었다. 거북의 머리를 바다로 밀어냈다. 바다거북의 살아 있는 부위를 집어서 리처드 파커의 영역에 던졌다. 호랑이는 소리를 냈다. 몸을 뒤척이는 듯한 소리였다.

바다거북의 피 냄새를 맡았으리라. 나는 뗏목으로 달아났다.

리처드 파커가 내가 준 선물을 요란스럽게 즐기는 광경을 나는 시무룩하게 지켜봤다. 완전히 힘이 빠졌다. 겨우 피 한 잔 마시기 위해 바다거북을 죽이려고 온갖 고생을 한 거군.

리처드 파커를 어떻게 다루어야 할지 진지하게 생각하기 시작했다. 그가 게을러서가 아니라, 날이 무더워 가만히 있는 거라면 문제였다. 내가 항상 달아날 수는 없는 노릇이니까. 하루의 어느 때든, 어떤 날씨든 리처드 파커의 기분이 어떻든 상관없이 물품함과 방수포 위쪽으로 안전하게 드나들 수 있어야 했다. 그게 내게 필요한 권리였다. 힘으로 얻을 수 있는 권리.

이제 내가 나서서 영역을 확보할 때가 된 것이었다.

71

어쩌다 나 같은 곤경에 처한 사람들에게 이런 조언을 하고 싶다.

1. 파도가 작지만 꾸준히 치는 날을 선택할 것. 구명보트가 바다 쪽으로 뱃전을 돌리고 있을 때 큰 효과를 낼 수 있다. 다만 배가 전복되지 않게 조심해야 한다.

2. 띄우는 닻을 최대한 풀어서, 구명보트가 최대한 안정감 있

고 편안하게 만든다. 필요한 경우에 대비해서(대부분 필요할 것이다) 구명보트에서 달아날 수 있는 안전지대를 준비한다. 할 수 있으면, 신체를 보호할 수단을 고안한다. 방패 삼을 만한 것은 뭐든 좋다. 옷가지나 담요로 팔다리를 감싸는 것도 최소한의 무기로 삼을 수 있다.

3. 이제 가장 어려운 대목이다. 당신을 괴롭히는 동물을 약 올려야 한다. 호랑이든, 코뿔소든, 타조든, 멧돼지든, 곰이든, 어떤 동물이든 화나게 해야 한다. 가장 좋은 방법은, 당신의 영역 끝에 가서 소란을 떨며 중간 지대를 침범하는 것이다. 내가 바로 그렇게 했다. 방수포 가장자리에 가서, 중간에 있는 벤치를 쿵쾅쿵쾅 밟으면서 나직하게 호루라기를 불었다. 여러분의 호전성을 알려주는 거슬리는 소리를 꾸준히 내는 게 중요하다. 하지만 조심해야 한다. 동물을 성나게 자극하긴 해도 딱 그 정도까지만이다. 동물이 곧장 공격하면 큰일이니까. 동물의 공격을 받게 되면 그때는 신의 은총에 모든 걸 맡길밖에. 야수는 여러분의 몸을 갈기갈기 찢고, 납작하게 밟고, 내장을 꺼내 먹어치울 것이다. 그런 꼴을 당하고 싶진 않겠지. 동물을 화나고 언짢고, 초조하고 성가시고, 지루하고 짜증스럽게 하되 여러분을 죽이고 싶게 만들어서는 안 된다. 어떤 상황에서도 동물의 영역에 발을 들여놔서는 안 된다. 동물의 눈을 노려보고 호루라기를 불면서, 조롱을 쏟아붓는 정도로 호전성을 보여주도록.

4. 동물이 성질이 나면, 경계 지대로 넘어오게 유인하라. 내 경험상 가장 좋은 방법은 소음을 내면서 천천히 뒤로 물러서는 것이다. **동물의 눈에서 눈을 떼지 않도록 조심할 것!** 동물이 당신의 영역에 발을 들여놓거나, 중립지대에 접근하겠다고 결심하면 당신은 목표를 이룬 셈이다. 동물의 발이 실제로 어디에 닿았느냐에 대해 까다롭게 따지지 말 것. 얼른 태연하게 맞설 것. 설명하려고 기다리지 말 것 — 최대한 빨리 대충 알아차릴 것. 여기서는 이웃에 사는 당신이 영역에 대해 무지무지 까다롭게 군다는 점을 동물에게 이해시키는 것이 핵심이다.

5. 일단 동물이 당신의 영역을 침범하면, 지치지 말고 지속적으로 분노를 표출해야 한다. 구명보트를 벗어나서 안전한 곳으로 달아나거나 구명보트 안에서 당신의 영역 뒤쪽으로 물러서서, **가슴이 터지도록 호루라기를 불어대고 곧장 띄우는 닻을 당겨 배가 움직이게 할 것**. 이 두 가지가 가장 중요하다. 시간을 지체하지 말고 이 두 가지 조치를 취해야 한다. 예컨대 노 같은 도구를 사용해서 파도 쪽으로 뱃머리를 돌릴 수 있다면, 당장 그렇게 할 것. 뱃머리를 파도 쪽으로 얼른 돌릴수록 더 좋다.

6. 쉬지 않고 호루라기를 불어대는 일은 힘 없는 조난자에게는 쉽지 않은 일이지만, 머뭇거려선 안 된다. 경고를 받은 동물이 점차 심한 현기증을 느끼도록 유발하면서 그 일을 찢어지는 호

각 소리와 연결시켜야 한다. 배의 가장자리를 밟고 서서, 파도의 리듬에 따라 몸을 흔드는 것만으로도 배를 흔들리게 할 수 있다. 그 움직임이 아무리 작아도, 구명보트가 아무리 커도, 그 흔들림의 차이가 뚜렷해서 놀라게 될 것이다. 장담컨대, 구명보트는 마구 흔들리게 될 것이다. 엘비스 프레슬리처럼. 그러면서도 계속 호루라기를 불어야 된다는 사실을 잊지 말도록. 또 구명보트가 뒤집히지 않도록 신경 쓰기를.

7. 당신의 짐인 동물이 — 호랑이든 코뿔소든 — 멀미가 나서 턱과 귀밑 살이 퍼렇게 질릴 때까지 계속해야 한다. 동물이 가슴을 들먹이며 헛구역질하는 소리를 들어야 한다. 동물이 구명보트 바닥에 누워서 사지를 떨고, 눈을 허옇게 굴리고, 벌린 입으로 목구멍에서 가르랑거리는 소리가 나오는 것을 봐야 한다. 또 그러면서 호루라기를 세게 불어서 동물의 귀를 찢어지게 해야 한다. 당신이 토하더라도, 토사물을 배 밖으로 뱉지 말도록. 토사물은 훌륭한 경계선 역할을 한다. 당신 영역의 끄트머리에 토하도록 한다.

8. 동물이 충분히 메스꺼워한다 싶으면, 멀미나게 하는 것을 멈춰도 좋다. 뱃멀미는 빨리 생기지만 가라앉으려면 한참 시간이 걸린다. 이런 상황을 과장해서 생각할 필요는 없다. 메스꺼워서 죽는 사람은 없지만, 살고자 하는 의지를 앗아갈 수는 있다.

그만하면 됐다 싶으면 배의 닻을 내리고, 동물이 직사광선을 받고 주저앉으면 그늘을 드리워준다. 또 동물이 회복하면 마실 물을 준비해주고, 뱃멀미 약이 있으면 미리 물에 녹여놓는다. 이 상황에서 탈수는 심각한 위험을 초래한다. 별다른 일이 없으면 당신의 영역으로 물러가서, 동물이 편안히 쉬게 한다. 배가 흔들리지 않고, 긴장이 풀리고, 물과 휴식이 있으면 생기를 되찾게 된다. 동물을 충분히 회복하게 한 다음 1에서 8단계까지 반복한다.

9. 동물이 호루라기 소리를 들으면, 마음속으로 강한 메스꺼움을 애매하지 않고 분명하게 연상할 때까지 길들이기를 반복해야 한다. 그 후에는 호루라기를 부는 것만으로도 당신의 영역을 침범하는 것이나 다른 험악한 행위를 제어할 수 있을 것이다. 호루라기를 한 차례 삑 불면, 동물은 불쾌감 때문에 떨면서 득달같이 가장 안전하고 후미진 자기 영역으로 달려가게 된다. 이런 수준의 조련에 도달하면, 호루라기는 꼭 필요할 때만 사용하도록.

72

리처드 파커를 훈련시키면서 나 자신을 보호하기 위해 거북 등껍질로 방패를 만들었다. 껍질 양 끝에 구멍을 낸 다음, 긴 밧줄을 끼웠다. 방패는 내가 감당하기 버거울 만치 무거웠지만, 병사가 무기 타박을 할 수 있을까?

처음 방패를 사용하자, 리처드 파커는 이빨을 드러내고 귀를 빙빙 돌리더니, 으르렁대는 소리를 내뱉으면서 달려들었다. 거대한 앞발을 공중에 들고는 내 방패를 때렸다. 그 타격에 내 몸뚱어리는 배 밖으로 휙 날아갔다. 바다에 빠지면서 손에서 방패를 놓쳤다. 방패는 정강이에 부딪친 후 흔적도 없이 바다에 가라앉아버렸다. 나는 두려움에 제정신이 아니었다—리처드 파커도 무서웠지만, 바다에 빠진 것도 겁났다. 상어가 어느 순간이라도 달려들 것 같았다. 미친 듯이 허우적대며 뗏목으로 헤엄쳤다. 사실 '맛좋은 놈'이 여기 있다고 상어에게 알려줄 만치 요란스럽게 파도를 헤치며 나아갔다. 다행스럽게도 주변에 상어가 없었다. 뗏목에 도착하자 구명보트와 연결된 밧줄을 모두 느슨하게 풀고, 무릎을 감싸고 앉아 머리를 떨구었다. 그러면서 내 안에서 타오르는 두려움의 불길을 잡으려고 노력했다. 오래 걸린 후에야 몸이 떨리던 증세가 완전히 가라앉았다. 그날 밤까지 내내 뗏목에서 머물렀다. 먹지도 마시지도 않고서.

다음에 바다거북을 잡자 다시 방패를 만들었다. 이번 등껍질은 더 작고 가벼워서, 방패로는 더 나았다. 한 번 더 구명보트로 올라가서, 가운데 벤치를 쿵쾅쿵쾅 밟았다.

이 이야기를 듣는 사람들이 내 행동을 미친 짓이거나 죽음을 자초하는 행위라고 볼지 모르지만, 필요해서 한 행동이었다. 내가 리처드 파커를 길들여서 누가 일인자고 누가 이인자인지 알게 해야 했다. 안 그러면 날씨가 궂은 날에 구명보트에 올라갔다가 그에게 죽임을 당할 테니까.

내가 바다에서 동물을 조련하고 목숨을 건졌다면, 그건 리처드 파커가 날 공격하고 싶어하지 않은 덕분이다. 호랑이는, 아니 모든 동물은 우위를 가리는 수단으로 폭력을 쓰려 하지 않는다. 동물이 맞붙어 싸울 때는 죽이려는 의도가 있는 경우고, 이때 자신이 죽을 수도 있음을 잘 안다. 충돌에는 큰 희생이 따른다. 그래서 동물들은 최후의 대결을 피할 의도로 경계하는 신호체계를 갖추고 있다. 경계해야 한다는 신호가 감지되면, 그들은 얼른 뒤로 물러난다. 호랑이는 경고 없이 적을 공격하지 않는다. 보통 적수에게 정면으로 달려들 때는 으르렁대는 소리를 낸다. 하지만 달려들기 직전에 목구멍 깊은 곳에서 위협하는 소리를 쏟아 내면서 꼼짝 않고 대치한다. 그러면서 상황을 가늠한다. 상대가 위협적이지 않다는 결론이 나면, 호랑이는 싸울 필요가 없다고 느끼고 몸을 돌린다.

리처드 파커는 내게 네 차례나 그런 경고를 보냈다. 오른쪽 발로 쳐서 나를 배 밖으로 던져버렸고, 나는 네 차례나 방패를 잃어버렸다. 공격을 받기 전과 받는 동안에는 두려웠고, 오랫동안 뗏목에서 공포로 떨며 지내야 했다. 결국 나는 그가 보내는 경고를 감지하는 법을 익혔다. 리처드 파커는 귀와 눈, 수염, 이빨, 꼬리, 목구멍을 동원해서 단순하고 강력한 언어를 표현했다. 이제 어떻게 하겠다는 것을 내게 들려주었다. 나는 그가 앞발을 공중에 올리기 전에 물러서는 법을 배웠다.

나도 또한 주장을 표시했다. 배의 가장자리를 딛고 배를 마구 흔들면서, 호루라기를 부는 것으로 내 간단한 언어를 들려주었다. 그러면 리처드 파커는 배 바닥에서 신음소리를 내면서 숨을 헐떡였다.

73

내 가장 큰 바람은—구조보다도 큰 바람은—책을 한 권 갖는 것이었다. 절대 끝이 나지 않는 이야기가 담긴 긴 책. 읽고 또 읽어도 매번 새로운 시각으로 모르던 것을 얻을 수 있는 책. 아쉽게도 구명보트에는 성서가 없었다. 나는 크리슈나의 말이라는 은혜 없이 부서진 전차에 탄 서글픈 아르주나 꼴이었다. 처음 캐나다 호텔 방에서 침대 옆 테이블에 놓인 성서를 봤을 때, 난 울음을 터뜨렸다. 그다음 날로 '기드온 협회'(전 세계 호텔에 성경을 갖추는 일을 하는 협회—옮긴이)에 성금을 보냈다. 호텔 객실뿐만 아니라, 지치고 약한 여행자들이 머리를 두는 곳 모두로 활동을 넓혀달라는 쪽지도 동봉했다. 성경뿐 아니라 다른 신성한 글들도 함께 갖춰달라는 청도 덧붙여서. 제단의 꾸짖음도 없고, 나쁜 교회의 비난도 없고, 또래들의 압력도 없이 그저 경전이 조용히 인사를 건네면 얼마나 좋은가. 거기에는 소녀가 뺨에 해주는 입

맞춤처럼 부드러우면서 강함이 깃들어 있는 것을.

적어도 소설책이라도 한 권 있었다면 얼마나 좋았을까! 하지만 구명보트에는 달랑 생존 지침서만 있었고, 나는 조난 중에 만 번도 넘게 그 책을 읽었을 것이다.

일기를 썼다. 지금 필체를 알아보기는 어렵지만. 최대한 글자를 작게 썼다. 종이가 떨어질까 두려웠다. 일기에는 별다른 내용이 없다. 내게 밀려든 현실을 설명하려고 노력하며 종이에 몇 마디 긁적인 것뿐이다. 침춤 호가 가라앉고 일주일쯤 후부터 일기를 쓰기 시작했다. 그 전에는 너무 바쁘고 정신이 없었다. 일기에는 날짜나 순서를 적은 숫자가 없다. 지금 보니 시간을 어떻게 파악했는지 알겠다. 며칠, 몇 주일이 한 장에 기록되어 있다. 뭘 기대하고 있는지 적혀 있다. 일어난 일과 느낌에 대해, 뭘 낚시했고 뭘 놓쳤는지에 대해, 바다와 기후에 대해, 문제와 해결책에 대해, 리처드 파커에 대해. 하나같이 굉장히 현실적인 내용이다.

74

나는 환경에 맞게 조절한 종교의식을 거행했다─사제나 성찬식 집례자가 없는 혼자만의 미사를 올렸고, 신상도 없고 공양도 없는 힌두교식 제사를 올렸다. 메카가 어느 쪽에 있는지도 모른 채 엉터리 아랍어로 알라신께 예배했다. 그런 의식이 위로를 주었다. 그건 확실하다. 하지만 힘들었다. 정말이지 힘들었다. 신을 믿는 것은 마음을 여는 것이고, 마음을 풀어놓는 것이고, 깊은 신뢰를 갖는 것이고, 자유로운 사랑의 행위다. 하지만 때로는 사랑하기가 너무도 힘들었다. 때로는 내 마음이 분노와 절망과 약함으로 급속히 가라앉아서, 태평양 바닥에 처박힐 것 같았다. 거기서 다시 올라오지 못할까 두려웠다.

그런 순간이면 기운을 차리려고 노력했다. 남은 셔츠 쪼가리로 만든 터번을 만지면서 "**이건 신의 모자다!**"라고 큰 소리로 외치곤 했다.

바지를 만지면서 큰 소리로 "**이건 신의 의복이다**"라고 소리치곤 했다.

리처드 파커를 손짓하면서 크게 "**이건 신의 고양이다!**"라고 고함지르곤 했다.

구명보트를 가리키면서 목청껏 "**이건 신의 방주다!**"라고 소리지르곤 했다.

양손을 쫙 펴면서 우렁차게 "**이건 신의 넓은 땅이다!**"라고 외치곤 했다.

하늘을 손짓하면서 크게 "**이건 신의 귀다!**"라고 말하곤 했다.

이런 식으로 창조를 상기하고 그 안에 있는 나의 자리를 되새겼다.

하지만 신의 모자는 언제나 올이 줄줄 풀렸다. 신의 바지는 산산조각이 났다. 신의 고양이는 계속 위험스런 존재였다. 신의 방주는 감옥이었고. 신의 넓은 땅은 천천히 날 죽이고 있었다. 신의 귀는 잘 듣는 것 같지 않았다.

 절망은 빛이 드나들지 못하게 하는 무거운 어둠이었다. 그것은 이루 표현 못 할 지옥이었다. 그것이 늘 지나가게 해주시니 신께 감사하다. 다시 매달라고 아우성치는 매듭이나 그물 주변에 물고기 떼가 나타났다. 내 가족 생각을 했다. 그들이 이런 무시무시한 고통을 당하지 않아도 되는 것에 대해서도. 어둠이 휘휘 젓다가 결국 물러갔고, 그때마다 신은 내 마음에 환한 빛으로 그대로 남아 있었다. 나는 계속 사랑하면 됐고.

75

 엄마 생일이라고 짐작되던 날, 나는 큰 소리로 엄마에게 〈해피 버스데이〉 노래를 불러드렸다.

76

 나는 리처드 파커가 용변을 본 후에 배설물을 치우는 습관을 들이게 됐다. 그가 배변했다는 것을 눈치채기 무섭게 일을 시작했다. 다가가서 작살을 뻗어 배설물을 방수포에서 끌어내는 것은 위험한 일이었다. 배설물이 기생충에 감염되었을 수도 있다. 그건 야생에 사는 동물들에게는 문제가 안 된다. 그들은 배설물 옆에서 시간을 보내지 않고, 대부분 배설물과 무관하게 지내니까. 나무에 사는 동물들은 자기 배설물을 보지 않고, 육지에 사는 동물들도 보통은 배설하고 딴 데로 가버린다. 하지만 동물원 같은 좁은 영역에서는 상황이 전혀 다르다. 동물 우리에 배설물을 방치하는 것은, 동물에게 그것을 먹으라고 채근하는 셈이다. 동물은 먹이와 조금이라도 비슷한 것은 먹어버리니까. 그런 이유 때문에 동물 우리는 깨끗이 치워야 한다. 관람객의 눈과 코를 위해서뿐 아니라, 동물의 건강을 위해서도. 하지만 당장의 처지에서 동물원 운영을 잘했던 파텔 집안의 명성을 유지하는 것 따위가 관심사는 아니었다. 몇 주 지나자 리처드 파커가 변비에 걸려 한 달에 한 번 정도만 변을 봤으니, 위생적인 관점 때문이라면 위험을 무릅쓰고 변을 치울 가치는 없었다. 위생 외에 다른 이유가 있었다. 내가 변을 치웠던 것은, 리처드 파커가 구명보트에서 처음으로 변을 봤을 때 그가 배설물을 감추려고 애쓰는 것을 눈치챘기 때문이었다. 그 행위의 의미를 놓칠 수가 없었다. 리처드 파커가 변을 열린 장소에 놓고 냄새를 날렸다면, 그가 사회적으로 우월하다는 상징이 됐을 것이다. 반대로 변을 감추거나, 그러려고 애쓰는 것은 그가 복종한다는 신호였다. 내게 복종한다는.

    그것이 리처드 파커를 초조하게 한다는 것을 알아차릴 수 있었다. 호랑이는 낮은 자세를 취했다. 머리를 뒤로 젖히고, 귀를 양옆으로 누이고, 조용히 낮게 그르렁거렸다. 나는 대단히 조심하면서 심사숙고해서 처리했다. 내 목숨을 구하기 위해서기도 했지만, 리처드 파커에게 적절한 신호를 보내려는 목적도 있었다. '적절한 신호'란 이런 것이었다. 나는 그의 배설물을 확보해서, 몇 초간 그것을 굴려 코끝에 대고 요란하게 냄새 맡은 다음, 그에게 몇 차례 거만한 눈길을 던지고, 눈을 휘둥그렇게 떠서(사실은 겁이 나서) 그를 소름끼치게 만들되 그를 자극할 정도로 오래 그러지는 않았다. 매번 시선을 던지면서 낮고 잔인하게 호루라기를 불어댔다. 그렇게 눈길로 그를 괴롭히고(물론 인간을 포함해서 모든 동물에게 노려보는 것은 공격적인 행위다), 그의 마음에서 무시무시한 연상을 일으키는 호루라기를 불어대는 행위로, 리처드 파커에게 그의 배설물을 갖고 놀고 냄새 맡는 것은 내 권리라는 점을 분명히 했다. 주인인 내가 원하는 대로 할 수 있다는 것을 확실히 알게 했다. 이것은 내가 자라면서 익힌 동물원 운영 기법이 아니라, 심리적으로 괴롭히는 방법이었다. 이 방식이 먹혔다. 리처드 파커는 마주 쏘아보지 않았고, 그의 시선은 항상 내게도 아니고 내게서 떨어진 것도 아닌 중간 지점에 머물렀다. 그의 배설물만 내 수중에 있는 것이 아니라 내가 상황을 좌우하는 주체임을 느낄 수 있었다. 이런 과정을 실행하면서 긴장감 때문에 완전히 탈진했지만 기분은 들떴다.

이왕 말이 나왔으니 말인데, 나도 리처드 파커처럼 변비에 걸렸다. 물을 너무 조금 마시고 단백질은 과하게 섭취하는 우리의 식습관 때문이었다. 나 역시 월중 행사처럼 대변을 볼 정도였다. 변을 볼 때는 오랫동안 힘들게 고통을 겪었다. 땀으로 목욕을 했고, 지쳐서 기진맥진했다. 고열로 시달릴 때보다 힘겨운 수난이었다.

77

생존 식료품이 점점 줄어들자, 책자에 적힌 그대로 여덟 시간마다 비스킷 한 개씩만 먹을 정도로 급식량을 줄였다. 계속 배가 고팠다. 강박적으로 음식 생각을 했다. 적게 먹어야 될수록, 공상 속의 음식량은 많아졌다. 상상 속의 식사는 인도만 하게 커졌다. 갠지스 강 분량의 콩 수프. 라자스탄만 한 따끈한 차파티. 우타르 프라데시(인도에서 다섯 번째로 넓은 도시―옮긴이)만 한 쌀밥그릇. 타밀나두 지역에 넘쳐나는 삼바. 아이스크림이 히말라야 산처럼 높이 쌓이고……. 백일몽은 음식 전문가의 경지로 올라갔다. 음식에 들어가는 모든 재료는 늘 싱싱하고 풍족했다. 오븐이나 프라이팬은 항상 적당한 온도로 맞춰져 있고, 음식의 조화는 언제나 딱 알맞았다. 타거나 설익는 것도 없고, 너무 뜨겁거나 너무 찬 것도 없었다. 식사마다 완벽했다. 다만 내 손이 닿지 않을 뿐. 점점 먹을 수 있는 것의 범위가 넓어졌다. 처음에는 생선의 내장을 빼고 껍질을 말끔히 벗겼지만, 곧 미끄러움만 헹구고 먹었다. 그래도 이 사이에 닿는 생선 맛이 좋기만 했다. 날치가 제일 맛이 좋았다고 기억한다. 연분홍빛 살점이 부드러웠다. 만새기는 살이 단단하고 맛도 강했다. 생선 머리를 리처드 파커에게 던져주지 않고 내가 씹어 먹거나 낚시 미끼로 사용하기 시작했다. 큰 고기의 눈뿐 아니라 척추에서도 신선한 맛을 내는 즙을 빨아먹을 수 있다는 대단한 사실을 알아냈다. 바다거북—전에는 칼로 대충 잘라서 리처드 파커가 먹도록 배 바닥에 던져주었다. 따끈한 수프라도 되는 것처럼—이 제일 좋아하는 음식이 되었다.

살아 있는 바다거북을 근사한 10코스짜리 정찬으로, 물고기에게 얻는 복된 휴식으로 여겼던 시절이 있었다는 것은 상상할 수도 없을 것 같다. 하지만 사실 그랬다. 거북의 목덜미 핏줄에서 솟는 피는 달콤한 라시(인도의 요거트—옮긴이)였다. 일 분도 못 되어 피가 굳어버리기 때문에 얼른 마셔야 했다. 인도에서 최고로 꼽힐 포리얄(채소 볶음 요리—옮긴이)과 쿠투스(뜨거운 불에 얼른 볶아내는 요리—옮긴이)도 바다거북의 살코기에는 견줄 수 없었다. 손질해서 갈색으로 변한 고기든 갓 잡은 진홍색 고기든 모두 맛이 좋았다. 내가 맛본 어떤 카디멈 파야잠(생강과의 향신료 카디멈을 넣고 우유와 쌀과 설탕을 익힌 요리—옮긴이)도 걸쭉한 거북 알이나 손질한 거북 기름처럼 맛있지 않았다. 심장, 폐, 간, 살을 다지고, 잘라낸 내장을 뿌려서 거북의 장액에 재우면, 손가락을 쪽쪽 빨 만큼 맛좋은 음식이 됐다. 여정의 끝 무렵 나는 바다거북의 모든 부위를 먹게 되었다. 가끔 거북의 등껍질에 덮인 해초 속에 작은 게와 따개비가 들어 있기도 했다. 거북의 배 속에서 나오는 것은 무엇이든 입에 들어갔다. 앞발의 관절을 씹어 먹거나, 뼈를 쪼개고, 등껍질 안쪽에 달려 있던 마른 살과 지방을 훑어먹으면서 즐거워하곤 했다. 원숭이처럼 먹을 수 있는 것은 다 뒤져서 먹었다.

거북의 등껍질은 아주 유용했다. 그게 없었다면 버티지 못했을 것이다. 등껍질은 방패뿐 아니라, 물고기를 자르는 도마와 음식을 섞는 그릇으로 사용했다. 쓰지 못할 정도로 망가지면, 등껍질들을 연결해서 태양을 가리는 도구로 썼다.

배가 부르면 기분이 좋아지는 정도가 너무 심해지자 겁이 났다. 포만감과 기분은 서로를 재는 척도가 되어서, 음식과 물을 많이 섭취하면 기분도 그만큼 좋았다. 얼마나 쉽게 바뀌는지. 거북 고기가 있어야 웃을 수 있다니.

비스킷이 하나도 남지 않게 되자, 먹을 수 있는 것은 맛을 불문하고 먹었다. 뭐든 입에 넣고 씹어서 삼킬 수 있었다 — 짜지만 않으면 맛이 좋든, 고약하든, 아무 맛도 없든 상관없었다. 소금에는 몸이 민감하게 반응했고, 지금까지도 그렇다.

한번은 리처드 파커의 대변을 먹으려고 시도한 적도 있다. 아직 허기를 많이 느끼지 않던 초기였지만, 식량 해결법을 강구하기 위해 상상력을 발휘하던 시기였다. 증류해놓은 물을 리처드 파커의 양동이에 담아주러 가던 길이었다. 한 번에 물을 마신 후 그는 방수포 아래로 사라졌고, 나는 자질구레한 일을 하러 물품함 쪽으로 몸을 돌렸다. 초기에는 늘 방수포 밑을 얼른 살펴서, 녀석이 배변을 하고 있지 않은지 확인했다. 이런, 이번에는 변을 보는 중이었다. 등을 구부리고, 뒷다리를 벌리고, 쭈그려 앉아 있었다. 치켜 올라간 꼬리가 방수포를 찔렀다. 자세로 봐서 뭘 하는지 확실히 알 수 있었다. 순간 머리에 떠오른 것은, 동물의 위생 문제가 아니라 식량이었다. 위험하지 않을 것 같았다. 리처드 파커는 반대 쪽으로 등을 돌리고 있어서 머리통이 보이지 않았다. 그의 평온과 정적만 존중한다면, 내게 알은체도 하지 않을 터였다. 나는 고인 물을 퍼내는 컵을 집어 앞으로 팔을 뻗었다. 꼭 알맞은 때에 컵을 댄 셈이었다. 컵이 꼬리 밑에 닿는 순간, 리처드 파커의 항문이 넓어지더니, 거기서 부푼 풍선껌 같은 검은 대변 덩어리가 나왔다. 변은 탕 소리를 내며 컵에 떨어졌다. 그 소리가 내 귀에는 오 루피짜리 동전이 거지의 동냥 그릇에 떨어지는 소리처럼, 음악소리처럼 들렸다고 말한다면, 내가 겪은 고초의 정도를 이해 못 하는 사람은 내가 인간의 마지막 면모까지 버렸다고 생각하겠지. 입가에는 미소가 어렸고, 그 통에 피가 흘렀다. 나는 리처드 파커에게 깊은 고마움을 느꼈다. 컵을 빼냈다. 손가락으로 변을 눌려보았다. 아주 따스했지만 냄새는 그리 심하지 않았다. 크기는 굴랍 자문(치즈와 밀크로 튀겨 만든 디저트—옮긴이) 큰 것만 했지만, 그것처럼 부드럽지는 않았다. 사실

똥 덩어리는 돌처럼 딱딱했다. 그것을 총에 넣고 쏘면 코뿔소라도 잡을 수 있었을 것이다.

똥 덩어리를 컵에 도로 넣고 물을 부었다. 뚜껑을 덮어서 옆에 놓아두었다. 기다리려니 군침이 돌았다. 더 기다릴 수가 없어서, 똥 덩어리를 입에 넣었다. 먹을 수가 없었다. 쓰긴 했지만, 그것 때문에 못 먹은 것은 아니었다. 입이 그렇게 결론을 내렸기 때문이었다. 금방 확실히 알 수 있었다. 먹잘 게 없다는 것을. 영양가도 없는 쓰레기에 불과했다. 똥을 홱 뱉어내자니, 물을 쓴 게 너무 아까워서 씁쓸했다. 작살을 꺼내서 리처드 파커의 나머지 똥을 긁어냈다. 모두 바닷속 물고기 떼에게 주었다.

몇 주가 지나자 몸이 쇠약해지기 시작했다. 발과 발목이 부어서 서 있기도 몹시 고단해졌다.

78

여러 가지 하늘이 있었다. 바닥은 평평하지만 윗부분은 둥글고 소용돌이치는 거대한 흰 구름으로 뒤덮인 하늘. 구름 한 점 없이 파란 하늘. 잿빛 구름이 무겁게 내려앉아 숨 막히게 자욱하지만 비는 올 것 같지 않은 하늘도 있었다. 얇게 내려앉은 하늘. 작고 흰 양털 같은 구름이 피어오른 하늘. 솜덩어리를 늘어놓은 것 같은 얇은 구름이 높게 끼기도 했다. 형태 없이 희미한 아지랑이 같은 하늘도 있었다. 짙고 거센 비를 머금은 구름이 지나만 갈 뿐 비는 뿌리지 않는 하늘. 모래톱처럼 생긴 작고 평평한 구름으로 자욱한 하늘. 수평선에 걸쳐진 덩어리로만 보이는 하늘. 태양빛이 바다에 밀려들면, 빛과 그림자의 경계가 확연히 드러났다. 하늘은 내리는 빗줄기로 된 머나먼 장막이었다. 하늘은 층층이 있는 구름이었다. 어떤 것은 짙고, 뿌옇고, 또 연기 같았다. 하늘은 검은색이었고, 내 웃는 얼굴에 빗줄기를 뿌렸다. 하늘은 떨어지는 물일 뿐 아무것도 아니었다. 끊임없이 몰아치면 살은 쭈글쭈글해지고 퉁퉁 불었고, 몸은 뻣뻣하게 얼어붙었다.

여러 가지 바다가 있었다. 바다는 호랑이처럼 포효했다. 바다는 비밀을 털어놓는 친구처럼 귀에 속삭였다. 바다는 호주머니에 든 동전처럼 쨍그랑댔다. 바다는 산사태 같은 소리를 냈다. 바다는 사포로 나무를 문지르는 소리를 냈다. 바다는 사람이 토하는 소리를 냈다. 바다는 죽은 듯 고요했다.

그 둘 사이에, 하늘과 바다 사이에 온갖 바람이 있었다.

또 온갖 밤과 온갖 달이 있었다.

조난객이 되는 것은 계속 원의 중심점이 되는 것과 같다. 아무리 많은 것이 변하는 것 같아도 — 바다가 속삭임에서 분노로 변하고, 상큼한 하늘이 앞이 보이지 않는 흰색이 되었다 칠흑같이 까맣게 변해도 — 원점은 변하지 않는다. 당신의 시선은 언제나 반지름이나. 원주는 대단히 크다. 사실 원들이 겹쳐 있다. 조난객이 되는 것은 춤추듯 겹쳐지는 원들 사이에 붙들리는 것이다.

당신은 한 원의 중심이며, 당신 위에서 두 개의 반대되는 원이 휘휘 돌아간다. 군중 같은 태양에 시달린다. 군중이 시끄럽게 밀려들면 당신은 귀를 막아버리고 싶다. 눈을 감고 싶고, 숨고 싶다. 외로움을 조용히 일깨워주는 달에 당신은 시달린다. 당신은 외로움에서 벗어나려고 눈을 크게 뜬다. 고개를 들면, 때로 태양의 폭풍 중심에서, 고요의 바다 한가운데서 누군가 당신처럼 하늘을 올려다보고 있지 않을까 궁금해진다. 그 사람도 점에 갇혀서, 두려움과 분노, 광기, 무력감, 냉담으로 발버둥치고 있을까.

 조난자가 되는 것은 우울하고 지친, 상반된 것들 속에 붙잡힌 것과 같다. 환할 때는 트인 바다가 눈멀게 하고 두렵게 한다. 어두울 때는 어둠이 폐소공포증을 일으킨다. 낮에는 더워서 시원하기를 바라며, 아이스크림을 꿈꾸면서 바닷물을 뒤집어쓰고 싶어진다. 밤이면 추워서 따스해지기를 바라며 뜨거운 카레를 꿈꾸고, 담요로 몸을 감싸고 싶어진다. 더울 때는 살이 타들어가서 물을 뒤집어쓰고 싶어진다. 비가 내리면, 서의 익사 상태가 되면서 물기 없는 곳에 있고 싶어진다. 음식이 있을 때는 너무 많아서 잔치를 벌여야 한다. 음식이 없을 때는 하나도 없어서 굶어죽을 지경이다. 바다가 잔잔해서 움직임이 없을 때면 바다가 움직이기를 바란다. 바다가 일어나서 나를 에워싼 원이 집채만 한 파도에 부서질 듯하면, 거센 바다가 주는 고초를 당해야 한다. 숨이 막힐 지경이 되면, 당신은 바다가 다시 잔잔해지기를 바라게 된다. 그 순간, 상황은 그 반대로 흘러간다. 쨍쨍 내리쬐는 태양빛에 쓰러질 정도가 되면, 줄에 널어놓은 생선 조각을 말리고 태양 증류기에서 물을 얻는 데는 도움이 될 거라고 생각한다. 반대로 비가 물을 확보하게 해주면, 습기가 손질해놓은 물고기를 상하게 해서 초록색으로 변해 흐물흐물해질 거라는 사실이 생각난다. 거친 날씨가 가라앉고, 하늘의 공격과 바다의 배반을 이기고 살아나면, 신선한 물이 바다로 쏟아져버렸다는 분노에 환희가 가라앉게 된다. 이것이 당신이 보게 될 마지막 비일지, 다음번에 비가 내리기 전에 당신이 갈증으로 죽게 될지 걱정이 되어 환희가 가라앉아버리는 것이다.

상반되는 것 중 최악은 권태와 공포다. 우리 삶은 권태와 공포 사이를 왔다 갔다 하는 추다. 바다가 주름살 하나 없다. 바람의 속삭임조차 없다. 시간이 영원까지 계속될 듯하다. 어찌나 권태로운지, 의식불명에 가까운 상태로 빠진다. 그러다 바다가 거칠어지면 감정은 광풍에 휩싸인다. 그러나 이 두 상반되는 것조차 명확하게 남지 않는다. 권태 속에는 공포라는 요소가 있다. 눈물을 터뜨린다. 끔찍함이 당신을 가득 채운다. 비명을 지른다. 일부러 자해를 한다. 한데 공포의 손아귀 ─ 최악의 폭풍우 ─ 속에서도 당신은 권태를 느낀다. 그 모든 것과 함께 깊은 나른함을 느낀다.

죽음만이 지속적으로 감정을 흥분시킨다. 삶이 안전해서 침체했을 때 그것에 대해 고민하게 하거나, 삶이 위협받고 소중할 때 달아나게 한다.

구명보트에서의 삶은 생활이라고 할 게 없다. 그것은 몇 개 되지 않는 말을 가지고 하는 체스 게임의 마지막 판과 같다. 구성 요소는 더할 수 없이 간단하고, 판돈도 크지 않다. 생활은 육체적으로 너무나 힘들고, 정신적으로 죽어간다. 살아나고 싶다면 적응해야 한다. 많은 것이 소모된다. 가능한 곳에서 행복을 얻어야 한다. 지옥의 밑바닥에 떨어져서도 팔짱을 끼고 미소를 지어야 한다. 그러면 지상에서 가장 복 받은 사람이 된 기분이 된다. 왜일까? 발아래 작은 물고기 한 마리가 죽어 있으므로.

79

상어 떼가 매일 나타났다. 주로 마코상어와 블루상어였지만, 화이트팁상어도 있었다. 한번은 악몽같이 어두운 바다에서 타이거상어가 솟구치기도 했다. 새벽녘과 어스름녘이 그들이 제일 좋아하는 시간이었다. 상어가 큰 문제가 되지는 않았다. 한번은 구명보트의 선체를 꼬리로 휙 친 적이 있었다. 우연이었다는 생각은 들지 않는다(다른 해양생물도 그랬다. 바다거북들과 만새기까지도). 상어가 구명보트의 성질을 알아보는 방법이었을 것이다. 녀석의 코를 손도끼로 휙 내리치니 깊은 물속으로 자취를 감추었다. 상어가 못마땅한 것은 물에 들어가는 것을 위험스럽게 만들기 때문이었다. '개조심'이라는 간판이 있는 곳에 들어가는 것 같달까. 그것만 아니라면 난 상어가 좋았다. 녀석들은 나를 좋아한다는 걸 인정하진 않지만 내게는 늘 만나러 오는 오랜 친구들 같았다. 블루상어는 크기가 작아서 보통 1.2미터에서 1.5미터였고, 다른 것들보다 늘씬하고 유연했으며, 입이 작고 아가미구멍이 또렷한 것이 매력이었다. 등은 짙은 군청색이었고 배 부분은 흰색이었지만, 어떤 깊이에 있든 군청색과 흰색은 없어지고 잿빛이나 검은색이 되었다. 하지만 수면 가까이로 올라오면 본래의 색이 놀랄 만치 반짝였다. 마코상어 떼는 몸집이 더 크고, 입에는 무시무시한 이빨이 튀어나왔지만, 이 종류도 색깔은 근사해서 쪽빛이 태양빛을 받아 아름답게 반짝였다. 마코상어보다 몸통이 짧고—마코상어 중에는 길이가 3.6미터나 되는 것도 있었다—땅딸막한 화이트팁상어는 거대한 지느러미를 전투 깃발처럼 수면 위로 띄우며 올라왔다. 녀석들이 잽싸게 움직이는 광경을 보면 언제나 마음이 조마조마했다. 게다가 거무죽죽한 갈색이어서 색도 곱지 않고, 얼룩덜룩한 지느러미 끝은 괜찮은 구경거리가 못 됐다.

나는 작은 상어는 많이 잡았는데, 주로 블루상어였지만 마코상어도 몇 마리 있었다. 해가 진 직후 하루의 빛이 잦아들 무렵, 구명보트 옆을 지나가는 상어를 맨손으로 잡곤 했다.

처음 잡은 상어가 가장 컸다. 길이가 1.2미터가 넘는 마코상어였다. 뱃미리 부근을 몇 차례 왔다 갔다 하던 놈이었다. 녀석이 다시 지나갈 때, 나는 충동적으로 손을 물속에 넣고 꼬리 앞부분을 쥐었다. 몸이 가늘어지는 부분이었다. 살갗이 거친 덕분에 뭘 어쩔지 생각도 하지 않고 상어를 힘껏 쥐고 당길 수 있었다. 잡힌 상어가 펄펄 뛰는 바람에 내 팔이 몹시 흔들렸다. 상어가 물보라를 일으키며 공중에서 퍼덕거리자 겁이 나면서도 기분이 좋았다. 그러나 그 순간 어쩌면 좋을지 알 수가 없었다. 상어는 나보다 작았지만, 지금 여기 있는 나야 멍청한 골리앗이 아니던가? 놔줘야 될까? 나는 몸을 돌려 팔을 휘 돌리다가 방수포 위로 넘어졌고, 마코상어를 선미 쪽으로 던졌다. 상어가 하늘에서 리처드 파커의 영역으로 뚝 떨어졌다. 쾅 하고 떨어진 상어가 얼마나 요동을 치던지, 배가 가라앉을까 봐 두려웠다. 리처드 파커는 놀랐다. 그러다 곧 달려들었다.

대단한 싸움이 시작되었다. 관심 있을 동물학자들을 위해서 그 광경을 자세히 이야기해보겠다. 호랑이는 처음에는 물에서 나온 상어를 입으로 공격하지 않고, 앞발로 내리쳤다. 리처드 파커는 상어를 마구 때리기 시작했다. 타격이 가해질 때마다 나는 몸을 떨었다. 엄청나게 무서웠다. 사람이라면 그렇게 한 대만 맞아도 뼈가 으스러질 거고, 가구라면 불쏘시개가 될 터였다. 집은 와르르 무너져 돌더미가 될 거고. 마코상어가 몸을 뒤틀고 돌리면서, 꼬리를 깨물고 입을 내민 걸 보면, 그런 대접이 못마땅했던 모양이다.

리처드 파커가 상어에게 익숙지 않아서인지, 육식성 물고기는 한 번도 만난 적이 없어서인지, 이런 일이 벌어졌다. 리처드 파커가 완벽하지 않은 적은 별로 없지만, 이때는 큰 실수를 저질렀다. 리처드 파커는 왼쪽 앞발을 상어의 입에 넣었다. 상어가 입을 꽉 다물었다. 곧장 리처드 파커는 뒷발을 딛고 몸을 세웠다. 상어를 밀었지만 상어는 발을 놔주지 않았다. 리처드 파커가 뒤로 넘어지면서 입을 벌리고 요란하게 포효했다. 내 몸에 뜨거운 공기가 훅 끼치는 느낌이었다. 공기가 흔들리는 게 눈에 보였다. 무더운 날 도로에서 열기가 오르는 것처럼. 멀리, 200킬로미터도 넘게 떨어진 곳에 있는 배의 선원이 하늘을 보다가 깜짝 놀라고, 나중에 기묘한 일을 경험했다고 보고하는 장면이 훤히 그려진다. 그는 3시 방향에서 고양이 울음소리 같은 걸 들었다고 생각했으리라. 며칠이 지나도록 그 포효 소리가 내 배 속에서 울려 퍼졌다. 하지만 상어는 보통 귀머거리라고 한다. 호랑이의 앞발을 삼키는 건 고사하고 꼬집을 생각조차 못 할 내가, 면전에서 화산이 폭발하는 것 같은 포효 소리를 듣고, 몸이 떨리고 겁이 나서 흐물흐물 주저앉았다. 반면 상어는 둔한 떨림만 느꼈을 것이다.

리처드 파커는 몸을 돌려 상어의 머리를 앞발로 누르고 입으로 머리를 깨물기 시작했다. 그러면서 뒷발로는 상어의 배와 등을 찢기 시작했다. 상어는 꼬리를 마구 흔들면서 호랑이의 앞발을 물고 있었고, 그것이 유일한 방어이자 공격이었다. 호랑이와 상어는 몸을 뒤틀더니 뒹굴었다. 나는 엄청난 노력을 기울여 가까스로 몸을 일으켜 뗏목으로 간 다음 밧줄을 느슨하게 풀었다.

구명보트가 저만큼 멀어졌다. 오렌지색과 짙은 파란색이, 털과 살갗이 퍼덕거렸다. 구명보트는 이리저리 흔들리고, 리처드 파커가 으르렁대는 소리가 너무나 무시무시했다.

마침내 구명보트의 흔들림이 멎었다. 몇 분 후 리처드 파커는 일어나 앉더니 왼쪽 발을 핥았다.

다음 며칠간, 그는 긴 시간을 네 발을 보살피며 보냈다. 상어 살갗에는 작은 돌기가 있어서 사포처럼 거칠다. 상어를 발로 긁으면서 리처드 파커도 상처를 입었음이 분명했다. 왼쪽 발을 다쳤지만, 상처가 영원히 갈 것 같지는 않았다. 발가락이나 발톱도 없어지지 않았다. 마코상어로 말하자면, 꼬리 끝과 입 부위는 다치지 않았지만, 몸이 반쯤 먹히고 엉망진창이 되었다. 붉은 기가 도는 회색 살덩어리와 내장 덩어리가 사방에 흩뿌려졌다.

나는 작살로 어렵사리 상어의 남은 부분을 모았지만, 실망스럽게도 상어의 척수에는 즙이 들어 있지 않았다. 그래도 살은 맛이 좋고 비린내도 나지 않았고, 연골이 바삭바삭해서 부드럽게 먹을 수 있었다.

그 후 더 작은 상어들, 사실은 새끼를 노려, 내 손으로 죽였다. 손도끼로 머리를 내려치는 것보다는 칼로 상어의 눈을 찌르는 것이 더 빠르고 지루하지 않았다.

80

 만새기 중에서 아직 기억에 남는 독특한 한 놈이 있다. 구름이 잔뜩 낀 어느 날 새벽, 우리는 날치 떼의 습격을 받았다. 리처드 파커는 부지런히 날치 떼를 철썩철썩 때렸다. 나는 거북 등껍질 뒤에 숨어, 뛰어오르는 날치 떼를 피했다. 그리고 작살에 그물을 매달아 들고 팔을 쭉 뻗었다. 날치가 잡히기를 바라면서. 그러나 운이 따르지 않았다. 날치는 씽씽 스쳐갈 뿐이었다. 날치를 쫓던 만새기 한 마리가 물속에서 튀어나왔다. 한데 계산이 맞지 않은 모양이다. 안달이 난 날치는 그물을 슬쩍 비켜갔지만, 만새기는 포탄마냥 배의 가장자리에 부딪혔다. 쿵 소리에 구명보트 전체가 흔들릴 정도였다. 방수포에 피가 튀었다. 나는 재빨리 조치를 취했다. 날아드는 날치 떼 아래로 몸을 낮추고, 상어보다 먼저 만새기를 잡으려고 손을 뻗었다. 물고기를 배 위로 끌어당겼다. 만새기는 죽었거나 거의 죽은 상태였고, 온갖 색깔로 변했다. 정말 대단했다! 얼마나 굉장했던지! 나는 흥분해서 속으로 외쳤다. 예수님, 마츠야님(비슈누의 첫 번째 화신인 물고기신 — 옮긴이), 감사합니다. 만새기는 지방과 살집이 많았다. 족히 20킬로그램쯤 됐으리라. 한 무리라도 먹일 수 있을 것 같았다. 눈과 등뼈는 갈증을 해소해줄 테고.

 한데 하필 리처드 파커가 그 거대한 머리를 내 쪽으로 돌렸다. 나는 곁눈질로 감을 잡았다. 여전히 날치 떼가 날아들었지만, 리처드 파커는 이제 관심이 없었다. 그의 온 신경이 쏠린 것은 바로 내 손에 있는 물고기였다. 리처드 파커는 2.5미터쯤 떨어진 곳에 있었다. 반쯤 헤벌린 입에는 물고기 지느러미가 매달려 있었다. 그는 등을 더 둥그렇게 굽혔다. 궁둥이를 씰룩거렸다. 꼬리가 홱 올라갔다. 확실했다. 그는 쭈그려 앉았고 내게 달려들려고 했다. 달아나기에는 너무 늦었다. 호루라기를 부는 것도 이미 늦어버렸다. 내 목숨이 끝날 때가 왔다.

하지만 이 정도로도 충분했다. 지금까지 너무 힘들었으니까. 너무 배가 고팠다. 사람은 먹지 않으면 겨우 며칠도 버틸 수 없는 법이거늘.

그래서 허기 때문에 제정신이 아닌 상태에서 — 목숨을 부지하는 것보다는 음식을 먹는 것에 더 신경이 쓰였다 — 방어수단도 없이, 문자 그대로 맨몸으로 리처드 파커의 눈을 뚫어져라 응시했다. 갑자기 호랑이의 무시무시한 힘은 어디 갔는지, 약한 정신력만 드러났다. 내 정신력에 비하면 그의 정신력은 아무것도 아니었다. 나는 도전적으로 눈을 부릅뜨고 그의 눈을 뚫어져라 바라보았고, 우리는 그렇게 대치했다. 동물원 운영자라면 누구나 알 것이다. 호랑이는, 아니 고양잇과 동물은 똑바로 바라보는 면전에서 공격하지 않고, 사슴이나 영양이나 들소가 시선을 돌릴 때까지 기다린다는 것을. 하지만 그것을 아는 것과 현실에 그것을 적용하는 것은 완전히 다른 얘기다(고양잇과 동물이 무리 지어 있을 때는 노려본들 아무 소용이 없다. 시선으로 한 마리를 제압한다 해도, 다른 놈이 뒤에서 달려들 테니까). 이 초, 아니 삼 초 사이에 무시무시한 정신력 싸움이 호랑이와 소년 사이의 지위와 권위를 결정지었다. 리처드 파커는 내 몸을 타고 오르면 그만이었다. 하지만 나는 시선을 돌리지 않았다.

리처드 파커는 제 코를 핥더니, 신음소리를 내며 머리를 돌렸다. 그는 화가 났는지 날치를 마구 쳤다. 나는 믿을 수가 없어서 숨을 헐떡거렸다. 만새기를 양손으로 잡고 얼른 뗏목으로 갔다. 그러고는 리처드 파커에게 만새기를 많이 갖다 주었다.

그날 이후 쭉 내가 주인이라는 점이 분명해졌고, 구명보트에서 지내는 시간이 점점 길어졌다. 처음에는 뱃머리에서 머물렀지만, 자신감이 생기면서 더 편안한 방수포 위로 옮겨갔다. 아직도 리처드 파커가 무서웠지만, 평소에는 괜찮았다. 그가 그냥 가만히만 있으면 이제 긴장되지 않았다. 사람은 무엇에든 익숙해진다―이미 그 말을 했던가? 생존자들은 누구나 그렇게 말하지 않던가?

처음에는 뱃머리 가장자리에 두르르 말린 방수포에 머리를 대고 누웠다. 그 부분이 조금 높아서―구명보트의 양끝은 중간 부분보다 높기 때문에―나는 리처드 파커를 감시할 수 있었다.

나중에는 머리를 가운데 벤치 위에 대고 몸을 돌리고 누웠다. 리처드 파커와 그의 영역에 등을 돌리고 누워 있을 수 있었다. 이 자세면 배의 귀퉁이에서 떨어져 있을 수 있었고, 바람과 물에 조금 덜 노출되었다.

81

내가 살아남았다는 것이 믿기 힘들다는 걸 안다. 그때를 돌이켜보면 나 자신도 믿을 수가 없다.

리처드 파커가 어지러워 배에 똑바로 서 있지 못한 것만 이용해서 내가 살 수 있었던 건 아니다. 또 다른 이유도 있다. 나는 음식과 물의 공급원이었다. 리처드 파커는 어릴 적부터 동물원에서 자라서, 먹이가 와도 앞발을 들지 않는 데 익숙했다. 비가 와서 배 전체가 물받이 통으로 변하면, 리처드 파커는 물이 어디서 나는지 알았다. 그건 사실이었다. 또 우리가 날치 떼의 공격을 받으면, 그런 때도 내 역할은 두드러지지 않았다. 하지만 이런 경우가 현실을 바꾸지는 않았다. 배 가장자리 너머를 보아도, 마음껏 사냥할 밀림이 보이지 않고 마음껏 물을 마실 강도 보이지 않았다. 그런데 나는 그에게 먹이를 주고 신선한 물을 주었다. 내 역할은 순수하고 기적과 같을 것이다. 그것이 내게 힘을 주었다. 증거: 나는 며칠이 지나도, 몇 주가 지나도 살아남았다. 사실: 그는 날 공격하지 않았다. 내가 방수포에 누워 잘 때조차도. 증거: 나는 지금 당신에게 이 이야기를 들려주고 있다.

82

 나는 빗물과 태양 증류기에서 받은 물을 50리터들이 비닐봉지에 모아서 리처드 파커가 보지 못하게 물품함에 보관했다. 비닐봉지는 줄로 잘 묶었다. 금, 사파이어, 루비, 다이아몬드가 들었다 한들 내게 물만큼 귀했을까. 늘 물이 든 비닐봉지 때문에 전전긍긍했다. 어느 날 아침 물품함을 열었는데 물 봉지 세 개가 모두 쏟아졌거나, 봉투가 찢어진 것을 발견하는 것이 최악의 악몽이었다. 이런 비극을 사전에 막기 위해서, 비닐봉지를 담요로 말아서, 구명보트의 철제 선체에 비닐이 찢기지 않게 했다. 봉지가 마모되고 찢기지 않도록 가능한 한 옮기지도 않았다. 그런데도 물 봉지의 주둥이 부분을 갖고는 법석을 떨었다. 줄을 감아놓은 비닐 주둥이가 닳지 않을까? 주둥이가 찢어지면 봉지를 어떻게 막아야 할까?

 일이 잘 풀릴 때면, 비가 몰아칠 때면, 비닐봉지에 물이 꽉꽉 채워질 때면, 나는 배 바닥에서 물을 퍼내는 컵과 플라스틱 양동이 두 개, 다용도 플라스틱 통 두 개, 비커 세 개와 마신 물 깡통들(지금도 소중히 간직하고 있다)에 물을 채웠다. 또 구토용 비닐봉지에도 모두 물을 받아 매듭을 매고 꼭꼭 싸두었다. 그러고도 비가 계속 내리면, 나 자신을 물받이로 이용했다. 물받이용 튜브 끝에 입을 대고 물을 마시고 마시고 또 마셨다.

 리처드 파커가 먹을 물에는 언제나 바닷물을 약간 섞었다. 비가 내린 다음 며칠 동안은 바닷물을 많이 섞고, 가물 때는 조금만 섞었다. 조난생활 초기에는 가끔 그가 배 밖으로 머리를 내밀고 바닷물을 쿵쿵대고, 몇 모금 마시기도 했지만 곧 그 짓을 그만뒀다.

그래도 우린 물 걱정에서 벗어나지 못했다. 맑은 물이 귀하다는 것이야말로 우리의 여정 내내 끝없이 계속된 걱정이요 고통이었다.

내가 잡은 먹이 가운데, 말하자면 알짜는 리처드 파커가 차지했다. 그 점에 있어서 내겐 선택의 여지가 없었다. 내가 바다거북이나 만새기나 상어를 잡으면 그는 즉시 눈치챘다. 그러니 당장 많은 양을 그에게 줘야 했다. 바다거북의 배 껍질을 벗기는 데는 내가 세계 기록 보유자일 것 같다. 물고기 역시, 아직 팔딱팔딱 뛸 때 몸통을 쓱 갈랐다. 내가 아무거나 닥치는 대로 먹었던 것은 끔찍한 허기 때문만이 아니라, 다급함 때문이기도 했다. 즉시 내 입에 넣지 않으면, 리처드 파커에게 갈 테니까. 그는 영역 경계선에서 앞발을 들어 쿵쿵 치고, 코를 킁킁댔다. 내가 동물처럼 먹어댄다는 것을 깨닫고 마음 아팠던 날, 내가 얼마나 밑바닥까지 추락했는지 분명히 알았다. 시끄럽게, 정신없이, 늑대처럼 먹어대는 내 모습은 리처드 파커가 먹는 모습과 똑같았다.

83

어느 날 오후, 폭풍우가 천천히 들이닥쳤다. 바람에 앞서 다가온 구름이 겁에 질려 비틀거리는 것처럼 보였다. 이어서 바다가 비틀거렸다. 바다가 위로 솟았다 밑으로 떨어지자 내 가슴이 쿵 하고 내려앉았다. 나는 태양 증류기들과 그물을 걷었다. 아, 그런 풍경을 봤어야 하는데! 그때까지 중에서 가장 높은 물살이었다. 정말 물살이 산채만 했다. 우리가 내려앉은 계곡은 어찌나 깊은지 어두컴컴했다. 물살이 이룬 산의 경사면은 어찌나 가파른지 구명보트는 미끄럼을 타기 시작했다. 파도타기에 가까웠다. 뗏목은 매번 물 밖으로 끌려 나갔다가 질질 끌려왔다. 나는 띄우는 닻을 모두 풀었다. 각각 다른 길이로 풀어서, 닻줄끼리 엉키지 않게 했다.

구명보트는 거대한 물살을 타고 올랐다가, 등반객이 로프에 매달리듯 띄우는 닻에 매달렸다. 우리는 위로 올라 빛과 거품이 쏟아지는 만년설 덮인 봉우리에 닿았다가 구명보트의 앞쪽으로 휩쓸렸다. 몇 킬로미터 떨어진 곳까지 보이는 것 같았다. 하지만 산채만 한 물살은 움직였고, 우리 몸 아래의 바다는 배가 조여들 정도로 가라앉기 시작했다. 눈 깜짝할 사이에 우리는 어두운 계곡 바닥에 다시 앉아 있게 되었다. 지난번과 다르면서도 똑같았다. 수천 톤쯤 되는 물이 우리 머리 위에 있었고, 우리는 가벼운 덕분에 살 수 있었다. 바닥이 다시 한번 움직이고, 띄우는 닻의 밧줄은 팽팽해질 터였다. 그러면 다시 롤러코스터가 시작되겠지.

띠우는 닻은 제구실을 잘해냈다 — 사실 너무 잘했다. 물마루에 오를 때마다 공중제비를 돌 지경이었지만, 띠우는 닻이 물마루보다 높이 힘껏 떠올라서, 우리를 끌어주었다. 하지만 그 바람에 배의 앞부분이 아래로 끌려 내려갔다. 그 결과 뱃머리에 물거품이 일어나고 물이 튀겼다. 나는 매번 흠뻑 젖었다.

우리를 집어삼키려는 물살이 밀려들었다. 이번에는 뱃머리가 물 밑으로 사라져버렸다. 나는 충격을 받았고, 몸이 얼고 겁이 나서 아무 생각도 나지 않았다. 겨우 매달려 있을 뿐이었다. 배는 물에 잠겼다. 리처드 파커가 포효하는 소리가 들렸다. 우리에게 죽음이 들이닥치고 있다는 것이 느껴졌다. 내게 남은 유일한 선택은 물에 휩쓸려 죽느냐, 동물에게 죽느냐였다. 나는 동물한테 죽임을 당하는 쪽을 선택했다.

물살이 가라앉으면서 몸이 내려왔을 때 나는 방수포에 뛰어올라가서, 방수포를 선미 쪽으로 풀어 리처드 파커를 방수포 안에 넣었다. 그가 저항했을지 모르지만, 아무 소리도 듣지 못했다. 옷을 박음질하는 재봉틀보다 빠르게, 방수포를 배 양쪽의 고리에 끼웠다. 우리는 다시 물살을 타고 올라가고 있었다. 배는 계속 위로 솟구쳤다. 균형을 잡기가 어려웠다. 이제 구명보트에는 방수포가 띄워졌고, 방수포는 물세례를 맞아 내 쪽을 빼고 납작해졌다. 나는 사이드 벤치와 방수포 사이로 들어가서, 남은 방수포를 내 머리 위로 당겼다. 공간이 별로 없었다. 벤치와 배 가장자리 사이는 30센티미터였고, 사이드 벤치는 폭이 겨우 45센티미터였다. 하지만 나는 죽음을 앞에 두고도 배 바닥으로 옮겨 갈 만치 어리석지 않았다. 아직 방수포를 걸지 않은 고리가 네 개 남았다. 나는 열린 틈에 손을 살짝 넣어서 밧줄을 넣었다. 고리가 두 개 남았다. 배는 쉬지 않고 느긋하게 위로 떠밀렸다. 각도가 30도쯤 됐다. 내가 선미 쪽으로 떠밀려 내려가는 것을 느낄 수 있었다. 미친 듯이 손을 움직여서, 고리 하나에 밧줄을 끼웠다. 그게 내가 할 수 있는 최선이었다. 원래 방수포를 고리에 끼우는 작업은 구명보트 안이 아니라 바깥쪽에서 해야 수월했다. 밧줄을 힘껏 당겼다. 밧줄에 매달리니 배 끝으로 쭈르르 미끄러지지 않았고 덕분에 일이 더 쉬워졌다. 곧 배는 기울기가 45도나 되는 격랑을 타고 올랐다.

물살의 각도가 65도쯤 됐을 때 파도 꼭대기에 올랐다가 다른 쪽으로 떨어졌다. 물살이 우리를 덮쳤다. 큰 주먹으로 얻어맞는 듯한 기분이었다. 구명보트가 홱 앞으로 기울더니 모든 게 뒤집어졌다. 보트에 들이닥쳐서 호랑이를 덮친 물살이 구명보트의 아래쪽 끝에 있는 내게로 왔다. 호랑이가 느껴지지 않았지만—리처드 파커가 어디 있는지 정확히 알 수가 없었다. 방수포 아래는 칠흑처럼 어두웠다—다음 계곡에 이르기 전에 이미 나는 반쯤 익사한 상태였다.

그날 낮과 밤 동안 우리는 높은 파도를 타고 올라갔다 내려가기를 반복했고, 마침내는 공포감이 단조로워지고 멍해지면서 완전한 포기 상태가 되었다. 나는 한 손으로는 방수포 밧줄을 붙잡고, 다른 손으로는 뱃머리 벤치의 가장자리를 붙들었다. 내 몸은 사이드 벤치에 바싹 달라붙어 있었다. 물이 쏟아져 들어오고, 쏟아져 나가는 이런 상태에서 방수포가 내 몸을 착착 휘감았다. 물에 홀딱 젖어서 덜덜 떨었다. 뼈와 바다거북 껍질에 멍들고 베였다. 폭풍우의 소음은 계속 들려왔고, 리처드 파커의 포효소리도 줄곧 울려 퍼졌다.

한밤중쯤 폭풍우가 끝났음을 알아차렸다. 우리는 규칙적으로 흔들리고 있었다. 방수포의 찢어진 틈으로 밤하늘을 힐끗 올려다보았다. 별이 총총하고 구름 한 점 없었다. 방수포를 풀고 그 위에 누웠다.

새벽녘에 뗏목을 잃었다는 사실을 알았다. 묶은 노 두 개와 그 사이에 매놓은 구명조끼만 남았을 뿐이었다. 타버린 집에 남아 있는 기둥을 바라보는 가장이 된 기분이었다. 나는 고개를 돌려 수평선을 꼼꼼히 살폈다. 아무것도 없었다. 내 작은 해양 마을은 사라지고 없었다. 기적적으로, 띄우는 닻들이 없어지지 않았다는 사실이 — 닻은 충실하게 구명보트를 끌고 있었다 — 위안이 되었다. 아무 소용도 없는 위안이었지만. 뗏목을 잃은 것이 육체에는 영향을 주지 않았지만, 정신에는 치명타를 입혔다.

구명보트 역시 심한 상태였다. 방수포는 여러 군데 찢어졌다. 일부는 리처드 파커의 발톱에 찢긴 듯했다. 식량이 배 밖으로 떨어졌고, 배에 놓아둔 물도 못쓰게 되었다. 내 몸은 사방이 쓰라렸고, 허벅지에 심하게 베인 상처가 있었다. 상처가 하얗게 퉁퉁 부었다. 너무 겁이 나서 물품함에 든 물건을 점검할 수가 없었다. 감사하게도 물 봉투는 엎어지지 않고 그대로 있었다. 그물과 바람을 완전히 빼놓지 않은 태양 증류기가 빈 공간을 메운 덕분에 물 봉투가 많이 움직이지 않았던 모양이다.

나는 기진맥진했고 좌절감에 빠졌다. 선미의 방수포를 풀었다. 리처드 파커가 워낙 조용해서 익사했나 싶었다. 그건 아니었다. 방수포를 가운데 벤치까지 둘둘 말자, 햇살에 리처드 파커가 드러났다. 그는 몸을 뒤척이며 으르렁댔다. 리처드 파커가 물에서 나와 선미 벤치에 자리 잡았다. 나는 실과 바늘을 꺼내 방수포의 찢긴 곳을 수선하기 시작했다.

양동이를 밧줄에 매서 배 바닥에 고인 물을 퍼냈다. 리처드 파커는 무심히 날 지켜보았다. 그는 내가 하는 모든 일이 따분한 듯했다. 날씨는 덥고 나는 느릿느릿 일을 했다. 잊어버린 뭔가가 있는 듯했다. 곰곰이 생각해봤다. 내 손에는 나와 죽음 사이에 남은 모든 것이 쥐어져 있었다. 마지막 오렌지색 호루라기.

84

나는 방수포 위에서 담요로 감싼 채 잠을 자고 꿈을 꾸고, 깨어나고 또 백일몽을 꾸면서, 시간을 흘려보냈다. 바람이 계속 불었다. 가끔씩 파도 꼭대기에서 물살이 날아와 배를 적셨다. 리처드 파커는 방수포 아래로 자취를 감추었다. 그는 젖는 것도, 배가 올라갔다 내려갔다 하는 것도 싫어했다. 하늘은 파랗고 공기는 따스했으며 바다는 규칙적으로 움직였다. 그러다 폭발이 일어나, 나는 깨어났다. 눈을 뜨니 하늘에 솟구친 물살이 보였다. 물살은 내게로 쏟아졌다. 다시 하늘을 보았다. 구름 한 점 없는 파란 하늘이었다. 내 왼쪽에서 또 폭발이 있었지만, 먼젓번 것처럼 강력하지는 않았다. 리처드 파커가 날카롭게 포효했다. 나는 더 많은 물벼락을 맞았다. 불쾌한 냄새가 났다.

 배 가장자리를 넘어다보았다. 처음 눈에 들어온 것은 물에 뜬 검고 커다란 물체였다. 그게 뭔지 파악하는 데 몇 초가 걸렸다. 가장자리에 아치형으로 잡힌 주름이 단서였다. 그것은 눈이었다. 검은 물체는 고래였다. 내 머리통만 한 눈이 나를 똑바로 노려보고 있었다.

 리처드 파커가 방수포 밑에서 나왔다. 그는 쉿쉿 소리를 냈다. 고래의 눈이 빛을 내는 것으로 봐서 고래가 리처드 파커를 바라보고 있음을 알아차릴 수 있었다. 고래는 삼십 초쯤 응시하더니, 가만히 물 밑으로 들어갔다. 나는 고래가 꼬리로 우리를 공격할까 봐 걱정했지만, 녀석은 곧장 밑으로 들어가 짙푸른 물속으로 사라졌다. 고래의 꼬리는 크고, 빛이 바래고, 둥그스름한 꺾쇠 모양이었다.

 고래가 짝을 찾고 있었다고 생각한다. 틀림없이 내 몸집으로는 안 될 거라고 결론지었을 것이다. 게다가 이미 짝이 있다고 여겼겠지.

우리는 고래를 많이 봤지만, 처음 만난 놈처럼 가까이 다가온 적은 없었다. 나는 고래가 물을 내뿜으며 나타나는 데 민첩하게 대응하게 되었다. 그들은 가까운 거리에서 나타났고, 때로는 서너 마리가 떼를 지어 와서, 잠시 화산섬들을 연출하곤 했다. 이 상냥하고 커다란 짐승을 만날 때마다 기분이 좋아졌다. 나는 그들이 내 처지를 이해한다고, 나를 보면 그들 중 하나가 이렇게 외칠 거라고 생각했다. "아! 뱀푸가 말한 고양이랑 같이 산다는 조난자구만. 가여운 아이 같으니. 플랑크톤을 충분히 먹어야 할 텐데. 멈푸, 탐푸, 스팀푸에게 이 아이 얘기를 해줘야지. 사정을 알려줄 배가 주위에 있을지 모르겠네. 아이 엄마가 아들을 다시 보면 굉장히 행복해할 텐데. 잘 있어라, 소년아. 내가 애써볼게. 내 이름은 핌푸란다." 그렇게 소문을 통해서 태평양의 모든 고래가 나를 안다. 핌푸가 일본 선박에게서 도움을 구하지 않았더라면 나는 오래전에 구조됐을지도 모르겠다. 그 일본 선박의 비열한 선원은 핌푸를 작살로 죽였고, 램푸도 노르웨이 선박에게 똑같이 당했다. 고래사냥은 무시무시한 범죄다.

돌고래들은 꽤 규칙적으로 찾아왔다. 한 무리는 하루 밤낮을 우리와 지냈다. 굉장히 명랑한 놈들이었다. 물로 뛰어들고, 돌고, 선체 밑으로 내려가는 것이 재미있게 지내려는 외에 다른 목적은 없는 것 같았다. 나는 돌고래를 잡으려고 했다. 하지만 작살 근처에 오는 녀석이 없었다. 왔다 해도 너무 빠르고 몸집도 컸다. 나는 포기하고 그냥 지켜보기만 했다.

새는 모두 여섯 마리를 봤다. 가까이에 육지가 있다고 알려주는 천사로 보였다. 하지만 그것들은 바다에 사는 새여서, 날갯짓도 별로 하지 않고 태평양을 날 수 있었다. 나는 경외감을 품고 그들을 쳐다보았다. 부러워서 자기 연민에 빠지기도 했다.

알바트로스도 두 번 봤다. 알바트로스는 우리를 의식하지 않고 하늘 높이 날았다. 나는 입을 쩍 벌리고 바라보았다. 초자연적이고 불가해한 존재로 보였다.

꼬리가 짧은 슴새가 우리에게 관심을 보였다. 슴새는 우리 머리 위를 맴돌더니 마침내 아래로 내려왔다. 새는 다리를 차고 날개를 돌려 가뿐히 물에 내려앉아, 코르크처럼 가만히 떠 있었다. 새는 호기심 어린 눈으로 날 바라보았다. 나는 얼른 후크에 날치 조각을 끼워 낚싯줄을 새 쪽으로 던졌다. 낚싯줄에 추를 달지 않아 새 근처로 띄우기가 힘들었다. 세 번째 시도 만에 슴새는 가라앉은 미끼 쪽으로 헤엄쳐 갔고 물고기를 먹으려고 머리를 물 밑으로 집어넣었다. 흥분해서 가슴이 뛰었다. 몇 초 동안 낚싯줄을 당기지 않았다. 마침내 줄을 당기자, 새는 꽥 소리를 내면서 삼킨 것을 게위냈다. 다시 시도하기도 전에 새는 날개를 펴고 공중으로 날아올랐다. 녀석은 두세 번쯤 날개를 퍼덕이더니 날아가버렸다.

가면을 쓴 것 같은 가마우지를 잡은 것은 운 덕분이었다. 가마우지는 어디서 나타났는지 모르게 우리 쪽으로 미끄러져 와서, 1미터 가까이 되게 날개를 쫙 펼쳤다. 가마우지는 배 가장자리, 내가 손을 뻗으면 닿는 위치에 내려앉았다. 눈같이 흰 몸에 날개 끝과 뒤쪽 가장자리가 까만색이었다. 주먹 모양 머리통은 크고, 부리는 노란빛이 도는 주황색이었다. 검은 가면 뒤에 있는 빨간 눈 때문에 밤을 지샌 도둑처럼 보였다. 물갈퀴가 달린 큰 갈색 발만 괜찮은 모양새였다. 가마우지는 겁이 없었다. 몇 분 동안 부리로 깃털을 고르니, 부드러운 솜털이 나타났다. 일을 마치고 고개를 들자, 모든 게 제자리를 찾은 원래 모습이 드러났다. 부드럽고, 아름답고, 잘빠진 비행선 같은 모습이었다. 내가 만새기 조각을 내밀자, 새는 내 손바닥에 놓인 물고기를 쪼아 먹었다.

한 손으로 부리를 쥐고 다른 손으로는 목을 잡고, 새의 머리를 뒤로 젖혀 목을 부러뜨렸다. 깃털이 잘 붙어 있어서, 깃털을 뽑자 살갗 껍질이 뜯겨 나왔다―그래서 털을 뽑지 않고 몸통만 잘랐다. 새는 가벼웠고 무게감이 느껴지지 않았다. 나는 칼을 꺼내 껍질을 벗겼다. 크기에 비해 살은 실망스러울 정도로 적어서, 가슴살만 조금 있었다. 만새기 살보다는 씹는 맛이 있었지만, 고기 맛은 나을 게 없었다. 새의 배 속에는 내가 준 만새기 조각 외에 작은 물고기 세 마리가 들어 있었다. 물고기에 묻은 위액을 헹군 다음 먹었다. 새의 심장, 간, 폐도 먹었다. 눈과 혀도 물과 함께 꿀꺽 삼켰다. 머리통을 부수어 작은 뇌를 꺼냈다. 발에 달린 물갈퀴도 먹었다. 껍질, 뼈, 깃털이 남았다. 그것을 리처드 파커가 먹도록 방수포 끄트머리 너머에 놓았다. 호랑이는 새가 온 것을 보지 못했던 터였다. 오렌지색 발이 밖으로 나왔다.

며칠 동안 깃털과 솜털은 리처드 파커의 굴 부근에서 떠다니다가, 바람결에 바다로 날아갔다. 물에 떨어진 깃털은 물고기가 삼켰다.

어떤 새도 육지가 가까웠음을 알려주지 않았다.

85

한번은 벼락이 쳤다. 하늘이 까맣고 낮인데도 밤 같았다. 비가 무섭게 쏟아졌다. 멀리서 천둥소리가 났다. 그런 상태가 계속될 것 같았다. 하지만 바람이 휙 불더니 빗줄기를 뿌렸다. 다시 하늘에서 하얀 장작개비 같은 게 번쩍하더니 비가 멈췄다. 구명보트에서 멀리 떨어진 곳에서 일어난 일이지만, 그 결과는 확실히 볼 수 있었다. 흰 뿌리처럼 생긴 것이 바다에 내리쳤다. 순간, 거대한 하늘의 나무가 바다에 서 있었다. 벼락이 바다에 내리치다니 그런 일이 일어날 줄은 꿈에도 몰랐다. 천둥소리는 어마어마했다. 번뜩이는 빛은 놀라울 정도로 생생했다.

나는 리처드 파커에게 고개를 돌리고 말했다.

"봐, 리처드 파커. 번개가 쳤어."

그가 번개를 어떻게 받아들이는지 알 수 있었다. 리처드 파커는 사지를 뻗고 배 바닥에 엎드려서 덜덜 떨었다.

나는 호랑이와는 정반대의 기분이 되었다. 번개로 인해, 나는 뚜렷한 한계에서 벗어나 숭고한 경외감에 빠져들었다.

다음에는 벼락이 훨씬 가까이 떨어졌다. 마치 우리를 겨냥한 것 같았다. 우리가 높은 파도를 타고 솟구쳤다가 다시 내려앉는 순간, 물마루에 벼락이 떨어졌다. 더운 공기와 더운 물이 폭발했다. 이 초나 삼 초 동안, 깨진 우주의 창문에서 쏟아진, 거대하고 앞이 보이지 않는 흰 파편이 하늘에서 춤을 췄다. 손에 잡히지는 않았지만 완전히 압도될 만큼 강력했다. 만 개의 트럼펫과 이만 개의 북을 울린다 한들 그런 소리를 낼 수 있을까. 귀가 멀 정도의 소리였다. 바다가 흰색이 되면서 모든 색깔이 빠져버렸다. 모든 게 순전히 흰빛이거나 순전히 검은 그림자였다. 빛은 바다를 뚫을 만큼 빛나지는 않았다. 벼락은 내리칠 때처럼 황급히 사라졌다 — 뜨거운 물보라는 우리에게 쏟아지지 못하고 이미 사라져버렸다. 벌을 받은 물살이 은색을 되찾아 무심히 밀려오고 밀려갔다.

나는 벼락에 맞은 듯 기겁했다 — 문자 그대로 벼락에 맞은 것 같았다. 하지만 두렵지는 않았다.

"알라신이여, 온 세상의 왕이여, 자비의 신이여, 온유한 심판의 날의 통치자여!"

나는 중얼거렸다. 그리고 리처드 파커에게 소리쳤다.

"그만 떨어! 이건 기적이라구. 신이 나타나신 거야. 이건……

이건 말이지……."

적당한 말을 찾을 수가 없었다. 이 거대하고 환상적인 것에 맞는 말이 없었다. 숨이 가빠서 아무 말도 못 했다. 방수포에 팔다리를 벌리고 벌렁 누웠다. 빗줄기가 쏟아져 뼛속까지 얼어붙는 듯했다. 하지만 나는 미소 짓고 있었다. 감전당해 화상을 입을 뻔했는데도 진정한 행복을 맛보았다. 그 시련 속에서 아주 드문 일이었다.

경이로운 순간에는 사소한 일은 저멀리 사라지고 우주를 생각하게 된다. 천둥과 방울 소리, 두껍고 얇은 것, 가깝고 먼 것, 양쪽을 감싸는 생각을 하게 된다.

86

"리처드 파커, 배야!"

그렇게 소리치는 기쁨을 딱 한 번 누렸다. 행복감에 짓눌릴 지경이었다. 모든 아픔과 괴로움이 사라지고, 기쁨에 휩싸였다.

"우린 해냈어! 우린 구조됐다구! 알겠니, 리처드 파커? **구조됐단 말이야!** 하하하!"

흥분을 억누르려고 애썼다. 배가 너무 멀리 있어서 우릴 못 보면 어쩐다? 화염 신호를 쏘아 올려야 하나? 말도 안 돼!

"배가 우리에게 똑바로 오고 있다구, 리처드 파커! 아아, 가네샤 신께 감사합니다! 이렇게 모습을 보여주시니 복 받으소서, 알라-브라만이여!"

배가 우리를 놓칠 리가 없다. 구조받는 행복보다 더 큰 행복이 있을까? 답은—내가 믿기로는—'없다'이다. 나는 벌떡 일어났다. 그런 노력을 한 것은 오랜만이었다.

"믿을 수 있니, 리처드 파커? 사람들이며 음식, 침대가 있을 거야. 다시 한번 삶이 우리 것이 된다구. 아, 얼마나 큰 복인지!"

배가 더 가까이 다가왔다. 유조선으로 보였다. 뱃머리의 모양이 점점 또렷해졌다. 구원은 검은 철판에 흰 테가 둘러진 옷을 입고 있었다.

"그런데 만약……."

감히 그 뒤의 말을 내뱉을 수가 없었다. 한데 아버지, 어머니, 라비 형이 아직 살아 있을 가망이 있을까? 침춤 호에는 구조보트가 여러 척 실려 있었다. 그래, 우리 가족은 몇 주일 전에 이미 캐나다에 도착해서 내 소식을 애타게 기다리고 있을 거야. 배가 난파된 후 행적을 알 수 없는 사람은 아마 나뿐일 거야.

"와아, 유조선은 크구나!"

산만 한 덩어리가 우리에게 다가오고 있었다.

"식구들은 벌써 위니펙에 가 있을 거야. 우리집이 어떻게 생겼는지 궁금해. 리처드 파커, 타밀 지방의 전통 주택들처럼 캐나다의 집에도 안뜰이 있을 것 같니? 아닐 거야. 겨울에는 집에 눈이 가득 쌓이겠지. 안됐어. 햇살 좋은 날, 평온한 안뜰 같은 평화는 다시없거든. 마니토바에서는 어떤 향신료가 자랄까?"

배는 이제 굉장히 가까워졌다. 선원들이 그 자리에 서거나 곧 방향을 돌려야 할 텐데.

"그래, 어떤 향신료가……? 악!"

나는 유조선이 단순히 우리 쪽으로 오고 있는 게 아님을 알아차리고 경악했다 — 사실상 배는 우리를 밀어붙이고 있었다. 철판으로 된 거대한 벽 같은 뱃전이 시시각각 커졌다. 배가 일으키는 물살이 가차 없이 우리에게 달려들었다. 마침내 리처드 파커는 다가오는 거대한 물체를 알아차렸다. 그는 고개를 돌리고 "엉! 엉!" 하고 짖었지만 개 같지 않고 호랑이다웠다. 힘차고, 무시무시하고, 상황에 딱 맞는 소리였다.

"리처드 파커, 배가 우리를 덮치겠어! 어떻게 해야 되지? 얼른, 빨리, 화염 신호기! 아냐! 노를 저어야 해. 고리에 노를 넣고…… 저기! 흠! 흠! 흠! 흠! 흐음……."

뱃전에 이는 파도가 우리를 밀어 올렸다. 리처드 파커는 웅크렸고, 털이 삐죽삐죽 섰다. 구명보트는 뱃전의 파도를 빼지니와, 60센티미터도 되지 않을 거리에서 유조선을 살짝 비껴났다.

유조선은 스치듯 지나 저만치 가버렸다. 높이가 1킬로미터도 넘는 검은 담이 지나가는 것 같았다. 1킬로미터도 넘는 성의 요새가 물 건너 해자에서 고생하는 우리를 알아보지 못했다. 로켓형 화염 신호기를 발사했지만, 조준을 제대로 못 했다. 신호기는 배를 넘어서 유조선 선장 면전에서 터져야 했지만, 배의 측면을 스쳐 쉭 소리를 내며 태평양 바다로 빠졌다. 나는 힘껏 호루라기를 불었다. 목청껏 소리를 쳤다. 아무 소용이 없었다.

엔진이 털털거렸고, 물 밑에서 프로펠러가 요란스럽게 돌았다. 유조선은 파도를 일으키며 우리를 지나쳤고, 그 바람에 우리는 거품 이는 물결 속에서 출렁거렸다. 오랫동안 자연의 소리만 듣던 터라 이런 기계 소음은 낯설고 오싹했다. 나는 얼어붙어 침묵에 빠졌다.

이십 분쯤 지나자, 30만 톤급 유조선은 수평선 위에 점으로 남았다. 고개를 돌려보니 리처드 파커는 여전히 그 방향을 응시하고 있었다. 몇 초 후 그가 고개를 돌렸고 잠시 둘의 눈이 마주쳤다. 내 눈에는 갈망과 아픔, 분노, 외로움이 담겨 있었다. 리처드 파커가 아는 것은 심상치 않은 일이 일어났다는 사실뿐이었다. 그로서는 이해의 한계를 벗어나는 어떤 일. 그는 구조될 기회가 살짝 비껴갔다는 것을 알지 못했다. 그저 여기 있는 주인이, 이 이상하고 예측 불가능한 호랑이가 몹시 흥분했다는 사실만 알았다. 리처드 파커는 또 낮잠에 빠져들었다. 이번 사건에 대한 그의 코멘트는 갈라진 '어흥' 소리뿐이었다.

"사랑한다!"

터져 나온 그 말은 순수하고, 자유롭고, 무한했다. 내 가슴에서 감정이 넘쳐났다.

"정말로 사랑해. 사랑한다, 리처드 파커. 지금 네가 없다면 난 어째야 좋을지 모를 거야. 난 버텨내지 못했을 거야. 그래, 못 견

됐을 거야. 희망이 없어서 죽을 거야. 포기하지 마, 리처드 파커. 포기하면 안 돼. 내가 육지에 데려다줄게. 약속할게. 약속한다구!"

87

내가 애용한 일상 탈출법은 가볍게 질식하는 것이었다. 남은 담요를 잘라낸 천 조각을 이용했다. 나는 그걸 '꿈의 걸레'라고 불렀다. 천을 바닷물에 담그되 물이 뚝뚝 흐르지 않을 정도로만 적셨다. 나는 방수포 위에 편히 누워 '꿈의 걸레'를 얼굴에 올려놓고, 피부에 달라붙게 폈다. 나는 미몽에 빠져들었다. 무기력 상태에 있는 사람에게는 어려운 일이 아니었다. 숨 쉬는 공기가 부족해서 그런 상태에 빠졌을 것이다. 그러면 아주 이상한 꿈을 꾸기도 하고, 환상에 빠지고, 환각을 보기도 했다. 생각에 잠기고, 감각이 일어나고, 추억이 살아나기도 했다. 그러면 시간이 잘 흘러갔다. 경련이 일어나거나 숨이 막히고 걸레가 밑으로 떨어지면, 나는 의식을 찾았다. 시간이 훌쩍 흘러가버린 게 고마웠다. 걸레가 마른 것도 시간이 흘렀다는 증거였다. 하지만 그보다도 사물이 달라졌다는 느낌, 현재 순간이 이전의 순간과 다르다는 느낌이 중요했다.

88

어느 날 우리는 쓰레기를 만났다. 처음에는 기름이 퍼져 수면이 반짝거리는 게 보였다. 그 뒤로 곧 가정과 산업 쓰레기가 떠왔다. 다양한 형태와 색상의 플라스틱 쓰레기가 대부분이었지만, 나무 조각이나 맥주 깡통, 와인병, 찢어진 천, 밧줄도 있었다. 하나같이 주변에는 누런 거품이 일어났다. 우리는 쓰레기 쪽으로 나아갔다. 나는 쓸모가 있을지 살폈다. 코르크 마개가 끼워진 빈 와인 병을 집었다. 구명보트가 냉장고와 부딪쳤다. 모터가 없는 냉장고였다. 문짝이 하늘을 향한 채 둥둥 떠다녔다. 나는 손을 뻗어 냉장고의 손잡이를 잡고, 문을 열었다. 역한 냄새가 확 풍겨 대기 중에 퍼져 나갔다. 나는 손으로 입을 막고 냉장고 안을 보았다. 얼룩, 검은 주스, 완전히 썩은 채소, 오래되어 굳고 상해서 푸르스름한 젤리처럼 변한 우유가 들어 있었다. 토막 낸 동물이 있었다. 까맣게 부패한 정도가 심해서 어떤 고기인지 알 수가 없었다. 크기로 봐서 양고기인 듯싶었다. 꼭 닫힌 냉장고 안이 습해서 악취가 생길 수밖에 없었다. 냄새는 발효되고, 점점 고약해졌다. 악취를 맡자, 감각이 이상해지면서 머리가 핑핑 돌고, 배 속이 쑤시고, 다리가 후들거렸다. 다행히 바다가 얼른 그 끔찍한 구멍을 메워주었고, 냉장고는 수면 아래로 가라앉았다. 떠나간 냉장고가 남긴 빈 자리를 다른 쓰레기가 채웠다.

우리는 쓰레기를 두고 떠났다. 꽤 오랫동안 바람이 그쪽에서 불어오면 악취를 맡을 수 있었다. 구명보트의 양쪽에서 기름기가 씻겨 나가는 데 하루가 걸렸다.

나는 쪽지를 적어 병에 넣었다. "파나마 국기를 내건 일본 소유 화물선 침춤 호가 1977년 7월 2일 가라앉았음. 구명보트에 있음. 이름은 파이 파텔. 음식과 물이 약간 있지만, 벵골 호랑이는 심각한 상황임. 캐나다 위니펙에 있는 가족에게 알려주기 바람. 도와주면 고맙겠음. 감사합니다." 코르크 마개를 막고, 비닐로 마개를 덮었다. 비닐 덮인 병의 목 부분을 나일론 끈으로 감고 단단히 매듭을 지었다. 그 병을 물에 띄워 보냈다.

89

모든 게 고통을 받았다. 햇빛에 바래고 바람에 시달렸다. 구명보트, 없어지긴 했지만 뗏목, 방수포, 태양 증류기, 빗물받이, 비닐봉투, 밧줄, 담요, 그물. 모두 닳고, 늘어나고, 헐렁해지고, 금이 가고, 말라비틀어지고, 썩고, 찢어지고, 바랬다. 오렌지색은 희끄무레하게 변했다. 매끈하던 것은 거칠어졌다. 거칠던 것은 보드랍게 변했다. 날카롭던 것은 뭉툭해졌다. 온전한 것은 넝마가 됐다. 물고기 껍질과 바다거북 기름으로 문질러서 기름을 먹여봤지만 소용이 없었다. 백만 개의 아가리를 벌린 염분이 모든 것을 야금야금 먹어 들어갔다. 태양빛은 모든 것을 바싹 구워버렸다. 그것은 리처드 파커도 복종하게 만들었다. 햇볕은 뼈대를 골라서 하얗게 불태웠다. 내 옷을 태웠을 뿐 아니라, 담요를 덮고 거북 등껍질로 가렸으니 망정이지, 그냥 됐으면 피부에 화상도 입었을 것이다. 피부는 까맣게 그을리기만 했다. 열기를 참을 수 없으면, 양동이로 바닷물을 퍼올려 몸에 끼얹었다. 때로 물이 따듯해 시럽 같기도 했다. 태양은 모든 냄새도 관리했다. 지금은 아무 냄새도 기억나지 않는다. 아니 화염 신호기의 껍질 냄새만 떠오른다. 화염 신호기에서 커민 같은 냄새가 났다는 얘기는 이미 했던가? 리처드 파커한테 어떤 냄새가 났는지도 기억나지 않는다.

우리는 죽어갔다. 천천히 그렇게 되어서 알아차리지 못하는 때도 있었다. 하지만 정기적으로 느껴야 했다. 우리는 두 마리 여윈 포유동물이었다. 바싹 마르고 굶주렸다. 리처드 파커의 가죽은 광택을 잃었고, 어깨와 등 가죽이 벗겨지기까지 했다. 체중이 많이 줄어서, 헐렁하고 빛바랜 가죽 부대에 든 해골 꼴이 되었다. 나 역시 시들시들해져서, 몸에서는 수분이 빠져나가고 얇은 가죽 밑으로 뼈가 앙상했다.

나는 리처드 파커를 따라 어마어마하게 오랫동안 잠을 자기 시작했다. 제대로 자는 잠이 아니라, 백일몽과 현실이 구분되지 않는 반의식 상태였다. '꿈 걸레'를 자주 사용했다.

내 일기의 마지막 장에는 이런 글이 적혀 있다.

오늘 지금까지 본 것 중에서 가장 큰 상어를 봤다. 그 괴물 같은 녀석은 6미터나 됐다. 줄무늬. 타이거상어 — 무지 위험하다. 우리 주변을 맴돌았다. 공격당할까 봐 겁났다. 호랑이 한 마리를 이기고 살았는데, 다른 놈 손에 죽게 생기다니. 공격받지 않았다. 둥둥 떠다녔다. 구름 낀 날씨지만 비는 안 온다.

비가 안 내림. 아침에 어두컴컴하기만 했다. 돌고래 떼. 작살로 잡으려고 해봤다. 서 있을 수가 없었다. 리파는 약해지고 성질 나빠짐. 나도 힘이 없어서, 그가 공격하면 방어하지 못할 거다. 호루라기를 불 힘도 없다.

잠잠하고 탈 듯이 뜨거운 날. 가차 없이 쏟아지는 햇빛. 머릿속에서 뇌가 부글부글 끓는 기분. 오싹하다.

몸과 마음이 쇠약해짐. 곧 죽을 거다. 리파는 숨은 쉬지만 꼼짝 않는다. 곧 죽을 거야. 날 죽이지 않겠지.

구원. 한 시간 동안 굵은 빗줄기가 시원하고 기분 좋게 내림. 빗물을 입, 비닐봉지, 깡통, 몸에 담았다. 한 방울도 더 담아둘 데가 없을 때까지. 몸에 묻은 소금이 씻기도록 비를 맞았다. 기어서 리파를 보러 갔다. 반응이 없다. 몸을 웅크리고 꼬리는 처졌다. 털이 젖어서 꼴사납다. 물에 젖으면 체구가 작아 보인다. 뼈가 앙상하고. 처음으로 몸을 만져봤다. 죽었는지 보려고. 아니다. 몸이 아직 따뜻하다. 그를 만져보니 놀라웠다. 이런 상태에서도 살이 단단하고, 근육이 있고, 살아 있다니. 내가 모기라도 되는 듯, 내 손길이 닿자 그는 몸서리를 쳤다. 마침내 물에 반쯤 담긴 머리를 흔든다. 익사보다는 물을 마시는 게 낫다. 좋은 징조다. 꼬리가 선다. 코앞에 바다거북 살점을 던졌다. 무반응. 결국 반쯤 몸을 일으킨다—물을 마시려고. 마시고 또 마셨다. 먹었다. 완전히 일어나지는 않았다. 제 몸을 핥으며 시간을 보냈다. 잠들었다.

소용없다. 오늘 난 죽는다.

오늘 죽을 거야.
난 죽는다.

이게 마지막 일기였다. 그 후에도 계속 버텼지만 기록하지는 못했다. 일기장의 구석에 지렁이같이 눌린 자국이 보이는지? 나는 종이가 모자랄 걸로 예상했었다. 하지만 먼저 떨어진 것은 펜이었다.

90

"리처드 파커, 어디 잘못됐니? 눈이 안 보이니?"

그렇게 말하면서 호랑이의 얼굴에 대고 손을 흔들었다.

이틀쯤 리처드 파커가 눈을 문지르며 서글프게 울어댔지만, 난 별일 아닌 걸로 넘겼다. 당장 먹을 게 생겨서 통증과 아픔은 무시할 만했다. 만새기 한 마리를 잡았던 것이다. 우리는 사흘이나 아무것도 못 먹고 있었다. 전날 바다거북 한 마리가 구명보트에 다가왔지만, 힘이 없어서 배로 끌어올리지 못했다. 물고기를 두 토막 냈다. 리처드 파커는 내 쪽을 쳐다보고 있었다. 고기를 그에게 던져주었다. 그가 요령껏 입을 벌려 받아먹을 거라 예상했다. 한데 생선 덩어리는 그의 멍한 얼굴을 때렸다. 리처드 파커는 고개를 숙였다. 그는 좌우로 킁킁거리더니 물고기를 찾아서 먹기 시작했다. 이제 우린 먹는 것도 느렸다.

리처드 파커의 눈을 들여다보았다. 다른 날과 다르지 않아 보였다. 눈 안쪽에 눈곱이 조금 더 많았지만, 그의 몸처럼 심하게 변하지는 않았다. 시련을 겪으며 우리는 피골이 상접했으니까.

나는 보는 행위 자체에 해답이 있음을 알아차렸다. 안과의사처럼 리처드 파커의 눈을 가만히 들여다보니, 그는 공허한 눈으로 쳐다봤다. 장님 호랑이나 그런 눈길로 반응하리라.

리처드 파커가 불쌍했다. 우리의 끝이 다가오고 있었다.

다음 날, 내 눈이 따끔거리기 시작했다. 계속 문질렀지만 가려움이 가시지 않았다. 오히려 반대로 더 악화되었다. 리처드 파커와는 달리 내 눈에서는 고름이 나오기 시작했다. 그러더니 눈앞이 어두워지고 눈만 깜빡거렸다. 처음에는 바로 앞만 그랬다. 모든 것의 중간에 검은 점이 있었다. 점점 멀리 보이는 곳에도 큰 얼룩이 번졌다. 다음 날 아침 태양을 보니, 왼쪽 눈 위로만 빛이 보였다. 아주 높은 곳에 난 작은 창처럼. 정오쯤 모든 게 암흑으로 변했다.

나는 목숨에 매달렸다. 힘이 없어 제정신이 아니었다. 열기는 지옥 같았다. 너무 힘이 없어서 서 있을 수도 없었다. 입술은 딱딱해지고 갈라졌다. 입은 마르고 끈적거렸고, 풀 같은 침에서는 악취가 났다. 피부는 탔다. 쪼그라든 근육은 쑤셨다. 팔다리, 특히 발이 퉁퉁 붓고 아팠다. 배가 고팠지만, 계속 먹을 것 없이 지내야 했다. 물로 말할 것 같으면, 리처드 파커가 워낙 많이 마셔서 나는 하루에 다섯 숟가락이나 먹는 정도였다. 하지만 이런 육체의 고통은, 앞으로 감당하게 될 정신적 고문에 비하면 아무것도 아니었다. 여정 중 정확히 언제 그 일이 벌어졌는지 꼭 집어 말할 수는 없다. 전에도 말했듯이, 시간이 질서 있게 흐르지 않았으므로. 아마 조난당한 지 100일에서 200일 사이 언제쯤이었을 것이다. 하루도 더 버티지 못할 것 같은 날이었으니.

다음 날 아침, 나는 죽음에 대한 두려움을 놓아버리고, 죽겠다는 각오를 했다.

더 이상은 리처드 파커를 보살필 수 없다는 슬픈 결론에 이르렸다. 동물원 관리자로서 실패한 셈이었다. 나 자신의 죽음보다는 그에게 임박한 죽음에 더 마음이 쓰였다. 하지만 몸이 완전히 쇠약해진 내가 그를 위해 할 수 있는 건 없었다.

체력은 급격히 저하됐다. 스멀스멀 다가드는 무기력한 증세가 목숨을 앗아가리라는 걸 느낄 수 있었다. 오후에는 죽으리라. 마음을 더 편하게 갖기 위해, 오랫동안 떠안고 살던 참기 힘든 갈증을 해소하기로 결정했다. 양껏 물을 들이켰다. 마지막으로 먹을 게 있으면 얼마나 좋을까. 하지만 그건 가능성이 없는 듯했다. 배 가운데, 둘둘 말린 방수포 끄트머리에 몸을 의지했다. 눈을 감고, 숨이 마지막으로 몸에서 빠져나가기를 기다렸다. 나는 중얼댔다.

"잘 가, 리처드 파커. 끝까지 보살피지 못해 미안해. 난 최선을 다했어. 안녕. 사랑하는 아버지, 어머니, 라비 형. 안녕하세요. 사랑하는 아들이자 동생이 가족을 만나러 가요. 한순간도 가족 생각을 안 하고 지나간 때가 없었어요. 가족을 만나는 순간이 평생 가장 행복한 순간이 될 거예요. 이제 모든 걸, 사랑이시고, 제가 사랑하는 신의 손에 맡깁니다."

말소리가 들렸다.

"거기 누구 있어요?"

죽어가는 마음을 안고 어둠 속에서 홀로 있을 때, 놀랍게도 소리를 듣게 된다. 모양이나 색깔도 없는 소리가 이상하게 퍼진다. 눈이 멀면 다른 소리를 듣게 된다.

다시 말소리가 울렸다.

"거기 누구 있어요?"

내가 미쳤다고 결론지었다. 슬프지만 사실이었다. 불행은 짝을 원하는 법이라, 정신병이 불행을 불러낸다.

"거기 누구 있어요?"

그 목소리가 계속 울린다.

미친 정신이지만 또렷한 것이 놀라웠다. 무겁고 지친 음색이었다. 나는 화답하기로 했다.

"당연히 누가 있지요. 거기 언제나 한 사람이 있어요. 그렇지 않으면 누구한테 묻고 있겠어요?"

"'다른' 누군가 있기를 바랐거든요."

"'다른' 누군가라니 누구 말인가요? 여기가 어딘지 알아요? 이런 무난한 상상이 마음에 안 들면 다른 걸 상상할 수밖에 없지요."

흠. 무난한…… 무화과. 무화과가 맛이 좋지 않을까?

"그럼 아무도 없군요, 그렇죠?"

"쉬잇……. 난 무화과를 꿈꾸고 있어요."

"무화과라니! 무화과가 있나요? 나도 조금 얻을 수 있을까요? 부탁이에요. 조금만 줘요. 배고파 죽을 지경이에요."

"무화과가 한 쪽만 있는 게 아니에요. 무화과 전부를 갖고 있어요."

"무화과 전부라니! 아, 부탁할게요. 나도 좀 줄래요? 나는……."

 목소리, 아니 바람과 파도가 빚어내는 소리가 사그라졌다.

 내가 말했다.

 "무화과는 도톰하고 묵직하고 향긋해요. 나뭇가지가 축 처져 있죠. 무화과 열매가 무거워서요. 그 나무에 무화과가 삼백 개도 넘게 열렸을걸요."

 침묵.

 목소리가 다시 살아났다.

 "우리 음식 이야기나 해봐요……."

 "좋은 생각이네요."

 "원하는 대로 먹을 수 있다면 뭘 먹고 싶어요?"

 "훌륭한 질문이에요. 근사한 뷔페에 가겠어요. 우선 밥과 사슴 고기로 시작하고 싶어요. 검은 달(콩 등에 향신료를 넣어 끓인 것—옮긴이)을 곁들인 밥, 요거트 밥……."

 "나라면……."

 "아직 안 끝났어요. 그리고 밥과 얼얼한 타마린드 삼바, 작은 양파 삼바……."

 "또 있나요?"

 "거의 다 됐어요. 또 채소 볶음과 채소를 넣은 코르마(순한 맛의 카레—옮긴이)와 감자 마살라(진한 맛의 카레—옮긴이), 양배추 바다이(달콩과 채소를 넣은 반죽을 튀긴 요리—옮긴이)와 마살라 도사이, 매운 렌즈콩 라삼(인도 고추—옮긴이)……."

"알겠어요."

"잠깐만요. 속을 넣은 가지 포리얄, 코코넛 참마 쿡투, 쌀 이들리, 요거트 바다이, 채소 바지(채소로 만든 매콤한 요리―옮긴이)……."

"듣기만 해도……."

"내가 처트니 얘기 했나요? 코코넛 처트니와 박하 처트니, 고추 피클, 구즈베리 피클 같은 것을 난(밀가루를 반죽해서 구운 것―옮긴이), 파파덤(콩으로 만들어 살짝 구운 얇은 과자―옮긴이), 파라타(반죽을 화덕 안에 굽는 빵―옮긴이), 퓨리(밀가루 반죽을 기름에 튀긴 것―옮긴이)와 함께."

"듣기만 해도……."

"샐러드도 맛있죠! 망고 요거트 샐러드, 오크라(푸른 고추와 비슷한 인도 채소―옮긴이) 요거트 샐러드, 오이 샐러드. 디저트로는 아몬드 파야잠, 우유 파야잠, 야자즙 조당을 넣은 팬케이크, 땅콩사탕, 코코넛 버피, 뜨겁고 진한 초콜릿 소스를 끼얹은 바닐라 아이스크림."

"다 됐나요?"

"이런 간식을 십 리터쯤 되는 신선하고 깨끗하고 시원한 얼음물이랑 커피랑 먹고 싶어요."

"정말 맛있겠네요."

"그렇죠?"

"코코넛 참마 쿡투가 뭐예요?"

"천국, 바로 그거죠. 만들려면 참마, 코코넛 가루, 초록색 바나나, 칠리 파우더, 후춧가루, 심황 가루, 커민 씨, 갈색 겨자 씨, 코코넛 기름 약간이 필요해요. 코코넛을 갈색이 날 때까지 볶다가⋯⋯."

"내가 뭘 좀 추천해도 될까요?"

"뭔데요?"

"코코넛 참마 쿡투 대신 겨자 소스에 버무린 익힌 소 혀는 어때요?"

"그건 채식이 아닌 것 같은데요."

"그래요. 그럼 양(소의 위—옮긴이)은 어때요."

"양이라고요? 불쌍한 동물의 혀를 먹더니 이제 위까지 먹고 싶어요?"

"그래요! 나는 '까엥식 양 요리'(소의 양과 발, 백포도주, 채소 등을 넣고 열두 시간 동안 푹 끓인 요리—옮긴이)에 따스한 스위트브레드를 곁들여 먹는 꿈을 꿔요."

"스위트브레드라구요? 좋을 것 같은데요. 스위트브레드가 뭔가요?"

"스위트브레드는 송아지 췌장으로 만들어요."

"췌장!"

"기름에 살짝 튀긴 다음 오래 끓여서 버섯 소스를 곁들이는데, 맛이 끝내줘요."

이런 구역질나고, 무엄한 요리법은 어디서 나왔을까? 내가 소와 송아지를 상에 올릴 상상을 할 만치 막나가고 있나? 내 몸을 휘감는 무시무시한 바람은 뭐지? 구명보트가 떠다니는 쓰레기 속으로 다시 들어갔나?

"그다음 무례한 음식은 뭔가요?"

"갈색 버터 소스를 끼얹은 송아지 뇌!"

"이제 머리인가요?"

"뇌 수플레(달걀흰자에 우유를 섞어 구운 음식 — 옮긴이)예요!"

"메스꺼운데요. 대체 안 먹는 게 있나요?"

"소꼬리탕을 먹을 수 있다면 뭐든 주겠어요. 쌀, 소시지, 살구, 건포도로 속을 채운 어린 돼지 구이도요. 버터, 겨자, 파슬리 소스를 버무린 송아지 콩팥도 있죠. 적포도주에 조린 토끼 요리도 있고요. 닭 간 소시지도 있고. 돼지고기와 송아지 간 파테, 개구리 요리. 아, 개구리 고기를 먹어봤으면, 개구리 고기!"

"더는 못 하겠네요."

목소리가 잦아들었다. 나는 구토가 나서 몸을 떨었다. 정신이 돌아버린 건 그렇다 쳐도, 배 속까지 안 좋은 것은 공평하지 못했다.

갑자기 이해가 되기 시작했다.

내가 물었다.

"피가 흐르는 생 쇠고기가 먹고 싶어요?"

"당연하죠! 난 타르타르 스테이크(날달걀 노른자와 양파를 곁들인 서양식 쇠고기 육회 — 옮긴이)를 좋아해요."

"돼지 선지 먹을래요?"

"매일이라도요. 애플 소스를 곁들여서!"

"동물에서 나온 것은 뭐든, 찌꺼기라도 먹고 싶어요?"

"스크래플(저민 고기, 채소, 옥수수 가루를 기름에 튀긴 요리—옮긴이)과 소시지! 수북이 담아 먹었으면!"

"당근은 어때요? 날당근도 먹을래요?"

대답이 없었다.

"내 말을 들었어요? 당근도 먹을래요?"

"들었어요. 정직하게 말해, 선택권이 있다면 안 먹겠어요. 그런 음식은 별로 안 좋아하거든요. 맛이 무지 없거든요."

나는 웃음을 터뜨렸다. 알 것 같았다. 나는 그 목소리를 듣는 게 아니었다. 나는 미친 게 아니었다. 내게 말하는 것은 바로 리처드 파커였다! 지독한 녀석 같으니! 같이 오래 있었으면서, 하필 죽기 한 시간 전에야 지껄이기 시작하는군. 나는 호랑이와 말을 나눌 수 있다는 데 흥분했다. 곧 호기심이 솟구쳤다. 영화배우가 팬들에게 걸려서 혼쭐나는 그런 유의 호기심이었다.

"궁금하다, 사람 죽인 적 있어?"

설마 그럴까 싶었다. 동물 중 사람을 잡아먹는 것은 사람 중 살인자처럼 드물고, 리처드 파커는 아직 새끼일 때 잡혔으니까. 하지만 그의 어미가 써스티에게 붙잡히기 전에 사람을 잡은 적이 없다고 누가 장담할까?

"질문 한번 이상하네."

리처드 파커가 대꾸했다.

"말이 되는 질문 같은데."

"그래?"

"음."

"어째서?"

"넌 그걸로 유명하니까."

"내가 그런가?"

"당연하지. 그런 사실을 전혀 몰라?"

"몰라."

"그럼 네가 모르는 부분을 확실히 해줄게. 넌 그쪽 방면으로 명성이 자자해. 그래, 사람을 죽여본 적이 있어?"

침묵.

"어때? 대답해봐."

"있어."

"앗! 등에 식은땀이 나네. 몇이나?"

"둘."

"남자 둘을 죽였다고?"

"아니, 남자 하나, 여자 하나."

"동시에?"

"아니. 남자 먼저, 여자는 나중에."

"괴물 같으니! 그걸 굉장히 재미있다고 생각했겠지. 그들이 비명을 지르고 발버둥을 치는 것을 아주 재미나게 봤을 거야."

"그렇지 않아."

"좋았어?"

"좋았냐고?"

"그래. 순진한 체하지 마. 사람 맛이 좋았어?"

"아니, 맛은 좋지 않았어."

"그럴 줄 알았어. 동물성은 후천적으로 발달한다고 하더라구. 그래 사람을 왜 죽였어?"

"욕구 때문에."

"괴물의 욕구라. 후회는 없어?"

"그들을 안 죽였으면 내가 죽었을 거야."

"비도덕적인 단순성 속에는 다 그런 욕구가 있지. 하지만 지금은 후회하지 않아?"

"순간적으로 일어난 일이었어. 그때 사정이 그랬어."

"본능이야. 그런 걸 본능이라고 하지. 하지만 대답해봐. 지금은 후회 없어?"

"그런 생각은 안 해."

"그게 바로 동물이야. 너희는 다 그래."

"그럼 너는 뭔데?"

"인간. 이제 알게 해주지."

"무지 잘난 척하네."

"확실한 진실이니까."

"그래서 네가 먼저 돌을 던지겠다는 거야?"

"우타팜 먹어본 적 있니?"

"아니, 못 먹어봤어. 하지만 얘기해봐. 우타팜이 뭐야?"

"진짜 맛있어."

"말만 들어도 맛좋을 것 같다. 자세히 말해봐."

"우파탐은 대부분 남은 반죽으로 만들지만, 맛을 보면 그런 것은 싹 잊게 돼."

"벌써 맛을 알 수 있을 것 같아."

나는 잠들었다. 아니, 죽어가며 정신착란 상태에 빠져들었다.

하지만 뭔가 집적대는 게 있었다. 뭐라고 말할 수는 없었다. 그게 뭐든 내가 죽어가는 것을 방해했다.

알아차렸다. 나를 성가시게 하는 게 뭔지 알아냈다.

"저기 말이야."

"응?"

리처드 파커의 목소리가 희미하게 들려왔다.

"왜 사투리를 쓰니?"

"아니야. 사투리를 쓰는 사람은 너야."

"아니, 난 아닌데. 넌 '이'를 붙여 말한다구."

"'이'라고 발음해야 되니까 그러는 거야. 너는 입속에 구슬을 물고 말하는 것 같아. 인도식 사투리로 말한다구."

"넌 혀가 톱이고 영어단어가 나무로 만들어진 것처럼 말해. 프랑스식 억양이 있다구."

그건 정말 모순이었다. 리처드 파커는 방글라데시에서 태어나

인도의 타밀나두 지역에서 성장했는데, 어떻게 프랑스식 억양으로 말할까? 물론 폰디체리가 한때는 프랑스령이었지만, 동물원에 사는 동물이 뒤마 거리에 있는 '알리앙스 프랑세즈'에 다녔을 리는 없을 테고.

아주 난감했다. 나는 다시 안갯속으로 빠졌다.

깜짝 놀라며 깨어났다. 누가 거기 있었다! 내 귀에 들려오는 소리는 사투리를 하는 바람 소리도, 말을 하는 동물 소리도 아니었다. 다른 누군가가 있었다! 가슴이 몹시 뛰면서, 지쳐 빠진 몸속에서 마지막으로 피가 돌았다. 마지막으로 정신을 맑게 하려고 노력했다.

"그저 메아리일 거야."

가물가물 그런 소리가 들렸다.

내가 소리쳤다.

"잠깐만요, 내가 여기 있어요!"

"바다에 울리는 메아리야……."

"아니에요, 나예요!"

"이렇게 끝날 거야!"

"이봐요!"

"내가 쓸데없는 짓을 하는 거야……."

"그냥 있어요, 그대로 있어요!"

그의 목소리가 들리지 않았다.

나는 고함을 질렀다.

그도 소리쳤다.

이건 너무해. 내가 미치나 봐.

좋은 생각이 떠올랐다.

나는 마지막 힘을 다해 소리 질렀다.

"내 이름은 피신 몰리토 파텔입니다."

메아리가 어떻게 이름을 말할 수 있겠어? 내가 말을 이었다.

"내 말 들려요? 나는 피신 몰리토 파텔이고, 다들 파이 파텔이라고 불러요!"

"뭐? 거기 누구 있어요?"

"그래요, 여기 누가 있어요!"

"뭐라고? 설마 이게 사실일까? 부탁인데요, 먹을 게 있나요? 뭐든 좋아요. 식량이 하나도 남지 않았어요. 며칠이나 아무것도 못 먹었어요. 먹을 게 필요해요. 뭐든 나눠주면 고맙겠어요. 이렇게 부탁해요."

내가 울적하게 대답했다.

"하지만 나도 남은 게 없어요. 나도 며칠이나 아무것도 못 먹었어요. 당신이 음식을 갖고 있기를 바랐는데. 물은 있어요? 내가 가진 물도 거의 바닥나서요."

"아뇨. 없어요. 음식이 하나도 없나요? 전혀 없어요?"

"하나도, 전혀."

침묵이 흘렀다. 무거운 침묵이었다.

내가 물었다.

"당신은 어디 있나요?"

"난 여기 있는데요."

그가 힘없이 대꾸했다.

"그게 어디예요? 난 당신을 못 봐요."

"왜 나를 못 보죠?"

"눈이 멀었어요."

"뭐라구요?"

그가 소리쳤다.

"난 눈이 멀었어요. 어둠밖에 아무것도 못 봐요. 눈을 깜빡여도 아무것도 안 보여요. 지난 이틀간 그랬어요, 내 피부가 시간을 제대로 가늠했다면요. 낮인지 밤인지 구분할 수 있는 방법은 피부로 느끼는 것뿐이거든요."

엄청난 통곡 소리가 들렸다.

"뭐예요? 왜 그래요?"

내가 물었다.

그는 계속 통곡했다.

"제발 대답해봐요. 무슨 일인가요? 난 앞이 안 보이고 음식도 물도 없지만, 우린 둘이잖아요. 그게 중요하죠. 소중한 거죠. 그런데 무슨 일이에요, 사랑하는 형제여?"

"나 역시 앞을 못 봐요!"

"뭐라구요?"

"나도 그쪽처럼 눈을 깜빡여도 아무것도 안 보인다구요."

그는 다시 울었다. 나는 말문이 막혔다. 태평양에서 나와 똑같이 구명보트에 탄, 눈먼 사람을 만나다니!

내가 중얼중얼 물었다.

"한데 어쩌다 장님이 됐어요?"

"아마 당신과 같은 이유겠죠. 막다른 지경에 이른 굶주린 몸이 위생 상태가 나빠서 그런 거죠."

우리 둘 다 감정이 무너졌다. 그는 통곡했고 나는 흐느꼈다. 이건 너무했다. 정말이지 너무했다.

한참 후 내가 말했다.

"아는 이야기가 있어요."

"이야기요?"

"그래요."

"이야기가 무슨 소용이 있죠? 난 배가 고파요."

"음식에 대한 이야기예요."

"말은 영양가가 없다구요."

"음식이 나오는 대목을 찾아보라구요."

"괜찮은 생각이네요."

침묵. 배고픈 침묵.

"어디 있나요?"

그가 물었다.

"여기요. 당신은요?"

"여기요."

노가 찰싹 소리를 내며 물속으로 들어가는 소리가 들렸다. 나도 부서진 뗏목에서 건진 노 하나에 손을 뻗었다. 묵직했다. 양손을 더듬어서 가장 가까이에 있는 노걸이를 찾았다. 노를 노걸이에 끼웠다. 손잡이를 잡아당겼다. 힘이 없었다. 하지만 있는 힘을 다해 노를 저었다.

그가 숨을 헐떡이며 말했다.

"이야기를 들어봅시다."

"옛날에 바나나가 있었어요. 쭉쭉 자랐죠. 자라서 단단하고 탐스러운 바나나가 됐어요. 노랗고 냄새도 좋고. 그러다 땅에 떨어졌는데, 누군가 그걸 보고 먹어버렸어요."

그는 노 젓기를 멈추고 말했다.

"정말 아름다운 이야기네요!"

"고마워요."

"눈물이 나네요."

"또 다른 얘기가 있어요."

내가 말했다.

"뭐죠?"

"바나나가 땅에 떨어졌고, 누군가 그걸 보고 먹었고, 그 사람은 기분이 좋아졌대요."

"숨이 막히는 얘기네요!"

그가 소리쳤다.

"고마워요."

잠시 침묵.

"한데 바나나를 갖고 있지 않나요?"

"없어요. 오랑우탄 때문에요."

"뭐 때문이라고요?"

"사연이 길어요."

"치약은요?"

"없어요."

"물고기에 바르면 맛있는데. 담배는요?"

"벌써 먹어버렸어요."

"담배를 먹어요?"

"필터는 아직 있어요. 원한다면 필터를 드리죠."

"필터요? 담배 가루도 없는 필터를 뭐에 쓰겠어요? 어떻게 담배를 먹어버릴 수 있어요?"

"그걸로 뭘 하겠어요? 난 담배도 안 피우는데."

"갖고 있다 다른 것과 바꿔야죠."

"바꿔요? 누구와?"

"나와!"

"형제여, 내가 그걸 먹을 때는 태평양 한가운데 떠 있는 구명보트에 혼자 있었어요."

"그래서요?"

"그러니 태평양 한가운데서 내가 담배를 주고 물건을 바꿀 사람을 만날 기대 같은 것은 갖지 않았죠."

"미리 계획을 세워야죠, 답답한 사람 같으니! 이제 당신은 바꿀 물건이 하나도 없군요."

"하지만 물건이 있다고 해도, 무엇과 바꾸겠어요? 당신은 내가 원할 만한 걸 뭘 갖고 있나요?"

그가 대답했다.

"부츠 한 짝이 있어요."

"부츠 한 짝요?"

"그래요. 고급 가죽 부츠예요."

"태평양 한가운데 떠 있는 구명보트에서 가죽 부츠로 뭘 어쩌라구요? 여가 시간에 하이킹이라도 가라는 거예요?"

"부츠를 먹으면 되잖아요!"

"부츠를 먹어요? 정말 대단한 생각이네요."

"담배도 먹으면서 왜 부츠는 못 먹죠?"

"생각만 해도 역겨워요. 한데 누구 부츠예요?"

"내가 어찌 알겠어요?"

"그럼 나더러 전혀 모르는 사람의 부츠를 먹으라는 건가요?"

"그게 무슨 상관이에요?"

"정말 어리둥절하네요. 부츠라니. 내가 힌두교도고, 우리 힌두교도들은 소를 신성하게 생각한다는 사실은 제쳐두고라도, 가죽 부츠를 먹는 짓은 신을 신은 동안 밟은 오물에 발에서 나오는 더러움까지 먹는 거라구요."

"그러면 부츠를 안 먹겠네요."

"먼저 좀 봐요."

"안 돼요."

"뭐라구요? 보지도 않고 물물교환을 하자는 말인가요?"

"우린 둘 다 앞을 못 본다는 걸 기억하라구요."

"그럼 부츠가 어떻게 생겼는지 설명해봐요! 정말 형편없는 장사꾼이네요! 손님이 없어 쩔쩔맬 만해요."

"맞아요, 난 그래요."

"부츠는요?"

"가죽 부츠예요."

"어떤 종류의 가죽 부츠죠?"

"평범한 모양이에요."

"그렇다면?"

"구두끈을 매고, 끈을 넣는 구멍이 있고 구두 혀가 있죠. 안창이 있구요. 보통 많이 보는 종류예요."

"무슨 색인데요?"

"검정."

"상태는 어때요?"

"닳았어요. 가죽이 부드럽고 나긋나긋해요. 만지면 기분 좋죠."

"그럼 냄새는요?"

"좋은 가죽 냄새가 나요."

"솔직히 말해야겠네요 — 솔직히. 마음이 끌리는데요!"

"그냥 잊어버려도 돼요."

"왜요?"

침묵.

"대답 안 해줄 건가요, 형제여?"

"부츠는 없어요."

"부츠가 없다구요?"

"없어요."

"서글퍼지네요."

"내가 먹었어요."

"부츠를 먹었어요?"

"그래요."

"맛있던가요?"

"아뇨. 담배는 맛있었나요?"

"아뇨. 끝까지 먹지는 못했어요."

"나도 부츠를 끝까지 못 먹었어요."

"옛날 옛적에 바나나가 있었는데 쑥쑥 자랐죠. 자라서 크고 단단하고, 노랗고 냄새도 좋은 바나나가 열렸어요. 그러다 바나나가 땅에 떨어졌는데, 어떤 사람이 그걸 보고 먹었고, 나중에 기분이 좋아졌어요."

"미안해요. 내가 한 말과 행동, 모두 미안해요. 나는 쓸모없는 인간이에요."

그가 소리쳤다.

"무슨 말이에요? 당신은 세상에서 가장 소중하고 멋진 사람이에요. 자, 형제여. 우리 같이 지내면서, 함께 있는 걸 즐거워하자구요."

"좋아요!"

태평양은 노를 젓기에 좋은 바다가 아니었다. 특히 힘없고 앞을 못 보는 사람들로서는. 그들이 탄 구명보트가 크고 다루기 힘들 때는. 바람이 비협조적일 때는. 그는 가까이 다가왔다. 그는 멀리 벗어났다. 그는 내 왼쪽에 있었다. 그러다가 내 오른쪽으로 왔다. 그는 내 앞에 있었다. 그러다 내 뒤로 갔다. 하지만 마침내 우리는 만났다. 둘의 배가 쿵 하며 닿았다. 바다거북 소리보다도 기분 좋은 소리였다. 그가 밧줄을 던졌고 나는 그의 배를 내 배에 맸다. 양팔을 벌려 그를 껴안자, 그도 꼭 안아 왔다. 내 눈에 눈물이 고였고, 나는 미소 지었다. 그가 바로 내 앞에 서자, 앞이 안 보이는 중에도 번쩍이는 듯했다.

내가 속삭였다.

"내 아름다운 형제여."

"난 여기 있어요."

그가 대답했다.

"형제여, 내가 말하지 않은 게 있어요."

그는 내게 몸을 기대 왔다. 우리는 반은 방수포 위에, 반은 중간 벤치에 주저앉았다. 그가 양손으로 내 목을 감았다.

"형제여."

그가 너무 힘껏 포옹을 해, 나는 숨을 몰아쉬며 말을 이었다.

"내 마음은 당신과 함께 있어요. 하지만 우린 내 소박한 배로 가야 될 것 같아요."

그가 말했다.

"당신의 마음이 나와 함께 있다는 건 맞는 말이에요! 그리고 당신의 간과 살도 함께 있죠!"

그가 방수포에서 벗어나 중간 벤치로 가는 것이 느껴졌다. 그는 위험하게도 한 발을 배 바닥에 내려놓았다.

"안 돼요, 형제여! 그러지 말아요! 우리만 있는 게……."

나는 그를 붙잡으려 했다. 하지만 너무 늦어버렸다. 난 '안 된다'는 말을 다 하지도 못했다. 호랑이 앞발이 배 바닥을 내리치는 소리가 어렴풋이 들렸다. 안경이 바닥에 떨어지는 소리 정도도 되지 않았다. 그다음 순간 사랑하는 형제는 내 앞에서 비명을 질렀다. 한 번도 들어보지 못한 무서운 비명이었다. 그는 나를 잡았던 손길을 풀었다.

이것이 리처드 파커의 무시무시한 거래였다. 그는 내게 생명을 주었지만, 다른 사람의 목숨을 대가로 가져갔다. 리처드 파커는 사람의 몸에서 살을 찢고 뼈를 부쉈다. 피 냄새가 코끝을 맴돌았다. 그때 내 안의 뭔가가 죽었고, 다시는 되살아나지 않았다.

91

나는 형제의 배로 올라갔다. 양손을 더듬어 배 안을 뒤졌다. 그가 내게 거짓말을 했음을 알았다. 그는 바다거북 고기 조금, 만새기 머리, 심지어 비스킷 부스러기 — 최고의 먹거리 — 까지 갖고 있었다. 또 물도 있었다. 몽땅 입에 넣었다. 내 보트로 건너와서, 그 배를 떠나보냈다.

그러면서 운 것이 눈에 도움이 됐다. 시야의 왼쪽 끝에 있던 작은 창이 조금 열렸다. 바닷물로 눈을 씻었다. 씻을 때마다 창문이 점점 열렸다. 이틀이 지나자 시력이 정상으로 돌아왔다.

눈앞에 광경이 펼쳐졌을 때, 그대로 앞을 보지 못했더라면 하고 후회가 됐다. 찢기고 잘려나간 시신이 배 바닥에 나뒹굴었다. 리처드 파커는 신나게 시신을 먹었다. 얼굴까지 먹어치운 후라 그 형제가 누구였는지 확인하지 못했다. 몸통은 잘리고, 갈비뼈는 부러져서 배의 형체처럼 휜 상태였다. 꼭 미니 구명보트를 보는 것 같았다. 피가 낭자하고 끔찍한 상태였다.

그의 팔을 작살로 끌어내, 살점을 미끼로 썼다는 사실을 고백하지 않을 수 없다. 더 솔직히 말하면, 극도의 욕구와 거기에 따르는 광기가 날 밀어대서 그의 살점을 조금 먹었다. 작살의 훅에 끼우려던 얇은 조각을. 햇볕에 바싹 마른 상태여서 보통 동물의 살점과 다를 바 없어 보였다. 살점은 의식하지 못한 상태에서 내 입으로 들어갔다. 내가 받은 고통이 끊임없었고, 그는 이미 죽었다는 점을 이해해주기를. 물고기를 잡자마자, 나는 인육을 먹는 짓을 그만뒀다.

나는 매일 그의 영혼을 위해 기도한다.

92

독특한 식물을 발견했다. 하지만 지금부터 이야기하는 것을 믿지 않는 사람이 많을 것이다. 그래도 말해야 하는 것은, 이것이 이 이야기와 내가 겪은 일의 일부분이기 때문이다.

나는 모로 누워 있었다. 정오에서 한두 시간쯤 지났을 때였다. 햇살이 조용히 쏟아지고 산들바람이 부는 시간이었다. 나는 잠깐 잠을 잤다. 휴식도 꿈도 없는 멍한 상태의 수면이었다. 최대한 힘을 아끼려 애쓰면서 몸을 다른 쪽으로 돌렸다. 나는 눈을 떴다.

가까운 곳에 나무들이 있었다. 나는 아무런 반응도 하지 않았다. 눈을 몇 번 깜빡이면 사라질 신기루일 테니까.

나무들은 그대로 남아 있었다. 나무들은 자라 숲을 이루고 있었다. 나무숲은 저지대 섬에 있었다. 나는 몸을 일으켰다. 아직도 눈이 믿기지 않았다. 하지만 이렇게 그럴듯한 환영에 빠지는 것은 스릴 있었다. 나무는 아름다웠다. 생전 처음 보는 나무들이었다. 나무껍질은 흐린 색이고, 나뭇가지에는 놀랍게도 나뭇잎이 무성했다. 나뭇잎은 빛나는 초록색이었다.

일부러 눈을 깜빡여보았다. 눈꺼풀이 벌목꾼처럼 나무를 베어내 사라지게 하겠지. 하지만 나무는 쓰러지지 않고 여전히 서 있었다.

나는 아래를 봤다. 만족스러운 동시에 실망스러웠다. 섬에는 흙이 없었다. 그렇다고 나무가 바닷물 속에 서 있는 건 아니었다. 빼곡이 자라 나뭇잎처럼 번들거리는 초목으로 보이는 것 사이에 나무가 서 있었다. 흙 없는 땅에 대해 들어본 사람이 있을까? 순전히 초목 틈새에서 자라는 나무에 대해서도? 내 판단이 옳다는 것을 확인시켜주는 모습이었다. 나는 이게 모두 망상이라고, 마음의 장난이라고 판단했다. 아무리 이상해도 섬에, 어느 섬에든 닿으면 좋겠다는 생각에 실망을 안겼다.

나무가 계속 서 있어서 나도 계속 바라보았다. 오랫동안 파란색만 물리게 보다가 초록색을 보니, 눈에 음악을 쏟아붓는 것 같았다. 초록색은 예쁜 색이다. 이슬람교의 색이다. 내가 제일 좋아하는 색이기도 하고.

물살이 가만히 밀려와 구명보트를 환상에 더 가까이 다가가게 했다. 섬의 가장자리는, 모래도 자갈도 없어서 해변이라고 부를 수 없었다. 또 파도가 섬에 부딪쳐서 부서졌기 때문에, 물결이 일렁이지도 않았다. 섬 안쪽으로 300미터쯤 되는 지점에서 섬은 바다 쪽으로 경사졌고, 30미터쯤 지나면서 해안선은 깊은 태평양으로 사라져버렸다. 가장 작은 땅덩어리로 기록될 수 있으리라.

나는 환상에 익숙해지고 있었다. 환상을 오랫동안 붙들기 위해, 그것이 깨질 만한 짓은 하지 않았다. 구명보트가 섬에 가까이 다가가도, 나는 꼼짝하지 않고 계속 꿈꾸기만 했다. 섬은 섬세하고 촘촘히 얽힌 해초 덩어리 같았다. 튜브 모양의 해초는 지름이 손가락 두 개보다 굵었다. 정말 환상적인 섬이야. 나는 속으로 중얼댔다.

몇 분 후, 배의 한쪽으로 기어갔다. 생존 지침서에 '초록색을 찾을 것'이란 항목이 있었다. 바로 이게 초록색이었다. 사실 이건 엽록소의 천국이었다. 식용색소와 번쩍이는 형광 불빛을 능가하는 초록색이었다. 흠뻑 취하는 초록빛. 지침서에는 '궁극적으로 발을 디뎌야만 육지인지 확인할 수 있다'는 대목이 있었다. 섬은 한 걸음쯤 거리에 있었다. 섬인지 ─ 실망스럽겠지만 ─ 아닌지 확인하느냐, 그것이 문제였다.

확인하기로 했다. 상어가 있는지 주변부터 둘러봤다. 상어 떼는 보이지 않았다. 배를 밀착시키고 방수포에 몸을 기대며 한쪽 다리를 천천히 아래로 내렸다. 발이 물속에 들어갔다. 상쾌하고 시원했다. 섬은 약간 더 밑에서 빛나고 있었다. 몸을 쭉 뻗었다. 언제라도 환상의 거품이 꺼져버릴 것만 같았다.

그러지 않았다. 발을 맑은 물에 담그자, 유연하면서도 탄탄한 고무 같은 것의 저항이 느껴졌다. 나는 몸무게를 아래로 실었다. 환영은 사라지지 않았다. 무게를 발에 실었다. 그래도 가라앉지 않았다. 아직도 믿을 수가 없었다.

마침내 그곳이 땅이라고 결론을 내린 것은 코였다. 싱그럽고 풍성한 기운이 코로 밀려들었다. 초목의 냄새. 나는 숨을 헐떡거렸다. 몇 달 동안이나 소금물에 탈색된 냄새만 맡으며 살다가 식물 냄새를 맡으니 취해버렸다. 그제야 믿을 수 있었고, 무너진 것은 내 정신뿐이었다. 사고 과정이 흩어져버렸다. 다리가 후들거리기 시작했다.

"아, 하느님! 하느님!"

나는 훌쩍훌쩍 울었다.

배 밖으로 나왔다.

단단한 땅과 맑은 물이 주는 충격으로 힘을 얻어, 나는 몸을 끌고 섬으로 갔다. 신께 감사하다며 횡설수설하다가, 땅바닥에 주저앉았다.

하지만 그대로 있을 수가 없었다. 몹시 흥분됐다. 나는 벌떡 일어나려고 했다. 피가 머리에서 솟구쳤다. 땅이 마구 흔들렸다. 현기증에 앞이 보이지 않았다. 기절할 것 같았다. 몸을 가누기 힘들었다. 내가 할 수 있는 일은 숨을 헐떡이는 것뿐인 듯싶었다. 가까스로 일어나 앉았다.

"리처드 파커! 땅이다! 육지라구! 우린 살았어!"

내가 마구 소리쳤다.

초목 냄새가 너무나 강렬했다. 푸르름이 어찌나 싱그럽고 감동적인지, 눈을 통해 힘과 위로가 실제로 몸으로 쏟아져 들어오는 것 같았다.

묘하게 뒤엉킨 이 요상한 관 모양의 해초는 뭘까? 먹을 수 있을까? 바다 말류의 일종인 듯했지만, 보통 해초보다 꽤 단단했다. 손에 닿는 감촉은 축축하고, 약간 바삭거렸다. 잡아당겨보았다. 별로 힘들이지 않고도 한 줄기가 꺾였다. 단면은 두 개의 벽으로 구성되어 있었다. 약간 질긴 외벽은 젖어 있는 화사한 초록색이었고, 안쪽 벽은 외벽과 해초 핵 중간에 있었다. 관의 가운데는 흰색이었지만, 주위를 에워싼 관은 중앙으로 갈수록 점점 초록색을 띠었다. 해초 가닥을 코에 대봤다. 초목의 향긋한 냄새와는 달리 해초의 냄새는 무덤덤했다. 빨아보았다. 맥박이 빨라졌다. 해초는 담수에 젖어 있었다.

깨물어보았다. 충격으로 입이 헤벌어졌다. 안쪽 관은 짜서 씁쓸했지만, 바깥쪽 관은 먹을 수 있을 뿐만 아니라 맛도 좋았다. 오랫동안 잊었던 단어를 찾으려고 사전을 넘기는 사람이 손을 떠는 것처럼, 내 혀도 마구 떨리기 시작했다. 내 혀는 먹을 것을 찾아냈고, 눈은 그 소리를 듣는 기쁨으로 감겼다. 근사했다. 그냥 좋은 게 아니었다. 혀에 착 달라붙는 기분. 바다거북과 물고기도 괜찮은 먹거리지만, 혀에 착 달라붙는 맛은 아니다. 해초는 약간 단맛이 있었다. 감칠맛으로는 이곳 캐나다의 단풍나무 수액도 못 따라온다. 그래도 설명해보라면, 물밤의 맛에 가장 가깝다고 할까.

벌어진 입에서 침이 자꾸 흘렀다. 반가움에 요란한 소리를 내면서 주위의 해초를 뜯었다. 안쪽과 바깥쪽 관이 쉽고 말끔하게 분리되었다. 나는 달짝지근한 바깥쪽 관을 입에 채워 넣기 시작했다. 양손으로 입에 억지로 넣었다. 오랜만에 음식을 먹는 터여서 손으로 떠받쳐 입이 빨리 잘 움직이게 했다. 주위에 해초 뜯긴 자리가 둥그렇게 생길 때까지 해초를 뜯어 먹었다.

60미터쯤 떨어진 곳에 나무 한 그루가 서 있었다. 산마루부터 내리막길에 있는 나무는 그것뿐이었고, 아주 멀리 있는 것처럼 보였다. '산마루'라고 하면, 그곳에서 해변까지 경사면이 가파르다고 오해할 수도 있겠다. 이미 말했듯이 섬은 높지 않았다. 15미터나 20미터 높이까지 완만한 경사면이었다. 하지만 내게 그런 높이는 산처럼 보였다. 나무를 보니 기분이 더욱 좋아졌다. 나무가 드리우는 그늘이 눈에 띄었다. 나는 다시 일어나려고 애썼다. 가까스로 쭈그린 자세는 취했지만, 일어나려 시도하는데 머리가 핑 돌아 균형을 잡을 수가 없었다. 고꾸라지지는 않았지만 다리에 힘이 하나도 없었다. 하지만 의지만은 강했다. 나는 앞으로 나아가자고 작정했다. 몸을 질질 끌며 기어서 나무가 있는 곳으로 나아갔다.

나무가 드리운 얼룩얼룩한 그늘에 들어설 때의 환희는 다시 경험하지 못할 것이다. 바람에 마른 나뭇잎이 내는 바삭바삭한 소리란! 섬 안쪽에 있는 나무처럼 우람하거나 키가 크지는 않았다. 산마루의 엉뚱한 비탈길에서 자라 풍파를 더 겪어서 그런지, 저편에 있는 나무들처럼 다듬어지지 않고 약간 삐죽삐죽한 모양새였다. 하지만 그것은 나무였다. 바다에서 오래오래 헤맨 사람에게 얼마나 축복 넘치는 광경인지. 나는 나무의 영광을, 그 단단하고 서두르지 않는 순수를, 천천히 꽃피우는 아름다움을 노래했다. 아, 나도 저렇게 땅에 뿌리를 내리고 모든 손을 공중에 들어올려 신을 찬양할 수 있다면! 흐느낌이 터져 나왔다.

가슴으로 알라신을 찬양하면서, 신의 창조물에 대한 정보 수집에 들어갔다. 나무는 내가 구명보트에서 본 대로 해초 더미 사이에서 자라고 있었다. 흙의 자취는 전혀 없었다. 바다 깊이 흙이 있거나, 이 수종이 공생이나 기생의 별난 표본이거나 둘 중 하나일 것이다. 나무 기둥은 남자의 가슴둘레만 했다. 껍질은 회색이 도는 초록색으로 얄팍하고 부드러웠다. 매끈해서 손톱으로 자국을 낼 수 있을 정도였다. 둥근 나뭇잎은 크고 넓적했고, 끄트머리가 뾰족했다. 나무의 머리 부분은 망고나무처럼 보기 좋게 동그랬지만, 망고나무는 아니었다. 로트 나무와 비슷한 냄새를 풍긴다는 생각이 들었지만, 로트 나무도 아니었다. 홍수림도 아니고. 생전 본 적이 없는 나무였다. 내가 아는 것은, 나무가 아름답고 푸르고 잎이 풍성하다는 것뿐이었다.

으르렁 소리가 났다. 몸을 돌렸다. 리처드 파커가 구명보트에서 날 지켜보고 있었다. 그 역시 섬을 바라보고 있었다. 물가로 나오고 싶지만 두려운 눈치였다. 리처드 파커는 한참 으르렁대면서 왔다 갔다 하다가, 마침내 배에서 뛰어내렸다. 나는 입에 오렌지색 호루라기를 물었다. 하지만 그는 공격할 생각이 없었다. 균형을 잡는 것만 해도 보통 일이 아니었으니까. 리처드 파커 역시 나처럼 비틀거렸다. 그는 중심을 잡자 바닥에 바싹 엎드려 기었다. 갓 태어난 새끼처럼 사지를 벌벌 떨었다. 그는 나를 피해 산마루로 향하더니, 섬 안쪽으로 사라져버렸다.

하루 내내 먹고 쉬고, 일어날 수 있는지 시험하며 보냈다. 그러면서 계속 축복을 만끽했다. 움직이느라 힘을 너무 쓰자 속이 메스꺼웠다. 가만히 서 있을 때도 발밑의 땅이 계속 흔들리는 듯해 고꾸라질 것만 같았다.

저녁이 가까워오자 리처드 파커가 걱정되기 시작했다. 이제 환경도, 영역도 바뀌었으니, 그가 다가와서 날 어떻게 할지 알 수가 없었다.

내키지 않았지만 안전을 위해서 구명보트로 기어갔다. 하지만 리처드 파커가 섬을 차지한 덕에, 뱃머리와 방수포는 내가 차지할 수 있었다. 구명보트를 잡아매놓을 도구를 찾아봤다. 해안에 빽빽하게 자란 해초류뿐이었다. 결국 노를 가져와서 손잡이 부분부터 해초 더미 속에 깊이 박고, 구명보트를 거기 매두기로 했다.

방수포로 기어 올라갔다. 기진맥진했다. 음식을 먹느라고 힘을 쓴 데다가, 갑작스런 행운에 긴장감이 팽팽했다. 하루가 저물었고, 리처드 파커가 멀리서 포효하는 소리를 들으면서 잠에 빠져들었던 기억이 희미하게 난다.

그날 밤, 아랫배가 이상하게 불편해서 잠에서 깼다. 경련이 일었고, 독 있는 해초를 먹은 거라고 생각했다. 무슨 소리가 들렸다. 고개를 돌렸다. 리처드 파커가 배에 타고 있었다. 그는 내가 자는 사이에 돌아와 있었다. 리처드 파커는 어흥 소리를 내면서, 제 발을 핥았다. 그가 배에 돌아온 것이 당혹스러웠지만 더 생각할 여유가 없었다—위경련이 급격히 더 심해졌다. 통증 때문에 허리를 굽히고 덜덜 떨었다. 그러자 보통 사람에게는 정상적인 일이지만 나는 오래 잊고 있던 배변이 시작되었다. 변을 보는 건 굉장히 아팠지만, 침춤 호가 침몰하기 전날 밤 이후 처음으로 편하고 깊은 잠에 빠져들었다.

아침에 일어나보니 힘이 더 났다. 활기차게 기어서 나무가 있는 곳으로 갔다. 한 번 더 나무를 보는 호사를 누렸고, 배 속도 해초를 먹는 호사를 누렸다. 아침 식사를 푸짐하게 한 다음 변을 볼 구덩이를 큼직하게 팠다.

리처드 파커는 이번에도 몇 시간이나 주저하다가 배에서 뛰어내렸다. 아침나절 구명보트에서 뛰어내려 해안에 발이 닿자마자, 뒤로 물러서느라 반쯤 물에 빠졌다. 몹시 긴장한 모양이었다. 리처드 파커는 쉬쉬 소리를 내면서 공중에 대고 앞발을 긁었다. 호기심이 동했다. 그가 무슨 짓을 하는지 알 수가 없었다. 조바심이 가라앉자, 그는 전날보다 눈에 띄게 확고한 발걸음으로 또 한 번 산마루 너머로 사라졌다.

그날 나는 나무에 기대 섰다. 어질어질했다. 땅이 계속 일렁이는 것을 멈추게 할 방법은 눈을 감고 나무를 붙드는 것뿐이었다. 몸을 밀면서 걸어보려 했다. 곧 쓰러졌다. 발을 떼기도 전에 바닥이 내게로 솟구치는 것 같았다. 다치지는 않았다. 섬은 촘촘히 짜인 고무 같은 초목으로 뒤덮여서, 걸음마를 배우는 사람에겐 최적의 장소였다. 어느 쪽으로 넘어져도 다치지 않을 테니까.

다음 날, 배에서 다시 편안한 밤을 보낸 후에야—이번에도 리처드 파커는 돌아왔다—걸을 수 있었다. 대여섯 차례 넘어졌지만, 걸어서 나무로 갈 수 있었다. 시간이 지날수록 점점 힘이 솟는 것을 느낄 수 있었다. 작살을 뻗어서 나뭇가지를 끌어당겼다. 나뭇잎 몇 개를 따냈다. 부드럽고 미끈거리지도 않았지만, 쓴맛이 났다. 리처드 파커는 구명보트의 제 굴에 붙어 있었다—그가 밤에 돌아왔다는 설명이 된다.

그날 저녁 해 질 무렵, 나는 리처드 파커가 돌아오는 것을 보았다. 섬에 묻은 노에 배를 연결해놓고 있었다. 뱃머리에서 밧줄이 노에 단단히 묶였는지 살피던 참이었다. 불쑥 리처드 파커가 나타났다. 처음에는 그를 알아보지 못했다. 성큼성큼 뛰어서 산마루를 넘는 이 늠름한 동물이, 설마 나와 함께 불운을 겪은 힘없고 지저분한 그 동물일 리 없겠지? 하지만 그랬다. 그는 리처드 파커였고, 빠른 속도로 내게 달려오고 있었다. 목적이 있는 눈치였다. 숙인 머리통 위로 목을 힘 있게 세우고 있었다. 움직일 때마다 털과 근육이 출렁거렸다. 그의 묵직한 몸이 땅바닥을 치는 소리가 들렸다.

인간이 훈련할 수 없는 공포가 두 가지 있다는 글을 읽은 적이 있다. 예상치 못한 소음을 들을 때의 놀라움과 현기증. 나는 거기에 한 가지 덧붙이고 싶다. 살인마인지 잘 아는 상대가 빠른 속도로 곧장 다가오는 것.

더듬더듬 호루라기를 찾았다. 그가 구명보트와 7, 8미터 떨어진 곳까지 다가왔을 때, 있는 힘껏 호루라기를 불었다. 찢어지는 소리가 공중에 울렸다.

바람직한 효과가 나타났다. 리처드 파커는 멈춰 섰다. 하지만 앞으로 달려오고 싶은 기색이 역력했다. 나는 다시 호루라기를 불었다. 리처드 파커는 몸을 돌리더니, 사슴처럼 제자리에서 뛰었다. 마구 으르렁대면서. 세 번째로 호루라기를 불었다. 그의 머리털이 삐죽삐죽 섰다. 그는 앞발을 쭉 내밀었다. 극도로 동요한 상태였다. 나는 리처드 파커가 호루라기라는 방어벽을 무너뜨리고 덮칠까 봐 두려웠다.

하지만 리처드 파커는 전혀 예상치 못한 짓을 했다. 바다로 뛰어들었으니. 나는 경악했다. 그가 절대 하지 않을 거라고 생각했던 행동이었다. 그것도 확고하게 마음먹고 힘껏. 그는 힘차게 앞으로 나가더니, 구명보트의 선미로 왔다. 나는 호루라기를 다시 불까 고민했지만, 대신 물품함 문을 열고 들어가서 앉았다. 내 영역 중 가장 안쪽 자리였다.

그가 선미로 올라와서 꽤 많은 물을 흘리자, 내가 있는 뱃머리 쪽이 위로 떠올랐다. 리처드 파커는 배 가장자리와 선미 쪽 벤치에서 잠시 중심을 잡더니, 내 눈치를 보았다. 내 가슴은 점점 흐물흐물해졌다. 다시 호루라기를 불 수 있을 것 같지 않았다. 나는 멍하니 그를 바라봤다. 리처드 파커는 구명보트 바닥에 주저앉더니 방수포 밑으로 들어가버렸다. 사물함 뚜껑의 가장자리 틈새로 그가 조금 보였다. 나는 방수포 위에 누웠다. 그의 시선이 닿지 않는 곳이었지만, 그의 굴 바로 위였다. 내 몸에 날개가 돋아서 날아갈 수 있다면 얼마나 좋을까.

마음을 가라앉혔다. 아주 오랫동안 이렇게 지냈다는 것을, 산호랑이를 바로 밑에 두고 살아왔다는 것을 스스로에게 일깨웠다.

숨소리가 느긋해지자 잠이 밀려들었다.

한밤중에 잠에서 깼을 때, 두려움을 잊고 주변을 둘러봤다. 리처드 파커는 꿈을 꾸고 있었다. 잠자면서 몸을 떨고 으르렁거렸다. 그 요란한 소리에 내가 잠이 깼음이 분명했다.

아침이 되자, 여느 때처럼 그는 산마루를 넘었다.

나는 기운을 차리는 대로 섬을 탐험해야겠다고 결심했다. 해안선이 지표가 된다면 섬은 꽤 커 보였다. 해안선이 좌우로 약간 굴곡지게 쭉 뻗은 걸 보면 섬은 제법 넓은 듯했다. 나는 하루 내내 걸으면서 ― 또 넘어지면서 ― 해안가와 나무 사이를 왕복했다. 다리 힘을 키우고 건강을 회복하고 싶었다. 넘어질 때마다 해초를 배불리 먹었다.

하루가 끝날 무렵, 리처드 파커는 전날보다 일찍 배로 돌아왔다. 내가 예상하던 대로였다. 나는 똑바로 앉아서, 호루라기는 불지 않았다. 그는 물가에 오더니, 놀라운 힘으로 구명보트로 뛰어올랐다. 그는 내 영역을 침범하지 않고 제 영역으로 들어갔다.

다른 일 없이 배가 한쪽으로 약간 기울어지기만 했다. 그가 본모습을 찾는 것이 몹시 무서웠다.

다음 날 아침, 나는 리처드 파커가 산마루로 간 다음 한참 뜸을 들이다가 섬 탐험에 나섰다. 산마루로 걸어 올라갔다. 쉽게 산등성이에 올랐다. 당당하게 한 발 한 발 떼면서. 좀 어색하긴 해도 활기차게 걸었다. 다리에 그나마 힘이 있어서 다행이지, 안 그랬다면 산마루 너머의 광경을 보고 난 주저앉았을 것이다.

먼저 자세한 부분부터 말하면, 나는 섬 가장자리만 아니라 전체에 해초가 뒤덮여 있다는 것을 알게 되었다. 드넓은 초록색 평원의 중간에 푸른 숲이 있었다. 이 숲 주변에 똑같은 크기의 연못 수백 개가 나란히 있었다. 연못 사이에는 똑같이 나무가 듬성듬성 나 있었고, 전체적으로 하나의 디자인에 따라 배치한 듯한 인상을 주었다.

하지만 가장 깊은 인상을 심어준 것은 미어캣 무리였다. 미어캣이 수십만 마리쯤 될 것 같았다. 풍경 전체에 미어캣이 덮여 있었다. 내가 나타나자, 농가 마당의 닭들처럼 미어캣 전부가 내게 고개를 돌린 채 멈춰 섰다.

우리 동물원에는 미어캣이 없었다. 하지만 그 동물에 대해 읽은 적이 있었다. 미어캣은 남아프리카에 사는 작은 포유동물로 몽구스 종류다. 달리 말하면 육식성의 굴 파는 동물로, 어른이 되면 몸길이는 30센티미터, 체중은 1킬로그램이 안 되는 날씬하고 족제비 같은 체구다. 다리는 짧고, 앞발에는 발가락이 네 개 달려 있으며, 길쭉한 발톱은 쑥 들어가지 않는다. 꼬리는 20센티미터쯤 된다. 털은 연한 갈색에서 회색까지 다양하고, 등에는 검정이나 갈색 띠가 있으며, 꼬리 끝과 귀, 눈 주변의 독특한 원은 검은색이다. 민첩하고 시력이 좋은 동물로, 낮에 활동하고 사회성이 있다. 본래 서식지 — 남부 아프리카의 칼라하리 사막 — 에서는 다른 것보다도 전갈을 잡아먹는데, 전갈의 독액에 완전한 면역이 있다. 미어캣은 망을 보고 경계할 때면 뒷다리 끝으로 똑바로 서고, 꼬리를 동원해 삼발이 모양으로 균형을 잡는다. 미어캣 무리가 간격을 일정하게 해서, 같은 방향을 쳐다보는 광경은 통근하는 사람들이 줄지어 버스를 기다리는 풍경과 비슷하다. 그들이 진지한 표정으로 앞발을 공중에 들고 서 있는 모습은, 사진사 앞에서 수줍게 포즈를 취한 애들과도 비슷해 보인다. 혹은 병원에서 옷을 다 벗은 채 점잖은 척 성기를 가리려고 안간힘을 쓰는 환자들 같기도 하고.

 그게 슬쩍 본 장면이다. 수십만 마리의 미어캣이 — 아니 백만 마리쯤 — 내게로 고개를 돌리고, 차렷 자세로 서서 '네!'라고 말하는 것 같았다. 똑바로 선 미어캣은 키가 기껏해야 50센티미터도 안 되기 때문에, 기가 막혔던 것은 끝없이 서 있는 수 때문이었다. 나는 그 자리에 붙박이처럼 서서 말을 하지 못했다. 내가 미어캣 백만 마리를 겁먹게 한다면, 그 혼란은 이루 말할 수 없으리라. 하지만 그들이 내게 보인 흥미는 금세 사라졌다. 몇 초 후, 미어캣 무리는 내가 나타나기 전에 하던 일로 돌아갔다. 해초를 씹어 먹거나 연못을 물끄러미 바라보거나. 이렇게 많은 동물이 동시에 몸을 굽힌 광경을 보니, 이슬람 사원의 기도 시간이 떠올랐다.

미어캣 무리는 두려움을 느끼지 않는 듯했다. 내가 아래로 내려가는데도, 뭘 던지지도 않고 긴장감도 보이지 않았다. 원했다면 만질 수도 있었을 것이다. 한 마리 집어들 수도 있었을 테고. 하지만 그런 짓은 하지 않았다. 다만 세상에서 가장 큰 미어캣 집단이 분명한 그곳으로 걸어갔다. 가장 이상하고 경이로운 경험이었다. 공기는 끊임없는 소음으로 가득했다. 미어캣들이 꽥꽥대고, 찍찍대고, 츳츳대고, 짖었다. 수가 워낙 많고, 흥분했다 가라앉았다 변덕도 심해서, 새 떼가 날아들었다 가듯이 소음이 커졌다 잦아들었다. 어떤 때는 너무나 시끄러웠다가, 가장 가까이 있는 녀석들이 입을 다물면 갑자기 조용해졌다. 그러는 사이 저쪽에 있는 미어캣들이 다시 시끄럽게 굴기 시작했다.

그들이 나를 두려워하지 않은 것은, 내가 그들을 두려워해야 되기 때문일까? 그런 의문이 머리를 스쳤다. 하지만 해답은 — 그들은 해가 없다는 것 — 곧 분명해졌다. 미어캣이 빼곡이 몰려 있는 연못 주변에 가까이 가려면 잘 피해서 한 마리도 밟지 않도록 조심하며 걸음을 옮겨야 했다. 그들은 별다른 저항 없이 내 접근을 받아들여서, 성격 좋은 동물답게 지나갈 자리를 비켜주었다. 연못을 들여다보는데, 발목에 따스한 털이 느껴졌다.

모든 연못이 똑같이 둥근 모양에 같은 크기였다 — 지름은 12

미터쯤이었다. 수심이 얕을 것 같았다. 맑은 물만 보였다. 사실 연못은 바닥이 없는 것 같았다. 내 눈이 닿는 한은 연못 옆면이 초록색 해초였다. 섬 위에 쌓인 해초가 상당히 많은 듯했다.

미어캣들이 한곳에 호기심을 쏟는 이유를 알 수가 없었다. 부근 연못에서 갑작스런 꽥꽥 소리와 짖는 소리가 들리지 않았다면, 나는 수수께끼를 푸는 걸 포기하고 말았을 것이다. 미어캣들은 폴짝폴짝 뛰며 소동을 벌였다. 그러더니 갑자기 수백 마리씩 떼를 지어 연못으로 뛰어들기 시작하는 것이었다. 미어캣들은 연못가로 가려고 서로 밀고 당기고 법석을 피웠다. 집단적 소동이 일어나 새끼들도 물가로 갔지만 어미도 말리지 않았다. 나는 믿을 수가 없어서 멍하니 바라보기만 했다. 칼라하리 사막의 몽구스들은 이렇지 않았다. 평범한 칼라하리 사막의 몽구스들은 개구리처럼 행동하지 않았다. 이 미어캣들은 희한하게 행동하는 데 이골이 난 변종이었을 것이다.

천천히 발을 움직여 연못으로 가니, 마침 미어캣들은 헤엄을 치면서 ― 실제로 수영을 했다 ― 물고기 수십 마리를 물가로 가져오고 있었다. 그것도 작은 물고기가 아니었다. 구명보트에서 잡기 힘들 정도로 큰 만새기도 있었다. 고기들이 하도 커서 미어캣은 거기 비하면 왜소했다. 어떻게 그런 물고기를 잡을 수 있는지 나로서는 납득이 되지 않았다.

미어캣 무리가 물고기들을 연못에서 끌고 나올 때 발휘하는 대단한 팀워크를 보면서 궁금증이 생겼다. 모든 물고기가 예외

없이 이미 죽어 있었다. 막 죽은 상태였다. 미어캣들은 자신들이 죽이지 않은 고기를 물가로 끌고 왔다.

나는 연못가에 무릎을 꿇고 앉아, 물에 젖은 흥분한 미어캣 몇 마리를 옆으로 치웠다. 물에 손을 넣었다. 예상보다 더 시원했다. 아래에 더 차가운 물을 가져다주는 조류가 있었다. 손을 둥 그렇게 해서 물을 담아 입에 가져갔다. 조금 마셔봤다.

담수였다. 물고기들이 죽은 이유가 드러났다. 바다 물고기를 민물에 두면 금방 몸이 부풀면서 죽고 만다. 하지만 바다에 사는 물고기가 민물 연못에서 뭘 하고 있었을까? 어떻게 이 연못으로 들어왔을까?

미어캣들을 헤치고 다른 연못으로 갔다. 그 연못물 역시 신선했다. 또 다른 연못. 마찬가지였다. 네 번째 연못도 마찬가지.

하나같이 민물 연못이었다. 이렇게 많은 양의 깨끗한 물이 어디서 왔을까? 대답은 분명했다. 해초. 해초는 자연적이고 지속적으로 바닷물의 염분을 제거한다. 그래서 해초의 중앙 부분은 짜고, 겉 부분은 담수로 젖어 있었던 것이다. 해초는 담수를 배출했다. 해초가 왜 그렇게 하는지 혹은 염분이 어디로 가는지는 생각하지 않았다. 마음에서 그런 질문은 그냥 멈춰버렸다. 그저 웃음을 터뜨리면서 연못에 뛰어들었다. 수면에 떠 있기가 무척 힘들었다. 아직도 힘이 없었고, 몸에 살이 없어서 둥둥 떠 있지도 못했다. 나는 연못 가장자리에 매달렸다. 신선하고 깨끗한, 소금기 없는 물에서 목욕을 하는 기분은 도저히 말로 표현할 수 없다. 오랜 기간 바다에서 지낸 후라 내 피부는 가죽 같았고, 길게 자란 머리는 엉키고 파리 잡는 끈처럼 흐물거렸다. 소금이 내 영혼까지 좀먹는 것 같았다. 그러니 미어캣 수천 마리가 지켜보는 가운데, 몸을 물에 담구고 신선한 물속에서 내 몸에 전 소금 결정체가 녹게 할 수밖에.

미어캣들이 시선을 돌렸다. 한 사람처럼 움직였다. 모두 동시에 같은 방향으로 고개를 돌렸다. 나도 무슨 일인지 알아보려고 몸을 돌렸다. 리처드 파커였다. 그는 나도 미심쩍어했던 바를 확인했다. 여러 세대에 걸쳐 포식자 없이 살아온 미어캣들은 상대가 날아들 거리라든가 덮치는 것, 두려움에 대한 인식을 타고나지 않았다. 리처드 파커는 미어캣 무리 속에서 움직였다. 살해자이자 파괴자의 꼬리를 번뜩이면서 미어캣을 한 마리씩 먹어치웠다. 리처드 파커의 입에서 피가 뚝뚝 떨어졌고, 미어캣들은 그에게 딱 달라붙어 그 자리에서 펄쩍펄쩍 뛰면서 마치 '저요! 저요! 저요!'라고 외치는 것 같았다. 나는 이후에도 이 과경을 거듭 보게 된다. 미어캣들은 아무 방해도 없이 연못을 바라보며 해초를 먹고 사는 생활을 영위했다. 리처드 파커가 호랑이답게 살금살금 다가가서 천둥치듯 포효하며 덮치든, 무심하게 고개를 푹 숙이고 걷든, 미어캣들에게는 똑같았다. 그들은 소동을 일으키지 않았다. 미어캣들은 온순했다.

리처드 파커는 필요 이상으로 미어캣을 죽였다. 먹지 않을 것도 죽였다. 동물의 경우, 살해하고 싶은 마음은 먹고 싶은 마음과는 별개다. 오랜 기간 먹잇감 없이 지내다가 갑자기 너무 많은 먹잇감을 보니, 리처드 파커의 억눌렸던 사냥 본능이 맹렬히 타올랐던 것이다.

그는 멀리 있었다. 내가 위험하지는 않았다. 적어도 당장은.

다음 날 아침 그가 나간 후, 나는 구명보트를 청소했다. 당장 청소가 급했다. 인간과 동물의 두개골 더미가 헤아릴 수 없이 많은 물고기와 바다거북의 찌꺼기와 뒤섞인 꼴이 어떤지는 자세히 말하지 않겠다. 악취 나고 구역질 나는 쓰레기 더미를 모두 배 밖으로 밀어냈다. 리처드 파커의 영역에 내 흔적을 남길까 두려워서, 방수포 위나 배의 가장자리에서 작살을 들고 청소를 했다. 작살로 치울 수 없는 것은 ― 악취와 얼룩 ― 양동이에 물을 담아 씻어냈다.

그날 밤, 리처드 파커는 아무 내색도 없이 깨끗해진 새 굴로 들어갔다. 입에는 죽은 미어캣을 많이 물고 있었다. 그날 밤 그는 그것들을 먹어치웠다.

그 후 며칠 동안 나는 먹고, 마시고, 목욕하고, 미어캣을 구경하고, 걷고, 뛰고, 쉬면서 점점 튼튼해졌다. 수월하고 당당하게 달리기를 하게 되자 기분이 아주 좋았다. 피부도 나았다. 통증과 아픔도 사라졌다. 간단히 말해 생명을 되찾았다.

섬을 탐험했다. 걸어서 섬 주변을 돌아보려다가 포기했다. 섬의 지름이 어림잡아 10, 11킬로미터였고, 그렇다면 둘레는 30킬로미터도 넘는 셈이다. 내가 본 바로는 해안의 모습이 거의 똑같앉다. 앞이 보이지 않을 정도로 푸르렀고, 똑같은 산마루에서 물가까지 경사져 있었다. 단순한 풍경 중간중간 나무가 한 그루씩 서 있고. 해안을 탐험하면서 한 가지 예사롭지 않은 점을 발견했다. 해초가, 즉 섬 자체가 날씨에 따라 높이와 밀집도가 다르다는 사실을 알아차렸다. 굉장히 더운 날에는 해초가 빽빽해지고, 섬도 높아졌다. 산마루까지의 기울기도 더 가파르고 산마루도 높아졌다. 빠른 변화는 아니었다. 무더위가 며칠간 지속되면 그렇게 변했다. 하지만 분명히 느껴지는 변화였다. 물을 머금는 것과 관련이 있을 거라고 짐작된다. 해초의 표면이 햇빛에 노출되는 것과도 무관하지 않을 것이다.

그 반대의 현상—해초의 밀도가 느슨해지는 것—은 더 빠르고 드라마틱하게 일어났다. 그 이유는 더 분명했다. 그럴 때면 산마루는 내려앉고, 말하자면 지면이 쭉 뻗게 되었다. 해안을 따라 난 해초가 느슨해져서 발부리에 채일 정도였다. 하늘이 낮으면 이렇게 느즈러졌고, 바다가 성나면 느슨해지는 속도가 훨씬 빨라졌다.

나는 섬에서 큰 폭풍우를 당했다. 그 경험 후, 만일 가장 심한 허리케인이 강타했어도 계속 거기서 머물 거라고 생각하게 됐다. 나무에 앉아서 거대한 파도가 섬에 들이닥치는 광경을 보니 경이감이 솟았다. 파도는 산마루까지 덮쳐 혼란의 도가니를 만들 준비를 한 것 같았지만, 결국은 모래로 지은 성처럼 스르르 녹아내렸다. 이런 면에서 섬은 간디주의자 같다고 할 수 있다.

무저항으로 항거했으니까. 파도마다 충돌 없이 흰 포말과 거품만 남기고 섬 속으로 사라져버렸다. 진동에 바닥이 흔들리고, 연못 수면에 물결이 이는 것이 강력한 뭔가가 지나가고 있다는 증표였다. 파도는 그대로 지나갔다. 바람이 닿지 않는 쪽에서는 파도가 눈에 띄게 잦아들어, 제 갈 길로 흩어졌다. 이루 말할 수 없는 이상한 광경이었다. 파도가 해안을 떠나는 광경이라니. 폭풍우의 여파로 바닥이 울렸지만, 미어캣들은 조금도 동요하지 않았다. 그들은 아무 일도 없다는 듯이 제 할 일에 몰두했다.

　더 이해하기 힘든 것은 섬이 완전히 고립되어 있다는 것이었다. 이렇게 아무것도 없는 생태계는 본 적이 없었다. 공중에는 파리도, 나비도, 벌도, 어떤 종류의 곤충도 없었다. 나무에는 새가 살지 않았다. 평지에는 쥐도, 땅벌레도, 뱀도, 전갈도 없었다. 다른 종류의 나무나 키 작은 관목, 풀, 꽃들도 없었다. 연못에는 민물고기가 살지 않았다. 해안에는 잡초도, 게나 가재도 없었고 산호초, 자갈, 바위도 없었다. 미어캣 떼를 제외하면, 유기물이든 무기물이든 이질적인 것은 하나도 없었다. 반짝이는 초록색 해초와 반짝이는 초록색 나무만 있을 뿐이었다.

　나무들은 기생식물이 아니었다. 어느 날 작은 나무 밑에서 해초를 양껏 먹다가 뿌리를 보고 그 사실을 알았다. 나무의 뿌리는 해초 속으로 독립적으로 뻗어 들어간 게 아니라, 뿌리와 합류해서 해초의 뿌리 자체를 이루었다. 이 나무들이 해초와 이익을 주고받는 공생관계거나, 그보다는 한결 간단하게는 해초의 꼭 필요한 일부라는 뜻이었다. 나무가 꽃이나 과일을 맺지 않는 걸 보면 후자 쪽이 맞을 것 같았다. 아무리 공생관계라 해도, 독립적인 기관이라면 삶의 가장 필수 요소인 재생산을 포기하지 않을 것이다. 잎이 무성한 데서도 알 수 있듯이 나뭇잎이 햇빛을 좋아한다는 점과 그 넓이와 엽록소가 풍부해서 초록색을 띠는 점으로 볼 때, 그 나무들은 원래 에너지를 모으는 기능을 했던 듯하다. 하지만 추측일 뿐이다.

한 가지 분명히 밝히고 싶은 점이 있다. 이것은 확고한 증거보다는 육감에 근거한 얘기다. 섬은 보통 말하는 섬이 아니라―즉, 해저에 뿌리를 내린 작은 육지 덩어리―자유롭게 떠다니는 기관에 가까웠다. 거대한 해초 덩어리라고 할까. 내 육감으로는, 연못들은 부유하는 이 큰 덩어리의 측면으로 뻗어 바다까지 열려 있었다. 그렇지 않으면 만새기를 비롯해 바다에 사는 물고기들이 연못에 있다는 것이 설명이 안 된다.

더 깊이 연구할 점이 많을 테지만, 아쉽게도 가지고 나온 해초를 잃고 말았다.

내가 생활을 되찾았듯이, 리처드 파커도 마찬가지였다. 미어캣들을 실컷 먹은 덕분에 체중이 늘고 털에도 다시 윤기가 돌기 시작해서, 건강한 옛 모습을 되찾았다. 리처드 파커는 매일 하루가 저물면 구명보트로 돌아오는 습관이 들었다. 나는 항상 그보다 먼저 배에 와서, 소변으로 내 영역을 확실히 표시했다. 누가 누구고, 무엇이 누구 것인지 잊지 않게 하기 위해서였다. 하지만 리처드 파커는 날이 밝자마자 나가서 나보다 멀리 돌아다녔다. 섬은 어디나 똑같아서 나는 주로 한곳에만 머물렀다. 낮에는 리처드 파커를 거의 보지 못했다. 또 나는 초조해졌다. 그가 앞발로 나무를 긁어 깊이 파인 것을 목격했다. 리처드 파커는 또 금이나 꿀처럼 윤택한 소리로 '어흥' 하고 포효하기 시작했다. 나는 그 소리를 들으면 안전하지 않은 광산이나 성난 벌 떼가 천 마리쯤 있는 것처럼 등골이 오싹해졌다. 그가 암놈을 찾고 있다는 게 괴로운 것은 아니었다. 그건 새끼를 낳을 생각을 할 만큼 섬에서 편안히 지내고 있다는 의미였다. 이 새로운 상황에서, 그가 제 영역, 특히 밤의 영역에 있는 다른 남성을 참아주지 않을까 봐 걱정스러웠다. 그가 계속 울어대는데 대답이 없으면 무슨 일이 생기지 않으려나.

어느 날 숲을 산책하고 있었다. 생각에 잠겨서 힘차게 걷고 있었다. 어떤 나무 옆을 지나가다가, 리처드 파커와 딱 맞닥뜨렸다. 우리 둘 다 흠칫 놀랐다. 그는 쉿쉿 소리를 내면서 뒷발을 딛고 똑바로 섰다. 나를 압도하고 서서 커다란 앞발로 날 내려칠 준비가 된 것 같았다. 나는 두려움과 충격으로 그 자리에 꼼짝 않고 서 있었다. 리처드 파커는 앞발을 내리더니 옆으로 옮겨갔다. 그는 서너 발 옮기자 뒤를 돌아보더니 다시 똑바로 섰다. 이번에는 으르렁댔다. 나는 계속 동상처럼 서 있었다. 그는 다시 몇 걸음 가더니, 다시 위협적인 동작을 취했다. 내가 위협을 가하지 않자, 리처드 파커는 만족하며 걸음을 옮겼다. 나는 다시 숨을 쉬고 몸이 떨리지 않게 되자, 입에 호루라기를 물고 리처드 파커를 뒤쫓아 뛰기 시작했다. 그는 이미 상당히 멀어졌지만, 아직은 보이는 곳에 있었다. 나는 힘차게 달렸다. 리처드 파커는 몸을 돌려 나를 보더니 쭈그리고 앉았고—그러다가 뛰쳐나갔다. 나는 있는 힘을 다해 호루라기를 불었다. 외로운 호랑이의 포효만큼 멀리 넓게 소리가 퍼져 나가기를 기대하면서.

그날 밤, 리처드 파커가 내 몸 아래 두 발을 뻗고 쉴 때, 나는 다시 훈련에 들어가야 한다고 결론 내렸다.

동물 조련에서 가장 난점은 그들이 본능적으로 혹은 기계적으로 움직인다는 것이다. 본능적이지 않은 일들을 새로 연상하게 만드는 것은 상당히 힘들다. 그래서 동물이 어떤 행동을 하게, 예컨대 구르게 하기 위해 마음에 인위적인 연상을 심어주려면, 정신이 멍해질 만큼 반복해야 한다. 그런 훈련은 힘든 노력만큼 운에 의해 좌우되는 느린 과정이다. 동물이 어른일수록 더욱 그렇다. 나는 폐가 아프도록 호루라기를 불어댔다. 피멍이 맺히도록 가슴을 두드려댔다. 나는 "헉! 헉! 헉!"이라고—"해 봐!"라는 나만의 호랑이 언어였다—수천 번쯤 소리쳤다. 내가 즐겁게 먹었을 미어캣을 수백 마리나 리처드 파커에게 던져줬다. 호랑이를 조련하는 것은 쉬운 일이 아니다. 호랑이는 서커스와 동물원에서 조련된 다른 동물들보다—예를 들면 사자와 침팬지—머릿속으로 융통성을 발휘하지 못한다. 하지만 내가 리처드 파커를 다룰 수 있었다는 데 큰 의미를 부여하고 싶지는 않다. 운이 좋은 덕분에 목숨을 건졌고, 리처드 파커는 그냥 청년 호랑이가 아니라 유순한 청년 호랑이였다. 섬의 환경이 내게 불리하게 작용할까 봐 걱정이었다. 먹을 것과 마실 것이 풍부하고 공간도 넓으니, 리처드 파커가 긴장을 풀고 자신감을 얻으면 내 영향력이 미치지 않을지도 몰랐다. 하지만 그는 긴장을 늦추지 않았다. 나는 그것을 알아차릴 만큼 리처드 파커를 잘 알았다. 밤이면 구명보트에서, 그는 안정을 찾지 못하고 시끄럽게 굴었다. 나는 그가 긴장하는 것을 섬이라는 새로운 환경 탓으로 돌렸다. 긍정적인 변화라도, 변화는 동물을 긴장하게 만드는 법이니까. 어떤 이유이든 그가 압박감을 받는다는 것은, 그가 계속 순종할 준비가 되어 있다는 의미였다. 그가 순종할 필요를 느끼고 있다는…….

나는 리처드 파커에게, 얇은 가지로 만든 후프를 뛰어넘는 훈련을 시켰다. 네 번 점프하는 단순한 일이었다. 매번 그에게 미어캣의 살을 주었다. 그가 내 쪽으로 쿵쿵 걸어오면, 나는 왼쪽 팔에 후프를 걸고 바닥에서 1, 2미터쯤 올린다. 리처드 파커는 훌쩍 뛰어서 후프를 통과했고, 나는 후프를 오른팔로 옮기고 등을 그에게 돌린 채, 다시 후프를 통과하라고 지시했다. 세 번째 점프를 위해 나는 바닥에 무릎을 꿇고 후프를 내 머리 위쪽에 들었다. 그가 내게로 달려오는 것을 보면 신경이 끊어질 것만 같았다. 그가 뛰어넘지 않고 내게 달려들 거라는 두려움을 떨치지 못했다. 다행스럽게도 리처드 파커는 매번 후프를 뛰어넘었다.

그러면 나는 일어나서 후프를 바퀴처럼 굴러가게 던졌다. 리처드 파커가 따라가서, 후프가 넘어지기 전에 마지막으로 통과해야 했다. 그는 마지막 동작을 아주 잘 해내지는 못했다. 내가 후프를 알맞게 던지지 못해서거나, 그가 서툴게 후프를 통과해서일 것이다. 하지만 그래도 호랑이는 후프를 통과했고, 그것은 내게서 멀어진다는 뜻이었다. 그는 후프가 넘어질 때마다 놀라워했다. 후프를 뚫어져라 응시했다. 같이 뛰던 멋진 동물이 갑자기 쓰러지기라도 한 것처럼. 리처드 파커는 후프 옆을 맴돌며 코를 킁킁댔다. 나는 그에게 마지막 먹이를 던지고 저만치 물러가곤 했다.

결국 나는 배에서 지내는 걸 그만뒀다. 섬 전체를 차지할 수 있는 마당에, 널찍한 공간을 요구하게 된 동물과 좁은 곳에서 밤을 보내다니 어처구니없는 일 같았다. 나는 나무에서 자면 안전할 거라고 생각했다. 리처드 파커는 밤에 꼭 구명보트에 와서 자지만, 내게는 정해진 법이 아니었다. 내 영역 밖에 있는 것이, 무방비 상태에서 바닥에서 자는 것이 좋은 아이디어는 아닐 듯했다. 한밤중에 호랑이가 산책을 나올 수도 있으니까.

그래서 어느 날, 그물과 밧줄, 담요를 챙겨 배에서 나왔다. 괜찮아 보이는 나무를 찾아낸 다음, 가장 낮은 가지에 밧줄을 던졌다. 몸이 좋아져서 양팔로 나무를 안고 오르는 데 아무 문제도 없었다. 가까이 있는 평평하고 단단한 가지 두 개를 찾아 그물로 엮었다. 그날 해가 저물자 그곳으로 돌아갔다.

담요를 펴서 매트리스를 만드는 일을 막 마쳤을 때, 미어캣 무리 사이에서 소동이 일어났다. 나는 그쪽을 보았다. 더 잘 내려다보려고 나뭇가지를 옆으로 치웠다. 이리저리 살피다 수평선을 바라보았다. 무슨 일인지 확실했다. 미어캣 무리가 호수에서 벗어나—사실은 평지 전역에서 벗어나—숲으로 향하고 있었다. 미어캣 전체가 등을 굽히고, 발을 휙휙 움직이며 이동했다. 아래에 있던 미어캣들이 내가 있는 나무를 에워싸더니 위로 올라오는 바람에 나는 깜짝 놀랐고, 이 동물들이 또 어떤 놀라운 짓을 벌일지 궁금해졌다. 미어캣들이 까맣게 뒤덮어 나무줄기는 보이지도 않았다. 그들이 내게 달려들 거라는 생각이 들었다. 리처드 파커가 구명보트에서 자는 이유가 이거구나 싶었다. 낮에는 미어캣들이 온순하고 해도 끼치지 않았지만, 밤이면 서로 몸을 모아 무거운 무게를 만들어 적들을 무자비하게 밟는구나. 나는 두렵고 동시에 화가 났다. 그렇게 오래 구명보트에서 200킬로그램도 넘는 벵골 호랑이와 살면서도 목숨을 부지했는데 이제 나무 위에서 체중이 1킬로그램도 안 되는 미어캣들의 손에 죽는다는 게 서글프고 불공평하고 너무 이상해서 참을 수가 없었다.

그들은 내게 해를 입힐 의도가 없었다. 미어캣들은 내게로 올라와서 나를 지나갔다. 그들은 나무의 온갖 가지에 자리 잡았다. 나무가 미어캣 떼로 뒤덮였다. 그들은 내 침대까지 점령했다. 눈이 닿는 곳이면 어디든 파고들었다. 미어캣들은 눈에 보이는 나무마다 공략했다. 숲 전체가 점점 갈색으로 변했다. 몇 분 후에는 낙엽이 진 것 같았다. 그들은 떼 지어 질주하면서 깊은 숲의 빈자리를 차지했고, 그 소리는 코끼리 떼의 걸음 소리보다 시끄러웠다.

한편 아래는 텅 비게 되었다.

호랑이와 침상을 나눠 쓰다가, 이번에는 미어캣 무리와 함께 쓰는 복잡한 기숙사로 옮긴 꼴이었다. 이런 마당에 인생은 놀랍게 변할 수 있다고 말하면 믿겠는가? 나는 침대를 차지하기 위해 미어캣들을 밀었다. 그들은 내게 딱 달라붙었다. 한 치도 빈 곳이 없었다.

미어캣 떼는 자리를 잡더니, 찍찍 소리를 멈췄다. 나무에 침묵이 내렸다. 우리는 잠들었다.

새벽에 깨어보니, 머리에서 발끝까지 살아 있는 털 담요가 덮여 있었다. 미어캣 새끼는 내 몸에서 따뜻한 부분을 찾아서 자고 있었다―내 머리 옆에 만족스럽게 자리 잡고 있는 것은 그들의 어미겠지. 내 사타구니 쪽에 끼어든 녀석도 있었다.

그들은 나무를 침범했던 것만큼이나 민첩하게 나무에서 내려갔다. 주위의 모든 나무가 마찬가지였다. 바닥에는 점점 많은 미어캣이 들어찼고, 그들이 내는 소음이 대기를 채웠다. 나무는 휑해 보였다. 나도 허전한 기분이었다. 조금은. 미어캣들과 같이 자는 것이 마음에 들었다.

나는 매일 밤 나무에서 자기 시작했다. 구명보트에서 쓸모 있는 물건을 가져와서, 멋진 나무 침실을 꾸몄다. 미어캣들이 내 몸 위로 올라오다가 내 몸에 상처를 내는 데도 익숙해졌다. 유일한 불만은, 위쪽 가지에 있는 미어캣이 내 머리에 실례를 하는 일이었다.

어느 날 밤 미어캣들 때문에 잠에서 깼다. 그들은 찍찍대며 몸을 떨고 있었다. 나는 일어나 앉아, 그들이 바라보는 방향으로 고개를 돌렸다. 하늘에는 구름 한 점 없고 보름달이 떠 있었다. 땅에는 색이 없었다. 모든 게 검정, 회색, 흰색으로 이상하게 번득거렸다. 그곳은 연못이었다. 은색 형체들이 안으로 들어왔다. 그것들은 밑에서 나타나 검은 수면을 뒤흔들었다.

물고기. 죽은 고기들이었다. 그것들이 깊은 곳으로부터 떠올랐다. 연못에 — 지름이 12미터라는 점을 기억하기를 — 온갖 종류의 죽은 물고기가 들어차더니, 결국 수면에 검은색은 사라지고 은빛만이 빛났다. 수면이 계속 일렁이는 것으로 봐서, 물 밑에서 죽은 물고기가 더 많이 올라오는 모양이었다.

죽은 상어가 조용히 떠오를 무렵, 미어캣들은 몹시 흥분해서 열대의 새들처럼 끽끽 소리를 내며 야단이었다. 히스테리가 옆 나무들까지로 번져나갔다. 귀가 따가울 지경이었다. 나는 물고기가 나무 위로 끌려오는 게 아닌지 걱정스러웠다.

미어캣은 한 마리도 연못으로 내려가지 않았다. 단 한 마리도 내려갈 기미를 보이지 않았다. 초조감을 시끄럽게 표현할 뿐이었다.

나는 불길한 느낌을 받았다. 이렇게 물고기가 죽는 데는 석연치 않은 뭔가가 있었다.

다시 누워서, 미어캣들의 소동 속에서 잠을 청해보려고 애썼다. 동이 트자, 나무에서 떼 지어 내려가는 소동 때문에 잠에서 깨어났다. 기지개를 켜고 하품을 하면서, 전날 밤 그 소란과 동요를 일으켰던 연못을 내려다봤다.

연못은 텅 비어 있었다. 거의 텅 빈 상태였다. 하지만 그것은 미어캣들의 작품이 아니었다. 그들은 그저 남은 것을 가지러 물에 뛰어들 뿐이었다.

물고기 떼가 사라져버렸다. 난 혼란스러웠다. 내가 다른 연못을 보고 있나? 아니, 틀림없이 어젯밤의 그 연못이었다. 미어캣들이 연못에서 죽은 물고기들을 치우지 않은 게 분명한가? 확실했다. 그들이 죽은 상어를 등에 지고 어디로 가는 것은 고사하고, 상어를 물 밖으로 끌고 나오는 것도 보지 못했다. 그럼 리처드 파커가 한 일일까? 그렇다 해도 하루 밤새 연못 전체를 비워버릴 수는 없었다.

완전한 미스터리였다. 아무리 연못을 들여다봐도, 연못의 짙은 초록색 옆면을 바라보아도 죽은 물고기들이 어떻게 됐는지 설명이 되지 않았다. 다음 날 밤에도 지켜봤지만, 물고기가 연못에 올라오지 않았다.

미스터리의 해답은 나중에 드러났다. 깊은 숲속에서.

숲 가운데 있는 나무들은 더 크고 촘촘히 서 있었다. 나무 아래는 덤불조차 없는 빈터로 남아 있었지만, 위쪽은 나뭇가지들이 그늘막을 드리웠다. 가지가 워낙 빽빽해서 하늘을 막았다. 달리 표현해보면 하늘이 완전히 초록색이었다. 나무들끼리 워낙 가까이 있어서, 가지들이 서로의 공간으로 뻗쳤다. 서로 뒤엉켜 있어, 어느 나무가 어디서 끝나고, 그 옆의 나무가 어디서 시작되는지 가늠하기 힘들었다. 나무 줄기는 말끔하고 매끄러웠다. 미어캣들이 나무에 오를 때 생기는 흔적은 전혀 없었다. 그 이유는 쉽게 짐작이 갔다. 미어캣 떼가 나무를 오르내릴 필요 없이, 이 나무에서 저 나무로 옮겨갈 수 있어서였다. 그 증거로, 숲 안쪽에 있는 나무들은 껍질이 조각조각 찢겨 있었다. 그 나무들은 미어캣들이 캘커타보다도 소란스런 미어캣 나무 도시로 들어가는 관문임이 의심할 나위가 없었다.

내가 그 나무를 발견한 것도 바로 거기였다. 숲에서 가장 큰 나무도 아니었고, 중심부에 있는 것도 아니었다. 어떻게 봐도 눈에 띄는 나무는 아니었다. 가지가 아주 평평하다는 것, 그게 전부였다. 올라가서 하늘을 보거나, 미어캣들의 밤생활을 구경하기에 딱 좋은 위치였다.

정확히 언제 내가 그 나무와 마주쳤는지 확실하게 말할 수 있다. 섬을 떠나기 전날이었으니까.

열매 때문에 그 나무가 내 눈에 들어왔다. 하늘을 가린 다른 나무들은 하나같이 초록색이어서, 이 나무에 달린 검은 열매가 도드라져 보였다. 열매가 매달린 가지는 이상하게 뒤엉켜 있었다.

나는 찬찬히 살펴보았다. 이 섬에는 열매가 열리지 않는 나무뿐이었지만, 이 나무만이 예외였다. 그나마 이 나무도 전체에 열매가 열린 게 아니었다. 열매는 나무의 일부분에만 매달려 있었다. 숲의 여왕벌을 만났다는 생각이 들었다. 안 그래도 식물들이 모두 이상했는데, 이 나무 때문에 더 놀랄 일이 있을까 싶었다.

열매를 만지고 싶었지만 나무가 너무 높았다. 그래서 밧줄을 가지고 왔다. 열매의 맛은 어떨까?

밧줄을 나무의 가장 낮은 가지에 걸고, 나뭇가지들을 헤쳐 가며 소중한 작은 '과수원'으로 올라갔다.

가까이서 보니 과실은 뿌연 초록빛이었다. 크기와 모양이 오렌지와 비슷했다. 여러 개의 잔가지가 모인 곳에 열매가 달려 있었다. 잔가지들이 열매를 보호하려고 주변을 단단히 에워싸고 있는 듯했다. 더 가까이 다가가자, 잔가지들이 엉킨 또 다른 목적을 알 수 있었다. 과실을 매달고 있기 위해서였다. 과일은 줄기 하나가 아니라 수십 개에 매달려 있었다. 과실 표면에 수십 개의 줄기가 있어 주변의 잔가지와 연결되었다. 이런 열매들은 틀림없이 묵직하고 즙이 많을 거란 생각이 들었다. 가까이 다가갔다.

손을 뻗어서 과일 하나를 잡았다. 너무 가벼워서 실망스러웠다. 거의 무게감이 없었다. 과일을 당겨, 많은 줄기에서 떼어냈다.

튼튼한 가지에 편안하게 자리 잡고 앉아 나무줄기에 등을 기댔다. 머리 위, 초록색 잎사귀로 된 차양 틈새로 햇빛이 비쳐들었다. 눈이 닿는 곳에는 꼬이고 얽힌 도시의 도로들이 뻗어 있었다. 상쾌한 산들바람이 나무 사이로 불었다. 나는 호기심이 동했다. 과일을 이리저리 살폈다.

아, 그 순간이 없었다면 얼마나 좋았을까? 그 일이 없었다면 나는 오랫동안 ― 어쩌면 평생이라도 ― 그 섬에서 살았을지 모른다. 그 일만 아니면 무슨 일이 일어날지 모르는 구명보트로, 거기서 겪어야 했던 고난과 결핍으로 돌아가지 않았을 것이다. 그 어떤 일도! 내가 그 섬을 떠날 이유가 뭐가 있었을까? 육체의 욕구가 그곳에서 충족되지 못했나? 평생 마시고도 남을 신선한 물이 없었나? 먹고도 남을 해초가 없었나? 너무도 단조로워서 다양함을 갈망할 때, 바라던 것보다도 훨씬 많은 미어캣과 물고기가 등장하지 않았던가? 섬이 떠서 움직인다면, 알맞은 방향으로 가지 않았을까? 나를 육지에 데려다줄 식물 배로 변하지 않았을까? 나는 유쾌한 미어캣들과 친구하지 않았던가? 또 아직은 리처드 파커가 네 번째 점프 연습을 준디 힐 필요가 있지 않았나? 섬에 도착한 후 그곳을 떠난다는 생각은 단 한 번도 해본 적이 없었다. 이제 여러 주가 지났고 ― 정확히 몇 주였는지 알 수 없다 ― 앞으로도 쭉 여기 있을 터였다. 나는 그렇게 확신했다.

한데 그 확신은 틀렸다.

그 과일에 씨가 있었다면, 내게는 이별의 씨앗이었다.

그 과일은 과일이 아니었다. 잎사귀가 공 모양으로 들러붙은 덩어리였다. 수십 개의 줄기는 수십 개의 잎사귀 줄기였다. 줄기를 하나하나 당기자 나뭇잎이 벗겨졌다.

몇 겹 벗기자, 줄기가 없고 덩어리에 달라붙은 나뭇잎들이 나왔다. 손톱으로 가장자리를 벗겨 쭉 당겼다. 나뭇잎이 한 장 한 장, 양파처럼 벗겨졌다. '과일'을 그냥 쪼갤 수도 있었지만—더 그럴듯한 말로 표현할 수가 없다—나는 신중하게 호기심을 채우기로 했다.

오렌지만 한 과일은 귤만 하게 줄어들었다. 내 무릎과 아래 가지에는 벗겨낸 얇고 부드러운 나뭇잎이 쌓였다.

이제 람부탄(작은 열대 과일—옮긴이) 크기가 되었다.

그 생각을 하면 지금도 등골이 서늘해진다.

체리 크기.

그때 빛이 나면서, 초록빛 굴 속에 든 진주 같은 것이 드러났다.

인간의 치아.

정확히 말하면 어금니. 표면에 초록색 물이 들고, 구멍이 여러 개 뚫려 있었다.

공포감이 느릿느릿 파고들었다. 다른 과일을 땄다.

열매마다 이가 들어 있었다.

하나에는 송곳니 한 개.

다른 과일에는 작은 어금니 한 개.

이것에는 다른 어금니.

또 다른 어금니.

치아 32개. 인간의 이는 32개다. 없어진 게 하나도 없었다.

정황이 이해되었다.

나는 비명을 지르지 않았다. 공포감에 소리를 질러대는 것은 영화에서나 그렇지 않을까. 나는 그저 몸을 떨면서 나무에서 내려왔다.

그날을 걱정 속에서 보냈다. 어떻게 해야 할지 고민하면서. 선택할 수 있는 길은 모두 나쁜 길뿐이었다.

그날 밤, 평소 밤을 지내는 나무 위에서 내가 내린 결론을 시험해보았다. 미어캣 한 마리를 집어 나뭇가지에서 밑으로 떨어뜨렸다.

미어캣은 떨어지면서 끽끽 소리를 냈다. 땅에 떨어지자 곧 다시 나무 위로 향했다.

그 미어캣은 아무 일도 없었다는 듯 내 바로 옆자리로 올라왔다. 그러고는 앞발을 부리나케 핥기 시작했다. 몹시 불편해 보였다. 숨을 마구 몰아쉬는 것이.

그렇게 끝내버릴 수도 있었다. 하지만 나는 직접 알아내고 싶었다. 밧줄을 잡고 나무를 타고 내려갔다. 오르내리기 쉽게 하려고 밧줄 곳곳에 매듭을 지어놓았다. 나무 밑에 다다라, 발을 땅 가까이에 내렸다. 나는 주저했다.

발을 땅에 디뎠다.

처음에는 감각이 없었다. 그러다 갑자기 발에 타는 듯한 아픔이 느껴지는 것이었다. 난 비명을 질렀다. 밧줄에서 떨어질 거라는 생각이 들었다. 가까스로 밧줄에 매달려 땅에서 발을 뗐다.

발꿈치를 나무줄기에 미친 듯이 문질러댔다. 도움이 됐지만 충분하지는 않았다. 다시 아까 머물던 나뭇가지로 올라갔다. 잠자리 옆에 놓인 물 양동이에 발을 담궜다. 나뭇잎으로 발을 닦았다. 칼을 꺼내 미어캣 두 마리를 죽인 다음 그 피와 내장으로 아픈 부위를 가라앉히려 애써봤다. 그래도 발은 화끈거렸다. 밤새 아팠다. 통증 때문에 잘 수가 없었다. 불안감 때문에도 그랬고.

그곳은 식충 섬이었다. 연못의 물고기가 사라진 것도 그래서였다. 섬은 바닷물에 사는 물고기를 지하 동굴 터널에 끌어들였다—어떻게 그랬는지는 나도 모른다. 아마 물고기들도 나처럼 게걸스럽게 해초를 먹었겠지. 물고기 떼는 연못에 갇혀버렸다. 그들은 길을 잃었을까? 바다로 나가는 문이 완전히 닫혔을까? 물의 염분이 미묘하게 바뀌어서, 염분이 없어진 걸 깨달았을 때는 너무 늦어버렸을까? 어떻게 된 것이든, 물고기 떼는 담수에 갇혔고 죽었다. 몇 마리는 연못의 수면에 떠다녔고, 그 찌꺼기는 미어캣들이 처치했다. 밤이면, 내가 잘 알진 못하지만 햇빛 때문에 억제됐던 어떤 화학 작용으로 인해, 식충성 해초가 산성으로 변해서, 연못은 물고기를 소화하는 산액이 담긴 큰 통으로 변했다. 리처드 파커가 밤마다 구명보트로 돌아온 것도 그런 이유 때문이었다. 미어캣들이 나무 위에서 자는 것도 그 때문이었고. 내가 섬에서 해초 외에 아무것도 보지 못한 것도 그래서였다.

또 그것은 치아에 대한 설명도 됐다. 어느 가여운 길 잃은 영혼이 나보다 앞서 이 무시무시한 해안에 도착했다. 그는—혹은 그녀는—여기서 얼마나 지냈을까? 몇 주? 몇 달? 몇 년? 이 나무 도시에서 오직 미어캣들을 벗 삼아 외로운 시간을 얼마나 많이 보냈을까? 행복한 삶이 지나가는 꿈을 얼마나 많이 꾸었을까? 얼마나 많은 희망이 헛되이 끝났을까? 입 밖으로 토해내지 못하고 가슴에 간직한 말이 얼마나 많았을까? 얼마나 많이 외로움을 견뎠을까? 얼마나 많은 무력감에 휩싸였을까? 무엇보다도 그래서 어떻게 되었나? 어떤 꼴이 되어버렸나?

주머니에 든 동전 같은 에나멜 덩어리만 남았다. 틀림없이 그는 나무에서 죽었으리라. 병 때문일까? 다쳤을까? 우울증 때문에? 무너진 영혼이 음식이자 물이자 피난처인 육신을 죽이려면 시간이 얼마나 걸릴까? 나무 역시 육식성이었지만 산도가 옅어서, 밤을 지내기에는 꽤 안전했다. 그사이 섬의 나머지 부분은 산성으로 끓어올랐다. 하지만 그 사람이 죽어서 움직이지 않게 되자, 나무는 천천히 시신을 감싸며 먹어치웠을 것이다. 뼈가 다 없어질 때까지 영양분을 걸러냈을 터였다. 시간이 지나면 치아도 사라졌을 것이다.

나는 해초를 둘러보았다. 몸속에서 쓴맛이 솟아났다. 한낮에는 환한 희망을 주는 해초였지만, 이제는 밤이 저지르는 배신이 내 마음속에 자리 잡았다.

나는 중얼댔다.

"이빨만 남기다니! 이빨만!"

아침이 밝을 즈음, 나는 암울한 결정을 내렸다. 이 살인마 같은 섬에서 육체는 편하고 정신은 죽은 쓸쓸한 반쪽 인생을 사느니, 내 삶을 찾아서 여길 떠나 죽는 편이 낫겠다고. 나는 맑은 물을 채우고, 낙타처럼 마실 수 있는 만큼 마셨다. 종일 더 이상 못 먹을 만큼 해초를 양껏 먹었다. 미어캣을 물품함과 배 바닥을 꽉꽉 채울 만큼 죽여서 간수했다. 손도끼로 큰 해초 덩어리를 잘라서, 밧줄로 배에 묶었다.

리처드 파커를 버리고 갈 수는 없었다. 그를 두고 떠나는 것은 그를 죽이는 것과 마찬가지였다. 리처드 파커는 하룻밤도 살아남지 못할 테니까. 그가 산 채로 타버리고 있다는 것을 알면서 구명보트에 혼자 앉아 있어야 한다. 호랑이는 바다에 뛰어들어 빠져 죽을지도 모른다. 나는 리처드 파커가 구명보트에 돌아오기를 기다렸다. 그가 늦지 않으리란 것을 알았다.

그가 배에 타자, 나는 배를 밀었다. 몇 시간 동안 배는 섬 부근에 머물렀다. 바다의 소음이 마음에 걸렸다. 또 이제는 배가 좌우로 흔들리는 것도 참기 힘들었다. 밤은 느릿느릿 흘러갔다.

아침이 되자 섬은 사라졌다. 우리가 매달고 출발했던 해초도 없어져버렸다. 밤이 되자마자, 그 해초가 산으로 밧줄을 녹여버렸던 것이다.

바다는 거칠고 하늘은 잿빛이었다.

93

내 처지가 날씨처럼 무의미해지면서 싫증이 났다. 하지만 생명은 날 버리지 않았다. 이 이야기의 나머지는 슬픔, 아픔, 인내로 얼룩져 있을 뿐이다.

상황이 좋을 때는 기분이 처지고, 상황이 나쁠 때는 기운을 낸다. 나 같은 처지가 되면, 당신 역시 기운을 낼 것이다. 상황이 나쁠수록 정신은 위로 오르고 싶어 하는 법이니까. 그건 자연스런 현상이다. 끊임없는 고난 속에서 슬프고 절망적일 때, 신에게로 마음을 돌려야 했다.

94

우리가 육지에, 정확히 말하면 멕시코에 도착했을 때, 나는 너무 기운이 없어서 행복해할 힘마저 없었다. 우리는 착륙에 큰 어려움을 겪었다. 구명보트는 하마터면 파도에 전복될 뻔했다. 나는 띄우는 닻을 ─ 남은 부분을 ─ 풀어서, 파도와 배가 수직을 유지하게 했고, 물마루를 타기 시작하기 무섭게 닻을 당겨 바다 바닥에서 떼어냈다. 이런 식으로 띄우는 닻을 풀었다 당겼다 하면서 해안으로 밀려갔다. 위험했다. 하지만 파도 하나를 정확한 지점에서 타넘은 덕분에 높아졌다 부서지는 물살을 따라 육지

쪽으로 나아갈 수 있었다. 마지막으로 닻을 당겨 바닥에서 떼자, 구명보트는 나머지 거리를 떠밀려 갔다. 배가 쉿 소리를 내며, 모래에 닿으며 멈췄다.

  나는 몸을 옆으로 돌려 내렸다. 배를 놓기가 두려웠다. 수심 60센티미터인 곳에서 구조를 눈앞에 두고 익사할까 봐 두려웠다. 얼마나 나아가야 할지 앞을 바라보았다. 힐끗 던진 그 시선이 리처드 파커의 마지막 모습을 간직하게 되었다. 내가 쳐다본 그 순간, 리처드 파커는 내 몸 위로 뛰어올랐다. 말할 수 없이 활기찬 그의 몸이 내 머리 위로 쭉 뻗은 모습은, 털 달린 무지개가 날아가는 것 같았다. 그는 물속에 떨어졌다. 뒷다리를 벌리고 꼬리를 꼿꼿이 세운 채, 물속에서 몇 걸음 뛰어 해안에 닿았다. 그는 왼쪽으로 가서 젖은 모래를 앞발로 파다가 곧 마음을 바꾸어 몸을 휙 돌렸다. 그는 오른쪽에 있는 내 앞으로 똑바로 지나갔다. 나를 바라보지 않았다. 몇 미터쯤 해안을 뛰더니 방향을 돌렸다. 균형을 잡지 못해 뒤뚱뒤뚱 걸었다. 리처드 파커는 몇 차례 넘어졌다. 밀림이 시작되는 곳에서 그는 걸음을 멈추었다. 나는 그가 내 쪽으로 방향을 틀 거라고 확신했다. 날 쳐다보겠지. 귀를 납작하게 젖히겠지. 으르렁대겠지. 그렇게 우리의 관계를 매듭지을 거야. 그는 그런 행동은 하지 않았다. 밀림만 똑바로 응시할 뿐이었다. 그러더니 고통스럽고, 끔찍하고, 무서운 일을 함께 겪으면서 날 살게 했던 리처드 파커는 앞으로 나아갔다. 그렇게 내 삶에서 영원히 사라져버렸다.

나는 안간힘을 쓰다가 모래사장에서 쓰러졌다. 주위를 둘러보았다. 완전히 혼자였다. 가족도 없는데 이제 리처드 파커도 없이 혼자가 되어버렸다. 신마저도 없다는 생각이 들었다. 그랬다, 신도 없었다. 보드랍고, 단단하고, 드넓은 이 해변은 신의 뺨 같았고, 내가 거기 있자 어디선가 두 눈이 기쁨으로 번득이고 입에는 미소를 짓고 있었다.

몇 시간 후, 나와 같은 종족이 날 발견했다. 그는 사라졌다가 사람들과 함께 돌아왔다. 여섯이나 일곱 명쯤이었다. 그들은 양손으로 코와 입을 가리고 내게 다가왔다. 왜 그러는지 의아했다. 그들은 이상한 언어로 내게 말을 걸었다. 그들이 구명보트를 모래사장으로 끌어올렸다. 그들은 날 데려갔다. 그들은 내가 배에서 가져온 바다거북 고기를 빼앗아 던져버렸다.

나는 아이처럼 울었다. 고난을 딛고 살아나서가 아니었다. 물론 고난을 극복하긴 했지만. 형제자매를 만나서도 아니었다. 사람을 본 것이 감동적이긴 했지만. 내가 느끼신 것은 리처드 파커가 아무 인사도 없이 날 버리고 떠났기 때문이었다. 서투른 작별을 하는 것은 얼마나 끔찍한 일인가. 나는 일의 순서에 맞추어 형식을 차려야 한다고 믿는 사람이다. 가능하다면, 일에 의미 깊은 모양새를 입혀야 한다. 예컨대 당신이 내 뒤죽박죽 이야기를 100장으로 구성할 수 있을까? 한 장이 모자라지도 남지도 않게 딱 100장으로? 하긴 내 별명이 싫은 것도 그 때문이다. 숫자가 영원토록 따라다니는 게 거북하다. 하지만 인생에서 일을 알맞게 마무리 짓는 것은 중요하다. 그래야만 놓아버릴 수 있으니까. 그러지 못하면 우리는 꼭 해야 했지만 하지 못한 말을 남기게 되고, 후회로 마음이 무거워진다. 작별 인사를 망친 일이 오늘날까지도 마음에 상처로 남아 있다.

구명보트에서 마지막으로 그를 볼 수 있었으면 얼마나 좋았을까. 그를 약간 자극해서, 그의 마음에 내가 남아 있게 할 수 있었으면 좋으련만. 그에게 말을 걸었으면—상대가 호랑이란 건 알지만 그래도—좋았을걸.

"리처드 파커, 다 끝났다. 우린 살아남았어. 믿을 수 있니? 네게 도저히 말로 표현 못 할 신세를 졌구나. 네가 없었으면 난 버텨내지 못했을 거야. 정식으로 인사하고 싶다. 리처드 파커, 고맙다. 내 목숨을 구해줘서 고맙다. 이제 네가 가야 될 곳으로 가렴. 너는 평생을 동물원의 제한된 자유 속에서 살았지. 이제 밀림의 제한된 자유를 알게 될 거야. 잘 지내기를 빌게. 인간을 조심해야 한다. 인간은 친구가 아니란다. 하지만 나를 친구로 기억해주면 좋겠구나. 난 널 잊지 않을 거야, 그건 분명해. 너는 내 안에, 내 마음속에 언제나 있을 거야. 이 쉿쉿 소리는 뭐니? 아, 우리 배가 모래에 걸렸나 보다. 자, 잘 가, 리처드 파커. 안녕. 신의 가호가 함께하길."

날 발견한 사람들은 마을로 데려갔다. 거기서 여인네들이 날 씻겼다. 어찌나 박박 문질러대던지, 원래 검은 피부를 타고난 나를 때가 묻은 백인 소년이라고 오해하는 건 아닌지 걱정스러울 정도였다. 나는 설명하려고 애썼다. 그들은 고개를 끄덕이면서 생긋 웃고는 계속 문질렀다. 배의 갑판을 청소하듯이 벅벅. 이 사람들이 날 산 채로 껍질을 벗기려나 하는 생각까지 들었다. 하지만 그들은 내게 음식을 주었다. 맛이 좋았다. 일단 먹기 시작하자 멈출 수가 없었다. 아무리 먹어도 계속 허기질 거라는 생각이 들었다.

다음 날 경찰차가 와서 날 병원에 데려갔고, 거기서 내 이야기는 끝난다.

나를 구해준 사람들의 인심에 감동했다. 가난한 사람들이 내게 옷과 음식을 주었다. 의사들과 간호사들은 내가 미숙아라도 되는 듯 잘 보살펴주었다. 멕시코와 캐나다 관리들은 내가 멕시코 해안을 떠나 양어머니의 가정을 거쳐서 토론토 대학의 강의실에 이르는 모든 문을 열어주었다. 내가 걸어가야 하는 단 하나뿐인 복도는 길었지만 쉬웠다. 이 모든 이들에게 가슴 깊이 감사드리고 싶다.

멕시코 토마틀란의 베니토 후아레스 병원

3부

95

 지금은 퇴직한 일본 운수성 해양부의 오카모토 토모히로 씨는 당시 캘리포니아 롱비치에 있었다고 했다. 그는 부하 직원인 치바 아츠로 씨와 함께, 이 일과는 무관한 일로 로스앤젤레스 인근 서부 해안지대의 콘테이너 항구에 가 있었는데, 거기서 일본 선박 침춤 호의 유일한 생존자가 있다는 소식을 들었다. 침춤 호는 몇 개월 전 태평양 공해상에서 자취도 없이 사라진 화물선이었다. 생존자가 멕시코 해안의 토마틀란이라는 작은 마을 인근에 도착했다는 정보가 들어왔다. 상부에서 그들에게 멕시코로 내려가 생존자와 만나서, 침춤 호에 무슨 일이 있었는지 알아보라고 지시했다. 그들은 멕시코 지도를 사서 토마틀란이 어디 있는지 찾아보았다. 그들이 운이 없었는지 지도는 '바하 캘리포니아'를 지나 작은 활자로 '토마탄'이라고 적힌 작은 해안 마을 위로 접혀 있었다. 오카모토 씨는 그것을 '토마틀란'이라고 자신 있게 읽었다. 바하 캘리포니아의 중간 부분쯤이었기에, 차를 몰고 가는 것이 가장 빠를 듯싶었다.

두 사람은 빌린 차로 출발했다. 롱비치에서 남쪽으로 800킬로미터 지점에 있는 토마탄에 도착해서야, 거기가 토마틀란이 아님을 알았다. 오카모토 씨는 200킬로미터 남쪽에 있는 산타 로살리아로 가서, 페리를 타고 캘리포니아 해협을 건너 과이마스로 가기로 했다. 페리는 늦게 출발했고 더디게 움직였다. 과이마스에서 토마틀란까지는 1300킬로미터 거리였다. 도로는 형편없었다. 결국 타이어에 펑크가 났다. 차가 고장 났고, 정비공은 차에서 몰래 부품을 떼어내고 다른 차의 중고 부품을 넣었다. 그 때문에 그들은 렌터카 회사에 부품값을 치러야 했고, 돌아오는 길에 차는 다시 고장이 났다. 오카모토 씨는 토마틀란의 '베니토 후아레스 병원'에 도착했을 때 몹시 피곤했다고 내게 털어놓았다. 그곳은 바하 캘리포니아가 아니라, 푸에르토 발라르타에서 남쪽으로 100킬로미터 지점에 있는 지역으로, 멕시코시티와 수평을 이루는 할리스코 주였다. 일본 관리들은 41시간을 논스톱으로 이동한 것이다. 오카모토 씨는 "우리는 열심히 일하지요"라고 썼다.

그와 치바 씨는 피신 몰리토 파텔과 영어로 세 시간 동안 대화했고, 그 내용을 녹음했다. 다음은 녹취문에서 가려낸 것이다.

테이프 복사본과 마지막 보고서를 내게 제공해준 오카모토 씨에게 감사드린다. 확실한 이해를 돕기 위해, 누구의 말인지 분명하지 않은 곳은 누가 말하고 있는지 표기하겠다. 다른 활자체로 인쇄된 곳은 일본말로 대화가 오간 대목으로, 내가 번역해놓았다.

96

"안녕하세요, 파텔. 나는 오카모토 토모히로입니다. 일본 운수성 소속 해양부에서 나왔어요. 이 사람은 조수 아츠로 치바. 우리는 당신이 타고 있던 침춤 호 침몰 건으로 당신을 만나러 왔습니다. 지금 이야기를 나눌 수 있을까요?"

"네, 그러시죠."

"고맙습니다. **아츠로, 자네는 이런 일이 처음이니까 잘 보고 배우도록 하게.**"

"**알겠습니다, 오카모토 씨.**"

"**녹음기가 돌아가나?**"

"**네, 돌아갑니다.**"

"**좋아. 아, 정말 고단하구만! 오늘은 1978년 2월 19일. 사건 파일 번호 250663, 화물선 침춤 호 실종 사건 관련.** 편안한가요, 파텔?"

"네, 편안합니다. 선생님은요?"

"우리도 아주 좋아요."

"도쿄에서 여기까지 오셨나요?"

"캘리포니아의 롱비치에 있다가 운전해서 내려왔어요."

"여행은 좋았나요?"

"멋진 여행이었습니다. 아름다운 여행길이었어요."

"나는 끔찍한 여행을 했어요."

"그래요, 이곳에 오기 전에 경찰과 이야기를 했고, 구명보트도 봤어요."

"배가 좀 고프네요."

"과자를 들겠습니까?"

"네, 좋죠!"

"여기 있어요."

"고맙습니다!"

"천만에요. 겨우 과자 한 개인걸요. 자, 파텔, 무슨 일을 겪었는지 말해줄 수 있을까요? 최대한 자세하게."

"네. 기꺼이 해드리죠."

97

이야기.

98

오카모토 : "대단히 흥미롭군요."

치바 : "굉장한 사연이네요."

"이자는 우릴 바보로 아나 보군. 파텔, 조금 휴식 시간을 갖고 다시 오겠습니다. 괜찮겠지요?"

"그러세요. 과자 한 개 더 먹고 싶은데요."

"네, 그러세요."

치바 : "벌써 많이 가진 데다 대부분은 입에 대지도 않았는데 저러네요. 과자는 모두 이불 밑에 있다구요."

"하나 더 주도록 해. 비위를 맞춰야 되니까. 곧 돌아오지요."

99

오카모토 : "파텔, 당신의 이야기를 못 믿겠어요."

"미안하지만……. 과자가 맛있는데 잘 부서지네요. 놀랍군요. 왜 믿지 못하죠?"

"납득이 되지 않아요."

"그게 무슨 말이죠?"

"바나나는 뜨지 않아요."

"네?"

"당신은 오랑우탄이 바나나 섬을 타고 떠왔다고 말했잖아요."

"맞아요."

"바나나는 물에 뜨지 않아요."

"아니요. 물에 떠요."

"무거운데요?"

"아뇨, 그렇지 않아요. 이걸로 직접 실험해보세요. 여기 바나나 두 개가 있어요."

치바 : "**이건 또 어디서 나왔을까요? 저 이불 밑에 뭐가 더 있을까요?**"

오카모토 : "**빌어먹을**. 아니에요. 됐어요."

"저기 세면대가 있어요."

"괜찮습니다."

"해보세요. 세면대에 물을 채우고 이 바나나를 넣어보세요. 그럼 누구 말이 맞는지 알게 될 거예요."

"얘기를 계속했으면 하는데……."

"해보세요."

(침묵)

치바 : "**어쩌죠?**"

오카모토 : "**이거 또다시 힘든 하루가 될 것 같군.**"

(의자를 뒤로 미는 소리. 멀리서 수도꼭지에서 물 쏟아지는 소리.)

파이 파텔 : "어떻게 되고 있나요? 여기서는 보이지 않아서요."

오카모토 : (멀리서) "세면대에 물을 받고 있어요."

"벌써 바나나를 넣었나요?"

(멀리서)

"아니요."

"지금은요?"

(멀리서) "넣었어요."

"그래서요?"

(침묵)

치바 : "**바나나가 뜨나요?**"

(멀리서) "**둥둥 뜨는군.**"

"바나나가 뜨나요?"

(멀리서) "둥둥 뜨는군요."

"내가 뭐라고 했어요?"

오카모토 : "네, 그래요. 하지만 오랑우탄을 받치려면 바나나가 아주 많이 필요할 텐데."

"그랬지요. 일 톤 가까이 있었어요. 내가 챙겨야 했는데, 그 바나나가 다 떠내려가 못쓰게 된 걸 생각하면 지금도 속이 아파요."

"유감이군요. 자, 그럼……."

"바나나를 돌려주겠어요?"

치바 : "**제가 가져오죠.**"

(의자가 뒤로 밀리는 소리)

(멀리서) "저것 좀 보세요. 진짜로 떠 있는데요."

오카모토 : "당신이 만났다는 해초 섬은 어땠나요?"

치바 : "여기 바나나 가져왔습니다."

파이 파텔 : "고맙습니다. 뭐라고 하셨죠?"

"너무 불쑥 말을 꺼내서 미안해요. 감정을 상하게 할 의도는 없었는데. 하지만 설마 그 말을 우리가 믿을 거라고 생각하지는 않겠지요? 식충 나무라니? 물고기를 잡아먹는 해초가 신선한 물을 만들어내다니? 나무에 사는 바다 설치류라? 이런 것들은 존재하지 않아요."

"그런 걸 당신들이 못 봤으니까 그런 거죠."

"맞아요. 우린 눈으로 보는 것만 믿습니다."

"콜럼버스도 그랬지요. 어둠 속에 있을 때는 어떻게 하죠?"

"당신이 갔던 섬은 식물학적으로 불가능해요."

"파리도 파리끈끈이에 도착하기 전에는 그렇게 말했죠."

"왜 다른 사람은 거기 가본 적이 없을까요?"

"그곳은 빨리 달리는 배만 지나는 넓은 바다입니다. 나는 많은 걸 보면서 천천히 움직였구요."

"어떤 과학자도 당신 말을 믿지 않을 거예요."

"코페르니쿠스와 다윈을 내쫓은 사람들이라면 그렇겠죠. 결국 과학자들이 새로운 식물을 찾아내지 않았나요? 예를 들면 아마존 유역 같은 곳에서요?"

"자연의 법칙을 거스르는 식물은 없어요."

"어떻게 그렇게 잘 아세요?"

"가능한 것과 불가능한 것을 구분할 만큼은 압니다."

치바 : "저희 삼촌이 식물에 대해 아주 많이 아시지요. 히타 부근 시골에 사세요. 분재 장인이시고요."

파이 파텔 : "뭐라고요?"

"분재 장인요. 분재는 작은 나무를 말합니다."

"덤불 같은 거군요."

"아뇨, 나무예요. 분재는 작은 나무예요. 키가 육십 센티미터도 안 되지요. 가슴에 안고 옮길 수도 있어요. 수령이 아주 많은 분재도 있어요. 삼촌께서는 삼백 년도 더 된 분재를 갖고 계시죠."

"삼백 년 동안 키가 육십 센티미터밖에 안 자라고, 품에 안아 옮길 수도 있다고요?"

"그래요. 정말 섬세하죠. 관심을 많이 기울여야 해요."

"누가 그런 나무에 대해 들어봤겠어요? 그런 건 식물학적으로 불가능하죠."

"하지만 틀림없이 그런 게 있어요, 파텔. 삼촌께서는……"

"나는 눈으로 보는 것만 믿는데요."

오카모토 : "잠깐만요. **아츠로, 히타 근처 시골에 사는 자네 삼촌이 있다는 건 알겠네만, 우린 한가하게 식물 얘기나 하자고 여기 온 게 아니라구.**"

"전 도우려고 그런 겁니다."

"자네 삼촌의 분재가 고기를 먹나?"

"아닐걸요."

"자네, 삼촌의 분재한테 물려봤어?"

"아니요."

"**그렇다면 자네 삼촌의 분재는 우리한테 도움이 안 돼.** 어디까지 이야기했지요?"

파이 파텔 : "키가 크고 덩치가 큰 나무가 땅에 뿌리를 내렸다는 이야기를 하던 중이지요."

"그건 잠깐 옆으로 밀어놓도록 하지요."

"그러긴 힘들 텐데요. 내가 뽑아서 옮기려 해보지 않았거든요."

"재미난 분이군요, 파텔. 하! 하! 하!"

파이 파텔 : 하! 하! 하!

치바 : "하! 하! 하! **별로 안 웃긴데요.**"

오카모토 : "**계속 웃으라구.** 하! 하! 하!"

치바 : "하! 하! 하!"

오카모토 : "이제 호랑이에 대해서인데요, 우리는 그것도 믿을 수가 없어요."

"무슨 뜻이지요?"

"믿기 힘들다는 말이에요."

"내 이야기가 믿기 힘든 이야기죠."

"바로 그 말이에요."

"나도 어떻게 살아났는지 모르겠어요."

"분명히 역경이었겠죠."

"과자 더 먹을게요."

"남은 게 없어요."

"그 봉투에는 뭐가 들었나요?"

"아무것도 아니에요."

"봐도 될까요?"

치바 : "**우리 점심이잖아요.**"

오카모토 : "호랑이 이야기로 돌아가서……."

파이 파텔 : "무시무시한 일이지요. 맛좋은 샌드위치네요."

오카모토 : "그래 보이네요."

치바 : "**저는 배고픈데요.**"

"호랑이의 자취가 발견되지 않았어요. 믿기 힘든 일이에요, 그렇지요? 아메리카 대륙에는 호랑이가 없어요. 야생 호랑이가 있다면 지금쯤 경찰에 신고가 들어오지 않았겠어요?"

"한겨울에 취리히의 동물원에서 달아난 검은 판다에 대해 이야기해야겠군요."

"파텔, 호랑이는 말로 다 못 할 위험한 야생동물이에요. 호랑이와 구명보트에서 어떻게 같이 살았지요? 그건……."

"선생님은 우리 인간이 야생동물들에게는 낯설고 무시무시한 종이라는 사실은 알지 못하는군요. 우리는 동물들에게 두려움을 줍니다. 그들은 가능한 한 우리를 피하지요. 일부 유순한 동물 ― '길들여진 동물'이라고 하지요 ― 의 공포심을 달래주는 데 수 세기가 걸렸지만, 대부분의 동물은 두려움을 극복하지 못하고 있어요. 앞으로도 그럴 거예요. 야생동물이 우리와 싸운다면, 심한 절망감 때문입니다. 그들은 다른 방법이 없을 때 싸우지요.

마지막 결단을 내리는 거죠."

"구명보트에서? 파텔, 이거야말로 믿기 어려운 이야기군요!"

"믿기 어렵다구요? 진짜 믿기 어려운 게 뭔지 아세요? 믿기 어려운 게 뭔지 알고 싶어요? 믿기 어려운 게 뭔지 말해드리죠. 이건 동물원 주인들 사이의 비밀인데, 1971년 캘커타 동물원에서 바라라는 북극곰이 도망갔어요. 그 후 이 북극곰의 소식은 들리지 않았어요. 경찰도, 사냥꾼도, 밀렵꾼도, 그 누구도 바라를 보지 못했죠. 대신 바라가 허글리 강둑에서 자유롭게 살고 있다고 여기고 있어요. 선생님들, 캘커타에 가면 조심하세요. 생선초밥을 먹을 때는 큰 대가를 치르게 될지도 모르죠! 도쿄를 거꾸로 뒤집고 흔들면 온갖 동물이 우수수 떨어져서 깜짝 놀랄걸요. 오소리, 늑대, 보아구렁이, 도마뱀, 악어, 타조, 개코원숭이, 카피바라(남미산의 설치류 중 가장 큰 동물—옮긴이), 멧돼지, 표범, 해우, 이루 헤아릴 수 없는 반추동물들. 야생 기린과 야생 하마도 사람의 눈에 띄지 않고 대대로 도쿄에서 살아가고 있을 거예요. 의심할 수 없어요. 길을 걸을 때 구두 굽에 달라붙는 것들과 도쿄 동물원의 동물 우리 바닥에 있는 것들을 비교해봐야 될걸요—잘 살펴보라구요! 멕시코 밀림에도 호랑이가 있다고 생각하게 될걸요! 웃긴 일이지요. 진짜 웃긴 일이에요. 하! 하! 하!"

"도쿄에 야생 기린과 야생 하마가 살지도 모르고 캘커타에서 북극곰이 자유롭게 살고 있을 수도 있지요. 하지만 당신이 탄 구명보트에서 호랑이가 살았다는 것은 못 믿겠어요."

"대도시에 사는 사람들의 오만이지요! 거대한 수도가 동물들의 에덴동산이라고 인정하면서도 내 작은 마을에 겨우 벵골 호랑이 한 마리가 산다는 것은 부정하는군요!"

"파텔, 제발 진정해요."

"단순한 것도 못 믿는다면, 왜 살아가고 있죠? 사랑이라는 건 믿기 힘들지 않나요?"

"파텔……."

"예바른 태도로 날 물먹이지 말아요! 사랑은 믿기 힘들죠. 어느 연인한테든 물어보세요. 생명은 믿기 힘들어요, 어떤 과학자한테든 물어보라구요. 신은 믿기 힘들어요, 어느 신자한테든 물어봐요. 믿기 힘들다니, 왜 그래요?"

"우리는 그저 합리적으로 생각하려는 것뿐이에요."

"나도 마찬가지예요! 매순간 이성적으로 따지죠. 음식과 옷과 피난처를 얻으려면 이성이 도움이 되죠. 이성은 최고의 수단이에요. 호랑이와 거리를 두려면 이성 없이는 불가능해요. 하지만 지나치게 이성적으로 굴면, 우주 전체에 목욕물을 끼얹는 위험을 감수하게 되죠."

"진정해요, 파텔. 진정해요."

치바 : "**목욕물이라니? 이 사람이 왜 목욕물 얘기를 하는 겁니까?**"

"어떻게 진정할 수 있어요? 당신이 리처드 파커를 봤어야 했는데!"

"그렇네요."

"커요. 이빨은 이렇구요! 발톱은 언월도 같죠!"

치바 : "언월도가 뭐죠?"

오카모토 : "치바, 멍청하게 말뜻이나 묻지 말고, 제발 쓸모 있게 굴라구! 이 아이는 처치 곤란이란 말이야. 어떻게 좀 해봐!"

치바 : "봐요! 초콜릿이에요!"

파이 파텔 : "잘됐네요!"

(긴 침묵)

오카모토 : "벌써 우리 점심을 몽땅 뺏어 갔으면서 또 저러네. 이제 곧 튀김까지 달라겠는걸."

(긴 침묵)

오카모토 : "조사의 요점이 다른 데로 빠지고 있군요. 우리가 여기 온 것은 화물선 침몰 사건 때문이에요. 당신이 유일한 생존자예요. 그리고 당신은 승객일 뿐이었어요. 그러니 사고에 대한 책임은 없지요. 우리는……"

"초콜릿은 참 맛있지요!"

"우리는 법적인 책임을 물으려는 게 아니에요. 당신은 바다에서 일어난 비극의 희생자일 뿐인 거죠. 다만 우리는 왜, 어떻게 침춤 호가 침몰했는지 알아내려는 거예요. 당신이 우리를 도와줄 거라 생각해요, 파텔."

(침묵)

"파텔?"

(침묵)

파이 파텔 : "호랑이는 존재해요, 구명보트도 존재하고, 바다도 존재해요. 당신의 좁고 제한된 경험에 그 셋이 다 들어가지 않기 때문에, 당신은 거기서 벌어진 일을 믿지 않으려는 거예요. 하지만 침춤 호가 그 셋을 한꺼번에 불러 모았고, 결국 가라앉은 거죠."

(침묵)

오카모토 : "그 프랑스 사람은 어떻게 된 거죠?"

"어떻게 되다니요?"

"구명보트에 탄 두 명의 맹인이 태평양에서 만났다……. 우연치고는 지나친 것 같지 않아요?"

"분명히 그렇죠."

"우리가 보기에는 도저히 있을 수 없는 일 같은데."

"복권에 당첨되는 것도 있을 수 없는 일 같지만, 늘 누군가 당첨되죠."

"우리가 보기엔 극도로 믿기 힘든 일이에요."

"나도 그래요."

"**오늘 이만 마무리해야 하는데.** 두 사람은 음식에 대해 이야기했다고요?"

"그랬죠."

"그기 음식에 대해 많이 알았군요."

"그걸 음식이라고 할 수 있다면 그랬죠."

"침춤 호의 요리사는 프랑스인이었어요."

"프랑스인은 전 세계에 있죠."

"아마 당신이 만난 프랑스인은 요리사였을 거예요."

"그럴지도 모르죠. 내가 어떻게 알겠어요? 보지 못했는데요. 난 앞을 못 봤으니까요. 그러다가 리처드 파커가 그를 산 채로 잡아먹었으니까요."

"참 편리하게 됐군."

"절대 그렇지 않아요. 끔찍했고 악취가 심했어요. 그런데 구명보트에 있는 미어캣의 뼈들은 어떻게 설명할 건가요?"

"작은 동물의 뼈는……."

"한 마리가 아니라구요!"

"……구명보트에 뼈만 남은 작은 동물 몇 마리는…… 틀림없이 배에 있던 동물들일 거예요."

"동물원에 미어캣은 없었어요."

"그것들이 미어캣의 뼈라는 증거가 없어요."

치바 : "아마 바나나 뼈일걸요! 하! 하! 하! 하!"

"아츠로, 입 다물게!"

"죄송합니다, 오카모토 씨. 피곤해서 그런가 봅니다."

"자네가 일을 곤란하게 만들고 있어!"

"정말 죄송합니다, 오카모토 씨."

오카모토 : "다른 작은 동물의 뼈일 가능성도 있어요."

"미어캣이었어요."

"몽구스일 수도 있겠지요."

"동물원에 있던 몽구스는 팔지 않았어요. 인도에 두고 왔어요."

"배에 있던 해로운 동물일 수도 있겠네요, 쥐 같은. 인도에서는 몽구스가 흔하니까."

"배에 있던 해로운 동물 몽구스라고요?"

"아니라는 법이 있나요?"

"누가 폭풍우 속의 태평양에서 구명보트까지 헤엄쳐 올까요? 그것도 몇 마리가 함께. 그거야말로 믿기 힘든 얘기 아닐까요?"

"지난 두 시간 동안 우리가 들은 이야기보다는 그럴듯하겠지요. 어쩌면 몽구스 몇 마리가 이미 구명보트에 타고 있었겠죠, 당신이 얘기했던 쥐처럼."

"구명보트에 탄 동물 숫자가 놀라울 따름이네요."

"놀랍지요."

"진짜 밀림이 따로 없군요."

"그러게요."

"그것들은 미어캣의 뼈예요. 전문가에게 검사하라고 해요."

"많이 남지도 않았어요. 머리도 없고."

"머리는 미끼로 썼어요."

"전문가라도 그것들이 미어캣인지 몽구스인지 구분할 수 있을 것 같지 않네요."

"법의학 동물학자를 찾아봐요."

"알았어요, 파텔! 당신이 이겼어요. 그게 미어캣 뼈라면, 그것들이 구명보트에 있는 이유를 달리 설명할 수가 없군요. 하지만 우리 관심은 그게 아니에요. 우리가 여기 온 것은 오이카 해운 소유로 파나마 국기를 내건 일본 화물선이 태평양에서 침몰했기 때문이에요."

"나로서는 한순간도 잊지 못할 사건이지요. 가족을 잃었으니."
"그 점에 대해서는 유감스럽습니다."
"나만큼은 아니겠죠."

(긴 침묵)

치바 : "**이제 어쩌죠?**"

오카모토 : "**나도 모르겠군.**"

(긴 침묵)

파이 파텔 : "과자 좀 드실래요?"

오카모토 : "좋지요. 고마워요."

치바 : "고마워요."

(긴 침묵)

오카모토 : "날이 화창하네요."

파이 파텔 : "햇살이 좋군요."

(긴 침묵)

파이 파텔 : "멕시코에는 처음 오셨나요?"

오카모토 : "네, 처음이에요."

"나도 그래요."

(긴 침묵)

파이 파텔 : "그래서 내 이야기가 마음에 안 드나요?"

오카모토 : "아니, 마음에 들었습니다. **안 그런가, 아츠로?** 당신의 이야기를 오래오래 기억할 거예요."

치바 : "그럴 겁니다."

(침묵)

오카모토 : "한데 우리가 조사를 해야 돼서, 진짜 무슨 일이 있었는지 알고 싶어요."

"진짜 무슨 일이 있었냐구요?"

"네."

"그러니까 다른 이야기를 원하신다?"

"저……그건 아니고. 진짜로 무슨 일이 벌어졌는지 알고 싶군요."

"뭔가 말하면, 어쨌건 이야기가 되지 않나요?"

"저…… 영어에서는 그렇겠지요. 일본어로 이야기라 하면 '창작'의 요소가 들어가게 돼요. 우리는 창작을 원하지 않아요. 영어로 '직설적인 사실'만 원하죠."

"무엇에 대해 말하는 것은—영어든 일본어든 언어를 사용해서—이미 창작의 요소가 들어 있지 않나요? 이 세상을 바라보는 것에도 이미 창작의 요소가 있지 않나요?"

"저……."

"세상은 있는 모습 그대로가 아니에요. 우리가 이해하는 대로죠, 안 그래요? 그리고 뭔가를 이해한다고 할 때, 우리는 뭔가를 갖다붙이지요. 아닌가요? 그게 인생을 이야기로 만드는 게 아닌가요?"

"하! 하! 하! 정말 똑똑하군요, 파텔."

치바 : "이 사람이 지금 무슨 얘기를 하는 겁니까?"

"나도 몰라."

파이 파텔 : "현실을 반영하는 언어를 원하나요?"

"그래요."

"현실에 반하지 않는 언어요?"

"바로 그겁니다."

"하지만 호랑이는 현실에 반하지 않아요."

"제발 부탁이에요. 이제 호랑이 이야기는 그만해요."

"두 분이 원하는 게 뭔지 알아요. 놀라지 않을 이야기를 기대하겠죠. 이미 아는 바를 확인시켜줄 이야기를 말이에요. 더 높거나 더 멀리, 다르게 보이지 않는 그런 이야기. 당신들은 무덤덤한 이야기를 기다리는 거예요. 붙박이장 같은 이야기. 메마르고 부풀리지 않는 사실적인 이야기."

"서……."

"동물이 안 나오는 이야기를 기다리죠."

"네!"

"호랑이나 오랑우탄이 안 나오는."

"맞아요."

"하이에나나 얼룩말이 안 나오는 이야기."

"그런 게 없는 이야기가 좋지요."

"미어캣이나 몽구스도 없고."

"그런 것들이 안 나오면 좋겠지요."

"기린이나 하마도 안 나오고."

"손으로 귀를 막아버릴 거예요!"

"그래요, 내 생각이 맞네요. 당신들은 동물이 안 나오는 이야기를 기대해요."

"우리는 침춤 호의 침몰을 설명해주는, 동물이 안 나오는 이야기를 듣고 싶어요."

"잠깐만 시간을 주세요."

"물론 그러죠. **이제야 방향을 제대로 잡은 것 같군. 말이 되는 이야기를 기대해보자구.**"

(긴 침묵)

"이제 다른 이야기를 할게요."

"좋습니다."

"배가 가라앉았어요. 쇠붙이가 트림하는 것 같은, 괴물 같은 소리가 났어요. 물건이 수면으로 마구 나왔다가 사라졌어요. 나도 모르게 태평양 바다에서 발차기를 하고 있더군요. 구명보트로 헤엄쳐 갔어요. 살면서 그렇게 힘들게 수영해본 적이 없었어요. 좀처럼 움직이질 않는 것 같았어요. 계속 물을 먹었죠. 몹시 추웠어요. 급격히 힘을 잃었죠. 요리사가 구명부표를 던지고 끌어당겨주시 않았다면, 구명보트까지 못 갔을 거예요. 배에 올라가서 쓰러졌죠.

우리 네 명이 살아났어요. 어머니는 바나나 덩어리를 붙들고 구명보트로 왔어요. 요리사는 이미 구명보트에 있었고, 선원도 마찬가지였죠.

그는 파리를 먹었어요. 요리사가요. 우리가 구명보트에 탄 지 만 하루도 안 됐을 때였어요. 몇 주간 버틸 분량의 음식과 물이 있었어요. 낚시도구와 태양열 증류기도 있었지요. 우리가 구조되지 못할 거라고 생각할 이유가 없었어요. 그런데도 그는 팔을 흔들어 파리를 잡더니 게걸스럽게 먹어댔어요. 그는 곧 허기의 광기에 휘말렸지요. 우리가 만찬에 참여하지 않는다고 바보 멍청이라고 욕을 해댔어요. 우린 화가 나고 구역질이 났지만, 그런 내색은 하지 않았어요. 어머니는 싱긋 웃는 얼굴로 고개를 젓고 손을 흔들며 거절했지요. 그는 구역질 나는 인간이었어요. 입이 쓰레기통 같은 작자였지요. 쥐도 먹었어요. 쥐를 잘라서 햇볕에 말렸죠. 나는—솔직히 밝히죠—작은 조각을, 아주 작은 걸 어머니 등 뒤에서 먹었어요. 너무 배가 고팠거든요. 그러나 요리사는 어찌나 무자비하고, 성질이 고약하고 위선적이었는지.

선원은 어렸어요. 나보다는 나이가 많았죠. 아마 이십 대 초반이었을 거예요. 한데 배에서 뛰어내리다가 다리가 부러진 고통 때문에 아이처럼 굴었어요. 잘생긴 청년이었지요. 얼굴에 솜털도 없고 안색이 맑고 환한 사람이었어요. 얼굴이—넓은 얼굴, 낮은 코, 좁고 주름진 눈매—아주 품위 있어 보였죠. 나는 그가 중국 황제를 닮았다고 생각했어요. 그는 끔찍한 고통을 겪었지요. 영어를 몰랐어요. 단 한마디도, '예스'나 '노' '헬로' '쌩큐' 같은 말조차 몰랐어요. 중국어만 했죠. 우리는 그의 말을 한마디도 알아듣지 못했어요. 틀림없이 몹시 외로웠을 거예요. 그가 울면 어머니는 그의 머리에 무릎을 괴어주었고, 나는 손을 잡아줬어요. 정말 슬펐지요. 그는 아파하는데 우리는 아무것도 해줄 수가 없었으니까요.

그의 오른쪽 다리가 허벅지까지 심하게 부러졌어요. 부러진 뼈가 살 밖으로 튀어나왔죠. 고통이 심해서 그는 비명을 질러댔어요. 우리는 할 수 있는 한 다리를 고정시켜주고, 음식을 먹이고 물을 마시게 해주었어요. 하지만 다리에 염증이 생겼어요. 매일 고름을 짜주었지만 점점 악화되었어요. 발이 까맣게 붓기 시작했죠.

그건 요리사가 생각해낸 거였어요. 그는 모질었어요. 우리를 지배했죠. 살이 검게 되는 게 번질 거라면서, 다리를 잘라내야만 목숨을 건질 수 있다고 속닥거렸어요. 허벅지 부근의 뼈가 부러졌기 때문에 살을 잘라내고 지혈을 해주면 된다고 했지요. 지금도 그 사악한 속삭임이 귀에 들리는 것 같아요. 자기가 선원의 목숨을 구하기 위해 다리를 잘라주겠다면서, 우리더러 청년을 붙잡고 있어야 한다는 거예요. 놀라는 게 유일한 마취약이었죠. 우리는 청년의 몸 위로 엎어졌어요. 어머니와 내가 선원의 팔을 붙잡고 있는 사이, 요리사는 그의 다치지 않은 다리에 올라탔어요. 선원은 몸부림을 치며 비명을 질렀어요. 가슴이 마구 들먹거렸죠. 요리사는 잽싸게 칼을 썼어요. 다리가 떨어져 나갔어요. 곧 어머니와 나는 선원의 팔을 놓고 물러났죠. 우리는 다리를 자르는 일이 멈추면 선원의 몸부림도 멈출 거라고 생각했어요. 그가 가만히 누워 있을 거라고. 그게 아니었어요. 그는 곧 일어나 앉았죠. 훨씬 고통스런 비명을 질러대더군요. 선원은 고래고래 소리쳤고, 우리는 넋을 놓고 바라보기만 했죠. 사방에 피가 튀었어요. 더 끔찍한 것은, 불쌍한 선원이 미친 듯이 몸부림을 치는 것과 대조적으로, 그의 다리가 배 바닥에 얌전히 놓여 있는 거였어요. 청년은 다리를 줄곧 바라봤어요. 마치 돌려달라고 애원하기라도 하는 듯이. 마침내 그는 쓰러졌어요. 우린 서둘러 조치를 취했죠. 요리사가 뼈 위의 살을 감쌌어요. 우리는 헝겊으로 잘린 다리 부위를 싸고, 피가 멈추도록 상처 위를 밧줄로 맸죠. 구명조끼로 매트리스를 만들어서 청년이 최대한 편하고 따뜻하게 누워 있게 해줬어요. 아무 소용없는 짓이라는 생각이 들더군요. 인간이 그렇게 심한 고통을 받고, 그렇게 심하게 톰이 손상되고도 살 수 있을 것 같지 않았으니까요. 저녁이 지나고 밤이 새도록 선원은 신음소리를 냈고, 숨도 거칠고 고르지 않았어요. 그는 흥분한 채 정신을 차리지 못했어요. 나는 그가 밤사이에 죽을 거라고 짐작했죠.

그는 목숨에 매달렸어요. 새벽에도 아직 살아 있었지요. 의식이 돌아왔다 없었다 했지요. 어머니는 선원에게 물을 먹였어요. 나는 잘린 다리를 봤어요. 숨이 가빴어요. 정신없는 와중에 다리는 구석에 밀쳐진 채 어둠 속에서 잊혀졌죠. 잘린 다리에서 진물이 새나왔고 다리가 얇아진 것 같더군요. 나는 구명조끼를 손에 장갑처럼 감쌌어요. 다리를 들었죠.

요리사가 묻더군요. '뭐 하는 짓이냐?'

'배 밖으로 던지려고요'라고 대답했죠.

'바보짓 말아. 그걸 미끼로 쓸 거야. 그래서 벌인 일인데.'

그는 자기도 모르게 마지막 말을 쏟아놓고 후회하는 눈치였어요. 얼른 말꼬리를 흐리더군요. 그러고는 몸을 돌렸어요.

어머니가 물었죠. '그래서 벌인 일이라뇨? 그게 무슨 뜻이죠?'

요리사는 바쁜 척했어요.

어머니는 언성을 높였죠. '우리가 가여운 이 아이의 다리를 자른 게, 그의 목숨을 구하기 위해서가 아니라 낚시용 미끼를 만들기 위해서란 말인가요?'

그 불한당은 아무 말도 안 했어요.

'대답해봐요!'라고 어머니가 소리쳤죠.

불한당 녀석은 궁지에 몰린 짐승처럼 눈을 치뜨더니, 어머니를 노려봤어요. 그러더니 쏘아붙였어요. '우리 식량이 바닥나고 있단 말이야. 식량을 더 확보하지 않으면 다 죽는 거야.'

어머니도 그를 노려봤죠. '식량은 바닥나고 있지 않아요! 음식과 물이 충분히 있다구요. 구조될 때까지 버틸 만한 비스킷이 쌓여 있어요.' 어머니는 개봉한 비스킷을 담아둔 통을 집어들었어요. 예상 외로 가벼웠죠. 통에 부스러기만 남아 덜컹덜컹 소리를 냈어요. '이게 뭐야!' 어머니가 통을 열었어요. '비스킷은 다 어디 갔지? 어젯밤에 통에 가득 있었는데!'

요리사는 시선을 돌렸어요. 나도 그랬죠.

어머니가 소리쳤어요. '이기적인 작자 같으니! 음식이 바닥난다면 그 이유는 오직 당신이 게걸스레 먹어대기 때문이라구!'

'저 아이도 먹었는걸.' 요리사가 나를 고개로 가리키며 대꾸했어요.

어머니의 시선이 내게 쏠렸지요. 내 가슴이 쿵 하고 떨어졌어요.

'피신, 그게 사실이냐?'

'밤이었어요, 엄마. 잠이 덜 들었는데 너무 배가 고팠어요. 저 사람이 비스킷 한 개를 줬어요. 나는 그만 아무 생각도 없이 그걸 먹고……'

'한 개뿐이었다?' 요리사가 조롱했어요.

이제 어머니가 시선을 돌렸죠. 분노가 빠져나간 것 같았어요. 나는 어머니 옆에 있으려고, 선원의 몸에 받친 구명조끼를 매만졌어요. 내가 속삭였죠. '어머니, 죄송해요. 잘못했어요.' 내 눈에 눈물이 고였어요. 눈을 위로 뜨다가 어머니의 눈에도 눈물이 고인 걸 봤어요. 하지만 어머니는 날 보지 않았어요. 생각에 잠겨 하늘만 응시했어요.

'우리만 남았구나, 피신. 우리 둘만 남았어.' 어머니의 말에 내 몸에 있던 소망이 주르르 빠져나갔어요. 평생 그 순간처럼 외로웠던 때는 없었어요. 벌써 구명보트에 탄 지 이 주가 지났고, 서로의 목숨을 앗아가고 있었어요. 아버지와 라비 형이 살아 있을 거라고 기대하기는 점점 힘들어졌지요.

우리가 몸을 돌리자, 요리사는 자른 다리의 발목을 잡고 바닷물에 진물을 씻어내고 있었어요. 어머니가 선원의 눈을 손으로 가렸어요.

선원은 조용히 죽었어요. 다리의 진물처럼 생명도 그의 몸에서 빠져나갔죠. 요리사는 얼른 그를 토막 냈어요. 다리는 좋은 미끼 구실을 못 했거든요. 너무 부패해서 낚시 훅에 매달려 있지 못했으니까요. 물속에 스르르 빠져버렸죠. 그 괴물 같은 자식은 하나도 버리지 않았어요. 시신을 전부 잘랐죠. 선원의 살갗이며 내장까지 모두. 심지어 성기까지도 잘랐어요. 몸통을 토막 내고 나자, 팔이며 어깨, 다리를 칼질했어요. 어머니와 나는 고통과 공포에 질려 동요했죠. 어머니는 요리사에게 소리쳤어요. '어떻게 이런 짓을 할 수 있어, 이 불한당, 대체 당신이 인간이야? 당신은 양심도 없어? 불쌍한 아이에게 무슨 짓을 한 거야? 악마 같으니! 악마!' 요리사는 믿을 수 없을 만큼 상스럽게 대꾸했어요.

'적어도 얼굴만은 건드리지 말아요!' 어머니가 울부짖었어요. 그 보기 좋은 얼굴이, 품위 있고 평화스런 얼굴이 앞서 벌어진 꼴을 당하는 건 참을 수 없는 일이었지요. 요리사는 선원의 머리에 달려들더니, 우리가 보는 앞에서 머리 가죽을 벗기고, 얼굴을 뜯어냈어요. 어머니와 나는 토했죠.

그는 일을 마치자 토막 낸 몸통을 배 밖으로 던졌어요. 얼마 후

살점과 장기 조각을 배 위에 널어 볕에 말렸어요. 우리는 두려움에 움츠러들었죠. 그것들을 보지 않으려고 노력했어요. 냄새가 지워지지 않았어요.

다음에 요리사가 가까이 있을 때, 어머니는 그의 뺨을 쳤어요. 짝 소리가 나게 냅다 후려갈겼죠. 어머니가 그런 일을 하다니 충격적이었어요. 또 영웅적이기도 했고요. 그것은 분노, 연민, 슬픔, 용기에서 나온 행동이었어요. 불쌍한 선원을 기리며 한 행위이기도 했고요. 그의 존엄성을 구제하는 일이기도 했지요.

나는 어리벙벙했어요. 요리사도 마찬가지였어요. 그는 아무 말도 없이 꼼짝 않고 서 있었고, 어머니는 그의 얼굴을 빤히 쳐다봤어요. 나는 그가 어머니의 눈을 피하는 걸 보았지요.

우리는 둘만의 공간으로 물러갔어요. 나는 엄마 옆에 바싹 붙어서 지냈어요. 내 마음에는 황홀한 경탄과 비열한 공포심이 뒤섞여 있었어요.

어머니는 계속 요리사를 감시했어요. 이틀 후 어머니는 그가 그 짓을 하는 걸 봤어요. 요리사는 모르는 체하려 했지만, 어머니는 그의 손이 입에 들어가는 걸 봤어요. 어머니가 소리쳤죠. '다 봤어! 당신, 방금 그걸 먹었지! 미끼로 쓴다고 했으면서! 난 알아. 이 악마 같으니! 이 동물 같으니! 어떻게 그럴 수가 있어? 그는 사람이라고! 당신과 똑같은 인간이란 말이야!' 어머니가 요리사 녀석이 창피해할 거라 기대했다면, 입에 든 것을 뱉고 주저앉아 사과할 거라 기대했다면, 그건 오해였지요. 그는 계속 질

경질경 씹었어요. 머리를 들고 나머지 조각을 입에 쏙 넣었지요. '돼지고기 맛이 나는걸.' 그가 중얼거렸어요. 어머니는 홱 고개를 돌리는 걸로 분노와 멸시를 표현했어요. 그는 한 쪽 더 먹었어요. '벌써 기운이 불끈 나는데.' 그가 중얼거렸어요. 요리사 자식은 낚시에 집중했어요.

우리는 각자 구명보트 끄트머리에 자리를 잡았어요. 의지가 사람 사이에 벽을 만드는 걸 보면 놀라울 지경이죠. 그가 거기 없는 듯이 며칠이고 흘러갔어요.

하지만 그를 완전히 무시할 수는 없었어요. 그는 악마였지만, 쓸모 있는 악마였으니까요. 솜씨도 좋고 바다에 대해서도 잘 알았어요. 낚시에 도움이 되도록 뗏목을 만든다는 생각을 한 사람도 바로 요리사였어요. 우리가 살아남는다면, 모두 그 덕분이었죠. 나는 최선을 다해 거들었어요. 그는 성질머리가 아주 나빴어요. 매일 나한테 소리를 지르고 욕설을 퍼부었죠.

어머니와 나는 선원의 인육은 먹지 않았어요. 몸에 힘이 하나도 없었지만 한 조각도 입에 넣지 않았죠. 대신 우리는 요리사가 바다에서 잡은 것을 먹기 시작했어요. 평생 채식주의자로 살아온 어머니였지만 생선과 바다거북 고기를 날로 먹어야 했어요. 아주 힘들어했지요. 어머니는 갑자기 변한 환경을 극복하지 못했어요. 나한테는 한결 쉬웠어요. 배가 고프자 뭐든 먹게 되었으니까요.

누군가 덕분에 생명이 일시적으로 연장되면, 은혜를 입은 사람에게 따뜻한 마음을 가지지 않을 수가 없지요. 요리사가 바다거북이나 커다란 만새기를 배 위로 끌어올릴 때는 정말 설레었어요. 그걸 보면 웃음이 나왔고, 몇 시간이고 가슴이 따뜻했어요. 어머니와 요리사는 정답게 대화를 하고 농담까지 했죠. 아름답게 해가 지는 동안에는 구명보트 생활이 꽤 괜찮았어요. 그럴 때면 나는 그를—그래요—다정한 눈으로 바라봤지요. 사랑을 담아서. 우리가 금세 친구가 됐다고 상상했어요. 그는 기분이 좋을 때도 거칠게 구는 사내였지만, 어머니와 나는 짐짓 모르는 체했죠. 나 자신에게도 모르는 체했어요. 그는 우리가 섬을 만날 거라고 말했어요. 우리는 거기에 큰 희망을 걸었죠. 나타나지도 않는 섬을 찾아 수평선을 바라보느라 눈이 짓무를 지경이었어요. 그가 음식과 물을 훔친 것은 그때였어요.

평평하고 끝없는 태평양이 우리 주위에 거대한 벽처럼 솟구쳤어요. 그 벽을 돌아갈 수 있을 것 같지 않았죠.

그가 어머니를 죽였어요. 요리사가 내 어머니를 죽였다구요. 우리는 배가 고파 죽을 지경이었어요. 난 힘이 없었어요. 바다거북을 붙들고 있을 수가 없었죠. 나 때문에 우린 거북을 놓쳤어요. 그 자식이 날 때렸죠. 어머니가 그를 때렸어요. 그가 어머니를 때렸고요. 어머니는 내게 몸을 돌리더니 '가거라!'라고 소리치면서, 나를 뗏목 쪽으로 밀었어요. 나는 뗏목을 향해 뛰어내렸죠. 어머니가 같이 갈 거라고 생각했어요. 나는 물속에 떨어졌죠. 발버둥쳐서 뗏목으로 올라갔어요. 두 사람은 싸우고 있었어요. 나는 지켜볼 뿐 어쩔 수가 없었어요. 내 어머니는 성인 남자와 싸우고 있었어요. 못되고 힘센 자식과. 그가 어머니의 팔목을 잡아 비틀었어요. 어머니는 비명을 지르며 쓰러졌죠. 그가 어머니의 몸 위로 올라갔어요. 칼이 나타났죠. 그가 칼을 공중에 휘둘렀어요. 칼이 밑으로 내려오고 또 공중으로 올라갔는데…… 빨간 색이었어요. 칼이 반복해서 올라갔다 내려갔다 했어요. 나는 어머니를 볼 수가 없었어요. 어머니는 배 바닥에 있었으니까요. 요리사만 보였죠. 그가 동작을 멈추었어요. 고개를 들더니 날 보더군요. 그는 내 쪽으로 뭔가 던졌어요. 피가 내 얼굴에 확 튀었죠. 아무리 매질을 당해도 그보다 더 심하지는 않았을 거예요. 나는 양손으로 어머니의 머리를 들었어요. 그러다 놓아버렸죠. 피범벅이 된 어머니 머리가 가라앉았어요. 땋은 머리채가 꼬리처럼 물속으로 들어갔지요. 물고기가 어머니의 머리 주변을 맴돌다가, 결국 상어의 긴 회색 그림자가 나타나자 얼른 사라졌어요. 나는 고개를 들었어요. 요리사가 보이지 않았어요. 배 바닥에 숨어 있었죠. 그는 어머니의 시체를 배 밖으로 던지느라 모습을 드러냈어요. 입가가 빨갰어요. 물고기들이 떼 지어 몰려들었어요.

  나는 그날 밤까지 뗏목에서 지내면서 요리사를 지켜봤어요. 우리는 한마디도 나누지 않았어요. 그는 밧줄을 잘라 뗏목을 떠내려 보낼 수도 있었어요. 하지만 그러지 않았죠. 그는 나를 주위에 있게 했죠. 떳떳하지 못해서 그랬을 테죠.

아침이 되어 그를 똑바로 보게 되자, 나는 밧줄을 당겨 구명보트로 올라갔어요. 힘이 하나도 없었어요. 요리사는 아무 말도 안 했어요. 나는 가만히 지냈어요. 요리사가 바다거북을 잡았어요. 나한테 피를 줬어요. 그는 바다거북을 난도질해서, 나를 위해 제일 좋은 부위를 중앙 벤치에 놔뒀어요. 나는 그걸 먹었어요.

　그러다가 우리는 싸웠고 내가 그를 죽였어요. 그는 무표정했어요. 절망감도 분노도 없고, 두려움이나 고통도 없는 표정이었어요. 그는 체념했어요. 자신이 죽게 내버려뒀어요. 버둥대기는 했지만요. 악한의 기준으로도 자기가 너무 지나쳤다는 걸 알고 있었지요. 그는 너무 지나쳤고, 이제는 더 살고 싶지 않았던 거예요. 하지만 '미안하다'고 하지는 않더군요. 우리는 왜 그렇게 사악하게 버틸까요?

　칼은 늘 잘 보이는 벤치에 놓여 있었어요. 우리 둘 다 그걸 알았죠. 그는 칼을 간수할 수도 있었는데 그러지 않았어요. 칼을 벤치에 둔 사람이 요리사였어요. 나는 칼을 집었어요. 그의 배를 찔렀어요. 요리사는 찡그렸지만 계속 서 있었어요. 칼을 빼서 다시 찔렀어요. 피가 콸콸 쏟아졌어요. 그래도 그는 쓰러지지 않았어요. 요리사는 내 눈을 쳐다보더니, 고개를 약간 들었어요. 무슨 뜻을 나타내려 그랬을까요? 난 그렇다고 받아들였어요. 그의 목을, 목젖 바로 옆을 찔렀죠. 그의 몸이 돌처럼 바닥에 쿵 떨어졌어요. 그리고 죽었죠. 그는 아무 말도 안 했어요. 유언도 없었어요. 그냥 목구멍에서 피만 쏟았어요. 칼에는 무시무시한 역동성이 있어요. 일단 동작에 들어가면 멈추기가 힘들죠. 나는 그를 반복해서 찔렀어요. 갈라진 손에 피가 묻었지요. 그의 심장은 계속 버둥댔어요―심장에 달린 여러 개의 관도. 어렵사리 심장을 빼냈어요. 맛이 좋던데요. 거북이 고기보다 훨씬. 나는 그의 간도 먹었어요. 살점도 큼직하게 잘라내고.

그는 무진장 나쁜 놈이었어요. 더 나쁜 것은, 그가 내 안에서 악함을 만났다는 거죠―이기심, 분노, 무자비함. 나는 그런 걸 안고 살아야 해요.

고독이 시작됐어요. 나는 신께 의지했죠. 난 살아났어요."

(긴 침묵)

"이번 이야기가 더 나은가요? 믿기 어려운 부분이 있나요? 바꾸면 좋을 대목이라도 있어요?"

치바 : **"끔찍한 이야기네요."**

(긴 침묵)

오카모토 : "얼룩말과 대만 선원 둘 다 다리가 부러졌지, 자네도 알아차렸나?"

"아니요, 몰랐습니다."

"또 하이에나는 얼룩말의 다리를 물어뜯었지. 요리사가 선원의 다리를 찢은 것처럼."

"아, 오카모토 씨, 잘 아시네요."

"다른 구명보트에 탄 프랑스인 맹인 말이야……, 남자와 여자를 죽였다고 인정했잖아?"

"네, 그랬죠."

"요리사가 선원과 이 사람의 어머니를 죽였고."

"대단히 인상적인데요."

"두 가지 이야기가 맞아떨어져."

"그러니까 대만 선원은 얼룩말이고, 자기 어머니는 오랑우탄이고, 요리사는…… 하이에나…… 그렇다면 이 사람이 호랑이군요!"

"맞아. 호랑이가 하이에나를 죽였지 ─ 또 프랑스인 장님도. 그가 요리사를 죽인 것처럼."

파이 파텔 : "초콜릿 더 있나요?"

치바 : "여기요!"

"고마워요."

치바 : "하지만 그게 무슨 뜻이죠, 오카모토 씨?"

"나도 몰라."

"그리고 그 섬은요? 미어캣 떼는 누구죠?"

"모르지."

"또 그 이빨들은요? 나무에 있던 건 누구의 이빨이었죠?"

"나도 모르네. 내가 이 아이 머릿속에 들어가본 것도 아니고."

(긴 침묵)

오카모토 : "이렇게 물어봐서 미안하지만, 요리사가 침춤 호의 침몰에 대해 무슨 말을 했나요?"

"다른 이야기 속에서요?"

"네."

"안 했어요."

"7월 2일 이른 새벽에 일어난 사건에 대해서는 어떠한 이야기도 안 했나요?"

"네."

"기계적이거나 구조적인 것에 대해서도?"

"네."

"다른 배나 바다 위의 장애물에 대해서도?"

"네."

"그는 침춤 호의 침몰에 대해서는 설명하지 못했군요."

"네."

"왜 조난 신호를 보내지 않았는지 그가 몰랐을까요?"

"만일 신호를 보냈다면요? 내 경험으로 시꺼먼 삼류 고물 배가 가라앉는 경우, 운이 좋아서 그 배가 기름을 운반한다면 모를까 그게 아니면 아무도 신경 쓰지 않아요. 아무도 그 배의 사정을 듣지 않는다구요. 생태계 전체를 망칠 만큼 많은 양의 기름이 실려 있지 않다면. 녹슨 고철덩어리 배는 알아서 해야 한다구요."

"오이카 해운 측이 문제가 있다는 걸 알아차렸을 때는 이미 늦어버렸어요. 너무 멀리 있어서 공중 구조도 할 수가 없었지요. 그 지역을 지나는 선박들에게 살펴보라는 지시가 떨어졌지요. 아무것도 못 봤다는 보고만 들어왔지만."

"삼류 이야기가 나왔으니 말인데, 형편없는 것은 배만이 아니었어요. 선원들은 뿌루퉁하고 무뚝뚝했어요. 상급 선원들이 주변에 있으면 열심히 일했지만, 그들이 없으면 아무것도 안 했죠. 영어를 한마디도 못했고, 우리에게 아무 도움도 안 됐어요. 일부는 한낮에도 술에 절어 있었죠. 그 멍청이들이 무슨 짓을 했는지 누가 알아요? 상급 선원들이……."

"그게 무슨 뜻이죠?"

"그거라니 뭐요?"

"그 멍청이들이 무슨 짓을 했다니, 누구 말입니까?"

"술에 취해서 제정신이 아닌 상태에서 몇 사람이 동물들을 풀어놨을 거라는 뜻이에요."

치바 : "동물 우리의 열쇠는 누가 갖고 있었나요?"

"아버지요."

치바 : "열쇠도 없는데, 선원들이 어떻게 동물 우리 문을 열지요?"

"모르죠. 쇠지레를 썼을 수도 있어요."

치바 : "왜 그들이 그런 짓을 했을까요? 위험한 야생동물을 우리에서 풀어주고 싶은 사람이 있을까요?"

"모르겠어요. 술 취한 사람이 벌이는 짓을 일일이 파헤칠 수 있나요? 나는 두 분에게, 무슨 일이 있었는가만 말씀드릴 수 있어요. 동물들이 우리 밖으로 나왔다구요."

오카모토 : "선원들의 정신 상태가 의심스러우신 거지요?"

"아주 의심스럽죠."

"상급 선원 중 누군가 술에 취한 것을 목격한 적이 있나요?"

"아뇨."

"한데 보통 선원 중 일부가 술에 취한 것을 본 적은 있군요?"

"네."

"상급 선원들이 실력 있고 전문가다운 태도로 일하던가요?"

"그들은 우리와 상관하지 않았어요. 동물들에게 가까이 온 적이 없고요."

"배를 운항하는 면에서 말이에요."

"내가 어떻게 알겠어요? 우리가 매일 그들과 차를 마셨다고 생각하세요? 상급 선원들은 영어를 했지만, 보통 선원들보다 나을 게 없었어요. 그들은 우리가 휴게실에 가면 달가워하지 않았고, 식사하는 동안에 한마디도 하지 않았어요. 우리가 그 자리에 없는 것처럼 자기들끼리 일본말로 떠들어댔죠. 우린 성가신 화물을 갖고 배에 탄 하찮은 인도 가족에 불과했으니까요. 결국 우리는 부모님 선실에서 식사를 했어요. 라비 형은 '모험이 부른다!'고 말했죠. 그나마 우리를 버티게 해준 것은 그 모험심이었어요. 대부분의 시간을 동물 배설물을 치우고, 우리를 청소하고, 동물들에게 먹이를 주며 보냈고, 아버지가 수의사 노릇을 했죠. 동물들이 괜찮으면 우린 괜찮았어요. 상급 선원들이 실력이 있었는지는 모르겠네요."

"배가 좌현으로 기울고 있었다고 했죠?"

"네."

"그리고 뱃머리에서 선미 쪽으로 기울었고?"

"네."

"그럼 선미가 먼저 가라앉았어요?"

"네."

"뱃머리부터가 아니고?"

"네."

"확실해요? 배의 앞부분이 높고 뒷부분이 낮게 경사가 생겼나요?"

"네."

"배가 다른 배와 충돌했나요?"

"다른 배는 못 봤어요."

"배가 다른 물체와 부딪쳤나요?"

"내가 본 바로는 아니에요."

"배가 좌초했나요?"

"아니요. 가라앉아서 시야에서 사라졌어요."

"마닐라를 떠난 이후 기계적인 문제는 알아차리지 못했고?"

"네."

"파텔이 보기에, 배에 화물이 적절하게 실린 것 같았나요?"

"그때 처음으로 배에 타본 거예요. 어떤 게 적절하게 화물이 실린 모습인지 모르는데요."

"폭발음을 들었나요?"

"네."

"다른 소음은?"

"수없이 많았어요."

"그것들이 침몰의 원인이냐는 뜻이에요."

"아니요."

"배가 빨리 가라앉았다고 했죠."

"네."

"시간이 얼마나 걸렸는지 대충 말할 수 있나요?"

"말하기 어려워요. 굉장히 빨랐어요. 이십 분이 채 안 될 것 같은데요."

"또 파편도 많았고요?"

"네."

"배가 갑작스런 파도에 부딪혔을까요?"

"그건 아닐 것 같네요."

"한데 폭풍우가 불었지요?"

"바다가 아주 거칠었어요. 바람도 불고 비도 왔어요."

"파도가 얼마나 높았나요?"

"많이요. 팔구 미터쯤."

"사실 그 정도면 괜찮은 편인데."

"구명보트에 탄 사람에게는 안 그래요."

"네, 물론이죠. 하지만 화물선은 다르죠."

"어쩌면 파도가 그보다 높았을 거예요. 모르겠네요. 날씨가 너무 나쁘고 무서워 정신을 못 차릴 정도였어요. 내가 확실히 아는 건 그것뿐이에요."

"날씨가 급작스레 좋아졌다고 했지요. 배가 가라앉았고, 곧장 화창한 날씨가 됐다고. 맞나요?"

"네."

"지나가는 소나기였던 것 같은데요."

"그 비에 배가 침몰했군요."

"우리도 그게 궁금해요."

"내 가족 전부가 죽었어요."

"그 점에 대해서는 유감이에요."

"나만큼은 아니겠죠."

"그래서 어떻게 됐지요, 파텔? 당황스럽네요. 모든 게 정상이었는데, 한데……."

"한데 정상적인 게 침몰했죠."

"왜일까요?"

"모르겠어요. 선생님들이 내게 말해주셔야지요. 선생님들이 전문가니까. 과학적으로 생각해보세요."

"우리는 이해가 안 돼요."

(긴 침묵)

치바 : "이제 어쩌지요?"

오카모토 : "포기해야지. 침춤 호의 침몰 이유는 태평양 바닥에 가라앉아 있어."

(긴 침묵)

오카모토 : "그래, 됐네. 가자구. 파텔, 필요한 내용은 다 들었

어요. 협조해주어서 고마워요. 정말, 대단히 큰 도움이 됐어요."

"천만에요. 하지만 가시기 전에 뭘 좀 물어봐도 될까요?"

"무엇을?"

"침춤 호는 1977년 7월 2일에 침몰했어요."

"그렇죠."

"그리고 침춤 호의 유일한 인간 생존자인 나는 멕시코 해안에 1978년 2월 14일에 도착했구요."

"맞아요."

"나는 두 분께, 그사이 227일 동안 일어난 일을 두 가지로 이야기해드렸어요."

"그랬지요."

"두 이야기 다 침춤 호의 침몰에 대해서는 설명하지 못했어요."

"그렇죠."

"두 분은 어떤 이야기가 사실이고, 어떤 이야기가 사실이 아닌지 증명할 수 없어요. 내 말을 믿을 수밖에 없지요."

"그렇죠."

"두 이야기 다 배가 가라앉고, 내 가족 전부가 죽고, 나는 고생하지요."

"맞아요."

"그럼 말해보세요. 어느 이야기가 사실이든 여러분으로선 상관없고, 또 어느 이야기가 사실인지 승낙할 수도 없지요. 그래서 묻는데요, 어느 이야기가 더 마음에 드나요? 어느 쪽이 더 나은

가요? 동물이 나오는 이야기요, 동물이 안 나오는 이야기요?"

오카모토 : "그거 흥미로운 질문이군요……."

치바 : "동물이 나오는 이야기요."

오카모토 : "**그래. 동물이 나오는 쪽이 더 나은 이야기 같아요.**"

파이 파텔 : "고맙습니다. 신에게도 그러길 ."

(침묵)

치바 : "**방금 이 사람이 뭐라고 말한 거예요?**"

오카모토 : "**몰라.**"

치바 : "**아, 보세요……. 이 사람이 우는데요.**"

(긴 침묵)

오카모토 : "운전할 때 조심해야겠네요. 리처드 파커와 만나고 싶지 않으니까."

파이 파텔 : "걱정 마세요. 그런 일은 없을 거예요. 그는 눈에 띄지 않는 곳에 숨어 있어요."

오카모토 : "시간을 내주어서 고마워요, 파텔. 고맙습니다. 그리고 그동안 겪은 일에 대해서는 정말 유감이에요."

"고맙습니다."

"이제 어쩌실 건가요?"

"캐나다로 가게 되겠죠."

"인도로 안 돌아가고요?"

"네. 이제 그곳에는 아무것도 남아 있지 않아요. 슬픈 추억만 있을 뿐이죠."

"그렇겠네요. 보험금을 탈 거란 건 알겠지요."

"아."

"그래요. 오이카 쪽에서 파텔에게 연락을 할 거예요."

(침묵)

오카모토 : "이제 가봐야겠네요. 잘 지내길 바라요, 파텔."

치바 : "네, 잘 지내세요."

"고맙습니다."

오카모토 : "안녕히."

치바 : "안녕히 계세요."

파이 파텔 : "가다가 드실 과자 좀 드릴까요?"

오카모토 : "그러면 좋지요."

"자, 각자 세 개씩 받으세요."

"고마워요."

치바 : "고맙습니다."

"별말씀을요. 안녕히 가세요. 신의 가호가 있기를, 내 형제들이여."

"고맙습니다. 당신에게도."

치바 : "안녕히 계세요."

오카모토 : "**배고파 죽겠군. 가서 뭘 좀 먹자구. 이제 녹음기를 끄게.**"

100

오카모토는 내게 보낸 편지에서, 그날의 면접 조사를 '어렵고 기억에 남는 일'로 회고했다. 그는 피신 몰리토 파텔을 '몹시 마르고, 대단히 끈질기고, 영리하다'고 기억했다.

그의 보고서 중 중요한 대목만 간추리면 다음과 같다.

유일한 생존자는 침춤 호의 침몰 이유에 대한 실마리를 주지 못했다. 배는 대단히 빠르게 침몰한 것 같고, 이는 선체에 큰 구멍이 났다는 것을 의미할 것이다. 상당량의 파편이 이 이론을 뒷받침한다. 하지만 구멍이 난 정확한 이유는 지적하기 어렵다. 그날 인근에서 악천후는 보고되지 않았다. 날씨에 대한 생존자의 평가는 인상에 따른 것이라 신뢰할 수 없다. 기껏해야 날씨는 침몰 원인의 한 요소일 뿐이나, 원인은 배 내부에 있을 것이다. 생존자는 폭발음을 들었다며 주요 엔진 결함을 암시한다. 보일러가 터지는 소리일 수도 있지만, 추측일 뿐이다. 선박은 29년이나 된 것으로(얼랜드슨&생크 조선소, 말뫼, 1948), 1970년에 개축했다. 악천후와 구조적인 낙후가 결합되어 침몰했을 수 있으나 이 또한 추측일 뿐이다. 그날 인근에서 다른 배의 사고는 보고된 바 없으므로, 선박간 충돌은 아닌 듯하다. 파편과의 충돌 가능성도 있지만, 증명할 수 없다. 부류 기뢰와의 충돌도 폭발에 대한 설명이 될 수 있지만, 가설일 뿐이다. 더구나 그 경우 선미부터 가라앉지 않을 것이다. 선미부터 가라앉았다는 것으로 보아 선미 부근의 선체에도 구멍이 났을 가능성이 크다. 생존자는 선원들의 태도를 의심하지만, 상급 선원들에 대해서는 아무 말도 하지 않았다. '오이카 해운'은 모든 화물이 적법하게 실렸으며, 상급 선원이나 일반 선원의 문제는 모른다고 했다.

침몰 원인은 다양한 증거로부터 결론지을 수 있을 것이다. '오이카 해운'은 기본 보험금 청구 신청 절차를 진행 중이다. 더 이상의 조치는 요구되지 않는다. 사건 종결을 제안한다.

곁들여 말하면, 유일한 생존자인 인도인 피신 몰리토 파텔의 사연은 이를 데 없이 힘들고 비극적인 상황에서 용기와 인내를 보여준 놀라운 이야기다. 이 조사관의 경험으로 볼 때, 그의 이야기는 난파선 역사상 어느 사건과도 견줄 수 없다. 파텔만큼 오래 생존한 조난자는 없었다. 더구나 벵골호랑이와 함께 생존한 사람은 한 명도 없었다.

옮긴이의 말

세상 모든 일이 그러하듯, 번역자와 작품도 연분이 있는 듯하다. 어느 모임에서 어떤 책에 대해 들은 날, 집에 돌아와 그 작품의 번역을 의뢰받는 일도 있다. 내가 살았던 외국 도시에서 나고 자란 작가의 작품을 번역하는 경우도 있고. 이번에 번역한 『파이 이야기』도 그런 인연을 담고 내게 왔다.

그 겨울, 나는 밴쿠버 서쪽에 있는 빅토리아 섬에서 잠시 머물고 있었다. 그곳에서 두어 달 남짓 지내며 번역 작업을 했다. 어느 날 이메일을 받았다. 한 번도 같이 일해본 적이 없는 출판사 기획자의 메일이었다. 얀 마텔이라는 캐나다 작가의 부커상 수상작인 『파이 이야기』를 번역 의뢰하고 싶다는 내용이었다. 마침 밴쿠버에 나갈 일이 있어 거기서 책을 사기로 했다. 밴쿠버로 가는 페리에 책 파는 코너가 있었다. 베스트셀러 코너에 『파이 이야기』가 있어서 꺼내 보는데, 지나가던 중년의 신사가 내게 엄지손가락을 보이며 "대단한 책"이라고 말했다. 캐나다 작가의 책을 캐나다에서 머물며 번역 의뢰 받다니—그것도 잠시 머무는 사이에—인연이 깊다 싶었다.

얀 마텔. 캐나다 출신의 젊은 작가. 캐나다지만 프랑스어를 쓰는 퀘벡 출신이어서 영어와 프랑스어 이중 언어를 구사해서인지, 언어에 대한 감수성이 탁월하다. 이야기를 풀어내는 솜씨 또한 유려하다. 그가 쓴 『파이 이야기』는 제목 그대로 파이라는 소년의 이야기다. 파이는 인도 폰디체리에서 동물원을 운영하는 집안의 아들이다. 동물원에 살면서 가톨릭계 학교에 다니는 파이는 동물에게도, 사람에게도 마음이 열린 소년이다. 힌두교 가정에서 태어났지만, 이슬람교와 기독교를 접한다. 힌두 사원과 이슬람 회당과 천주교 성당의 예배에 모두 참여하며 신과 풍요로운 관계를 맺는다. 그러던 중 가족은 동물원을 처분하고 캐나다로 이민을 떠난다. 파이는 화물선을 타고 태평양을 건너 캐나다라는 머나먼 나라로 향한다. 하지만 태평양 한가운데서 폭풍우를 만나 배가 난파된다. 배는 흔적 없이 사라지고 파이와 동물 몇 마리만 살아남는다. 구명보트에 오른 파이와 동물들. 공생할 수 없는 것들이 끝없는 바다 위, 좁은 배 안에서 함께 지내게 된다. 동물들끼리 먹고 먹히는 싸움을 벌이고 결국 파이와 호랑이 리처드 파커만 살아남는다. 동물과 인간, 끝없는 태평양과 좁은 구명보트. 그 삶의 조건 속에서 숨 막히는 '파이의 이야기'가 펼쳐진다.

긴 소설을 옮기는 내내 절망과 희망에 대해 생각했다. 새로운 세상의 꿈을 품고 떠났지만, 하루아침에 부모 형제와 모든 걸 잃는 파이. 소년이 가진 것은, 같이 자랐으나 맹수인 호랑이 한 마리와 작은 구명보트뿐이다. 파이가 느끼는 슬픔과 고통. 그보다 무서운 건 두려움……. 7개월이 넘는 시간을 어떻게 견뎠을까. 죽는 게 차라리 나을 어려움 속에서도 파이는 신을 잊지 않는다. 신을 잃지 않는다. 시간을 정해 예배를 올린다. 먹을 게 생기면 호랑이 파커부터 먹이고 보살핀다. 끝없이 이어지는 시간 속에서도 생활을 만들어나간다. 희망을 잃지 않는다. 지나가는 배를 기다리기도 하지만, 파이가 더욱 기다리는 것은 진정한 구원이다.

파이가 들려주는 독특한 삶의 여정에 귀 기울이면서, 지금 내가 겪는 절망을 치유하고 싶다. 누구나 빠져나가기 힘든 두려움의 터널 속에 있는 것을. 파이는, 소용돌이 속에서도 신을 잊지 말라고, 신을 잃지 말라고 가르쳐준다. 그 여정의 끝에 만나게 되는 땅. 힘겹게 육지에 닿았으나 그 순간 다시 잃게 되는 무엇. 또다시 이어지는 삶. 정말 긴 여정이다. 그래서 이 소설은 아름답다.

공경희

옮긴이 공경희

서울대학교 영어영문학과를 졸업하고 성균관대학교 번역대학원 겸임교수를 역임했으며 서울여자대학교 영어영문학과 대학원에서 강의했다. 현재는 전문 번역가로 활동하고 있다. 『헬싱키 로카마티오 일가 이면의 사실들』『파이 이야기』『포르투갈의 높은 산』『비밀의 화원』『매디슨 카운티의 다리』『우리는 사랑일까』『모리와 함께한 화요일』『천국에서 만난 다섯 사람』『스틸 미』『프레디 머큐리』『길가메시 서사시』등을 우리말로 옮겼으며, 지은 책으로 북에세이『아직도 거기, 머물다』가 있다.

헬싱키 로카마티오 일가 이면의 사실들
/
파이 이야기

특별 합본판 1쇄 2023년 6월 20일

지은이 얀 마텔
옮긴이 공경희
펴낸이 박진숙 | **펴낸곳** 작가정신
편집 황민지 박하영 | **디자인** 이현희 | **마케팅** 김미숙
홍보 조윤선 | **디지털콘텐츠** 김영란 | **재무** 이수연
표지 및 본문 디자인 석윤이
인쇄 및 제본 한영문화사

주소 (10881) 경기도 파주시 회동길 216 2층
대표전화 031-955-6230 | **팩스** 031-955-6294
이메일 editor@jakka.co.kr | **블로그** blog.naver.com/jakkapub
페이스북 facebook.com/jakkajungsin
인스타그램 instagram.com/jakkajungsin
출판 등록 제406-2012-000021호

ISBN 979-11-6026-314-5   03840

이 책의 판권은 저작권자와 작가정신에 있습니다.
이 책 내용의 전부 또는 일부를 재사용하려면 양측의 서면 동의를 받아야 합니다.